Klaus Pollmann
Centurio der XIX Legion

KLAUS · POLLMANN

CENTURIO · DER XIX · LEGION

Im Print

1. Auflage Münster 2009

info@imprint-verlag.de
www.imprint-verlag.de

Umschlaggestaltung: Oliver Pröbstl

Druck: docupoint GmbH, Magdeburg
ISBN 978-3-936536-46-1

INHALT

CENTURIO · DER · XIX · LEGION

PERSONENREGISTER

Lucius Justinius Marcellus, geboren in Arausio

Die Familie

Gnaeus Justinius Marcellus	Vater von Lucius, Gaius und Marcus
Gaius Justinius Marcellus	ältester Sohn des Gnaeus J Marcellus
Julia	seine Frau
Marcus Cornelius Plautus	zweiter Sohn des Gnaeus J Marcellus, von Lucius Cornelius Plautus adoptiert, lebt in Rom
Gaius Justinius Marcellus Syros	Vetter von Lucius, lebt in Antiochia
Sextus Pompeius Trogus	Onkel von Lucius, lebt in Lugdunum
Pompeia Troga	Mutter von Lucius, Voconterin, in Arausio gestorben

In Arausio

Hektor	Freigelassener des Gnaeus J Marcellus
Domitia	seine Frau
Stephanos	Hausverwalter des Gnaeus J Marcellus
Titus	Freunde von Lucius
Quintus	
Sextus	
Appius	
Pertinax	Gladiator im Ruhestand, Lucius' Lehrer im Schwertkampf
Saxum	ehemaliger Legionär
Sergius	Verwalter des Hofes von Gnaeus Marcellus

In der* XIX *Augusta

Publius Quintilicius Varus	Legat der Augusta
Quintus Galarius	Lagerpräfekt

Tribune	
Publius Sulpicius Quirinius	oberster Tribun, Stellvertreter des Varus
Quintus Poppaeus Sabinus	
Gnaeus Domitius Ahenobarbus	
Quintus Ostorius Scapula	
Centurio Marcus Canidius	*primi pili centurio*
Centurio Titus Valens	*primi ordinis*
Centurio Kaeso Vulso	Ausbilder
Optio Antinius	sein Stellvertreter
Centurio Publius Vitellius	*Pilus prior* der 8. Kohorte
Centurio Manius Hilarius	*Hastatus prior* der 8. Kohorte
Ambiorix	Häuptling der Allobroger, Hilfstruppenführer

2. Hastatencenturie der 8. Kohorte

Optio Aulus Drusillus	Lucius' Stellvertreter
Mallius	Signifer
Celsonius	Tesserarius

Legionäre
Ripanus
Exoratus
Promptus
Tertinius
Albanus
Voluminius

Die Kelten

Cingetorix	Häuptling der Licatier
Gesatorix	Häuptling der Licatier

Die Feldherren

Tiberius Claudius Nero	Stiefsohn des Augustus
Vipsania Agrippina	seine Frau, Tochter Agrippas
Nero Claudius Drusus	Stiefsohn des Augustus, jüngerer Bruder des Tiberius
Lucius Calpurnius Piso	Konsul
Imperator Caesar Augustus	Erster Bürger des römischen Reiches (Kaiser)

REGISTER · RÖMISCHER · STÄDTE- UND · FLUSSNAMEN

Arausio	Orange
Augusta Praetoria	Aosta
Augusta Raurica	Augst
Basilia	Basel
Bratanium	Gauting
Brigantium	Bregenz
Cambodunum	Kempten
Castra Treverorum	Trier
Castra Vindelicum	Augsburg
Curia	Chur
Geneva	Genf
Lugdunum	Lyon
Massilia	Marseille
Nicae	Nizza
Narbo	Narbonne
Oppidum Ubiorum	Köln
Pons Drusi	Bozen
Tridentum	Trient
Turicum	Zürich
Vindonissa	Windisch
Vitudurum	Oberwinterthur

Adige	Etsch
Danuvius	Donau
Lacus Benacus	Gardasee
Lacus Venetus	Bodensee
Lacus Lemanus	Genfersee
Padus	Po
Rhenus	Rhein
Rhodanus	Rhone
Licca	Lech
Vinda	Wera

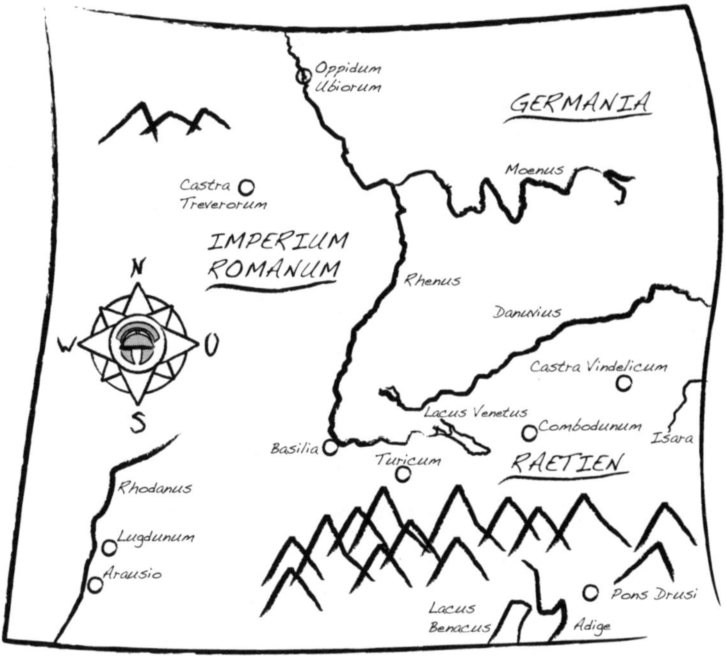
Oppidum Ubiorum
GERMANIA
Moenus
Castra Treverorum
IMPERIUM ROMANUM
N
W
O
S
Rhenus
Danuvius
Castra Vindelicum
Lacus Venetus
Combodunum
Isara
Basilia
Turicum
RAETIEN
Rhodanus
Lugdunum
Arausio
Lacus Benacus
Adige
Pons Drusi

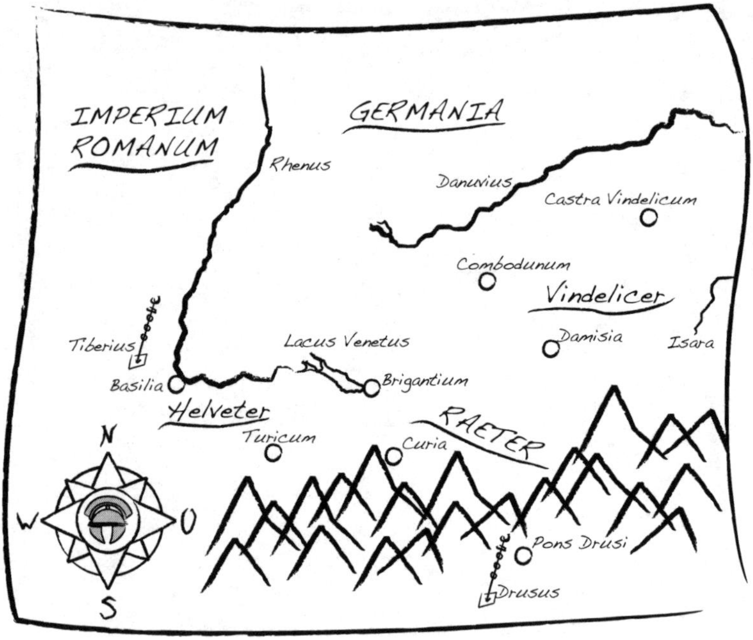
IMPERIUM
ROMANUM
GERMANIA
Rhenus
Danuvius
Castra Vindelicum
Combodunum
Vindelicer
Tiberius
Lacus Venetus
Damisia
Isara
Basilia
Brigantium
Helveter
RAETER
N
Turicum
Curia
W
O
S
Pons Drusi
Drusus

NEUE • WEGE

ARAUSIO

Lucius brannte die Sonne heiß ins Gesicht. Sein Mund war voller Dreck und Staub. Wohin er auch sah, überall erstreckte sich Wüste. Kein Baum, kein Strauch und kein Wasserloch war zu sehen, nur Sand und Felsen. Dort, Richtung Osten, lagen mehrere Wasserstellen, doch dieser Weg war vom parthischen Heer versperrt. Lucius hätte eine Million Sesterzen für einen Schluck Wasser gegeben. Es blieb aber keine Zeit, nach der ohnehin fast leeren Feldflasche zu greifen, da die berittenen Bogenschützen wieder näher rückten. Sie beschossen die Römer ohne Pause, während sie die Reihen entlangtrabten. Am Ende der Schlachtreihe angekommen, wendeten sie ihre Pferde und ritten zurück. Wieder ging ein Pfeilhagel auf die Legionäre nieder. Jeden Schmerzensschrei beantworteten die Parther mit gellendem Hohngelächter. Lucius hielt krampfhaft seinen Schild hoch und betete zu Mars, dass er den Beschuss stoppen möge. Da rissen die parthischen Bogenschützen plötzlich ihre Pferde herum und galoppierten davon. Vergeblich versuchten die römischen Reiter, ihre Gegner einzuholen.

Durch die Legion ging ein Aufatmen, das aber nur von kurzer Dauer war. Die parthischen Kataphrakten machten sich bereit. Die Rüstungen ihrer Pferde funkelten wie ein Teich an einem friedlichen Sommertag. Ihre Lanzenspitzen blinkten in der Sonne, alles andere als friedlich.

Die Drachenstandarte, die über ihnen aufragte, wirkte bedrohlich. Lucius' Auge wanderte zum römischen Legionsadler, der stolz über der Legion thronte, wachsam und kampfbereit.

Die Kataphrakten setzten sich in Bewegung, die Reiter durch den Schild gedeckt und die Lanze im Anschlag.

Lucius zwang sich, durchzuatmen, und rief seine Befehle. Die Legionäre nahmen Aufstellung. Den Schild auf den Boden gestellt, die schweren Wurfspeere nach vorn gestreckt, erwarteten sie den Ansturm. Der Aufprall raubte Lucius den Atem und es war, als ob die Welt untergehen würde. Ein Inferno tobte um ihn herum. Gebrüll, Schmer-

zens- und Todesschreie, Holz splitterte und Metall dröhnte. Wie eine vernichtende Welle brach der Angriff über die Legion herein. Dann folgte plötzlich unheimliche Stille. Überall um Lucius herum lagen Tote und Verletzte, aber die Attacke war abgewehrt. Doch nun kehrten die Bogenschützen zurück und wieder ging ein Pfeilhagel unbarmherzig auf die Legionäre nieder. Der Mann vor Lucius seufzte kurz auf und fiel dann vornüber aufs Gesicht. Lucius sah entsetzt auf den Pfeil, der im Hals des Toten steckte. Sein Blick flackerte, so dass er blinzeln musste. Er fuhr sich mit der Zunge über die rissigen Lippen. Die Pfeile prasselten jetzt unaufhörlich auf sie nieder. Lucius konnte kaum einen klaren Gedanken fassen.

Wo waren nur die eigenen Reiter geblieben? Er konnte sie nirgends entdecken. Überall gaben die Legionäre ängstlich ihre Stellungen auf. Es war nur noch eine Frage der Zeit, bis sich die Legion und dann das ganze römische Heer zur Flucht wandten.

Lucius wusste, er musste etwas unternehmen. Jetzt kam es auf ihn an. Er drehte sich zum Aquilifer um und entriss ihm den Adler. „Folgt mir, Kameraden!", schrie er. „Gebt euren Adler nicht der Schande preis!" Und er stürmte dem Feind entgegen. Er schien den Wüstenboden gar nicht zu berühren, Pfeile sausten an ihm vorbei und trafen ihn nicht. Ein parthischer Bogenschütze legte auf ihn an und sank im selben Moment von Lucius' Speer getroffen vom Pferd. Eine Lanze kam geflogen und wurde von seinem Schild abgefangen. Der parthische Anführer fiel, niedergestreckt von seinem Schwert. Wie er das schaffte, Schwert, Speer, Schild und Adler zu halten, das wusste Lucius selbst nicht. Es war, als ob er plötzlich tausend Hände hätte. Hinter ihm setzte sich die Legion in Bewegung, ermutigt durch Lucius' tapferes Vorbild, und unter ihrem Ansturm wurde das parthische Heer hinweggefegt und ergriff die Flucht.

Die Legionäre erreichten die Wasserstelle. Wie herrlich das Wasser schmeckte, besser als jeder Wein! Der Feldherr Marcus Vipsanius Agrippa kam auf sie zugeritten und hielt neben Lucius an. „Tribun Marcellus!", rief er mit seiner weit tragenden Stimme. „Du hast die Legion gerettet, und deshalb verleihe ich dir die Graskrone!" Ein Legat reichte Agrippa die Krone und der Feldherr setzte sie Lucius aufs Haupt. Die Legionäre brachen in Jubelrufe aus und riefen seinen Namen: „Lucius, Lucius!" Sie ergriffen seinen Arm und schüttelten ihn.

„Lucius!“, rief Stephanos und rüttelte ihn wach. Lucius fuhr von der Bank hoch. Die Schriftrolle, die auf seinen Beinen gelegen hatte, fiel polternd zu Boden. Er befand sich nicht in Parthien, sondern in Arausio und war im Garten eingeschlafen. Es schien ihm auch nicht die Wüstensonne ins Gesicht, sondern die Frühlingssonne Südgalliens.

„Lucius“, wiederholte Stephanos, der Hausverwalter, „du musst gleich zum Unterricht!“

Lucius reckte sich und knurrte ungehalten. Rhetorikunterricht! Am liebsten hätte er dem alten Mann gesagt, was er mit dem Unterricht machen könnte, aber der konnte ja auch nichts dafür. Lucius sah ihm nach, wie er ins Haus zurückschlurfte. Dann hob er die Schriftrolle auf und warf wehmütig einen Blick in die Passage, die er zuletzt gelesen hatte:

„Als unsere Soldaten vor allem wegen der Tiefe des Wasser zögerten, beschwor der Adlerträger der 10. Legion die Götter, der Legion einen glücklichen Ausgang dieses Unternehmens zu gewähren, und rief: Springt, Kameraden, wenn ihr den Adler nicht dem Feinde ausliefern wollt! Ich jedenfalls werde meine Pflicht gegenüber Staat und Feldherrn erfüllen.“

Er rollte das Volumen zusammen und stand seufzend auf. „Ich jedenfalls werde meine Pflicht gegenüber der Familie erfüllen.“ Aber eines Tages, so schwor er sich, werde ich ein Tribun, Legat oder Feldherr sein. Ich werde die Feinde des Imperiums zerschmettern und mir einen Beinamen erwerben. Germanicus klingt nicht schlecht, oder vielleicht Armenius. Lucius Justinius Marcellus Britannicus wäre auch sehr klangvoll. Dann werde ich unter dem Jubel der Römer die Via Sacra entlangziehen, meine Soldaten werden ihre Spottlieder singen und abends werde ich im Tempel des Jupiter Optimus speisen.

„Hallo, Lucius!“, rief ihn in diesem Moment eine Stimme von oben. Das war nicht Jupiter Optimus. Ein kleiner Junge lehnte sich über die Mauer und sah zu ihm herunter. „Kommst du rüber, Lucius? Meine Eltern sind weg und nur meine Schwester ist da. Du wolltest mir doch noch den Trick beim Orcaspielen verraten!“

„Jetzt leider nicht, Sextus!“, entgegnete Lucius mit echtem Bedauern. „Ich habe Rhetorikunterricht!“

„Du hast es gut!“, sagte Sextus neidisch. „Ich muss mit zwanzig anderen Kindern dieses blöde Lesen und Schreiben lernen, und du darfst so tolle Sachen machen!“

Kinder, dachte Lucius bei sich. Sextus glaubt tatsächlich, dass ich diesen Mist toll finde. Ich wüsste ja schon etwas Besseres mit meiner Zeit anzufangen!

Er winkte zum Abschied und ging ins Haus. Er durchquerte das Atrium, um das Buch wieder in die Bibliothek zu legen. Am Eingang des Atriums, gegenüber vom Hausaltar, lagen schon die Schriftrollen mit den Reden Ciceros bereit. Er zog sie auseinander, um sich zu vergewissern, dass es die richtigen waren. Bis er seine glanzvolle Karriere im Dienste des Imperiums und bei den Adlern starten konnte, würde es noch ein paar Jahre dauern, und so lange würde er hier in Arausio bleiben müssen. Er warf sich unwillig den Kapuzenmantel über, den Stephanos ihm hinhielt, und verließ das Haus.

Nach dem Unterricht war Lucius' Laune auf einem Tiefpunkt angelangt. Servius öffnete die Tür schon nach dem zweiten Klopfen. Aber bereits das dauerte Lucius viel zu lange, nachdem er den Nachmittag schon mit Cicero vergeudet hatte.

„Wird auch Zeit!", fauchte er den Sklaven an und drängte sich an ihm vorbei ins Haus. Der stämmige Gallier, der im Haushalt für die schweren Arbeiten zuständig war, sah ihm verdutzt nach. Lucius stürmte die Treppe hinauf zu den Schlafkammern und hastete durch den Gang im Dachgeschoss zu seinem Zimmer. Das wenige Licht, das durch die Dachluke fiel, reichte nicht, um einen aufgebrachten jungen Mann vor der Dachschräge zu warnen. Schmerzhaft wurde Lucius daran erinnert, dass er mit fünfeinhalb Fuß zu groß war, um in diesem Gang unachtsam zu sein. Benommen stand er da. Sein Kopf brauste, ihm war schwarz vor Augen geworden. Er betastete die schmerzende Stelle an seiner Stirn. Bei Äskulap, das würde eine Beule geben! Und er würde sich wieder dumme Sprüche über seine Herkunft anhören dürfen. Nicht, dass der eine oder andere seiner Freunde nicht selbst gallische Vorfahren hatte, aber bei ihm schlugen die gallischen Merkmale sichtbar durch: blaue Augen, ein breite Nase, und überdies war er eine Handbreit größer als seine Freunde. Der Schmerz und der Gedanke an den Spott besserten seine Laune nicht, und als er sein Zimmer erreichte, stieß er die Tür so heftig auf, dass sie mit einem lauten Knall gegen die Wand schlug. Er warf die Schriftrollen und Schreibutensilien auf das Bett und zerrte dann seinen Mantel über den schmerzenden Kopf. Dabei berührte er natürlich die frische Beule und wimmerte vor Schmerz. Er warf den Mantel zu Boden und trat an die Kleidertruhe. Der Deckel flog auf und schlug so heftig gegen die Wand, dass der rote Putz absplitterte und ein hässlicher weißer Kratzer sichtbar wurde.

Er suchte seine Badesachen heraus. Öl, Strigilis, Schwamm, eine frische Leinentunica. Wo war denn nur seine neue blaue Tunica? Während seiner Suche warf er die Kleidungsstücke, die er nicht brauchte, achtlos auf den Boden. Angewidert betrachtete er den Strigilis, auf dessen Griff Kinder beim Nüssespiel zu sehen waren. Am liebsten hätte er diesen Strigilis fortgeworfen und sich einen vernünftigen Schaber, einen für Erwachsene, geholt. Er hatte auf dem Markt welche gesehen, auf deren kunstvoll gearbeiteten Griffen amouröse Szenen dargestellt waren. Am besten hatte ihm der mit dem Satyr und der Nymphe gefallen, aber sein großer Bruder Gaius hatte sich nur an die Stirn getippt und ihm geraten, aus der Sonne zu gehen.

Endlich hatte er alles gefunden und rollte die Sachen zu einem Bündel zusammen. Er hob seinen Mantel wieder auf. Ohne sich um das Chaos zu kümmern, das er angerichtet hatte, verließ er die Schlafkammer. Sein schmerzender Schädel mahnte ihn zur Vorsicht und er ging deutlich langsamer als auf dem Hinweg.

Ein bisschen Wein im Bad wäre nicht schlecht. Er überlegte und drehte sich dann zu der Tür, die zum Aufenthaltsraum der Sklaven führte. Einen halben Schritt vor der nur angelehnten Tür blieb er wie erstarrt stehen. Servius sprach über ihn. Lucius spähte vorsichtig in den Raum.

„Der junge Herr ist wieder bester Laune! Rhetorikunterricht?", fragte Servius an die anderen Haussklaven gewandt, während er sich seiner Schnitzarbeit widmete. Stephanos, der gerade die Vorratslisten überprüfte, bestätigte kurz: „Rhetorikunterricht!"

Brigit, die gerade ein Gewand ausbesserte, sah auf und lachte: „Sein gallisches Blut macht sich bemerkbar."

„Seine Mutter war Römerin!", bemerkte Stephanos irritiert.

Brigit seufzte: „Natürlich war Pompeia Römerin. Aber obwohl ihre Familie seit zwei Generationen das römische Bürgerrecht besitzt, ist trotzdem gallisches Blut in ihm. Und dieses Blut will mit fünfzehn

Jahren nicht lesen, sondern kämpfen! Gaius und Marcus waren da ganz anders, die konnten gar nicht früh genug damit anfangen, Reden zu lernen und zu halten!"

Sie musste es wissen, sie war die Kinderfrau seiner Brüder gewesen, nachdem die damalige Hausherrin Cornelia bei Marcus' Geburt gestorben war. Auch um Lucius hatte sie sich nach dem Tod seiner Mutter gekümmert.

„Ich weiß noch, wie Gaius auf der Bank im Garten stand und den Bäumen eine Ansprache hielt. Als ich ihn hereinholen wollte, sah er mich finster an und sagte: ‚Siehst du nicht, dass ich von der Rostra aus eine Rede an die Volksversammlung halte? Einer Frau geziemt es nicht, Männer bei den Staatsgeschäften zu unterbrechen!' Und dann sagte er zu den Bäumen: ‚Mitbürger, leider rufen mich dringende Geschäfte fort, ich werde morgen wiederkommen und euch sagen, warum Marcus Antonius eine finstere Kreatur ist!' Er kletterte von der Bank und stolzierte zum Abendessen. Da war er dreizehn." Sie lächelte bei der Erinnerung.

Die beiden Männer erwiderten das Lächeln höflich. Sie kannten Brigits Kindheitsgeschichten der Herrschaft zur Genüge. Als Brigit das aufgesetzte Lächeln der anderen bemerkte, widmete sie sich wieder schweigend ihren Näharbeiten.

Lucius war verlegen gewesen, als er die Sklaven über sich sprechen hörte, aber angenehme Gerüche, die aus der Küche herüberzogen, lenkten ihn nun ab. Liebend gern wäre er nachsehen gegangen, was Geminia Feines kochte, aber sie konnte zur Furie werden, wenn jemand sie im falschen Moment störte. Außer ihrer Tochter Briseis durfte sich niemand beim Kochen in der Küche aufhalten.

Da bemerkte Lucius plötzlich aus den Augenwinkeln eine Bewegung im Durchgang zum Atrium und zuckte erschrocken zusammen. Er war beim Lauschen vor dem Sklavenquartier ertappt worden! Hastig, mit brennenden Wangen, drehte er sich um und eilte auf die Haustüre zu. Schritte näherten sich von hinten und er hörte die Stimme von Julia, der Frau seines Bruders.

„Lucius, auf ein Wort!" Lucius ließ die erhobene Hand, mit der er gerade die Tür hatte öffnen wollen, sinken und drehte sich halb zu ihr um:

„Was?", fragte er und hoffte, an seiner Stimme wäre zu erkennen, dass er an einer Belehrung über das Erwachsenwerden nicht interessiert sei. Aber Julia hatte etwas anderes auf dem Herzen. „Rogata war heute Morgen hier!", sagte sie ernst.

Rogata war die Nachbarin, deren Wohnung an ihren Garten grenzte. Eine sehr redselige Frau, dachte Lucius, die einem mit dauernden Ratschlägen auf die Nerven ging. Als Entschädigung hatte sie aber mit Sabellia eine entzückende Tochter. Lucius kannte Sabellia und ihren älteren Bruder, seit sie ein kleines Mädchen war. Der kleine Sextus, mit dem er ab und zu spielte, war Sabellias jüngster Bruder. Mittlerweile war Sabellia vierzehn und sah gar nicht mehr wie ein kleines Mädchen aus. Julias durchdringender Blick holte Lucius unsanft ins Jetzt zurück.

„Sie möchte es wegen Sabellia nicht mehr!"

Lucius war verwirrt. Was wollte Rogata wegen Sabellia nicht mehr?

Julia schimpfte verärgert: „Du hast wieder nicht zugehört!"

Ja, ja, dachte Lucius entnervt, jetzt red schon.

„Rogata und ihr Mann Titus Sabellius haben nichts gegen deine Besuche einzuwenden und freuen sich, wenn du mit dem kleinen Sextus spielst, aber sie sagen, es geht nicht, dass du einfach über die Mauer in ihren Hof kletterst."

„Was?", fragte Lucius überrascht. „Das mache ich doch schon, seit ich sechs Jahre alt bin!"

„Ja, aber mittlerweile bist du ein junger Mann und Sabellia ist eine junge Frau, und sie sagen, es schickt sich nicht, über die Hofmauer zu steigen!" Julia machte eine Pause und fügte dann streng hinzu: „Ich bin ihrer Meinung!"

„Ich aber nicht!", antwortete Lucius von oben herab. „Ich bin gut genug, um mit Sextus zu spielen, aber dann soll ich um die ganze Insula laufen, anstatt von unserem Garten aus einfach über die Mauer zu klettern?" Lucius verkniff sich die Bemerkung, was Rogata und Titus ihn konnten, und riss die Tür auf.

„Ich bin im Bad!", rief er Julia noch kurz zu und schlug die Tür donnernd hinter sich zu.

Das letzte, was er von seiner Schwägerin vernahm, war so etwas wie: „Sei wenigstens heute pünktlich zur Cena wieder da!" Was für eine blöde, überflüssige Bemerkung, dachte sich Lucius. Frauen waren doch zu albern – als ob er bei seinem Hunger das Abendessen verpassen würde.

Julia sah Lucius seufzend nach. Gab es etwas Schlimmeres als heranwachsende Männer? Gerade in der Zeit, bevor sie die Bulla ab- und die *toga virilis* anlegten, waren sie besonders unausstehlich. Julia wusste, wie das war, sie hatte selbst zwei Brüder. Sie waren genauso gewesen. Sie konnten die Bulla gar nicht schnell genug loswerden. Immer wieder mussten sie ermahnt werden, sie umzuhängen. Das Amulett beschützte sie, bis sie richtige Männer waren. Aber welcher Sechzehnjährige würde schon zugeben, noch kein Mann zu sein, besonders, wenn er einem Mädchen nachstellen wollte? Lucius hatte in den letzten Monaten mehrmals seine Bulla „vergessen" und Julia fragte sich, wer die Glückliche war. Sie hatte ihrem Mann Gaius nichts davon gesagt, da Männer schnell vergaßen, dass sie selbst einmal jung gewesen waren. Das Letzte, was Lucius brauchte, war eine Moralpredigt seines ältesten Bruders. Sie musste mit Gaius reden. Lucius brauchte dringend eine Beschäftigung, die ihm das Gefühl gab, erwachsen zu sein und ernst genommen zu werden. Und die ihn davon abhielt, Dummheiten zu machen.

Auf der Straße schlug Lucius ein gemäßigtes Tempo an. Er war wütend über Julias Ermahnungen, aber nicht so blind vor Zorn, dass er einen Sturz in den Straßendreck riskieren wollte. Unter den Kolonnaden herrschte auf den Bürgersteigen viel Betrieb, deshalb kam er auf der Straße besser voran. Jetzt am Nachmittag strotzte sie nur so vor Schmutz und Unrat. Die Ladenbesitzer hatten begonnen, ihre Geschäfte aufzuräumen, da es bald Zeit war, sich mit der Familie zur Cena niederzulassen. Sie kippten ihren Dreck einfach auf die Straße und kehrten. Mit dem Abfall, der sich den Tag über sonst noch ansammelte, gab das eine ziemliche Schweinerei. Fußgänger mussten aufpassen, wenn sie nicht ausrutschen und unter allgemeinem Gelächter auf dem Hintern landen wollten. Außerdem würden ihm Gaius und Julia wieder einen Vortrag über die *dignitas* der Familie halten, wenn Lucius zu schnell ging. Es schadet dem Ansehen der Familie, wenn der Sohn des Gnaeus Justinius Marcellus, Präfekt des Augustus bei Gründung der *colonia* Arausio und Freund und Kampfgefährte des besten Generals des Imperiums, Marcus

Agrippa, wie ein hergelaufener Tagelöhner durch die Straßen rennt. Er konnte ihre Stimmen in seinem Kopf förmlich hören. Und jetzt noch die Sache mit Sabellia. Was wollte Rogata eigentlich? Er hatte schließlich keinen Annäherungsversuch gemacht, und selbst wenn, könnte sich die Familie geehrt fühlen, dass ein Justinius Marcellus sich für ihre Tochter interessierte. Nicht als Ehemann natürlich, Sabellia war nun einmal nicht standesgemäß. Vielleicht sollte ich mal einen Annäherungsversuch unternehmen, dachte er bei sich, als er die Ecke der Insula erreichte. Wie immer stieg ihm an dieser Ecke der Geruch der Bäckerei in die Nase. Gab es einen schöneren Geruch als den von frisch gebackenem Brot? Gab es etwas Schmackhafteres, wenn man Hunger hatte? Von allen Erfindern, die die Menschheit je hervorgebracht hatte, musste der Erfinder des Brotes ein besonderer Liebling der Götter gewesen sein. Lucius sah mit hungrigen Augen auf die Auslage. Die Frau des Bäckers sah seinen Blick. Sie hob ein Brot hoch und hielt es ihm hin. Er nickte heftig, und sie warf es ihm zu. Er hatte einige Mühe, den warmen Laib mit einer Hand zu fangen und festzuhalten. Er biss hinein und hielt das Brot mit den Zähnen fest, während er nach einer Münze suchte. Endlich hatte er eine gefunden und warf sie der Bäckerin zu, die sie geschickt auffing und ihm einen Gruß zurief.

Er biss ein großes Stück ab. Bei dem Geschmack des frischen Brotes merkte er, wie sich sein Ärger ein wenig legte. Zufrieden kauend ging er weiter die Straße entlang, grüßte Bekannte und nickte wichtig, wenn ihm Klienten seines Vaters und seines Bruders Grüße auftrugen. Er erreichte das kleine Badehaus am Ende der Straße und zahlte sein Viertel As.

„Keine Massage heute, junger Herr Lucius?“, fragte der Pächter ein wenig enttäuscht.

„Nein! Es ist schon spät. Ich will mich nur säubern und ein wenig im warmen Wasser liegen!“

Nachdem er sich ausgezogen hatte, ließ er sich säubern. Er wurde mit Öl und Sand eingerieben. Anschließend schabte der Badediener das Gemisch mit dem Strigilis wieder von seiner Haut. Lucius wusch sich im Kaltwasserbecken sauber und beeilte sich dann, in das Caldarium, das Warmwasserbecken, zu kommen. Er grüßte die anderen Badegäste und begann, vor sich hin zu dösen und über seine Zukunft nachzudenken.

Er dachte in letzter Zeit sehr viel über seine Zukunft nach, da er keine Ahnung hatte, was aus ihm werden sollte. Sein Vater war seit vier Jahren im Osten unterwegs und konnte nur brieflich mit der Familie verkehren. Seine Zukunftsplanung war aber kein Thema, das Lucius per Brief mit seinem Vater diskutieren wollte. Schon im direkten Gespräch war sein Vater ausgesprochen kurz angebunden und hatte keine Zeit für lange „Schwafeleien", wie er es immer ausdrückte. Allerdings war nach vierzig Jahren in der Legion für seinen Vater jede Rede Schwafelei, die länger als drei Sätze war, und jede Rückfrage fast ein Kapitalverbrechen. „Warum soll ich denn Rhetorik lernen?", hatte Lucius daher kurz vor Vaters Aufbruch erstaunt gefragt, als dieser ihm Asteros als Lehrer vorgestellt hatte. Gnaeus Marcellus hatte es für einen Moment die Sprache verschlagen, bevor er mit erzwungener Ruhe sagte: „Weil ich es so will und weil es dir später einmal nützlich sein kann!"

Die Reihenfolge war Lucius nicht entgangen.

Mit seinem zweiten Bruder Marcus hätte er manchmal gerne über die Dinge gesprochen, die ihn beschäftigten. Marcus und er hatten sich immer gut verstanden und viel Unsinn im Kopf gehabt. Gaius, der Älteste von ihnen, der vernünftige Gaius, wie sie ihn immer nannten, hatte sie oft getadelt, aber Marcus hatte sich nicht darum geschert.

Dann war Marcus mit Vater vor vier Jahren nach Rom gereist. Wie hatte Lucius ihn beneidet! Aber Marcus war nicht zurückgekehrt. Eines Tages kam ein Brief von Vater, der ihm mitteilte, dass Marcus nicht mehr sein Bruder sei. Lucius war entsetzt und verwirrt, als ihm Gaius erklärte, dass ein Ritter namens Lucius Cornelius Plautus Marcus adoptiert hatte. Plautus hatte keine eigenen Söhne, und so war aus Marcus Justinius Marcellus Marcus Cornelius Plautus geworden. Lucius hatte es sehr verwirrt, dass sein Bruder plötzlich einen anderen Namen hatte. Im Gegensatz zu Lucius brauchte sich Marcus um die Zukunft nun keine Gedanken mehr zu machen. Als Sohn eines reichen Ritters würde er einfach irgendwann das Geld seines Adoptivvaters erben.

Gaius, der vernünftige Gaius, hatte konkrete Vorstellungen, wie Lucius' Lebensweg aussehen sollte. Leider deckten sich diese überhaupt nicht mit Lucius' Vorstellungen. Vor einigen Tagen hatte er sich bei Gaius über seinen Rhetorikunterricht beschwert. Auf Gaius' Frage, warum er so schlechte Laune habe, hatte er geantwortet: „Ach, nichts Besonderes. Asteros' Unterricht war wieder zum Einschlafen. Bei Minerva, der Göttin der Weisheit, warum muss ich jede Rede, die in Rom jemals gehalten wurde, auswendig lernen und vortragen? Was soll ich damit? Ich würde lieber in der Palaestra mit meinen Freunden trainieren. Von denen muss keiner Rhetorik lernen. Sie stehen kurz davor, die Toga der Männer anzulegen und in die Welt der Erwachsenen einzutreten, und ich muss immer noch lernen. Sie helfen ihrer Familie, sie reisen und kommen herum. Appius war sogar schon einmal in Narbo."

Aber Gaius hatte nur Spott für ihn übrig gehabt. „Oh, ihr Götter!" Er hob die Arme zum Himmel, als ob er beten wollte. „Seht diesen armen, geknechteten Mann und erbarmt euch seines Schicksals! Wie lange, Lucius, willst du unsere Geduld noch missbrauchen? Wie lange soll diese deine Raserei ihr Gespött mit uns treiben?" Lucius lief dunkelrot an und war nahe daran, die Beherrschung zu verlieren, als er Gaius eine der berühmtesten Reden von Cicero zitieren hörte. Ehe er aber etwas sagen konnte, ließ Gaius seine Arme sinken und fuhr im normalen Tonfall fort: „Du müsstest dich mal selber hören. Andere Jungen in deinem Alter stehen jetzt gerade auf den Feldern und arbeiten noch bis zum Dunkelwerden. Das Schwerste, was du heute schon gehoben hast, sind deine Schriftrollen. Du hast Glück, dass du eine Schule besuchen und Rhetorik lernen kannst. Das wird dir bei Geschäftsverhandlungen nützlich sein. Vielleicht wirst du später ein öffentliches Amt bekleiden. Dann musst du in der Lage sein, vor vielen Menschen zu reden. Mit deiner Ausbildung in Rhetorik und Juristik kannst du als Anwalt Fälle vor Gericht vertreten. Du kannst dich zum Ädil oder Duovir wählen lassen. Du hast viele Möglichkeiten, aber vorher musst du studieren!"

Anwalt oder Ädil in Arausio, Lucius stöhnte so laut auf, dass die anderen Badegäste erschrocken zu ihm sahen. Schrecklicher Gedanke, als ob er sein ganzes Leben in dieser kleinen *colonia* versauern wollte. Gaius kannte Lucius' heimlichen Wunsch nicht, seinen Traum, der zum ersten Mal im Alter von fünf oder sechs Jahren in ihm aufgestiegen war, als sie an einer Mansio rasteten. Lucius hatte so gebannt den Abenteuern eines ehemaligen Legionärs zugehört, dass sein Vater ihn schließlich verärgert wegzerren musste. Auf der Weiterreise bestürmte Lucius seinen Vater mit Fragen und wollte wissen, ob seine Soldatenzeit auch so aufregend gewesen sei. „Höre bloß nicht auf diesen Aufschneider!", sagte

Gnaeus Marcellus. „Das Leben in der Legion ist nicht so unterhaltsam!" Dann erzählte er Lucius ein paar Geschichten, um ihm einen richtigen Eindruck zu vermitteln. Lucius konnte keinen Unterschied erkennen. All das hörte sich für ihn fremdartig, abenteuerlich und faszinierend an. In diesem Moment stand für ihn fest: Er wollte später ebenfalls dem Imperium dienen, wie sein Vater. Erst hatte sein Vater gekämpft, um Gallien zu erobern, und dann, um den schrecklichen Bürgerkrieg zu beenden. Er hatte beim Wiederaufbau geholfen und drei Jahre lang für Agrippa in der Provinzverwaltung von Gallia Comata gearbeitet. Er hatte bei der Ansiedlung der Veteranen in Arausio und Forum Julii geholfen. Jetzt war er im Osten, um im Krieg und in Verhandlungen mit den Parthern seine Pflicht zu erfüllen. Dazwischen war er immer wieder wie Cinncinatus auf seinen Hof zurückgekehrt und hatte sein Land bearbeitet.

So stellte sich Lucius auch seine Zukunft vor. In die Welt ziehen, um dem Imperium zu dienen. Drei, vier Jahre als Militärtribun, danach wichtige Aufgaben in der Provinzverwaltung, Feldzüge in ferne Länder, Parthien und Ägypten, ins sagenumwobene Britannien, Kämpfe gegen riesige Germanen, reiche Städte, die man plündern konnte. Veteranen ansiedeln, Provinzen verwalten und zwischendurch auf sein eigenes Landgut zurückkehren, voller Ehren, immer bereit, wieder gerufen zu werden.

Diesen Traum hatte er aber für sich behalten. Stattdessen hatte er seinen Vater weiter nach Geschichten ausgefragt. Seiner Mutter war das gar nicht recht gewesen, deshalb hatte sein Vater ihm nicht viel erzählt. Also musste Lucius andere Informationsquellen erschließen, doch das war ein Leichtes. Immerhin war Arausio eine Veteranenkolonie, und ehemalige Legionäre erzählten für ihr Leben gern von der guten alten Zeit bei den Adlern. Lucius hatte viele aufregende Geschichten gehört. Außerdem hatte er Caesars Kommentare über den gallischen Krieg und den Bürgerkrieg gelesen, Sallusts Geschichte über den Krieg gegen Jugurtha, Polybios' Schriften zum Krieg gegen Hannibal. Mit seinem Onkel, Gnaeus Pompeius, dem jüngeren Bruder seiner Mutter, hatte er stundenlang geographische Bücher gewälzt und Gnaeus hatte ihm anvertraut, dass er beabsichtigte, ein großes geographisches und historisches Werk zu schreiben. Daher trug er seit Jahren alle möglichen Schriften alter Autoren zusammen. Neben denen bekannter römischer Autoren, wie Varro und dem älteren Cato, hatte er auch Texte einiger längst vergessener Griechen ausgegraben. Wer hatte je von Ephoros gehört? Sein Onkel stand mit Nepos, Livius und einem jungen Griechen namens Strabo in regem Schriftverkehr. Onkel Gnaeus hatte ein Vermögen ausgegeben, um alle vierzig Bände von Diodoros Siculus zu erwerben, die dieser im Laufe von dreißig Jahren herausgebracht hatte. Gemeinsam hatten sie in diesen Texten gestöbert. Das alles hatte Lucius' Fernweh nur noch mehr gefördert. Er hatte mit seinem Vater und dem Onkel in den Osten reisen wollen, aber immer hieß es: „Du bist noch zu jung!", oder: „Das ist keine Vergnügungsreise."

So schnell hatte Lucius aber nicht aufgeben wollen. In seinem letzten Brief hatte er Onkel Gnaeus gefragt, ob er ihn auf seiner nächsten Forschungsreise begleiten dürfte, als Sekretär oder so, aber Onkel Gnaeus hatte bedauernd abgelehnt, da er die nächste Zeit mit Schreiben und nicht mit Reisen verbringen würde. Lucius solle ruhig in Arausio bleiben und weiter lernen. In Arausio bleiben! Was erwartete ihn denn in Arausio? Er würde zuerst zum Quästor gewählt werden und sich um die Stadtkasse kümmern. Wie aufregend! Damit gelangte er automatisch in den Stadtrat und würde dann, nachdem er sich ein paar Jahre lang den Hintern platt gesessen hatte, zum Ädil und in Folge zum Duovir gewählt werden. Ein Amt, das jeder Trottel bekleiden konnte, vorausgesetzt, er war Mitglied des Stadtrates und erreichte das entsprechende Alter. Aber als Justinii Marcellii stand es außer Frage, dass er, wenn er mit fünfunddreißig Jahren noch am Leben wäre, zum Duovir gewählt werden würde. Bis dahin würde er im Stadtrat versauern, den Weinhandel leiten und im Herbst die Weinernte auf dem Hof beaufsichtigen. Dieses Schicksal sah Lucius unweigerlich auf sich zukommen, und nichts würde es ihm ersparen. Er konnte kein Tribun werden. Tribune waren entweder Söhne von Senatoren oder Söhne von Rittern. Sein Vater war weder das eine noch das andere. „Ich weiß!", fauchte Lucius ins Leere. „Deshalb werde ich hier in Arausio ‚Karriere' machen. Schreiber bei meinem Bruder, dann eigene Aufgaben und als oberstes Ziel: persönlich Verhandlungen in ‚fernen' Städten wie Lugdunum, Massilia oder Narbo zu führen." Wenn kein Wunder geschah, wäre die einzige andere Karriere, die ihm blieb, der Eintritt in die Legion als Miles, als einfacher Soldat. Dann könnte er in zehn oder zwanzig Jahren zum Centurio aufsteigen und danach in den Verwaltungsdienst einer Provinz wechseln. Diesen Weg wollte Lucius aber ganz und gar nicht einschlagen. Miles! Er schüttelte den Kopf. Er war ein Justinii Marcellii, einer seiner Vorfahren war bereits Ritter gewesen und ein Gefolgsmann des legendären Gaius Marius. Lucius suchte eine bequemere Position und sinnierte weiter.

Er hatte Mars ein Opfer gebracht und um ein Wunder gebeten. Vielleicht sollte er auch noch Apollo ein Opfer bringen und ihn um Hilfe bitten, überlegte Lucius. Apollo war immerhin der Schutzgott von Augustus – und wenn nicht der Princeps, wer konnte dann für Hilfe sorgen? Gleich auf dem Heimweg würde er Apollo ein Opfer bringen – und Fortuna natürlich, denn Glück war auch nicht zu verachten. Hatten nicht Sulla und Caesar ganz fest auf ihr Glück vertraut und am Ende ihre Feinde besiegt?

Lucius hatte es tatsächlich fast pünktlich zur Cena geschafft. Er lag auf seiner Cline, steckte sich eine Traube in den Mund und musterte dabei gedankenverloren die Wandbemalung im Triclinium, wie er es schon hundert Mal getan hatte. Dem Bacchus dort fehlte ein Finger, Schlamperei des Malers, und einer Muse fehlte ein Teil des Gesichts. Ein betrunkener Gast hatte einen leeren Becher gegen die Wand geworfen und dabei hatte Erato ihr Gesicht verloren. Auch ein Wasserschaden war zu erkennen, wenn man wusste, wo er gewesen war. Gaius könnte ruhig mal den Putz abschlagen und neue Malereien auftragen lassen. Vielleicht sollten sie mal die Plätze tauschen, um einen neuen Blick, eine neue Perspektive zu gewinnen. Wenn er mit Julia den Platz tauschen würde, hätte er den Blick auf den Schwur der Horatier, ein schönes, patriotisches Motiv, und von Gaius' Platz aus würde er direkt auf die Bibliothek sehen und den größten Teil des Atriums überblicken können. Das wäre doch mal was anderes.

„Lucius?" Gaius' Stimme sickerte langsam in sein Bewusstsein und er schreckte auf. „Schläfst du mit offenen Augen? Ich möchte wissen, wo du wieder mit deinen Gedanken bist."

Besser nicht, dachte sich Lucius und griff nach seinem Weinbecher. „Was denn?", fragte er mürrisch.

„Es ist ein Brief von Vater eingetroffen, den ich nach dem Essen vorlesen möchte!", erklärte Gaius mit dieser belehrenden Ruhe, die Lucius jedes Mal in Rage versetzte, weil er sich wie ein kleines Kind vorkam, wenn Gaius so mit ihm sprach. Sie hatten schon eine Weile nichts von Vater gehört. Lucius schluckte seinen Ärger herunter und sah Gaius erwartungsvoll an, während dieser den Brief aus dem Behälter zog und entrollte.

Gnaeus Marcellus grüßt seine Söhne,

ich bin noch in Syrien, aber eure Onkel Gnaeus und Sextus befinden sich auf dem Heimweg. In dem Moment, in dem ihr diesen Brief erhaltet, werden sie bereits in Rom sein. Sextus wird sich von dort aus auf den Weg nach Arausio begeben und einen Gast mitbringen.

Mir geht es gut und ich bin zuversichtlich, Ende des Jahres in Italien und vielleicht sogar in Arausio zu sein. Ich breche auf, wenn Augustus aufbricht. Er hat noch einige Angelegenheiten zu regeln. Wir werden zunächst nach Griechenland ziehen und von da aus weiter nach Brundisium reisen. Irgendwann im Sextilis oder September werde ich Rom erreichen. Ob ich von dort sofort weiterreisen kann, wird sich dann entscheiden.

Wie es aussieht, stehen unserer Familie große Veränderungen bevor. Wir werden neue Wege beschreiten. Sextus hat einige Instruktionen für euch, befolgt sie als gehorsame Söhne.

Jupiter beschütze euch.
Es grüßt euer Vater Gnaeus Marcellus

Lucius sah verwirrt und enttäuscht auf. „Das ist aber wenig. Ein bisschen ausführlicher hätte es schon sein dürfen."

Auch Gaius wirkte verärgert. „Er scheint vergessen zu haben, dass wir inzwischen vier Jahre älter und damit keine Kinder mehr sind. Was soll diese Geheimnistuerei? Neue Wege beschreiten! Und was sind das für Instruktionen? Was ist das für ein Gast?"

Er sah Julia an, als ob sie eine Antwort wissen müsste. Julia zuckte mit den Schultern und sagte, ganz die praktische Hausherrin: „Durch Lamentieren werden wir auch nicht mehr erfahren, aber es müssen Vorbereitungen für zwei Gäste getroffen werden!"

Gaius nickte und rief Richtung Atrium: „Stephanos!“ Es dauerte einen Augenblick, dann waren Schritte zu hören, die sich näherten. Der massaloitische Hausverwalter betrat das Atrium. „Ja, Herr?“

„Unser Onkel Sextus wird uns in einigen Tagen besuchen und er bringt einen Gast mit! Bereite alles vor!“

„Ja, Herr!“ Stephanos blieb stehen und fragte: „Wie groß wird die Begleitung sein? Werden die Gäste mit Frauen reisen?“

Gaius schüttelte den Kopf. „Sextus' Frau ist in Lugdunum. Ob der Gast eine Frau mitbringt, weiß ich nicht und wie groß das Gefolge ist, weiß ich auch nicht. Sie haben eine weite Reise hinter sich, also werden es nicht mehr als vier oder fünf Begleitpersonen für beide zusammen sein. Bereite alle Eventualitäten vor!“ Stephanos ging hinaus. Gaius blickte wieder in die Schriftrolle. „Was hat Vater nur wieder im Sinn?“

Lucius hatte ungeduldig auf die Ankunft der Gäste gewartet. Nun stand die Sänfte seines Onkels vor der Haustür. Die große, massige Gestalt von Sextus Pompeius Trogus, dem jüngsten Bruder von Lucius' Mutter, wälzte sich heraus. Sein Vater war Caesars Kanzleichef in Gallien gewesen. Die Familie hatte vom gallischen Krieg nicht schlecht profitiert. Sextus stellte diesen Wohlstand gern zur Schau. Außerdem hielt er es für vornehmer, getragen zu werden, statt zu gehen. Seine große Gestalt war um die Hüften noch ein wenig mehr in die Breite gegangen. Offensichtlich wurde im Osten gut gekocht.

Aus der Sänfte stieg noch ein zweiter, viel jüngerer Mann von vielleicht achtzehn Jahren. Er war dunkel gebräunt wie ein Orientale oder ein Afrikaner, aber sein fein geschnittenes Gesicht entlarvte ihn als Römer.

Gaius begrüßte die Gäste. „Sextus Pompeius, sei willkommen in unserem Haus!“

Sextus dankte und winkte Lucius, näher zu kommen. „Das ist euer Vetter Gaius Justinius Marcellus Syros“, stellte er den jungen Mann vor. „Er ist Gaius Marcellus Pius' zweiter Sohn. Er ist mit eurem Vater von Antiochia nach Rom gereist.“

„Du lebst im Osten?“, rief Lucius aufgeregt. „Davon musst du mir erzählen!“

Sein Bruder wies ihn zurecht: „Lucius! Zuerst solltest du unseren Gast begrüßen. Willkommen, Gaius Justinius, in unserem Haus. Ein Namensvetter unter demselben Dach, das wird für einige Verwirrung sorgen!"

Dieser lachte: „Nennt mich Syros! Das machen alle. Als erster Justinii Marcellii, der im Osten geboren wurde, hat man mir diesen Beinamen gegeben, auch um Verwechslungen mit meinem Vater zu vermeiden."

„Wo ist euer Gepäck?", fragte Gaius.

„An der Herberge am Südtor!", antwortete Sextus. „Wir wollten nicht das ganze Gepäck am Tor auf Träger umladen. Da die Wagen vor Sonnenuntergang nicht in die Stadt dürfen, müssen sie eben warten. Diese Bündel enthalten die wichtigsten Sachen, die wir brauchen."

„Dann nehmt jetzt ein Bad und macht euch frisch!", sagte Gaius. „Ich werde unterdessen das Abendessen vorbereiten lassen."

Das Triclinium war zwar großzügig bemessen, aber für fünf Personen dennoch ein wenig eng. Stephanos hatte vier Clinen und für Julia einen Stuhl aufstellen lassen. Es schickte sich natürlich nicht, dass Gaius' Frau mit Gästen zu Tisch lag, selbst wenn diese wie Sextus und Syros zur Familie gehörten.

„Euer Vater hat mir Briefe für euch mitgegeben!" Sextus pellte sorgfältig seine Eier aus der Schale. „Ja, und er meinte, vielleicht ist er schon Großvater, wenn er Ende des Jahres nach Hause kommt!", warf Syros anzüglich ein und knabberte genüsslich an einer Stange Porree. Gaius funkelte ihn an. „Oh, Marcus wird Vater?", bemerkte Julia leichthin. „Das hat er in seinem letzten Brief gar nicht erwähnt?"

Syros setzte ein verschmitztes Lächeln auf. „Äh, nein, nicht Marcus, er dachte dabei an seinen anderen Sohn!"

„Lucius!", sagte Julia mit gespieltem Entsetzen. „Du hast ein Mädchen geschwängert und es uns nicht gesagt? Wer ist es?"

Lucius setzte eine betont ernste Miene auf. „Caesars Frau!", rief er in die Runde.

„Aber die muss über jeden Zweifel erhaben sein!", ergänzte Gaius lachend.

Dieser Ausspruch über Caesars Frau war ein Klassiker und wurde häufig auf der Bühne benutzt. Was es mit Caesars Frau auf sich hatte, wusste keiner mehr. Irgendetwas hatte es mit dem berüchtigten Volkstribun Clodius zu tun, Details waren unwichtig. Allein die Forderung Caesars, eines stadtbekannten Ehebrechers, an seine Frau, über jeden Zweifel erhaben zu sein, erheiterte die Römer noch eine Generation später über die Maße. Gaius spuckte vor Lachen ein Stück Thunfisch aus, das im hohen Bogen in seinem Trinkbecher landete. Syros japste lachend auf, Sextus hielt sich den Bauch: „Seit wann versuchst du Maecenas in den Schatten zu stellen? Mulsum mit Thunfisch? Ein wahrer Gaumenschmaus für Epikureer!“, stieß er mühsam hervor.

„Wenigstens kein gekochter Esel!“ Lucius schüttelte es bei dem Gedanken.

„Wenn dir gekochter Esel zuwider ist, darfst du dich in Rom aber nicht einladen lassen!“, bemerke Syros mit Tränen in den Augen. „Schon mal Schweine-Euter gegessen? Oder die Gebärmutter von Jungsäuen?“ Syros feixte über die fassungslosen, angeekelten Gesichter der anderen.

„Gaius!“, rief Julia entgeistert.

„Degenerierte!“, knurrte Sextus und nahm sich noch ein Stück von dem Thunfisch.

Gaius hatte unterdessen sein Getränk von unerwünschten Zutaten befreit und trank einen Schluck von dem Honigwein.

„Willst du uns den Appetit verderben? Erzähle lieber, was sich im Osten tut! Die Gerüchte, die wir gehört haben, sind widersprüchlich. Die Parther geben die Feldzeichen zurück, verweigern aber die Rückgabe der Gefangenen. Einmal heißt es, Tiberius sei in Armenien eingefallen, dann auf einmal soll eine parthische Marionette auf Armeniens Thron sitzen und dann sagt man wieder, Sieg auf der ganzen Linie für Rom.“

Syros griff schnell noch nach einem Stück Porree, bevor Stephanos auf Gaius’ Geheiß die Vorspeisen abräumen ließ. „Es stimmt von allem ein wenig! Die Lage im Osten ist sehr kompliziert. In Hispanien und Gallien herrscht Rom direkt, im Osten meist indirekt“, erklärte er und biss in den Porree.

„Wieso indirekt? Asia, Syria, Bithynia et Pontus, Ägypten und seit Neuestem Galatien. Der Osten besteht doch nur aus römischen Provinzen, mit Ausnahme des kleinen Kleckses, der sich Judäa nennt, und dahinter kommen Parthien und Armenien!“, warf Lucius eifrig ein. Endlich ein Thema, bei dem er mitreden konnte!

Syros seufzte ein wenig und sah einen Moment lang schweigend zu, wie der Hauptgang aufgetragen wurde. Grüner Kohl, Bohnen mit Speck und Huhn. „Ja, das ist eine Meinung, wie sie in Rom ebenfalls stark vertreten ist," bemerkte er resigniert. „Aber leider zeigt es nur die Unkenntnis in der Stadt und die Unwissenheit über die tatsächlichen Gegebenheiten im Osten!"

„Dann kläre uns auf und erhelle uns mit deinem Wissen, oh Weiser!", deklamierte Gaius, schöpfte den Wein aus der Weinschale und schüttete ihn durch ein Sieb in den Trinkbecher. „Zwei zu drei", sagte er halblaut zu Stephanos, der sofort begann, den Becher mit Wasser aufzufüllen, und ihn an Sextus weiterreichte.

„Also, die östlichen Provinzen bilden kein zusammenhängendes Gebiet wie Hispanien." Syros stellte seinen Weinbecher vor sich und zeigte darauf: „Hier ist Syrien, östlich davon Parthien, nördlich davon Armenien und hier im Westen sind die Provinzen Asia, Bithynia et Pontus und Galatia. Zwischen Armenien und diesen drei Provinzen liegen Lycia, Cappadocien und Pontus, in denen befreundete Könige herrschen. Der König von Armenien, König Artaxes, ist alles andere als ein Freund der Römer. Das heißt, er *war* kein Freund der Römer, denn er wurde ermordet. Schlecht für uns!"

„Warum?", fragte Gaius erstaunt. „Ich denke, er war ein Feind Roms. Das müsste doch die Situation vereinfacht haben."

„Die Nachfolgefrage ist ziemlich kompliziert!", warf Sextus ein.

„Also", Syros holte tief Luft, „Phraates von Parthien hätte am liebsten den ältesten Sohn des Artaxes, Artaxes den Jüngeren, auf den Thron von Armenien gesetzt, weil der mit einer seiner Töchter verheiratet ist. Das passte Agrippa nicht, denn der wollte, dass Tigranes, der jüngere Bruder von Artaxes, den Thron besteigt. Davon war wiederum Phraates nicht gerade begeistert, denn Tigranes ist als Freund Roms bekannt. Er wollte einen Tausch machen, die Feldzeichen von Crassus und Antonius gegen Artaxes den Jüngeren auf dem Thron. Dazu ein Versprechen Roms, sich aus den inneren Angelegenheiten Parthiens und Armeniens herauszuhalten. Dafür würde er im Gegenzug die Freilassung von Gefangenen in Erwägung ziehen."

„Und?", fragte Lucius gespannt.

„Du musst dir die Situation vorstellen!", erläuterte Syros. „Agrippa auf einem Podium in seinem curulischen Stuhl sitzend. Hinter ihm seine zwölf Liktoren. Über ihm ragen seine blaue Standarte und die Adler der syrischen Legionen auf, auf der rechten Seite sitzen die Spitzen der römischen Gesellschaft und auf der linken Seite Herodes, König von Judäa, und die Abgesandten von Cappadocien und Armenien. Dann kommen die Unterhändler der Parther und stellen solche Forderungen. Agrippa bekommt einen Wutanfall, er droht den Unterhändlern mit der Hinrichtung, ruft nach seinem Schwert und schwört, lieber gehe er wie Crassus in der Wüste zu Grunde, als solch eine schmachvolle Vereinbarung zu schließen. Herodes fällt ihm in den Arm und beschwört ihn bei allen Göttern, sich nicht an den Unterhändlern zu vergreifen!"

Syros warf einen Blick in die Runde, als wollte er sich versichern, dass alle zuhörten. Lucius folgte seinem Blick und stellte fest, dass selbst Julia wie gebannt an Syros' Lippen hing, was Gaius offensichtlich völlig entging, da er diese unziemliche Neugier nicht tadelte.

Als Syros zufrieden feststellte, dass er die Aufmerksamkeit aller hatte, fuhr er fort: „Agrippa tobt weiter und ist gar nicht mehr zu beruhigen. Herodes schickt die eingeschüchterten Unterhändler fort und Tiberius weist einen der Liktoren an, sie sicher durch die Menge, in der sich viele Soldaten befinden, zu geleiten. Während die Unterhändler weggeführt werden, brüllt Agrippa hinter ihnen her: ‚Ich habe Pompeius, Antonius und Kleopatra vernichtet. Ich werde Ekbatana, Seleukia und Susa schleifen und mir den Kopf von Phraates holen.' Einen Moment herrscht völliges Schweigen. Dann bricht ein Jubelsturm los. Die Soldaten stürmen auf das Podium zu und schreien vor Begeisterung. Herodes klopft Agrippa begeistert auf die Schulter und die Abgesandten von Cappadocien applaudieren verzückt. Man hatte den Eindruck, dass alle sofort bereit waren, gegen die Parther zu ziehen."

„Und dann?" Lucius war nicht minder gefesselt von Syros' Bericht.

„Phraates schickte neue Unterhändler, die sich wortreich entschuldigten und berichteten, dass ihre Vorgänger hingerichtet worden seien, weil sie die Worte des Königs derart verdreht hätten. Dann luden sie Agrippa ein, nach Ekbatana zum Großkönig zu kommen. Der aber lehnte dankend ab und schickte stattdessen Tiberius."

„Und der hat die Feldzeichen zurückgebracht und die Gefangenen auch!", beeilte sich Sextus, die Geschichte abzukürzen, die er schon zu Genüge kannte.

Syros sah ihn ein wenig verärgert an, nickte aber zustimmend. „Und dieses Jahr zieht Tiberius mit den Legionen nach Tigranocerta, um Tigranes auf den Thron zu setzen!"

Lucius stieß einen erstaunten Pfiff aus. „Also ein Erfolg für Rom auf der ganzen Linie. Und König Phraates hat dem zugestimmt?"

„Nun ja, er sieht es mit etwas anderen Augen. Seit Jahren droht ihm von Rom ein Vergeltungszug wegen Carraeh. Der Angriff von Marcus Antonius ist gescheitert, aber nach dem Ende des Bürgerkrieges kann jederzeit der nächste folgen. Phraates gibt die Feldzeichen zurück und Rom erkennt seine Herrschaft an. Tigranes ist in Rom erzogen worden und wird sich deshalb nicht gegen uns stellen. Armenien kann sich ohne Roms Hilfe aber nicht gegen die Parther wenden. Damit sind die Armenier neutral. Phraates kann sich also nun ganz auf seine innenpolitischen Feinde konzentrieren. Tiridates erhebt Anspruch auf den parthischen Thron. Rom hat sich verpflichtet, ihn nicht zu unterstützen."

Gaius runzelte verwundert die Stirn. „Warum dann dieses Jahr der Feldzug?"

„Eine Demonstration! Das ist bei den Königen im Osten äußerst wichtig", erklärte Syros. „Erstens wird Tigranes und Armenien gezeigt, wem Thron und Unabhängigkeit zu verdanken sind, zweitens demonstriert Rom Phraates seine Macht und drittens erhält Tiberius die Gelegenheit, Ruhm zu erwerben."

Für einen Moment herrschte Schweigen, während man über das Gehörte nachdachte.

„Das ist bestimmt aufregend, oder?", fragte Lucius wissbegierig. „Du musst mir alles von den Ländern und Völkern erzählen, die du kennengelernt hast!"

Syros lachte: „Haben wir einen Abend oder ein Jahr Zeit? Der Osten ist ein buntes Gemisch von Völkern - Syrer, Griechen, Römer, Armenier, Ägypter, Phönizier, Judäer."

Er trank noch einen Schluck. Dann sah er sich suchend um: „Kein Garum?", fragte er zu Gaius gewandt. Lucius grinste in sich hinein, in Erwartung eines bissigen Kommentars von Gaius. Syros konnte die Vorbehalte seines Bruders gegen die würzige Fischsauce, die jeden Eigengeschmack übertünchte, nicht kennen. Gaius verzog nur leicht das

Gesicht: „Stephanos, bringe bitte das Garum!“ Er schaffte es sogar, den Widerwillen in seiner Stimme zu unterdrücken.

Syros fiel es anscheinend nicht auf. Er wandte sich wieder an Lucius und fuhr fort zu erzählen: „In einigen Jahren will mein Vater mit mir nach Ägypten reisen. Dann werde ich Jerusalem und Alexandria kennenlernen.“ Syros erzählte, dass er es kaum erwarten konnte, vollwertig im Geschäft seines Vaters zu arbeiten. „Andere Länder und Menschen sehen - Rhodos, Athen und Gades, die Zinninseln, Kolchis, das Euxenische Meer. Vielleicht sogar eines Tages Indien.“

Syros' Augen leuchteten begeistert bei dieser Aufzählung.

Sextus lächelte. „Das scheint eine Familienkrankheit zu sein. In jeder Generation wird einer vom Fernweh infiziert. Lucius schwärmt auch von anderen Ländern.“

„Ich nicht.“ Gaius schüttelte heftig den Kopf. „Ich finde das Reisen anstrengend. Mir reicht es, nach Lugdunum und Massilia zu fahren. Als ich vor vier Jahren nach Rom gereist bin, war ich von den Strapazen ganz erledigt.“

„Wie hat dir Rom gefallen, Gaius?“, fragte Syros.

„Wenn du die Bauten in Rom gesehen hast, erscheint dir alles andere klein“, antwortete Gaius.

Syros nickte. „Wir haben auf unserer Reise Athen angelaufen. Dann Brundisium, Syrakus und Neapel. Alles wunderschöne Städte, aber Rom ist unübertrefflich. Das Herz der Stadt ist fast ganz aus Marmor“, schwärmte er. „Und überall wird immer noch eifrig gebaut. Augustus und Agrippa werden eine Stadt aus Marmor hinterlassen.“

„Gibt es Städte im Osten, die sich mit der Größe und der Pracht Roms messen können?“, fragte Lucius, begierig, mehr zu erfahren.

„Alexandria oder Babylon vielleicht, eventuell Susa. Ich habe diese Städte bisher noch nicht gesehen“, erwiderte Syros nachdenklich. „Nur Ekbatana!“

„Ekbatana?“, fragte Gaius erstaunt. „Ekbatana in Parthien? Was hast du da gemacht?“

Anstatt zu antworten, nahm Syros einen weiteren Schluck aus seinem Weinbecher.

Gaius und Lucius warteten ungeduldig auf seine Antwort. Sextus lächelte über die gespannte Erwartung seiner Neffen.

„Nun, ich war mit meinem Vater dort!", antwortete Syros knapp.

Gaius und Lucius sahen sich verdutzt an. Das war doch keine Erklärung. Ekbatana lag viele Meilen weit im Reich der Parther, und gegen die Parther hatte Rom bis vor kurzem offiziell noch Krieg geführt.

Als Syros schwieg, hakte Lucius nach. „Und was machte dein Vater dort?"

„Mein Vater? Mein Vater hat euren begleitet", entgegnete Syros.

Gaius und Lucius sahen fragend zu Sextus hinüber. Der schien aber ganz in sein Essen vertieft zu sein. Lucius überkam der Verdacht, dass Syros sie zum Besten hielt. Er sah sich seinen Vetter genau an. Aber Syros schaute ganz arglos zurück. Dann sah Lucius nochmals zu Sextus. Der blickte ganz unbefangen zu seinem Neffen. Er lachte nicht, oder besser: Er lachte ganz betont nicht.

Die beiden nehmen uns auf den Arm, schoss es Lucius durch den Kopf. Auch Gaius musste dieser Gedanke gekommen sein. Er griff nach ein paar Trauben und warf sie Syros an den Kopf.

„Nun los, rede schon!"

Syros lachte laut auf und Sextus platzte heraus: „Oh, ihr Götter! Eure Gesichter sind zu köstlich. Wie zwei Schafsböcke!"

Etwas gequält und unsicher stimmten Gaius und Lucius in das Lachen ein. Ihr Vater hielt es offenbar für völlig unnötig, sie in seine Missionen einzuweihen. Endlich erbarmte sich Syros und begann zu erzählen: „Marcus Agrippa wollte Verhandlungen mit den Parthern. Dazu gehört natürlich mehr, als nur herumzuschreien. Mein Vater hat gute Beziehungen zu den Parthern, da wir mit ihnen Geschäfte machen. Agrippa wollte sich das zunutze machen, daher hat er unsere Familie einbezogen. Also sind unsere Väter nach Ekbatana gereist. Ich habe sie als Sekretär begleitet."

„Und weiter?"

Syros machte eine Pause, um die Spannung zu steigern: „Nun, Verhandlungen nehmen im Osten viel Zeit in Anspruch. Da gibt es viele Kleinigkeiten zu beachten und man muss die Form wahren. Das bedeutet eine Reihe von Besuchen und Gegenbesuchen, Einladungen und Geschenken bei Geschäftsleuten, die jemanden kennen, der jemanden kennt, der der Vetter von jemandem ist, der das Ohr des dritten Eunuchen hat, der der dritte Sohn von jemandem ist!"

Lucius schwirrte der Kopf. „Und der ist dann jemand vom Königshaus!"

„Nein, er aber kennt jemanden, von dem er gehört hat, dass er jemanden aus dem Königshaus kennt!", warf Gaius trocken ein.

„Wie ich sehe, kennst du dich aus!", stellte Syros fest und alle lachten.

„Woher kanntet ihr die politischen Verhältnisse im Reich der Parther so genau?", hakte Gaius nach.

„Die Verhältnisse bei den Parthern kennt im Osten jeder Händler. Aus Geschäftsgründen sozusagen. Für einen Händler ist es ungemein wichtig zu wissen, welcher König auf Krieg und welcher auf Frieden aus ist." Mit einem durchtriebenen Grinsen fügte er hinzu: „Und wer wen kennt und kennen könnte und so weiter!"

Lucius musste plötzlich an etwas anderes denken. „Was ist denn mit den römischen Gefangenen?"

„Du denkst an unseren Onkel? Die Gefangenen werden zwar freigelassen, aber unser Onkel stand auf keiner der Listen. Er ist immer noch verschollen. Wahrscheinlich längst tot", sagte Syros traurig. „Unsere Väter sind nach Nisibis gereist, um bei der Rückgabe der Adler dabei zu sein."

„Wann Gnaeus nach Arausio zurückkehrt, kann ich nicht mit Bestimmtheit sagen!", bemerkte Sextus. „Aber er kehrt in jedem Fall dieses Jahr noch nach Italien zurück. Da es noch einiges zu erledigen gibt, bleibt er den Winter über vielleicht in Rom. Allerdings hat er Pläne mit euch. Daher soll ich euch seine Wünsche übermitteln."

„Pläne?", fragte Lucius verwirrt.

„Wünsche?", ergänzte Gaius misstrauisch.

„Ja. Du, Gaius, sollst dich in diesem Jahr um ein Amt bei den Vigintiviri bewerben!", sagte Sextus. Gaius verschluckte sich am Wein und prustete ihn über den Tisch.

„GAIUS!" Julia sah ihn empört an, aber Gaius röchelte nur und versuchte den Wein aus seiner Luftröhre zu husten. Sextus war ihm behilflich, indem er ihm auf den Rücken klopfte. Seine tellergroßen Hände sausten mit einer solchen Wucht auf Gaius' Rücken, dass Lucius befürchtete, er würde seinem Bruder das Kreuz brechen.

„Ich soll mich dieses Jahr wählen lassen?", keuchte Gaius schließlich.

„Warum nicht?", fragte Sextus. „Die Wahlen sind erst im Juli, das gibt dir Zeit, deine Kandidatur einzureichen und deinen Wahlkampf zu führen. Die Justinii Marcelli sind in Arausio bekannt, du hast gute Chancen, gewählt zu werden."

„Aber ich habe schon einem Kandidaten für die *triumviri capitales* und einem Kandidaten für das Amt des Kurators für die Wasserversorgung Unterstützung zugesagt", erklärte Gaius mit Nachdruck. „Und wenn ich nicht als Triumvir für die öffentliche Ordnung kandidieren kann, bleibt nur das Amt eines *duovir viarum* für die Straßen in der Stadt oder das eines Quatrovir für die Straßen außerhalb der Stadt übrig. Diese Ämter sind eine Zumutung."

„Wie sieht es denn mit Verbindungen zum Statthalter aus?", fragte Syros. „Er könnte dich doch auf die Liste der Richter setzen!"

Sextus winkte ab. „Egal, als was du dich aufstellen lässt, Gnaeus will, dass du nächstes Jahr ein Amt bekleidest, damit du jederzeit einen Platz im Stadtrat beanspruchen kannst. Selbst wenn du noch nicht Quästor warst. Das steht in einem der Briefe, lies sie in Ruhe, es gibt einige Veränderungen."

„Was denn noch?", fragte Gaius ein wenig gequält. „Soll ich mich noch um ein Priesteramt bewerben?"

„Nein, aber außer dem Anbau und Verkauf von Wein möchte Gnaeus, dass sich die Familie ums Geldgeschäft kümmert."

„Ums Geldgeschäft?", fragte Gaius entsetzt. „Davon verstehen wir doch gar nichts!"

„Deswegen ist Syros hier! Er wird dir helfen!"

„Ich soll mich mit einem Tisch auf das Forum setzen und den Geldwechsler spielen? Bei allen Furien, das tue ich nicht!" Gaius' Gesicht war dunkelrot angelaufen und es sah so aus, als würde er gleich auf Sextus losgehen. Julia legte ihm beruhigend die Hand auf den Arm: „Ruhig, mein Gemahl, ich bin sicher, dass dies nicht in der Absicht deines Vaters liegt!"

Syros nickte: „Es geht um etwas völlig anderes. Agrippa ist wieder Statthalter für ganz Gallien, um die Neuordnung abzuschließen. Die letzten Unruhen liegen Jahre zurück und Handwerk und Handel blühen auf. Es werden vermehrt Luxusgüter, Möbel und Geschirr aus Italien nach Gallien exportiert. Über kurz oder lang werden einheimische

Handwerker damit anfangen, diese Güter selbst herzustellen, um den Markt vor Ort zu beliefern. Ich rede nicht von kleinen Handwerksbetrieben, sondern von großen Massenanfertigungen. Die großen Handwerksbetriebe brauchen natürlich Kapital für Werkstätten, Maschinen und Menschen. Dieses Kapital kann von einem Konsortium bereitgestellt werden! So ein Konsortium schwebt Onkel Gnaeus vor."

Gaius blickte irritiert auf Lucius. Was denn, dachte Lucius, bis er merkte, dass er seine Würstchen mit Garum überschwemmte. „Warum lassen wir überhaupt würzen, wenn du alles in Garum ertränkst?", kritisierte Gaius diesen Vorgang und fragte dann Syros: „Ein Finanzier also?" Er dachte einen Moment nach. „Aber so viel Geld haben wir nicht!"

„Es muss nicht nur eigenes Geld sein!", warf Sextus ein. „Du kennst doch die Menschen hier in der Umgebung, als Stadtrat wirst du ein geachteter Mann sein und als Anwalt weißt du eine Sache zu vertreten! Ich werde dir das alles noch genau auseinandersetzen!"

Lucius hatte zuerst noch interessiert zugehört, aber jetzt, da es um die Details ging, fing er an, sich zu langweilen. Natürlich war es interessant, wie man eine Provinz verwaltete, aber dafür hatte man ja schließlich seine Sklaven und Freigelassenen. Er bemerkte, wie ihn alle ansahen, und ihm wurde klar, dass ihn jemand etwas gefragt hatte. „Bitte?", fragte er unverbindlich in die Runde und trank einen Schluck von dem verdünnten Wein.

„Ich habe einen Lehrer für dich in Rom angeworben. Er wird in den nächsten Tagen hier eintreffen", wiederholte Sextus mit gerunzelten Brauen.

„Was denn für einen Lehrer?", seufzte Lucius ergeben.

„Einen Schwertkämpfer", sagte Sextus leichthin.

„Einen was?", brüllte Lucius begeistert. Er glaubte, sich verhört zu haben. Einen Schwertkampflehrer, für ihn?

Sextus fuhr fort: „Er heißt Pertinax und war ein Meister der Arena. Jetzt ist er im Ruhestand."

„Pertinax?", fragte Gaius nach. „Es gab mal vor einigen Jahren einen bekannten Gladiator mit diesem Namen. Er hat als Thraker gekämpft."

„Und als Samnite", bestätigte Sextus. „Er wurde vor vier Jahren freigelassen. In der ersten Zeit betätigte er sich wohl als Rausschmeißer in Bordellen, aber dann war er Ausbilder bei den spanischen Legionen.

Er ist jetzt erst zurückgekehrt. Dein Vater hat ihn ausdrücklich benannt. Ein Tipp unter alten Kameraden oder so."

„Wo ist Pertinax jetzt?", fragte Lucius begierig.

„Er ist bereits in der Stadt und sucht eine Unterkunft!"

Schwerttraining bei einem Gladiator. Seine Freunde würden vor Neid erblassen, wenn er mit seinen neu gewonnenen Fähigkeiten in der Palaestra trainieren würde. Als Erstes musste er die Siegespose der Gladiatoren lernen, Appius hatte doch diese Vase, auf der Gladiatoren abgebildet waren.

„Freue dich nicht zu früh!", mahnte Sextus schmunzelnd. „Schwertkampftraining ist kein Kinderspiel, sondern hartes Training, härter als Ringen oder Boxen."

Lucius hörte ihn, war aber mit seinen Gedanken schon weit weg. Lucius der Schwertkämpfer, dachte er über seinen Beinamen nach, Lucius der Sieger. Er bemerkte Gaius' spöttischen Blick und hörte, wie sein Bruder zu den anderen sagte: „Mit ihm brauchen wir nicht mehr zu rechnen! Er ist im Elysium!", aber das kümmerte ihn nicht.

Als Stephanos das Obst brachte, nahm er sich einen Apfel und sah versonnen zu, wie der Sklave die kleine Opferschale vor Gaius hinstellte. Gaius legte ein Würstchen und ein bisschen Kohl hinein und reichte sie Stephanos zurück, damit dieser sie zum Hausaltar brachte. Dann streute er etwas Weihrauch in die Lampe und dankte den Göttern für das Essen. Und ich, dachte Lucius, werde Fortuna ein Opfer bringen. Ich bin ein Glückskind.

Als sich die Unterhaltung erneut der Lage in Rom zuwandte, wurde Lucius wieder aufmerksam und vergaß seine Träumereien für einen Moment. Händler hatten von Unruhen in der Stadt erzählt.

„Was gibt es Neues aus Rom?", fragte Gaius interessiert. „Es soll Aufruhr gegeben haben?"

Sextus seufzte schwer: „Kannst du dich noch an den Ädilen Marcus Egnatius Rufus erinnern?" Gaius zuckte ratlos mit den Schultern. Lucius erinnerte sich an einen Brief von Marcus: „War das nicht der, der seine Sklaven zur Feuerbekämpfung eingesetzt hat?", fragte er vorsichtig.

Sextus nickte bestätigend. „Das machte ihn so populär, dass er zum Prätor gewählt wurde!"

„Ach ja, richtig!", erinnerte sich Gaius jetzt. „Augustus hatte aber vor seiner Abreise selbst die Gründung einer Einheit in Auftrag gegeben, die *vigilis*, und Agrippa hatte vor seiner Abreise nach Hispanien die Ordnung in der Stadt wiederhergestellt, oder nicht?"

„Nur kurz!", antwortete Syros. „Rufus hatte eine beträchtliche Zahl von Anhängern gesammelt, und kaum, dass Agrippa die Stadt verlassen hatte, kamen sie wieder aus ihren Löchern!"

„Ja, und jetzt wollte er sich sogar unter Umgehung der *lex Villia annalis* zum Konsul wählen lassen", ergänzte Sextus.

„Zum Konsul!", sagte Gaius verblüfft. „Ich hatte so etwas gehört, aber es für eine Latrinenparole gehalten."

„Nein, es war keine!", widersprach Sextus. „Es kam zu einigem Durcheinander. Gaius Sentius Saturninus musste sein Amt allein antreten und Rufus versuchte seine Anhängerschaft zu mobilisieren. Zum ersten Mal seit Jahren kam es wieder zu Schlägereien auf dem Forum!"

„Kann er die Stadt übernehmen?", fragte Lucius besorgt. „Wird es einen Aufstand geben?"

„Nein!" Sextus schüttelte energisch den Kopf. „So fanatisch ist seine Anhängerschaft nicht! Die meisten sind Hitzköpfe, die überschüssige Energie loswerden müssen, aber keiner legt Wert auf eine Veränderung und auf einen neuen Krieg. Saturninus hatte die Situation die meiste Zeit im Griff, und Titus Statilius Taurus ist auch noch da. Mit seinen Gladiatoren und den Vigilen könnte er jeden Aufstand unterdrücken. Es wird einen heißen Sommer geben, aber spätestens, wenn Augustus Ende des Jahres wieder in Rom ist, wird der Spuk vorüber sein!"

„Hoffentlich!", sagte Gaius und stand auf. Jede Unruhe, jede Intrige in Rom hatte irgendwann auch die Provinzen in Mitleidenschaft gezogen. Seit zehn Jahren herrschte nun Frieden. Man konnte nur hoffen, dass dies noch lange so bleiben würde.

In den nächsten Wochen musste Lucius beim Wahlkampf helfen. Zuerst richtete Gaius einige Abendessen für befreundete und einflussreiche Familien aus, um auszuloten, mit welcher Unterstützung er rechnen konnte. Syros erwies sich als unschätzbare Hilfe, da seine Erzählungen von den Ereignissen im Osten den Gästen den Eindruck vermittelten, dass es sich lohnen würde, einen Justinii Marcellii zu unterstützen. Gnaeus Marcellus hatte die Gründung der *colonia* geleitet und war einer der reichsten und angesehensten Bürger Arausios, aber seine häufige Abwesenheit hatte verhindert, dass die Familie auch politisch an Bedeutung gewann. Gaius konnte sich schließlich der Unterstützung einiger Stadträte versichern, die ihm Männer aus ihrem Stab mit Erfahrung im Wahlkampf überließen.

Die Entscheidung, für welches Amt Gaius kandidieren würde, war nicht leichtgefallen. Die Justinii Marcellii hatten schon einigen Kandidaten ihre Unterstützung zugesagt, so dass Gaius jetzt nicht gegen sie antreten konnte. So blieben nur die ungeliebten Ämter der Kuratoren für die Straßen. Die Aufgabe der *duoviri viarum* war es, sich um den Zustand und die Sauberkeit der Straßen innerhalb der Stadt zu kümmern. Damit befanden sie sich zwischen Scyllia und Charibdis: Verrichteten sie das Amt anständig, machten sie sich bei den Nachbarn unbeliebt, weil sie Bußgelder verhängen mussten. Ließen sie die Zügel schleifen, bestand die Gefahr, von einem politischen Gegner wegen Vernachlässigung der Amtspflichten verklagt zu werden.

Die *quatroviri viarum* waren für die Straßen außerhalb der Stadt zuständig. Sie reisten das ganze Jahr in der Provinz umher. Sie mussten überprüfen, ob die Wege zwischen den Feldern frei blieben und ob die Hauptwege ordnungsgemäß bepflastert worden waren. Außerdem mussten sie Reparaturen veranlassen und diese manchmal sogar selbst bezahlen. Obwohl dieses Amt mit vielen Unbequemlichkeiten und Reisen verbunden war, hatte Gaius sich dafür entschieden.

Die Nachbarn pinselten Werbeparolen an die Wände und Gaius versicherte sich der Hilfe einiger Händlervereinigungen. „Wählt Gaius Marcellus zu einem der Quatroviri, wir, die Nachbarn, empfehlen dies." „Die Obsthändler bitten, Gaius Justinius Marcellus die Aufsicht über die Straßen zu geben. Er ist ein guter Mann." „Marcellus als Quatrovir, Quintus Annius empfiehlt dies!"

Diese und andere Sprüche tauchten an den Häuserwänden auf. Gaius selbst ging jeden Morgen in der *toga candida* zum Forum, um sich bei den Wählern bekannt zu machen. Jeden Abend beriet er sich mit seinen Freunden und Wahlhelfern und studierte außerdem die Gesetze und Verordnungen zum Thema Straßenwesen.

„Lucius, du musst morgen für mich zum Hof reiten. Sergius braucht mehr Geld für die Erntehelfer und möchte das mit mir besprechen“, sagte Gaius eines Morgens. „Ich habe im Moment keine Zeit, daher bitte ich dich darum.“

„Natürlich, das tue ich gerne!“, sagte Lucius überrascht.

„Ich werde dich begleiten, wenn du willst!“, bot Syros an, der gerade aus Lugdunum zurückgekehrt war.

„Gerne!“ Lucius war hocherfreut. Syros war ihm eine willkommene Reisebegleitung - endlich würde er ihn weiter über den Osten ausfragen können.

Als sie am nächsten Tag zu den Mietställen am Nordtor gingen, erzählte Lucius, dass das Forum der *colonia* am Fuße des Sandsteinhügels angelegt worden war. Dort hatte man das Baumaterial abgetragen, um die Tempel und Basiliken zu bauen. So war die Stadt vom Süden bis zum Fluss und darüber hinaus gewachsen.

Lucius steuerte direkt auf die Stallungen des Gaius Julius Catuvoix zu. Catuvoix war ein Voconter, der das Bürgerrecht erhalten hatte, als Augustus sich noch Gaius Julius Caesar nannte.

Lucius und Syros betraten den Hof. Der typische Geruch nach Mist, Stroh und Pferd lag in der Luft. Ein grobschlächtiger Gallier mistete gerade einen Stall aus. Als Lucius ihn ansprach und nach Catuvoix fragte, starrte er ihn nur blöde an. Lucius wiederholte die Frage in dem vocontischen Dialekt, den er von seiner Mutter gelernt hatte, und dann noch einmal in dem Dialekt der Allobroger, den er von seiner Kinderfrau kannte. Der Gallier zeigte keine Reaktion. Er starrte ihn nur mit offenem Mund an, so dass man seine Stummelzähne sehen konnte, spuckte aus und machte sich wieder an seine Arbeit.

Lucius kochte innerlich vor Wut. Wie konnte dieser Stallknecht es wagen, ihn so stehen zu lassen? Syros sah ihn fragend und zugleich erwartungsvoll an. Lucius wusste nicht, was er tun sollte. Wo war Catuvoix? Was sollte Syros bloß von ihm denken, wenn er sich so abservieren ließ? Er sprach den Knecht noch in einigen Mundarten an, aber der reagierte gar nicht mehr. Endlich kam Catuvoix aus einem der Gebäude. Er war römisch gekleidet und frisiert, aber unverkennbar ein Gallier. Prüfend wanderte sein Blick über den Hof und blieb an Lucius hängen.

Catuvoix erkannte ihn sofort. Er sah den Ärger in Lucius' Miene und reagierte prompt.

„Du blöder Trottel!", brüllte er seinen Knecht in Vocontii an. „Kannst du mir nicht umgehend Bescheid sagen, wenn wichtige Gäste kommen, oder diese sofort zu mir schicken? Ich sollte dich auspeitschen lassen!" Catuvoix schäumte regelrecht vor Wut. „Verzeiht, Lucius Justinius, dass du und dein Begleiter warten musstet, weil dieser Barbar keine Manieren hat. Womit kann ich euch dienlich sein?"

Lucius versuchte, seinen Ärger herunterzuschlucken und Haltung zu bewahren. „Mein Vetter Gaius Justinius und ich benötigen zwei Pferde für einige Tage!", erklärte er von oben herab.

Catuvoix pfiff auf den Fingern und sofort eilte ein weiterer Gehilfe herbei. Catuvoix überschüttete ihn mit hektischen Anweisungen. Der Stallknecht rannte sogleich los, und kurz darauf standen zwei fertig gesattelte Pferde für Lucius und Syros bereit. Lucius war dankbar, dass Syros die peinliche Szene nicht weiter erwähnte, als sie durch das Nordtor zur Stadt hinaus ritten.

Sie nahmen die Via Agrippa nach Norden. Die Straße war belebt. Sie begegneten Kaufleuten, Jägern, Bauern und sogar einem berittenen Kurier. Alle Reisenden machten ihm Platz, sobald sie die Schärpe sahen, die ihn als Boten kennzeichnete. Er flog förmlich an ihnen vorbei und Lucius sah ihm nach. Ein guter Kurier schaffte an einem Tag 130 Meilen. Beim Gedanken daran schmerzte Lucius schon der Hintern.

Syros erzählte Lucius von seinen Reisen und vom Leben in Osten, so dass die Zeit schnell verging.

Am späten Nachmittag erreichten sie die Abzweigung zum Hof, und wie jedes Mal an dieser Stelle wurde Lucius warm ums Herz. Er lebte jetzt schon eine Reihe von Jahren in Arausio, aber seine Kindheit hatte er auf dem Hof verbracht. Immer, wenn er den Meilenstein an der Abzweigung sah, wusste er: Noch eine Stunde, und ich bin zu Hause.

„Wie weit noch?", fragte Syros, als sie von der Straße auf den Feldweg abbogen.

„Etwa zehn Meilen!"

Zwischen den Feldern waren vereinzelt die *villae rusticae* zu sehen, die dazugehörigen Höfe und Güter. Als sie an einem großen Weingarten vorbeiritten, sagte Lucius stolz: „Dies gehört bereits unserer Familie!" Endlich, nachdem sie in den Weg, der direkt zum Hof führte, abgebogen waren, konnte man die schmutzig grauen Steine der Umfassungsmauer erkennen. Sie ritten auf das Tor zu. Je näher sie kamen, umso mehr Einzelheiten konnten sie erkennen.

„So ein Bild muss Vergil vor Augen gehabt haben, als er das Landleben pries!", rief Syros begeistert.

Lucius wies auf das Gebäude rechts vom Tor: „Das hier ist die Scheune und dahinter, das große Gebäude mit dem roten Dach, ist Werkstatt, Schmiede und Badehaus. Wir brauchen nur einen Ofen, um alle drei zu betreiben. Das links vom Tor ist der Stall für Ochsen und Pferde mit der Koppel. Dahinter liegt noch das Gebäude, in dem der Wein hergestellt wird. Das Wohnhaus ist weiter hinten in einem kleinen Park." Lucius war stolz, als er sah, wie beeindruckt Syros von dem Familienbesitz war.

„Das sieht aber nicht sehr italisch oder römisch aus", bemerkte Syros. „Die Höfe, die ich aus Italien oder Syrien kenne, sind ganz anders gebaut. Dort sind alle wichtigen Bereiche in einem Gebäude zusammengefasst."

„Das stimmt. Unser Hof entspricht mehr einer keltischen Farm aus West- und Nordgallien. Perystil und Atrium wirst du auch nicht in der dir bekannten Form finden. Es kann hier im Winter ziemlich kalt werden", entgegnete Lucius und genoss es ein wenig, Syros auch einmal etwas Neues zeigen und erklären zu können.

Sie durchquerten das Tor und standen vor einer Marmorsäule, auf der eine flammend rote Schrift verkündete, dass dieser Hof Eigentum des Gnaeus Justinius Marcellus war. Sie stiegen ab und führten die Pferde am Zügel über den Hof. „Hier sind Wagen und Maschinen untergebracht", erklärte Lucius und wies auf eine langgestreckte Baracke, an die sich die Werkstatt anschloss. Einige Männer arbeiteten an einer Maschine, neben ihnen ein kräftiger, stämmiger Mann, der zusah und Anweisungen gab. Als er den Hufschlag hörte, drehte er sich zu ihnen um und ging ihnen entgegen. Seine Tunica war schlicht, aber sauber.

„Der macht sich die Hände nicht mit Arbeit schmutzig", flüsterte Syros spöttisch.

„Das ist Sergius, der Verwalter", erwiderte Lucius ein wenig ungehalten, denn Syros hatte selbst vermutlich noch nie ernsthafte körperliche Arbeit verrichtet.

Sergius ging ihnen entgegen und reckte den Arm zum Gruß. „Lucius, Herr, es ist eine Freude, dich zu sehen! Du und dein Freund, ihr seid aufs Herzlichste willkommen!"

„Das ist mein Vetter Gaius aus Syrien. Er brachte die Nachricht, dass mein Vater auf dem Heimweg ist."

„Dann ist er uns doppelt willkommen! Steigt ab und gebt uns eure Pferde!"

Sie stiegen ab. Auf Sergius' Wink kam ein Knecht und führte die Pferde fort. Lucius ließ seinen Blick über die Gebäude schweifen. „Es ist schön, wieder hier zu sein. Zwei Jahre sind eine so lange Zeit! An was arbeitet ihr da?"

Sergius deutete auf die Maschine. „Die neue Erntemaschine hat noch ein paar Macken und wir versuchen, sie ihr auszutreiben. Aber geht doch schon einmal vor zum Haus, ihr werdet vor dem Essen noch baden wollen! Meine Frau wird sich freuen, dich wiederzusehen."

Sie gingen an dem Wagenschuppen vorbei. Vor ihnen öffnete sich ein weiter Platz, der auf der einen Seite von kleinen Wohnhäusern und auf der anderen Seite von einem Gänsestall flankiert wurde. Direkt vor ihnen lag, umgeben von einem Park, das Haupthaus. Es erstreckte sich fast über die gesamte Breite des Gutes. Eine vorgelagerte Säulenhalle und zwei Ecktürme gaben dem Bau einen italischen Charakter.

Syros zeigte auf die Wohnhäuser. „Das sind aber komfortable Sklavenunterkünfte!"

„Dort wohnen keine Sklaven, sondern Freigelassene. Wir haben fast keine Sklaven mehr auf dem Hof. Als es vor zehn Jahren zum letzten Mal zu einem Aufstand der Häduer kam, flohen die Römer zur Sicherheit nach Arausio. Sergius und die anderen Sklaven blieben hier, um das Anwesen gegen Diebe und Plünderer zu verteidigen. Deshalb lässt mein Vater sie frei, sobald sie das vorgeschriebene Alter erreicht haben." Lucius machte eine Pause. „Die meiste Arbeit machen sowieso die Tagelöhner. Der Weinanbau ist eine schwierige Angelegenheit, aber über das Jahr braucht man nur wenige Arbeiter. Erst während der Weinlese sind viele Helfer nötig, und da lohnt es sich, Tagelöhner einzustellen. Für das Getreidefeld haben wir die Maschine!"

„Euer Verwalter sieht nicht aus wie ein Gallier", bemerkte Syros. „Er sieht aus wie ein echter Römer oder Italiker!"

„Sergius stammt aus Kampanien", erklärte Lucius. „Vater hatte einen Weinexperten aus Italien kommen lassen und der brachte seine Gehilfen mit. Sergius war einer von ihnen. Gemeinsam haben sie das Weingut aufgebaut. Nachdem der Experte gestorben war, wurde Sergius Verwalter."

Im Haupthaus fanden sie Sergius' Frau, die sie herzlich begrüßte. Dann gingen sie zum Badehaus, um sich den Reisestaub abzuwaschen.

„Wir wollen, dass der Wein dieses Jahr so viel Sonne wie möglich abbekommt, und werden ihn daher nicht im September ernten. Dieses Jahr lassen wir ihn bis Ende Oktober stehen", erklärte Sergius beim Abendessen. „Viel Sonne macht den Wein besser!"

Lucius und Syros nickten höflich. Wenn Sergius das sagt, wird es wohl stimmen, dachte Lucius. „Aber wir müssen Wachen aufstellen, sonst klaut man uns die Trauben weg, ehe der Monat überhaupt angefangen hat. Daher brauche ich mehr Geld! Wir werden die Erntehelfer früher einstellen, dazu ein paar Veteranen und ihre Söhne aus der Nachbarschaft!"

„Wer würde denn die Trauben stehlen?", fragte Syros.

„Abgesehen von den Vögeln? Die Veteranen und ihre Söhne aus der Nachbarschaft!", konterte Sergius trocken. Syros begann zu lachen.

Lucius konnte nicht glauben, was er da hörte. „Das heißt, wir bezahlen die Diebe, damit sie andere Diebe fernhalten?", fragte er entgeistert.

„Natürlich!", erklärte Sergius vergnügt. „Wer kennt die Schliche der Diebe denn besser als ein Dieb?"

„Aber du brauchst doch so viele Männer nicht als Wachen?", warf Syros ein.

„Das nicht, aber wenn ich die Tagelöhner erst im Oktober einstelle, bekomme ich nur die, die kein anderer mehr will, die schlechtesten und faulsten von ihnen! Oder Arbeiter, die sich nicht auf die Weinernte verstehen. Nein, das wäre am falschen Ende gespart. Wir stellen sie wie immer zu den Iden des September ein. Ich werde schon Arbeit für sie finden. Sie können die Wannen und Gefäße für die Ernte reinigen und die eine oder andere Ausbesserungsarbeit verrichten. Es gibt immer genug zu tun."

„Nun, das klingt doch alles ganz vernünftig." Lucius sah Syros unsicher an. Irgendetwas musste er schließlich sagen. „Ich werde Gaius empfehlen, deinem Vorschlag zu folgen!"

Dass Arausio eine Stadt im Aufbau war, konnte man am Gebäude der Therme sehen: Statt hoher, luftiger Baderäume wie in Massilia gab es nur flache Bauten. Einzig der Bereich des Warmwasserbeckens war ein wenig großzügiger gestaltet. Es würde noch Jahre, wenn nicht sogar Jahrzehnte dauern, bis Arausio eine richtige Therme bekam. Lucius ging zur Palaestra hinüber. Nach seiner Rückkehr vom Hof hatte er den Tag kaum abwarten können, an dem sein Training mit Pertinax beginnen sollte. Heute war es endlich so weit!

In der Palaestra herrschte bereits reges Treiben. Alle jungen Männer schienen den warmen Frühlingsabend nutzen zu wollen, um Sport zu treiben. Lucius schlenderte gemütlich über die Anlage und begutachtete fachmännisch die Ringer und Boxer. Er trainierte selbst seit einem Jahr regelmäßig und hatte nach Aussage seines Trainers Talent. Ein Warnruf veranlasste ihn, abrupt stehen zu bleiben, um nicht zur Zielscheibe für den Diskus zu werden. Er winkte seinen Freunden zu, die verdreckt und verschwitzt unter den Kolonnaden lagerten, wich noch schnell einigen Läufern aus und betrat den Umkleidebereich. Er zog sich rasch um und gesellte sich dann zu den anderen. Titus stand an eine Säule gelehnt und sah den Ringern zu, Quintus und Appius würfelten, während Sextus gerade seinen Becher aus dem Weinschlauch füllte.

„Lucius, du bist spät dran! Wir sind schon fertig mit unserem Training!", begrüßte ihn Titus.

Lucius setzte sich. „Ich trainiere heute nicht mit euch. Mein Schwertkampftrainer ist eingetroffen!", sagte er beiläufig. „Los, Sextus, gib mal den Schlauch rüber!"

Der Schlauch blieb auf halbem Weg hängen. „Dein WAS?", fragte Sextus fassungslos.

„Mein Schwertkampftrainer!" Lucius tat erstaunt. „Habe ich euch das nicht erzählt? Bestimmt habe ich das!" Die anderen verneinten empört. „Es ist Pertinax, von der Statilischen Schule“, sagte Lucius, als wäre dies das Normalste der Welt.

„DER Pertinax? Der Pertinax aus Massilia, der vor vier Jahren freigelassen wurde?“, fragte Appius ungläubig. „Du willst uns wohl verkohlen?“

„Nein, ich denke, das ist er!“, sagte Lucius so unaufgeregt wie möglich. Er freute sich über die Gesichter der anderen. Endlich hatte er einmal etwas, womit er auftrumpfen konnte. „Er klärt gerade mit dem Verwalter der Therme das Nötigste, damit ich hier gleich meine erste Stunde im Schwertkampf bekommen kann!“

Appius und Quintus waren sprachlos. Der Jüngste von ihnen, Sextus, sah ihn beinahe ehrfürchtig an. Lucius sonnte sich in der allgemeinen Aufmerksamkeit, bis Titus Sextus plötzlich so in die Seite stieß, dass dieser erschrocken zusammenzuckte.

„Krieg dich wieder ein, Sextus! Noch ist Lucius kein Meistergladiator!“

„Ähem, Lucius, nur mal so gefragt“, begann Quintus vorsichtig, „wofür, in Jupiters Namen, brauchst du Schwertkampftraining?“

Lucius fühlte sich wie in Eiswasser getaucht. „Äh, was?“ fragte er, um Zeit zu gewinnen. Quintus hatte recht, warum hatte sein Vater das angeordnet? Sicher nicht, um ihn in die Arena zu schicken. Vor lauter Freude über die willkommene Abwechslung zum Rhetorikunterricht hatte er sich diese Frage noch gar nicht gestellt. Es war selbstverständlich undenkbar, dass sein Vater abends in Antiochia zu Tisch lag und plötzlich zu Onkel Sextus sagte: „Sextus, mein Lieber, ich will meinem Jüngsten etwas Gutes tun. Such ihm einen guten Schwerttrainer!“

Quintus wiederholte seine Frage. „Mein Vater hat es angeordnet und ich konnte ihn bisher nicht fragen“, suchte Lucius sein Heil in der Rolle des gehorsamen Sohnes. „Warum soll ich mich beschweren? Mein Vater weiß, was er tut. Besser als Reden auswendig zu lernen.“

Appius und Quintus waren entschieden anderer Meinung, wie ihre zweifelnden Blicke verrieten.

Appius wechselte sicherheitshalber das Thema. „Ich habe Platzmarken für das Theater. Am nächsten Markttag spielen sie ein neues Stück von Isarchos. Es geht um die Ptolemäer von Ägypten und soll sehr lustig sein. Außerdem soll Kleopatra in dem Stück vorkommen. Ihr wisst, was das heißt?", sagte er mit anzüglicher Stimme. „Ihr kommt doch alle?"

Die anderen nickten heftig. „Klar, wir sind dabei!"

„Dann zähle ich auf euch! Und vergesst nicht, Wein und Nüsse mitzubringen!"

Dann erzählten Lucius' Freunde, was sie seit ihrem letzten Treffen erlebt hatten: von den Geschäften ihrer Väter, von Reisen nach Lugdunum, nach Massilia oder Narbo, von aufregenden Geschäftsabschlüssen. Lucius ärgerte sich. Was konnte er schon groß erzählen? „Hört mal, ich kann euch die Rede gegen Verres aufsagen"? Pah. Egal, was sein Vater mit dem Schwertunterricht bezweckte - in einigen Jahren würde er, Lucius, von aufregenden Feldzügen berichten können. So oder so. Er würde es allen zeigen.

Fortuna sei Dank kam in dem Moment Pertinax auf sie zu. Der Ex-Gladiator trug zwei hölzerne Übungsschwerter. „Salve, Lucius! Bereit für deine erste Trainingsstunde?", rief er seinem frischgebackenen Schüler zu.

„Klar!", antwortete Lucius eifrig. Im Geiste sah er sich schon als berühmten Kämpfer.

„Gut, dann folge mir zu diesem Baum", sagte Pertinax und ging auf einen der Bäume zu, die den Zuschauern der Wettkämpfe Schatten spendeten.

„Zum Baum?", fragte Lucius erstaunt, folgte ihm aber gehorsam.

„Ich habe mit dem Verwalter gesprochen. Er ist einverstanden, dass du einen der Bäume zu Übungszwecken verwenden darfst. Ich habe schon alles vorbereitet." Er zeigte auf ein eingeritztes Kreuz. „Das ist das Ziel", erklärte Pertinax. Dann reichte er Lucius ein langes, schweres Holzschwert. Das Schwert war doppelt so lang wie ein Gladius und fast doppelt so breit.

„Uhh, ist das schwer", ächzte Lucius.

Pertinax ignorierte ihn. Er zog eine Linie, die einen Doppelschritt vom Baum entfernt war.

„Stell dich hier auf und jetzt: Stoß zu!"

Lucius stieß zu und traf auf Anhieb das Kreuz. Beifall heischend sah er Pertinax an, aber dieser sagte nur: „Noch einmal!" Wieder stieß Lucius zu und traf. „Noch einmal!"

Seine Freunde brachen in gespielten Jubel aus. „Hoch Lucius, der Baumtöter!“

Ihr könnt mich mal, dachte Lucius, und stieß wieder zu. Und wieder. Und wieder. Und wieder.

Mit jedem Stoß wurde das Treffen schwieriger und der Arm schwerer. „Noch einmal!“ war alles, was Pertinax sagte. Der Arm stieß erneut vor und die Schwertspitze bewegte sich wie die Flugkurve einer Biene und verfehlte den Pfahl.

„Noch einmal!“ Pertinax’ Stimme war schneidend.

Lucius’ Arm war schwer wie Blei, der Schweiß lief ihm über das Gesicht und er ließ stöhnend das Schwert fallen. „Ich kann nicht mehr!“

Pertinax zog verächtlich eine Augenbraue hoch. „Schluss für heute! Wir machen morgen weiter!“ Er hob das Schwert auf, grüßte und ging.

Schwer atmend und ächzend stand Lucius da und sah sich um. Seinen Freunden war es zu langweilig geworden. Sie waren bereits verschwunden. Wahrscheinlich lagen sie schon im Wasserbecken. Der Ringtrainer kam auf ihn zu und fragte: „Bereit für deine Übungen?“

Lucius stöhnte auf. Allein der Gedanke daran, seinen Arm zu heben, schmerzte.

„Danke!“, ächzte er. „Mir reicht’s für heute!“

„Was denn? Dieses bisschen Training hat dich schon fertiggemacht?“, rief der Trainer empört. „Zu meiner Zeit wäre das ein lockeres Aufwärmen gewesen!“

Ja, ja, zu deiner Zeit, dachte sich Lucius. Warum müssen Erwachsene immer behaupten, dass früher alles schwerer und sie natürlich besser gewesen wären?

„Die Jugend von heute!“, versuchte er matt zu scherzen, erntete aber einen so vernichtenden Blick, dass er sich beeilte, ins Badehaus zu kommen.

Er ließ sich mit Öl und Sand einreiben und wartete geduldig, bis alles wieder heruntergekratzt war. Er tauchte kurz ins Kaltwasserbecken und steuerte dann sofort die Massagebänke an. Seinen rechten Arm ließ er besonders lange und gründlich massieren. Einigermaßen erfrischt und gut durchgeknetet machte er sich auf die Suche nach seinen Freunden und fand sie dort, wo er sie vermutet hatte, im Warmwasserbecken. Es gab ein großes Hallo und er musste einigen Spott für sein Gefecht mit dem Baum über sich ergehen lassen. Lucius der Baumtöter, was für ein ruhmreicher Beiname!

Lucius war zu erschöpft für ihre Späße und lenkte das Thema eilig auf die unmittelbar bevorstehenden Wahlen. „Mein Bruder dankt euch für eure Unterstützung. Er hofft, euch alle beim Abendessen, das er vier Tage nach der Wahl geben wird, begrüßen zu dürfen."

Die Wahlen waren ein beliebtes Thema. Über die Wahlkandidaten gab es immer eine Menge Neuigkeiten zu erzählen. Titus konnte kaum warten mit seiner Geschichte. „Habt ihr schon gehört, was Geta passiert ist?", fragte er. „Man hat ihm gedroht, ihn wegen Wahlbehinderung von der Wahl auszuschließen!"

„Was? Aber wieso das denn?"

„Sein Neffe hatte Anweisung gegeben, eine Wahlparole zu übertünchen!"

Quintus schüttelte entgeistert den Kopf. „So ein Idiot, er muss doch wissen, dass sein Onkel dann von der Wahl ausgeschlossen wird! Welche wollte er denn übermalen?"

„Seine eigene!", rief Appius dazwischen, der sich kaum noch halten konnte vor Lachen. Die anderen sahen Titus und Appius mit offenem Munde an und brachen dann in Gelächter aus.

„Er wollte seine eigene Parole übermalen und durfte nicht?", fragte Lucius ungläubig. –

„Gesetz ist Gesetz. Das Übermalen von Parolen ist strafbar. Wenn jemand die Wahlwerbung eines Kandidaten übermalen lässt oder jemanden, der in seinen Diensten steht, damit beauftragt, macht er sich strafbar. Ist er selber Kandidat, wird er von der Wahl ausgeschlossen!", zitierte Appius die Bestimmungen. „Es steht in der Tat nicht dabei, dass die eigenen übermalt werden dürfen. Normalerweise ist man da nicht so genau, aber diesmal gab es jemanden, der aufgepasst hat!"

„Ja, Hortensius, um genau zu sein. Ihr wisst doch, dass er und Geta sich nicht ausstehen können", erzählte Titus.

„Was ist genau passiert?", fragte Sextus begierig. Der Römer, der sich Klatsch entgehen ließ, war noch nicht geboren! Titus steigerte die Spannung, indem er zunächst ein paar Nüsse nahm und dann einen Schluck Wein trank. „Also, es begann mit einer Parole gegen Geta. War einer von euch in letzter Zeit außerhalb der Stadt? Sie prangt an der Via Agrippa am lugdinischen Tor."

Appius grinste. „Wir, die Diebe von Arausio, schlagen Geta zum Ädilen vor. Er ist sowieso der größte Spitzbube von allen", zitierte er.

Sie brüllten vor Lachen. „Ja, und als sein Neffe das sah, wurde er ganz grün vor Wut", sagte Titus. „Er beauftragte einen Freigelassenen, an den Giebel ihres Hauses in großen Buchstaben ‚Römer, geht zur Wahl. Wählt Geta zum Ädilen, wir, die Metzger, befürworten das' zu schreiben."

„Und?" „Der Freigelassene kann Latein kaum unfallfrei sprechen, geschweige denn schreiben. ‚Römers gehen zur Wahl' hat dieser Trottel geschrieben. Der Neffe stand rot vor Wut daneben und schrie so lange ‚R O M A N I, R O M A N I, GEHT, GEHT', bis die ganze Nachbarschaft zusammengelaufen war."

Sie schrien vor Lachen, Lucius schossen Tränen in die Augen. Die anderen Badegäste zischten empört. Ein Badediener kam herbei. „Meine Herren, bitte benehmen Sie sich manierlich. Sie stören die anderen Gäste!"

Lucius erstickte beinahe beim Versuch, das Lachen zu unterdrücken.

„Das Beste kommt noch!", japste Titus. „Getas Neffe befahl, die Wand neu zu weißen und dann die Parole richtig zu schreiben, aber da stand plötzlich Hortensius da und sagte mit seiner weit tragenden Stimme: ‚Es ist verboten, Wahlparolen vor den Kalenden des Sextilis zu übermalen. Wenn du es doch tust, wird dein Onkel wegen Wahlbehinderung ausgeschlossen!'"

Lucius bemühte sich, nicht zu laut loszuprusten, Quintus schüttelte es.

„Das kann er doch unmöglich ernst gemeint haben!", sagte Sextus.

„Doch!", bestätigte Appius. „Heute Morgen hat er Geta vor die Duoviri zitiert und Gallianus hat entschieden: Entweder die Schrift bleibt stehen oder Geta wird ausgeschlossen." Er machte eine Pause. „Und dann fügte Gallianus hinzu: ‚Und jetzt, Römer, geht, geht, geht!'"

Sie wieherten wieder los. Sextus fiel von seiner Bank, was das Geheul der anderen noch verstärkte. Quintus, der schon auf dem Boden lag, kugelte sich vor Lachen. Der Badediener stand wieder vor ihnen und versuchte, sie zur Ruhe zu ermahnen, aber es war vergeblich. Schließlich drehte er sich energisch um und ging schnellen Schrittes in den Vorraum - wahrscheinlich, um Verstärkung zu holen.

„Ich glaube, es ist besser, wir verschwinden!", japste Appius. „Bevor er gleich mit den Rausschmeißern wiederkommt!"

Es dauerte eine Weile, bis sie dazu in der Lage waren. Dann rappelte Sextus sich vom Boden auf, Lucius half Quintus auf die Beine. Sie sammelten ihre Habseligkeiten ein und strebten dem Ausgang zu. Keine leichte Sache, wenn man dabei versucht, das Lachen zu unterdrücken. Vor allem, als ihnen jemand aus dem Warmwasserbecken auch noch ein „Geht, geht, geht!" nachrief. Sie schafften es aber irgendwie, in den Ankleideraum zu kommen, und als der Badediener mit zwei muskelbepackten Helfern dort hereinstürmte, sah er sich fünf manierlichen jungen Herren gegenüber, die ihn erstaunt über seinen Auftritt ansahen. Sie nickten ihm, ganz die *dignitas* wahrend, hoheitsvoll zu, ignorierten die Muskelmänner und stolzierten an ihnen vorbei hinaus, als ob sie Romulus persönlich wären.

Lucius' Schwertkampftraining entwickelte sich zu einem Alptraum. Jeden Nachmittag trainierte er nichts anderes als Zustoßen, und jeden Tag dauerte die Übung so lange, bis Lucius vor Entkräftung das Schwert fallen ließ. Dann hob Pertinax es auf, verabschiedete sich und ging. Pertinax war kein Mann vieler Worte, aber seine Blicke ließen Lucius deutlich spüren, dass er noch weit davon entfernt war, ein Schwertkämpfer zu sein. Nach dem Training fühlten sich Lucius' Arm, seine Schulter und seine ganze rechte Seite taub an. Trotz Massage konnte er am nächsten Morgen seinen Arm meist kaum bewegen. Ein Zustand, der sich im Laufe des Tages zwar besserte, doch dann folgte die nächste Trainingsstunde und es ging wieder von vorne los. Nach einer Woche meuterte er. Trotzig warf er sein schweres Übungsschwert auf den Boden.

„Was hat das mit Kämpfen zu tun? Wie soll ich dabei etwas lernen?"

Pertinax sah ihn leicht amüsiert an, bückte sich, hob zwei kurze Holzgladien auf und warf ihm einen zu. „Na los, verteidige dich!"

Pertinax machte eine Finte und Lucius riss seinen Schwertarm hoch, worauf Pertinax einen Schlag gegen sein Schwert führte. Ein heftiger Ruck ging durch Lucius' Arm. Das Schwert flog unter allgemeinem Gejohle der Zuschauer in den Sand.

„Heb es auf", sagte Pertinax ruhig.

Lucius hob das Schwert auf. Kaum hatte er Kampfstellung eingenommen, entwaffnete ihn Pertinax wieder. Und dann noch ein drittes Mal. Als Nächstes ließ ihn Pertinax angreifen, Lucius stieß wütend zu, aber Pertinax blockte ab und schlug ihm erneut das Schwert aus der Hand.

„Vielleicht ist es besser, du lernst erst einmal ein Schwert festzuhalten, bevor du kämpfen willst!" Kleinlaut hob Lucius sein schweres Übungsschwert auf und nahm gedemütigt seine Übungen wieder auf. Das Gelächter der Zuschauer und seiner Freunde brannte in seinen Ohren.

Er schämte sich so sehr, dass er an diesem Nachmittag seinen Freunden nicht ins Bad folgte. Er suchte das erstbeste Bad auf dem Heimweg auf. Er fühlte sich immer noch erniedrigt. Lern erstmal ein Schwert festzuhalten, bevor du kämpfen willst. Was bildete sich dieser Ex-Sklave eigentlich ein! So konnte er doch nicht mit ihm reden. Warum ließ Gaius es zu, dass Lucius in aller Öffentlichkeit gedemütigt wurde? Seit er die Wahl zum Quatrovir gewonnen hatte, studierte Gaius alle Gesetzestextes, die mit dem Straßenwesen zu tun hatten. Vielleicht wusste er gar nicht, was Pertinax mit seinem Bruder machte? Gut, das konnte man ändern.

„Warum muss ich in aller Öffentlichkeit in der Palaestra trainieren? Ich kann die Schwertübungen doch auch bei uns im Garten machen!", fragte er Gaius nach seiner Rückkehr in einem ungewollt patzigen Tonfall. Gaius, der im Atrium auf einer Cline saß und über Schriftrollen brütete, sah ihn erstaunt an. „Warum willst du plötzlich in unserem Garten trainieren? Wofür ist die Palaestra sonst da? Ein Marsfeld haben wir nicht."

„Jeden Tag muss ich mit dem Schwert gegen diesen blöden Baum stechen, bis ich nicht mehr kann und das Schwert fallen lassen muss!", sprudelte Lucius heraus. „Mein ganzer Arm tut weh. Ich spüre Muskeln, deren Existenz ich gar nicht kannte. Und heute hat mich Pertinax wie einen Anfänger aussehen lassen. Er hat mir immer wieder das Schwert aus der Hand geschlagen und mich vor allen anderen zum Gespött gemacht!"

Gaius hatte sich auf der Liege aufgerichtet und sah ihn ruhig an. Nachdem Lucius geendet hatte, seufzte er und sagte: „Lucius, ich verstehe nicht das Geringste vom Kämpfen. In deinem Alter lebte ich noch auf dem Hof und musste dort mit anpacken. Aber eines weiß ich: Du bist ein Anfänger im Schwertkampf!"

Lucius lief rot an. „Das weiß ich ja, das habe ich auch nicht gemeint!"

„Ich weiß, was du gemeint hast, Lucius", beschwichtigte ihn Gaius. „Ich weiß nicht, warum Vater dich im Schwertkampf ausbilden lässt. Alles, was ich weiß, ist, dass Schwertkampf etwas anderes ist als Ringen oder Boxen. Hier geht es um Leben und Tod. Solltest du je ernsthaft kämpfen müssen, kannst du dir nicht aussuchen, ob du Publikum hast oder nicht. Pertinax war und ist ein Meister in diesem Fach. Ich werde mir nicht anmaßen, mehr zu wissen als er!" Er machte eine Pause. „Und wenn du den Schwertkampf vernünftig lernen willst, solltest du lernen, ihm zu vertrauen. Lass die anderen doch lachen! Wer von deinen Freunden kann ein Schwert führen? Na gut, noch lässt du es fallen, aber ein, zwei Wochen oder einen Monat weiter, und sie können nur neidisch zuschauen. Hab Geduld, Lucius. Ohne Fleiß kein Preis!" Mit dieser Weisheit ließ er ihn stehen und vertiefte sich wieder in die Schriftrollen. Lucius seufzte. Warum musste sein Bruder immer recht haben, das war furchtbar.

Marcus Cornelius Plautus grüßt Gaius und Lucius Justinius Marcellus,

ach, ich weiß gar nicht, wo ich anfangen soll. Es gibt so viel zu erzählen. Das Wichtigste zuerst: Vater war in Rom, ist aber bereits auf dem Wege nach Arausio. Dort wird er noch vor den Kalenden des November eintreffen. Er ist gesund und geschäftig wie eh und je.

Auch Augustus ist wieder in Italien. Das war eine Aufregung! Kaum war bekannt geworden, dass der große Mann in Brundisium an Land gegangen ist, machte sich die halbe Nobilität reisefertig, um ihn in Kampanien aufzusuchen. Sie wurden aber enttäuscht, da Augustus zunächst in Brundisium blieb. Vergil hatte sich eine schwere Krankheit zugezogen und es wollte ihm nicht besser gehen. Schließlich verstarb er. Ist das nicht merkwürdig? Da schreibt er jahrelang an der Aeneis, und kaum hat er sie abgeschlossen, legt er sich hin und stirbt. Die Wege der Götter sind manchmal unerforschlich. Jeder gebildete Römer wartet gespannt auf die Veröffentlichung. Alle kennen natürlich die Geschichte von Octavia, die in Tränen ausbrach, nachdem ihr die Verse über Aeneas' Besuch in der Unterwelt vorgelesen worden waren, in denen er ihren Sohn Marcus Claudius trifft. Und jetzt möchte jeder die Illias der Römer lesen.

Nach der Beerdigung des Vergil reiste Augustus schließlich weiter nach Kampanien, wo ihm der halbe Senat entgegeneilte, allen voran der Konsul Saturninus. Damit er nicht länger alleiniger Konsul bleiben musste, ernannte Augustus Quintus Lucretius Vespillo zum zweiten Konsul. Er ist jedoch eine unbedeutende Figur. Der Princeps hat auf diesem Wege nur klargemacht, wer das Sagen hat. Als ob jemand daran zweifeln würde!

Es war auf jeden Fall eine klare Botschaft an Marcus Egnatius Rufus, der unmittelbar nach der Nachricht von Augustus' Rückkehr wegen Hochverrats und der Anstiftung zum Aufruhr angeklagt wurde. Das Urteil lautete: schuldig; und so wurde er unverzüglich hingerichtet. Damit ist der Spuk nun vorüber. Nachdem jetzt der Osten befriedet wurde, Agrippa die Kantabrer und Balbus die Garamanten unterworfen hat, haben wir endlich im Osten, Westen und in Italien Frieden.

Jupiter sei Dank ist Augustus gesund wiedergekommen. Mein Adoptivvater erzählte mir von der Unsicherheit und Panik vor vier Jahren, als Augustus todkrank aus Hispanien zurückkehrte.

Der Prozess gegen Primus, die Verschwörung des Murena, der Tod des Marcus Claudius Marcellus - ein übles Jahr muss das damals gewesen sein. Nun sind, bis auf Agrippa, alle wichtigen Männer in Rom versammelt - zum ersten Mal seit Jahren. Hoffentlich bleibt alles ruhig. Es gibt einige junge adlige Hohlköpfe, die vom Verlust der Freiheit schwafeln und der Meinung sind, die neue Ordnung sei freier Römer unwürdig, aber die stehen ziemlich allein da. Auf der einen Seite lieben die Römer politisches Chaos, aber es gibt keine Familie, die in den letzten sechzig Jahren nicht mindestens ein Familienmitglied durch die Proskriptionen des Sulla, das Triumvirat, die Schreckensherrschaft von Marius und Cinna, durch die Straßenschlachten und die Kriege verloren hat. Das liegt alles hinter uns. Der Senat hat ein Dankesfest und ein Staatsopfer angeordnet.

Nun aber zu meiner Familie ...

* * *

IM · HAUSE · DES · AUGUSTUS, · ROM

Die morgendliche Begrüßung der Klienten war im vollen Gange, als Titus Statilius Taurus eintraf. Obwohl sich ein vornehmer Römer in der Öffentlichkeit normalerweise nie ohne Klienten bewegte, hatte Taurus auf sie verzichtet. Er wurde nur von einem Schreiber und zwei seiner Statilier begleitet. Angesichts der Masse an Klienten, die sich im Perystil drängten, konnte er sich zu dieser Entscheidung nur beglückwünschen.

Der *maior domus* begrüßte ihn unterwürfig: „Titus Statilius, willkommen, dein Besuch ehrt uns wie immer." Er winkte einem der Sklaven, der sofort herbeistürzte. „Geleite Titus Statilius sofort in das hintere Atrium, und sorge für seine Begleiter!", fügte er mit einem unsicheren Blick auf die beiden Leibwächter hinzu.

Taurus lächelte still, als er das Unbehagen registrierte, das die beiden Germanen auslösten.

Im hinteren Atrium stellte er fest, dass Augustus seine Beratungen heute in großer Runde durchführen würde. Lucius Tarius Rufus war mit Lucius Domitius Ahenobarbus und Drusus, dem Stiefsohn des Augustus, ins Gespräch vertieft. Tiberius, der andere Stiefsohn, unterhielt sich mit Lucius Calpurnius Piso. Marcus Lollius und Marcus Vinicius hockten zusammengesunken in ihren Stühlen und nippten an dampfenden Bechern. Wahrscheinlich wieder eine lange Nacht, mutmaßte Taurus.

Paullus Fabius Maximus unterhielt sich natürlich mit Marcus Valerius Messalla Corvinus, und Taurus hätte einen Aureus gegen eine hohle Nuss gewettet, dass es um Bücher oder um Dichter ging.

Es waren bereits neun Mitglieder des Consiliums versammelt, doch es fehlten neben dem großen Mann auch noch die amtierenden und die designierten Konsuln. Vielleicht hatte Augustus es ja auch nicht für nötig gehalten, die beiden Lentulii einzuladen. Von der Familie des Princeps stand nur Tiberius mit den Cornelii Lentulii auf gutem Fuß. Wen wunderte es? Die Claudier und die Cornelier gehörten zum alten Patrizieradel von Rom. Taurus streifte die Toga ab und faltete sie zusammen. Dann übergab er sie seinem Sekretär und bekam dafür im Austausch einige der Schriftrollen, die dieser getragen hatte. Der Sekretär verschwand unauffällig im Hintergrund, wo schon die anderen Schreiber saßen und zweifelsohne mit Informationen handelten oder den neuesten Klatsch austauschten.

Taurus grüßte in die Runde, aber ehe er sich an einem der Gespräche beteiligen konnte, kam der große Mann selbst hereingerauscht: Imperator Caesar Augustus, erster Bürger Roms, begleitet von seiner Frau Livia und den beiden Konsuln Saturninus und Vespillo.

Augustus grüßte leutselig. „Antonius Musa sagt, dass Julias Schwangerschaft einwandfrei verläuft. Anfang nächsten Jahres werde ich wieder Großvater. Ich werde Apollo ein Opfer bringen und hoffe, dass der Senat zu Ehren meiner Tochter und meines Enkels das Gleiche tut!"

Tiberius gab ein Geräusch von sich wie eine Katze, bevor sie ein Wollknäuel ausspuckt. Augustus warf ihm einen bösen Blick zu, beachtete ihn aber sonst nicht weiter, sondern begann die versammelten Männer einzeln zu begrüßen.

Saturninus zog sich einen freien Stuhl heran und setzte sich neben Vinicius und Lollius.

„Na, wieder die ganze Nacht gewürfelt? Wer hat gewonnen?", fragte er mit seiner tiefen Stimme.

„Wer schon?", entgegnete Vinicius.

„Er hat natürlich geschummelt?", hakte Vespillo grinsend nach, der auch bei ihnen Platz genommen hatte.

„Wurde Caesar ermordet?" Lollius sah in die Runde. „Legen Hühner Eier? Natürlich hat er geschummelt!"

Augustus hatte die Begrüßungsrunde beendet und sich auf seinem Stuhl niedergelassen. Livia nahm hinter ihm Platz.

„Diesen Bericht habe ich von Marcus Agrippa erhalten." Augustus zog eine Schriftrolle auseinander. „Er berichtet von seinen Tätigkeiten in Gallien und Spanien."

Augustus trug die wichtigsten Details vor und schloss mit den Worten: „Agrippa hat mit einer Neuordnung der spanischen Provinzen begonnen und die provisorische Provinz Transduriana wieder aufgelöst. Lucius Sestius Albanianus Quirinalis hat also die Ehre, der erste und letzte Statthalter gewesen zu sein.“ Die Männer lachten. „Agrippa hat Gaius Furnius und Publius Silius Nerva als Legaten zurückgelassen und ist wieder in Gallien. Weiter schreibt er, dass die abschließende Neuordnung und ein Zensus Galliens und Hispaniens schnellstens durchgeführt werden müssen.“ Er rollte die Liste wieder zusammen und legte sie auf den Tisch zurück.

„Wirst du, nachdem Marcus Agrippa wieder in den Osten abgereist ist, nach Gallien aufbrechen, um die Neuordnung durchzuführen?“, fragte Corvinus.

„Nein!“, seufzte Augustus. „Diese Aufgabe ist dringlich und wichtig, aber sie würde mich wieder einige Jahre aufhalten, und es gibt hier in Rom ebenfalls dringliche Aufgaben, die erfüllt werden müssen und meiner Anwesenheit bedürfen.“

„Angelegenheiten, die wir nicht erledigen können?“, fragte Tarius Rufus spitz.

Augustus nickte bedauernd. „Ich kann und will die Ausrufung des neuen Saeculums nicht länger verschieben. Vorher müssen aber noch einige Sittengesetze verabschiedet werden, damit dieses neue Zeitalter entsprechend beginnen kann.“

„Sittengesetze? In Rom? Soll das ein Scherz sein?“, fragte Taurus ungläubig. „Wenn du Senatoren wegen Luxus oder Lebenswandel bestrafen willst, wirst du dich entweder der Lächerlichkeit preisgeben oder einen Aufstand provozieren!“

Augustus erhob sich ruckartig. „Ich habe die Republik wiederhergestellt und bin gewillt, auf dem Weg unserer Vorfahren weiterzugehen. Dazu gehört, dass sich Senatoren wie Senatoren benehmen und nicht wie die letzten degenerierten Ptolemäer!“

„Und wer nicht nach der neuen *lex Julia* lebt, wird aus dem Senat geworfen?“, stellte Corvinus fragend fest.

„800 Senatoren sind sowieso zu viel!“, konstatierte der Princeps. „Mir schwebt ein Senat von 600 Senatoren vor, das wäre die Aufgabe von Paullus und Plancus gewesen. Was haben die beiden als Zensoren überhaupt getan?“

„Frag lieber nicht! Paullus Aemilius war ein Musterfall an Inaktivität und eine Fehlbesetzung", stellte Taurus fest.

„Dann muss der Senat dich eben in einer seiner nächsten Sitzungen bedrängen, das Amt anzunehmen!", bemerkte Vinicius zynisch.

Augustus nickte zustimmend. „Kümmert euch darum, aber ich werde ablehnen. Dieses Jahr ist es zu spät. Nächstes Jahr dürft ihr mich gerne noch einmal überreden!" Nachdem das erneute Gelächter verklungen war, fuhr Augustus zu Taurus gewandt fort: „Wie weit ist der Codex für die Veteranenversorgung gediehen?"

„Ich habe einige Berechnungen anstellen lassen, was sowohl den *ager publicus* als auch das Geld betrifft. Im Endeffekt läuft es auf das Gleiche heraus. Wenn wir den Veteranen kein Land geben wollen, müssen wir tief in den Beutel greifen, aber wenn wir den *ager publicus* zurückfordern, werden Entschädigungen fällig. So oder so kostet es viel Geld. Es sei denn ...", Taurus machte eine kunstvolle Pause, „... wir siedeln Veteranen in den neu eroberten Gebieten an."

„Das hat sich doch in der Vergangenheit gut bewährt!", warf der zweite Konsul Vespillo ein.

Tarius Rufus nickte zustimmend, fuhr aber in bedauerndem Tonfall fort: „Leider stehen uns keine Feinde in attraktiven Gebieten gegenüber. Wenn wir beginnen, Veteranen in den germanischen Sümpfen und Wäldern anzusiedeln, können wir sie gleich zu den Garamanten schicken."

„Nach zwanzig Jahren können wir nicht erwarten, dass sie begeisterte Bauern werden, schon gar nicht in unwirtlichen Gegenden!", bestätigte Lollius.

„Wir gehen die Kataster durch, um zu prüfen, in welchen *coloniae* noch Land zu vergeben ist, und erstellen eine entsprechende Liste", ergänzte Taurus. „So gibt es in Gallien eine *colonia* im Gebiet der Helveter, die gegründet, aber deren Land nie vergeben wurde!"

Augustus war überrascht. „Wie das?"

„Das geht aus den Unterlagen nicht hervor, aber die *colonia* wurde von Plancus angelegt, in dem Jahr, als dein Vater ermordet wurde. Deshalb wurden die Veteranen nicht entlassen."

„Was schlägst du also vor, Titus Statilius?", fragte Augustus.

„Wir behalten nicht mehr als zwanzig oder fünfundzwanzig Legionen. Ihre Veteranen werden in erster Linie mit Geld abgefunden. Wann immer es geht, behalten wir sie als *evocatii*."

„Zwanzig Legionen?", fragte Lollius entgeistert. „Mit so wenigen Einheiten werden wir die Grenzen kaum halten können. Welche willst du auflösen?"

„Nach dem Ende des Kantabrerkrieges benötigen wir in Hispanien nicht mehr so viele Legionen. Africa als senatorische Provinz wird seine Legionen aus politischen Gründen behalten", erläuterte Taurus.

Vespillo unterbrach ihn: „Verzeih, wenn ich unterbreche, aber zwanzig, selbst fünfundzwanzig Legionen erscheinen mir trotzdem viel zu wenig. Auf Grund von Urlaub, Krankheit und anderen Ausfällen werden die Legionen, wenn sie dauerhaft im Dienst sind, nie volle Sollstärke haben. Wir reden also von höchstens viertausend Mann pro Legion, insgesamt sind es folglich gerade einmal hunderttausend Legionäre, die über das ganze Imperium verteilt sind. In einer Krisensituation wird es Wochen oder Monate dauern, bis wir Verstärkung in die betreffende Region schicken können. Ich halte es für riskant, darauf zu vertrauen, dass uns immer genügend Bundesgenossen auf Abruf bereitstehen!"

„Richtig!", nickte Taurus zustimmend. „Deshalb werden die Einheiten der *socii* und *foederati* in reguläre Einheiten umgewandelt!"

„Du willst aus ihnen Legionäre machen?", fragte Augustus verblüfft.

Tarius Rufus schaltete sich ein: „Sie werden Auxiliareinheiten, reguläre Einheiten aus Nichtbürgern, die sich für eine bestimmte Zeit verpflichten und bei ihrer Entlassung das Bürgerrecht bekommen. Im Unterschied zu den *foederati* werden sie nicht unter dem Kommando ihrer eigenen Fürsten stehen und nur bei Gelegenheit angeworben, sondern sie werden unter römischen Kommandeuren regulären Dienst tun!"

„Was ist, wenn ihnen ihre eigene Stärke bewusst wird? Wenn ganze Legionen von Galliern oder Hispaniern aufgestellt werden, könnten diese sich eines Tages gegen uns wenden", äußerte Vinicius besorgt.

„Deshalb wird es keine Legion geben. Nur Kohorten oder Alen, nicht mehr als tausend Mann", entgegnete Taurus ruhig.

„Und", warf Tarius Rufus ein, „wir können Spezialeinheiten aufstellen, die dann manipelweise eingesetzt den Legionen bei Bedarf zugeteilt werden: Schleuderer, Bogenschützen, Plänkler, Reiter."

„Wir haben also in jeder Provinz genau die Soldaten zur Verfügung, die wir dort brauchen, und sind nicht mehr darauf angewiesen, sie erst aufzustellen", nickte Augustus verstehend und fügte dann mit einem breiten Lächeln, das seine schiefen Zähne zeigte, hinzu: „Und sie kosten nicht so viel wie die römischen Legionen!"

Taurus bremste seine Begeisterung: „Leider hat die Sache einen kleinen Haken!"

Augustus seufzte theatralisch. „Das dachte ich mir schon!"

„Wir haben nicht genug römische Offiziere für die ganzen Einheiten! Wir können im großen Stile Bürgerrechte vergeben, aber wir brauchen Offiziere, die den Auxilia römische Disziplin beibringen."

„Wir können natürlich Optiones zu Centurionen machen und den Centurionen anbieten, die Auxiliareinheiten zu führen, Privilegien, höherer Sold, so etwas", fügte Tarius Rufus hinzu. „Aber wir dürfen die Legionen nicht zu sehr schwächen!"

Alle schwiegen. „Das ist doch ein guter Ansatz, um den Ritterstand für die Legionen zu interessieren", schlug Corvinus vor. Alle sahen ihn fragend an. „Du möchtest verstärkt Ritter ernennen, die uns unterstützen", erklärte er zu Augustus gewandt. „Darauf bauen wir in der Verwaltung und in der Wirtschaft schon länger, in der Legion aber bisher noch nicht. Ernenne Ritter oder deren Söhne zu Centurionen, und du hast ihre Unterstützung auch in den Legionen und damit direkt in jeder Provinz."

„Söhne von Rittern als Centurionen?", fragte Taurus entgeistert. „Du meinst, Zwanzig- oder Fünfundzwanzigjährige sollen eine Centurie führen? Ohne Kampferfahrung? Ohne den Respekt der Männer? Du wirst die Legionen spalten und ihre Schlagkraft vermindern!"

„Nicht unbedingt, Titus Statilius", warf Augustus ein. Er sah versonnen vor sich hin. Der Gedanke schien ihm zu gefallen. „Eine Legion hat sechzig Centurionen. Wenn also zehn davon Frischlinge sind, wird es ihre Schlagkraft nicht beeinträchtigen. Wir gewinnen weitere Unterstützung bei den Rittern und stellen unser Offizierspotential auf eine breitere Basis!"

„Und riskieren eine Meuterei!", fügte Vinicius halblaut hinzu.

Corvinus machte eine wegwerfende Handbewegung. „Wir müssen es sorgfältig vorbereiten und die neuen Rekruten nach und nach einbringen, mal drei in einer Legion in Gallien, dann fünf in Africa, vier in Macedonien. Nur nichts überstürzen!" Mit einem Seitenblick auf Augustus: „Eile mit Weile sozusagen!"

Der richtete sich auf und funkelte Corvinus belustigt an: „Denk dir deine eigenen Weisheiten aus!", bevor er sich wieder an das Consilium wandte: „Also, wir werden es versuchen. Beginnt in Gallien und in Macedonien, für die macedonischen Legionen werde ich bald Verwendungen finden, die sie aus dem Bereich des dortigen Statthalters entfernen."

„Die Danuviusgrenze?", fragte Corvinus. „Willst du den Landweg entlang der Adria sichern? Wann wirst du damit beginnen?"

„Titus, was schlägst du vor?", fragte Augustus.

„Wir werden noch einige Jahre brauchen. Zuerst müssen wir die Übergänge über die Alpen sichern", entgegnete Taurus. „Wir brauchen Legionen aus Gallien, daher muss die Neuordnung der Provinz abgeschlossen sein!"

„Und die kann erst abgeschlossen werden nach der Säkularfeier, der Sittengesetzgebung und dem Senatszensus, also frühestens in fünf Jahren! Es sei denn, wir beschleunigen einige Dinge und gehen sie gleichzeitig an", ergänzte Vespillo.

Augustus schüttelte energisch den Kopf, aber als er gerade antworten wollte, fielen ihm die anderen ins Wort: „Eile mit Weile!" Alle brachen in lautes Gelächter aus.

Augustus sah beleidigt aus. „Eigentlich wollte ich ‚Eins nach dem anderen' sagen!"

In das erneut aufbrandende Gelächter sagte Vespillo ernst: „Das sind aber immense Vorhaben. Dazu kommen noch die Veteranenversorgung, die illyrischen Stämme, die Pannonier und Skordisker!"

„Ich kann nicht verstehen, wieso Alexander geweint hat, als es nichts mehr zu erobern gab", sagte Augustus kopfschüttelnd. „Mit der Verwaltung eines Reiches ist man doch ganz gut ausgelastet!"

* * *

Vater hat sich kein bisschen verändert, dachte Lucius. Genauso wortkarg und mürrisch wie immer. Nur älter war er geworden, und er sah müde und angestrengt von der Reise aus. Die Begrüßung war kurz ausgefallen. Es war kaum zu glauben, dass er seine Söhne seit Jahren nicht gesehen hatte. Seine Schwiegertochter Julia hatte er mit einem Kuss auf die Stirn begrüßt. Lucius bekam ein „Du bist groß geworden!", Gaius wurde gefragt, wann denn mit dem Nachwuchs zu rechnen sei. Die überschwängliche Begrüßung durch die Haussklaven wurde von ihm unwirsch unterbrochen und die Sklaven wurden wieder an die Arbeit geschickt. Am Hausaltar hatte er den Penaten und den Ahnen gedankt und dann die Familie ins Arbeitszimmer bestellt.

Gnaeus Marcellus legte einige Schriftrollen auf den Schreibtisch, bevor er Platz nahm. Er sah sich stirnrunzelnd um. Dann verschob er das Tintenfass um eine Handbreit und stellte die Schale mit den Stilitis auf die rechte Seite des Schreibtisches. Auch die kleine Minervastatue fand einen anderen Platz. Offensichtlich war er irritiert, dass sein Schreibtisch nach vier Jahren nicht so aussah, wie er ihn in Erinnerung hatte.

„Hier sieht es aus wie bei den Germanen", brummte er und sah auf. „Jetzt setzt euch endlich!", forderte er Gaius, Lucius und Sextus ungeduldig auf.

Lucius beeilte sich, Platz zu nehmen, gespannt, was sein Vater zu erzählen hatte. Gaius sah nicht glücklich aus, als er auf einem der Klientenstühle Platz nahm. Lucius konnte das verstehen. In den letzten Jahren hatte Gaius auf der anderen Seite des Schreibtisches gesessen.

Gnaeus trommelte ungeduldig mit den Fingern auf die Tischplatte. „Es werden sich für unsere Familie einige wichtige Änderungen ergeben. Nächstes Jahr beim Zensus werde ich in den Ritterstand aufgenommen", verkündete er.

Lucius blieb vor Erstaunen der Mund offenstehen. Sextus ein stieß einen überraschten Pfiff aus.

Gaius sah ungläubig drein. „Dazu bedarf es eines Vermögens von

400.000 Sesterzen. Selbst wenn man die gestiegenen Grundstückspreise in Narbonennsis berücksichtigt, ist dein Vermögen nicht so groß!"

Gnaeus musterte seinen Erstgeborenen ungnädig: „Danke für deine Belehrungen, mein Sohn. Meinst du nicht, dass ich das selber weiß?" Gaius schwieg. „Augustus hat mir ein großzügiges Donativ für meine Verdienste um das Imperium zugestanden!", fuhr Gnaeus ein wenig selbstgefällig fort, um dann einen geschäftsmäßigen Ton anzuschlagen: „Wie dir Sextus bereits mitgeteilt hat, Gaius, gedenke ich mein Vermögen gewinnbringend anzulegen, indem ich Betrieben, die sich hier in der Region ansiedeln wollen, mit Kapital unter die Arme greife. Ich gedenke, mit einigen anderen vermögenden Personen eine Bank für solche Geschäfte zu bilden. Du, Gaius, wirst die Geschäfte leiten. Es gibt schon ein erstes Projekt, in das wir investieren werden!" Er entrollte eine der Schriftrollen: „Marcus hat mich auf ein lukratives Geschäft aufmerksam gemacht. Dies habe ich von einem gewissen Ateius aus Arezzo. Er ist einer der Unternehmer, die das *terra sigillata* herstellen. Seit es vor über zehn Jahren in Arezzo erfunden wurde, hat sich dieses Geschirr in ganz Italien verbreitet. Jetzt möchte Ateius nach Gallien expandieren und in Lugdunum eine Niederlassung eröffnen. Dazu sucht er einen Patron, der ihn dabei finanziell unterstützt. Deshalb hat er sich an mich gewandt."

„*Terra sigillata*?", fragte Lucius neugierig. „Was ist das?"

„Eine hochwertige Geschirrsorte! Ich habe mit Marcus gesprochen und er erzählt, dass es in Rom sehr begehrt ist. Es ist von roter Farbe und bei allen wichtigen Familien zu finden", erklärte Gnaeus.

Sextus überlegte: „Dann wird es über kurz oder lang auch in den Provinzen seine Abnehmer finden!"

Gnaeus nickte: „Das denke ich auch! Deshalb werden wir das Geschäft machen, bevor jemand anderes dazwischenkommt. Darum ist Syros bereits auf dem Weg nach Lugdunum. Ich habe einige Agenten angewiesen, sich dort nach günstigen Grundstücken umzusehen."

„Gaius", sagte er zu seinem Ältesten gewandt, „du machst nächstes Jahr die ersten Schritte im öffentlichen Leben. Es ist aber wichtig, dass du auch danach in der Öffentlichkeit auftreten kannst, deswegen möchte ich, dass du dich mit den Gesetzbüchern befasst, um unsere Klienten als Anwalt zu beraten und zu vertreten!" Gaius sah erstaunt aus, nickte aber zustimmend.

Aber Gnaeus hatte sich schon Lucius zugewandt. „Lucius", sagte er und fixierte seinen jüngsten Sohn, „für dich gibt es auch eine Aufgabe!"

Lucius rutschte unruhig auf seinem Stuhl hin und her. Was kam jetzt? „Für den Sohn eines Ritters gibt es in Zukunft einen neuen Weg, dem Imperium zu dienen", begann Gnaeus bedeutungsvoll. „Du wirst in die Legion eintreten."

Gaius und Sextus ächzten erstaunt auf, Lucius stieß einen kleinen Schrei aus. Sein Herz setzte einen Moment aus. IN DIE LEGION, schrie es in ihm begeistert auf, ich soll in die Legion. Moment, durchzuckte es ihn und seine Stimmung schlug um, doch nicht etwa als Gemeiner? Nein, kann nicht sein, es war von einem neuen Weg die Rede. Gnaeus weidete sich offensichtlich an der Verblüffung der anderen und machte noch eine Pause, bevor er fortfuhr: „Als Centurio!"

Schweigen herrschte in dem Zimmer.

„Centurio?" Lucius war fassungslos. „Aber Centurionen sind doch alte, erfahrene Kämpfer, und das bin ich nicht", stammelte er.

Gnaeus winkte ab: „Es werden neue Wege beschritten. Die Söhne von Rittern werden in Zukunft direkt Centurio werden können. Nach Ablauf ihrer Dienstzeit werden sie dann in den Verwaltungsdienst der Provinzen übernommen!"

Lucius war überrascht und verwirrt. Auf der einen Seite war sein Traum mit einem Male zum Greifen nahe, aber Centurio - daran hätte er nie gedacht. Sein Hals war ausgetrocknet.

„Wann?", krächzte er schließlich.

„In drei Jahren", stellte Gnaeus fest. „Bis dahin werde ich dafür sorgen, dass du alles lernst, was du wissen musst, um als Centurio zu bestehen!"

„Ja, Vater!", sagte Lucius feierlich und mit leuchtenden Augen. Kein Rhetorikunterricht mehr, drei Jahre militärische Ausbildung, und dann Karriere bei der Legion, danke, Fortuna, danke! Aber sein Vater war noch nicht fertig.

„Zunächst einmal wirst du dein Schwerttraining fortführen. Darüber hinaus wirst du die eine oder andere Aufgabe übernehmen, die dich lehrt, Verantwortung zu tragen. Du wirst nach Massilia reisen und mit Krateros die Bedingungen für den Weinversand aushandeln. Du wirst an den Liberalien die Toga der Männer anlegen und dann Sergius auf dem

Hof zur Hand gehen. Du wirst lernen, wie man Arbeiter anwirbt, und bei der Weinernte helfen. Außerdem wirst du ein Training durchlaufen, das dich bereit für die Legionen macht."

Lucius wusste nicht, was er sagen sollte, und starrte seinen Vater nur sprachlos an. Die Neuigkeiten prasselten auf ihn ein und sein Leben wurde in nur wenigen Augenblicken auf den Kopf gestellt. Er war wie betäubt. Sextus musterte seinen Neffen und fragte dann seinen Schwager: „Centurio zu werden ist ein harter Weg. Was ist, wenn er es nicht schaffen sollte?"

„Dann wird er den Rest seines Lebens auf dem Hof arbeiten", antwortete Gnaeus Marcellus und musterte seinen jüngsten Sohn mitleidlos. Lucius schluckte schwer. Er durfte nicht versagen.

Oben auf dem Capitol, wie der Sandsteinhügel in Arausio in Anlehnung an einen der Hügel Roms genannt wurde, stand Gnaeus Marcellus mit Lucius, Gaius Syros und Sextus Pompeius am Eingang des Tempels des Jupiter Optimus. Im Tal unter ihnen lag das Forum. Von ihrem Platz aus konnten sie erkennen, wie die Honoratioren die Curie verließen und sich davor zum Zug formierten. Vorneweg gingen die Duoviri, die anderen neu gewählten Magistrate und die Vigintiviri, dahinter die Decurionen. Sie marschierten über das Forum und stiegen die Treppe zum Tempel des Jupiter Optimus hinauf. Lucius sah unter den Vigintiviri Gaius, dessen Miene seine Anspannung verriet.

Gaius schien Lucius' Blick zu spüren. Er sah suchend in seine Richtung und zwinkerte ihm kurz zu, als er ihn entdeckt hatte.

Der Zug der Honoratioren erreichte den Hof, wo sich die Männer um den Altar versammelten, an dem bereits die Ponitifices und der *flamen Augusti* warteten. Nachdem alle Aufstellung genommen hatten, führten die Gehilfen der Priester einen weißen Stier nach vorn. Die Duoviri traten vor und nahmen bei dem Stier Aufstellung. Die beiden Musiker, die zu ihrem Stab gehörten, begannen auf der Flöte zu blasen, um unerwünschte Nebengeräusche zu übertönen. Die Duoviri zogen sich die Togen über den Kopf und begannen, die Beschwörungen zu rezitieren und den Wein auf das Tier zu schütten. Dann zogen sie mit dem Opfermesser den symbolischen Strich vom Kopf bis zum Schwanz des Stieres.

Der Opfergehilfe schwang seinen Hammer und traf den Stier auf der Stirn. Der Stier senkte benommen den Kopf und knickte ein. Dies nahm der Gehilfe als sein Einverständnis und rammte dem Opfertier das Schwert in den Nacken. In einem Schwall von Blut stürzte der Stier zu Boden. Er zuckte noch einige Male und lag dann still. Jetzt traten die Haruspexe der Duoviri vor, schlitzten den toten Stier auf und begannen die Eingeweide zu untersuchen. Nach einer kurzen Beratung nickten die Eingeweideschauer zufrieden. Dann entnahmen sie Leber, Galle, Lunge und Herz und verbrannten sie mit einigen weiteren Fleischstücken auf dem Altar.

Nachdem die Auguren offiziell verkündet hatten, dass die Zeichen gut standen, konnten die Duoviri vor dem Imago des Augustus unter der Aufsicht des *flamen Augusti* ihren Eid ablegen.

Lucius folgte der Amtseinführung voller Faszination. Bald würde auch er den Eid auf das Imperium leisten.

DIE · TOGA · DER · MÄNNER

ARAUSIO

Der Traum der letzten Tage kam auch in dieser Nacht wieder: Lucius versuchte, seine Toga anzulegen, doch obwohl er es wieder und wieder geübt hatte, wollte es ihm nicht gelingen. Er konnte sich plötzlich nicht mehr erinnern, ob er sie zuerst über die linke oder über die rechte Schulter legen musste. Und dann? War es hinten am Rücken herunter und über die Achsel nach vorne? Oder war es unter der Achsel hindurch? Er spürte, wie ihm der Schweiß auf die Stirn trat. Endlich hatte er sie irgendwie angelegt und versuchte seinen ersten Schritt. Prompt verhedderte er sich, geriet ins Stolpern und fiel, in seine Toga verstrickt, seinem Vater vor die Füße. Die Gäste brachen in höhnisches Gelächter aus, während Gaius beschämt wegsah. Sein Vater beugte sich mit wutverzerrtem Gesicht über ihn und riss ihm die Toga weg.

„Du bist der Toga der Männer nicht würdig. Geh hinaus zu den Kindern, wo du hingehörst!"

Das Gelächter der anderen wurde immer lauter. Schließlich rollten sie ihn einfach in seine Toga gewickelt zur Tür hinaus.

Lucius fuhr auf. Er lag mitten im Zimmer. In seine Schlafdecke gewickelt war er aus dem Bett gefallen und über den kühlen Fußboden gerollt.

Erleichtert ließ er sich zurücksinken. Nur ein Traum! Es störte ihn nicht, auf dem Boden zu liegen. Sein Blick wanderte hinüber zu der Kleidertruhe. Dort lag die Toga mit dem Purpurstreifen, die *toga praetexta*, und eine einfache, weiße *toga pura*. Die weiße Toga war es, auf die er so lange gewartet hatte: die *toga virilis*, die Toga der Männer.

Morgen war der große Tag. Ganz Arausio würde die Liberalien feiern, ein Bacchus-Fest, und er würde endlich zu den Erwachsenen gehören. Mit diesem Gedanken schlief er wieder ein.

Ein Rütteln an seiner Schulter weckte ihn. Es war Stephanos. „Steh auf, Lucius! Du willst doch nicht zu spät zu deiner eigenen Feier kommen, oder?"

Lucius lag noch immer mitten im Zimmer. Schnell schüttelte er die Schlafdecke ab und sprang auf. Stephanos sah sich seinen Schlafplatz schmunzelnd an. „Wilde Träume, wie? Oder wolltest du dich schon einmal an das Leben eines Soldaten gewöhnen?"

Lucius lachte, während er seine Tunica zusammenraffte und gürtete.

„Ein Bad wartet auf dich", fuhr Stephanos fort und mit einem bedeutungsvollen Blick: „Ich soll dich rasieren."

Lucius sah ein Rasiermesser und eine Pinzette in Stephanos Hand.

„Rasieren?", fragte Lucius erstaunt. „Andere dürfen die Toga der Männer schon mit vierzehn anlegen, ich erst mit sechzehn. Dafür soll ich mich schon rasieren, obwohl ich noch keine achtzehn bin!"

Stephanos zuckte mit den Schultern: „Wahrscheinlich sind deinem Vater die ganzen Feste zu teuer. Oder er hat Angst, dass er deine erste Rasur nicht mehr miterleben könnte. Er ist immerhin schon fast siebzig Jahre alt."

Lucius holte seine Badesachen, Strigilis, Schwamm und Badeöl aus der Truhe und machte sich mit Stephanos zusammen auf den Weg. Sie durchquerten das Atrium und traten hinaus in den Garten. Kurz vor dem Badehaus blieb Lucius plötzlich stehen. „Verflixt! Ich habe eine frische Tunica vergessen. Ich muss noch einmal in mein Zimmer."

Stephanos schüttelte den Kopf. „Ich hole sie dir, es ist schon spät. Dein Vater wird ungehalten sein, wenn du nicht pünktlich kommst. Geh schon mal vor!"

Lucius betrat das Badehaus, wo ein großer Holzbottich voll mit heißem Wasser stand. Der Dampf nahm ihm fast die Sicht. Er deponierte seine Sachen auf einem Sims nahe der Wanne. Dann löste er den Gürtel und zog sich die Tunica über den Kopf. Er wollte gerade in die heiße Wanne steigen, als hinter ihm die Tür aufging.

„Ah, gut, dass du kommst. Dann kannst du mir ja gleich den Rücken abreiben", sagte Lucius und drehte sich um.

Hinter ihm stand aber nicht Stephanos, wie er gedacht hatte, sondern Briseis, Stephanos' und Geminias Tochter. Sie ließ spöttisch den Blick über ihn gleiten und sagte: „So, so. Kann ich sonst noch etwas für dich tun?"

Lucius spürte, wie er rot wurde, und suchte nach einer passenden Antwort. Briseis ging an ihm vorbei zur Wanne und schüttete einen

Eimer kaltes Wasser hinein. Dann drehte sie sich um und ging wieder zur Tür. Kurz bevor sie den Raum verließ, warf sie ihm noch einen Blick zu, sagte belustigt: „Du könntest auch etwas kaltes Wasser gebrauchen“, und verschwand lachend.

Lucius fluchte und stieg hastig in die Wanne. Warum ließ er sich von einer Sklavin provozieren? Er packte erbost den Schwamm und begann, sich energisch abzureiben. Doch sein Ärger verrauchte schnell. „Sie ist eben auch erwachsen geworden. Wie Sabellia. Rogata würde toben, wenn sie wüsste, dass ich mittlerweile selbst herausgefunden habe, dass Sabellia eine junge Frau ist. Und sie würde der Schlag treffen, wenn sie wüsste, dass sie mich selbst darauf aufmerksam gemacht hat“, dachte Lucius vergnügt. Schade, dass es so schnell vorbei gewesen war. Titus Sabellius hatte seine Tochter mittlerweile mit irgendeinem Bauern verheiratet. Ob der bemerkt hatte, dass sie keine Jungfrau mehr war? Nicht sein Problem! Lucius war so in Gedanken, dass er erschrocken zusammenzuckte, als Stephanos hereinkam. Langsam stieg er aus der Wanne, trocknete sich ab und setzte sich auf einen Schemel. Stephanos rieb ihn mit einem wohlriechenden Öl ein und kratzte dann mit dem Strigilis das Öl und den Dreck - und ganz bestimmt auch einige Hautschichten! - ab. Dann rieb er ihn mit einer Salbe ein. Nachdem Lucius die Rasur über sich ergehen lassen hatte, fühlte er sich, als hätte man ihn gehäutet. Sein Gesicht brannte wie Feuer. Mars sei Dank brauchte man sich als Soldat auf Feldzügen nicht oft zu rasieren. Er hatte schon gehört, dass Rasieren eine Tortur sein konnte, aber so schlimm hatte er es sich nicht vorgestellt. Lucius zog sich die frische Tunica über und seine Sandalen an. Als er aufsah, bemerkte er, dass ihn Stephanos merkwürdig ansah.

„Was?“, fragte er unruhig. Stimmte etwas nicht? Er sah an sich herunter.

„Nichts, nichts!“ Stephanos winkte ab. „Ich dachte nur gerade daran, dass ich auch deinen Brüdern ihre erste Rasur verpasst habe. Wie die Zeit vergeht!“

Oh je, bitte jetzt keine Alte-Leute-Sentimentalitäten, dachte Lucius. Laut sagte er: „Ich bin spät dran und muss Vater begrüßen!“

Gnaeus Marcellus saß auf einem Klappstuhl und wartete schon ungeduldig auf Lucius. Nach vierzig Jahren in der Legion konnte er sich nicht mehr angewöhnen, bei Tisch zu liegen. Er zog es vor, beim Essen zu sitzen. Da heute ein Feiertag war, fand das Frühstück eine Stunde später als gewöhnlich statt. Als Lucius das Triclinium betrat, knurrte sein Vater etwas, das wie „Na, endlich" klang.

Gaius musterte Lucius' gerötetes Gesicht und sagte mit einem leichten Lächeln: „Tröste dich. Je häufiger du dich rasierst, desto weniger brennt es."

„Jupiter sei Dank!", ächzte Lucius und ließ sich auf seinen Stuhl fallen. „Ich fürchtete schon, diese Tortur müsste ich den Rest meines Lebens ertragen."

„Stell dich nicht so an. Wenn du bei den Adlern bist, musst du dich unter weit schlechteren Bedingungen rasieren oder baden als hier", wies ihn sein Vater zurecht.

„Ja, Vater", seufzte Lucius ergeben. Diese Zurechtweisungen mit dem Hinweis auf seinen kommenden Dienst in der Legion war er mittlerweile gewohnt. Julia unterdrückte ein Lächeln und zwinkerte ihm zu. Sie begannen zu essen. Es gab wie immer Brot, Käse und Oliven, und zur Feier des Tages Eier, Fleisch und Honig. Lucius griff tüchtig zu. Er wusste, wegen der Feier würde der Mittagsimbiss ausfallen, und das Essen musste bis zur Cena am Nachmittag vorhalten.

Gaius hob seinen Becher und trank ihm zu. „Auf dich, Lucius! Ab heute gehörst du zu den Erwachsenen. Mögen die Götter dich beschützen!"

Lucius nahm einen Schluck. Es war ein stark verwässerter Wein. Er verzog das Gesicht. Wenn man schon zur Feier des Tages Wein zum Frühstück reichte, dann doch nicht so stark verdünnt! Dann konnte man ja gleich Wasser trinken. Sein Vater hatte ihn beobachtet und schien seine Gedanken zu erraten. „Sei froh, dass du noch verwässerten Wein trinkst! Wenn du bei den Adlern bist und morgens Posca trinkst, fehlt dir für die nächsten Stunden jeglicher Geschmack."

Lucius stand vor den Gästen und trug ein letztes Mal die Toga der Knaben. Dann war der große Moment gekommen: Lucius streifte die *toga praetexta* ab und reichte sie Gaius. Nun trat Gnaeus Marcellus vor und überreichte ihm die *toga pura*. Lucius versuchte mit fahrigen Händen, sie anzulegen. Die Bilder aus seinem Traum standen ihm jetzt deutlich vor Augen und er spürte kurz Panik in sich aufsteigen. „Du Idiot!", schimpfte er leise über sich selbst. „Denk an die Übungen!" Tagelang hatte er mit Stephanos' Hilfe immer wieder geübt, die Toga anzulegen, und daran musste er sich nur erinnern. Wie war das gleich? Zuerst musste er die Toga in zwei ungleiche Hälften teilen. Dann warf er sie zuerst so von hinten über die linke Schulter, dass ein Drittel vorn bis zu den Füßen herunterhing. Fieberhaft versuchte er, sich an die richtigen Handgriffe zu erinnern, um Faltenwurf und Bausch richtig hinzubekommen. Er tastete nach dem Ende der Toga, das hinter seinem Rücken baumelte. Endlich erhaschte er es und zog es unter dem rechten Arm durch. Mit dem Mittelstück bildete er vorn den Bausch, den Rest warf er über die linke Schulter. Seine Hände schienen gar nicht zu ihm zu gehören. Lucius fühlte sich, als würde er sich selbst zuschauen bei dem, was er gerade tat. Hier ein Überwurf, dort über den Arm, eine Falte hier - geschafft. Jetzt noch das untere Ende hervorziehen - fertig. Ängstlich blickte er in die Gesichter der Umstehenden und fürchtete, Hohn, Spott oder Mitleid zu sehen, aber alle strahlten ihn an und applaudierten.

„Glückwunsch, Lucius."

„Jetzt bist du ein Mann."

„Er soll leben!"

Von allen Seiten schollen Glück- und Segenswünsche durch das Atrium, aber Lucius suchte den Blick seines Vaters. Für einen Augenblick dachte er, so etwas wie Rührung darin zu erkennen, aber vielleicht täuschte der Eindruck auch. Mit unbewegter Miene mahnte Gnaeus seinen Sohn feierlich: „Mein Sohn, du gehörst jetzt zu den Erwachsenen. Erledige deine Pflicht den Göttern gegenüber!"

Lucius ging nicht durchs Atrium, er schwebte. Er trat zum Altar der Hausgötter, der Penaten und Laren, und brachte ihnen ein Trankopfer dar. Dann legte er seine Bulla, die lederne Kapsel mit seinem Amulett, das ihn in seiner Kindheit beschützt hatte, in das Lararium, um es den Laren zu opfern. Dabei sprach er die traditionellen Worte. Die Gäste lauschten andächtig und stimmten in seine Anrufung der Götter ein.

Danach brachen alle zum Forum auf, um mit Lucius die *deductio in forum* zu begehen, die Einführung in die Bürgergemeinde. Auf dem Weg zum Forum kaufte Lucius stolz bei einer mit Efeu bekränzten Matrone einen Honigkuchen, der dann Mars zu Ehren verbrannt werden sollte. Auf dem Forum trafen sie die anderen junge Männer, die an diesem Tage die *toga virilis* angelegt hatten. Sie beglückwünschten sich gegenseitig und trugen sich dann voller Stolz in die Bürgerlisten ein. Damit war der formelle Teil erledigt und es begann der ausgelassene. Alle kehrten nach Hause zurück. Stephanos hatte im Atrium Tische und Bänke aufstellen lassen. Normalerweise wurde an den Liberalien im Freien gegessen, aber in Gallien war es dafür noch zu kalt. Zum Essen kamen auch die Nachbarn. Lucius nahm den Ehrenplatz ein. Für Lucius war es das Fest der Feste. Obwohl er mit seinen Freunden schon einige heftige Geburtstage gefeiert und auch einige wilde Saturnalien hinter sich hatte, kam doch keine dieser Feiern an den heutigen Tag heran. Erst bei Einbruch der Dunkelheit verabschiedeten sich die Gäste und machten sich, gesättigt und beschwipst, auf den Heimweg.

Zwei Tage nach den Liberalien brach Lucius zum Hof auf, um sein Training für die Legion zu beginnen. Syros, der noch einmal zu Verhandlungen nach Lugdunum reiste, begleitete ihn erneut. „Dabei habe ich Gelegenheit, dir beim Training zuzusehen. Den Spaß lasse ich mir doch nicht entgehen!“

Als sie, müde und staubig vom langen Ritt, beim Hof ankamen und in Vorfreude auf eine entspannende und ausgiebige Reinigung das Badehaus betraten, war dieses schon belegt. Im Warmwasserbecken lag ein alter, grauhaariger Mann, der sein Bad sichtlich genoss. Er sah abgemagert und, obwohl das Wasser diesen Eindruck etwas relativierte, heruntergekommen aus.

„Herein in die gute Stube!“, rief er ihnen fröhlich zu. „Wie ich sehe, kommt ihr nicht mit leeren Händen.“ Er zeigte auf den Weinschlauch, den Syros trug. „Angesichts einer solchen Parole lasse ich euch gerne passieren!“ Er winkte ihnen, näher zu treten.

Schon nach einem kurzen Blick in sein Gesicht hatte Lucius gewusst, dass er einen Veteranen vor sich hatte. Die Scheuernarben am Kinn und die kahle Stelle auf dem Kopf, die man vom Tragen eines Helmes bekam, verrieten ihn. Außerdem hatte er diverse Narben am Körper. Der Mann grinste breit, so dass seine Zahnstümpfe zu sehen waren. Einige sahen aus, als ob sie abgebrochen wären.

Lucius und Syros setzten sich auf die Bänke und ließen sich vom Badediener mit dem Sand-Salbe-Gemisch einreiben und anschließend mit dem Schaber abkratzen.

Der Mann im Becken schielte auf den Weinschlauch und fragte neugierig: „Wer seid ihr? Verwandte vom alten Sergius? Macht nichts. Ihr dürft trotzdem mit mir baden."

„Danke für deine Erlaubnis, ich weiß deine Großzügigkeit zu schätzen", sagte Lucius ironisch. „Die Frage ist aber nicht, wer wir sind, sondern, wer du bist. Ich bin nämlich Lucius Justinius Marcellus und das ist mein Vetter Gaius Justinius", fügte er bedeutungsvoll hinzu.

Dem Veteranen fiel die Kinnlade so weit herunter, dass er Wasser schluckte, einen Hustenanfall bekam und dunkelrot anlief. Er stieß fluchend und hustend einige unverständliche Wörter aus, es dauerte, aber dann bekam er wieder eine normale Gesichtsfarbe und begann, aus dem Becken zu klettern.

„Lucius Marcellus, der Sohn vom alten Marcellus." Und als Lucius nickte, fuhr er fort: „Da soll mich doch der Blitz treffen. Du bist tatsächlich der Sohn von Erraticus, diesem altem Hurensohn?"

Syros sah Lucius fragend an. Erraticus, der Umherirrende, hatte der Veteran gesagt. Doch diese Bezeichnung hatte auch Lucius noch nie in Verbindung mit seinem Vater gehört. Der Veteran kam herüber und griff sich dreist den Weinschlauch.

„Ah, lecker", sagte er, nachdem er einen kräftigen Schluck genommen hatte, und rülpste vernehmlich. „Mich nennt man Saxum, den Felsblock, weil ich meinen Platz in der Schlachtreihe immer wie ein Felsblock gehalten habe. Na, wenn ihr mit dem alten Knacker verwandt seid, ist das hier natürlich euer Revier. Erraticus verdanke ich den Posten hier. Was hätte ich auch sonst mit der Pfote anfangen sollen? Bauer vielleicht?" Er grölte lautstark über seinen eigenen Witz und nahm noch einen tiefen Schluck aus Syros' Weinschlauch. Lucius blickte auf Saxums rechte Hand, die in einem Handschuh steckte. Saxum handhabte den Schlauch geschickt, aber die Finger in dem Handschuh bewegten sich nicht. Der Veteran legte den Schlauch am Beckenrand nieder und winkte mit der bandagierten Hand, bevor er ins Becken zurückkletterte.

„Das war bei Actium. Das war, als wir das Biest Kleopatra fertiggemacht haben. Ich beugte mich gerade über die Planke, um einen Haken zu lösen, als von der Seite ein Barbar nach meinem Kopf schlug. Ich riss den Kopf zurück und zack! traf das Schwert meine Hand. Verfluchte Scheiße. Seitdem bin ich ein Linkshänder." Er grölte erneut über seinen Witz.

Lucius und Syros stiegen zu ihm in das Warmwasserbecken.

„Warum Erraticus?", fragte Lucius.

„Bitte?" Saxum war irritiert.

„Warum nennst du meinen Vater Erraticus, den Umherirrenden?"

„Warum?", fragte Saxum erstaunt. Dann ging ein durchtriebenes Grinsen über sein Gesicht.

„Klar, das hat er nicht erzählt. Bei einem Übungsmarsch hat Marcellus der Centurie richtig Dampf gemacht. Er wollte den Legionsrekord für die Tagesleistung brechen und hat sie über Stock und Stein gejagt. Eigentlich sollten wir nach zwei Tagen am nächsten Ort ankommen, dein Vater wollte ihn aber schon am nächsten Mittag erreichen." Saxum griff wieder nach dem Schlauch und trank einen Schluck. „Marcellus wuchs mindestens um eine Handbreit, als am Abend das Dorf vor uns lag. Wir Legionäre waren kurz davor zu kotzen, so hatte er uns gehetzt. Aber was machte er für ein blödes Gesicht, als er den Namen dieses Dorfes erfuhr! Es lag im Norden des Lagers, er aber hätte nach Westen marschieren sollen. Er hatte sich in der Richtung geirrt. Das blöde Gesicht war einmal Kotzen wert. Das werd ich nie vergessen, verflucht." Saxum schlug auf das Wasser vor Begeisterung

Lucius versuchte, sich seinen Vater vorzustellen, wie er vor dem Dorf stand und erfuhr, dass er in die falsche Richtung gerannt war. Er merkte, wie er trotz seines Widerwillens gegenüber Saxum grinsen musste. Syros schüttelte sich vor Lachen.

„Na ja, und letztes Jahr traf ich deinen Vater im Hafen von Massilia, wo ich als Gepäckträger arbeitete. Er war gerade auf dem Weg von Rom nach Arausio. Gnaeus sah die kahle Stelle auf meinem Kopf und das Scheuermal am Kinn. Und ich kam ihm wohl bekannt vor, also sprach er mich an. Na ja, dann verschaffte er mir hier am Hof eine Stelle. Besser als Gepäckträger, das sag ich euch. So, jetzt muss ich aber wieder!" Saxum kletterte aus dem Becken.

„Was hast du für eine Stelle hier?", fragte Lucius neugierig. Ihm schwante Böses, denn in den Weinbergen konnte er sich Saxum kaum vorstellen.

„Ich bin Ausbilder!“, verkündete er vergnügt. „Ich soll einen Verwandten des Alten fit für die Legion machen.“ Er ging in den Vorraum, wo die Kleider lagen. Lucius sah ihm entgeistert nach. Syros brach nach einer Weile das Schweigen: „Da kannst du sehen, wie Rom seine treuen Soldaten belohnt. Er hat ehrenvoll gekämpft, sogar gegen die Hexe Kleopatra, und endet als Tagelöhner im Hafen.“

Lucius wiegte nachdenklich den Kopf. „Du weißt doch, im Krieg werden nur die Sieger belohnt!“

„Schon klar!“, sagte Syros. „Aber nur, weil er seine Hand verloren hat, ist er doch kein Verlierer!“

„Nein“, entgegnete Lucius, „aber weil er auf der falschen Seite gekämpft hat. Agrippas Schiffe waren bei Actium mit Enterhaken und Harpunen ausgerüstet. Nicht die Schiffe von Antonius und Kleopatra. Wenn er also einen Haken lösen wollte, dann hat er gegen Augustus gekämpft und nicht für ihn!“

„Ah, das erklärt es natürlich!“, sagte Syros verblüfft. „Was sagst du zu deinem neuen Trainer?“ Lucius schüttelte ratlos den Kopf: „Ich weiß nicht!“ Lucius gefiel der Gedanke gar nicht, die kommenden Wochen und Monate in Gesellschaft dieses abstoßenden und heruntergekommenen Mannes zu verbringen.

Sie aßen mit Sergius und seiner Familie zu Abend. Von Sergius erfuhren sie, dass Saxum auf dem Hof wohnte, sich aber selten nützlich machte. Er langweilte sich anscheinend die meiste Zeit, trank viel und war in der ganzen Gegend wegen seines unbeständigen Temperamentes gefürchtet. Lucius fragte sich, wie sein Vater einen Mann wie ihn als seinen Ausbilder hatte auswählen können.

Er sollte es bald erfahren. Als erfahrener Legionär hatte Saxum seine Qualitäten als Lehrer, auch wenn seine rohe Art mehr als gewöhnungsbedürftig war. Immerhin würden sich die Trainingsstunden bei Pertinax in Arausio auswirken, dessen war sich Lucius ganz sicher. Er hatte durch das Schwerttraining kräftige Oberarme und Schultern bekommen.

Heute stand der erste Geländemarsch an. Saxum hatte ihn ein Bündel packen lassen, mit den gleichen Habseligkeiten, die ein Legionär gewöhnlich mit sich trug: Essbesteck, Kleidung, eiserne Rationen und die sonstigen Dinge des täglichen Bedarfs. Das Bündel, die Sarcina, wurde an einem Stock befestigt und über der Schulter getragen. Lucius maulte, als er es zuerst einmal probeweise trug. Was für eine unbequeme Angelegenheit! Saxum nannte ihn ein Muttersöhnchen und riet ihm, ein Stück Tuch unter den Stock zu legen. Zu Sergius, der interessiert zusah, sagte er: „Wir sind heute Abend zurück. Halte ein Bad und einen Masseur für den jungen Herrn bereit! Das wird er brauchen!" Und nach einem Seitenblick auf Lucius fügte er noch spöttisch hinzu: „Wenn wir bis zur Cena nicht zurück sind, schicke uns Männer mit einem Karren, damit wir ihn nach Hause schaffen können!"

Lucius schoss das Blut in den Kopf. Na warte, dir werde ich es zeigen! Du wirst sehen, was ein durchtrainierter Städter alles kann! Es geht doch nur zum Rande des Grundstücks und zurück. Das sind gerade mal zwanzig Meilen. Zwanzig Meilen sollten auch schneller zu schaffen sein.

Nach einer halben Stunde mussten sie die erste Pause machen, da ein Stein unter Lucius' Fuß gerutscht war und ihm höllische Schmerzen verursachte. Saxum besah sich die Sache: „Du Idiot, die Riemen sind viel zu lose geschnürt. So schaffst du keinen Tagesmarsch!" Er wies ihn an, die Sandalen enger zu schnüren. Danach waren zumindest die Sandalen kein Problem mehr.

Nach einer Stunde wusste Lucius, dass er sich geirrt hatte. Er war nicht in Form. Ganz und gar nicht. Der Schweiß floss in Strömen. Zu allem Überfluss setzte auch noch ein anhaltender Regen ein, dessen Tropfen nach geraumer Zeit ihren Weg unter Lucius' Mantel und Tunica fanden und ihm kalt den Rücken herunterliefen. Er spürte den Druck der Sarcina auf der Schulter. Nach zwei Stunden war er sich sicher, dass der Stock, an dem die Sarcina hing, ihm eine Delle in die Schulter gedrückt hatte, die für immer dableiben würde. Nach drei Stunden war er sich sicher, dass seine Füße mindestens doppelt so groß sein mussten wie vorher. Außerdem sein Rücken, der würde krumm werden, und er hätte den Rest seines Lebens einen Buckel und müsste durchs Leben hinken. Sie erreichten nach dreieinhalb Stunden die Grenze des Grundstückes. Erschöpft sank Lucius zu Boden, als Saxum eine Pause anordnete.

„Wie ... viel?", keuchte Lucius und deutete auf das Bündel. „Wie ... viel Blei ist denn da drin?"

„Stell dich nicht so an!“, brummte der alte Legionär mit einem breitem Grinsen, wobei er seine gelben Stummelzähne zeigte. „Das sind vielleicht fünfzig *librae*! Als richtiger Soldat müsstest du noch Schild und Speer tragen, das sind noch einmal fünfzig *librae*. Von Kettenhemd, Schwert und Helm ganz zu schweigen.“

Lucius war zu schwach, um zu widersprechen. Gierig trank er aus der Feldflasche und verzog sofort das Gesicht. „Was ist das denn für ein Gebräu?“, fragte er angewidert.

„Posca. Das Essigwasser der Soldaten. Gewöhne dich schon mal an den Geschmack!“

Lucius biss schnell in ein Stück Brot, um den widerlichen Geschmack aus dem Mund zu bekommen, dann klaubte er noch ein Stück Speck aus dem Bündel und biss hinein. Er beeilte sich mit dem Essen, da Saxum ihm nur eine kurze Pause zugestanden hatte. Er verstaute alles wieder im Bündel und nahm in Ermangelung an Alternativen doch noch schnell einen Schluck von dem widerlichen Gesöff, bevor sie sich auf den Rückweg machten.

Der kam ihm doppelt so lang vor wie der Hinweg. Jeder Schritt schmerzte, die Stange bohrte sich unbarmherzig in seine Schulter. Verbissen setzte Lucius Schritt vor Schritt. Wie ein Esel, der ein Wasserrad bediente und dabei stundenlang im Kreise lief, ging er, den Kopf gesenkt, Schritt für Schritt, immer weiter. Bei Einbruch der Dämmerung erreichten sie den Hof und Lucius war froh, sich ins Bad schleppen zu können.

Als ihm Saxum nachrief: „Ein Legionär marschiert mindestens zwanzig Meilen am Tag, und das fünf Tage hintereinander!“, konnte er das nur als Drohung auffassen.

Zwei Meilen vom Hof entfernt zum Fluss hin erhob sich ein sanfter Hügel. Von dort aus hatte man einen schönen Blick bis zum Rhodanus. An seinem Südhang hatte Sergius die besten Trauben gepflanzt. Über seinen Kamm führte einer der Wege, die das Grundstück in Centurien einteilten. Die Wege durften nicht bepflanzt und jeder fünfte musste befestigt werden. Die Länge dieser Wege bis zur nächsten Kreuzung betrug jeweils eine halbe Meile. Diese Wege und diesen Hügel hatte Saxum sich ausgesucht, um Lucius auf Vordermann zu bringen, wie er es nannte. Jeden Morgen marschierten sie die zwei Meilen. Danach musste Lucius mehrere Runden um die Centurie laufen. Die ersten Tage noch ohne Gepäck, um ihn zu schonen, wie Saxum süffisant bemerkte, aber schon bald lud ihm der Veteran allmorgendlich die schwere Sarcina auf. Für die Übungsläufe befanden sich in dem Bündel nur Steine. Alle drei Tage musste Lucius das Lauftraining mit voller Ausrüstung, also zusätzlich mit Schild, Schwert und Helm, absolvieren.

Lucius keuchte und war vollkommen außer Atem. Mit jeder Runde kam ihm der Hügel steiler vor. Der April war in diesem Jahr ungewöhnlich heiß. Es war verrückt: Noch vor sechs Wochen hatte er den Regen verflucht, jetzt wünschte er ihn zurück. Er machte kurz Halt, um abzuschätzen, wie lange er noch zur Kuppe des Hügels brauchen würde. Er seufzte und kletterte weiter bergauf. Oben angekommen, gönnte er sich keine Pause, sondern machte sich direkt an den Abstieg.

Unten am Fuße des Hügels saß Saxum auf einem Felsen, genoss die Sonne und wartete, während Lucius seine Runden drehte.

Als Lucius schweißgebadet bei ihm ankam, warf Saxum ihm einen Schlauch zu. Lucius trank gierig die Posca. Der Geschmack war ihm mittlerweile egal. Hauptsache, sie stillte den Durst.

„Noch eine Runde", rief Saxum fröhlich und nippte genüsslich an seinem eigenen Schlauch. Er selbst trank natürlich keine Posca, sondern gönnte sich einen halbwegs vernünftigen Wein. Lucius trank noch einen großen Schluck und warf den Schlauch zurück, ehe er sich an seine letzte Runde machte.

Nachdem sie sich auf diese Art und Weise „ein bisschen aufgewärmt" hatten, wie Saxum es nannte, würden sie nachmittags „ein bisschen mit den Waffen spielen". Zuerst sollte Lucius seine Arme lockern und mit den leichten Wurfspeeren trainieren, so hatte ihm Saxum den Trainingsplan erläutert. Danach stünde das Werfen mit dem schweren Pilum auf dem Programm.

Dies stellte sich als wahre Tortur heraus. Nach den ersten Trainingseinheiten hatte Lucius das Gefühl, dass seine Arme abfallen würden.

„Memme!", kommentierte Saxum lakonisch Lucius' Stöhnen.

Das Schwertkampftraining mit Pertinax, der einige Tage nach Lucius auf dem Hof eingetroffen war, durfte jedoch auch keinesfalls vernachlässigt werden. Pertinax ließ keine Ausflüchte zu und trieb Lucius selbst dann gnadenlos an, wenn der eigentlich schon glaubte, keinen Finger mehr heben zu können. So war Lucius' Zeit komplett ausgefüllt. Abends war er meist zu erschlagen und zu müde, um sofort einzuschlafen. Eigentlich mache ich gute Fortschritte, lobte sich Lucius selbst. Ich hätte mal eine kleine Belohnung verdient, dachte er bei sich. Ein paar Tage in Arausio mit Wein und Mädchen wären jetzt genau das Richtige!

Saxum wies am nächsten Morgen dieses Ansinnen entrüstet zurück: „Das Training scheint dich nicht genug zu fordern, wenn du Zeit für Müßiggang und Flausen hast. Der Sieg liebt die Sorgfalt, also werden wir ab sofort dein Training verschärfen!"

VERSCHÄRFEN?! Lucius glaubte, sich verhört zu haben. „Was soll ... willst ... was meinst du?", stammelte er erschrocken.

„Der Sommer steht bevor und wir werden ein paar Marschausflüge in die Umgebung unternehmen!", erläuterte der alte Legionär.

Lucius war nicht mehr erschrocken, sondern entsetzt. Er, der Sohn des Gnaeus Justinius Marcellus, sollte mit Legionärsgepäck beladen durch die Gegend marschieren, in der ihn alle Nachbarn kannten und die Kinder mit dem Finger auf ihn zeigen würden? Niemals.

„Du tust das, was ich dir sage! Ist das klar?", fragte Saxum schneidend und fügte mit lauerndem Gesichtsausdruck hinzu: „Du kannst das natürlich auch mit deinem Alten diskutieren!" Lucius zog es vor, zu schweigen.

„Wer soll dich schon erkennen – und wenn doch, wen interessiert das schon?"

„Mich!", fauchte Lucius. „Es geht um meine *dignitas*, es geht um mein Ansehen! Ich kann mich doch nicht wie ein Landstreicher oder ein Verrückter aufführen!"

„Du redest eine Scheiße!", lachte Saxum spöttisch. „Auf einem Feldzug laufen alle dreckig, stinkend und unrasiert herum. Vom kleinsten Maulttiertreiber bis zum Feldherrn. Scheiß auf die hochgelobte *dignitas*! Wen interessiert's? Keine Sau, glaub mir. Das Training soll helfen, dich auf die Strapazen vorzubereiten. Dadurch steigen deine Überlebenschancen. Was kümmert es dich also, was die Leute auf dem Feld von dir denken?" Er machte eine kunstvolle Pause. „Und jetzt nimm deinen

Kram und marschiere los!", bellte er, so scharf und plötzlich, dass Lucius zusammenzuckte und widerstandslos sein Bündel schulterte.

Damit begannen die langen Märsche. Sie marschierten einmal rund um das Grundstück oder bis zu einem von Saxum ausgewählten Ziel und wieder zurück. Nicht selten mussten sie dabei auf freiem Feld übernachten.

Die Arbeiter auf den Feldern unterbrachen ihre Arbeit, wenn sie vorbeizogen, und sahen ihnen erstaunt nach. Es war ein allzu ungewöhnliches Bild: ein junger Mann mit Schild, der vorneweg zog, und ein alter Mann, Wein trinkend und singend, der auf einem Maultier hinterherschaukelte. Die Reisenden, denen sie unterwegs begegneten, warfen ihnen misstrauische Blicke zu. Lucius biss die Zähne zusammen und versuchte, nicht darüber nachzudenken, was sie von ihm dachten.

Ab und zu erhielt er Briefe aus Arausio von seinen Freunden, die ihm vom neuesten Stadtklatsch berichteten. Am meisten freute Lucius sich aber wie immer über den Brief, den ihm Marcus aus Rom schickte:

Grüße von Marcus Cornelius Plautus an Lucius Justinius Marcellus, der sich jetzt als Erwachsener bezeichnen darf!

Ich beglückwünsche dich dazu, dass du jetzt die Toga der Männer tragen darfst. Hoffentlich hat der alte Schleifer dich richtig feiern lassen. Sofern das bei euch in der Provinz überhaupt möglich ist. Bevor du dich jetzt unnötig aufregst: Feiern kann man in der Provinz, aber RICHTIG feiern kann man nur in Rom. Hier war an den Liberalien so viel los wie an den Saturnalien bei euch. Und was an den Saturnalien los ist? Das willst du gar nicht wissen, sonst wirst du nur grün vor Neid. Glaube mir, Bruder, hier in Rom versteht man es, zu feiern. Ich habe einen Denar gewonnen. Wir haben im Vorfeld der Saturnalien Wetten abgeschlossen, ob es so wild zugehen würde wie in den vergangenen Jahren, oder ob die neue Sitten-Gesetzgebung Erfolg haben würde. Ich hatte recht. Die Römer lassen sich in ihren Festen und Feiern nicht beeindrucken.

Nächstes Jahr steht uns noch eine besondere Feier bevor, denn es beginnt ein neues Saeculum. Die Ponitifices und Auguren haben die Zeichen und die heiligen Bücher befragt und entschieden, dass nächstes Jahr das richtige Jahr ist. Was gibt es noch zu berichten? Ach ja, es gibt keine Senatoren mehr. Sehe ich dich beim Lesen auffahren? Was, wer, wann, wieso? Nachdem vor vier Jahren die Zensoren ein klägliches Bild abgaben, hat man letztes Jahr Augustus gebeten, Zensor zu werden, aber er hat abgelehnt. Dieses Jahr hat man ihn wieder bedrängt und er hat zugestimmt. Bestimmt widerstrebend, der alte Schauspieler. Unter den Hinterbänklern gab es einige Unruhe, denn es ist ein offenes Geheimnis, dass Augustus achthundert Senatoren als zu viel erachtet, und man war gespannt, wen er aus dem Senat werfen würde. Ergebnis: alle. Er hat alle rausgeworfen und ein furchtbar kompliziertes Verfahren ins Leben gerufen, um die Senatoren wieder zuzulassen. Eine Kommission von dreißig Männern soll Vorschläge machen, aber keiner darf sich oder einen Verwandten vorschlagen. So sollen nur die besten wieder aufgenommen werden. Wie naiv, natürlich wird viel Geld hin und her fließen für die Aufnahme in die Kommission. Ich halte dich auf dem Laufenden.

Vale
Marcus

Lucius marschierte mit der Sarcina auf der Schulter über die befestigte Straße. Die Sonne hatte den Boden verbrannt. Da es seit Tagen nicht geregnet hatte, war die Luft voller Staub. Saxum ritt gleichmütig auf seinem Maultier hinter ihm her. Ihm schien der Staub nichts auszumachen. Lucius staunte wieder einmal, wie der alte Veteran es schaffte, mit einer Hand das Maultier zu lenken und sich zwischendurch am Weinschlauch gütlich zu tun.

„Oh, oh!“, bemerkte der plötzlich. „Das sieht nach Ärger aus!“

Auch Lucius hatte die Kutsche vor ihnen gesehen. „Warum Ärger?“, fragte er durch zusammengebissene Zähne, um keinen Staub zu schlucken.

„Ich wette einen Jahressold gegen einen räudigen Hund, dass da vor uns eine Amtsperson reist. So was sehe ich auf den ersten Blick.“ Er musterte Lucius’ Gesicht. „Gut, mit dem Dreck im Gesicht erkennt dich niemand!“

Lucius besah sich die Begleitung der Kutsche genauer. Saxum hatte recht. Die Männer erinnerten ihn an den Trupp, mit dem Gaius das erste Mal zur Amtsausübung losgezogen war. Zehn Männer in roten Tunicen, bewaffnet mit Knüppeln. Zwei, drei Jungen, die gerade die Toga der Männer angelegt hatten und jetzt erste Erfahrungen im öffentlichen Leben machen sollten. Schreiber, Feldmesser und wen ein Quatrovir auf seinen Inspektionen sonst noch benötigte. Er musste lachen. Was wäre, wenn Gaius in der Kutsche saß? Aber er wusste, dass das nicht möglich war, da Gaius nach Osten aufgebrochen war.

„Halt!“ Der Führer des kleinen Trupps stand mitten auf der Straße. „Wer seid ihr und was treibt ihr hier?“

Saxum ritt an Lucius vorbei und zügelte kurz vor dem Mann sein Maultier. Dieser zuckte ein wenig zurück, hatte sich aber gleich wieder in der Gewalt. „Römische Bürger!“, sagte Saxum leichthin. „Und ihr?“

„Lass die blöden Witze!“, knurrte der Mann böse. „Sagt mir eure Namen!“

„Ich wüsste nicht, warum ich einem dahergelaufenen Sklaven einfach meinen Namen nennen sollte!“

„Ich bin kein Sklave!“, rief der Mann und schwang bedrohlich den Knüppel.

Saxum sah furchtlos auf ihn nieder. „Na und, dann bist du eben ein Freigelassener! Glaubst du, ein Veteran des gallischen und des alexandrinischen Krieges fürchtet sich vor dir?“

Es herrschte einen Moment Stille. Lucius sah den Schweiß auf der Stirn des anderen Mannes.

Eine ruhige Stimme meldete sich zu Wort: „Es geht hier nicht darum, wer sich vor wem fürchtet!“ Ein Mann von Ende zwanzig war aus der Kutsche gestiegen. Er ordnete seine Toga und schritt dann auf sie zu. „Geh zur Seite, Septimus!“, bedeutete er dem Mann. Dieser ließ den Knüppel sinken. „Ich bin einer der Quatroviri für die Straßen außerhalb der Stadt Arausio! Einige Bewohner der umliegenden Höfe ...“ , er machte eine vage Bewegung, „... haben uns von einem merkwürdigen Paar berichtet, das seit Wochen hier gesehen wird.“ Er hüstelte. „Ein junger Mann mit Legionärsschild und ein alter Mann auf einem Maultier!“ Sein Blick wanderte von Lucius’ Schild zu seinem Gesicht und dann hinauf zu Saxum. Obwohl Lucius ihn sofort erkannt hatte und er sogar schon bei ihnen im Haus zu Gast gewesen war, schien der Quatrovir Lucius nicht zu erkennen. Nun, er rechnete auch nicht damit, den Bruder seines Amtskollegen verdreckt und verschwitzt in Legionärsmontur auf der Landstraße anzutreffen. „Es gibt kein Gesetz, das einem Römer verbietet, in Legionärsausrüstung durch die Landschaft zu marschieren, solange er sich nicht als Legionär ausgibt, aber ungewöhnlich ist das schon.“ Es entstand eine Pause.

Lucius überlegte, was jetzt zu sagen sei. Er konnte sich zu erkennen geben und würde dadurch zum Klatschthema Nummer eins in Arausio werden. Seine Wahl zum König der Narren an den Saturnalien wäre auch gesichert. Das Schweigen dehnte sich.

„Nun?“ Die Ungeduld in der Frage war nicht zu überhören.

„Das ist der jüngste Sohn meiner Schwester!“, begann Saxum. „Sie will ihn zur Legion schicken, aber er war lange krank und ist deshalb schwach. Sie hat ihn zu mir geschickt, damit ich ihn wieder aufpäpple und ihm was beibringe. Nächstes, spätestens übernächstes Jahr wird er unter den Adlern dienen!“

„Und deine Schwester hat einen Esser weniger!“, vollendete der Quatrovir den Satz. Lucius grinste so einfältig wie möglich. „Wo wohnt ihr?“

„Ich arbeite auf dem Hof des Gnaeus Marcellus als Wächter. Mein Neffe wohnt zurzeit auch da!“ Der Quatrovir warf Lucius noch einen prüfenden Blick zu, bevor er zu seiner Kutsche zurückging. Die Gruppe setzte sich wieder in Bewegung und Lucius und Saxum setzten ihren Marsch fort.

Die seltsame Geschichte vom kranken Neffen verbreitete sich in Windeseile in der Umgebung, und fortan begegneten die Bewohner der Gegend dem seltsamen Paar mit weniger Misstrauen.

Der Herbst kam, und damit die Weinernte, bei der Lucius helfen musste, wie Gnaeus Marcellus es verfügt hatte. Lucius half den Arbeitern beim Reinigen aller Bottiche und Gefäße, die für die Ernte in Frage kamen. Sergius verpflichtete wieder Erntehelfer und Wächter.

„Werden denn die Wachen in der Nacht nicht kontrolliert?“, fragte Lucius erstaunt, nachdem die Wächter eingeteilt waren. Sergius schüttelte verwundert den Kopf: „Nein, warum sollte ich sie kontrollieren?“

„Weil ...“, Lucius suchte nach den richtigen Worten. „Du hast die Männer doch eingestellt, damit sie die Weinberge bewachen! Und da musst du doch kontrollieren, ob sie das richtig machen“, wandte er ein. „Die Wachen in einem Lager werden doch auch von ihren Offizieren kontrolliert!“

„Mag sein!“, sagte Sergius gleichgültig. „Hier handelt es sich um Männer, die eingestellt wurden, um eine bestimmte Arbeit zu verrichten, und die Geld dafür bekommen. Sie bekommen ihr Geld nur, wenn sie ihre Arbeit richtig machen! Die Aufseher bekommen zusätzlich noch einen Bonus. Das Letzte, was wir gebrauchen können, ist ein Aufseher für die Aufseher!“ Sergius grinste über sein Wortspiel. Lucius nickte zustimmend. Das klang einleuchtend.

Die Weinernte erwies sich als hartes Stück Arbeit. Warum priesen eigentlich alle das Landleben in den höchsten Tönen? Die Trauben mussten sorgfältig mit dem gekrümmten Rebmesser abgeschnitten und in den Tragekörben gesammelt werden. Dabei schwitzte man den ganzen Tag in der prallen Sonne, nur durch einen Strohhut vor einem Sonnenstich geschützt, oder man wurde vom Regen durchnässt. Dann gab es die Tage, an denen sich die Götter nicht entscheiden konnten, ob sie der Sonne oder dem Regen den Vorzug geben sollten: Zuerst knallte die Sonne vom Himmel und im nächsten Moment zog sich der Himmel zu und ein Wolkenbruch ging nieder.

Und dann diese Rückenschmerzen. Solange man die Trauben in Augenhöhe abschneiden konnte, war das halb so schlimm. Aber die Trauben über dem Boden! Ständiges Bücken oder Knien, mit dem Korb auf dem Rücken, der zunehmend schwerer wurde. Erst, wenn der Korb voll war, wurde er zum Hof gebracht und ausgeleert. Auf dem Hof wurden die besten Trauben als Speisetrauben aussortiert und der Rest wurde zum Keltern vorbereitet. Wenigstens würde es am Ende der Strapazen ein Fest geben. Lucius konnte es kaum erwarten. Die Feste zur Weinernte waren in der Stadt schon lebhaft, wie mochte es erst hier auf dem Hof sein, wo die Menschen nicht nur den Gott Bacchus, sondern auch den erfolgreichen Abschluss der Ernte feierten?

Diese aussichtsreiche Belohnung all der harten Arbeit sollte Lucius allerdings nicht mehr erfahren, da ein Befehl seines Vaters ihn am Tage des Weinfestes nach Arausio zurückrief. Einen Tag, einen verdammten Tag mehr! Lucius fluchte wie ein Fuhrknecht. Bei Bacchus, hätte Vater ihn nicht einen Tag länger auf dem Hof lassen können? Er überlegte, einfach erst am folgenden Tag zu reisen, aber Sergius war unnachgiebig. Gnaeus Marcellus hatte befohlen, also hatte der Sohn zu gehorchen, so funktionierte die Welt. Er half ihm beim Packen und verabschiedete sich bis zum kommenden Jahr von ihm. Es war nicht zu erwarten, dass Lucius dieses Jahr noch einmal auf den Hof zurückkehren würde. In Begleitung von Pertinax und Saxum machte er sich widerwillig und enttäuscht auf den Weg nach Arausio.

* * *

ARAUSIO

„Wo ist Vater? Was ist so dringend, dass ich nicht einen Tag länger auf dem Hof bleiben konnte?“, fragte Lucius herausfordernd.

Gaius musterte seinen Bruder aufmerksam. „Vater ist beschäftigt. Er will, dass du morgen als mein Schreiber an einer Stadtratssitzung teilnimmst. Außerdem sollst du nach Massilia reisen und mit Krateros die Bedingungen für den diesjährigen Weintransport aushandeln. Das soll deinen geistigen Horizont erweitern.“

Lucius schnaufte ungehalten. „Mein geistiger Horizont braucht nicht erweitert zu werden, ich bin schließlich kein Kind mehr!“

„Nein“, bestätigte Gaius sachlich, „aber sehr einseitig interessiert. Es kann nicht schaden, mal andere Aspekte des Lebens mitzubekommen! Also morgen früh - und vergiss nicht, deine Toga anzulegen!“ Und mit einem Nicken war Lucius entlassen.

So kann es nicht weitergehen, dachte er verärgert, jeder darf mich herumkommandieren, Pertinax, Saxum, Sergius und jetzt auch noch Gaius. Alle behandeln mich wie ein kleines, dummes Kind. Lange würde er sich das nicht mehr gefallen lassen. Früher oder später würde er ihnen zeigen, was in ihm steckte. Sehr bald.

Er hatte einen weiteren Brief von Marcus bekommen. Für Marcus war dies ein gutes Jahr gewesen. Er hatte Erfolg bei seinen Unternehmungen gehabt und außerdem war seine Frau schwanger.

Auch Julia, die Frau des Agrippa, ist wieder schwanger. Wie hat er das hinbekommen? So selten, wie er in Rom ist. Große Freude auf jeden Fall im Haus des Antonius, verzeih, im Haus des Agrippa. Alle Zeichen deuten darauf hin, dass es wieder ein Sohn wird. Der kleine Gaius wird ein Brüderchen bekommen! Augustus war bereits bei der Geburt seines ersten Enkels ganz aus dem Häuschen. Aber jetzt, da Julia und Agrippa ihn erneut zum Großvater machen, ist er großzügig wie nie. Man erzählt sich, dass er beim Würfeln gegen Marcus Vinicius und Marcus Lollius große Summen verloren und Gewinne nicht eingefordert hat.

Gegenüber den Senatoren ist er nicht so großzügig gewesen. Die Kommission der Dreißig leistete ihre Arbeit mehr schlecht als recht. Das war ein Geschachere, das ganze Jahr über! Die Ex-Senatoren und Möchtegern-Wieder-Senatoren haben miteinander gefeilscht und gekungelt wie die Markthändler, um vorgeschlagen zu werden. Da haben bestimmt horrende Summen den Besitzer gewechselt. Es dauerte eine geraume Zeit, dann waren zuerst 300 und schließlich und endlich 600 neue Senatoren ernannt.

Niemand war mit dem Ergebnis zufrieden. Als man genau hinsah, flogen all die Bestechungen und Schwindeleien auf. Also hat Augustus eine ganze Reihe neu ernannter Senatoren wieder hinausgeworfen und kurzerhand eigene Kandidaten ernannt. Da gab es wieder großes Geschrei, und es erfolgte eine Korrektur der Korrektur. Doch das Thema ist nun erledigt. Jedoch ist keiner glücklich mit der Situation. Einige Ex-Senatoren führen sich auf, als ob ihre Familie seit Jahrhunderten im Senat gewesen wären. Dabei sind viele erst unter Caesar freigelassen und zum Senator ernannt worden. O Tempora, o Mores.

Und damit sind wir beim nächsten Thema. Um den Senat zu beschäftigen, legte Augustus den Senatoren direkt ein neues Gesetzeswerk vor: Die lex Julia de maritandis ordinibus. *Das verursachte eine Aufregung, nicht nur im Senat, sondern in ganz Rom! Jeder männliche Römer über fünfundzwanzig und jede weibliche Römerin über zwanzig muss verheiratet sein und Kinder zeugen. Da bin ich doch dem Gesetz zuvorgekommen! Flavia geht es gut und der Kleine in ihrem Bauch gedeiht prächtig. Wir sind sicher, dass es ein Sohn wird.*

Aber dies ist erst der Anfang. Nach der lex Julia *muss jedes Ehepaar mindestens drei Kinder haben. Hat Gaius überhaupt schon eins? Wenn* nicht, sollte er sich ranhalten. Du hättest mal die Senatoren erleben sollen! Einige führen sich immer noch auf wie eine vestalische Jungfrau, die einen Penis gesehen hat. Wahrscheinlich haben sie seit Jahren nicht mehr das Schlafzimmer ihrer Frau betreten. Andere Senatoren, die Witwer sind, müssen sich jetzt wieder verheiraten und fürchten wohl, an eine Terentia zu geraten. Die Römer der dritten bis fünften Klasse amüsieren sich prächtig. Zwar sind sie auch betroffen, aber die meisten haben mehr Kinder, als ihnen lieb ist, und außerdem: Wer kontrolliert sie schon? Das Einzige, was sie erbost, ist der Eingriff in die Rechte des pater familias. Aber das Elend der Senatoren entschädigt sie ganz offenbar für die eigenen Einschränkungen! Über Nacht sind jede Menge Graffiti aufgetaucht und es werden Wetten abgeschlossen, welcher Senator als Nächstes verheiratet wird.

Damit nicht genug, folgte bald darauf die lex Julia deadulteriis coercendis, ein Gesetz gegen Ehebruch. Jetzt gab es in den Theatern von Rom kein Halten mehr. Keine Theateraufführung, die dieses Gesetz nicht zum Thema hat. Ausgerechnet der Sohn von Gaius Julius Caesar erlässt ein Gesetz gegen Ehebruch! Nach dem neuen Gesetz ist Ehebruch genauso wie nicht ehelicher Geschlechtsverkehr strafbar. Und es wird erneut in die patria potestas eingegriffen. Bisher hatte der Ehemann das Recht, Frau und Tochter nach seinem Gutdünken zu bestrafen, jetzt darf jeder Anklage erheben. Der Betroffene hat allerdings Vorrang. Außerdem kann nun auch ein Ehebrecher belangt werden, wenn er in die Ehe eines anderen eindringt - also sozusagen in die Frau eines anderen. Das kann ihn die Hälfte seines Vermögens kosten. Zu dem Gesetzeswerk gehört noch ein genauer Kodex, in dem Strafen, Verfahren und Belohnungen geregelt sind.

Was wird Livia zu alldem sagen? Stell dir mal vor, was Augustus an Tiberius Nero hätte zahlen müssen! Mit einer unverheirateten Frau darf er jedoch fröhlich die eigene Ehe brechen - eine Frau natürlich nicht mit einem unverheirateten Mann. Sie verliert im günstigsten Fall einen Teil ihrer Mitgift. Wenn sie Pech hat, wird sie auf eine einsame Insel verbannt. Wer es glaubt!

Was für eine Verschwendung von Bronze! Als ob irgendein Römer sich daran halten würde, und als ob eine Frau der ersten Klasse jemals verbannt würde!

Die tribunizische Amtsgewalt und das Imperium maius von Augustus sind für weitere fünf Jahre verlängert worden. Und, das kam überraschend, Marcus Agrippa wurde jetzt ebenfalls neben dem Imperium maius die tribunizische Amtsgewalt für fünf Jahre verliehen. Nun darf neben den Konsuln und Augustus auch Agrippa die Volksversammlung und den Senat einberufen und Gesetze erlassen. Dazu bekam er noch ein prokonsularisches Imperium für den Osten auf fünf Jahre verliehen und wird nächstes Jahr nach Athen abreisen.

Erzähle mir mehr von deiner Legionärsausbildung! Was für ein Mensch ist dieser Saxum, dein Ausbilder? Machst du Fortschritte?

Vale
Marcus

* * *

MASSILIA

Lucius wies Servius an, ihre Habseligkeiten in die Taverne „Zum Steinbock" im Hafen zu bringen, da sie in unmittelbarer Nähe zu Krateros' Geschäftsräumen lag. Der griechische Kaufmann würde ihn höchstwahrscheinlich dazu einladen, bei ihm zu übernachten, aber er wollte sich vorsorglich ein Zimmer besorgen.

Krateros hatte seine Geschäftsräume schon seit langen Jahren in einem alten, ein wenig verwahrlost aussehenden Gebäude. Außen bröckelte der Putz ab, aber innen war es sauber und ordentlich. Es wurde emsig gearbeitet. An einer Reihe von Tischen saßen die Schreiber und waren eifrig mit ihren Schreibarbeiten beschäftigt. Ringsum standen Regale an den Wänden, in denen Briefe und Verträge lagerten. Die Wände hinter den Regalen könnten mal wieder gestrichen werden, dachte Lucius bei sich. Er warf einen skeptischen Blick auf das Dach.

„Das Dach ist dicht!", sagte eine belustigte Stimme hinter ihm. Krateros' Kanzleichef Rublius hatte ihn angesprochen. „Krateros hält nichts von einem neuen Anstrich. Er sagt, das kostet nur Geld und bringt nichts. Ein undichtes Dach hingegen kostet viel mehr, als es instand zu halten!" Er zeigte auf die großen Kerzen an den Schreibpulten. „Nur die besten, damit die Schreiber abends so lange wie möglich arbeiten können!"

Rublius winkte Lucius, ihm zu folgen. Er führte ihn in eine Ecke der Schreibstube, wo Krateros an einem Schreibtisch saß und Schriftrollen studierte. Er sah auf, als Lucius näher kam, und taxierte ihn kurz von oben bis unten. Lucius hatte schon einmal beobachtet, wie Krateros sein Gegenüber mit dunklen Augen anstarrte, als wollte er es durchleuchten und auch dessen letzten Geheimnisse ergründen. Wahrscheinlich berechnet er gerade, wie viel Gewinn ich ihm bringe, dachte sich Lucius belustigt. Dann huschte ein Lächeln über das Gesicht des Griechen und er stand auf.

„Unverkennbar ein Justinii Marcelli!", sagte er in akzentfreiem Latein. „Aber welcher?" Er schien zu überlegen und gerade, als Lucius antworten wollte, grinste er breit und sagte: „Willkommen, Lucius Justinius!", und wies auf einen Schemel vor seinem Tisch. Dann schnippte er mit den Fingern und deutete auf eine Amphore an der Wand, worauf ein Diener ihm sofort zwei Becher Wein brachte.

„Ich frage nicht, wie die Reise war und wie das Wetter in Arausio ist. Dafür ist heute Abend noch Zeit. Lass uns direkt zum Geschäft kommen! Ich nehme an, du bist hier, um den Frachtraum für eure jährliche Weinlieferung nach Rom anzumieten!" Als Lucius nickte, fuhr er fort: „Dann brauche ich zuerst das Beglaubigungsschreiben, und dann müssen wir uns über die Bedingungen für meine Provision unterhalten!"

„Deine Provision?", fragte Lucius erstaunt und reichte das Beglaubigungsschreiben über den Tisch. „Ich dachte, du bekommst die gleiche wie in den letzten Jahren?"

Krateros platzierte das Schreiben ungeöffnet auf dem Tisch, lehnte sich in seinem Stuhl zurück und legte die Fingerspitzen aneinander. „Die Situation ist anders als in den letzten Jahren. Die Preise für Laderaum sind derzeit günstig und ich kann für euch viel bessere Tarife aushandeln als die letzten Jahre. Deshalb ist mein Vorschlag, dass ich zehn Prozent von dem Geld bekomme, das ihr gegenüber letztem Jahr spart."

Lucius war für einen Moment sprachlos. Er zögerte. Dies klang nach einem gutem Vorschlag, aber sein Bruder hatte ihn immer wieder gewarnt: Misstraue im Geschäftsleben „guten Vorschlägen" und Geschäftsideen, die nur Vorteile haben. Irgendjemand muss für die günstige Gelegenheit bezahlen – und das ist nie der, der den Vorschlag macht. So sehr Lucius aber über Krateros' Vorschlag nachdachte, er konnte keinen Haken entdecken. Dies hörte sich nach einem guten Geschäft an. Egal, wie hoch Krateros' Provision wäre, Lucius' Familie würde weniger zahlen als im Vorjahr.

„Warum sind die Preise so viel niedriger?", fragte Lucius, um Zeit zu gewinnen.

„Das Angebot ist größer als die Nachfrage!", erklärte der Grieche. „Nachdem die Kriege in Hispanien, Africa und im Osten nun vorüber sind, stehen viele Frachtschiffe wieder zur Verfügung, die bis jetzt Nachschub für die Legionen transportiert haben. Die Kriegsschiffe können sich wieder der Sicherheit der Meere widmen, daher gibt es außer in Illyrien kein Piratenproblem im Mittelmeer. Alles Gründe, die die Preise nach unten drücken!"

„Dann könnte ich doch selbst mit den Schiffseignern sprechen!", versuchte Lucius aufzutrumpfen.

Krateros sah ihn amüsiert an: „Nur zu, junger Marcellus! Kennst du die derzeitigen Marktpreise? Weißt du die Menge Stauraum, die du mieten musst? Die Preise für die Lagerhäuser, in denen euer Wein gelagert wird? Die Beamten, die den Papierkram erledigen, und was sie kosten?"

Bei jeder Frage wurde Lucius' Gesicht länger. „Nein!", sagte er ein wenig eingeschüchtert.

„Kannst du ein gutes von einem schlechten Schiff unterscheiden?", bohrte Krateros weiter nach. „Sonst mietest du einen Kahn, der kurz nach dem Verlassen des Hafens absäuft!"

Lucius hob die Hände. „Genug, genug!", rief er. „Ich gebe zu, das weiß ich alles nicht und daher brauche ich dich. Du sollst deine zehn Prozent haben!"

„Na also!", sagte Krateros gönnerhaft und winkte dem Kanzleichef, der die ganze Zeit schweigend neben ihnen gestanden hatte. „Bring den Vertrag!"

Lucius war sprachlos. Also war sich dieser Schweinehund von Anfang an sicher gewesen, dass der Vertrag nur zu seinen Bedingungen abgeschlossen werden würde. Das wurmte Lucius maßlos. Am liebsten hätte er diesem selbstgefälligen Griechen die Meinung gesagt. Der Kanzleichef brachte den Vertrag und Lucius las ihn sorgfältig. Er enthielt nur wenige Punkte. Krateros sollte im Voraus die Summe bekommen, die die Justinii Marcelli gegenüber dem Vorjahr sparen würden. Doch nun war Lucius auf der Hut.

„Nein!" Er schüttelte energisch den Kopf. „Die Hälfte im Voraus, den Rest, nachdem das Schiff den Zielhafen erreicht hat. Sonst mietest *du* einen Kahn, der kurz nach dem Verlassen des Hafens absäuft!"

Krateros sah ihn einen Moment lang überrascht an. Dann verzogen sich seine Mundwinkel langsam zu einem anerkennenden Grinsen, schließlich begann er zu lachen. „Einverstanden, Lucius Justinius, einverstanden!"

Krateros hatte Lucius wie erwartet als Gast in seinem Hause willkommen geheißen. Servius erledigte den Umzug, unterdessen machte Lucius einen Rundgang durch die Stadt. Das erste Mal in Massilia, wollte er sich unbedingt den Hafen und die angrenzenden Viertel ansehen. Seine „Kundschaftermission", wie er es bei sich nannte. Wie ein Späher hinter feindlichen Linien kam er sich vor, kühn und verwegen.

Nachdem er seinen Rundgang durch das Handwerkerviertel beendet hatte, stellte er jedoch fest, dass er sich verlaufen hatte. Da Massilia griechischen Ursprungs war, waren die Straßen nicht im Schachbrettmuster angelegt, sondern liefen kreuz und quer durcheinander. Das war ungewohnt. Wenn man nur die neu angelegten Städte wie Lugdunum, Arelate und Arausio kannte, verlor man hier schnell die Orientierung. Das Handwerkerviertel ließ sich nicht mit dem von Arausio vergleichen. Es war viel größer und überall herrschte Gedränge und buntes Treiben. Aus den Werkstätten drangen die Geräusche der Werkzeuge: das Klopfen der Hämmer, das Singen der Sägen oder das dumpfe Schlagen der Äxte. Fliegende Händler, Lastträger und Bautrupps bevölkerten die Straßen. Er sah Rasierstuben, die er selbst in tiefster Not nicht aufgesucht hätte, dunkle, mit Ungeziefer verseuchte Löcher und verwahrloste Tavernen. Vor einem Haus stand eine Gruppe Frauen, so leicht bekleidet, dass Lucius überrascht stehen blieb und sie betrachtete. Erst als ihn eine alte, verlebte Frau aufforderte, näher zu kommen und sein Glück zu versuchen, kam wieder Leben in ihn und er ergriff unter dem Gelächter der Huren die Flucht.

Schließlich erreichte er wieder den Hafen. Hier war das Gedränge am größten. Menschen aller Nationen und Hautfarben drängten sich durch die Straßen. Er sah echte Schwarzhäutige, Menschen aus Afrika, von so dunkler Hautfarbe, dass er erschrocken stehen blieb. Dabei wurde er beinahe von einem Karren überrollt. Die vielen Karren und Gespanne, die in der Stadt unterwegs waren, machten Massilias Straßen sowieso höchst unsicher. In Arausio herrschte tagsüber Fahrverbot. Der Fahrer des Karrens brachte das Gespann fluchend zum Stehen und bedachte ihn mit einem Wortschwall. Lucius verstand kein Wort, es klang wie Griechisch, aber mit Sicherheit war es nicht der attische Dialekt, den ihn Asteros gelehrt hatte. Er starrte den Mann verwundert an und blieb wie angewurzelt stehen. Dem Fahrer wurde es zu bunt, er hieb mit der Peitsche nach ihm. Lucius sprang mit einem Satz aus dem Weg, als die Peitsche seine Beine traf. Was für ein Flegel, sah er nicht, wen er vor sich hatte? Natürlich nicht! Lucius schüttelte über sich selbst den Kopf. Andernfalls hätte dieser Tölpel ihn sofort um Verzeihung gebeten, um dem Zorn der Familie der Justinii Marcellii zu entgehen. Stattdessen rumpelte er mit dem Karren vorbei, warf Lucius einen bösen Blick zu und zeigte ihm den Mittelfinger.

Lucius schwirrte der Kopf. Nicht erkannt zu werden, hatte entschieden seine Nachteile. Das Hafenviertel war ihm verleidet und so machte er sich auf den Rückweg. Er warf nur noch einen kurzen Blick auf die Insel, von der aus Decimus Brutus vor fast dreißig Jahren die Belagerung Massilias geleitet hatte. Bis dahin war die Stadt noch eine unabhängige griechische Gemeinde gewesen. Dann aber hatten die Stadtväter den Fehler begangen, sich gegen Caesar zu stellen, als er vom Senat gezwungen worden war, den Rubikon zu überschreiten. Caesar hatte in nur dreißig Tagen in Arelate eine Flottille von zwölf Schiffen gebaut und diese Decimus Brutus unterstellt. Drei Monate lang hatte Brutus von dieser Insel aus alle Ausbruchsversuche abgewehrt. Als die Lebensmittelvorräte aufgebraucht waren, musste sich die Stadt ergeben. Dies war das Ende ihrer Unabhängigkeit. Lucius schüttelte innerlich den Kopf über die Dummheit der Stadtväter.

Er sah sich ratlos um. Es war verdammt schwierig, sich in einer Stadt zurechtzufinden, in der die Straßen nicht von Norden nach Süden und von Westen nach Osten liefen. In Arausio oder Lugdunum war es viel einfacher. Man orientierte sich einfach an der Hauptstraße und zählte dann ab: dritte Straße links, zweite rechts und so weiter. Aber hier folgte man einer Straße, die diagonal verlief und von der andere Straßen in unregelmäßigen Abständen nach links oder rechts, mal gerade, mal schräg, abgingen. Plötzlich machte die Straße einen Knick und verlief in eine völlig andere Richtung oder mündete unverhofft in einen Platz. Die meisten Gebäude sahen ganz und gar unrömisch aus, und Lucius fehlten jegliche Orientierungspunkte. Er konnte nicht nach dem Merkurtempel fragen oder nach der Insula des Sergetius. Halt, es gab eine Orientierung! Er brauchte doch bloß nach dem Haus von Krateros oder nach der Taverne „Zum Steinbock" zu fragen! Sie konnten ja nicht weit weg sein.

Lucius wandte sich an den nächstbesten Vorbeigehenden und fragte höflich nach dem Weg. Dieser starrte ihn irritiert an und ging weiter. Lucius sah ihm verdutzt nach. Dann versuchte er es beim nächsten. Dieser spuckte ihm vor die Füße und ging weiter. Was für ein unmögliches Benehmen für einen Römer! Römer? Besonders römisch hatten die beiden nicht ausgesehen. Ich Esel, dachte Lucius bei sich. Das waren doch bestimmt Griechen! Wer weiß, ob die überhaupt Latein konnten. Er sah sich um. Auf der anderen Seite der Straße befand sich der Stand eines Straßenhändlers, der ihn bereits neugierig beobachtete. Lucius trat zu ihm und begrüßte ihn in seinem besten Griechisch. „Guten Tag, guter Mann! Könnt ihr mir den Weg zum Hause von Krateros, dem Kaufmann, oder zu der Taverne ‚Zum Steinbock' weisen?"

Der Händler verzog das Gesicht, als ob er körperliche Schmerzen hätte. „In Zeus' Namen! Was für eine Sprache soll das sein?", fauchte er.

„Griechisch!", entgegnete Lucius erstaunt.

„Bei allen Göttern des Olymp! Das ist kein Griechisch, das ist eine Zumutung!", pöbelte der Händler. „Sprich gefälligst Latein, wenn du unsere Sprache nicht beherrschst!"

Lucius errötete. Für so schlecht hatte er sein Griechisch nicht gehalten. „Ich suche das Haus des Krateros. Krateros, der Kaufmann!", wiederholte er kleinlaut sein Anliegen auf Latein.

„Sehe ich aus wie ein Fremdenführer?" Der Händler sah Lucius von oben herab an. Eine beachtliche Leistung für einen wie ihn, denn er war immerhin einen Kopf kleiner als Lucius. „Ich habe zu arbeiten und muss eine Familie ernähren!" Der Händler grinste und ließ eine Reihe Zahnlücken sehen. Beim Zustand seiner Zähne würde er bald nur noch Zahnlücken haben, dachte Lucius. Aber er hatte den anderen schon verstanden. Er kramte ein As hervor und zeigte es ihm. „Für eure Zeit und eure Mühe, wenn ihr mir eine Frage beantwortet."

Der Händler schaute auf die Münze. „Was willst du dafür wissen?"

„Könnt ihr mir sagen, wo sich das Haus des Kaufmanns Krateros oder die Taverne ‚Zum Steinbock' befindet?"

„Gut!" Der Händler nickte und hielt die Hand auf. Lucius ließ das As hineinfallen. Der Händler verstaute die Münze und kratzte sich ausgiebig am Hintern. „Nun, die Antwort ist: Ja!"

„Ja, was?", fragte Lucius verwirrt.

„Ja, ich kann euch sagen, wo die Taverne ‚Zum Steinbock' ist!"

„Und wo ist sie?" Lucius wurde ungehalten.

„Das ist eine weitere Frage, Junge!" Der Händler grinste über sein ganzes unrasiertes Gesicht und ließ wieder seine schlechten Zähne sehen. Dann streckte er seine Hand aus. „Die Antwort kostet dich ein weiteres As!"

„Bei Pluto!" Lucius trat drohend auf den kleineren Mann zu. Dieser zog die Hand zurück und steckte sie unter den Mantel.

„Wir wollen doch nicht unbeherrscht werden, Junge!", sagte er ruhig, aber mit Nachdruck. Er öffnete leicht den Mantel, so dass Lucius seinen Dolch sehen konnte.

„Nein, natürlich nicht!", sagte Lucius, so ruhig er in seiner Wut konnte, und trat einen Schritt zurück. „Wenn du ungenaue Fragen stellst, darfst du dich über ungenaue Antworten nicht wundern", sagte der Händler spöttisch und streckte erneut fordernd die Hand aus. Zähneknirschend ließ Lucius ein weiteres As hineinfallen und fragte nach dem Weg.

Lucius ließ den Händler stehen und bog in die von ihm beschriebene Straße ein. Hoffentlich hatte ihm dieser Scheißkerl wenigstens den richtigen Weg erklärt! Er stampfte wütend die Gasse entlang und war so mit seiner Wut beschäftigt, dass er um ein Haar in eine Gruppe Kinder gerannt wäre, die plötzlich vor ihm auftauchte. Er knurrte ungehalten und wollte an ihnen vorbei.

„He!", rief einer von ihnen und zupfte ihn an seinem Ärmel.

Lucius blieb stehen und drehte sich um. „Was ist?", fauchte er.

„Schöner Stoff, den du da anhast!", sagte der Junge.

„Ja, und?", fragte Lucius.

„Die Tunica gefällt mir! Gib sie mir!", forderte ihn der Junge auf.

Lucius starrte den Sprecher sprachlos an. Er war zwei Köpfe kleiner und höchstens elf Jahre alt, aber sein Blick war hart und entschlossen. Lucius musterte die anderen drei Jungen. Keiner von ihnen konnte älter als elf Jahre sein. Alle trugen alte, verschlissene Chitons, waren barfuß und hatten den gleichen entschlossenen Blick wie ihr Anführer.

„Warum sollte ich dir meine Tunica geben?", fragte Lucius vorsichtig. Er war beunruhigt, aber nicht ernsthaft besorgt. Vier gegen eins war ein schlechtes Verhältnis, aber die vier Hungerleider waren alle kleiner als er, hatten wenig Muskeln und mit Sicherheit noch nie in der Palaestra trainiert.

„Ich sagte schon, sie gefällt mir. Außerdem bist du in unserem Viertel unterwegs. Da wird eine Gebühr fällig. Also gib uns gleich dein Geld dazu! Mach es lieber freiwillig, sonst müssen wir dir wehtun!"

Die Worte des Jungen klangen entschlossen. Lucius fand das Ganze hochgradig albern. Ein Überfall am hellichten Tage und auf belebter Straße. Bei Hercules, eine Tracht Prügel war das, was diese Kinder brauchten, und die konnten sie gerne haben! Er sah sich um, aber niemand auf der Straße schien sich für die Szene zu interessieren. Alle gingen achtlos vorbei oder sahen betont weg. Offensichtlich waren alle entschlossen, sich nicht in anderer Leute Angelegenheiten zu mischen.

Aus dem Augenwinkel sah Lucius den Angriff. Er blockte den Schlag ab, schlug zurück. Perfekter Konter, sein Trainer wäre stolz auf ihn. Aber ihm blieb keine Zeit, sich zu freuen. Die anderen Kinder stürzten sich ebenfalls auf ihn. Ein Ringergriff und der zweite Angreifer flog im hohen Bogen durch die Luft, ein Schlag und der dritte ging zu Boden. Der Wortführer der Jungen wich erschrocken zurück. Furcht lag in seinem Blick. Gut so, dachte Lucius und ging auf ihn zu.

„Komm her, du kleiner Hosenscheißer!", sagte er triumphierend. „Ich werde dir deinen Arsch auch noch versohlen." Der Junge wollte flüchten, aber Lucius packte ihn am Arm. „Nicht so schnell, Kleiner. Wolltest du nicht meine Tunica haben?"

Der Junge wirbelte herum und seine Hand stieß vor. Ein entsetzlicher Schmerz durchfuhr Lucius, als sich die Hand des Kindes um seine Hoden krallte. Er kreischte auf und fiel vornüber auf die Knie. Oh, dieser Schmerz! Er stöhnte und keuchte, als ihn eine andere Hand an den Haaren packte und seinen Kopf hochriss. Er öffnete die Augen und sah ein Knie auf sich zuschießen. Die Schmerzen explodierten in seinem Kopf und er flog hintenüber. Er sah nichts mehr außer Sterne und Dunkelheit. Er schmeckte Blut und wusste, es musste sein eigenes sein. Dann trat ihm jemand in die Rippen, einmal und noch einmal. Dumpf drangen Rufe an sein Ohr. Jemand packte seine Tunica und zerrte an ihr. Er war zu benommen, um sich zu wehren. Die Tunica wurde ihm brutal über den Kopf gerissen. Jemand fummelte an der Leinentunica herum, die er darunter trug. Dann ließ man ihn los. Er knallte mit dem Kopf auf das Pflaster und über ihm schlug die Dunkelheit vollends zusammen.

Als er erwachte, spürte er, wie jemand sein Gesicht abtupfte. Bei jeder Berührung pochte der Schmerz heftiger. Er fuhr in die Höhe, aber das war eine schlechte Idee. Der Schmerz in seinem Körper explodierte und ein heftiger Schwindel erfasste ihn. Er fiel von dem Tisch, auf dem er gelegen hatte, und landete mit einem lauten Krachen auf dem Boden. Er wimmerte und wäre am liebsten für immer dort liegen geblieben, aber jemand packte ihn an den Armen und riss ihn in die Höhe. Seine Beine knickten unter ihm weg, aber starke Arme hielten ihn fest.

„Bleib schon stehen, du Schlappschwanz!", knurrte eine Stimme.

„Los, gib ihm das zu trinken!", sagte eine andere.

Ein Becher wurde an seine Lippen gestoßen und eine Flüssigkeit ergoss sich in seinen Mund.

Beim Jupiter, was für ein ekelhaftes Gesöff! Er prustete und versuchte, das Zeug auszuspucken, aber dadurch schluckte er nur noch mehr. Er verschluckte sich und würgte. Er riss sich los und schlug den Becher weg, der polternd zu Boden fiel.

Langsam klärte sich sein Blick und er konnte die Umgebung wahrnehmen. Er befand sich in einer Taverne. Es musste der Steinbock sein, denn der stämmige Mann, der ihn festgehalten hatte, war der Wirt. Seine Tochter hob gerade den Becher auf und stellte ihn auf den Tisch. Krateros war anwesend, ein dritter Mann, den er nicht kannte, und der Händler, den er nach dem Weg gefragt hatte. Alle Männer sahen ihn finster und unfreundlich an, so als hätte *er* jemanden überfallen. Seine Hand zuckte nach unten. Venus sei Dank, es war noch alles da! Den Schmerzen nach hatte er schon die Befürchtung gehabt, der kleine Scheißkerl hätte ihm alles abgerissen.

„Es ist noch alles da!", kicherte nun auch der Wirt. Er war ein ehemaliger Legionär. Eine hässliche Narbe zog sich durch sein Gesicht. Die Verwundung, von der sie stammte, hatte ihn die Oberlippe gekostet. Deshalb sah er aus, als würde er andauernd grinsend seine Zähne zeigen.

Der Straßenhändler gackerte hämisch: „Sei froh, dass ich dich habe schreien hören wie ein Eunuch! Sie haben dir deine Tunicen und dein Geld genommen. Sie waren gerade an deinen Schuhen, als ich dazukam." Lucius sah erschrocken an sich herunter. Bis auf Lendenschurz und Schuhe war er nackt. „Wer bezahlt mir eigentlich den Verdienstausfall? Und vielleicht eine kleine Belohnung für meine Mildtätigkeit?", fragte der Händler erwartungsvoll in die Runde. „Der Jüngling hat ja nichts mehr, womit er bezahlen kann. Außer seinem knackigen Hintern vielleicht!", sagte er höhnisch.

Krateros winkte ihm, zu schweigen, und drückte ihm einige Münzen in die Hand, worauf der Händler zufrieden pfeifend den Raum verließ. Lucius fühlte sich erniedrigt und elend. Langsam kehrte seine Erinnerung zurück. Er fasste sich an sein Gesicht, das vor Schmerz brannte und pochte. Seine Lippen und seine Nase bluteten und waren geschwollen. Auf seiner Haut waren überall Blutflecken. Das Mädchen hielt ihm ein feuchtes Tuch hin und er begann ungelenk, das Blut abzuwaschen.

„Ihr müsst den Prätor informieren!", sagte Lucius zu den Männern, während er sich vorsichtig das Gesicht wusch. Das Tuch kühlte ein wenig und brachte etwas Linderung. „Er muss diese Verbrecher sofort fangen und bestrafen."

Die drei Männer sahen sich an und schüttelten entgeistert den Kopf.

„Lucius Justinius!", sagte Krateros mit Nachdruck. „Der Prätor hat

Wichtigeres zu tun, als die Kleidung von einem jungen Schnösel zu suchen, der so dumm ist, alleine im Hafenviertel herumzulaufen."

„Aber es war ein Überfall ... ein Raub ... ein Verbrechen!", stammelte Lucius erbost.

„Junge!", sagte der Wirt höhnisch. „Wie alt bist du? Fünfzehn? Sechzehn? Und lässt dich von vier Kindern ausnehmen. Wenn du deinen Wohlstand hier so offen zur Schau stellen willst und dich nicht selbst schützen kannst, solltest du einen Leibwächter mitnehmen. Glaubst du, wir machen uns lächerlich und zeigen das beim Prätor an?"

„Aber sie haben unfair gekämpft!", protestierte Lucius, den Tränen nah. „Ein Griff unter die Gürtellinie ist nicht erlaubt!"

„Was für ein Schwachkopf!", knurrte der dritte Mann, der bisher noch kein Wort gesagt hatte.

Der Wirt packte Lucius hart an der Schulter. Der spürte deutlich die Schwielen an der Pranke dieses Mannes. „Das hier ist kein Ludus oder eine Arena, wo nach Regeln gekämpft wird, sondern dies ist das Leben. Im Leben und in der Legion gibt es nur eine Regel: Der Stärkste überlebt! Lerne das, und zwar schnell!" Er stieß ihn auf die Bank. „Hol ihm noch einen Becher Posca!", sagte er zu seiner Tochter und wandte sich dann an den Dritten: „Camillus, ich glaube, deine Hilfe wird nicht mehr gebraucht."

Der Camillus genannte, ein aufgeschwemmter, dicklicher Mann, dessen rote Nase ihn als Liebhaber des Weines auswies, nickte und schnappte sich ein Bündel vom Tisch.

War er Arzt?, fragte sich Lucius benommen. Wo will so ein Trunkenbold denn Medizin gelernt haben? Er war doch bestimmt kein Grieche.

Krateros drückte auch diesem Mann ein Geldstück in die Hand. Mit einem „Immer wieder gern" watschelte Camillus zur Tür hinaus. Lucius saß wie ein Häufchen Elend in sich zusammengesunken auf der Bank.

An eine sofortige Rückreise war nicht zu denken, da Lucius sich erholen musste. Krateros versprach, die Verträge per Boten vorab nach Arausio zu schicken, um sie so schnell wie möglich von Gnaeus Marcellus unterschreiben zu lassen. Als Lucius endlich aufbrach, hatte er immer noch Schmerzen beim Wasserlassen. Das war aber nichts gegen seinen verletzten Stolz. Da trainierte er seit Jahren und wurde bei der ersten ernsthaften Auseinandersetzung verprügelt und ausgeraubt. Von Kindern! Wenn das seine Freunde erfuhren, würden sie ihn auslachen. Von anderen in Arausio ganz zu schweigen. Missmutig und kleinlaut ritt er zurück. Mit Servius wechselte er schon seit Tagen kaum ein Wort. Als Arausio in Sicht kam, überlegte er zum ersten Mal, wie er diese schändliche Begebenheit seiner Familie erzählen sollte. Sein Vater würde außer sich sein.

Vor dem Tor herrschte das übliche Gedränge von Händlern, die Marktgebühren sparen wollten, Reisenden und Bettlern. Zu seiner Überraschung erkannte er in der Menge Hector, den Freigelassenen und Vertrauten seines Vaters. Er lehnte an einem der Grabmäler und musterte die Reisenden. Als er Lucius erblickte, löste er sich von seinem Platz und ging auf ihn zu. Lucius sah, dass er einen Brief in der Hand hielt. Gruß- und wortlos streckte ihm der Freigelassene das Schriftstück entgegen.

Lucius' Herz klopfte bis zum Hals und sein Mund war trocken, als seine Hände den Brief nahmen. Mit bebenden Fingern erbrach er das Siegel und erkannte die Handschrift seines Vaters.

Salve Lucius Marcellus,

Krateros hat mir berichtet, was passiert ist und wie jämmerlich du dich von ein paar Straßenkindern hast berauben lassen.

Als sei dies nicht schon Schande genug, hast du auch noch wie ein Weib gejammert und tagelang im Bett gelegen, als ob du schwer verletzt wärest.

Du hast mich als deinen pater familias *enttäuscht und beschämt, du hast deinen Bruder enttäuscht und beschämt. Unsere Familienehre ist durch dich besudelt. Bevor du diesen Makel nicht getilgt hast, verbiete ich dir das Haus.*

Alles verschwamm vor seinen Augen.

DER · RUF · ZU · DEN · ADLERN

Salve Lucius Marcellus,

Krateros hat mir berichtet, was passiert ist und wie jämmerlich du dich von ein paar Straßenkindern hast berauben lassen.

Als sei dies nicht schon Schande genug, hast du auch noch wie ein Weib gejammert und tagelang im Bett gelegen, als ob du schwer verletzt wärest.

Du hast mich als deinen pater familias *enttäuscht und beschämt, du hast deinen Bruder enttäuscht und beschämt. Unsere Familienehre ist durch dich besudelt. Bevor du diesen Makel nicht getilgt hast, verbiete ich dir das Haus. Einzig auf dem Hin- und Rückweg zur Musterung erlaube ich dir, eine Nacht in unserem Haus zu verbringen. Ansonsten wirst du direkt von Massilia aus zu unserem Hof reisen und dort deine Vorbereitung für die Legion fortsetzen. Da du ganz offensichtlich jämmerlich verweichlicht bist, wirst du nur noch im Zelt wohnen. Das Haupthaus soll dir verboten sein. Sollte der Winter zu kalt werden, darfst du in einem der Geräteschuppen übernachten. Du wirst dir dein Essen selbst zubereiten und du wirst hart trainieren, so hart, wie du niemals vorher trainiert hast. Deine einzige Möglichkeit, die Achtung deiner Familie zurückzugewinnen, ist, die Grundausbildung in der Legion zu überstehen und deinen Eid als Centurio abzulegen. Von diesem Tage an darfst du das Haus wieder als achtbares Mitglied der Familie betreten.*

Alles, was du zum Essen brauchst, wird dir Sergius stellen. Wenn du mehr willst, verdiene es dir durch Arbeit.

Nach der Schmach, die du uns in Massilia bereitet hast, fehlt mir der Glaube daran, dass du das Zeug zum Centurio hast. Solltest du in der Grundausbildung scheitern, kannst du als Miles bei der Legion bleiben oder den Rest deines Lebens auf unserem Hof arbeiten.

Vale
Gnaeus Marcellus

Schweigen, Stille. Lucius nahm nichts um sich herum wahr. Als ob er plötzlich taub geworden sei. Das Quietschen der Räder, die Rufe der Händler, nichts drang zu ihm durch.

Er fühlte sich betäubt und stand regungslos da wie ein Opfertier, dem man mit dem Hammer auf den Kopf geschlagen hatte. Tränen stiegen in ihm auf, die er aber krampfhaft zu unterdrücken versuchte. Die Genugtuung würde er seinem Vater nicht geben. Hector beobachtete ihn aufmerksam und in seinen dunklen Augen war kein Funken Mitgefühl oder Anteilnahme zu entdecken. Bestimmt war er angehalten, jede Äußerung und Gefühlsregung von Lucius zu registrieren und zu berichten. Er reichte Lucius die Zügel eines bepackten Maultieres: „Zelt und Verpflegung für drei Tage!“, war alles, was er sagte. Lucius sah einen Moment lang schweigend auf ihn herunter und musterte das ausdruckslose Gesicht. Dann lenkte er sein Pferd auf das Stadttor zu. Hektor machte wortlos einen Schritt zur Seite und blockierte den Weg. Wut stieg in Lucius auf, am liebsten hätte er den alten Mann einfach umgeritten, aber das würde sein Problem nicht lösen.

„Mach Platz, du Idiot!“, knurrte eine Stimme hinter ihm. „Steh hier nicht rum wie dein eigenes Denkmal!“ Lucius wurde bewusst, dass sie die Straße blockierten.

„Und wenn ich nicht weiterreise?“, fragte Lucius mit hoher Stimme. „Wenn ich die Stadt trotzdem betrete und bei einem meiner Freunde unterkomme?“

Hector schwieg immer noch, aber dann, ganz langsam, hob er seinen rechten Arm und zeigte eine flache Hand. Zwei kräftige Männer reagierten und führten eine Kutsche, die am Wegesrand gestanden hatte, herbei. „Du wirst die Stadt nicht betreten!“, sagte Hektor mit Nachdruck. „Oder willst du verstoßen werden?“

„Was ist mit meinen ganzen Sachen, meinen Büchern?“

„Deine Sachen?“, fragte Hektor gedehnt und zog die Augenbrauen hoch. „Nach dem Gesetz gehört alles dem *pater familias*!“

Am liebsten hätte Lucius vor Wut geschrien. Das war Diebstahl, scheiß drauf, was im Gesetz stand! Natürlich gehörte der gesamte Familienbesitz dem *pater familias*, aber spätestens, wenn jemand die Toga der Männer angelegt hatte oder seinen eigenen Lebensunterhalt verdiente, machte ein *pater familias* dieses Recht nicht mehr geltend. Am liebsten würde er es darauf ankommen lassen, aber Gesetz und Tradition waren auf der Seite seines Vaters. Besonders jetzt, da Augustus die alten Werte wieder beschwor. Lucius warf Servius einen fragenden Blick zu. Der wandte sich verlegen ab. Wortlos wendete Lucius sein Pferd zur Seite.

Jeder Knochen im Leib tat ihm weh. Der sogenannte weiche Boden entpuppte sich, wenn man eine Nacht darauf schlief, als knochenhart, daran änderte auch das Stroh nichts. Er kramte nach seinen Waschutensilien und kroch aus dem Zelt. Auf dem Weg zu dem Bach, an dem er sich jeden Morgen wusch, sah er zu den Wolken, die Regen versprachen. Von seinem Platz am Bach aus konnte er das Haupthaus sehen, das er nicht betreten durfte. Die rauchenden Kamine versprachen Wärme und Komfort. Ein heißes Bad, er hätte nie gedacht, dass ihm ein heißes Bad so sehr fehlen würde. Auf dem Rückweg vom Feld sah er Saxum auf sich zukommen. Lucius stöhnte laut auf, als er die Briefrolle in seiner Hand sah. Waren schon wieder neun Tage vergangen? Der Tag der Musterung und damit der Tag, an dem er in die Legion eintreten sollte, wollte und wollte nicht näher kommen. Aber den Brief seines Vaters, der ihm auf dessen Befehl einmal die Woche vorgelesen wurde, musste er jedes Mal aufs Neue ertragen. Jupiter sei Dank war wenigstens sein Aufpasser abgereist! Hektor hatte wochenlang darüber gewacht, dass niemand es wagte, die Anordnungen seines Vaters zu übertreten, und war dann zurück nach Arausio gereist. Vorher hatte er jedem auf dem Hof genauestens klargemacht, was Vaters Befehle beinhalteten und was jeder zu erwarten hatte, der sie missachtete. Die einheimischen Arbeiter hielten sich jedoch heraus und dachten: „Die spinnen, die Römer!“

Sergius zuckte nur bedauernd mit den Schultern. Er wollte seine gute Stelle nicht für Lucius riskieren. Schließlich war Gaius der Erbe des Hofes.

Heute stand wieder ein Marsch auf dem Programm. Mittlerweile marschierten sie tagelang durch die Gegend. Sie waren sogar schon zum Berg des Windes marschiert und hatten ihn ein Stück weit bestiegen. Zusätzlich zu den Märschen musste Lucius jetzt jeden Abend einen Lagerbau simulieren. Auf einer Länge von drei Metern hackte er den Boden auf und hob dann einen Graben aus. Eine mühselige Plackerei.

Der Aushub wurde zum Wall aufgeschichtet. Erst wenn „das Lager" gesichert war, baute er das Zelt auf und kümmerte sich um das Abendessen. Danach war er meistens so müde, dass er sofort ins Zelt kroch und sich schlafen legte. Sofern das fürchterliche Schnarchen von Saxum, seinem ständigen Begleiter, ihn schlafen ließ. Am Morgen wurde der Wall wieder abgetragen und der Graben eingeebnet– und der nächste Tagesmarsch begann. Er hängte sich das Schwert um, nahm den Schild und die Sarcina auf und marschierte los. Saxum ritt fröhlich pfeifend auf seinem Maultier nebenher. Die erstaunten Blicke der Reisenden, denen sie begegneten, bemerkte Lucius gar nicht mehr. Und selbst wenn, dann ließen sie ihn kalt. Für die Frauen und Männer auf den Feldern war der junge Mann in Legionärsausrüstung schon lange kein Unbekannter mehr. Insanius, den Verrückten, nannten sie ihn. Er war sogar so etwas wie eine Attraktion geworden. „Insanius kommt, Insanius kommt!", riefen die Kinder, wenn sie ihn sahen. Sie liefen ein Stück mit und hänselten ihn oder sangen Spottlieder. Am Anfang war er vor Scham fast im Boden versunken, aber mittlerweile hatte er sich daran gewöhnt. Er war sogar ein wenig stolz, denn ihm zu Ehren war immerhin ein Lied gedichtet worden. *Mulis Marianis insanius*, das verrückte Maultier des Marius, war zwar ein Spottlied, aber über seinen Vater war sicher noch nie ein Lied gemacht worden. Einem Beneficiarier, der sie überprüfen wollte, tischte Saxum wieder die Geschichte vom kranken Neffen auf, und er ließ sie ziehen. So ging es Tag um Tag. Alle fünf Tage gab es einen Ruhetag, an dem Waffendrill anstand.

Hinter dem Haus wartete Pertinax bereits auf ihn. Er trug einen kleinen Schild, den Parma, und war mit einer Spatha, dem Langschwert der Reiterei, bewaffnet. Pertinax verzichtete auf Bein- und Armschutz. Sie kämpften regelmäßig gegeneinander und Lucius war so gut geworden, dass es ihm sogar ab und zu gelang, Pertinax in Bedrängnis zu bringen. Allerdings wartete der Gladiator im nächsten Kampf mit neuen Tricks auf. Sein Vorrat an Tricks und Kampftechniken schien unerschöpflich zu sein und er teilte ihn bereitwillig mit Lucius. Seine Ratschläge waren meist simpel, aber hilfreich. In ihren ersten richtigen Kämpfen wusste Lucius vor Aufregung nicht, welche der zahlreichen Varianten, die sie trainiert hatten, er benutzen sollte. Nach den ersten kläglichen Niederlagen hatte ihm der wortkarge Pertinax seine erste und einzige längere Rede gehalten: „Wenn du deine ersten Kämpfe hast, erinnere dich an das Gelernte und beschränke dich nur auf die Techniken, die du gut beherrschst. Das wird dir Sicherheit und Selbstvertrauen geben. Du hast zahllose Schlag- und Stoßvarianten trainiert, ebenso wie verschiedene Verteidigungstechniken, aber bei deinem ersten Kampf auf Leben und Tod wirst du vor Aufregung alles vergessen haben. Deshalb beschränke dich auf die einfachsten Dinge. Bei den folgenden Kämpfen wird dir ein bisschen mehr in Erinnerung bleiben, und dann noch mehr, und dann noch mehr. Jeder hat bei einem Kampf Angst. Wer das Gegenteil behauptet, ist ein Lügner. Aber das Vertrauen in die eigenen Fähigkeiten und die Erfahrung, schon Kämpfe überlebt zu haben, helfen erfahrenen Kämpfern, ihre Angst zu beherrschen. Du bist kein erfahrener Kämpfer, aber du hast gute Fähigkeiten. Nutze sie! Stell dir einen Feind als Trainingspartner vor, und alles läuft wie von selbst."

Jetzt wies Pertinax auf die Wurfspeere, die an der Hauswand lehnten.

„Du wirst zuerst mit den Speeren auf das Ziel werfen. Wann immer es mir passt, werde ich dich angreifen. Aber achte nicht zu sehr auf mich. Du musst zwanzig Treffer landen, und wenn es die ganze Nacht dauert."

Lucius ergriff das Scutum, den großen schweren Schild des Legionärs. Das Ziel bildeten einige Strohsäcke, die zwanzig Doppelschritte entfernt an eine Reihe von Pfählen gebunden waren. Er nahm ein paar Schritte Anlauf, schleuderte den ersten Speer, sprang zurück, ergriff den nächsten und schleuderte auch diesen. Treffer, Treffer, Treffer. Die ersten Würfe saßen alle, jetzt würde bestimmt gleich der Angriff erfolgen. Verflucht, Fehlwurf, er musste die Augen am Ziel lassen. Fehlwurf. Noch ein Fehlwurf. Reiß dich zusammen, du Idiot, beschimpfte Lucius sich innerlich selbst. Treffer. Treffer. Na also, ging doch! Treffer. Plötzlich hörte Lucius ein leichtes metallisches Schleifen. Es war das Geräusch, das ein Schwert machte, wenn es vorsichtig aus der Scheide gezogen wurde. Aus dem Augenwinkel sah er Pertinax auf sich zustürmen. Lucius hatte gerade einen Speer geschleudert und kämpfte noch mit dem Gleichgewicht. Er riss den Schild herum und fing den Hieb von Pertinax' Schwert ab. Mühsam erkämpfte er sich das Gleichgewicht und versuchte, sein Schwert zu ziehen, aber Pertinax setzte ihm mit schnell aufeinander folgenden Schwertstößen. Lucius bekam nicht genug Spielraum, um sein eigenes Schwert zu ziehen. Das große Scutum schützte zwar seinen ganzen Körper, behinderte aber seine Armbewegungen. Ich brauche Platz, dachte Lucius und wich einen Schritt zurück. Pertinax drängte sofort nach. Er wechselte zwischen Stößen nach seinen Beinen und nach seinem Kopf. Lucius war dadurch gezwungen, den Schild dauernd auf und ab zu bewegen. Er treibt mich in Richtung Hecke, schoss es Lucius durch den Kopf, als er erneut seine Fußstellung korrigiert und wieder Raum verloren hatte. Ich muss mir was einfallen lassen; wenn Pertinax mich in die Hecke treibt, bin ich erledigt. Eben hatte Pertinax auf seinen Kopf gezielt, als Lucius eine Chance sah. Er fing den Stoß ab, sprang plötzlich vor und ließ den Schild nach unten sausen, um Pertinax' vorgestelltes Bein zu treffen. Pertinax sprang zurück, da ihm sonst das Scutum das Knie zertrümmert hätte. Lucius drängte aber sofort nach und stieß Pertinax mit seinem Schild zurück. Der kam ins Stolpern und sprang dann zwei, drei Schritte zurück, um nicht überrannt zu werden.

Lucius nutzte die Gelegenheit, um seinen Gladius zu ziehen.

Nun belauerten sie einander. Pertinax begann ihn zu umkreisen. Lucius hatte den besseren Schutz, aber das kürzere Schwert. Außerdem würde er bei einem längeren Kampf das Gewicht des Scutums zu spüren bekommen. Das Scutum wog fünfmal mehr als der kleine Schild, den der Gladiator trug. Lucius spürte den letzten Marsch mit Saxum in den Beinen, und seine Schulter war von der Wurfübung verspannt. Er schüttelte sich, um die Anspannung zu lösen.

Sie tauschten einige Hiebe und Stöße aus. Pertinax versuchte ihn wieder Richtung Hecke zu drängen, aber Lucius begann, zum Haus zurückzuweichen. Sie standen sich einige Schritte voneinander entfernt gegenüber, als Lucius plötzlich seinen Schild nach den Beinen des anderen schleuderte. Pertinax konnte gerade noch ausweichen, kam aber trotzdem zu Fall. Da er mit Lucius' Angriff rechnete, rollte er sich schnell aus dessen Reichweite.

Aber Lucius hatte nicht nachgesetzt, sondern war zum Haus gelaufen. Dort steckte er sein Schwert ein und ergriff die restlichen fünf Wurfspeere. Er drehte sich um, einen Speer in der rechten Hand wurfbereit erhoben, die anderen vier in seiner linken Hand. Pertinax sprang auf und versuchte ihm zu folgen, musste aber vor dem drohenden Speer zurückweichen.

Nun war Lucius im Vorteil. Das Parma war nur klein und kein so guter Schutz gegen die Wurfspeere wie ein Scutum. Er schleuderte den ersten Speer. Pertinax konnte ihn zur Seite abwehren, aber Lucius hielt schon den nächsten bereit. Er machte eine Finte und warf, wechselte sofort den nächsten Speer von der linken in die rechte Hand und schleuderte ihn und den nächsten direkt hinterher. Zwei dumpfe Schläge zeigten, dass er zwei Treffer gelandet hatte.

Dann stürmte Lucius wieder vor. Pertinax ließ den Schild fallen, da dieser durch die zwei darin steckenden Speere zu schwer und unhandlich geworden war. Lucius benutzte den letzten Speer als Hiebwaffe und zielte nach den Beinen seines Lehrers. Er traf den Gladiator am Knie, der mit einem Schrei zu Boden fiel. Ein zweiter Schlag mit dem Speerschaft auf den Arm und Pertinax ließ das Schwert fallen. Jetzt stand Lucius über ihm, riss den Gladius hoch und stieß ihn neben Pertinax' Kopf in den Boden. Schwer atmend richtete er sich wieder auf und half Pertinax beim Aufstehen. Der stöhnte leicht und rieb sich sein Bein.

„Ungewöhnlich, aber erfolgreich, Lucius. Für die Arena geeignet, doch auf dem Schlachtfeld solltest du deinen Schild sicherheitshalber nicht wegwerfen. Aber du machst echte Fortschritte", sagte der ehemalige Gladiator anerkennend.

Gewöhnlich war Pertinax bedeutend sparsamer mit lobenden Worten, stellte Lucius zufrieden fest. Er nickte und hob seinen Schild auf. Ihm reichte es für heute und er sehnte sich nach seinem Lager.

„So, und jetzt werden wir einige Schwertübungen machen."

Lucius unterdrückte einen Fluch. Bei Plutos Arsch, beim nächsten Mal ramm ich dir das Schwert in die Gedärme, dachte er bei sich und nahm sein Schwert auf.

Wie ein Bettler stand er an der Küchentür und wartete darauf, seine Wochenration Essen zu bekommen. Er durfte nicht mit Sergius' Familie speisen und bekam auch kein Essen von den Arbeitern. Nein, er musste sich seine Mahlzeiten selbst einteilen und zubereiten. Einmal die Woche erhielt er aus der Küche seine Rationen für die nächsten neun Tage.

Während er mit der Handmühle das Getreide für den Puls mahlte, einen einfachen, aber schmackhaften Getreidebrei, summte er vor sich hin. Man konnte bei dieser Tätigkeit wunderbar die Gedanken schweifen lassen und sich entspannen. Das Mehl schüttete er in den Topf, fügte Wasser hinzu und würzte die Pampe mit Salz und Pfeffer. Zufrieden betrachtete er das Ganze. Der Puls gelang ihm mit jedem Mal besser, er beherrschte die Zubereitung mittlerweile fast schon im Schlaf. Als Nächstes hackte er die Zwiebeln und den Knoblauch klein, die ebenfalls unter den Brei gemengt wurden. Zuletzt schnitt er den Speck und das Rindfleisch in Würfel und gab sie in den Topf. Er zündete das Feuer an und hängte den Bronzetopf an das Dreibein-Gestell darüber. Er entfachte ein kleineres Feuer, auf den er einen Topf mit Wasser stellte. Während sich das Wasser erwärmte, schrotete Lucius den Weizen, mischte ihn mit dem erwärmten Wasser und fügte Salz und Hefe hinzu. Den so entstandenen Teig knetete er und stellte ihn in einem zugedeckten Topf neben das Feuer. Er wartete und trank dabei einen Schluck Wein. Ich bereite mein eigenes Essen, dachte er. Wenn mich Quintus, Appius oder Titus sehen könnten, würden sie staunen und mich auslachen. Aber ich kann mich selbst versorgen und bin nicht auf Sklaven angewiesen.

Dieser Gedanke beflügelte ihn seltsamerweise, und er summte leise einen Marsch vor sich hin.

Nach einigen Minuten holte Lucius den Teig aus dem Topf und bearbeitete ihn nochmals. Schließlich legte er ihn auf einen Stein in der Glut des kleineren Feuers und backte ihn zu Brot.

Zwischendurch musste er immer wieder den Puls umrühren, um zu verhindern, dass er anbrannte. Er war mit dem Ergebnis seiner Kochkünste und mit seinen Fortschritten zufrieden. Auch sein Erbseneintopf konnte sich mittlerweile wirklich sehen lassen. Manchmal ertappte er sich bei dem Gedanken, dass das Leben hier draußen, das Kochen und das harte Training sogar anfingen, ihm ein wenig Spaß zu machen. Er trank einen Schluck Wein und besah sich dann die Schwielen an seinen Händen und die Hornhaut an seinen Füßen. Vor dem Schlafen würde er sie noch einmal einreiben müssen. Lucius blickte versonnen ins Feuer. Er würde seinem Vater und allen, die an ihm zweifelten, zeigen, dass er nicht der war, für den sie ihn offenbar hielten. „Ich werde nicht den Rest meines Lebens auf diesem Hof versauern!", schwor er sich, wie schon so oft.

Mitten im Winter tauchte Hektor zu einer Blitzinspektion auf. Sein Reisewagen hielt auf dem Weg und er sah verdutzt aus dem Fenster auf Lucius, der gerade mit Ausbesserungsarbeiten am Zelt beschäftigt war. Lucius warf ihm verstohlen einen Blick zu und freute sich über das ungläubige Gesicht des Freigelassenen. Nach einigen Augenblicken gab der den Befehl zum Weiterfahren und die Kutsche setzte sich wieder in Bewegung. Lucius bereitete sich auf seinen Besuch vor, aber es dauerte eine Weile, bis Hektor in Begleitung von Saxum auftauchte. Offensichtlich hatte er sich erst aufwärmen müssen. Hektor bestand auf einem Übungsmarsch. Selbst der hartgesottene Saxum schüttelte darüber entgeistert den Kopf.

„Wir sind im Winterlager und man kann es auch übertreiben. Ich werde nicht hinaus in die Kälte gehen!", erklärte er störrisch.

„Gnaeus Marcellus hat es befohlen, also wird es geschehen!", insistierte Hektor hochmütig.

Saxum sah den Freigelassenen einmal von oben bis unten an und sagte dann herausfordernd: „Und du bist derjenige, der mich zwingen will?"

„Dich nicht, aber ihn!", sagte Hektor und zeigte auf Lucius.

Was blieb Lucius übrig? Er schulterte sein Gepäck und marschierte los. Hektor machte es sich auf einem Maultier bequem. Er war so dick in seinen Mantel eingewickelt, dass von seinem Gesicht nichts zu sehen war. Aus einer kleinen Öffnung sah man seinen Atem, der in der kalten Luft gefror.

Lucius führte Hektor kreuz und quer über das Land und suchte die windigsten, unangenehmsten Stellen auf. Nach zwei Stunden hatte der Freigelassene genug.

„Es reicht, lass uns zurückgehen!", stöhnte er.

Lucius frohlockte innerlich. Mal sehen, wie lange dieser blasierte Hausangestellte wohl noch durchhielt! Er tat erstaunt: „Aber es ist doch erst Mittag! Wir haben noch ein paar Stunden vor uns."

„Ein paar Stunden?", schrie der Freigelassene entsetzt auf. „Bei der Hundekälte? Nein, wir kehren sofort um!"

„Aber ich habe noch ein Pensum zu erfüllen!“, log Lucius ohne mit der Wimper zu zucken. „Wir machen weiter!“

„Nein, nein, nein! Meine Finger frieren an den Zügeln fest, meine Füße sind Eisklumpen. Wir gehen zurück, das ist ein Befehl!“

„Ach so!“, sagte Lucius gedehnt. „Wenn es ein Befehl ist. Dann reite voraus!“

Hektor sah sich suchend um. Die verschneiten Felder sahen für ihn alle gleich aus. Schließlich brüllte er entnervt: „Ich kenne die Gegend nicht, du Idiot! Geh du voraus!“

Idiot also. Lucius grinste in sich hinein, ein wenig bösartig vielleicht, und schlug eine Richtung ein, die vom Hof wegführte. Nach einiger Zeit trafen sie plötzlich auf eine Spur im Schnee, die sich bei näherem Hinsehen ganz zufällig als ihre eigene herausstellte.

„Oh, falsche Richtung!“, sagte Lucius mit Unschuldsmiene und drehte um.

Hektor verlor völlig die Fassung. „Ich will zurück! Mit ist kalt und ich habe Hunger!“, jammerte er. „Beeile dich gefälligst. Bist du zu dumm, um den richtigen Weg zu finden?“

Noch eins auf die Rechnung, dachte sich Lucius und schlug die Richtung zum Hof ein. Jammernd und klagend ritt Hektor hinter ihm her, während Lucius ein Marschlied pfiff und leise vor sich hin summte: „Nie mehr auf dem Hof arbeiten, nie mehr auf dem Hof arbeiten!“ Zwischendurch trank er einen Schluck lauwarmen Posca aus der Feldflasche, der ihn zumindest ein wenig von innen wärmte.

Als sie zwei Stunden später das Hoftor erreicht hatten, Lucius musste mittlerweile das Maultier am Zügel führen, weinte Hektor vor Freude. „Oh, ihr Götter, Dank sei euch, Dank sei euch!“

Lucius fühlte seine Füße kaum noch und ihm war durch und durch kalt. Aber bevor er sich in seinem Zelt aufwärmen konnte, gab es noch eine wichtige Angelegenheit zu regeln. Er ließ die Sarcina auf den Boden fallen und löste den Tragestock. Er musterte das gegabelte Ende. Ja, das war breit genug für seine Zwecke.

„Was machst du da?“, fragte der Reiter harsch und ungeduldig. „Trödel hier nicht länger herum! Ich will ins Warme und du kannst wieder in dein Zelt zurückkehren, wo du hingehörst! Aaaahhhhhrg!“ Mit einem Schrei stürzte Hektor vom Maultier. Lucius hatte ihn am

Fuß gepackt und zu Boden befördert. Hektor schrie wie am Spieß. „Was fällt dir ein?"

Er versuchte aufzustehen. Lucius beherrschte seine gärende Wut, und seine Stimme klang ruhig: „Bleib liegen und rühr dich nicht!"

Hektor sah ihn mit einer Mischung aus Entsetzen und Angst an. „Wage es nicht, mich anzufassen, dein Vater ...!"

Weiter kam er nicht, Lucius hatte ihm den gegabelten Stock an den Hals gesetzt und ihn zu Boden gedrückt. „ICH BIN LUCIUS JUSTINIUS MARCELLUS!", brüllte er den Ex-Sklaven an. „WIE KANNST DU ES WAGEN, MICH ZU BELEIDIGEN, DU WURM, DU KRÖTE! WIE KANNST DU ES WAGEN, MICH EINEN IDIOTEN ZU NENNEN! WIE KANNST DU ES WAGEN, MICH DUMM ZU NENNEN!"

Hektor geriet nun vollends in Panik und versuchte, sich zu befreien. Er schrie und bettelte um Gnade. Überall auf dem Hof wurde es lebendig. Das Geschrei und Gekreisch hatte die übrigen Bewohner alarmiert. Hektor wimmerte ängstlich, als er sah, wie Lucius seinen Dolch zog.

„Wenn du mir gegenüber noch einmal unverschämt wirst, schneide ich dir die Eier ab und verkaufe dich als Eunuch an den Partherkönig. Und da kann dir nicht einmal mein Vater helfen!"

Er spuckte aus und wandte sich ab. Er bückte sich, hob das Bündel auf und legte es auf den Rücken des Maultieres. Dabei traf sein Blick den von Sergius, der mit den anderen herbeigeeilt war und die Szene verfolgt hatte. In Sergius' Augen spiegelte sich Anerkennung.

Lucius beachtete weder das Jammern hinter sich noch die erstaunten Fragen der Männer, die auf ihn zukamen. Er ließ das Maultier in den Stall bringen und ging ins Badehaus, um ein heißes Bad zu nehmen. Niemand hinderte ihn daran.

* * *

ARAUSIO

Ein Jahr Schinderei und Plackerei lag nun hinter ihm. Er hatte das Training geschafft, er hatte erneut bei der Weinernte geholfen, und er hatte den Winter im Zelt verbracht, egal wie kalt und windig es gewesen war. Sergius hatte ihm einen Platz im Schuppen angeboten, aber er hatte abgelehnt. Er wollte nichts mehr geschenkt haben und hatte niemandem die Genugtuung geben wollen, schwach zu werden.

Jetzt lag er in seinem Bett in Arausio und lauschte im Halbschlaf dem Hämmern und Klopfen, das von außen an sein Ohr drang. In weiten Teilen von Arausio wurde nach wie vor fieberhaft gebaut. Deshalb war fast Tag und Nacht Baulärm zu hören. Er dachte an die Ereignisse auf dem Hof zurück und wie immer erfüllten sie ihn mit einer tiefen Befriedigung.

Als ein Warnruf ertönte, stoppte der Baulärm draußen abrupt, dann folgte ein Quietschen und Ächzen. Wahrscheinlich war das Baugerüst wieder einmal schlampig errichtet worden und drohte nun einzustürzen. Das passierte fast jeden Tag, da die Bauunternehmer versuchten, an allen Ecken und Enden zu sparen und deshalb die Bauvorschriften großzügig auslegten. Ein zweiter Warnruf ertönte und direkt danach das Geräusch von splitterndem Holz. Ein fürchterliches Getöse ließ ihn zusammenzucken. Laute Rufe und Schmerzensschreie waren zu hören.

Lucius war kurz aufgeschreckt, als der Lärm anschwoll, aber jetzt fuhr er hellwach im Bett hoch. Jemand hämmerte heftig gegen die Tür.

„Lucius, aufstehen! Oder willst du den ganzen Tag verschlafen?“

Lucius erkannte Stephanos' Stimme. „Wie spät ist es?“, fragte er zurück.

„Die zweite Stunde ist fast herum“, lautete die Antwort.

Aufstöhnend ließ sich Lucius zurückfallen. Stephanos öffnete die Tür. „Die Klienten waren schon da und dein Vater ist ausgegangen!“

Also wollte Vater ihn auch weiterhin nicht sehen. „Du sollst so schnell wie möglich nach Narbo weiterreisen!“

„Mit nüchternem Magen?“, protestierte Lucius.

„Ich habe dir dein Frühstück bereitstellen lassen“, beschwichtigte ihn Stephanos. „Dein Bruder ist noch im Haus.“

Als er sein Zimmer betrat, sah er dort auf dem Tisch sein Frühstück stehen: Brot, Moretum und Oliven. Er ließ sich auf einen Stuhl fallen und griff nach dem Becher. Er trank einen Schluck Milch. Dann tauchte er das Brot in das Moretum und begann zu essen. Dabei sah er sich in seinem Zimmer um. Es hatte sich nichts verändert. Lucius kaute eine Olive und spuckte den Kern in seine Hand. Er überlegte einen Moment. Dann schnippte er mit einem Lächeln den Kern in eine Amphore, die neben der Tür stand.

„Du kannst es immer noch!" Gaius nickte anerkennend. Er war unbemerkt hereingekommen „Ich wollte dich nur noch schnell begrüßen, bevor ich zum Forum gehe." Er musterte seinen jüngeren Bruder genau. „Du siehst ganz verändert aus. Irgendwie erwachsener."

„Nach diesem Jahr brauchst du dich nicht zu wundern!", sagte Lucius. „Ich fühle mich um mehr als nur ein Jahr gealtert. Mir haben Muskeln geschmerzt, von denen ich nicht einmal wusste, dass ich sie habe. Ich habe beim Marschieren Staub geschluckt, im Dreck geschlafen, gelernt, wie man schanzt und kämpft." Er zeigte seine Hände. „Sieh dir die Schwielen an. Meine Füße will ich dir lieber nicht zeigen!"

„Willkommen in der Welt der Erwachsenen, Kleiner! Dachtest du, ich suche den Hof wegen der schönen Aussicht auf?", sagte Gaius belustigt und zeigte ihm seine Handflächen. Die Schwielen und Risse von der körperlichen Arbeit, die Gaius verrichtet hatte, waren Lucius bisher nie aufgefallen.

„Früher hat mich der Ausdruck ‚Kleiner' immer in Wut versetzt!", erinnerte sich Lucius. „So, als ob ihr mich nicht ernst nehmt. Aber in den letzten zwei Jahren musste ich mich so abrackern und so viel über mich ergehen lassen, dass mich das nicht mehr stört!"

„Ach, und du meinst, jetzt nehmen wir dich ernst?", zog Gaius seinen Bruder auf.

„Natürlich nicht!" Lucius grinste jetzt auch. „Aber jetzt sage ich mir, hilf mir die Dinge und Menschen zu ertragen, Jupiter Optimus, die ich nicht ändern kann!"

„Genau die richtige Einstellung für einen Legionär!", lobte Gaius seinen Bruder. „Und wo wir gerade beim Thema sind, Vater hat alle nötigen Papiere, die du in Narbo brauchst, am Hausaltar hinterlegt. Ein Pferd wartet vor dem Haus."

Lucius sah seinen Bruder an „Ist es erst zwei Jahre her, dass Vater aus dem Osten zurückkehrte und mir verkündete, dass ich zur Legion soll? Es kommt mir wie eine Ewigkeit vor!"

Gaius packte ihn an beiden Schultern. „Das war eine wichtige Zeit für dich, du musstest lernen, auf eigenen Füßen zu stehen. Was jetzt auf dich zukommt, wird nicht weniger hart! Aber wie ich Vater kenne, hat er alles getan, damit du gut vorbereitet bist!"

Lucius stöhnte auf. „Das will ich doch hoffen. Ich kann mir nicht vorstellen, dass es noch härter werden kann!"

„Und wenn doch?" Gaius sah ihn halb ernst, halb belustigt an.

„Dann habe ich wenigstens kochen gelernt!" Lachend wandten sich die Brüder dem Ausgang zu und gingen Arm in Arm durch das Atrium.

* * *

NARBO

„Lucius Justinius Marcellus, Sohn des Gnaeus Justinius Marcellus, römischer Bürger, geboren im Jahr der Konsuln Marcus Antonius und Scribonius Libo, Tribus Terentia, unverheiratet, Wohnort *colonia* Arausio", ratterte Lucius herunter. Der Schreiber notierte hastig mit. „Das römische Bürgerrecht wurde beglaubigt durch die Duoviri von Arausio", erklärte Lucius und legte die beiden Schriftstücke auf den Tisch. Der Schreiber erbrach die Siegel und begann, die Erklärungen zu überfliegen.

„Hier ist außerdem das Schreiben von meinem Vater, in dem er mir die Erlaubnis gibt, mich als Freiwilliger zu melden!", führte Lucius weiter aus und legte eine weitere Schriftrolle auf den Tisch.

Der Schreiber runzelte unwillig die Stirn und wies dann stumm auf den Librarius, der schon ungeduldig auf den Fußballen wippte.

„Tunica ausziehen!", schnarrte der, und Lucius streifte die Wolltunica ab. „Die andere auch, du Tropf!" Der Stabsgefreite schüttelte den Kopf über so viel Begriffsstutzigkeit. Lucius zog die Leinentunica über den Kopf und warf sie zu Boden.

Der Librarius ging um ihn herum und musterte ihn wie ein Bauer, der eine Kuh kaufen will.

„Keine besonderen Kennzeichen!", konstatierte er. „Mund auf!"

Lucius öffnete gehorsam den Mund. Der Soldat sah hinein und fasste nach den Zähnen. Zufrieden nickte er und wies dann zur Wand, wo eine Messlatte befestigt war.

„Sechs Fuß neunzehn!", las er ab und befahl dann kurz: „Lendenschurz!"

Lucius ließ den Lendenschurz fallen und der Librarius betrachtete Lucius' Gemächt.

„Definitiv männlich!", sagte er schließlich anzüglich grinsend und wies ihn an, den Lendenschurz wieder anzuziehen.

„Kannst du lesen und schreiben?", fragte der Schreiber, der jetzt das erste Mal den Mund aufmachte.

„Natürlich!", sagte Lucius irritiert.

„Natürlich!", äffte ihn der Schreiber nach und zeigte auf eine Buchrolle vor ihm auf dem Tisch. „Lies vor!"

Lucius zog die Rolle auseinander und begann zu lesen: *„Kein Gebäude kann ohne Ebenmaß und gutes Verhältnis gut eingerichtet sein, wenn es sich nicht genau wie der Körper eines wohl gebildeten Menschen zu seinen Gliedern verhält."*

„Reicht!", wurde er von dem Librarius unterbrochen. „Hast du das auch verstanden?" „Irgendetwas aus der Architektur!", sagte Lucius leichthin.

„Irgendetwas aus der Architektur!", äffte ihn wieder der Librarius nach. „Hach, wie süß, ein Intellektueller. Hoffentlich haben wir eine Einheit für so ein schlaues Bürschchen!"

Mit diesen Worten schickte er Lucius in den Nebenraum. Arschloch, dachte sich Lucius, und bückte sich, um seine Tunicen aufzuheben. Er riss dem anderen dabei wie unabsichtlich die Wachstafel aus der Hand. Der war doch auch bloß ein Librarius, der wahrscheinlich seit der Grundausbildung kein Schwert mehr in der Hand gehabt hatte und sich jetzt hier als Mustersoldat aufspielte.

Als er den Nebenraum betrat, blieb er wie angewurzelt stehen und sah sich erstaunt um. Der Raum war schmal, aber fast dreißig Fuß lang, auf den Boden war ein dicker, zwanzig Fuß langer schwarzer

Strich gemalt, der kurz vor einer weiteren Tür endete. Direkt vor Lucius lehnten ein Scutum und ein Speer an der Wand. Bis auf einen Tisch war der Raum leer. Neben dem Tisch stand ein älterer Mann in einer Militärtunica, der gerade einen Schluck aus einem Becher trank. Als er Lucius hereinkommen sah, stellte er den Becher mit einem Knall auf den Tisch zurück. Lucius sah fasziniert den Helm an, der auf dem Tisch lag. Der Federbusch wies den Träger als Optio aus, konstatierte Lucius, stolz, dass er sich das gemerkt hatte.

„Los, beeile dich und hör auf zu glotzen, du dummer Bauer! Ich habe nicht den ganzen Tag Zeit!“, schnauzte ihn der Optio an und riss ihm die Wachstafel aus der Hand. „Ohhh!“, sagte er. „Du bist gar kein Bauer, du bist ein Freigelassener!“

„Was?“, begehrte Lucius auf. „Ich bin freier römischer Bürger und meine Vorfahren auch!“ „Natürlich, junger Herr!“, sagte der Optio ironisch. „Da du die *tria nomina* führst, bist du von Adel und möchtest nur so zum Spaß als Miles anfangen. Tribun ist dir zu langweilig.“

„Dass meine Familie die *tria nomina* führt, ist eine lange Geschichte!“, begann Lucius eifrig zu erzählen. „Das geht zurück auf die punischen Kriege!“

„Wen interessiert das, du *asinus*?“, brüllte ihn der Optio an. „Nimm sofort den Schild und den Speer und lauf auf dem schwarzen Strich zur anderen Seite des Raumes! Dort machst du kehrt und kommst wieder zurück. Das Ganze sechs Mal. Und mach voran, sonst komme ich über dich wie Claudius Nero über Hasdrubal am Metaurus.“

Lucius ließ seine Sachen auf den Boden fallen und nahm Schild und Speer auf. Er rannte auf dem Strich auf die andere Seite des Raumes, dort machte er kehrt und lief wieder zurück. Nach dem sechsten Mal stellte er Schild und Speer wieder ab. Der Optio beobachtete intensiv Lucius' Brust, offenbar, um seine Atmung zu kontrollieren. Da wird er nichts finden, dachte Lucius bei sich. Nach dem Training der letzten Monate ist das hier ein Kinderspiel.

Der Optio nickte zufrieden: „Du bist in guter Form! Jetzt nimm den Speer mit einer Hand und strecke den Arm aus!“

Lucius tat, wie ihm geheißen war, und hielt den Speer von sich gestreckt. Der Optio wartete einige Herzschläge lang und wies Lucius dann an, die Hand zu drehen, zuerst links herum und dann rechts herum und wieder links und wieder rechts. Lucius wirbelte den Speer von links nach rechts und wieder zurück und wieder hin und wieder zurück.

„Andere Hand!“, kam es kurz von dem Optio und Lucius wechselte zur linken Hand.

„Wozu dient das?“, fragte Lucius, während er die Hand drehte.

Der Optio beobachtete Lucius’ Bewegungen und musterte sein Gesicht. „Festzustellen, ob mit deinen Händen und Armen alles in Ordnung ist, ob du keine Verletzungen oder Beeinträchtigungen hast!“, erklärte der Optio in einem gelangweilten Ton, der erkennen ließ, dass er derartige Fragen nur ungern beantwortete.

„Jetzt stell den Speer beiseite und mach einen Weitsprung!“, kommandierte er.

Lucius versuchte, aus dem Stand so weit wie möglich zu springen.

„Jetzt hoch! Und wieder weit! Und wieder hoch!“

Lucius kam sich vor wie ein Hase, der durchs Feld gejagt wird. Endlich war der Optio zufrieden, machte einige Notizen auf der Wachstafel und reichte sie an Lucius zurück. Wortlos zeigte er auf die andere Tür. Lucius landete erneut in einem Wartezimmer, das allerdings leer war. Er nutzte die Zeit, um sich erst einmal wieder die Tunicen überzustreifen und zu gürten. Kaum war er damit fertig, ging die Tür auf und eine Stimme brüllte: „Der Nächste!“

Er trat durch die Tür und stand nicht in einem Zimmer, sondern in einem sonnigen Innenhof. Auf der einen Seite stand ein Tisch, hinter dem ein Schreiber kauerte. In der Mitte des Hofes befand sich eine merkwürdige Konstruktion: ein Stuhl mit einer Halterung, auf die ein Wagenrad montiert war. Ein weiterer Mann stand an einer Kurbel, die offenbar dazu diente, das Wagenrad zu drehen. Lucius betrachtete das Gestell voller Erstaunen. Ein kleiner Mann zerrte Lucius ungeduldig am Arm zu dieser Konstruktion und drückte ihn auf den Stuhl. Lucius wurde angewiesen, durch das Wagenrad zum Himmel schauen. Da das Wagenrad zur Sonne ausgerichtet war, war das nicht besonders angenehm. Lucius kniff die Augenlider angestrengt zusammen.

„Fertig?“, fragte der kleine Mann.

„Fertig wofür?“, fragte Lucius verwundert.

„Schau einfach durch das Rad!“, erwiderte der andere. Beim Kommando „Los!“ begann der Mann an der Kurbel, diese zu betätigen. Das Rad begann sich zu drehen und Lucius starrte wie hypnotisiert darauf. Es wurde immer schneller und schneller. Bald begann die Umgebung um Lucius herum zu verschwimmen. Was sollte das Ganze? Er fühlte sich ganz dumm im Kopf, starrte aber weiterhin unverwandt auf das Rad, wie ihm befohlen worden war. Der Mann hatte offenbar aufgehört, an der Kurbel zu drehen, denn das Rad verlor an Schwung und wurde langsamer.

„Nun?“, sprach ihn der Kleine an. „Wie heißt du? Woher kommst du? Und wie fühlst du dich?“

„Ich heiße Lucius Justinius Marcellus, komme aus der *colonia* Arausio und fühle mich wie jemand, der an den Floralien statt an den Saturnalien zum *rex bibendi* ernannt wird: verarscht!“

Der Kleine grinste breit und sagte dann zum Schreiber: „Kein Epileptiker und auch keine andere Störung. Voll tauglich! – Jetzt kehre zur Schreibstube zurück!“

Er musste in dem tristen Raum eine Weile warten, bis er wieder aufgerufen wurde.

„Marcellus, du erfüllst alle Anforderungen, die wir an einen Rekruten stellen!“, begann der Librarius, kaum, dass Lucius den Raum betreten hatte. „Du wirst dich spätestens an den Kalenden des April bei der XIX Augusta in Lugdunum melden. Das ist ausreichend Zeit, um dich zu Hause noch zu verabschieden, bevor du die Reise antrittst. Du musst hier unterschreiben und bestätigen, dass du in die Legion eintrittst, und hier, dass du die 75 Denare Reisegeld erhalten hast.“

Der Librarius zählte ihm die 148 Sesterzen in einem Beutel vor und Lucius quittierte den Erhalt. „Das wirst du dort abgeben!“ Der Schreiber reichte ihm eine versiegelte Schriftrolle.

Lucius war wie betäubt. Jetzt war er also Rekrut. „Und ich werde nie wieder auf dem Hof arbeiten!“, schwor er sich erneut, als er das Gebäude verließ.

Er überlegte, was er mit seinem Reisegeld anfangen könnte, während er in einer Taverne eine zumindest halbwegs vernünftige Pampe aß. Auch der Wein hätte schlechter sein können.

Bücher kaufen, das war sein erster Gedanke, aber da er noch einmal nach Hause musste, würde sein Vater diese Bücher höchstwahrscheinlich sowieso beschlagnahmen. Er musterte die Bedienungen und rief eine zu sich. Das Mädchen kam herüber. Er legte einige Sesterzen auf den Tisch. Sie blickte auf die Münzen, nickte kurz und strich das Geld ein. Sie drehte sich um und ging die Treppe hinauf zu den Schlafkammern. Er trank noch hastig einen Schluck Wein, bevor er ihr folgte.

* * *

ARAUSIO

Gaius erwartete ihn bereits in dem kleinen Raum neben der Bibliothek.

„In dieser Kammer hast du dein Arbeitszimmer eingerichtet?“, fragte Lucius erstaunt.

Gaius schaute trübselig drein. „Ja, aber nur vorübergehend! Vater hat sein Arbeitszimmer, *sein Arbeitszimmer,* das er selbst eigentlich noch nie benutzt hat, wieder in Beschlag genommen. Und ich brauche etwas Eigenes.“ Er stand auf. „Komm, lass uns in die Bibliothek gehen!“

Sie verließen den Raum und betraten das Atrium. Lucius betrachtete den Neptun und die Nixen, die auf den Boden des Wasserbeckens gemalt waren. Es würde eine Weile dauern, bis er sie wiedersehen würde.

„Vater hat vorgeschlagen, ich solle doch Julias Raum nehmen. Sie könnte ihren Webstuhl ja hier aufstellen, aber das kommt überhaupt nicht in Frage.“ Gaius schüttelte heftig den Kopf. „Julia hat es sowieso nicht leicht, seit Hektor und seine Domitia hier eingezogen sind.“

Hektor, dieser Schweinehund, nahm er sich etwa auch gegenüber Gaius zu viel heraus?

„Nein. Er ist mir gegenüber schleimig und schmierig.“ Gaius hatte erraten, was Lucius dachte. „Aber Vater betraut Domitia häufig mit Aufgaben, die eigentlich die Domina erledigen müsste. Ich habe schon mehrmals versucht, mit Vater darüber zu reden, aber er hört nicht richtig zu. Er ist so damit beschäftigt, Fäden zu ziehen und Entscheidungen zu beeinflussen, dass er für nichts anderes Zeit hat.“ Sie nahmen Platz. „Die Position der Familie festigen nennt er das. Julia soll sich um ihre Webereien kümmern und schwanger werden. Domitia soll sich um das Haus kümmern, da weiß er es in guten Händen.“ Gaius klang verbittert. „In guten Händen! Was haben wir die letzten Jahre gemacht? Alles vergammeln lassen?“

Lucius zuckte hilflos mit den Achseln. Gaius griff nach einer Schriftrolle. „Jedenfalls habe ich entschieden, mir eine eigene Wohnung zu suchen!“ Er winkte mit der Schriftrolle. „Das ist der Mietvertrag für eine kleine Wohnung. Vater war zunächst wenig begeistert, aber ich habe ihm gesagt, dass eine zweite Wohnung für informelle oder geheime Treffen doch nützlich wäre. Das hat ihn überzeugt.“

„Was für geheime Treffen?“, fragte Lucius begierig. Gab es da vielleicht irgendwelche verborgenen Aktivitäten, in die die Familie verstrickt war? Wie aufregend!

„Was weiß ich!“, war Gaius’ ernüchternde Antwort. „Ich habe es nur so dahingesagt, weil es wichtig und politisch klang!“

„Ach so!“ Lucius war enttäuscht.

„Heute gibt es ein großes Abendessen“, sagte Gaius. „Ich soll dir ausrichten, dass du erscheinen darfst!“

„Dass ich erscheinen darf?“, fragte Lucius empört.

Gaius hob die Hände. „Ich habe die Botschaft wortwörtlich ausgerichtet. Wenn du mich fragst, hat der alte Herr die Festlichkeit nicht zufällig auf deinen letzten Abend gelegt. Tullius, Siculus, Ebulum und Maestus sind mit ihren Söhnen eingeladen. Es ist wahrscheinlich so etwas wie ein Abschiedsfest, ohne dass wir es so nennen dürfen. Außerdem kann er da noch ein paar Kontakte pflegen.“

Der Gedanke, dass seine Freunde da sein würden, besänftigte Lucius ein wenig. Warum musste Vater so eine Komödie aufführen? Fiel es ihm so schwer, sich angemessen von seinem Sohn zu verabschieden? Er hatte doch nun wirklich genug gebüßt für seinen Fehltritt!

„Ich habe etwas für dich!“, fuhr Gaius fort und unterbrach Lucius’ Gedankengänge. Er reichte ihm einen Buchbehälter. „Da Vater dir kein Buch aus der Bibliothek mitgeben will, dachte ich mir, ich schenke dir dieses hier!“

Lucius öffnete vorsichtig den Behälter und holte die Buchrolle heraus.

„Was ist es?“, fragte er neugierig und zog die Schriftrolle auseinander.

„Arma virumque cano Troiae qui primus ab oris!

Kampf und den Helden besing ich, den einst von den Ufern von Troja sein Los an Laviniums Küsten trieb,

der durch Länder und Meere gar viel vom Willen der Götter und von dem dauernden Zorn der erbitterten Juno geschleudert ..."

Er brach ab und blickte freudig überrascht auf. „Die *Aeneis*? Die *Aeneis* von Vergil?"

„Ja", sagte Gaius schlicht. „Vergil hat zehn Jahre daran gearbeitet. Angeblich soll er sie kurz vor seinem Tode Varius und Tucca übergeben haben. Um sie zu vernichten und nicht, um sie zu veröffentlichen."

Lucius war gerührt über dieses Geschenk. Dieses Buch musste seinen Bruder eine ganz schöne Stange Geld gekostet haben. Er würde sich aus seiner Kriegsbeute revanchieren, schwor er sich. Fast feierlich steckte er die Buchrolle wieder in ihren Behälter zurück. Er würde Gaius vermissen, seinen großen, vernünftigen Bruder.

Er ging in sein Zimmer, um seine Ausrüstung zu packen. Einfache Leinentunicen und Wolltunicen, Tunicen für den Alltag, zwei gefärbte Tunicen für besondere Anlässe, zwei Kapuzenumhänge, Bade- und Rasiersachen, Schreibutensilien, Papyrii, Wachstafeln und Griffel. Lucius berührte jedes Stück mit der Hand und zählte im Kopf die Dinge noch einmal auf, die er brauchte.

Schon morgen würde er nach Lugdunum aufbrechen, um zu den Adlern zu gehen. Er konnte es sich gar nicht richtig vorstellen und hatte ein flaues Gefühl im Magen. Am besten würde er sich mit einem Buch ablenken. Nicht mit der *Aeneis*, nein, die würde er sich noch aufsparen. Er ging in die Bibliothek und zog aufs Geratewohl ein Buch heraus und begann zu lesen. Nach wenigen Zeilen stoppte er. Ein ungutes Gefühl hatte ihn beschlichen. Das Gefühl, beim Packen etwas vergessen zu haben, aber was? Er ließ das Buch sinken und überlegte. Am besten wäre es, sicherheitshalber noch einmal nachzuschauen. Er ging wieder hinauf in sein Zimmer und sah das Bündel durch. Jupiter sei Dank alles da! Erleichtert verschloss er das Bündel und ging wieder hinunter. Das mulmige Gefühl, etwas vergessen zu haben, verließ ihn jedoch immer noch nicht. Drei Mal ging er in sein Zimmer, um das Bündel wieder und wieder zu kontrollieren. Als er nach dem dritten Mal die Treppe herunterkam, sah er seinen Vater mit Hektor im Atrium stehen. Hektor zuckte erschrocken zusammen, als er Lucius auf der Treppe sah, und schaute betreten zu Boden.

Gnaeus Marcellus sah kurz zu ihm herüber. „Ah, Sohn, du bist wieder da. Komm mit ins Arbeitszimmer!“, wies er ihn wie selbstverständlich an. Als sei die Tatsache völlig unerheblich, dass mehr als ein Jahr vergangen war, seit er das letzte Mal mit seinem Sohn gesprochen hatte. Lucius beeilte sich, ihm zu folgen. Gnaeus Marcellus setzte sich hinter den Schreibtisch und fragte barsch, noch ehe Lucius Platz nehmen konnte: „Musterung bestanden?“

„Äh ... ja!“

„Gut, gut!“, sagte der Vater gedehnt und sprang wieder auf, um zwei Becher Wein einzuschenken. Er schien nach Worten zu suchen und forderte Lucius erst einmal auf, sich zu setzen. Da es am Nachmittag bereits kühl war, rückte Lucius seinen Stuhl näher an das Kohlebecken und nahm dann einen der Becher entgegen.

„Mein Sohn!“, begann Gnaeus bedeutsam, nachdem er sich wieder gesetzt hatte. „Morgen beginnt für dich ein neues Leben! Ein Leben bei den Adlern!“ Er machte eine Pause.

Bei Mars, dachte Lucius, was für ein theatralischer Beginn.

„Du hast dich im vergangenen Jahr tapfer geschlagen und deine Aufgaben gemeistert. Das war bereits mehr, als ich erwartet hätte, und ich wage zu hoffen, dass du im Dienste der Legion deine *dignitas* und die unserer Familie vollends wiederherstellen wirst.

Du wirst mit vielen Schwierigkeiten zu kämpfen habe. Körperlich habe ich dich so gut es ging darauf vorbereiten lassen. Jetzt habe ich aber noch ein paar wichtige Ratschläge für dich. Du wirst dich gegenüber Centurionen und Soldaten durchsetzen müssen. Deine Untergebenen werden versuchen, deine Schwäche zu erkennen, und sie für sich ausnutzen wollen. Sei zu ihnen hart und streng, aber gerecht! Fordere nichts von ihnen, was du nicht selber bereit bist zu leisten! Zeige ihnen, dass du ihnen vertraust und dass sie dir vertrauen können! Und wenn deine Autorität und dein Rang alleine nicht weiterhelfen, nimm die Vitis, den Stock der Centurionen, zur Hilfe! Einige Hiebe bringen auch den lahmsten Soldaten auf Trab. Sei bereit, dich auch körperlich durchzusetzen! Du hast Boxen und Ringen gelernt, wende es an! Sei dir deines Platzes in der Hierarchie bewusst! Du bist der Jüngste und Unerfahrenste der

Centurionen. Lerne von den anderen, ertrage ihre möglichen Schikanen, aber sei selbstbewusst und versuche dich durchzusetzen!"

Lucius hörte ihm aufmerksam zu und versuchte, sich seine Worte einzuprägen. Sein Vater machte wieder eine Pause und trank einen Schluck.

„Der Schlüssel zu deinem Erfolg ist, dass du es alleine schaffst, ohne Hilfe. Nur dann kannst du dich durchsetzen. Du kannst ab morgen nicht mehr mit meiner Hilfe rechnen. Alles, womit ich dir helfen konnte, habe ich getan. Meine Verbindungen, um dir den Weg zu deiner Centurionenstelle zu ebnen, meine Erfahrung für deine vormilitärische Ausbildung. Jetzt kommt es auf dich an. Du wirst es nur schaffen, wenn niemand da ist, zu dem du gehen kannst, wenn es nicht so läuft, wie du es gedacht hast. Den Respekt deiner Männer musst du dir ganz alleine verdienen."

Lucius schluckte. Er hatte gar nicht darüber nachgedacht, ob sein Vater ihm bei der Legion weiterhelfen würde, und hatte es auch gar nicht erwartet, aber es so deutlich gesagt zu bekommen, war etwas anderes.

„Dies gilt ebenso für finanzielle Dinge!", fuhr sein Vater fort. „Du bekommst Sold und Anteil aus der Kriegsbeute, das muss für dich reichen!", sagte er mit Nachdruck. „Ich habe in meinem Testament verfügt, dass dein Erbe so lange von deinem Bruder verwaltet wird, bis du die Adler verlässt. Solange du unter den Adlern dienst, wirst du von mir kein Kupferas bekommen. Alles, was du zum Leben brauchst, wirst du dir selbst verdienen müssen. Du bist schließlich kein adliger Offizier, der gewohnt ist, in Luxus zu leben, sondern ein Centurio, das Rückgrat und Herzstück der römischen Armee. Ein Centurio bekommt nichts geschenkt, sondern verdient sich seinen Rang, seine Privilegien und sein Geld durch Einsatz und Leistung. Merke dir das, Lucius!"

Er machte eine Pause und Lucius schickte sich an aufzustehen, als sein Vater plötzlich in einem ungewohnt milden Tonfall fortfuhr: „Warte, mein Sohn! Noch ein Letztes. Ich habe ein Geschenk für dich."

Er wies feierlich auf einen Tisch an der Wand, auf dem ein kunstvoll gearbeiteter Schrein stand. Ein Schrein, den man auf Reisen mitnehmen konnte, um unterwegs den Hausgöttern zu opfern.

„Du bist kein *pater familias*, aber du führst ab jetzt dein eigenes Haus. Vergiss die Götter und deine Ahnen nicht, erweise dich ihrer würdig!"

Lucius nickte ergriffen. Ich werde mich ihrer würdig erweisen. Ich werde mir alles selbst erarbeiten, und wenn ich dann Wein aus Kampanien trinken kann, weiß ich, dass ich mir das selbst verdient habe. Als er zu seinem Vater sah, um ihm zu danken, hatte dieser wieder seine gewohnt distanzierte Miene aufgesetzt und schnitt ihm streng das Wort ab: „Nun aber genug der unnützen Schwafeleien! Wir erwarten schließlich Gäste und es ist sicher noch etwas vorzubereiten!"

Kurz darauf trafen die ersten Gäste zum Festmahl ein: Magistratskollegen aus der Stadt, Kaufleute, mit denen Gnaeus Marcellus Geschäfte machte oder deren Patron er war. Außerdem noch ehemalige Kampfgefährten aus der Umgebung. Saxum war, Mars sei Dank, nicht darunter. Er war, wenn er betrunken war, eine echte Plage. Und er war eigentlich immer betrunken. So sehr Lucius die Ratschläge des alten Veteranen zu schätzen gelernt hatte, so wenig vermisste er seine Gesellschaft.

Lucius begrüßte die Gäste am Eingang und wies ihnen den Weg ins Atrium. Er fühlte sich ein wenig unwohl in seiner Toga, da er sie bislang, wenn überhaupt, nur in der Stadt bei offiziellen Anlässen getragen hatte. Und die vergangenen zwölf Monate hatte er ausschließlich auf dem Hof verbracht, also war das eine Weile her. Dabei hatte er sich vorgestellt, wenn er erst die Toga der Männer angelegt hätte, würde er sie dauernd anbehalten. Na ja, sie war sowieso zu unbequem und zu unpraktisch, um sie im Alltag zu tragen. Wie sagte es der Dichter? Die Römer, das Volk in Toga. Marcus hatte erzählt, in Rom werde die Toga so selten getragen, dass Gesetze erlassen wurden, die das Tragen der Toga in der Öffentlichkeit vorschrieben.

Während des Essens gab es die üblichen Gespräche: Beamte sprachen über die Belange der *colonia*, Veteranen tauschten Erinnerungen aus und die weltpolitisch Interessierten erzählten sich die Neuigkeiten aus dem Imperium und aus Rom.

Einer der Veteranen namens Glaucus ergriff das Wort und brachte das Gespräch auf die Unruhen, die überall in Gallien aufgeflackert waren. Angeblich sei es am Rhenus sogar zu Übergriffen durch die Germanen gekommen. Marcus Lollius, der Statthalter, war mit der V Alaudae nach Norden geeilt, um die Eindringlinge zurückzudrängen.

„Offensichtlich wird es Zeit, dass die Germanen eine Lektion bekommen."

Ein anderer griff den Faden auf: „Zuerst sollten sich die Legionen allerdings die Raeter vornehmen."

„In der Tat!", ereiferte sich ein Kaufmann. „Die Routen über die Alpen sind wieder so unsicher. König Coteius hält sich an die Verträge, aber den Weg nach Noricum kann man unbewaffnet und ohne Eskorte nicht antreten."

Lucius' Vater mischte sich in die Diskussion ein: „Ihr habt doch nicht wirklich geglaubt, dass mit der Unterwerfung der Salasser die Alpen befriedet sind. Natürlich ist die Straße bis Vitudurum sicher, aber unmittelbar dahinter beginnt das Gebiet der Briganten. Sie fahren mit ihren Booten über den Lacus Venetus und plündern in der Umgebung von Vindonissa und Vitudurum. Also, bevor die Vindelicer und die Raeter nicht unterworfen sind, wird diese Region nicht sicher sein."

Zustimmendes Gemurmel erhob sich.

„Die Publicani in Lugdunum haben bereits zahlreiche Beschwerdebriefe nach Rom geschickt. Außerdem haben sie jedem Senator oder Eques, der die Stadt besucht, jedem Beamten und natürlich auch dem Statthalter in den Ohren gelegen und sie um Hilfe ersucht", berichtete Onkel Sextus und wischte sich die fettverschmierten Hände sauber. „Vielleicht ändert sich etwas, nachdem Augustus in Lugdunum eingetroffen ist."

Die Nachricht, dass Augustus nach Gallien und auch nach Arausio kommen würde, war im Vorjahr eingeschlagen wie ein Stein von einem Katapult. Nach Abschluss der Säkularspiele hatte Augustus verkündet, die Statthalterschaft von Gallia Comata für drei Jahre zu übernehmen und endlich die überfällige Neuordnung durchzuführen. Die Adoption seiner beiden Enkelsöhne Gaius und Lucius hatte ebenfalls für Aufsehen gesorgt. Agrippa war der leibliche Vater, aber jetzt trugen sie Augustus' Namen. Jeder vermutete, dass Gaius Caesar und Lucius Caesar als Erben von Augustus' riesigem Vermögen und seiner Heerschar von Klienten vorgesehen waren. „Eine perfekte Lösung!", war die allgemeine Auffassung. „Claudius Marcellus als Erbe hätte keine drei Tage überlebt. Agrippa hätte ihn umgebracht."

Das Gespräch wandte sich den unvermeidlichen Geschichten von früher zu, den Erzählungen von Feldzügen, Kämpfen und Schlachten. Lucius hatte ihnen bislang immer begeistert zugehört, aber jetzt, da er selbst bald zu den Adlern ziehen würde, zog er dem Trubel ein bisschen Ruhe vor. Er nahm einen Weinbecher, warf seinen Freunden einen Blick zu und ging in den Garten. Sie folgten ihm.

„Lucius, ist das nicht ein bisschen früh im Jahr?", bibberte Sextus. „Wie kannst du bei der Kälte nur in einer Tunica im Garten stehen?"

Alle hatten das Haus verlassen und zitterten jetzt vor Kälte. „Einem abgehärteten Soldaten wie Lucius macht doch so ein bisschen Kälte nichts!", stellte Quintus fest.

„Aber mir!", sagte Titus trocken.

Lucius musste lachen und erzählte von seinem Wintermarsch mit Hektor.

„Verrückt!" Appius schüttelte den Kopf. „Du musst verrückt sein!"

Auch die anderen starrten ihn mit Mienen an, die durchblicken ließen, dass sie das Gleiche dachten. Lucius zuckte leichthin mit den Achseln. „Wer weiß!"

Er machte eine Pause und setzte sich auf die kalte, steinerne Bank am Brunnen.

„Lucius!", rief Titus entsetzt. „Bist du wahnsinnig? Du holst dir doch den Tod, wenn du dich auf die kalten Steine setzt!"

Was für Jammerlappen, dachte sich Lucius, überrascht davon, wie verweichlicht ihm seine Freunde nun erschienen. „Wisst ihr, was wirklich merkwürdig ist? Bisher war ich gespannt auf Kriegsgeschichten und Erzählungen von Kämpfen!" Er beachtete die Blicke, die sich seine Freunde zuwarfen, nicht. „Aber heute ist das anders. Wenn ich die Gäste von einem Feldzug gegen die Germanen oder gegen die Raeter reden höre, muss ich sofort daran denken, dass ich das nächste Mal vielleicht dabei bin!" Er machte eine Pause. „Und dann wird mir ganz komisch!" Die anderen schwiegen.

„Ja, es ist immer etwas anderes, ob einen die Sache selbst betrifft oder nicht", sagte Quintus schließlich. „Man kann es nicht mit einem Feldzug vergleichen, aber als es Probleme in einer Niederlassung meines Vaters gab und ich hingeschickt wurde, die Sache in Ordnung zu bringen, wurde mir anders. Früher, wenn ich hörte, es gibt ein Problem, wusste ich, Vater schickt jemanden, der das Problem lösen soll. Und plötzlich war ich derjenige." Jetzt nickten sie alle zustimmend.

„Ich habe mir fast in die Tunica gemacht!", fügte Quintus unter allgemeinem Gelächter hinzu. „Und nun lasst uns reingehen, bevor mir alles abfriert und ich meinen Pflichten nach dem neuen Ehegesetz nicht mehr nachkommen kann!"

Lucius prustete los und die sentimentale Stimmung, die ihn ergriffen hatte, verflog. Er sprang auf. „Kommt! Gehen wir wieder rein!"

„Einen Moment!", sagte Quintus. „Wir haben etwas für dich! Komm, gib es ihm, Titus!"

Titus trug ein Paket in der Hand, das er Lucius übergab. Es hatte die Länge eines Unterarms. Lucius wickelte gespannt das Tuch ab und hielt erstaunt inne. Ein Gladius! Seine Freunde hatten ihm einen Gladius geschenkt! Sein erstes eigenes Schwert. Er zog es aus der Scheide und betrachtete verzückt die elegante Waffe. Sie lag perfekt ausbalanciert in seiner Hand. Die zweischneidige Klinge verjüngte sich in der Mitte, wurde dann wieder breiter und lief im vorderen Drittel in einer langgezogenen Spitze aus. Der Gladius an sich war von den Keltiberern übernommen. Doch dieses Exemplar war ein beeindruckendes Beispiel für die römische Handwerkskunst. Lucius ließ das Schwert durch die Luft sausen und steckte es mit einem eleganten Schwung in die Scheide zurück. Diese war der Waffe angemessen: Metallbeschläge mit Goldverzierung bedeckten sie. Als Motive waren eine Kampfszene und eine römische Wölfin zu sehen. Lucius malte sich aus, wie er mit dieser prachtvollen Waffe seine neuen Kameraden beeindrucken würde.

Voller Rührung über dieses großartige Geschenk bedankte er sich überschwänglich. Er wusste, dass der Weg, den er eingeschlagen hatte, für seine Freunde schwer nachvollziehbar war. Und doch respektierten sie ihn dafür.

Als sie ins Atrium zurückgingen, überlegte er kurz, ob er den Gästen und seiner Familie das neue Schwert zeigen sollte. Er kam zu dem Schluss, dass es besser sei, es ohne Aufsehen auf sein Zimmer zu bringen. Sorgfältig wickelte er es wieder in das Tuch, ging eilig die Treppe hinauf und legte den Gladius neben sein gepacktes Bündel.

IM·LAGER·DER·LEGIONEN

LUGDUNUM

Quintus Galarius war über fünfzig, ergraut und mit der typischen kahlen Stelle auf dem Kopf, die ihn als lebenslangen Helmträger auswies. Er hatte eine Reihe von Tapferkeitsauszeichnungen bekommen, Halsringe, Armreife aus Gold und Silber und die Phalerae, die neun Metallscheiben, die auf der Brust getragen wurden.

Wenn er sie nicht trug, waren die Auszeichnungen alle in seinem Büro aufgestellt, so dass jeder sie sehen konnte. Quintus Galarius, der Lagerpräfekt der XIX Legion, war ein erfahrener und ruhmreicher Kämpfer, auch wenn er jetzt ausschließlich für die Verwaltung und Versorgung der Männer zuständig war. „Aber nicht mehr lange!“, dachte er vergnügt bei sich und las das Schreiben seines Agenten. Dieser hatte sich für ihn in Norditalien nach Land umgesehen. Dort wurden schöne Höfe zum Kauf angeboten. Galarius hatte bereits einige gekauft, aber er wollte noch bei weiteren günstigen Angeboten zuschlagen, bevor allgemein bekannt wurde, dass die Unterwerfung der Raeter bevorstand. Publius Silius Nervas' Feldzug in diesem Jahr war eine Art Aufklärungsmission für das, was im kommenden Jahr folgen sollte, daher musste Galarius seine Transaktionen so schnell wie möglich erledigen, bevor die Grundstückspreise wieder stiegen.

In seinem Schreiben schwärmte sein Agent von der schönen Lage, dem fruchtbarem Boden, einem Bach mit kristallklarem Wasser und einem atemberaubenden Blick auf die Alpen. Der Hof, den er ausgesucht hatte, war nach seiner Beschreibung ein entzückendes Anwesen, auf dem jeder Römer stolz leben und arbeiten konnte. Ach, was hieße da arbeiten – residieren wie Cato, der Zensor, persönlich!

Galarius stieß ein Grunzen aus und ließ das Schreiben mit einem Lächeln auf den Tisch sinken. Ein Anwesen für Cato, den Zensor? Das würde ein finsteres Loch bedeuten, kein Putz an den Wänden, keine Fliesen auf dem Boden, die Latrine im Garten und kein Bad. Warum dachten Zivilisten eigentlich immer, dass alle Soldaten wie die Spartiaten lebten, wie Cato dachten und wie Diogenes wohnten? Egal, er wollte auf dem Hof sowieso nicht wohnen, sondern das Land verpachten. Sizilien oder Kampanien sagten ihm als Wohnsitz schon mehr zu und er hatte ein hübsches Sümmchen für seinen Lebensabend zurückgelegt. Als er vor vier Jahren Lagerpräfekt geworden war, war seine Altersvorsorge ausreichend gewesen, jetzt war sie beträchtlich. Er räkelte sich behaglich in seinem Stuhl und nippte am Wein. Wenn nur nicht der vermaledeite Feldzug nächstes Jahr wäre: wieder im Stroh schlafen, reiten, marschieren, Lagerbau und der ganze Scheiß. Bei Mars, er hatte gedacht, das alles hinter sich zu haben! Nicht zu ändern. Er trank noch einen Schluck, als sich die Tür öffnete und der Primipilus Marcus Canidius hereinkam.

„Salve, Marcus!“, begrüßte er ihn. „Gieß dir von dem ausgezeichneten Falerner ein und setzt dich!“ „Falerner?“, fragte Canidius erstaunt und setzte sich auf einen Stuhl. „Findest du es nicht ein wenig zu protzig, mittags schon Falerner zu trinken?“

„Eigentlich nicht!“, entgegnete Galarius vergnügt, dessen rotes Gesicht und leicht aufgedunsene Figur bewiesen, dass er gern und häufig dem Wein zusprach.

Canidius war das genaue Gegenteil. Kräftig und wettergegerbt, entsprach er dem Idealbild eines zähen Kämpfers und harten Vorgesetzten.

„Die *primi ordines* werden gleich hier sein!“, begann Canidius. „Wir müssen uns noch absprechen, was wir sagen, wie wir ihnen die Neuerungen beibringen!“

„Was DU sagst, lieber Marcus!“, erwiderte Galarius mit Nachdruck. „Ausbildung und Disziplin sind deine Aufgaben. Du musst dich als Primipilus, als oberster Centurio der Legion, schon selbst durchsetzen.“

„Das Einzige, was du noch durchsetzt, sind deine Kissen!“, konterte Canidius verärgert. Wenn er Galarius damit hatte provozieren wollen, war das ein Fehlschlag gewesen, denn dieser zuckte nur gleichmütig mit den Achseln: „Jedem seine Aufgabe, jeder an seinen Platz!“

Canidius blieb keine Zeit mehr zum Antworten, da es erneut an der Tür klopfte und fünf weitere Centurionen, die *primi ordines*, den Raum betraten.

Galarius betrachtete interessiert, wie die Neuankömmlinge Platz nahmen. Sie setzten sich auf die freien Stühle, mit Ausnahme von Titus Valens, der sich auf die Kiste mit den Proviantberichten setzte. Ein interessanter Mann, der es geschafft hatte, sich innerhalb eines Jahres den Respekt aller Centurionen und Mannschaften zu erwerben. Von einem Centurio wurde erwartet, dass er tapfer war, aber Valens' Auszeichnungen waren in aller Munde. Keiner sonst in der Neunzehnten konnte eine Wall- oder gar eine Mauerkrone vorweisen. Die Wallkrone hatte Valens als junger Soldat im Bürgerkrieg bekommen, die Mauerkrone erst vor wenigen Jahren im Krieg gegen die Kantabrer. Es war ein offenes Geheimnis in der Legion, dass die verschärften Drills der vergangenen Monate auf ihn zurückgingen, was ihm nicht unbedingt Sympathien einbrachte. Doch die positiven Auswirkungen waren schon erkennbar.

Canidius würde seine Schwierigkeiten haben, Valens von der Zweckmäßigkeit des neuen Befehls zu überzeugen, mochte dieser Befehl auch von ganz oben kommen.

Canidius war sich dessen bewusst. Seine Augen flackerten unruhig, während er von einem zum anderen sah und versuchte, die Stimmung zu ergründen. Vor einer Woche hatte er ihnen eröffnet, was bevorstand: „Es gibt ein Gebot des Augustus, wonach Söhne von Rittern und Söhne ehemaliger Primipili direkt und ohne zuvor gedient zu haben als Centurionen in die Legion eintreten können!" Was für eine Empörung diese Anordnung auslöste! Wenn er ihnen mitgeteilt hätte, dass sie alle an ein Bordell verkauft worden seien, hätte die Empörung nicht größer sein können. Zwei Stunden lang tobten und fluchten die *primi ordines*, sie beschworen Jupiter Optimus und Jupiter Stator, Mars und Quirinius, schworen heilige Eide, lieber zu sterben als so eine Schweinerei mitzumachen. Canidius war nicht mehr Herr der Situation. Einzig Titus Valens hatte sich im Griff. Er war genauso entrüstet und wütend wie die anderen, doch ein Mann mit seiner Disziplin und Selbstbeherrschung vermochte seine Wut zu zügeln. Schließlich schlug Galarius selbst mit seiner großen Pranke auf den Tisch und rief: „Seid ihr Soldaten oder Weiber? Dies ist ein Befehl! Ein Befehl von eurem Feldherrn und Patron – und damit Schluss!" Flavus war so rot angelaufen, dass Galarius befürchtete, ihm würde der Kopf platzen. Dann riss er auch noch den Mund auf - alle erwarteten einen fürchterlichen Schrei. Aber im Gegenteil, Flavus atmete tief durch, schloss den Mund, und mit einem herausgewürgten „Zu Befehl!" setzte er sich wieder hin.

Heute war eine Wiederholung der Szene nicht zu erwarten. Sie hatten ja nun alle eine Woche Zeit gehabt, sich an den Gedanken zu gewöhnen.

Canidius räusperte sich und begann: „Die neuen Rekruten werden in Kürze eintreffen. Wir werden aus ihnen die 4., 5. und 6. Kohorte bilden. Die drei neuen Centurionen, das heißt die, die es werden wollen, werden der 4. Kohorte zugeteilt." Canidius sah den Männern fest in die Augen: „Sie werden die ganz normale Grundausbildung durchlaufen und am Ende der Ausbildung zu Centurionen ernannt werden. Es wird keinen, ich wiederhole, keinen tödlichen Unfall geben! Ist das klar?"

Keiner antwortete. Doch dann meldete sich Aulus Ebeneus zu Wort: „Warum nicht? So eine Ausbildung ist kein Spaziergang!", fragte er mit seiner dröhnenden Stimme.

„Es gibt eine ganz klare Anweisung von Marcus Agrippa: Sollte einer der Centurionen-Anwärter einen tödlichen Unfall erleiden, wird dem verantwortlichen Centurio der Prozess gemacht und er *ad bestia* verurteilt. Titus Valens, du wirst die Ausbildung beaufsichtigen und gewährleisten, dass nichts Derartiges passiert!"

Valens zog die Augenbraue hoch. „Was ist, wenn sie die Ausbildung nicht durchhalten?", fragte er mit ruhiger Stimme. Galarius runzelte die Stirn. Worauf wollte er hinaus?

„Wie meinst du das?", fragte Canidius vorsichtig.

„Nun", sagte Valens gedehnt. „So eine Ausbildung ist anstrengend und ein Centurio oder einer, der es werden will, sollte mit gutem Beispiel vorangehen. Schließlich muss er mehr leisten können als seine Männer. Was ist, wenn einer der drei die Grundausbildung nicht durchhält und zusammenbricht?"

Canidius und Galarius sahen sich an. Es gab immer wieder Rekruten, die einen kräftigen Eindruck machten, aber die Grundausbildung nicht durchstanden.

„Ich würde sagen", begann Galarius zögernd, „dann haben sie keine Möglichkeit, Centurio zu werden. Aber ich werde zur Sicherheit beim Statthalter nachfragen!"

„Gut." Valens sprang auf. „Dann wäre das ja geklärt."

„Kein Unfall!", Canidius stand ebenfalls hastig auf. „Titus, ich warne dich!"

„Wie kommst du auf einen Unfall?" Valens schüttelte den Kopf.

„Ich habe nichts von einem Unfall gesagt! Ihr entschuldigt mich, ich muss mich um die Wachen kümmern!"

„Was wirst du tun?" Canidius' Stimme klang beinahe ängstlich.

„Meine Pflicht!"

Bei Jupiter, benimmt der sich anmaßend – wenn ich sein Primipilus wäre, würde ich den mal gründlich zusammenstauchen, dachte sich Galarius. Aber Canidius muss damit allein zurechtkommen.

„Bei Plutos Arsch, hört auf, mich anzustarren, als ob ihr eine Gorgone erblickt hättet!", polterte Valens plötzlich los. „Was habt ihr denn für eine Antwort erwartet? Ich werde wie immer meine Pflicht gegenüber dem Reich erfüllen. Ich habe noch nie einen Befehl verweigert und werde jetzt wegen dreier junger Hohlköpfe nicht damit anfangen." Er stürmte hinaus.

Hoffentlich, dachte sich Galarius, hoffentlich.

Die Centurionen Kaeso Vulso und Publius Vitellius überquerten das Forum des Lagers und strebten auf die Baracke der ersten Centurie zu. Marcus Canidius, der Primipilus, hatte sie zu sich befohlen. Normalerweise suchte er einen Centurio auf, wenn es etwas zu besprechen gab. Irgendetwas war da also im Busch. Sie erreichten die Baracken des Triarier-Manipels und gingen zu Canidius' Zimmer.

Dieser war nicht allein, sondern unterhielt sich mit Titus Valens.

„Seid gegrüßt, Kaeso und Publius!" Canidius nickte den beiden zu. „Ich habe eine heikle Aufgabe für euch. Wir erwarten in den nächsten Tagen den Antritt von neuen Rekruten, die der 4. Kohorte zugewiesen werden."

Vulso und Vitellius nickten stumm, aber diese Eröffnung machte sie noch ratloser, als sie ohnehin schon waren. Das war keine Neuigkeit, die ihnen der Primipilus da eröffnete. Wegen so einer alltäglichen Kleinigkeit würde er sich bestimmt nicht derart offiziell mit den Ausbildern unterhalten wollen.

„Unter diesen Rekruten gibt es drei ganz besondere Fälle. Es sind die Rekruten Marcellus, Mellonius und Carvus. Sie alle drei sind Söhne von Eques und treten an, um Centurio zu werden."

Vulso zuckte zusammen, als ob man ihm einen Schlag versetzt hätte. Dann lachte er gequält. „Rekruten treten an, um Centurio zu werden! Du machst Witze."

Canidius' Blick bewies, dass es sein Ernst war. Vitellius lief dunkelrot an. Die Narbe auf seiner Stirn trat so noch deutlicher hervor. „Unmöglich! Der Rang des Centurios darf nicht durch irgendwelche Grünschnäbel besudelt werden! Wir machen uns ja lächerlich vor den Milites!"

Valens räusperte sich und schaltete sich in das Gespräch ein: „Ich sehe es genauso wie ihr, aber da ist nichts zu machen. Die Anweisung, Söhnen von Rittern den Zugang zum Centurionenrang zu ermöglichen, kommt von ganz oben. Sie werden die normale Grundausbildung für Rekruten durchlaufen und dann eine Centurionenstelle bekommen."

Die Gesichter der beiden künftigen Ausbilder verfinsterten sich.

„Dann wird es eben einen Unfall geben!", knirschte Vulso. „Oder noch besser: drei Unfälle!"

Der Tisch bebte, als Canidius mit seiner Pranke auf den Tisch hieb. „Es wird keine Unfälle geben, Kaeso und Publius, damit das klar ist! Keiner der drei wird einen schweren oder auch nur einen leichten Unfall haben!"

„Verräter!", stieß Vitellius hervor. Seine Narbe pochte. „Du Elender !"

Canidius ließ seine Faust ein weiteres Mal auf den Tisch donnern. „Ruhe!"

Es wurde still. „Dies kommt auch von ganz oben: Sollte einem der drei ein tödlicher Unfall unterlaufen oder auch nur einer, der ihn dienstunfähig macht, finden sich die verantwortlichen Centurionen als Gladiatoren in der Arena wieder." Vulso und Vitellius sahen ihn ungläubig an.

„Dies ist der genaue Wortlaut eines Schreibens von Marcus Vipsanius Agrippa!", fuhr der Primipilus mit Nachdruck fort. „Und er schreibt weiter: Ein Centurio, der aus falsch verstandenem Korpsgeist einen ihm anvertrauten Rekruten zu Schaden kommen lässt, verdient Beinschienen und Vitis nicht. Er taugt allenfalls zur Unterhaltung der Massen!"

Er fixierte die beiden Ausbilder mit seinem Blick. Die beiden starrten geradeaus über Canidius an die Wand hinter ihm.

„Wenn", schaltete sich Valens jetzt mit ruhiger Stimme ein und hob beschwichtigend die Hände, „wenn sie allerdings den Anforderungen nicht gewachsen sind, nicht durchhalten, ihren Dienst nicht versehen können oder die Kleinigkeiten des Legionärsalltages nicht bewältigen, sind sie raus. Dies ist so von Agrippa gutgeheißen. Egal, ob alt oder jung, ein Centurio muss seine Aufgaben beherrschen und auf einem Feldzug seinen Mann stehen. Ein Schwächling wird in der Legion nicht geduldet. Wenn sie den körperlichen Anstrengungen nicht gewachsen sind, können sie ihre Sachen packen und gehen. Wenn sie freiwillig gehen - umso besser! Ihr dürft sie ruhig hart anfassen, aber krümmt ihnen kein Haar und lasst nicht zu, dass ihnen ein Haar gekrümmt wird."

Canidius warf ihm einen wütenden Blick zu, während sich die beiden Ausbilder sichtlich entspannten. Vulso und Vitellius tauschten einen vielsagenden Blick aus. Bisher hatte noch jeder Rekrut irgendwann schlappgemacht. Beim Marschieren, Schanzen oder beim Waffendrill. Aber das war in der Regel kein Problem. Nach und nach wurden sie abgehärtet und wenn die Grundausbildung vorüber war, standen sie ihren Mann. Die meisten Rekruten waren die Kinder armer Leute, die von klein auf gewöhnt waren, hart zu arbeiten, zu hungern und sich durch die Widrigkeiten des Lebens zu schlagen. Doch natürlich wurden nicht alle Rekruten am Ende der Grundausbildung in den regulären Dienst übernommen.

Diese drei verweichlichten Muttersöhnchen würden eine Scheiß-Überraschung erleben!

Lugdunum thronte auf einer Anhöhe zwischen zwei Flüssen. Der Rhodanus gabelte sich vor der Stadt und umspülte eine Insel, auf der die Vorstadt lag. Östlich der Stadt floss die Arar und dort auf dem anderen Ufer erhob sich das Legionslager. Je näher er der Stadt kam und je deutlicher er das Lager erkennen konnte, desto mulmiger war Lucius zumute. Jeder Schritt vermittelte ihm das Gefühl, einen verhängnisvollen, nicht wieder gutzumachenden Fehler zu begehen. Vor der Musterung war sein ganzes Denken darauf gerichtet gewesen, die Anforderungen seines Vaters zu erfüllen. Angst hatte er nur vor dem öden Leben auf dem Hof gehabt, das ihm ein Scheitern eingebracht hätte. Aber jetzt stand er kurz davor, in ein neues Leben einzutreten. Er war ein Anwärter auf die Legion und hatte einen vorläufigen Eid abgelegt. Sein heimlicher Traum hatte sich erfüllt. Doch die Zweifel nagten an ihm. Was, wenn es ein Fehler war? Was, wenn er den Anforderungen nicht gewachsen war? Seine Ausbildung bei Pertinax mochte erstklassig gewesen sein, aber er hatte noch nie ernsthaft kämpfen müssen - fast nie: Das einzige Mal, als er ernsthaft hatte kämpfen müssen, hatte er versagt. Und das auch noch gegen ein paar kleine Jungen!

Von seinem Standpunkt aus konnte er die Brücke, die über den Rhodanus in die Vorstadt führte, sehen. Lugdunum, Stadt des Lichts, Hauptort der drei Gallien und zurzeit Wohnort des Imperator Caesar Augustus. Hier wird sich mein Schicksal erfüllen, dachte er feierlich bei sich. Vor ihm drehte sich ein Händler um, der eine Karre zog und ihn erstaunt ansah. Lucius lief rot an, als ihm bewusst wurde, dass er gerade laut gesprochen hatte. Verlegen trieb er sein Pferd an und überholte den Händler und die Reisegruppe vor ihm, die ihn ebenfalls neugierig musterte. Er ritt über die Brücke und beeilte sich, so gut es ging, die Vorstadt zu durchqueren. Aber auf der Hauptstraße war viel Verkehr und auch vor der nächsten Brücke herrschte reger Betrieb. Er entschied sich, abzusteigen. Während er sein Pferd über die Brücke führte, konnte er das erste Mal die gesamte Ausdehnung des Lagers erkennen.

Das Kastell war riesig und bot zwei bis drei Legionen Platz. Hier lebten und arbeiteten mehr Menschen als in ganz Arausio und Umgebung. Vor den Toren befand sich der unvermeidliche Vicus: Wo immer ein Legionslager errichtet wurde, siedelten sich in kürzester Zeit Händler, Schausteller und Huren an. Aus einem Vicus entstanden häufig richtige Städte oder, wie in diesem Fall, eine neue Vorstadt. Ein schmerzhafter Stoß in die Rippen machte Lucius darauf aufmerksam, dass er den Weg blockierte. Er beeilte sich, über die Brücke zu kommen, und suchte am Südtor nach einem Mietstall, wo er sein Pferd abgeben konnte. Danach warf er sich die beiden Bündel über die Schulter und ging am Ufer entlang zur nächsten Brücke, die zum Vicus hinüber führte. Der Vicus bestand aus einfachen Hütten und Häusern. Vor einem Bretterverschlag hockten einige Legionäre, schütteten Wein in sich hinein und ereiferten sich über ihr Würfelspiel. Ganz offensichtlich war dies eine Taverne, auch wenn Lucius es eher für einen Stall gehalten hätte. Ein Blick durch die offene Tür zeigte ihm, dass der Inhaber Sauberkeit für eine Taverne nicht unbedingt als Muss erachtete. Händler boten ihr Gemüse feil und ein Fleischhändler pries Zwergkaninchen in den höchsten Tönen an. Lucius musterte die gehäuteten Tiere und ihn schauderte es. Die Tiere hatten wenig Ähnlichkeit mit Kaninchen oder Hasen, sondern erinnerten eher an Ratten. Würgend eilte er weiter und stützte sich an der nächsten Hütte ab.

„Amulette, Soldat?“, wisperte eine Stimme. „Schutz vor deinen Feinden, vor den Gefahren der Reise und vor Krankheiten, bei Bona Omnia bekommst du den besten Schutz!“

Eine alte Frau war unversehens vor ihm aufgetaucht und Lucius fuhr erschrocken zurück. Sie lachte gellend auf und zeigte ihren zahnlosen Mund: „So schreckhaft, Soldat? Dann brauchst du unbedingt meinen Schutz!“ Damit hielt sie ihm ein Amulett in der Form eines Phallus direkt vor das Gesicht.

„ Nein!“ Er stieß ihren Arm weg und hastete weiter.

„Sollen dich doch die Larven und Manien heimsuchen, wenn du den Schutz der Götter verachtest!“, kreischte die Alte hinter ihm her. Die Passanten sahen entgeistert auf die Szene, einige machten das Zeichen gegen den bösen Blick. Lucius stolperte um die Ecke und versuchte, wieder zu Atem zu kommen. Ein Huhn flatterte vor ihm auf und er zuckte erneut erschrocken zusammen. Verdammte Hexe, fluchte er in sich hinein. Jetzt habe ich schon Angst vor einem Huhn.

Die Verwünschungen der Alten im Ohr, ging er weiter. „Und wenn sie wirklich die Geister der Unterwelt auf mich beschworen hat?“, meldete sich eine Stimme in seinem Kopf zu Wort. „Klar“, höhnte eine andere Stimme, „und eine alte, heruntergekommene Vettel hat Macht über sie. Wenn sie so mächtig wäre, würde sie kaum an diesem Ort hausen!“ Der Gedanke beruhigte ihn, zur Sicherheit beschloss er aber, den Hausgöttern heute Abend ein Opfer zu bringen. Er beeilte sich, diesen Ort hinter sich zu lassen, und näherte sich dem Lagertor. Die Wache sah ihn gelangweilt an und warf nur einen flüchtigen Blick auf das Schreiben, das ihm Lucius hinhielt. „Optio!“, rief sie über die Schulter nach hinten und nach einem kurzen Moment tauchte eine Gestalt aus einem der Schatten der Tortürme auf.

„Was ist?“, fragte die Gestalt scharf den Posten und dieser deutete mit dem Daumen auf Lucius.

„Wenn du etwas abzugeben hast, geh gefälligst zur Porta Praetoria, du bist hier falsch!“

„Ich will nichts abgeben!“, rief Lucius zurück. „Ich bin ein neuer Rekrut!“

Er hatte erst „ein neuer Centurio“ sagen wollen, aber etwas hatte ihn zurückgehalten. Der Optio sah ihn aufmerksam von Kopf bis Fuß an.

„Hm, ein neuer Rekrut“, sagte er ein wenig freundlicher. „Trotzdem hättest du dich an der Porta Praetoria melden sollen. Aber na gut. Tritt ein und geh einfach immer geradeaus. Komm nicht auf die Idee, links oder rechts abzubiegen. Du gelangst automatisch zum Prätorium. Dort meldest du dich beim Wachhabenden. Verstanden?“

„Geradeaus bis zum Prätorium und dort beim Wachhabenden melden!“, wiederholte Lucius. Er ging mit klopfenden Herzen in das Lager.

Zwei Hauptstraßen führten durch das Lager: Die Via Praetoria verlief in Längsrichtung von der Porta Praetoria zur Porta Decumana und teilte das Lager in zwei Hälften. Die Porta Principalis Sinistra und die Porta Principalis Dextra wurden von der kreuzenden Via Principalis miteinander verbunden.

Da, wo sich die Straßen kreuzten, lagen das Forum und das Prätorium. Hier waren die Unterkünfte des Legaten, des Lagerpräfekten und des Feldherrn, und natürlich befand sich hier auch das Fahnenheiligtum. Darin wurden neben den Feldzeichen die Ersparnisse der Legionäre aufbewahrt. Das gab den Legionären einen guten Anreiz, die Feldzeichen angemessen zu verteidigen.

Außerdem stand hier der Altar der Disciplina. Die *disciplina*, die militärische Zucht und Ordnung, genoss in der Legion göttliche Verehrung.

Lucius sah sich neugierig um und beobachtete überall geschäftiges Treiben. Einheiten marschierten die Lagerstraße entlang, Männer saßen vor den Baracken, besserten Kettenhemden aus, besohlten ihre Stiefel oder führten Ausbesserungsarbeiten an den Schilden durch.

Lucius meldete sich beim Wachhabenden. Dieser zeigte wortlos auf eine Ansammlung von Männern, die bereits warteten. Lucius musterte neugierig die anderen Rekruten. Einige waren an ihrer Kleidung unschwer als Arbeiter und Tagelöhner zu erkennen, andere trugen die typische Kleidung der Hirten. Vor denen musste man sich in Acht nehmen, hatte

Saxum ihn gewarnt. Das ganze Jahr auf sich gestellt, hatten die Hirten ihre eigenen Regeln und Gesetze. Wenn sie auch nicht viel redeten, so handelten sie doch ohne Umschweife. Vor allem waren sie schnell mit der Waffe zur Hand. Viele Prozesse in Arausio hatten mit Streitigkeiten zwischen Hirten und Bauern zu tun.

Drei Centurionen standen abseits und beobachteten die Rekruten, die sich angeregt unterhielten. Die drei hielten alle einen Stock, oder besser: einen Knüppel in der Hand. Das musste die Vitis sein, der Rebstock, das Rangabzeichen und Züchtigungsinstrument eines Centurios.

Der breitschultrige Centurio, der sich vor ihnen aufbaute, ließ seinen Blick prüfend und streng über die Rekruten schweifen. Nach und nach erstarben die Gespräche und die Aufmerksamkeit der Rekruten wandte sich ihm zu. Er sah sie finster an und befahl knapp: „Ruhe!“ Sofort war es still.

„Mein Name ist Titus Valens. Für euch Centurio Valens. Dies sind eure Ausbilder Centurio Vitellius und Centurio Vulso.“

Die Rekruten musterten die beiden Ausbilder. Vitellius’ ohnehin schon finsteres Gesicht wirkte durch seine Narbe noch bedrohlicher. Vulso war schwer einzuschätzen. Seinen Gesichtsausdruck hätte man fast sanft, vielleicht sogar einfältig nennen können, wäre da nicht dieses Funkeln in seinem Blick gewesen, das zeigte, dass man ihn besser nicht unterschätzen sollte.

Valens fuhr fort: „Ihr habt euch entschieden, dem Imperium zu dienen!“ Und weiter mit sanfter Stimme: „Ich sehe hier eine bemerkenswerte Ansammlungen von Tagedieben, Bastarden und Schurken. Die meisten von euch haben nach ihren eigenen Regeln gelebt und sind es gewohnt, sich selbst zu helfen. Nicht wahr?“ Er grinste verschwörerisch, und Gelächter ging durch die Reihen, die Rekruten begannen zu tuscheln. „Nun, hier in der Legion gibt es auch Regeln, allerdings völlig andere Regeln. Es ist Zeit, dass ihr die erste Regel lernt! Wenn einer von uns ‚Ruhe’ sagt ...“

Er machte eine Pause und brüllte plötzlich los: „... dann haltet ihr gefälligst die Schnauze, sonst reiße ich euch die Zungen raus! Ist das klar?"

Die Rekruten zuckten erschrocken zusammen. Es war so still, dass man die Schritte einer Maus hätte hören können.

„Auf die Frage ‚Ist das klar?' antwortet ihr mit: ‚Jawohl, Centurio!'", sagte Valens mit gefährlicher Ruhe. „Auf jeden Befehl auch. Klar?"

„Jawohl, Centurio!", erklang es uneinheitlich von den Rekruten zurück.

„Wie war das? Ich kann euch nicht hören!"

„Jawohl, Centurio!" Lucius brüllte aus vollem Halse mit. Beim zweiten Mal klang es fast schon wie mit einer Stimme.

„Und jetzt stellt euch in einer Reihe auf. Zwanzig Mann breit, sechs Mann tief. Vorwärts!", bellte Valens.

Sofort setzte ein wildes Gedränge ein. Die Männer taten ihr Bestes, den Befehl umzusetzen. Lucius ordnete sich schnell in die dritte Reihe ein. Er entdeckte in der Reihe vor sich zwei Rekruten, die sich durch ihre offenbar teure Kleidung von den anderen deutlich abhoben. Bei ihnen hatten zwei Männer gestanden, bei denen Lucius einen As gegen einen Denar gewettet hätte, dass es sich um ihre Sklaven handelte. Die Sklaven betrachteten nun vom Rande des Forums interessiert das Treiben, als Valens sie plötzlich anschnauzte: „Braucht ihr eine Extra-Einladung oder sind euch unsere Reihen nicht gut genug?"

Die Sklaven fuhren erschrocken zusammen und begannen aufgeregt durcheinanderzureden. Einer der beiden gut gekleideten Rekruten sprach den Centurio beschwichtigend an: „Der eine ist mein Sklave! Er begleitet mich nur!"

Valens fuhr herum und nachdem er den Sprecher ausgemacht hatte, schoss er auf ihn zu. Lucius hätte lieber einem durchgehenden Ochsengespann im Wege gestanden, als diesem Fels von einem Mann zu trotzen, dessen Gesichtsausdruck einen gefährlichen Zug angenommen hatte.

„Und welcher hohe Gast bist du, dass du deinen Sklaven mitbringst und darüber hinaus auch noch ungefragt sprichst?"

„Ich bin Tiberius Silvanus Mellonius Minor, Sohn des Tiberius Silvanus Mellonius Maior, und ich bin hier, um Centurio zu werden!"

„Oh, wirklich?" Valens' Stimme sank zu einem Flüstern herab und sein Blick bekam ein mörderisches Funkeln. Mellonius sollte sich in Acht nehmen, dachte Lucius beunruhigt.

„Dann sind Carvus und Marcellus bestimmt auch nicht weit, oder?"

Lucius meldete sich. „Hier, Centurio!“, und fast zeitgleich erklang von rechts vor ihm die zweite Meldung.

„Gut. Tretet nach vorne und wartet dort!“

Lucius beeilte sich, dem Befehl Folge zu leisten. Plötzlich stieß ihm Valens seinen Stock vor die Brust.

„Hast du nicht etwas vergessen?“

„Nein!“, entgegnete Lucius reflexartig.

„Nein, was?“, fuhr ihn Valens an.

„Nein, Centurio!“, beeilte sich Lucius zu sagen.

„So, du hast nichts vergessen? Aber du hast doch einen Befehl bekommen?“

„Jawohl, Centurio!“

„Und was sagt man, wenn man einen Befehl bekommt?“

„Jawohl, Centurio!“

„Hast du es gesagt?“

„Nein, Centurio!“

„Also hast du doch etwas vergessen?“

„Jawohl, Centurio, ich habe vergessen ‚Jawohl, Centurio!‘ zu sagen!“

Während dieses Wortwechsels war es Lucius heiß und kalt geworden. Gleichzeitig ließ Valens seinen Stock über Lucius’ Körper wandern. Von der Brust auf die Schulter, dann über den Kopf und bis an die Kehle.

„Dann vergiss es nicht wieder!“, erwiderte Valens plötzlich lächelnd und tippte ihm mit dem Stock an die Kehle.

„Nein, Centurio!“, versicherte ihm Lucius und eilte nach vorne, nachdem der Ausbilder den Stock gesenkt hatte.

Als Nächstes ließ Valens die übrigen Rekruten abzählen, immer eins und zwei.

„Alle, die ‚eins‘ gezählt haben, gehören zur ersten Centurie des Hastatenmanipels der 4. Kohorte!“, erklärte Valens. „Alle anderen zur zweiten Centurie des Hastatenmanipels der 4. Kohorte! Wenn ihr euch meldet oder eure Einheit nennt, meldet ihr euch so: Ich bin Probatus in der ersten Centurie der Hastaten der 4. Kohorte der XIX Legion! Ist das klar?“

„Jawohl, Centurio!“, klang es zurück.

Dann rückten die Rekruten ab. Die erste Centurie folgte Vitellius, die zweite Centurie Vulso. Zunächst würden noch einmal alle vom Arzt untersucht werden, dann sollten sie ihre Unterkünfte beziehen und anschließend ausgerüstet werden.

Valens baute sich vor den drei wartenden Centurionen-Anwärtern auf. Er hielt Mellonius den Stock unter die Nase.

„Weißt du, was das ist?"

„Jawohl, Centurio!", erwiderte Mellonius.

„Nun?"

„Das ist die Vitis. Das Zeichen unseres Ranges!", antwortete Mellonius eifrig.

Valens trat neben ihn, legte ihm kameradschaftlich den linken Arm um die Schulter und hielt den Stock mit der rechten Hand hoch. „Genau! Das ist die Vitis", sagte er mit liebenswürdiger Stimme. „Und wenn du oder einer von euch anderen es noch einmal wagt, sich als Centurio zu bezeichnen, schlage ich demjenigen hiermit seinen Schwachkopf ein. Ist das klar?"

„Jawohl, Centurio!", stießen Lucius und Carvus hastig hervor. Mellonius' Stimme war nur ein Krächzen. Lucius sah, wie Valens mit seiner Armbeuge Mellonius die Luft abschnürte. Der lief schon blau an, als ihn Valens endlich losließ. Mellonius schnappte verzweifelt nach Luft.

„Ihr seid erst einmal ein Nichts. Nach der ärztlichen Untersuchung dürft ihr euch wie alle anderen Probatus nennen, einen Anwärter nach der Musterung. Und wenn ihr die Grundausbildung übersteht, dann werdet ihr vielleicht ja einmal Centurio, wer weiß das schon?" Valens machte eine drohende Pause, bevor er falsch lächelnd fortfuhr: „Ihr werdet jetzt zum Arzt gehen und euch danach bei Galarius, dem Lagerpräfekten, melden!"

Die Untersuchung beim Arzt war nur eine Formsache, da die Musterung ja schon vorher stattgefunden hatte. Anschließend machten sich Lucius, Mellonius und Carvus gemeinsam wieder auf den Weg zum Forum.

Sie betraten die Baracke. Ein Schreiber ließ sie im Vorraum warten und verschwand hinter einem Vorhang. Nach kurzer Zeit kam er wieder und wies die drei Centurionen-Anwärter mit einer Kopfbewegung an, einzutreten. Sie traten in ein schlicht eingerichtetes Büro: ein Schreibtisch, der mit Papieren übersät war, ein Beistelltisch, auf dem noch die Reste eines Essens standen, einige Klappstühle. Die Wand war vollständig von einem Regal verdeckt, das mit Rollen und Tafeln überladen war. Der Schriftverkehr einer Legion. Eine Reihe von Tapferkeitsauszeichnungen und Beutestücken zeigte, dass der Nutzer dieses Büros kein Verwaltungsmensch, sondern ein tapferer und kampferfahrener Soldat war. Der massige Mann hinter dem Schreibtisch sah nicht auf, als sie hereinkamen. Unbeirrt studierte er die Schriftrolle, die vor ihm lag. Sie warteten schweigend, bis er schließlich hochblickte.

Quintus Galarius musterte Lucius, Mellonius und Carvus von oben bis unten und schnaubte durch die Nase. Das hörte sich wie eine verrostete Trompete an. Er brummte etwas, das wie „Neue Zeiten!" klang.

Schließlich gab er sich einen Ruck und sprach: „Tiberius Silvanus Mellonius, Lucius Justinius Marcellus und Marcus Flavius Carvus. Ich habe im Hauptquartier nachgefragt, ob kein Irrtum vorliegt, dass ihr als Centurio in die Legion eintreten sollt. Es liegt kein Irrtum vor." Er winkte mit der Schriftrolle. „Allerdings habe ich gesonderte Anweisungen für eure Ausbildung bekommen. Da ihr keinerlei Kampferfahrung und keinerlei Erfahrung im Umgang mit Waffen habt, nichts von der Legion wisst, mit anderen Worten: hier ein Nichts und Niemand seid, werdet ihr zunächst das ganz normale Ausbildungsprogramm für Rekruten absolvieren. Was es heißt, ein Centurio zu sein, das werdet ihr nebenbei lernen, zusätzlich zur Grundausbildung!"

Der Lagerpräfekt machte ein Gesicht, als ob er statt Posca reinen Essig erhalten hätte. Schließlich fuhr er fort: „Centurio Vulso wird eure Ausbildung leiten. Wenn ihr bis zum Ende durchhaltet, werdet ihr zum Centurio ernannt und könnt euren Dienst antreten. Wenn nicht, wenn ihr zusammenbrecht oder aufgeben wollt, könnt ihr jederzeit sofort gehen. Oder als Miles anfangen. Ihr werdet wie normale Rekruten behandelt. Ihr werdet euch gemeinsam ein Zimmer teilen. Eure Sklaven werden während der Zeit der Grundausbildung woanders beschäftigt werden. Zimmerreinigung, Instandhaltung der Waffen, Essenkochen werden ab jetzt eure Aufgabe sein. Wenn ihr schlappmacht und die Grundausbildung nicht durchsteht, könnt ihr eure Sachen packen!" Der Präfekt winkte ihnen zu gehen. „Wegtreten!"

Sie fragten sich zu ihrer Unterkunft durch und erreichten schließlich ihre Baracke. Mit flauem Gefühl im Magen trat Lucius durch die Tür in den Vorraum. Sein Blick wanderte über die Regale, in denen sie ihre Ausrüstung verstauen sollten. Er ging weiter zum zweiten Raum. Hier standen vier Etagenbetten, auf denen die acht Männer eines Contuberniums schliefen. Licht fiel durch das kleine Fenster an der Decke herein, das gleichzeitig als Rauchabzug diente. Lucius betrachtete die rußgeschwärzte Wand und die Kochstelle am Boden. Hier also würde er die nächsten Monate wohnen, schlafen und essen. Carvus und Mellonius hatten sich hinter ihm in den Raum gedrängt und sahen zweifelnd auf die Kochstelle.

„Kann einer von euch kochen?", unterbrach Carvus die Stille.

Sie hatten ihre Waffen und die übrige Ausrüstung abgeholt, Vorräte für ein *nundinum* bekommen und im Regal verstaut. Carvus und Mellonius hatten im Vicus einen brauchbaren Tropfen Wein und eine Sonderration Speck und Fleisch organisiert. Lucius bereitete einen Erbsenbrei mit Speck zu.

„Was für ein Glück, dass wir mit so einem vielseitigen jungen Mann unsere Unterkunft teilen!", bemerkte Carvus leutselig und prostete ihm zu. „Woher kommst du?"

„Aus Arausio!", entgegnete Lucius und hackte den Knoblauch klein.

„Aus Arausio? Wir beide kommen aus Rom!", entgegnete Mellonius, wobei er den Namen der Hauptstadt bedeutsam betonte.

Hauptstadt oder Provinz. wie sich herausstellte, war es in allen drei Familien die gleiche Geschichte gewesen: Augustus hatte sie mit einem großzügigen Stipendium ausgestattet und den Familien so erlaubt, in den Ritterstand aufzusteigen. Dafür musste sich jeweils ein Sohn zur Legion melden, um Centurio zu werden.

Carvus und Mellius sprachen nicht weiter über die frostige, ablehnende Sonderbegrüßung durch ihre künftigen Ausbilder. Lucius aber ging der drohende Blick von Titus Valens nicht aus dem Kopf. Wir müssen auf der Hut sein, dachte er. Auch der Präfekt ist uns nicht wohlgesinnt.

Nach dem Essen legten sich Carvus und Mellonius direkt schlafen, Lucius ging noch einmal in den Vorraum. Er packte das kleine Lararium aus, das er von seinem Vater bekommen hatte. Er nahm ein Messer und ritzte sich vorsichtig den Arm. Dann ließ er ein wenig Blut vor dem Lararium auf den Boden tropfen. Ein Blutopfer für die Laren und Penaten wurde eigentlich selten vollzogen, aber Lucius schien es in diesem Moment mehr als angemessen. Schließlich war dies der Beginn eines völlig neuen Abschnittes in seinem Leben, und dafür erbat er sich das Wohlwollen der Götter.

Frisch ausgerüstet und bewaffnet stand die Centurie auf dem Exerzierplatz. Vulso und sein Optio Antinius inspizierten die Legionäre. Sie verbesserten den Sitz der Kettenhemden und wiesen die Rekruten an, ihre *caligae*, ihre genagelten Sandalen, besser zu schnüren. Wie Lucius bereits schmerzhaft bei seinen Märschen mit Saxum erfahren hatte, mussten sie eng sitzen, damit kein Stein unter den Fuß rutschen konnte.

Einmal gab es ein fürchterliches Donnerwetter, weil einer der Rekruten das Schwert auf der linken Seite trug. Ein einfacher Legionär trug sein Schwert rechts. Nur einem Centurio war es gestattet, das Schwert links zu tragen. Während der Rekrut zusammengestaucht wurde, ging ein Rascheln und Schleifen durch die Reihen, da alle Rekruten, die ihr Schwert auch links hatten, es schnell auf die andere Seite hängten. Vulso und Antinius taten so, als ob sie diese hektischen Aktivitäten nicht mitbekämen.

„Was haben wir denn da?", fragte Vulso erstaunt und blieb vor Lucius stehen. „Bei Mars, du musst der neue Legat sein. Welche Ehre, dass du dich hier zu uns gesellst!"

Lucius fühlte sich unbehaglich. Was war denn jetzt schon wieder falsch? Vulso starrte auf das Schwert, das Lucius, wie es sich für einen Rekruten gehörte, rechts trug.

„Dir sind wohl unsere normalen Waffen nicht gut genug, was?", höhnte der Centurio. „Als Sohn eines Ritters bist du Besseres gewohnt, was?"

Lucius verfluchte sich innerlich. Er hätte es besser wissen müssen nach dem, was bei der Begrüßung der Rekruten passiert war! Er trug das reich verzierte Schwert, das ihm seine Freunde geschenkt hatten. Das einfache Schwert, welches ihm der Waffenmeister ausgehändigt hatte, lag im Quartier.

Da ihm keine passende Antwort einfiel, schwieg er. Das war ein Fehler.

„Vornehmes Schweigen. Du hältst dich wohl für einen Patrizier, der über uns Pöbel steht!“, brüllte Vulso. „Los, im Laufschritt ins Quartier! Hol deine richtige Waffe - und wehe, du trödelst! Wenn ich dich noch einmal mit dieser Theaterwaffe erwische, prügle ich dich durch. Optio, begleite ihn!“

Lucius drehte sich um und rannte zu seinem Quartier. Der Optio folgte ihm und bedachte ihn dabei mit Schmähungen und Beschimpfungen. Im Quartier angekommen, riss Lucius den einfachen Gladius vom Haken und legte sein eigenes Schwert ab. Sofort trieb ihn der Optio wieder zur Truppe zurück. Außer Atem erreichte er seinen Platz in der Reihe.

Vulso beendete die Inspektion und stellte sich vor die Rekruten.

„So, *famulas*. Nachdem ihr jetzt alle eingekleidet seid und hübsch ausseht, so richtige Muttersöhnchen, werden wir mit eurer Ausbildung beginnen!“ Er machte eine Pause.

„Als Erstes werden wir euch in das Geheimnis des Gleichschrittes einweihen! Dieses Geheimnis ist das Alpha und Omega des Marschierens. Und marschieren wird eure Hauptbeschäftigung sein, solange ihr bei den Adlern seid. Wobei ihr schwachbrüstigen Memmen allenfalls als Futter für die Raben dient. Also wenn ich ‚Links um!‘ sage, dreht ihr euch alle mit dem Gesicht nach da! Nach dem Befehl ‚Auf links!‘, macht der Rekrut vorne links den ersten Schritt mit dem linken Fuß. Ihr anderen fallt dann ein!“ Er befahl einem Rekruten, sein Pilum zu senken, und zeigte dann auf den Schaft von der Hand bis zur Pilumspitze.

„Dies ist der Abstand zum Vordermann! Alles klar? Links um!“

Ein uneinheitliches Scharren und Scheppern erklang. Aus einer Stelle der Kolonne ertönte ein unterdrücktes „Andersherum, du Blödmann!“

Vulso beobachtete sie mit Argusaugen, ging an die Spitze und bellte seinen nächsten Befehl:

„Auf links! Los, *aequatis passibus*, im Gleichschritt!“

Die Spitze der Centurie stampfte los, aber sofort brüllte Vulso: „Halt, stehen bleiben!“

Die Centurie hielt an, hier und da hörte man ein lautes Scheppern, wenn ein Rekrut gegen seinen Vordermann stieß. Vulso war vor dem Rekruten am Anfang der linken Reihe stehen geblieben.

„Ich hatte gesagt mit dem LINKEN Fuß! Weißt du nicht, wo links ist?"

„Doch, Centurio!", beeilte sich der Angesprochene zu sagen.

„Schön! Und damit du es nicht vergisst!" Die Vitis sauste durch die Luft und traf den Rekruten auf den Oberschenkel. Der Getroffene heulte auf. „Links ist da, wo dein Oberschenkel schmerzt! Los auf links! Im Gleichschritt!"

Wieder setzte sich die Centurie in Bewegung, aber schon nach wenigen Metern mussten sie erneut anhalten. Diesmal hatte die zweite und dritte Reihe nicht genug Abstand gehalten.

Vulso tobte: „Ihr verdammten *effeminati*! Wollt ihr eure Vordermänner besteigen oder warum lauft ihr so eng hinter ihnen? Los, Abstand, weiter zurück, noch weiter!" Ein Schmerzensschrei ertönte, als einer der Männer beim Zurückgehen seinem Hintermann auf den Fuß trat.

„Ich habe noch nie so einen jämmerlichen Haufen gesehen. Auf dem Schlachtfeld seid ihr schneller tot, als ihr ‚Mama' sagen könnt. Ein Gutes hat dieser Abklatsch von Legionären schon: Die Gallier lachen sich bei eurem Anblick tot, so dass uns anderen viel Arbeit erspart bleibt!"

Auch in den folgenden Tagen fielen Vulso und Antinius mit wüsten Beschimpfungen über sie her, sobald der kleinste Fehler auftrat. Die Centurie marschierte über den Exerzierplatz. Sie schwenkte, machte kehrt Marsch, fiel in den Laufschritt und wieder zurück in den Gleichschritt, immer bemüht, den richtigen Abstand zu halten.

„Halt!" Nach einer Woche Drill und Geschrei waren die Rekruten so weit, dass sie bei diesem Kommando fast einheitlich zum Stehen kamen. „Abstand messen!", lautete der nächste Befehl. Gehorsam senkten die Rekruten die Speere. Eigentlich müsste die Pilumspitze jetzt die Schulter des Vordermannes berühren. Fast, dachte sich Lucius, fast perfekt. In der Tat, es fehlte allenfalls eine Handbreit.

„Centurio!", brüllte Antinius neben Lucius so laut los, dass der erschrocken zusammenfuhr. „Ein Deserteur, hier versucht einer abzuhauen!"

Vulso kam herbeigestürzt und starrte fassungslos die fehlende Handbreite an. Wer ihn so sah, musste glauben, dass Barbaren in das Lager eingedrungen waren und unbemerkt den Adler gestohlen hatten.

„UNGLAUBLICH! EIN FAHNENFLÜCHTIGER! IN MEINER EINHEIT! HAST DU VERGESSEN, DASS DU EINEN EID GELEISTET HAST?", brüllte ihn der Centurio mit dunkelrotem Gesicht an. „Du glaubst wohl, weil es nur ein vorläufiger Eid war, kannst du dich unerlaubt von der Truppe entfernen?"

Lucius starrte geradeaus und stieß ein heiseres „Nein, Centurio!" hervor.

„Wie kann man so unfähig sein!", tobte der Centurio weiter. „Wo soll die Pilumspitze sein, Marcellus?"

„Auf der Schulter meines Vordermanns!", würgte Lucius hervor.

„Und warum ist sie da nicht? Wann begreift ihr Trottel das endlich!" Vulsos Stimme überschlug sich. „Marcellus heraustreten, die anderen rechts um!"

Die Centurie schwenkte rechts um, so dass Lucius jetzt die Augen aller Rekruten auf sich spürte. Vulso tat so, als ob er über etwas nachdenken würde, schnippte dann mit den Fingern und brüllte: „Mellonius und Carvus, bei Fuß!"

Die beiden stürzen herbei und nahmen neben Lucius Aufstellung.

Vulso fuhr mit normaler Stimme fort: „Ich werde euch jetzt einige Kampfpositionen zeigen. Marcellus, Mellonius und Carvus, kniet euch auf den Boden, haltet die Schilde schräg, stemmt die Pila gegen den Boden und haltet sie schräg nach oben! Nein, nicht so steil, etwas niedriger. Ja, genau so!", korrigierte er. „Das ist eine Stellung, um einen Angriff von Kataphrakten abzuwehren. Los, aufstehen und den Schild waagerecht über den Kopf!"

Lucius stand auf und hielt den Schild über den Kopf.

„Dies ist die Stellung, die ihr für die *testudo*, die Schildkröte, braucht." Vulso machte eine Pause. Dann brüllte er: „Los, wieder runter und Verteidigungsstellung gegen Reiter einnehmen! Und wieder rauf, Schild über den Kopf! Und wieder runter, und wieder rauf, und wieder runter!"

Lucius und die beiden anderen knieten sich hin, sprangen wieder auf und rissen ihre Schilde hoch, wieder runter, wieder rauf. Mit jedem Mal wurde der Arm schwerer und der Schweiß lief in Strömen. Vulso sah auf sie herunter und es machte den Eindruck, als würde er den Anblick genießen.

Nach fünfzig Malen Auf und Nieder ließ Vulso sie endlich aufhören.

„Dies blüht von heute an jedem, der nicht in der Lage ist, den Abstand zu halten!"

Nach einigen Tagen hatten alle das Training so verinnerlicht, dass selbst nach einem Marsch um das Lager herum auf unebenem Boden die Abstände perfekt stimmten.

Es folgte ein kleiner Ausflug, wie es Vulso nannte, dem sich Vitellius' Centurie anschloss. Die beiden Centurien verließen das Lager und marschierten die Straße entlang. „EIN LIED!", befahl Vulso, und die Legionäre begannen zu singen:

„In ihrem Haar trug sie für mich 'ne Schleife,
sie trug sie durch den Winter bis zum Mai.
Doch als dann die Legionen weiterzogen,
als sie weiterzogen, da war ich mit dabei.
MIT DABEI, als die Legionen weiterzogen,
ja, da war ich mit dabei!"

Lucius schmetterte das Lied mit Begeisterung. Das Lied vom Mädchen mit der Schleife war sehr beliebt bei den Legionären und schon sein Vater hatte es gesungen.

„So ein Jahr später kehrte ich zu ihr zurück,
sie trug für mich die Schleife und da waren wir dann drei.
Doch als dann die Legionen weiterzogen,
als sie weiterzogen, da war ich mit dabei.
MIT DABEI, als die Legionen weiterzogen
ja, da war ich mit dabei!"

Die Ausbilder hetzten die beiden Centurien durch die Umgebung des Lagers. Vormittags noch schlugen sie ein normales Marschtempo an, aber gegen Mittag wurde Eilmarsch befohlen. Nach der Mittagspause ging es wieder in normalem Tempo weiter. Eine ganze Reihe Rekruten hatten, um das Gewicht ihrer Sarcina zu erleichtern, ihre Feldflaschen ein wenig geleert, was sie bald bereuen sollten. Die Maisonne brannte heiß auf sie hernieder und gegen Abend ächzten die meisten Rekruten nach Wasser, weil ihr Vorrat schon lange verbraucht war. Lucius, durch das harte Training mit Saxum bestens vorbereitet, hatte sein Wasser besser eingeteilt. Ihm machte auch das Tempo nicht so viel aus wie seinen Kameraden.

Die ganzen Strapazen und das harte Training des letzten Jahres haben sich doch gelohnt, dachte er sich zufrieden.

Wenige Meilen vor dem Lager befahlen Vulso und Vitellius Laufschritt. Die beiden Centurien stürmten los, den Weg entlang auf das Lager zu. Die Wachen grinsten und feixten, als sie die abgekämpften Rekruten auf sich zustolpern sahen. Die Rekruten stürmten auf den Exerzierplatz, wo das Kommando „Halt!“ ertönte. Die Männer waren viel zu erschöpft, um rechtzeitig anzuhalten. Fast alle Rekruten der Centurie fielen zu Boden, weil einige gestolpert und gestürzt waren und die Nachfolgenden ihren Lauf nicht mehr rechtzeitig bremsen konnten. Einige mussten sich übergeben, andere japsten und hechelten nach Luft wie Hunde.

Vulso besah sich dieses Durcheinander eine Weile und brüllte dann los: „Was seid ihr doch für ein jämmerlicher Haufen! Da sind ja degenerierte Syrer richtige Elitesoldaten gegen. Bekotzen ihre guten Kettenhemden. Los, in die Unterkünfte und sauber machen, gleich ist Inspektion!“

Die Rekruten stolperten in ihre Unterkünfte. Mellonius und Carvus löschten erst einmal ihren Durst. Lucius machte sich jedoch sofort ans Säubern seiner Kleidung. Was hatte Saxum gesagt?

„In der Legion muss man jederzeit mit allem rechnen und Mußestunden gibt es nicht.“

Carvus und Mellonius ließen sich Zeit und schüttelten über seinen Eifer nur den Kopf. Lucius war gerade damit fertig geworden, seine Waffen zu reinigen, als Antinius zur Tür hereinkam. Mit entzücktem Gesicht sah er die Dreckspur, die zu Mellonius und Carvus führte.

„Ja, was für Schweine hausen denn hier?“, rief er gespielt fassungslos, als ob er keine Ahnung hätte, dass die Centurie den ganzen Tag im Gelände gewesen war. „Das ist unglaublich, was für Ferkel! Da sind die Höhlen der Briten ja die reinsten Paläste gegen. Los, herkommen und Schwamm mitbringen!"

Mellonius und Carvus kramten ihre Schwämme heraus, die normalerweise in der Latrine für das Säubern des Hinterns gebraucht wurden. Sie bauten sich vor Antinius auf und hielten die Schwämme hoch. Obwohl sie eine halbe Armeslänge von ihm entfernt waren, zuckte Antinius zurück.

„Soll ich vielleicht daran lutschen?", schrie er sie an. „Los, runter, und macht mit den Schwämmen den Boden sauber - und zwar so, dass man davon essen kann!"

Die beiden gingen auf die Knie und fingen an, den Matsch und Lehm wegzukratzen. Unterdessen ließ sich Antinius die Ausrüstung von Lucius zeigen. Er schien enttäuscht, dass er nichts finden konnte.

„Hm, da du eine so gute Putze bist, hol deinen Schwamm raus und hilf deinen Kameraden!", befahl er.

Lucius sah ihn verblüfft an. Er sollte also ernsthaft eine Strafarbeit verrichten, nur weil Antinius darüber verärgert war, ihm nichts anhängen zu können? Antinius sah sein Zögern und rief Mellonius und Carvus prompt zu: „Los, aufhören, Marcellus hat sich gerade freiwillig gemeldet, alles alleine sauber zu machen. Ihr könnt euch jetzt um eure Ausrüstung kümmern!"

Antinius ging in den Vorraum, wo er im Vorbeigehen wie zufällig so gegen das Regal stieß, dass ein Teil der Ausrüstung mit lautem Gepolter zu Boden fiel.

„Upps! Hier müsst ihr wohl auch noch aufräumen", grinste er und stürmte hinaus.

Gleich darauf hörte man sein Gebrüll aus dem Nachbarzimmer.

Lucius machte sich verbissen daran, mit seinem Schwamm den verdreckten Boden zu säubern. Nachdem Mellonius und Carvus ihre Ausrüstung gereinigt hatten, hockten sie sich zu ihm auf den Boden und halfen ihm schweigend.

Den ersten Monat hatten sie hinter sich gebracht. Sie hatten weiteres Marschtraining absolviert: kurze Märsche, lange Märsche, Eilmärsche und Gewaltmärsche. Dazu kam noch das Exerzieren im Verband. Zuerst als Centurie, dann als Manipel und schließlich als Kohorte. Sie mussten in einer bestimmten Ordnung marschieren, auf Kommando drei Kolonnen bilden, sich wieder zu einer vereinen, dann auf der Stelle umdrehen und wieder zurückmarschieren.

Stimmte der Abstand nicht, klappte ein Manöver nicht wie gewünscht oder wurde es nur zu langsam ausgeführt, fielen die Ausbilder mit Verwünschungen und Beschimpfungen über die Rekruten her. Carvus, Mellonius und Lucius wurden mit Argusaugen beobachtet. Jeder ihrer Fehler wurde sofort bestraft. Zunächst wurden sie nur angebrüllt oder bekamen die Vitis zu spüren. Aber als eine Einheit in Unordnung geriet, machte Vulso sie als die Schuldigen aus und setzte sie für eine Woche auf Gerste.

Der harte Drill sorgte dafür, dass Lucius sein Zeitgefühl völlig verlor - ein Monat? Oder bereits fünf? Immer wieder war Lucius dankbar für das harte Training und die Vorbereitung, die sein Vater ihm hatte angedeihen lassen. Ihm machten die Märsche und das Exerzieren nicht viel aus, und er erduldete die Schikanen mit stoischer Ruhe. Nach einem Jahr mit Saxums weinlaunigen Temperamentsausbrüchen hatte er gelernt, einiges zu ertragen, ohne weiter darüber nachzudenken. Er musste grinsen, als er an Saxum dachte. Er war schon eine echte Plage gewesen!

Lucius verließ die Baracke mit Mellonius und Carvus. Die Rekruten versammelten sich auf dem Exerzierplatz. Als Lucius die aufgestellten Pfähle und die vier Markierungen in Kopf-, Brust- und Magenhöhe sah, wusste er schon, was auf sie zukam. Holzschwerter wurden an die Rekruten verteilt.

Dann begann Antinius mit seinen Instruktionen: „Ihr könnt den Feind auf zweierlei Arten töten: durch einen Schlag oder durch einen Stoß. Der Schlag ist der vermeintlich leichtere Weg, aber dies ist ein Trugschluss. Erstens raubt euch der Schlag mehr von eurer Kraft und zweitens beschädigt ihr nur gute Waffen, wenn ihr euer Schwert an einem Helm oder Schild schartig schlagt. Der Gladius könnte außerdem im Schild des Barbaren stecken bleiben. Das wäre ausgesprochen schlecht für euch, denn wenn der Barbar mit seinem Schild und eurem Schwert abhaut, werde ich mich genötigt sehen, euch aufzufordern, euer Schwert zurückzuholen. Schließlich kosten Schwerter Geld. Also stoßt nach Möglichkeit mit dem Schwert zu!" Er machte eine Pause und zeigte auf den Pfahl. „Trotzdem werden wir beides trainieren. Die Übung ist ganz einfach. Ein Schlag links an den Kopf, ein Schlag rechts an den Kopf, ein Stoß in die Brust und ein Stoß in den Leib - und wieder von vorne. Ihr müsst die Markierungen treffen. Die sind deswegen so klein, weil eure Feinde selten mit entblößter Brust vorbeikommen und sagen: Bitte töte mich! Merkt euch: Der Sieg liebt die Sorgfalt!"

Er zeigte auf Lucius, Mellonius und Carvus. „Los, unsere drei Edelrekruten machen euch mal vor, wie es geht!"

Sie traten vor und begannen mit der Übung. Lucius fand schnell seinen Rhythmus und bearbeitete den Pfahl gleichmäßig. Links, rechts, Stoß, Stoß. Links, rechts, Stoß, Stoß. Wie er es bei Pertinax gelernt hatte, benutzte er den Schwung für elegante Schläge und Stöße, um Kraft zu sparen. Mellonius und Carvus hatten offensichtlich auch schon Schwertkampftraining gehabt, aber ihre Bewegungen waren nicht so flüssig wie die von Lucius. Antinius sah ihnen eine Weile zu und ließ dann die anderen auch beginnen.

Vulso beobachtete das Schwerttraining vom Rande des Platzes. Antinius ging von Pfahl zu Pfahl und gab Anweisungen oder korrigierte falsche Techniken. Je vier Mann teilten sich einen Pfahl, auf ein Hornsignal wurde gewechselt. Lucius beobachtete die anderen Rekruten. Einige hackten wie besessen auf den Pfahl ein. Es dauerte nicht lange, da ließ der Erste das Schwert fallen. Ein harter Schlag gegen den Pfahl hatte ihm das Schwert aus der Hand geprellt. Viele der Rekruten rieben sich bereits die Oberarme. Lucius dankte im Stillen Pertinax dafür, dass ihm zumindest nun die Schmerzen erspart blieben, die die anderen am nächsten Morgen haben würden. Die hatte er bereits oft genug durchlitten! Titus Valens gesellte sich zu Vulso und musterte mit durchdringendem Blick die Rekruten.

Mellonius stieß Carvus an: „Sieh mal, Valens ist wieder auf seinem Kontrollgang. Der Kerl verursacht mir eine Gänsehaut."

Carvus nickte und spuckte aus: „Wenn der mich ansieht, habe ich das Gefühl, nackt dazustehen!" - „Seine Augen sind ohne jede Gefühlsregung, wenn ich dem nachts auf der Straße begegnen würde, würde ich mir vor Angst in die Hose scheißen!"

„Du trägst Hosen?“, bemerkte Lucius grinsend, ergriff sein Holzschwert und trat wieder an den Pfahl.

„Das ist eine gallische Redensart!“, erklärte Mellonius ernst. Als er Lucius' Grinsen bemerkte, fügte er nur noch ein „Scheißkerl!“ hinzu und trat zurück, um ihm Platz zu machen.

Lucius setzte seine Übungen fort und bearbeitete den Pfahl. Plötzlich zischte Carvus und stieß Mellonius an. Lucius warf einen schnellen Blick über die Schulter und stellte zu seinem Erschrecken fest, dass Valens jetzt genau hinter ihnen stand und ihm zusah. Lucius wurde nervös und seine beiden nächsten Stöße gingen fehl. Ruhig Blut, mahnte er sich und glaubte, Pertinax' Stimme zu hören, der ihm oft genug eingeschärft hatte, unter keinen Umständen die Ruhe zu verlieren. Er merkte, wie er sich verkrampft hatte, und schüttelte kurz den Arm, um ihn zu lockern. Dann setzte er seine Übungen fort. Die nächsten Hiebe und Stöße saßen wieder und das Aufatmen seiner beiden Kameraden verriet ihm, dass Valens weitergegangen war.

Im Lager wurde es leerer, da die Gallica abrückte und die Kohorten der XIX regelmäßig zu Übungen auszogen. Die Ausbildung der neuen Rekruten ging unverändert weiter.

„Das ist ein Pilum!“, erklärte Vulso und zeigte den schweren römischen Wurfspeer herum. „Das Pilum hat als schwerer Wurfspeer die Hasta, die Lanze, abgelöst. Legionäre eröffnen das Gefecht mit einer Pilumsalve auf eine Entfernung von ungefähr vierzehn Doppelschritten.“ Er machte eine Pause und schleuderte das Pilum auf die Zielscheibe. Die lange, schmale Metallspitze durchschlug das Brett und blieb zitternd stecken. Die Rekruten waren beeindruckt und nickten anerkennend.

„Das Pilum kann Schilde und Panzer glatt durchschlagen“, fuhr Vulso fort und zeigte auf das Brett. „Wenn der Barbar Pech hat, wird er mitsamt seinem Schild aufgespießt. Wenn er Glück hat, wird nur der Schild durchbohrt.“ Antinius ging zum Brett und zerrte an dem Pilum. „Bohrt sich ein Pilum in einen Schild, verbiegt sich die Spitze und kann nicht mehr herausgezogen werden. Der Barbar muss seinen Schild wegwerfen und kann von euch mit dem Gladius erledigt werden. Eine richtige Pilumsalve bringt jeden anstürmenden Feind zum Stoppen. Antreten!“

Die Rekruten stellten sich auf und nahmen ihre Pila auf. Antinius schritt ihre Reihen ab.

„Prüft, ob eure *caligae* richtig sitzen. Falls nicht, besteht die Gefahr, dass ihr stolpert und euren eigenen Fuß am Boden festnagelt - und das wäre ausgesprochen schlecht!"

Die Rekruten sahen verunsichert auf ihre Füße. Einige schüttelten ihre Füße, um den Sitz der Sandalen zu überprüfen, andere bückten sich und banden die Sandalen enger. Lucius konnte das Feixen auf den Gesichtern von Antinius und Vulso sehen. Ich darf mich von denen niemals einschüchtern oder verunsichern lassen, dachte er bei sich.

Die ersten Pilumwürfe der Rekruten landeten nahe beim Ziel, aber schon im dritten oder vierten Durchgang begann die Weite der Würfe und die Zielgenauigkeit abzunehmen.

„HALT!" Vulsos Stimme übertönte die Rufe der Männer und das Training stoppte.

„Wem gehört dieses Pilum?"

Carvus meldete sich. „Mir, Centurio Vulso!"

„Dir?", fragte Vulso gedehnt. „Was hast du gemacht? Ihn geworfen oder ihm einen kleinen Schubs versetzt? Meine alte Mutter, Iuno beschütze sie, ist in der Lage, weiter zu werfen als du, deswegen hoffe ich für dich, du hast dein Pilum geschubst! Los, noch einmal!"

Carvus nahm Anlauf und schleuderte das Pilum. Er verfehlte das Ziel deutlich. Viel zu kurz und viel zu weit links.

„Noch einmal!", war Vulsos einziger Kommentar. Viel zu kurz und viel zu weit rechts.

„Aufhören!", brüllte Vulso. „Mit deinen Würfen versetzt du unsere eigenen Reihen in Angst und Schrecken, Bella!"

„Bella?", fragte Carvus verunsichert.

„Ja, Bella! Da du wie ein Mädchen wirfst, werde ich dich ab jetzt wie ein Mädchen anreden!" Vulso grinste ihn hämisch an. „Da müssen wir ein wenig Krafttraining mit unserem kleinen *cinaedus* machen. Los, Optio, nimm ihn dir vor!"

Carvus verschwand mit Antinius.

Das nächste Training mit dem Pilum verlief nicht viel besser für Carvus. Erneut versagte er beim Werfen. Vulso setzte wieder sein hämisches

Grinsen auf. „Aber Bella, tut dein Wurfarm dir noch aua? Oder bist du einfach weibisch?“ Er machte eine Pause und drehte sich zu den anderen Rekruten um. „Er und die sieben schlechtesten Werfer werden ein neues Contubernium bilden, unser Contubernium der Bona Dea, nur für Frauen. Los, Legionär Flora, Legionär Tertia, Legionär Valeria! ...“ Er zeigte auf sieben weitere Legionäre, gab ihnen Mädchennamen und schickte sie ans Ende der Reihe. Die Blicke, die sie Carvus zuwarfen, verhießen nichts Gutes.

„Pass auf dich auf!“, sagte Lucius abends, als Carvus seine Sachen packte, um sein neues Quartier zu beziehen. „Wenn du nicht aufpasst, ernennen sie dich zum *rex bibendi.*“

Carvus sah irritiert auf. „Zum Trinkerkönig? Was haben die Saturnalien damit zu tun?“

„Jemanden in der Legion zum *rex bibendi* zu ernennen ist eine Umschreibung für eine Abreibung. Wenn jemand durch schlechte Leistungen, Versäumnisse oder Ähnliches einem Contubernium Schaden zufügt, zeigen die anderen ihm ihren Unwillen, indem sie ihn zum *rex bibendi* ernennen!“

„Du meinst, sie verprügeln ihn?“, warf Mellonius entsetzt ein.

„Das kommt darauf an!“ Lucius dachte an die Geschichten, die Saxum ihm mit Genuss und Schadenfreude erzählt hatte. „Sie können ihm den Hintern versohlen, oder jeder gibt einen Streich auf die nackten Fußsohlen. Sie können ihn auch in die Latrine werfen oder ins nächste Schlammloch.“

Carvus sah verunsichert aus. Während er seine Sachen packte, bemerkte er dennoch trotzig: „Es gehört mehr dazu als ein paar Hirten und Bauern, um einen Marcus Flavius Carvus zu ängstigen!“ Er rieb sich stöhnend die Schulter und hielt Lucius einen Napf mit Fett hin. „Kannst du mal?“ Lucius nickte und Carvus zog die Tunica aus. „Ich kann meinen Arm kaum noch bewegen, und dann grinst mich dieses Stück Scheiße auch noch hämisch an und verkündet, dass ich morgen meine Wurfkünste wieder zeigen soll!“ Er stöhnte. „Verflucht, soll ihn doch der Blitz treffen! Und wenn ich wieder versage, sagt Vulso mit einer Miene, als ob ich ein Saturnaliengeschenk bekäme, wird das Krafttraining zu meiner Lieblingsbeschäftigung werden!“

Mellonius schüttelte den Kopf und trank einen Schluck Wein. „Das ist reine Schikane und hat nichts mit Ausbildung zu tun. Die wollen uns fertigmachen."

„Das habe ich so auch zu Canidius gesagt!"

Lucius stoppte die Massage. „DU HAST WAS GESAGT?" Lucius' Magen fühlte sich an, als wäre flüssige Lava hineingeschüttet worden. „Du hast mit dem Primipilus darüber gesprochen?"

„Ja, natürlich!" Carvus wirkte beinahe stolz. „Meine Familie und seine sind miteinander bekannt!" - „War das klug?", ließ sich Mellonius zaghaft vernehmen.

„Nein, war es nicht, es war dumm, saudumm!" Lucius war aufgesprungen und schrie fast.

„Spiel dich nicht so auf, Marcellus!" Carvus stand ihm Auge in Auge gegenüber. „Nur weil dein Vater Centurio war, weißt du auch nicht alles. Von Verbindungen hast du keine Ahnung!" Mellonius versuchte zu vermitteln und fragte, um abzulenken: „Was hat Canidius gesagt? Wird er etwas unternehmen?"

„Ja und nein! Er kann natürlich nicht offiziell eingreifen, da der *primi ordinis* Valens mit der Ausbildung betraut ist, also hat er mich zu ihm geschickt!"

„Und ausgerechnet Valens hast du die Geschichte auch brühwarm erzählt!" Lucius Stimme troff vor Hohn.

„Allerdings, du kleiner Wichtigtuer!"

„Sehr schlau, Carvus!", ätzte Lucius. „Dich ausgerechnet bei Valens zu beschweren!" Er schwang sich auf sein Bett und drehte sich zur Wand. Es herrschte Schweigen.

„Warum sagst du ‚ausgerechnet'?", fragte Mellonius vorsichtig nach.

Lucius wendete sein Gesicht von dem Graffito „Spurius war hier!" ab, das jemand in die Holzbalken geritzt hatte, und setzte sich auf. „Entweder Vulso und Antinius gehen zu weit oder nicht! So weit klar?" Die beiden anderen nickten. „Wenn sie nicht zu weit gehen, ist deine Beschwerde für den Arsch und du bringst die beiden gegen dich auf."

„Aber sie gehen zu weit!", sagte Carvus trotzig.

„Und? Wer soll hinter ihnen stehen und ihnen auf die Finger sehen! Valens!"

Mellonius sah so aus, als dämmerte ihm etwas.

„Dann soll er nicht nur sehen, sondern auch handeln!“ Carvus war unbelehrbar.

„Kommt dir Valens irgendwie so vor, als ob er nicht wüsste, was hier vor sich geht?“ Lucius hatte Mühe, seine Stimme zu beherrschen.

„Nein!“, Mellonius wirkte zunehmend beunruhigt, wogegen Carvus’ Miene immer ablehnender wurde. Er zog seine Tunica wieder über.

„Also ...!“ Lucius machte eine Pause und Mellonius vollendete den Satz: „... er weiß es und tut nichts dagegen!“ „Oder steckt dahinter!“ Lucius ließ sich zurücksinken und starrte die Wand an.

„Du hast doch keine Ahnung!“, schrie Carvus jetzt, packte seine Sachen und ging zur Tür. „Du gibst doch Gehörtes oder Gelesenes als dein Wissen aus und spielst dich hier als Klugschwätzer auf!“

„Leck mich!“, sagte Lucius und starrte die Wand an.

„Carvus liegt im Lazarett!“, meldete drei Tage später Mellonius aufgeregt.

Also doch, dachte Lucius. „Was ist passiert?“, fragte er laut und ahnte die Antwort schon im Voraus.

„Angeblich ist er aus dem Bett gefallen!“, schimpfte Mellonius und versetzte dem Schemel einen Tritt. „Aus dem Bett gefallen! Die sind über ihn hergefallen und haben ihn zusammengeschlagen! Er sollte das melden!“

„Bei Plutos Arsch, hast du sie noch alle?“, fragte Lucius entsetzt. Seine beiden Zimmergenossen waren wirklich unbelehrbar! „Du bist hier nicht auf dem Forum, sondern in der verdammten Legion. Wenn du deine Kameraden denunzierst, wirst du ziemlich schnell ziemlich tot sein!“

Mellonius ließ sich auf einen Schemel fallen. „Du wirst sehen!“, bemerkte er düster. „Wir sind die Nächsten. Vulso hat Carvus doch mit Absicht in dieses Zimmer gesteckt und die Männer gedemütigt. Er wollte, dass sie auf ihn losgehen, weil er uns hasst und uns loswerden will.“ Mellonius sprach das aus, was Lucius die ganze Zeit schon gewusst hatte.

„Sie werden nicht ruhen, bis wir alle drei tot sind!“ Mellonius’ Stimme überschlug sich.

„Ruhig!“, mahnte Lucius. „Ich glaube nicht, dass sie uns töten werden!“, versuchte er den anderen zu beruhigen. „Unsere Familien gehören zwar nicht zu den ganz großen Namen des Imperiums, sind aber nicht ganz ohne Bedeutung. Wenn sie uns töten würden, gäbe es unangenehme Fragen. Sie wollen uns nur Angst machen und uns einschüchtern!“

Mellonius antwortete dumpf: „Das machen sie ziemlich gut!“

Kurze Zeit später gab Carvus auf. Die Rekruten hatten zusätzlich noch Unterricht im Lesen und Schreiben bekommen und da alle drei Centurionen-Anwärter bereits lesen und schreiben konnten, bekamen sie in dieser Zeit Sonderdrill mit dem Pilum. Lucius und Mellonius fielen nicht weiter auf, da sie nach wie vor eine eigene Unterkunft hatten. Carvus war schlechter dran. „Ist wohl was Besseres, weil er schon lesen und schreiben kann!“, sagten die anderen aus seiner Stube und schnitten ihn nun ganz. Sein Essen musste er sich selbst kochen, was ihm nur recht und schlecht gelang, und niemand wollte seine Schulter mit Öl einreiben. So konnte eine Zerrung nicht richtig ausheilen. Am Ende hatte Carvus genug.

„Ich will endlich wieder eine Nacht ohne Angst und Schmerzen durchschlafen können!", sagte er sehnsüchtig, als er sich von den anderen beiden verabschiedete. „Ich bin zu Vulso gegangen und habe gesagt, dass ich nicht mehr kann!“

„Was hat er geantwortet?“, fragte Mellonius.

„Er hat höhnisch gegrinst und gesagt: ‚Ich hab es doch gewusst!‘“, erwiderte Carvus tonlos. „Und dass er sich jetzt mehr auf die beiden anderen konzentrieren kann! Das seid ihr beide.“

Lucius und Mellonius sahen sich an.

„Sie werden nicht ruhen, bis sie euch fertiggemacht haben. Passt auf euch auf!“, sagte Carvus und verschwand.

Jetzt haben wir die offizielle Bestätigung. Wer von uns beiden wohl der Nächste ist, dachte Lucius und spürte das dumpfe Gefühl der Angst in sich aufsteigen.

Lucius und Mellonius beendeten ihr Einzeltraining. Sie hatten keine Pause. Als Nächstes wurde der Formationskampf trainiert: Auf Kommando mussten die Rekruten vorstürmen und sich mit dem Schild gegen die Pfähle werfen, die den Feind darstellten. Dann stießen sie über den Schildrand hinweg auf den Pfahl ein. Auf ein Hornsignal hin rückte die nächste Reihe vor und attackierte den Feind, und dann die nächste, und wieder die nächste.

Im Juli, dem dritten Monat ihrer Ausbildung, wurden Hacke, Axt und Tragekorb ihr bevorzugtes Werkzeug. Sie marschierten ins Gelände, hoben Gräben aus und schütteten Wälle auf. Sie gingen in die Wälder, fällten Bäume und schleppten sie ins Lager, wo sie bearbeitet wurden. Als ob Jupiter auf Seiten der Ausbilder wäre, erschwerte das Wetter ihnen ihre Aufgaben noch zusätzlich. Das Frühjahr war oft heiß gewesen, aber jetzt im Sommer schlug das Wetter plötzlich um und es wurde nass und schwül. Nasser Schlamm, kaum zu trocknende Kleidung und obendrein noch drückende Schwüle - die Männer verfluchten den Regen mehr noch, als sie zuvor die trockene Hitze verflucht hatten. Abends entfachten sie ein Höllenfeuer, um die Kleidung zu trocknen, was dennoch kaum gelang. Fast die ganze Centurie trug ständig feuchte Sachen. Ende Juli waren die Ausbildungseinheiten am Ende. Müde Gestalten, die sich mit rot unterlaufenen Augen vom Exerzierplatz zu den Unterkünften schleppten, Rekruten, die im Schreibunterricht einschliefen und mit lautem Getöse von den Stühlen fielen: Sie waren eine Armee der Geschlagenen, bevor sie überhaupt einen Feind gesehen hatten.

Lucius wachte auf und konnte nicht mehr sagen, was ihn geweckt hatte. Jetzt hörte er ein Geräusch im Vorraum und dann Getuschel. „CAESAR!“ Unter lautem Geschrei flog plötzlich die Tür auf und fünf, sechs vermummte Gestalten stürmten in das Zimmer. Sie warfen den Tisch um, zerrten Mellonius aus dem Bett und versetzten ihm mehrere harte Schläge auf den nackten Hintern. Auch Lucius wurde gepackt, aber er riss sich los und versetzte dem ersten, der zu ihm aufs Hochbett klettern wollte, einen solchen Fußtritt, dass die vermummte Gestalt quer durchs Zimmer flog. Der nächste bekam einen Schlag auf die Nase und taumelte zurück. So plötzlich, wie der Spuk begonnen hatte, war er wieder vorbei. Als Antinius mit einer Fackel in das Zimmer stürmte und brüllte: „Was ist hier los?“, waren die Männer schon wieder weg.

Mellonius lag halb auf dem Fußboden, die Tunica hochgeschoben, sein Hintern entblößt, und schrie, als würde er am Spieß stecken.

Lucius klopfte das Herz bis zum Halse, aber er sprang aus dem Bett und versuchte Meldung zu machen: „Eine Gruppe von fünf oder sechs Männern hat uns überfallen. Sie haben Mellonius verprügelt. Ich konnte sie gerade noch abwehren."

„Sie wollten uns ermorden!", stammelte Mellonius außer sich.

„Ermorden?", fragte Antinius ungläubig mit hochgezogenen Brauen. Draußen war ein aufgeregtes Gewirr von Stimmen zu hören. Die Schreie hatten die ganze Centurie aufgestört.

„Ab in die Unterkünfte!", hörte Lucius die Stimme von Vulso. Auch Vitellius war zu hören. Offensichtlich war die ganze Lagerstraße in Aufruhr. Nach und nach erstarb das Gemurmel und dann traten Vulso und Vitellius ins Zimmer und knallten die Tür hinter sich zu.

„Seid ihr von Sinnen, hier so einen Krawall zu veranstalten?", brüllte Vulso.

„Die beiden möchten einen Überfall melden!", sagte Antinius leichthin.

Vulso sah genervt auf die beiden Rekruten, Vitellius ließ ein meckerndes Lachen hören. „Das ist der Grund, warum ihr das Lager weckt? Weil ihr beiden Zuckerpüppchen angeblich überfallen worden seid?"

Vitellius grinste höhnisch. „Angeblich!"

„ANGEBLICH?", fuhr Mellonius auf, der mittlerweile aufgestanden war. Sein Gesicht hatte rote Flecken und sein Blick wanderte unstet umher. „Man wollte uns ermorden!"

„Hast du irgendwelche Waffen gesehen?", fragte Vulso mit spöttisch verzogenen Mundwinkeln.

„NEIN! Ich lag auch mit dem Gesicht nach unten und konnte nichts sehen!"

„Und du?"

Lucius schluckte. „Nein, keine Waffen!", sagte er und schilderte kurz das, was er mitbekommen hatte.

„Das hört sich nach einem lustigen, kleinen Streich an!", sagte Vulso. „Die Männer sind abgekämpft und müde und lassen ihren Frust raus!"

„Und jetzt?", fragte Antinius. „Was machen wir jetzt?"

„Habt ihr Gesichter erkannt?"

Beide schüttelten den Kopf.

„Sollen wir jetzt alle befragen und noch mehr Aufruhr verursachen?“, fragte Vitellius.

„Nein!“ Vulso schüttelte den Kopf. „Eine solche Kleinigkeit sollte man nicht unnötig aufbauschen! Wenn die Männer nicht zu erkennen waren, können wir auch nichts machen. Das ist dann Pech!“

Sein offensichtliches Desinteresse verleitete Lucius zu einer Dummheit. „Der eine hat eine dicke Nase und ein anderer müsste krumm gehen!“, platzte er heraus und schilderte, wie er die beiden Angreifer abgewehrt hatte.

Vulsos Blick hätte einer Medusa zur Ehre gereicht. „Finde die beiden und setzt sie auf Gerste!“, sagte er zu Antinius gewandt und ging zur Tür. „Ach, und sag ihnen auch, warum sie auf Gerste sind!“, fügte er mit einem Blick auf Lucius hinzu.

Das hätte ich besser für mich behalten, dachte Lucius. Das war ein dummer Fehler.

„Sie wollen uns töten!“, sagte Mellonius mit dumpfer Stimme, und es hörte sich verdächtig danach an, als müsste er seine Tränen unterdrücken.

Mellonius machte Lucius zunehmende Sorgen. Er war nervös und unsicher und zuckte beim kleinsten Geräusch zusammen. Natürlich mussten sie weiter den Hohn der Ausbilder über sich ergehen lassen.

„Was denn, heute Morgen keinen Mordanschlag zu melden?" Vulso riss ungläubig die Augen auf, als sie am darauf folgenden Morgen „Keine besonderen Vorkommnisse!“ meldeten. Die anderen Rekruten sparten ebenfalls nicht mit Spott.

„Vielleicht waren das ein paar Schwuchteln aus der Vorstadt auf der Suche nach einem hübschen Arsch!“, höhnte jemand auf dem Weg zum Waffentraining.

Nicht besonders hilfreich war es, dass Antinius zwei Tage nach dem Vorfall, mitten in der Nacht, laut ins Zimmer polterte. Lucius fuhr nur erschrocken im Bett hoch, aber Mellonius war am Rande einer Panik. Fast wäre er aus dem Hochbett gefallen, in das er nach dem Überfall umgezogen war.

„’schuldigung!“, brummte der Optio. „Hab mich in der Tür geirrt!“

„Sie werden uns töten!“, murmelte Mellonius, nachdem die Tür sich hinter dem unerwünschten Besucher geschlossen hatte. Am nächsten Morgen sah er übernächtigt aus, weil er nach dem Vorfall nicht mehr geschlafen hatte. In den folgenden Nächten fuhr Mellonius beim geringsten Geräusch mit einem Schrei im Bett hoch und weckte Lucius jedes Mal gleich mit. Im Gegensatz zu Mellonius konnte Lucius jedoch schnell wieder einschlafen. Die Angst hielt seinen Kameraden wach, so dass er mit seinen Aufgaben immer weniger zurechtkam.

Wenn morgens zum Wecken geblasen wurde, fühlte sich auch Lucius, als ob eine Kohorte über ihn hinweggetrampelt wäre. Er musste sich immer mehr anstrengen, um seine Aufgaben zu bewältigen. Mellonius war bald kaum noch in der Lage, seine zu erledigen. Er schlief bei jeder Gelegenheit ein, sogar beim Reinigen seiner Waffen. Beinahe bei jedem Waffen- und Ausrüstungsappell wurden Vulso und Antinius fündig. Mal fehlten Nägel in den Sandalen, mal waren die Waffen dreckig, Ausrüstungsgegenstände fehlten und das Kettenhemd wies Roststellen auf. Jeder Fehltritt brachte Mellonius Strafdienste ein und zum Schluss musste er einen halben Tag mit einem Ferkel auf dem Arm neben einem Pfahl auf dem Forum stehen. An dem Pfahl stand ein Schild mit dem Hinweis: „Wir beide hausen wie die Schweine“.

Mellonius tat Lucius leid, aber was sollte er machen? Mellonius verwandelte sich vor seinen Augen in ein Nervenbündel mit Verfolgungswahn. Als ihm ein Rekrut nach einem Übungsmarsch seine Feldflasche anbot, zuckte er zurück. „Vielleicht will er mich vergiften!“, murmelte er Lucius zu und sein Blick irrte hektisch durch die Umgebung.

Die Situation eskalierte schließlich vollends. Während einer Nachtwache schlug Mellonius plötzlich Alarm und versetzte das ganze Lager in Aufruhr. Zur Rede gestellt, schwor er Stein und Bein, dass sich jemand an ihn herangeschlichen hätte. Vulso ordnete an, dass Mellonius einen weiteren Tag am Schandpfahl stehen musste. Doch damit war die Sache nicht ausgestanden. Eine ganze Legion war aus dem Schlaf geschreckt worden, weil ein Rekrut hysterisch um Hilfe geschrien hatte. Und nicht nur das: Der Alarm hatte sich ausgebreitet und sogar für Unruhe in Lugdunum gesorgt.

Legat Varus wurde zu Augustus bestellt und zitierte nach seiner Rückkehr den Primipilus Canidius zu sich, um den erteilten Verweis umgehend weiterzugeben. Canidius wiederum machte Vulso verantwortlich, der die ganze Centurie antreten ließ: „Ein einzelner verblödeter Rekrut hat unsere Centurie und unsere ganze Legion in Verruf gebracht und zum Gespött gemacht!"

Alle Augen wanderten bösen Blickes zu Mellonius. Lucius schluckte schwer, als er feststellte, dass man ihn nicht weniger unfreundlich ansah. Würde er für Mellonius' Fehler mitbezahlen müssen?

Vulsos Strafpredigt hatte sich gewaschen. Lucius dachte schon, er würde gar nicht mehr aufhören, Mellonius und den Rest der Centurie anzuschreien. Mellonius stand wie betäubt da und schien nicht mehr viel um sich herum wahrzunehmen. Wie lange würde er noch durchhalten? Lucius ertappte sich bei dem Gedanken, dass er wünschte, Mellonius würde einfach freiwillig aufgeben. Seine Tage in der Legion waren sowieso gezählt.

Bei seiner nächsten Wache wurde Mellonius schlafend erwischt und von Vulso umgehend zu Valens geschleift. Valens tobte und brüllte, dass man es auf dem ganzen Forum hörte. Das wiederum rief Quirinius, den ranghöchsten Tribun, auf den Plan. Als er die Ursache des erneuten Aufruhrs erfuhr, fackelte er nicht lange. „Werft ihn raus!", war sein kurzer Kommentar und man nahm den Befehl beinahe wörtlich. Mellonius wurde so schnell wie möglich aus dem Lager entfernt. Lucius war allein.

Lucius hatte Wache auf dem Lagerwall. Er schritt den Wehrgang entlang und warf von Zeit zu Zeit einen Blick in die dunkle Nacht. Als er den Turm erreichte, vergewisserte er sich, dass er vorschriftsmäßig besetzt war, und machte dann kehrt. Im Lager war alles ruhig und auch vor dem Lager rührte sich nichts. Er blieb einen Moment stehen, stellte den schweren Schild ab und reckte sich. Oh Jupiter, bin ich müde, dachte er , bevor er seinen Rundgang wieder aufnahm.

Er war nun der letzte der drei Centurionen-Anwärter und ganz auf sich gestellt. Dank Saxum und Pertinax war es ihm leichter gefallen, den Anforderungen gerecht zu werden und sich die alltäglichen Dinge des Soldatenhandwerkes anzueignen. Das hatte Carvus und Mellonius zu den bevorzugten Zielen der Ausbilder und ihrer Schikanen gemacht. Lucius hatte einfach weniger Angriffsfläche geboten. Nun, da die beiden weg waren, ruhte das Augenmerk der *primi ordines* auf ihm. Und er hatte ja bereits verstanden, dass er den erfahrenen Centurionen immer ein Dorn im Auge sein würde.

Ich muss nur noch einen Monat durchhalten, dann habe ich die Grundausbildung überstanden, sagte er sich im Stillen. Besser, als auf dem Hof zu arbeiten! Angriff ist die beste Verteidigung, ich werde nicht warten, bis jemand zu mir kommt, sondern ich werde mir die Leute greifen! Ich muss mir irgendwie Respekt verschaffen.

Zwei der Angreifer, die ihn und Mellonius überfallen hatten, kannte er. Einen hatten seine geschwollene Nase und sein blaues Auge verraten. Ein zweiter aus demselben Contubernium hatte sich krankgemeldet, weil er angeblich gestürzt war und sich das Bein vertreten hatte. Er lag im Lazarett. Ob sie wirklich auf Gerste waren? Er wusste es nicht. Aber es war an der Zeit, etwas zu unternehmen.

* * *

LUGDUNUM

Als sie das nächste Mal Ausgang hatten, folgte Lucius dem Rekruten mit der immer noch arg geschwollenen Nase nach Lugdunum zu einem Bordell und wartete geduldig darauf, dass er wieder herauskam. Lucius hatte keinen genauen Plan, was er unternehmen wollte. Zuerst würde er nur mit ihm reden. Alles Weitere würde sich schon finden.

Nach einer ganzen Weile verließ der andere endlich das Haus. Lucius packte ihn und zog ihn in den Hof. Dort pickten einige Hühner auf dem Lehmboden herum, ein wenig Feuerholz war an der Wand aufgestapelt. Ansonsten war der Hof leer.

„Hallo, Quintus Servanus!“, sagte Lucius forsch.

„Hallo, Marcellus!“, entgegnete der andere kühl und seine Hand wanderte zu seinem Pugio.

Lucius schüttelte den Kopf. „Du brauchst keine Angst zu haben. Ich will nicht gegen dich kämpfen, ich will dich nur warnen und dir von weiteren nächtlichen Besuchen bei mir abraten!“

Servanus begann zu kichern. „Angst? Vor dir, du lächerliche Figur? Du wirkst wie der glorreiche Centurio von Plautus, wie jemand, der gerne Centurio spielen möchte.“ Lucius schluckte.

„Selbst wenn du nicht der letzte Dreck der Centurie wärest und dir jeder von uns ungestraft die Eingeweide aus dem Leib prügeln dürfte, hätte ich keine Angst vor dir. Ich bin im Hafen von Massilia aufgewachsen und habe da ganz andere Typen als dich kennengelernt. Typen, die respekt- und angsteinflößender waren, als du es jemals sein wirst!"

Bei der Erwähnung des Hafens von Massilia spürte Lucius wieder die Schmerzen im Unterleib und die Scham über den Überfall in sich aufsteigen. Das Geräusch des Dolches, der gezogen wurde, brachte ihn in die Wirklichkeit zurück.

„Am besten, ich befreie die Legion von dir, du Missgeburt!", sagte Servanus und kam mit dem gezogenen Dolch auf ihn zu.

„Du willst mich ermorden?", fragte Lucius mit erzwungener Ruhe. Er hatte gedacht, dass es einfacher wäre, Servanus einzuschüchtern, aber er war bereit, zu Ende zu bringen, was er angefangen hatte.

„Wieso ermorden? Du hast mir doch aufgelauert und mich in den Hof gezerrt. Vor Angst irre geworden, wie dein Freund Mellonius."

Er ging zur Seite und stellte sich zwischen Lucius und den Hofeingang. Lucius wich zurück. Es wäre Wahnsinn, sich unbewaffnet gegen einen Messerstecher zu stellen. Selbst wenn er ihn mit seinen Ring- und Boxfähigkeiten ausschalten würde, könnte dieser ihm noch schwere Verletzungen zufügen. Er machte eine Finte nach rechts und sprang dann auf den Ausgang zu. Servanus stach zu und verfehlte ihn. Lucius hob ein Bündel Brennholz auf und schleuderte es nach dem Angreifer. Dieser stolperte und Lucius trat ihm gegen den Arm. Der Dolch prallte mit lautem Klirren gegen die Wand. Die Hühner flogen aufgeregt und laut gackernd auf. Über ihnen ertönten laute Stimmen und eine erboste Frauenstimme schrie in den Hof herunter: „Verschwindet, ihr besoffenen Soldaten, und tragt euren Streit woanders aus!" Ein Ladung Urin und Kot landete vor ihren Füßen und bespritzte sie beide. Die Frau hatte ihren Nachttopf in den Hof gekippt. „Gib´s ihnen!", kreischte eine zweite Stimme und kurz darauf folgte eine zweite Ladung. Lucius und Servanus flohen fluchend Hals über Kopf aus dem Hof und rannten die Straße entlang zum Fluss.

Dort ließen sie sich schwer atmend auf die Böschung fallen. Dann sahen sich die beiden an und mussten lachen.

„Oh, heilige Scheiße!", lachte Lucius. „Besser hätte es Plautus auch nicht schreiben können!" Servanus sah an sich herunter.

„Scheiße trifft es ganz gut! Wir sollten uns waschen; wenn Antinius oder Vulso uns so sehen, blüht uns was!" Er ging zum Fluss und wusch sich die Fäkalienspritzer von den Beinen. Lucius folgte seinem Beispiel.

„Du solltest den Matronen ein Opfer bringen!", sagte Servanus plötzlich. „Wenn die Weiber nicht dazwischengekommen wären, hätte ich dich in Streifen geschnitten, Marcellus!"

„Das glaube ich nicht!", erwiderte Lucius ernst.

„Oh doch! Und auch hier könnte ich dich ersäufen wie eine Katze!", sagte Servanus und griff plötzlich nach seinem Arm. Aber Lucius war auf den Angriff gefasst und packte Servanus' Arm. Mit einem geübten Ringergriff schleuderte er den anderen herum und mit lautem Platschen landete Servanus im Wasser. Ehe er sich von der Überraschung erholt hatte, packte ihn Lucius, verschränkte seine Hände im Nacken des anderen und drückte ihn unter Wasser. Nach einigen kurzen Herzschlägen zog er Servanus wieder nach oben, der lauthals nach Luft röchelte. Lucius ließ ihn los und stieß ihn an den Uferrand, wo der andere um Atem rang.

„Warum hast du mich losgelassen?", fragte Servanus und rieb sich den Nacken. „Hast du Angst vor dem Töten?"

„Zu viele Zeugen!", entgegnete Lucius lässig und deutete auf die Menge, die sich versammelt hatte, um dem Kampf zuzusehen. Servanus sah sich um.

„Lugdunum ist der falsche Ort, um eine private *munera* zu veranstalten!"

Lucius war aus dem Wasser gestiegen und wrang nun seine Tunica aus. „Ich will keine *munera* mit dir veranstalten und überhaupt nicht gegen dich kämpfen. Ich wollte dich nur warnen, mich besser in Ruhe zu lassen."

„Angst!" Das war eine Feststellung, keine Frage. „Du bist und bleibst eben ein weich gekochtes Muttersöhnchen!"

„Red doch keinen Schwachsinn!", fauchte Lucius ihn an, und in ihm kochte die abgekühlte Wut wieder hoch. „Du glaubst, nur der Abschaum vom Hafen ist hart im Nehmen. Mein Vater war Primipilus unter Agrippa, was meinst du, was ich für eine harte Jugend gehabt habe?“ In den letzten drei Jahren, fügte er still hinzu. „Und ein Schwertkampf? Gegen dich?“, lachte er und hoffte, dass es überlegen klang. „Da du aus Massilia kommst, sollte dir Pertinax etwas sagen!“ Sie waren die Uferböschung hinaufgeklettert und hatten sich durch die Menge gedrängt. „Pertinax war mein Schwertkampflehrer, und in einem Kampf gegen dich würde ich Hackfleisch aus dir machen, schneller als du ‚Imperium Romanum' sagen könntest!“

„Dein Vater war Primipilus?“, fragte Servanus verwirrt. „Und du hattest Pertinax, DEN Pertinax, als Schwertkampftrainer?“

Lucius nickte. In dem Torbogen klangen ihre Stimmen hohl.

„Pertinax hat also freiwillig ein verweichlichtes Muttersöhnchen trainiert? Na ja, er kann ja nicht so falsch liegen. Ein bisschen was musst du ja draufhaben.“ Servanus grinste. Lucius hielt an. „Hast du mich in den letzten Wochen schwächeln oder ausfallen sehen?“, fuhr er Servanus an.

„Nein! Aber man hat uns ständig erzählt, was für ein Weichei du bist!“, entgegnete der ohne jedes Schuldbewusstsein. Lucius konnte sich gut vorstellen, wie Antinius und Vulso die anderen Rekruten mit beiläufigen Bemerkungen aufgehetzt hatten. Und dass Männer wie Servanus in ihrer Dummheit und auf der Suche nach ein bisschen Spaß alles glaubten, was man ihnen erzählte. Als sie die Baracken erreichten, blieb Servanus plötzlich stehen. „Mein Dolch!“, sagte er und griff nach der leeren Scheide. „Ich habe meinen Dolch in dem Hof liegenlassen.“

„Willst du zurück und ihn holen? Den haben sich schon längst die Bewohner der Insula geholt!“ Servanus sah ihn ratlos an. „Du hast recht. Scheiße! Das wird ein Fest beim nächsten Appell!“, sagte er frustriert. „Sie werden mich auf kleiner Flamme rösten und ich darf einen neuen Dolch kaufen!“

„Warte einen Moment!“, sagte Lucius und trat in seine Unterkunft. Er kramte im Regal herum und zog Mellonius' Pugio hervor. Er ging wieder hinaus. „Hier!“, sagte er und warf Servanus den Dolch zu. „Sie hatten es so eilig, ihn rauszuwerfen, dass sie vergessen haben, alle Dinge von ihm wieder einzusammeln!“

Servanus dankte verblüfft und erleichtert. Dann grüßte er noch einmal und ging zu seiner Unterkunft hinüber. Lucius sah ihm nach.

Das Wecksignal riss ihn wieder einmal viel zu früh aus dem Schlaf. Er kroch aus dem Bett und schleppte sich zur Waschschüssel hinüber. Ein Blick aus dem Fenster verhieß nichts Gutes. Der Himmel war wieder wolkenverhangen. Da es immer noch schwül war, brauchte man kein Augur zu sein, um ein Gewitter vorherzusagen. Die schwarzen Wolken bedeuteten viel Regen, und Regen bedeutete viel Schlamm und Schmutz. Aber - und er pries Jupiter in den höchsten Tönen - es waren nur noch wenige Tage bis zur Vereidigung.

Lucius aß ein kaltes Frühstück: getrocknetes Fleisch, Käse, Brot und Oliven. Nachdem ihm Vulso bereits so zugesetzt hatte, konnte es kaum noch schlimmer werden. Er hatte Lucius eine Reihe von Sonderaufgaben aufgehalst: Latrinen graben, schanzen und Einzelmärsche mit Gepäck - alles Dinge, die normalerweise als Strafaktionen gedacht waren. Bei ihm schienen sie zur Standardausbildung zu gehören. Er hatte alles über sich ergehen lassen und fühlte sich müde und erschöpft wie noch nie in seinem Leben, aber er hatte noch genug Kraft, um die letzten Tage durchzustehen. Immerhin ließen die anderen Rekruten ihn seit seiner Begegnung mit Servanus weitgehend in Ruhe. Offenbar hatte Servanus dafür gesorgt, dass ihn keiner mehr belästigte. Mit einem lauten Krachen polterte Vulso herein.

„Marcellus!“, schnaubte er und sah ihn ausdruckslos an. „Lege deine komplette Ausrüstung an! Ich erwarte dich in einer halben Stunde vor der Porta Principalis Dextra. Und wenn ich sage ‚komplett‘, dann meine ich das auch so, also auch Mantel, Strümpfe und Beinschienen!“ Und er rauschte wieder hinaus.

Lucius stand zur angegeben Zeit vor dem Tor, wo Vulso ihn bereits ungeduldig erwartete. Er beschied ihm stumm, zu folgen. Sie marschierten nach Westen. Damit wusste Lucius, wohin es ging, nämlich zu dem kleinen Hügel, der schon oft das Ziel von Ausbildungsmärschen gewesen war. Unterwegs fing es an zu regnen.

Als sie den Hügel erreichten, musste Lucius zunächst einmal seine ganze Ausrüstung wieder ablegen. Nur mit einer Leinentunica und den Sandalen bekleidet stand er im Regen. So erklommen sie die Hügelkuppe. Oben angekommen wies Vulso mit seiner Vitis auf einen Baum auf der anderen Seite des Hügels.

„Du läufst den Hügel hinunter, um den Baum und wieder zu deiner

Ausrüstung. Dort legst du das Teil an, welches ich dir nenne, und läufst wieder über den Hügel. Bereit? Los!“

Lucius lief und schlitterte den Hügel hinab, auf den Baum zu und den Hügel hinauf.

„*Tibialia!* Strümpfe!“, sagte Vulso knapp.

Unten zog Lucius seine Sandalen aus und zog die Strümpfe über, dann zog er die Sandalen wieder an. Unterdessen beschimpfte ihn Vulso als lahme Schnecke und forderte ihn brüllend auf, sich gefälligst zu beeilen. Lucius kletterte wieder den Hügel hinauf. Oben hieb ihm Vulso mit der Vitis auf den Rücken. „Los, schneller!“

Lucius kletterte den Hügel wieder hinunter, umrundete den Baum und lief wieder hinauf.

„Tunica!“

Unten angekommen hob er die Wolltunica auf, die vom Regen schwer geworden war, und zog sie sich über. Das Wasser rann ihm kalt den Rücken herunter. Ihn schauderte es. „Du bist hier nicht zum Urlaub in Baiae“, brüllte Vulso vom Hügel herunter.

Er lief den Hügel hinauf und hinunter, um den Baum herum, wieder hinauf.

„Beinschienen!“

Wieder eilte er den Hügel hinab, legte die Beinschienen an. Wieder hinauf auf den Hügel, hinunter, Baum umrunden und erneuter Aufstieg.

„Kettenhemd!“

Während Lucius das Kettenhemd überzog, bedachte Vulso ihn wieder mit Flüchen. Er schlug ihm mit dem Rebstock auf die Waden, als Lucius nach dem Aufstieg an ihm vorbeikam.

„Los, du Bastard, schneller!“

Lucius keuchte den Hügel hinunter. Mittlerweile war er vollständig durchnässt. Er umrundete den Baum und begann den Rückweg. Mit beiden Händen versuchte er in dem matschigen Untergrund Halt zu bekommen.

„*Cassis!* Helm!“

Der Helm war über und über mit Schlamm bedeckt. Lucius wischte den Dreck so gut es ging weg und setzte ihn auf. Kaltes Wasser rann seinen Nacken herunter. Erneuter Aufstieg, diesmal kein Schlag von

Vulso. Er brachte ihn zur Abwechslung mit seinem Stock zum Straucheln. Lucius stolperte, überschlug sich und rutschte ein Stück bergab. Er rappelte sich auf und kletterte weiter den Hügel hinunter. Im Stillen verfluchte er Vulso. Er biss die Zähne zusammen. Er würde durchhalten, und wenn es das Letzte wäre, was er täte!

Um den Baum herum, erneuter Aufstieg.

„*Gladius* und *pugio*! Schwert und Dolch!"

Er hängte sich das Schwert und den Dolch um. Wieder den Hügel aufwärts. Vulso stand oben auf der Kuppe und ignorierte den Regen. Er hatte noch nicht einmal seinen Mantel übergeworfen. Anscheinend genoss er die Situation. Unerbittlich sah er auf Lucius nieder. Wieder hieb er ihm auf die Waden. „Schneller!"

Das Schwert geriet Lucius zwischen die Beine und beinahe wäre er wieder gestürzt. Da war der Baum. Er stolperte auf ihn zu. Der Regen wurde stärker und beim erneuten Aufstieg sank Lucius knöcheltief ein.

„*Sagum!* Mantel!"

Der Mantel, vollgesogen mit Regenwasser, legte sich mit bleierner Schwere um seine Schultern. Erneuter Aufstieg, wieder den Hohn von Vulso ertragen.

„Brauchst du eine Amme, die dich über den Hügel trägt? Du bist so lahm, meine alte Mutter ist schneller als du!"

Ignoriere ihn, dachte Lucius, und konzentriere dich auf deine Aufgabe! Um den Baum herum, erneuter Aufstieg. Herkules, gib mir Kraft! Schild, Speer und Gepäck lagen noch unten. Die schwersten und unhandlichsten Stücke der Ausrüstung. Seine Beine waren schwer wie Blei.

„*Scutum!* Schild!"

Er stolperte mehr den Hügel hinunter, als dass er lief. Unten kam er rutschend zum Stehen und versuchte seinen Schild aufzuheben. Jupiter, war der schwer. Auch er hatte sich so mit Wasser vollgesogen, dass er doppelt so viel wog wie sonst. Nun hatte Lucius nur noch eine Hand frei, mit der er sich beim Klettern abstützen konnte.

„Was ist los, Kleiner? Ist dir der Schild zu schwer? Sind deine Sklaven nicht zur Stelle? Sollen wir dir einen Träger rufen? Oder willst du etwa aufgeben?"

Niemals. Nie wieder auf dem Hof arbeiten, nie wieder auf dem Hof arbeiten.

Herkules, war der Schild groß und schwer! Sein Knie schlug schmerzhaft gegen den Schildrand. Um den Baum und wieder den Hügel hinauf. Wieder prallte sein Bein mit Wucht gegen den Schild, den er kaum noch hochhalten konnte.

„*Pilum!* Speer!"

Jetzt also noch der lange Wurfspeer. Er hatte nun keine Hand mehr frei, um sich abzustützen. Er rutschte aus und fiel der Länge nach hin. Vulso stand plötzlich über ihm und stellte seinen Fuß auf seine Schulter. Langsam drückte er Lucius nach unten.

„Na, ruhst du dich aus?" Er machte eine Pause. „Willst du nicht lieber aufgeben?"

Niemals. Lucius schüttelte den Kopf.

„Dann steh auf, du Versager, du Schandfleck, du Bastard. Gib lieber auf, bevor du unserem Stand weiter Schande machst!"

Die Wut auf seinen Peiniger gab Lucius Kraft. Wortlos stemmte er sich in die Höhe und taumelte weiter hoch. Abstieg, Baum, erneuter Aufstieg.

„*Sarcina!* Bündel!"

Jetzt musste er sich noch das schwere Bündel auf die Schulter legen. Gleichzeitig musste er Schild und Speer irgendwie halten und auch noch klettern. Er stapfte den Hügel hinauf. Diesmal blieb Vulso nicht auf dem Hügel stehen, sondern begleitete ihn wieder hinunter. Er trieb ihn an, stieß ihm den Rebstock in die Rippen und verhöhnte ihn.

Wieder um den Baum und den Hügel hinauf. Vulso stieß ihm den Stock zwischen die Beine. Lucius stolperte und verhinderte mit letzter Kraft einen Sturz. Über die Kuppe, abwärts. Er keuchte schwer, seine Lunge war dem Bersten nahe und seine Muskeln zitterten. Aber er erreichte den Ausgangspunkt.

„Los, wieder hoch! Du bist hier nicht zur Erholung in den Albanerbergen."

Kehrt, nicht auf den schmerzenden Arm achten oder auf die schweren Beine, irgendwie ruhig atmen und weiter laufen. Nicht denken.

Wieder stieß sein Knie gegen den Schildrand. Der Schmerz ließ ihn stolpern und er fiel kopfüber in den Schlamm. Vulso kniete neben ihm.

„Du möchtest doch bestimmt ein heißes Bad und ein gemütliches Bett? Warum tust du dir das an? Gib auf, und in einer halben Stunde wird dich eine hübsche Nubierin massieren!"

Lucius biss die Zähne zusammen, rappelte sich auf und torkelte weiter den Hügel hinab.

Nie wieder auf dem Hof arbeiten, nie wieder auf dem Hof arbeiten, hämmerte es in seinem Schädel. Um den Baum, den Hügel wieder hinauf. Ignoriere einfach diesen Schweinehund neben dir. Beachte ihn einfach nicht.

Weiter, einen Schritt, noch einen Schritt, da war die Hügelkuppe. Abstieg. Er glaubte, ersticken zu müssen. Aber er erstickte nicht. Er taumelte und stolperte den Hügel abwärts. Um den Baum, wieder zum Hügel, Aufstieg, Hügelkuppe, Abstieg. Er rutschte aus, hielt sich aber aufrecht. Er kam unten an, kehrt, Aufstieg. Die Beschimpfungen und Verhöhnungen von Vulso nahm er nicht mehr wahr. Abstieg, Kampf ums Gleichgewicht, da war der Baum, er rang nach Luft, ihm wurde schwarz vor Augen, aber er stolperte weiter.

Wieder Abstieg, da war der Ausgangspunkt, kehrt, wieder Aufstieg. Er rutschte aus und fiel erneut hin. Er rang verzweifelt nach Luft und röchelte.

Vulso kniete sich wieder neben ihn: „Gib auf, Marcellus, du kannst kein Centurio werden. Vielleicht wirst du ein brauchbarer Soldat, aber niemals ein Centurio. Also, gib auf!"

„Wie viel?", stöhnte Lucius mit erstickter Stimme.

„Was heißt ‚Wie viel'?", fragte Vulso erstaunt.

Lucius stemmte sich hoch.

„Wie viele Male soll ich diesen beschissenen Hügel noch rauf und runter laufen?"

„Fünf Mal noch. Aber Marcellus, du schaffst es sowieso nicht. Also gib lieber gleich auf!"

Lucius wandte sich dem Hügel zu. „Du kannst mich mal!"

Er lief weiter, Hügelkuppe, Abstieg, um den Baum. Denk immer nur an den nächsten Schritt, denk immer nur an den nächsten Schritt. Aufstieg, quälend langsam. Er quälte sich weiter, lüftete kurz den Schal und spuckte aus. Dabei erwartete er Blut zu sehen, weil seine Lunge wie Feuer brannte und er das Gefühl hatte, gleich seine Eingeweide auszuspucken. Der Auswurf sah aber normal aus, also weiter. Hügelkuppe und Abstieg.

Er stolperte, fiel hin und rollte ein Stück den Hügel hinab. Er stemmte sich hoch und griff nach Speer und Schild, die er hatte fallen lassen. Weiter. Nie wieder auf dem Hof arbeiten.

Hügelkuppe, Abstieg, kehrt, Aufstieg, Hügelkuppe, Abstieg, Baum. Sein rechter Arm? Der fiel gleich ab. Seine Beine? Welche Beine, er hatte keine Beine mehr, er schwebte über dem Boden dahin, den Hügel hinauf über die Kuppe, abwärts, kehrt, kehrt, kehrt. Was war das? Alles drehte sich um ihn. Die Landschaft raste an ihm vorbei. Jetzt erst merkte er, dass er auf dem Boden lag. Er hob den Kopf. Vulso grinste ihn höhnisch an und sagte etwas. Was, konnte Lucius nicht verstehen, da das Brausen in seinen Ohren alle Geräusche übertönte. Er konzentrierte sich auf die Lippen des anderen.

„Giiiibbbb aaauuufff, Maarrrccceelllus."

Wie aus weiter Ferne drangen die Worte an sein Ohr. Langsam zog er sich in die Höhe. Hand über Hand zog er sich den Hügel hinauf.

„Gut, du willst es so haben. Dann steh auf. Steh auf! Steh auf, habe ich gesagt!"

Bei jedem „Steh auf!" schlug ihm Vulso mit der Vitis auf die Beine. Lucius knirschte mit den Zähnen und kroch weiter. Er stand schließlich, schwankend. Wie ein Ertrinkender rang er nach Luft. Rauf auf die Hügelkuppe, abwärts. Du schaffst es, du schaffst es. Um den Baum. Der letzte Aufstieg. Über die Kuppe. Abstieg. Er taumelte den Hügel hinab und erreichte den Ausgangspunkt. Er ließ das Schwert und die Sarcina fallen und warf den Speer fort. Dann fiel er auf die Knie und übergab sich.

Vulso sah ihn hasserfüllt an. „Du taugst nicht zum Centurio, aber du bist fast krepiert. Warum gibst du nicht auf?"

Lucius spülte sich den Mund mit Posca aus und brüllte, außer sich vor Schmerz und Wut: „Weil ich nie wieder auf dem Hof arbeiten will, du verdammtes Arschloch!"

Nach diesem Ausbruch wandte er sich um und machte sich taumelnd auf den Rückweg. Centurio Vulso blieb sprachlos zurück.

Später vermochte Lucius nicht mehr zu sagen, wie er zu seinem Zimmer gelangt war. Er hatte keine Erinnerung an den Rückweg und keine daran, wie er das Lager betreten hatte. Das Erste, woran er sich wieder erinnerte, war, dass er der Länge nach in seinem Zimmer auf dem Boden lag, um sich herum eine Lache aus Wasser und Schlamm. Wie lange er so da lag, wusste er nicht, aber plötzlich wurde ihm bewusst, dass es an die Tür hämmerte. Er rief, nein, röchelte die Aufforderung einzutreten. Da er aber die Worte selbst kaum hörte, konnte der Klopfer sie erst recht nicht hören. Mühsam stemmte sich Lucius hoch und torkelte zur Tür.

Es war Valens, der ihn mit dem gleichen Widerwillen betrachtete, mit dem man ein giftiges Getier betrachtet. Er ließ seinen Blick voller Ekel über Lucius' ramponiertes Äußeres gleiten und brüllte mit Stentorstimme: „Beim Jupiter, wie siehst du denn aus? In welchem Schweinekoben hast du dich gewälzt?"

Er stieß Lucius zur Seite und stürmte ins Zimmer.

„Ein Saustall ist das!", brüllte er weiter, wobei er die Tür zudonnerte. Seine eisgrauen Augen flogen von rechts nach links und nahmen jede Kleinigkeit auf. Zuletzt blieb sein Blick an der Drecklache auf dem Boden haften.

„Vulso wird sich freuen, wenn er gleich zur Zimmerinspektion kommt", sagte er mit wölfischem Grinsen. „Und erst der Waffenappell, das wird ein Fest werden."

Lucius fühlte sich, als ob ihm ein Priester mit dem Hammer vor die Stirn geschlagen hätte. „Waffen- und Zimmerappell? Heute Abend noch?"

Valens verzog das Gesicht, als ob er Zahnschmerzen hätte. „Dachtest du, heute wäre Ausgang? Ein bisschen mit Mädchen bummeln und Wein trinken? Natürlich wird er heute noch eine Kontrolle machen." Unter höhnischem Gelächter verließ Valens das Zimmer.

Lucius wäre am liebsten aufs Bett gefallen und den Rest der Woche nicht mehr aufgestanden. Aber die Genugtuung wollte er Vulso nicht geben, auch wenn er am Ende seiner Kräfte war. Er machte sich an die Arbeit, obwohl jede Bewegung eine Qual war. Er rieb das Kettenhemd sauber, bis es blinkte, wusch die Tunicen aus und hängte sie über der Feuerstelle zum Trocknen auf. Der Gladius sah so frisch gereinigt aus, als käme er gerade aus der Waffenkammer. Auf dem Boden war keine Dreckspur mehr zu erkennen. Lucius lag auf einem der unteren Betten wie tot. Einfach weiteratmen, sagte er sich. Ich bin so unglaublich müde. Aber heute wollen die Rekruten das Ende der Grundausbildung feiern, und ich darf nicht fehlen. Ich muss es allen zeigen. Ich bin nicht schwach, ich bin kein Weichling. Er zog sich langsam hoch. Schließlich stand er schwankend. Mars, flehte er stumm, nach dir bin ich benannt, du bist der Schutzgott meiner Familie, steh mir bei und gib mir Kraft! Sehnsüchtig sah er auf die Klappe im Boden, unter der seine Vorräte und auch der Weinvorrat lagerten. Wie gerne hätte er ein paar Schlucke getrunken, aber das würde ihm auch den Rest seiner Kraft rauben. Langsam, leicht wankend und mit staksenden Schritten ging er zur Tür und trat in den Vorraum. Er hielt sich am Regal fest und schwankte dann zum Fenster.

Draußen herrschte reges Treiben. Die Rekruten hatten unter den Vordächern ihre Tische aufgebaut. Dort saßen sie in angeregte Unterhaltung vertieft und ließen sich das Essen schmecken. Unter einem Zeltdach war eine Küche aufgebaut, in der ein Schaf und eine Ziege gegrillt wurden. Hier wurde auch das Gemüse zubereitet. Als Lucius die Tür seiner Unterkunft öffnete und mit dem Essgeschirr in der Hand unter das Vordach trat, verstummten nach und nach die Gespräche, und alle Augen wandten sich ihm zu. Er ließ seinen Blick über die Runde schweifen und ging mit unsicheren Schritten langsam zum Grill hinüber. Über hundert Augenpaare folgten ihm, als er an den Grill trat und sich einige Fleischstücke abschnitt. Es war es so still geworden, dass man eine Nadel hätte fallen hören. Offensichtlich wusste jeder, was er heute hatte durchmachen müssen, und keiner hatte erwartet, ihn hier zu sehen. Vermutlich hatten sie schon Wetten abgeschlossen, ob er aufgeben würde oder ob man ihn rauswerfen würde wie Mellonius!

Wie gut, dass man Schmerzen nicht sehen kann, dachte Lucius und schaufelte sich Gemüse und Puls in seine Schüssel. Alle Glieder schmerzten und er konnte sich nur mit Mühe aufrecht halten. Er füllte sich demonstrativ einen Becher mit Wein und trank einen Schluck. Dabei ließ er verstohlen seinen Blick wandern. Vulso war dunkelrot angelaufen und erstickte fast an seiner Wut, Vitellius sah ihn hasserfüllt an. Antinius kaute wütend auf seiner Lippe. Die Rekruten jedoch starrten ihn mit Bewunderung und Respekt an, was die Ausbilder offenbar innerlich zum Toben brachte.

Er ging zu seiner Unterkunft zurück und ließ sich an seinem Tisch nieder, wo er allein anfing, zu essen. Er wurde aus seinen Gedanken gerissen, als ein Rekrut vom Nebentisch, an dem auch Servanus saß, ihm einen Teller herüberreichte, auf dem Eier lagen. Lucius zögerte einen Moment, dann griff er nach den Eiern. Ehe er zubeißen konnte, sprang Vulso auf und stürmte auf ihn zu.

„Bevor du nicht deine Waffen und dein Zimmer gereinigt hast, gibt es auch nichts zu essen!", sagte er schneidend.

Lucius biss in aller Seelenruhe in sein Ei. „Deswegen speise ich ja", mampfte er mit vollem Mund.

„Gut, dann machen wir jetzt sofort eine Inspektion!", befahl Vulso und stieß die Tür auf. „Meinetwegen!", sagte Lucius mit einem Gleichmut, der Vulso fast um den Verstand brachte. Vulso stürmte in das Zimmer und man hörte ihn drinnen rumoren. Die Rekruten, die die Szene gespannt beobachtet hatten, begannen aufgeregt zu tuscheln.

„Marcellus!", brüllte Vulso von drinnen. Lucius erhob sich und trat in den Vorraum. Vulso stand im Schlafraum. „Licht!", brüllte er. „Mehr Licht!"

Lucius zündete in aller Ruhe eine Laterne an. In ihrem Schein sah sich Vulso suchend um. Nichts, kein Dreck, kein Schlamm, gar nichts deutete auf die Tortur des Nachmittags hin.

„Wo sind deine Waffen?", herrschte ihn Vulso an.

Lucius präsentierte sein Kettenhemd, seinen Gladius und die übrige Ausrüstung. Alles glänzte wie frisch aus der Schmiede. Vulso sah fassungslos auf die blinkenden Waffen. Er starrte Lucius ins Gesicht, als würden darin Antworten stehen, doch Lucius hielt seinem Blick mit gleichmütiger Miene stand. Wortlos drehte Vulso sich um und stürmte aus dem Zimmer.

Lucius kehrte an seinen Tisch zurück und nahm sein Essen wieder auf. Er zuckte zusammen, als sich plötzlich Servanus und zwei weitere Rekruten an seinen Tisch setzten. Servanus grinste anerkennend. Sie hoben stumm ihre Becher und prosteten ihm zu.

CENTURIO · MARCELLUS

LUGDUNUM, · IM · HAUSE · DES · AUGUSTUS

Tiberius Nero ließ seine Begleitung im Atrium zurück und ging in sein Arbeitszimmer. Dort suchte er in den Regalen nach einer bestimmten Schriftrolle. Er hörte hinter sich ein Geräusch, drehte sich um und ein warmes Gefühl durchflutete ihn, als er seine Frau Vipsania sah.

„Hallo, Liebes!“ Er stand auf. Sie trat näher und er gab ihr einen Kuss auf die Wange.

„Ich habe leider nicht viel Zeit, da ich zu Augustus in die Stadt muss. Wie benimmt sich unser Sohn?“, fragte er lächelnd mit einem Blick auf ihren gerundeten Bauch.

Sie lächelte zurück. „Ganz manierlich. Wir wollten dich aber nicht bei der Arbeit stören. Gaius Asinius war hier und hat dich gesucht. Dringend und dienstlich, mehr hat er nicht gesagt. Er tut wie immer schrecklich wichtig und schrecklich geheim“, sagte sie.

„Nun, du kannst von einem Militärtribun nicht erwarten, dass er Kriegsgeheimnisse mit Frauen teilt!“, antwortete Tiberius lächelnd.

Sie verdrehte die Augen: „Männer! Immer diese fadenscheinige Geheimniskrämerei! Ganz Lugdunum weiß, dass ein Feldzug gegen die Vindelicer bevorsteht.“

Er lachte und senkte dann die Stimme. „Wenn du schwörst, nicht sofort zu den Galliern überzulaufen, werde ich dich einen Blick in meine streng geheimen Dokumente werfen lassen!“, flüsterte er geheimnisvoll und hielt ihr die Wachstafel vors Gesicht.

„Hm, da muss ich mal überlegen. Mein Vater war genauso schlimm, immer wichtige Staatsgeschäfte und nur wenig Zeit für mich!“, sagte sie mit ergebener Miene. „Mit zehn war ich in Iullus Antonius verliebt und habe furchtbar geweint, als er mit Octavia verlobt wurde!“, erzählte Vipsania. „Aber Vater hat gesagt, er findet einen viel besseren Mann für mich.“

„Und hat er Wort gehalten?“, fragte Tiberius.

Vipsania schüttelte mit gespielter Traurigkeit den Kopf. „Leider nicht. Er hat mich mit einem Mann verheiratet, der entweder über Akten brütet oder Soldat spielt. Furchtbar. Nie ist er da!“

Tiberius nahm Vipsania in den Arm. „Was für ein Narr! Aber sein Pech, wenn er dich vernachlässigt, ich werde mich heute Nacht heimlich in dein Schlafzimmer schleichen."

Sie küssten sich zärtlich. Dann löste sich Vipsania aus seinen Armen und gab ihm einen Klaps auf die Schulter. „So, und jetzt überlasse ich dich deinen geheimen Kriegsvorbereitungen."

Während seines Vortrages beobachtete Tiberius den schmächtigen Mann, der in seinen Mantel gewickelt auf einem Stuhl hockte und ihm zuhörte. Kaum zu glauben, dass diese unscheinbare Gestalt mit den schlechten Zähnen der mächtigste Mann des Imperiums war. Wer ihn so sah, in seiner schlichten Kleidung, immer kränklich, mochte glauben, dass er ein kleiner Beamter, ein Quästor, war. Vielleicht auch ein schrulliger, harmloser ältlicher Römer, der den Sitten der Vorfahren nacheiferte und sich auf das schlichte Leben beschränkte. Wer ihm aber in die Augen sah, spürte die Kraft und die Intelligenz, die in diesem Mann steckten, und konnte sich nur schwer seiner Ausstrahlung entziehen. Doch wer seinen Unwillen erregte und sich von den hellen grauen Augen durchbohrt fühlte, den fröstelte es und dem fiel wieder ein, wie Augustus sich an die Spitze gekämpft, intrigiert und gemordet und die Republik endgültig zerstört hatte.

Und er, Tiberius Claudius Nero, Mitglied einer der ältesten Patrizierfamilien Roms, war hier, um ihm Bericht zu erstatten. Die meisten Informationen referierte Tiberius aus dem Kopf, nur ab und zu zog er seine Listen zu Rate. Am Ende seines Vortrages nickte Augustus anerkennend: „Gute Arbeit. Deine Legionen sind in bestem Zustand! Wie ist der Ausbildungsstand?"

Tiberius rieb sich müde die Augen. „Die XIX Augusta steht hier in Lugdunum und hat alle Rekruten zugeteilt bekommen. Eigentlich besteht sie zur Hälfte aus Rekruten. Die Grundausbildung ist aber jetzt abgeschlossen und wir werden die Rekruten auf die anderen Kohorten verteilen. Die XVI Gallica ist unterdessen in Basilia. Sie bessert Straßen aus, baut Brücken und schlägt Holz."

„Du siehst müde aus!", stellte Augustus fest. „Wann hast du das letzte Mal eine Pause gemacht?"

„Eine Pause?", brummte Tiberius nachdenklich. „Zum Mittagsimbiss habe ich die Arbeit kurz unterbrochen!"

Augustus lächelte. „Nein! Ich meine eine richtige Pause. Du weißt, so etwas mit Zerstreuung, vielleicht ein kleines Fest, ein Besuch im Theater."

„Ach so, eine richtige Pause meinst du!" Tiberius tat so, als ob ihm eine Erleuchtung gekommen wäre. „Lass mich mal überlegen! Wer ist gerade Konsul?" Sie lachten, dann reckte sich Tiberius. „Ich kann mich kaum erinnern, wann ich das letzte Mal ausgeschlafen habe. Dieses Jahr jedenfalls nicht, das muss letztes Jahr gewesen sein!" Er wurde wieder ernst. „Im Moment wird die Gallica von ihrem obersten Tribun Gaius Asinius Gallus kommandiert. Ich erwarte mit Ungeduld den neuen Legaten der Augusta und seinen Stellvertreter. Sobald Publius Quintilicius Varus und Publius Sulpicius Quirinius eingetroffen sind, kann ich mich um andere Dinge kümmern. Derzeit habe ich zwei Legionen, für die ich verantwortlich bin, und zu wenige Tribune, an die ich die Arbeit delegieren kann."

„Wie kommst du mit der Umwandlung der *foederati* in reguläre Einheiten voran? Hast du schon bei allen Einheiten damit angefangen?"

„Nur bei einigen Reitereinheiten. Da dies die altbekannte Schwachstelle der Legion ist, haben wir diese zuerst in Angriff genommen. Die Fußtruppen sind nach wie vor angeworbene Verbündete. Wir hatten noch keine Zeit, uns damit zu befassen!"

„Gibt es Probleme?"

„Nur die üblichen: Häuptlinge, die in ihrer Stammesehre gekränkt sind, weil sie Befehle von Römern erhalten, Centurionen, die in ihrer Standesehre gekränkt sind, weil sie Auxiliareinheiten kommandieren, Soldaten, die sich an die Disziplin nicht gewöhnen können. Zu alledem findet man kaum einen Römer, der sich mit Reitereinheiten oder zumindest mit Pferden auskennt."

Er nahm einen Schluck aus dem Becher, der vor ihm stand. Augustus lächelte nachsichtig.

„Das ist so, als ob man griechischen Seeleuten einen römischen Admiral vorsetzt!"

Augustus musterte ihn mit seinen durchdringenden Augen. Der Junge machte sich gut. Er war zwar durch und durch ein schwerblütiger

Claudier und republikanisch angehaucht, aber ein harter, unermüdlicher Arbeiter und patriotisch bis ins Mark. Er würde jede ihm anvertraute Aufgabe bis zum bitteren Ende ausführen.

„Hast du schon Pläne für den Feldzug gemacht?“, fragte er ihn.

Tiberius rollte eine Karte aus und beschwerte ihre Ränder, damit sie liegen blieb.

„Nur einige grobe!“ Er zeigte mit dem Finger auf zwei Punkte. „Die Gallica wird von Basilia operieren und die Augusta wird Vindonissa als Basis nehmen. Zuerst werden wir die letzten helvetischen Stämme, die Caluconen und Suaneten, unterwerfen. Danach werden wir uns die Briganten vornehmen. Sobald Varus eintrifft, werde ich mich zur Gallica begeben und mich verstärkt um die Vorbereitung kümmern. Ich werde mit den Tigurinen, Verbigenen und Toygenen Kontakt aufnehmen. Sie haben schon Verträge mit Rom unterschrieben, aber ihre endgültige Unterwerfung würde den Weg nach Osten erleichtern. Außerdem werde ich mit den Latobrigen nördlich des Rhenus sprechen. Sie sollen uns nächstes Jahr mit Vorräten, Getreide, Speck und Erbsen, versorgen.“

Augustus nickte zustimmend.

„Dein Bruder Drusus wird mit der XXI Rapax und der XIII Gemenina in zwei Abteilungen über die Alpen ziehen, die sich bei Bratanium wieder vereinigen.“ Tiberius zeichnete die genannten Routen auf der Karte ein.

„Wo hast du die Winterquartiere eingeplant?“, fragte Augustus.

„Basilia für die Augusta! Dort kreuzen sich drei Versorgungsrouten und es gibt gutes Weideland für die Pferde. Das Wetter wird scheußlich sein, aber es kann ihnen nicht schaden. Da die Gallica das ganze Jahr hart gearbeitet hat, hole ich sie nach Lugdunum!“

„Es wäre vielleicht besser, auch die Gallica in Basilia überwintern zu lassen“, wandte Augustus ein. „Halte sie möglichst weit weg von Lugdunum. Ich hole die XVII und XVIII aus Aquitanien hierher. Die Stadt wird von Weinverkäufern und Huren nur so wimmeln. Wenn du deine Legionäre auch nur in die Nähe der Stadt ließest, wäre die ganze Ausbildung umsonst gewesen.“

„Willst du sie auch gegen die Vindelicer einsetzen?“ Tiberius fand den Aufwand übertrieben. Sechs Legionen mit Hilfstruppen gegen ein paar Bauern?

Doch Augustus schüttelte den Kopf: „Nein. Ich hole mir den Adler der fünften Legion zurück. Dazu werde ich mit diesen beiden und den beiden Legionen der Belgica sowie einigen *foederati* der Remer, der Treverer und der Ubier zum Rhenus ziehen und die Unterwerfung der Sugambrer verlangen."

Tiberius pfiff durch die Zähne. Natürlich konnte Augustus den Adler nicht bei den Germanen lassen. Schon allein deshalb nicht, weil er mit großem Pomp die Adler von den Parthern zurückgeholt hatte und bei der Gelegenheit auch noch einmal daran erinnert hatte, dass einige dieser Adler von Marcus Antonius verloren worden waren.

Wenn aber Augustus nun persönlich die Armee anführte, bedeutete das zweierlei: Erstens war die Rückgabe auf diplomatischem Wege bereits eingefädelt, und zweitens gedachte sich Augustus gegenüber dem Senat in Szene zu setzen.

Seine nächsten Worte bestätigten diese Annahme: „Ich werde im Übrigen nicht alleine gehen, sondern mich von einer Reihe honoriger Männer begleiten lassen. Marcus Livius Drusus als Konsul und Marcus Lollius als Statthalter werden mich ebenso begleiten wie der designierte Konsul Marcus Licinius Crassus. Den Crassi stünde ein bisschen Ruhm wieder gut zu Gesicht. Du siehst, vor so viel *dignitas* und *autocratias* müssen die Germanen einfach weichen."

Tiberius' Gesicht hatte sich, während Augustus sprach, verdüstert: „Lollius. Jetzt haben wir gerade die Adler von den Parthern zurückerhalten, da verliert dieser Narr einen an die Germanen."

„Militärisch ist diese Niederlage zu verschmerzen. Aber der Verlust des Adlers und der Centurionen, die zuvor gefangen und gekreuzigt wurden, haben die Moral der Alaudae angeschlagen." Augustus machte eine Pause. „Das ist weniger ein Feldzug als eine Demonstration für die Moral der Truppen. Merke dir eines: Die Moral deiner Männer ist das Wichtigste! Achte auf ihre Stimmungen und tu alles, um eine schlechte Stimmung zu vermeiden." Tiberius verzog sein Gesicht zu einem schiefen Lächeln.

* * *

Die Schikanen hatten aufgehört. Anscheinend hatte Vulso seinen ganzen Erfahrungs- und Einfallsreichtum zum Schikanieren der Rekruten ausgeschöpft und aufgegeben. Er ließ Lucius nun in Ruhe. Nur die Blicke, mit denen er ihn bedachte, waren immer noch voller Hass und Verachtung.

Während der letzten Tage der Grundausbildung lernte Lucius die Aufgaben der *immunes* und *principales* kennen.

Die *immunes* waren vom normalen Routinedienst befreite Soldaten, die eine spezielle Aufgabe bekamen. Sie waren keine Vorgesetzten und erhielten den gleichen Sold wie die anderen. Lucius arbeitete für Vulso als Schreiber und ging dem Waffenmeister zur Hand.

Dabei musste er sich die Vorträge der *principales* anhören. Die *principales* hatten Befehlsgewalt und bekamen höheren Sold. Zu ihnen gehörten der Signifer, der Feldzeichenträger, der außerdem die Kasse der Einheit verwaltete, und der Tesserarius, der die Parole ausgab und den Centurio bei Wach- und Innendiensten unterstützte.

„Eine letzte Nacht als Probatus!", dachte Lucius, als er sorgfältig den Fensterladen schloss und die Tür verriegelte. Nach dem Überfall auf Mellonius und nachdem er nachts immer wieder „versehentlich" geweckt worden war, hatte er die Tür mit Keilen gesichert. Antinius hatte sicherlich erneut versucht nachts einzudringen. Lucius hatte ihn dabei ertappt, wie er eines Morgens die Tür kritisch musterte, als versuchte er, Spuren eines Schlosses oder eines Riegels zu entdecken. Lucius grinste innerlich über den vergeblich suchenden Blick des Optios.

Er verstaute das Essgeschirr im Regal und kletterte auf das Hochbett. Dort besah er sich ein letztes Mal die Graffiti an der Wand.

„Tja, Spurius, alter Freund", brummte er zufrieden und pustete die Lampe aus, „ab morgen gehen wir getrennte Wege!"

Die XIX Augusta war zur Vereidigung auf dem Forum angetreten. Die Rekruten würden das *signaculum*, ihre Erkennungsmarke aus Blei, überreicht bekommen, sie würden den Eid nachsprechen und dadurch zu Legionären werden. Außerdem würden einige der Centurionen-Anwärter, die *optiones ad spem*, zu Centurionen ernannt werden.

Auf einem Podest saßen die höchsten Offiziere der Legion: der Legat, der Lagerpräfekt und der Primipilus. Vor dem Podest standen der Aquilifer mit dem Legionsadler, ein Signifer mit dem Signum des Augustus, ein Signifer mit einem Signum, das die Disciplina darstellte, und die dreißig Signifer der Manipel. Die Tribune, die adligen Offiziere, hatten links neben dem Podest Aufstellung genommen. Rechts standen die *optiones ad spem* in einer Reihe.

Lucius stand zunächst bei den einfachen Rekruten. Vulso hatte ihm den Ablauf und seine Rolle in der Zeremonie erklärt. Der Blick, den der Centurio ihm zuwarf, war mörderisch. Wenn Blicke töten könnten, dachte Lucius, würde ich die Vereidigung nicht überleben.

Die Priester opferten eine Taube und deuteten die Zeichen. Nachdem sie sicher waren, dass die Zeremonie den Beifall der Götter fand, nickten sie dem Legaten zu. Dieser gab das Zeichen, dass die Vereidigung beginnen konnte. Nacheinander marschierten die Centurien nach vorn und nahmen vor dem Podest Aufstellung. Lucius versuchte, sich keinen Augenblick dieser Zeremonie entgehen zu lassen. Die Rekruten, mit denen er in den letzten vier Monaten Tag für Tag zusammen geschliffen worden war, hatten angespannte und feierliche Gesichter. Für jeden Legionär war dies ein heiliger Moment. In Vorbereitung auf diesen großen Augenblick seiner Vereidigung hatte auch Lucius gestern noch dem Capitolischen Trias geopfert und um Stärke für diesen Tag gebetet.

Der Lagerpräfekt ging die Reihen entlang und reichte die Erkennungsmarken an die Centurionen weiter, die sie wiederum ihren Männern aushändigten. Dann trat aus jeder Centurie ein Legionär vor und leistete im Angesicht seiner Einheit das *sacramentum*, den Fahneneid. Er sprach die Eidesformel vor und die ganze Centurie antwortete: „*Idem in me!* Ich auch!“

Lucius spürte ein wildes Triumphgefühl, als er sich den Lederbeutel mit seiner Erkennungsmarke umhängte. Er hatte es geschafft, er hatte es allen gezeigt, seinem Vater, den Ausbildern, einfach allen. Er war trotzdem nervös, als er seinen Platz unter den Rekruten nun verließ und sich unter die Centurionen-Anwärter einreihte, die alle zehn, fünfzehn oder zwanzig Jahre älter waren als er und ihn ungnädig musterten. Sie hätten ihn jetzt überall lieber gesehen als mitten unter ihnen, wo sie gleich die Vitis, den Rebstock, als Zeichen ihres Ranges überreicht bekommen würden. Lucius versuchte sich nicht von ihren feindseligen Blicken einschüchtern zu lassen. Er starrte stur nach vorn auf den Adler. Er fühlte sich sehr allein, trotz der vielen Menschen um ihn herum, war aber nach wie vor fest entschlossen, sich nicht unterkriegen zu lassen. Wie hatte es Ovid ausgedrückt: *„Die Götter sind mit den Tapferen."*

Der Legat verließ das Podium und ging die Reihe entlang. Der Präfekt und der Primipilus folgten ihm. Als der Legat plötzlich vor ihm stand und ihm die Vitis hinhielt, sah Lucius ihn wie durch einen Nebel. Dann griff er zu. Seine Rechte umschloss den Griff des Stockes, er sah, dass der Legat irgendetwas sagte, aber er war viel zu aufgeregt, um Einzelheiten aufzunehmen. Dann war dieser Moment vorbei, der Legat ging weiter und das Einzige, was Lucius denken konnte, war: Ich bin Centurio. Die Eidesformel nahm er kaum wahr, erst der Ruf *„Idem in me!"*, in den er feierlich und benommen einstimmte, brachte ihn in die Wirklichkeit zurück.

Einige Tage waren seit der Vereidigung vergangen. Die neuen Legionäre waren auf die Centurien verteilt worden, einige waren mit neu ernannten Centurionen zur Gallica abmarschiert und das Lager war zur alten Routine zurückgekehrt.

Das ganze Lager? Nein, Lucius nicht! Er hatte den Befehl bekommen, sich bereitzuhalten und auf weitere Befehle zu warten. So hielt er sich die meiste Zeit in der Nähe seines Quartiers auf. Seine Versuche, mit den anderen Centurionen ins Gespräch zu kommen, waren kläglich gescheitert. Sie beantworteten seine Fragen nur, wenn sie mussten. Ansonsten fuhren sie in ihren Tätigkeiten fort, als ob er sie gar nicht angesprochen hätte. So nahm er seine Cena immer allein ein. Wenn er gedacht hatte, mit der Vereidigung wären alle Widerstände überwunden, so musste er feststellen, dass er sich getäuscht hatte.

Lucius gab sich keinen Illusionen mehr hin. Die altgedienten Offiziere würden ihn nie als einen der Ihren akzeptieren. Er war ohne Einheit, ohne Kommando, ohne Freunde - der einsamste Mensch unter den Tausenden im Lager. Während der Ausbildung war es sein Ziel gewesen, die vier Monate bis zur Vereidigung zu überstehen. Und jetzt? Das Triumphgefühl, das ihn auf der Vereidigung erfüllt hatte, war verflogen. Stattdessen fragte er sich wieder einmal: Habe ich die richtige Entscheidung getroffen?

Dennoch zwang er sich jeden Abend dazu, sein Essen vor dem Quartier einzunehmen. Jeder, der vorbeikam, sollte sehen, dass sich Lucius Marcellus nicht unterkriegen ließ.

Ein Legionär näherte sich, blieb vor ihm stehen und grüßte. Lucius grüßte zurück.

„Centurio Marcellus?"

Lucius nickte wortlos. Wie sollte er mit dem Mund voller Erbsenbrei und Speck auch antworten? „Du sollst mich zum Primipilus begleiten."

Lucius seufzte, stellte sein Essen beiseite und erhob sich. Obwohl sein Herz raste, tat er nach außen gleichgültig, als ob er jeden Tag zum Ersten Speer befohlen wurde.

„Woran hast du mich erkannt?", fragte Lucius, als sie durch das Lager gingen.

Der Legionär sah ihn von der Seite an und lächelte schief: „Ich sollte einfach nach dem jüngsten Centurio Ausschau halten, den ich finden konnte."

Sie erreichten das Forum und Lucius wollte sich automatisch nach links wenden, zur Baracke der ersten Centurie, aber der Legionär hielt ihn am Arm fest und zeigte auf das Haus des Feldherrn.

Zum Haus des Feldherrn? Lucius sah an sich herunter. Wenn er das gewusst hätte, hätte er noch schnell eine saubere Tunica und sein *sagum*, seinen Soldatenmantel, angelegt. Der Feldherr war schließlich kein Geringerer als Tiberius Claudius Nero, der Stiefsohn des Augustus und Schwiegersohn des Agrippa.

Der Legionär, der ihn begleitete, teilte den Wachen an der Tür mit, dass Centurio Marcellus zum Primipilus befohlen worden sei, der sich gerade beim Legaten aufhielt, zeigte dann schweigend auf die Tür und verschwand. Lucius klopfte zaghaft an und trat ein. Direkt neben der Tür stand eine weitere Wache und sah ihn finster an.

„Centurio Marcellus soll sich beim Primipilus melden!", hauchte Lucius leise.

Die Wache nickte und wies ihn stumm an zu warten. Lucius' Vater hatte Tiberius in den Osten begleitet und sein Bruder Marcus kannte

Vipsania, dessen Frau, schon seit sie ein kleines Kind war. Bei einem gesellschaftlichen Treffen hätte Tiberius ihn als Sohn eines Klienten von Marcus Agrippa begrüßt und seine Anwesenheit zur Kenntnis genommen. Auch wenn Lucius als Plebejer und Sohn eines frisch ernannten Ritters gesellschaftlich nicht auf einer Stufe mit einem patrizischen Claudier stand, hätten die Sitten und Gepflogenheiten der Ahnen es verlangt, dass Tiberius mit ihm ein paar Worte gewechselt hätte.

Als Feldherr jedoch warf er dem gerade eingetretenen Centurio einen nichtssagenden Blick zu. Dann vertiefte er sich wieder in das Gespräch mit dem Mann neben ihm. Lucius blieb neben der Tür stehen und nutzte die Gelegenheit, dass keiner Notiz von ihm nahm, um sich umzusehen.

Der Raum war spartanisch eingerichtet: ein Schreibtisch, ein Regal mit Schriftrollen. Ein Feldbett war hinter die Tür geschoben und es gab einige schlichte Stühle. Kein Pomp und Prunk, keine kostbaren Möbel oder Clinen. An der Wand hing eine Landkarte. Der große blaue Klecks in der Mitte muss der Lacus Venetus sein, dachte Lucius bei sich. Rund um den See waren mit Kreuzen einige Punkte markiert und zahlreiche Pfeile zeigten Richtungen an.

In der Mitte stand ein großer Tisch, der mit Schriftrollen, Tafeln und Karten überladen war.

Alle hohen Offiziere der Legion waren anwesend. Marcus Canidius, der Primipilus, und Quintus Galarius, der Lagerpräfekt, stachen hervor, weil sie als Einzige in Uniform waren und sich durch ihr fortgeschrittenes Alter abhoben. Die Militärtribune dagegen wirkten sehr jung, frisch rasiert und waren in farbige, modisch geschnittene Tunicen gekleidet. Lucius hätte sie so eher auf dem Forum erwartet als hier im Legionslager.

Der Mann, mit dem Tiberius sprach, hatte einen Purpurstreifen an seiner Tunica, was ihn als Senator auswies. Dies konnte nur Varus, der erwartete Legat der Augusta, sein. Lucius musterte den Mann, der seine Legion befehligen würde, genauer. Varus war klein und leicht untersetzt. Er sah aus, als sei er durchaus an den Genüssen des Lebens interessiert, ein echter Epikureer eben. Mal sehen, wie er sich auf dem Feldzug macht, dachte Lucius geringschätzig.

Jetzt drehte Canidius den Kopf, sah Lucius kurz an und folgte dann wieder den Ausführungen. Nichts deutete darauf hin, dass er

Lucius hierher bestellt hatte. Genauso gut hätte er gerade auch den Wandanstrich begutachten können. Lucius hämmerte das Herz bis zum Halse – was wollte Canidius in dieser Umgebung von ihm?

Wie lange er neben der Tür gestanden hatte, vermochte Lucius später nicht mehr zu sagen. Es kam ihm vor wie eine ganze Wache. Endlich löste sich Canidius von der Gruppe, nahm eine Schriftrolle vom Tisch und kam auf Lucius zu.

„Centurio Marcellus!" Er blickte erstaunt auf die Schriftrolle. „Du bist jetzt Centurio."

Eine Tatsache, die Canidius offensichtlich nicht glauben konnte, denn seine Augen blieben weiter an der Schriftrolle hängen. „Damit können wir dir das Kommando über eine Centurie übertragen. Wir haben dieses und letztes Jahr neue Kohorten aufgestellt. Du wirst das Kommando über eine dieser neuen Centurien übernehmen, und zwar über die zweite Centurie des Hastatenmanipels der 8. Kohorte."

Jede Kohorte bestand aus sechs Centurien, verteilt auf drei Manipel, die Hastaten, die Principes und die Triarier. Die Bezeichnungen gingen auf die alte Schlachtformation der Manipeltaktik zurück. Das Manipel war längst durch die Kohorte als taktische Einheit abgelöst, aber die Manipelbezeichnungen hatten sich gehalten. Immer noch standen die beiden Centurionen des Triariermanipels, der *Pilus prior* und der *Pilus posterior*, über den anderen. Ihnen unterstanden der *Princeps prior* und der *Princeps posterior*. Als Letztes folgten der *Hastatus prior* und der *Hastatus posterior*. Lucius würde künftig also als *Hastatus posterior* in der untersten Rangfolge der Centurionen dienen. Jeder fängt mal klein an, auch Rom wurde nicht an einem Tag erbaut, dachte Lucius amüsiert.

„Was ist so komisch an dem, was ich sage?", fuhr ihn Canidius eine Spur zu laut an.

Lucius nahm Haltung an und starrte geradeaus an die Wand: „Nichts, Herr!"

Das Stimmengemurmel am Tisch war verstummt. Lucius fühlte einen Stich in der Magengrube und spürte, wie ihm der Schweiß den Rücken herunterrann, als ihm klar wurde: Das Schweigen konnte nur bedeuten, dass ihn jetzt alle anstarrten. Er wagte kaum zu atmen, geschweige denn, zum Tisch zu blicken.

„Dann hör auf, so dumm zu grinsen!" Canidius demonstrierte nun meisterhaft, wie man als Befehlshaber einen Soldaten flüsternd anschreien konnte. Lucius starrte den Primipilus fasziniert an. Das will ich eines Tages auch mal können, dachte er bewundernd.

Canidius stockte und sah sichtlich irritiert aus, offensichtlich konnte er Lucius' Blick nicht deuten. Er schluckte und fuhr dann ruhig fort: „Geh sofort zu deiner Einheit! Der Optio, Aulus Drusillus, weiß, dass du kommst. Bereite den Abmarsch vor, morgen bricht die Legion auf!"

Lucius atmete tief ein, grüßte, fuhr zackig herum und marschierte hinaus. Erst als er zwei Speerlängen entfernt war, wagte er wieder zu atmen.

In der Nacht lag er wach und konnte kein Auge zutun. Die Rufe der Wachen, das Schnarchen der Männer, die Lagergeräusche, an die er sich schon gewöhnt hatte, kamen ihm auf einmal fremd vor. Er versuchte sich einzureden, dass das die Aufregung war oder dass er nervös war, aber er wusste in seinem Innersten, dass er schlicht und einfach Angst hatte. Angst zu versagen, Angst vor der Aufgabe, die ihm so riesig erschien wie die Alpen, die man in der Ferne sah. Viel zu früh bliesen die Hörner zum Wecken. Entsprechend schlecht war seine Laune. Als sich die Tür öffnete und durch den Türspalt ein ängstliches Gesicht sichtbar wurde, nutzte er die Gelegenheit, um Druck abzulassen. Das magere dreizehnjährige Bürschchen, das ins Zimmer lugte, hieß Ajax und war ihm als Mulio und Dienstbote zugeteilt worden. Lucius hatte ihn nach seiner Rückkehr vor seinem Quartier vorgefunden. Galarius hatte ihn offenbar dort hinbefohlen. Auf dem bevorstehenden Marsch würde er sich um Lucius' Gepäck kümmern und hier im Lager ...

„Wo ist mein Frühstück?", brüllte Lucius ihn an. „Wenn es nicht sofort serviert wird, hol ich meinen Stock, dann kannst du aber was erleben!"

Ajax zuckte erschrocken zurück und stieß gleich darauf die Tür auf und brachte ihm etwas zu essen. Lucius würgte ein paar Bissen herunter und sah dabei noch einmal in die Personalrolle seiner Centurie. Sein Stab bestand aus dem Signifer Mallius, dem Optio Drusillus, dem Tesserarius Celsonius, dem Cornicen Secundus und dem Waffenmeister

Maximus. Dazu noch ein Schreiber namens Pullio. Hm, ein Huhn als Schreiber. Er grinste. Hoffentlich gackerte der nicht zu viel!

Die Legionäre kamen aus Italia, Gallia Cisalpina und Transalpina. Der Tross bestand aus fünfzehn Maultieren und ihren Treibern. Lucius warf das angebissene Brot auf den Tisch und sprang dann auf.

„Ich muss nach den Männern sehen, bereite alles zum Abmarsch vor! Wehe, du bist nicht mit Packen und Aufräumen fertig, wenn ich zurückkomme!“, schnauzte er Ajax noch einmal an.

Er griff nach seinem Helm und nach dem Stock. So, nach diesem Ausbruch fühlte er sich besser.

Es war schön, nicht mehr das letzte Glied in der Kette zu sein und zur Abwechslung einmal selbst jemanden anschreien zu können. Er trat hinaus auf die Lagerstraße und eilte zu seiner neuen Einheit.

Er hatte sich gestern Abend bereits mit dem Optio Drusillus bekannt gemacht. Lucius hatte ihm mitgeteilt, dass sie an diesem Morgen aufbrechen würden und dass die Einheit eine Stunde nach dem Wecken abmarschbereit sein müsse. Für diese eine Nacht in das Centurionen-Quartier seiner neuen Einheit umzuziehen, war ihm zu aufwendig gewesen und er ging davon aus, dass Drusillus unmittelbar nach dem Wecken die nötigen Befehle erteilt hatte.

Er eilte durch das Lager und sah überall deutliche Zeichen des Aufbruchs. Einige Legionäre standen vor ihren Unterkünften und aßen noch schnell eine Kleinigkeit, andere brachten ihre Waffen und ihr Gepäck nach draußen, wo sie auf die Maultiere warteten, denen gerade das Tragegeschirr von den Mulios angelegt wurde. Hier und dort bedachten ihn die Männer mit einem merkwürdigen Blick. Er sah einen Legionär, der seinen Nebenmann mit dem Ellbogen anstieß und mit dem Kopf zu Lucius hinüberdeutete. Sie starrten ihm eine Weile hinterher, erst eine gebrüllte Zurechtweisung ihres Optios brachte sie wieder zurück an ihre Arbeit.

Lucius bog in die Gasse seiner Centurie ein und erstarrte. Auf der linken Seite, wo die erste Hastatencenturie ihre Unterkünfte hatte, herrschte geschäftiges Treiben. Auf der rechten Seite, bei seiner Centurie, herrschte hingegen gelassene Ruhe. Seine Männer saßen unter den Vordächern ihrer Baracken und sahen den Männern auf der Gegenseite beim Arbeiten zu - einige gelangweilt, andere unruhig oder besorgt, aber keiner schien bereit, gleich aufzubrechen. Lucius verschlug es für einen Moment den Atem. Er sah hektisch von links nach rechts. Die Männer sahen ihn an und einige erhoben sich zögernd.

„Los, aufstehen!", rief Lucius mit schriller Stimme. „Macht euch zum Abmarsch bereit, wir brechen in Kürze auf!"

Seine Stimme überschlug sich und die Männer sahen sich belustigt an. Wenigstens erwachte die Einheit zum Leben: Die Männer erhoben sich und eilten in ihre Räume, um ihre Sachen zu packen. Lucius sah Drusillus am Ende der Baracke stehen und stürmte auf ihn zu. Wut kochte in ihm hoch. Er würde den Optio in der Luft zerreißen. Drusillus und ein anderer Mann, offensichtlich der Signifer, standen mit dem Rücken zu ihm und unterhielten sich mit einem dritten Mann, den Lucius nicht erkennen konnte.

„Drusillus!", rief Lucius und der Optio drehte sich zu ihm um. Dadurch gab er den Blick auf den anderen Mann frei und Lucius stand das Herz still. Titus Valens starrte ihm wütend entgegen. „Schön, dass du uns auch schon mit deinem Besuch beehrst, CENTURIO Marcellus!", höhnte er. „Hattest du nicht gestern vom Primipilus persönlich die Mitteilung bekommen, dass heute Abmarsch ist? Wann gedachtest du deine Einheit marschbereit zu machen?"

„Aber, aber ...!", stammelte Lucius „Ich hab doch gestern Abend noch diese Mitteilung an Drusillus weitergeleitet. Und ...!"

„Und was?", fuhr ihm Valens über den Mund und an Drusillus gewandt. „Was hat er dir für Befehle erteilt, Optio?"

„Gar keine! Er hat mir nur gesagt, dass wir heute aufbrechen, und ist dann über Nacht verschwunden!"

„Befehle erteilen? Es war doch klar, was zu tun ist, ich meine, du bist ein erfahrener Optio!", stammelte Lucius panisch.

„Du bist der Centurio dieser Einheit!", unterbrach ihn Drusillus bestimmt. „Und ...!"

Valens hob die Hand und Drusillus verstummte. „Macht die Einheit so schnell wie möglich marschbereit!" Er drehte sich zum Signifer um, der dem ganzen Wortwechsel angewidert gefolgt war. „Und geht ihm zur Hand, die Legion kann nicht auf euch warten!"

Der Signifer salutierte, drehte sich auf dem Absatz um und ging auf die Quartiere zu.

„Los, Beeilung!“, rief er durch die geöffneten Türen in die Räume hinein. „Das letzte Contubernium macht einen Monat Strafdienst!“

„Worauf wartet ihr?“, fragte Valens, drehte sich um und ging davon.

Lucius warf Drusillus einen wütenden Blick zu und eilte dann dem Signifer hinterher. Er schrie, fluchte und schimpfte, um die Männer anzutreiben. Überrascht musste er feststellen, dass gerade die älteren Legionäre ihre Habseligkeiten bereits gepackt hatten und auf den Abmarsch vorbereitet waren. Nur die jüngeren mussten angetrieben werden, damit alle rechtzeitig fertig waren. In dieser Hektik fiel Lucius sein eigenes Gepäck ein und er schickte den Schreiber los, um Ajax zu holen. Schließlich war alles bereit und die Männer hatten Aufstellung genommen, gerade rechtzeitig, bevor das Signal zum Aufbruch ertönte. Sie verließen hinter der 7. Kohorte das Lager durch die Porta Decumana. Während die 7. Kohorte links herum schwenkte und der 9. Kohorte folgte, schwenkte die 8. Kohorte nach rechts und folgte der 10. Kohorte. Vor der Porta Praetoria vereinigten sich die zwei Kolonnen wieder und marschierten gemeinsam Richtung Osten.

Der Marsch mit der ganzen Legion war etwas ganz anderes als die Ausbildungsmärsche im Kohortenverband. Fünftausend Legionäre plus Tross im unübersichtlichen Gelände zu führen kam für Lucius einer Sisyphosarbeit gleich. Als die Straße über einen Hügel führte, konnte Lucius die scheinbar endlose Kolonne der Legion sehen, die sich von Horizont bis Horizont zog. Jeden Abend wurde ein Marschlager errichtet und wenn am Morgen die letzte Kohorte das Lager verließ, war die erste Kohorte schon lange unterwegs und näherte sich bereits dem nächsten Lagerplatz. Die Legionäre waren guter Dinge und bester Laune, da dieser Marsch im Vergleich zu einem Feldzug der reinste Ausflug war. Dies änderte sich jedoch nach dem vierten Tag. Im Nachtlager lief der Befehl um, dass fortan in Waffen zu marschieren sei. Hektische Betriebsamkeit brach aus. Die Anspannung und Nervosität stiegen spürbar an. Vitellius, der *Pilus prior* der 8. Kohorte, teilte mit, dass es zwar keine Anzeichen für Feindaktivitäten gab, aber sie näherten sich dem Gebiet der cottischen Alpen und den *pagi* der Helveter.

Das Gelände stieg an und die Berge wuchsen vor ihnen in die Höhe.

Am nächsten Tag schwenkte die Legion nach Norden ab und folgte dem Lauf des Rhodanus, der sie nach einigen Tagen nach Geneva führte.

Dieses Oppidum kannte Lucius dem Namen nach aus Caesars Kommentaren. Hier hatte vor vierzig Jahren der gallische Krieg seinen Anfang genommen.

Heute waren keine Feindseligkeiten zu erwarten, im Gegenteil, König Cottius selbst wurde erwartet. Er kontrollierte die wichtigen Alpenpässe zwischen Gallien und Italien. Nach der Vernichtung der Salasser hatte er sich an Augustus gewandt und ihm ein Bündnis angetragen. Augustus hatte ihn vom Senat zum Freund und Verbündeten des römischen Volkes ernennen lassen. Cottius und seine Häuptlinge wurden vor der großen Versammlungshalle des ansässigen Häuptlings von Tiberius und Varus empfangen.

Bereits abends wussten die altgedienten Legionäre, was da besprochen worden war.

„Es geht um Druiden", sagten sie am Feuer mit Grabesstimme und warfen ihren Kameraden bedeutungsvolle Blicke zu. Den jungen Rekruten lief ein Schauder über den Rücken. Druiden, das bedeutete Menschenopfer und wer weiß was noch alles.

„Cottius wird Tiberius Druiden zur Verfügung stellen, um die Geister der Berge zu bannen."

Die Zuhörer spreizten die Finger oder küssten hastig ihre Amulette, um das Unheil abzuwehren. Promptus, ein Veteran aus dem dritten Contubernium, hatte aber noch eine andere Erklärung.

„Dort in den Alpen wächst eine selten Pflanze, die auf keinem Feldzug fehlen darf!" Seine Stimme sank zum Flüstern herab.

Lucius, der ausgestreckt in seinem Zelt lag, konnte sich vorstellen, wie sie da am Feuer saßen, ihr Abendessen bereiteten und die Köpfe reckten, um besser verstehen zu können.

„Promptus, sei lieber still!", unterbrach ihn Ripanus, ein Veteran aus dem ersten Contubernium. „Du weißt, die jungen Männer sollen von Inprocerus nichts wissen!"

Es herrschte einen Moment lang Schweigen. Lucius wartete gespannt, wie die Geschichte weiterging. Er hatte so eine Ahnung, um was es gehen würde. Hatten Vater und dann später Saxum nicht davon erzählt?

„Wovon redet ihr?“ „Was ist Inprocerus?“, wurden die beiden Veteranen mit Fragen bestürmt. „Nun!“, sagte Promptus gedehnt und Lucius stellte sich vor, wie er Ripanus einen Blick zuwarf. „Inprocerus ist ein Pulver, welches aus einer Pflanze gewonnen und in unsere Getreiderationen gemischt wird.“

„Wozu?“

„Damit euer Schwanz schlapp wird!“, sagte Ripanus grob.

Für einen Augenblick herrschte, wahrscheinlich entsetztes, Schweigen, dann brach ein Stimmengewirr los, das von Promptus’ Stimme übertönt wurde: „Auf einem Feldzug sind natürlich keine Frauen im Lager und da haben die hohen Herren Angst, dass wir es bei langer Enthaltsamkeit wie die Griechen treiben, na ja, oder Schlimmeres mit uns passiert!“ „Schlimmeres?“ Eine junge Stimme überschlug sich beinahe vor Panik.

„Promptus, jetzt reicht es!“, unterbrach Ripanus den Vortrag.

„Du weißt genau, dass dies Geheimnisse sind, die nicht weitererzählt werden dürfen.“

„Bei Venus, das ist mir scheißegal!“, polterte Promptus. „Das sind unsere Kameraden, sie müssen es wissen! Es sind schon Männer von der langen Enthaltsamkeit wahnsinnig geworden. Sie sind entweder total verblödet oder haben sich über Schafe hergemacht!“

„Aber dann ist es doch gut, wenn wir Inprocerus bekommen“, wagte jemand einen Einwand.

„Jaa!“, sagte Ripanus gedehnt. „Auf der einen Seite schon, aber auf der anderen Seite, wenn man es zu lange bekommt, kommt der Schwanz nie wieder hoch!“

„Bei Jupiter!“, jammerte ein Legionär ängstlich. „Was können wir tun?“

„Ich würde an eurer Stelle heute einen Puff aufsuchen und nochmal ordentlich vögeln“, sagte Ripanus. Dem Stimmengewirr nach zu urteilen, hielten das alle für eine gute Idee.

„Wir kennen uns in Geneva doch gar nicht aus!“, bemerkte der ängstliche Legionär wiederum.

„Kein Problem, das beste Lupanar ist in der Straße ...“, wollte Ripanus gerade erklären, als Promptus ihn unterbrach: „Spinnst du? Wenn du die alle dahin schickst, bleibt nichts mehr für uns und unsere Freunde.“

„Das hättest du dir überlegen sollen, bevor du ihnen das alles erzählt hast!", fauchte Ripanus angriffslustig.

„Ja, hätte ich sie denn in ihr Unglück rennen lassen sollen?", schnauzte Promptus zurück.

„Aber dass du uns jetzt ins Unglück stürzen willst! Uns bleibt dann nur noch das andere, kleine Lupanar, das aber viel teurer ist!"

„Wir zahlen für euch!", rief eine eifrige Stimme. „Wir geben jeder zwei Asse für euch!", schlug jemand vor und zustimmendes Gemurmel erhob sich.

Bei Merkur, dachte sich Lucius, jetzt wird es Zeit einzugreifen, und richtete sich auf. Wenn die beiden Veteranen von jedem Legionär ihres Contuberniums zwei Asse bekamen, hatten sie mit dieser Schauergeschichte ihren Tagessold mehr als verdoppelt.

„Drei Asse!", sagte Ripanus ruhig. „Schließlich müssen wir unseren Freunden auch noch was abgeben!"

„Gut, einverstanden!", sagte die eifrige Stimme, und Lucius hörte das Klirren von Geld.

Also, ich muss etwas tun, dachte er und stand auf. Das Zelt war zu niedrig, um aufrecht zu stehen, und so verharrte Lucius in gekrümmter Haltung, als sich plötzlich eine weitere Stimme einmischte.

„Lass dein Geld stecken, Tertinius! Es gibt kein Inprocerus", sagte Mallius, der Signifer, ruhig. „Wenn Promptus und Ripanus keinen mehr hochbekommen, liegt es an ihrem Alter und nicht an einem geheimnisvollen Pulver. Da nützt ihnen das teuerste Lupanar von Rom nichts mehr." Gelächter brandete auf, Lucius löste sich aus seiner gebückten Haltung, ergriff seine Vitis und kroch aus dem Zelt. Er blieb vor dem Eingang stehen und besah sich die Szene. Vor den Zelten des ersten und zweiten Contuberniums saßen rund zwanzig Legionäre im Kreis um Ripanus und Promptus herum, welche mit bösen Blicken zu Mallius sahen, der am Rande des Kreises stand.

Der hob seine rechte Hand und zeigte ihnen seine fünf Finger: „Ihr seid, glaube ich, alt genug, um zu wissen, was man tun kann, wenn der Druck zu groß wird!"

Jetzt grinsten alle. Mallius winkte in die Runde. „Aber die beiden haben für ihre tadellose Aufführung eine kleine Aufmerksamkeit verdient. Los, ein halbes As von jedem."

Die Männer lachten, kramten die kleine Bronzestücke raus und warfen sie den beiden zu.

Immer noch kein schlechter Verdienst, dachte sich Lucius und ging nun an der Gruppe vorbei, als sei nichts gewesen. Die Legionäre bemerkten ihn nicht, aber Mallius warf ihm einen kurzen Blick zu.

* * *

JULIA · EQUESTRIS

Fünf Centurionen der 8. Kohorte standen vor Valens und warteten auf den sechsten und jüngsten Centurio. Endlich kam er angerannt.

„Centurio Marcellus, schön, dass du dich auch mal blicken lässt!", begrüßte ihn Valens höhnisch. Lucius war ganz außer Atem, trotzdem versuchte er, sich gegenüber der ungerechtfertigten Anschuldigung zu verteidigen: „Hatte Wache, dein Bote, spät, gewartet!", stieß er keuchend hervor.

Valens machte eine unwirsche Handbewegung. „Wir sind nicht hier, um dein Gestammel zu hören! Ihr habt einen Auftrag. Die 8. Kohorte wird hier in Julia Equestris zurückbleiben, wenn die Augusta morgen abmarschiert. Jeden Tag kommen Versorgungsschiffe aus Lugdunum an. Der Nachschub wird auf Ochsenkarren umgeladen und dann nach Vindonissa gebracht. Das ist eure Aufgabe. Die Einzelheiten wird euch Galarius mitteilen. Er bleibt zunächst mit euch hier. Viel Spaß!" Er grinste, warf Lucius einen höhnischen Blick zu und verschwand.

Den anderen fünf Centurionen war der Blick nicht entgangen. Sextus Hilarius, der *Hastatus prior,* sagte laut, was alle dachten: „Dann müssen wir also wegen diesem Grünschnabel hier die Kuhtreiber spielen!" Er spuckte aus und rempelte Lucius im Vorbeigehen schmerzhaft an. Die anderen würdigten ihn keines Blickes und gingen wortlos weg.

Nach dem Abmarsch der Augusta wirkten die 8. Kohorte und die zwei Turmae Reiter in dem großen Lager ein wenig verloren. Lucius fand sich mit den anderen Centurionen bei Galarius ein, der von zwei Männern begleitet wurde, die unterschiedlicher nicht sein konnten: Der eine war ein junger Mann von Anfang zwanzig, der eine Tunica trug, die mehr gekostet haben dürfte, als ein Legionär im Monat verdiente. Er machte einen reichlich hochnäsigen Eindruck, so dass Lucius nur zu dem Schluss kommen konnte, einen Tribun vor sich zu haben. Der andere Mann trug Hemd und Hose und wäre allein dadurch, auch ohne die gekalkten Haare, als Gallier zu erkennen gewesen.

„Das ist Quintus Ostorius Scapula, Tribun der Augusta!", stellte Galarius den Tribun vor und wies dann auf den Gallier. „Das ist Decurio Induomix. Er befehligt einer der beiden Turmae häduischer Reiter." Dann klatschte er in die Hände und sagte: „So, genug der Förmlichkeiten! Es werden drei Lastschiffe aus Lugdunum erwartet. Sie bringen Getreide, Bohnen und Speck. Ihr werdet diese Verpflegung auf die Ochsengespanne verladen und immer, wenn vierunddreißig Gespanne beladen sind, bricht eine Centurie nach Vindonissa auf. Jede Centurie wird von einem Contubernium Reiter begleitet. Es wird in Kampfbereitschaft marschiert und jeden Abend ein befestigtes Lager errichtet, das groß genug für die Centurie, die Gespanne und die Reiter ist."

Lucius warf den anderen Centurionen einen verstohlenen Blick zu. Sie zogen lange Gesichter. Galarius hatte die Reaktion auch bemerkt und fügte entschieden hinzu: „Die helvetischen Stämme sind mit uns verbündet, aber trotzdem wird kein Risiko eingegangen. Klar?"

Missmutig nickten die Centurionen und Galarius fuhr fort: „Da unsere Brüder von der Gallica hier eine prima Straße gebaut haben, sollte die Reise in drei Wochen zu schaffen sein. Wenn wir uns beeilen, bricht der letzte Zug Ende September auf und wird dann Mitte Oktober in Vindonissa sein. Bei schlechtem Wetter sollten wir es aber noch vor dem ersten Schnee schaffen, also an die Arbeit!"

Ein Arbeitskommando entlud das Frachtschiff, das von Geneva über den Lacus Lemanus kommend eingetroffen war. Ein zweites Arbeitskommando lud die bereits eingelagerten Amphoren auf die Gespanne, so dass sich bereits am nächsten Tag die erste Centurie auf den Weg machen konnte. Einen Tag später folgte die zweite Centurie, und als drei Tage später die dritte Centurie aufbrach, schloss sich Galarius diesem Transport an. Er übertrug Scapula die Aufsicht über den restlichen Nachschub. Der Tribun wirkte verdrossen und kam seinen Pflichten mit wenig Begeisterung nach. Als sie nach der Entladung des ersten Schiffes einige Tage auf das nächste Schiff warten mussten, freute er sich über die Pause und verschwand - wohin, wusste niemand. Dies führte zu einigem Unmut unter den Centurionen, als endlich das Schiff eintraf und der Kapitän die Ladung nicht löschen lassen wollte, bevor der Empfang nicht quittiert war. Die drei anwesenden Centurionen akzeptierte der Schiffsführer nicht als Empfänger, und so mussten sie erst den ganzen Ort auf den Kopf stellen, bis sie Scapula vollkommen betrunken im Hinterzimmer einer Taverne fanden. Lucius kippte ihm einen Eimer Wasser über den Kopf und dann schleiften sie ihn ins Lager zurück, wo sie ihm seinen Sklaven übergaben, die ihn anständig herrichten sollten. Schließlich stand Scapula schwankend, mit rot unterlaufenen Augen vor dem Kapitän und unterschrieb die Empfangsbestätigung.

„Schade, dass wir gerade keine unbezahlten Weinlieferungen haben!“, feixte Hilarius. „Die hätte der Trottel auch blind unterschrieben!“

Sie übergaben ihn wieder seinen Sklaven, die ihn ins Lager zurückbrachten. Die Legionäre selbst machten sich an die Arbeit und entluden das Schiff. Die Arbeit war jetzt so eingespielt, dass sie trotz des Zeitverlustes das Schiff bis zur Dunkelheit ent- und die Wagen beladen hatten. So blieben am nächsten Morgen nur noch zwei Centurien zurück und warteten auf das letzte Schiff.

Hilarius konnte es kaum erwarten, Julia Equestris endlich zu verlassen. Deshalb wartete er auch nicht, bis die *Claudia* ganz entladen war, sondern machte sich sofort auf den Weg, als seine vierunddreißig Gespanne bereit waren.

„Hundesohn!“, schimpfte Lucius innerlich. Aber es war nicht zu ändern. Sie entluden den Rest des Schiffes allein und brachten das, was nicht mehr auf die Karren passte, in die Magazine.

Am Abend besprach er sich mit Mallius und Drusillus. Lucius fühlte sich, als wäre eine Horde Barbaren über ihn hinweggestürmt. Sein erster selbstständiger Auftrag begann. Fast selbstständig, den nominellen Oberbefehl würde Scapula haben.

„Hier ist alles so weit erledigt!“, sagte er zu den beiden. „Wir brechen morgen auf!“

Drusillus brummte etwas von der Betreuung zweier Kinder. Mallius wandte sich direkt der praktischen Seite zu: „Wir müssen die eisernen

Rationen überprüfen und bei Bedarf auffüllen! Wenn du mir deinen Schreiber zur Verfügung stellst, werde ich direkt Inventur machen, Centurio." „PULLIO!", brüllte Lucius so laut, als ob der Gerufene am anderen Ende des Lagers wäre und nicht ein paar Schritte entfernt. Wenn Lucius in den ersten zwei Monaten etwas gelernt hatte, dann, dass man seine Autorität am besten bekräftigte, indem man Untergebene nach Möglichkeit anbrüllte. Nachdem Mallius und Pullio sich auf den Weg gemacht hatten, wandte sich Lucius an Drusillus.

„Nun, Optio, weitere Vorschläge?" Drusillus zuckte nur mit den Schultern.

Filius meretix, dachte sich Lucius. Der reißt sich auch kein Bein aus! Laut sagte er: „Dann sieh hier nach dem Rechten, ich suche den Tribun auf und frage nach seinen Befehlen!"

Die Befehle des Tribuns vor dem Aufbruch am nächsten Morgen waren einfach: Sorge dafür, dass alles reibungslos klappt und die Wagen gut vorankommen. Die Marschordnung hatten sie zusammen mit Induomix, dem Decurio, festgelegt.

Die acht Häduer bildeten die Vorhut und erkundeten das vor ihnen liegende Gelände, dann kamen vierzig Legionäre, die von Lucius angeführt wurden, dann die Wagen und am Ende folgte Drusillus mit den restlichen vierzig Legionären. Lucius war angespannt, unruhig und nervös. Scapula war häufig mit Induomix und den Reitern unterwegs, so dass Lucius für die ganze Kolonne allein verantwortlich war.

Als es Zeit für das erste Nachtlager wurde, erlebte er eine unangenehme Überraschung. Er hatte gedacht, dass sie einfach das Lager der anderen benutzen könnten und sich so Arbeit sparen würden. Aber als sie den Platz erreichten, wusste er sofort: Hier konnten sie nicht lagern. Die Erde war umgewühlt, zertrampelt und voller Unrat. Es wimmelte von Ungeziefer und roch nach Scheiße. Sie marschierten noch eine halbe Stunde vom See weg, bevor sie eine andere geeignete Stelle zum Lagern fanden. Sorgfältig überwachte Lucius die Arbeiten. Zuerst wurde ein Graben ausgehoben, mannstief und eine Speerlänge breit. Die ausgehobene Erde bildete den Wall, in den dann die *pila muralia*, die Schanzpfähle, gerammt wurden. Die *pila muralia* wurden untereinander mit Stricken verbunden. Die Palisade war durch die Lücken zwischen den Pfählen kein besonders guter Schutz gegen Pfeil- oder Speerbeschuss, aber dafür hatten die Soldaten ihre großen Schilde. Für einen anstürmenden Feind bedeutete der Wall zusammen mit dem Graben ein fast unüberwindliches Hindernis: Beim Versuch, den Graben zu überspringen, rutschte der Angreifer vom Wall in den Graben ab. Von dort unten musste er versuchen, die über ihm aufragende Palisade zu überwinden. Selbst wenn der Graben mit Steinen, Reisig oder Erde aufgefüllt wurde, konnte man die Palisade nicht einfach einreißen oder eindrücken, da die Pfähle fast zur Hälfte im Wall verankert waren und durch die Stricke zusammengehalten wurden. Dazu wurden die Angreifer durch die Verteidiger des Walls mit Speeren oder Pfeilhagel empfangen. Die Anlage der Marschlager hatte einiges zum Erfolg der römischen Legion beigetragen.

Nachdem das Lager derart gesichert war, hätte Lucius ruhig schlafen können, aber weit gefehlt. Trotz der Anstrengung des Tages bekam er kein Auge zu. Er stand immer wieder auf und durchstreifte das Lager. Er kontrollierte die Wachtposten und horchte in die Dunkelheit, ob sich da etwas rührte.

Der nächste Tag hielt noch weitere unangenehme Überraschungen bereit. Nach dem Zustand der Straße zu urteilen, mussten die Ochsen vor ihnen samt und sonders an Durchfall gelitten haben. Man konnte kaum einen Schritt tun, ohne in die Hinterlassenschaften der Ochsen zu treten. Dazu wurden sie den ganzen Tag von Fliegen umschwärmt. Am Abend gestaltete sich die Suche nach einem geeigneten Lagerplatz wiederum als schwierig. Deshalb beschloss Lucius, am nächsten Morgen drei Stunden später aufzubrechen und nur einen kürzeren Tagesmarsch zu absolvieren, so dass sie abends nicht mehr lange nach einem geeigneten Lagerplatz suchen mussten. Gegen die verdreckte Straße ließ sich bis zum nächsten Regen nichts tun, doch der würde, jetzt, da der September zu Ende ging, nicht mehr lange auf sich warten lassen.

Entlang des Lacus Lemanus war die Straße recht belebt. Bauern, Jäger und Händler kamen ihnen entgegen, und so entstanden es immer wieder Verzögerungen, bis die Händler ihre Karren von der Straße gelenkt hatten. Dabei sparten sie nicht mit Verwünschungen in Richtung der römischen Legionäre. Einer der keltischen Händler war besonders hartnäckig. Er weigerte sich schlichtweg, die Straße zu verlassen. Lucius versuchte es erst mit gutem Zureden, aber der Händler fluchte und schimpfte in bestem Latein und fuchtelte mit seinem Stock in der Luft herum. Wie er da auf seinem Wagen stand, die Sonne genau hinter sich, leuchteten seine roten Haare, als ob sein Kopf in Flammen stünde.

Wie Helios persönlich, dachte sich Lucius zuerst amüsiert, aber dann riss ihm der Geduldsfaden. Jetzt war nicht die Zeit für poetische Anwandlungen. Er drehte sich zu Promptus um, der mit seinem Contubernium an der Spitze marschierte.

„Los, vier holen diesen Idioten vom Wagen runter und die anderen schaffen den Wagen von der Straße!", befahl er.

Die Legionäre des Contuberniums stellten ihre Waffen zusammen und kreisten den Wagen ein. Der Händler hieb mit seinem Stock nach ihnen.

„Los, packt ihn!", rief Promptus. „Und passt auf, dass er keine versteckten Messer hat!"

Sie zerrten ihn grob vom Wagen und schleppten ihn zur Seite. Dann führten sie sein Maultiergespann von der Straße.

„Achtet drauf, dass es nicht umfällt!", ermahnte Lucius die Legionäre, die mit einem ungehaltenen Knurren antworteten. Am liebsten hätten sie den ganzen Wagen in den Graben geworfen und den Kelten hinterher. Dieser hatte nun die Sprache gewechselt und beschimpfte und verfluchte sie in einem keltischen Dialekt. In Vocontii, wie Lucius erstaunt feststellte. Er beachtete den Kelten nicht weiter, sondern wartete, bis die Straße frei war. Dann winkte er die Legionäre zurück. Sie ließen den Kelten einfach fallen, kamen zurück zur Kolonne und nahmen ihre Waffen wieder auf. Lucius zuckte erschrocken zusammen, als ihn etwas an der Schulter traf. Er sah an sich herunter und musste feststellen, dass der Voconter ihn mit Schlamm beworfen hatte. Scapula, der den ganzen Vorgang von seinem Pferd aus beobachtet hatte, kicherte leise. Lucius fuhr zu dem Voconter herum, seine Hand fuhr ans Schwert. Der Kelte grinste höhnisch und winkte Lucius mit seinem Stock zu. Angesichts von vierzig Legionären war er entweder sehr mutig oder sehr verrückt, wahrscheinlich beides. Lucius hatte keine Lust, ihm durch den Matsch nachzulaufen. Promptus schien seine Gedanken zu erraten.

„Auf die Entfernung ein Kinderspiel!“, sagte er und hielt Lucius sein Pilum hin.

Lucius nahm den schweren Wurfspeer und wog ihn in der Hand, ohne den Händler aus den Augen zu lassen. Der war plötzlich verstummt und sicher war er auch bleich geworden, aber das sah man durch den Dreck nicht. Ihm war wohl gerade aufgegangen, dass es unklug gewesen war, den Befehlshaber von über vierzig schwer bewaffneten und schlecht gelaunten Männern zu reizen.

„Das wird nicht nötig sein!“, bemerkte Lucius leichthin und reichte den Speer zurück. Dann brüllte er den Voconter an: „Halt endlich dein dummes Maul und verpiss dich, sonst stecken wir dich in die Kuhscheiße, du mutterloser Abschaum!“

Dem Händler fiel die Kinnlade herunter und die Augen quollen ihm aus den Höhlen, als ihn der Centurio in seiner Muttersprache beschimpfte. Lucius stieß noch einen deftigen keltischen Fluch aus, dann drehte er sich zu seinen Männern um und befahl den Weitermarsch.

Mit dem Kommando „Auf links!“ setzte sich die Kolonne wieder wie ein Mann in Bewegung.

Bei Lousonna, einem kleinen Oppidum der Sequaner, schlugen sie erneut ihr Nachtlager auf. Lucius und Mallius besprachen gerade die Wacheinteilung, als sich Scapula vor Lucius aufbaute und unbedingt mit ihm reden wollte. So banale Dinge wie eine Wacheinteilung interessierten ihn offenbar wenig, er wollte unbedingt sein Anliegen loswerden.

„Centurio, in diesem Schneckentempo dauert es ewig. Kaum, dass wir losmarschiert sind, müssen wir schon wieder halten, um ein Lager aufzubauen. Die Wagen sind so langsam, dass wir die Lager beinahe in Sichtweite voneinander aufbauen!“, schnaubte er entrüstet durch die Nase. „Bei allen Göttern, wir haben in drei Tagen nur zwanzig Meilen zurückgelegt! Das sind noch nicht einmal sieben Meilen pro Tag. Ich bin jetzt im dritten Jahr Tribun und wollte mich nächstes Jahr in Rom für ein öffentliches Amt bewerben. Wenn wir aber weiter so schleichen, werde ich nächstes Jahr nicht mal in Lugdunum sein, geschweige denn in Rom!“

Auch Lucius hatte den Meilenstein vor dem Ort gesehen. „Verzeih Tribun, aber Ochsenkarren bewegen sich nun einmal nicht so schnell wie eine Legion oder Kohorte!“, entgegnete Lucius.

„Das weiß ich selber!", fauchte der Tribun, „Hältst du mich für einen ahnungslosen Trottel?"

Ja, dachte Lucius im Stillen. Bisher hast du auch durch nichts bewiesen, dass ich mich irre. Laut sagte er: „Nein, Herr!", und nahm unwillkürlich Haltung an.

Mallius' Lippen umspielte ein hämisches Lächeln, das er immer dann zeigte, wenn Lucius auf Grund seiner mangelnden Erfahrung eine unnötige Frage stellen musste oder einen Fehler beging. Offensichtlich passte ihm nicht, dass Lucius vor diesem schnöseligen Tribun Haltung annahm.

Ach, leck mich doch, dachte Lucius.

Unterdessen war Scapula mit seiner Ansprache fortgefahren: „Dein Eifer ist zu loben, aber unnötig. Hier gibt es weit und breit keinen Barbaren, der es wagen würde, uns anzugreifen. Also werden wir von heute an das Lager nicht befestigen, das gibt uns zwei oder drei Marschstunden mehr!" „Verzeih, Herr", wagte Lucius zu entgegnen, „aber ich habe den Befehl bekommen, jeden Abend ein befestigtes Lager zu errichten."

„Und ich, Quintus Ostorius Scapula, gebe dir jetzt einen neuen Befehl!", säuselte der Tribun. „Ich bin jetzt im dritten Jahr Tribun und du", er machte eine Pause und sah Lucius abfällig an, „bist meines Wissens nach auf deinem ersten Feldzug! Also kein befestigtes Lager!"

„Verzeih, wenn ich erneut widerspreche!" Lucius' Stimme klang jetzt bestimmter. Scheißegal, ob erster Feldzug oder nicht, dieser eitle Geck brauchte nicht auf ihn herabzusehen. „Meine Befehle stammen von Galarius und Valens. Ich habe auf die *disciplina* geschworen, die Befehle meiner Vorgesetzten zu befolgen!"

„Jupiter!", stieß Scapula hervor. „Soldaten! Und ich als dein Vorgesetzter gebe dir einen neuen Befehl und den wirst du befolgen!"

Er war offenbar einer dieser törichten Befehlshaber, von denen in den römischen Geschichten immer wieder die Rede war. Sie hatten durch ihren Stand und dank ihrer Vorfahren die Befehlsgewalt, aber im Grunde keine Ahnung.

„Es wäre aber doch ärgerlich, wenn nächstes Jahr auf dem Forum jemand herumerzählen würde, dass dir bei einem kleinen Versorgungsunternehmen drei Sack Getreide gestohlen wurden, weil du die grundlegenden Maßnahmen zur Sicherung eines Lagers nicht befolgt hast!"

Scapula musterte Lucius finster.

„Wie sagt der Princeps immer?“, fuhr dieser fort. „„Eile mit Weile!‘“

Scapula starrte ihn einen Augenblick entrüstet an, dann verzog sich sein Mund zu einem Grinsen und mit einer ausladenden Geste gab er sich geschlagen. „Eine gute Antwort, Centurio. Na gut, aber was können wir tun, um schneller voranzukommen?“

Lucius zuckte mit den Schultern: „Nichts, da egal, was wir machen, die Tagesleistung der Ochsen begrenzt ist. Sie können nicht schneller laufen!“

„Können wir dann nicht wenigstens die abendliche Suche nach einem geeigneten Lagerplatz auf diesem vollgeschissenen Weg abkürzen?“ Mallius hatte den Wortwechsel verfolgt. „Wir könnten zwei Contubernia der Vorhut zuteilen. Die können dann den Lagerplatz abstecken und mit Wall und Graben markieren. Das spart Zeit.“

„Gute Idee!“, begeisterte sich Scapula.

„Wer soll das Kommando übernehmen?“, fragte Lucius.

„Celsonius, der Tesserarius!“, entgegnete der Signifer.

„Gut!“, stimmte Lucius zu.

„Wäre das nicht eine Aufgabe für deinen Stellvertreter?“, fragte Scapula.

Mallius wirkte entnervt und Lucius wehrte eilig ab: „Der Signifer verlässt nie die Einheit. Wenn das Signum verloren ginge ...!“ Er machte eine Pause.

Scapula wirkte verwirrt. „Ich meinte den Optio!“

Lucius war erleichtert. „Ach so. Der Optio ist aber erst der dritte Mann in der Centurie. Der Signifer ist ranghöher!“ Scapula blickte noch verwirrter. „Es sei denn“, fuhr Lucius fort, „er ist *Optio ad spem*, ein Optio vor seiner Beförderung zum Centurio, dann ist er ranghöher als der Signifer. Allerdings ist im Feld der Optio der zweite Mann, weil der Signifer durch seine Ausrüstung behindert ist, nur, wenn ...!“

„Schon gut, schon gut!“ Scapula hob die Hände. „Ich habe verstanden! Schickt doch, wen ihr wollt!“ Er drehte sich um und legte mit wehendem Mantel einen bühnenreifen Abgang hin. „Zeitsoldaten!“, sagte Lucius mit einem Grinsen zu Mallius gewandt. Der erwiderte das Grinsen nicht, sondern drehte sich wortlos um und ging ebenfalls weg.

Obwohl Scapula sich mit den Angaben zur Tagesleistung der Ochsen zufriedengegeben hatte, machte Lucius sich Sorgen. Das Marschtempo war selbst für Ochsen zu langsam. Sie mussten keine nennenswerten Hindernisse bewältigen und schafften trotzdem nur sechs Meilen pro Tag. Acht Meilen wären gut gewesen, zehn Meilen noch besser, aber sechs?

Mit wem konnte er sich beraten, wie man die Leistung der Centurie steigern konnte? Mallius, der ihn permanent belehrte? Drusillus oder Celsonius? Die waren nicht erpicht darauf gewesen, unter Lucius' Kommando zu stehen, und legten größten Wert auf Distanz. Lucius beschloss also zunächst, Nachsicht gegenüber den Männern zu zeigen, aber Drusillus war anscheinend anderer Meinung. Der Optio schlug zwei Männer so heftig mit seinem Stock, dass sie zwei Tage nicht gehen konnten und in einem Wagen gefahren werden mussten. Lucius schwieg dazu, da Drusillus über zwanzig Jahre Diensterfahrung hatte; er würde schon wissen, wie man die Männer antrieb. Lucius ließ den *principales* weitestgehend freie Hand, um ihnen zu zeigen, dass er ihrer Erfahrung vertraute.

Einen Tagesmarsch hinter Lousonna bog die Straße nach Norden ab und sie ließen den See hinter sich. Sie befanden sich nun im Gebiet der Tiguriner. Mit diesen existierte seit Caesars Zeiten ein Vertrag, aber trotzdem hatte Lucius ein flaues Gefühl im Magen, da sie jetzt nicht mehr in der Provinz Gallia Comata waren, sondern sich jenseits der Grenzen des Imperium Romanum befanden. Als ob Jupiter nur darauf gewartet hatte, setzte prompt das schlechte Wetter wieder ein und es begann zu regnen. Zwei Tage lang regnete es ununterbrochen und alle atmeten erleichtert auf, als am Nachmittag des dritten Tages die Häuser von Aventicum vor ihnen auftauchten. Es war nur ein kleines, unbedeutendes Oppidum. Aber die Legionäre wussten, hier lebten Menschen, hier gab es bestimmt Wein und vielleicht sogar Frauen. Die Stimmung hatte sich verschlechtert. Die Männer waren nicht nur gegenüber ihren Vorgesetzten kurz angebunden, sondern auch untereinander. Lucius war ebenfalls missgelaunt, weil die Marschleistung unverändert schlecht war. Wegen der nicht vorhandenen Meilensteine konnte er die Tagesleistung nicht ausrechnen, aber mehr als sechs Meilen pro Tag konnten es nicht sein und jetzt hatten sie zudem die gute römische Straße verlassen und marschierten nur noch auf einem befestigten Weg. Der war von den Soldaten der Gallica befestigt worden und damit komfortabler als die Wege, die die Barbaren gemeinhin benutzten. Aber, so dachte Lucius, wenn sie auf einer Straße nur sechs Meilen schafften, wie würde das jetzt werden? Das vor ihnen liegende Gelände erweckte keine Hoffnung, ein schnelleres Marschtempo anschlagen zu können. Lucius schlug daher Scapula vor, den Ruhetag zu streichen. Dieser überlegte eine Weile. Lucius konnte sich vorstellen, was in ihm vorging. Auf der einen Seite versprach der Ort eine gewisse Bequemlichkeit und der Tribun hätte die Möglichkeit, seine Kleidung zu trocknen, dem Wein zuzusprechen und vielleicht eine Frau zu bekommen. Auf der anderen Seite würde, wenn sie direkt weiterzogen, die Reise schneller zu Ende gehen. Scapula warf einen Blick zum Himmel und gab dann sein Einverständnis. Lucius war egal, ob er das Wetter begutachtet oder auf eine göttliche Inspiration gewartet hatte. Froh, dass sie etwas verlorene Zeit aufholen konnten, ging er los, um seine Offiziere zu informieren, dass sie am nächsten Tag weitermarschieren würden.

Ihm fiel es schwer, ihre Reaktionen zu deuten. Drusillus' Miene war unergründlich, Mallius dagegen sah aus, als ob er etwas sagen wollte, dann überlegte er es sich anders.

Die Legionäre reagierten keinesfalls schweigend auf die Ankündigung, dass am nächsten Tag ohne Pause weitermarschiert würde. Lucius hörte ihre Protestrufe und ihr verärgertes Gemurmel, aber es war ihm egal. Bei dem Tempo hatten sie sich kaum verausgabt und es widerstrebte ihm, nur aus traditionellen Gründen einen Ruhetag einzulegen. Es entging ihm nicht, dass die Männer sehnsüchtige Blicke auf die kleine Ortschaft mit ihren Häusern und rauchenden Schornsteine warfen, als sie am nächsten Morgen aufbrachen.

Wenn Lucius gedacht hatte, die Stimmung könnte nicht schlechter werden, so wurde er in den nächsten Tagen eines Besseren belehrt. Nach weiteren Regentagen war die Stimmung nicht mehr schlecht, sondern katastrophal. Die ganze Ausrüstung war nass, Kleidung, Zelte, Essen, Waffen, einfach alles. Die Legionäre waren übellaunig und gehorchten den Befehlen nur mürrisch und aufsässig. Der Tesserarius meldete jede Nacht Männer wegen Wachvergehen, so dass die halbe Centurie mit Strafarbeiten beschäftigt war und nicht mehr zum Ausruhen kam. Hatten sich die Männer am Anfang der Reise noch Scherzworte zugeworfen oder Lieder gesungen und gepfiffen, gab es jetzt nur noch Flüche und Verwünschungen.

Am Abend saß Lucius in seinem Zelt vor seinem Weinbecher und brütete vor sich hin. Er war am Ende seiner Weisheit. Was sollte er nur tun? Er versuchte seinen Männern ein gutes Vorbild zu sein, so, wie er es in Caesars Kommentaren über den Gallischen Krieg gelesen und wie sein Vater ihm geraten hatte. Er nahm die gleichen Strapazen auf sich wie seine Soldaten. Er misshandelte und schikanierte sie nicht - und trotzdem sah er in den Blicken der Männer Hass, wenn sie ihn ansahen. Im Zeitplan waren sie auch weit zurück, da die Marschleistung weiter gesunken war. Hatte Scapula noch mit der Aussage übertrieben, die Lager lägen von Tag zu Tag in Sichtweite, so war dies nun wirklich der Fall. Dabei hätten sie bei normalem Marschtempo schon längst in Vindonissa sein müssen.

Am nächsten Tag hatten sie stattdessen ein besonders schwieriges Stück Weg zu bewältigen, da sie die Wagen durch eine Furt bringen mussten.

Lucius dachte sehnsüchtig an das gemütliche Heim in Arausio oder an die gepflegten Räume auf dem Hof. War es wirklich erst ein halbes Jahr her, dass er als Zivilist gelebt hatte und es gar nicht hatte erwarten können, zur Legion zu kommen? Er schrak zusammen, als er einen Schatten vor dem Zelt wahrnahm. Die Plane wurde zurückgeschlagen und Mallius, der gerade Wache hatte, sah herein. Was war jetzt schon wieder passiert?

„Centurio." Mallius grüßte schlampig. „Ich habe gerade meine Runde gedreht und sah bei dir noch Licht. Da wollte ich mal vorbeischauen."

Lucius richtete sich auf und verließ gebückt das Zelt. Vor dem Zelt standen unter einem Vordach aus Plane ein Klapptisch und zwei Stühle. Hier saß man trocken. Trocken, solange der Wind nicht den Regen unter das Vordach blies. Lucius knallte seinen Weinbecher auf den Tisch und bedeutete Ajax, der vor dem Zelt im Matsch hockte, Mallius auch einen Becher Wein einzuschenken. Mallius nahm den Becher und ließ sich auf den zweiten Stuhl fallen. Sie tranken schweigend. „Du machst dir

Sorgen um die Moral der Männer und den weiteren Marsch", begann Mallius schließlich.

Lucius nickte müde.

„Wir haben sechzehn Tage für eine Strecke gebraucht, die in zwölf zu schaffen sein müsste. Die Männer sind langsam", fügte Mallius hinzu, und Lucius hätte ihn am liebsten angeschrien. „Und sie hassen dich", ergänzte er erbarmungslos.

„Ja, ich weiß!", versetzte Lucius heftig und war froh, dass der Signifer verstummte. Bloß keine Tirade über Alter und Erfahrung. Mallius sah ihn wartend an und nach einer Pause sagte Lucius leise: „Und ich weiß nicht, wieso."

„Wenn es weiter nichts ist. Das kann ich dir sagen." Der Signifer zeigte sein überlegenes Lächeln, das Lucius so hasste. Ich erkläre dir die Welt, kleiner Junge, schien es zu sagen.

„Sie hassen dich, weil du sie im Stich lässt."

Lucius verschlug diese Aussage für einen Augenblick den Atem.

„Was?", fuhr er auf. „Ich lasse sie doch nicht im Stich." Dieser Vorwurf stellte alles in Frage, was er sich vorgenommen hatte und woran er glaubte.

„Doch. Sie werden am Tag von einem Schläger drangsaliert und bei Nacht von einem Erpresser ausgenommen - und du als Kommandeur greifst nicht ein."

Lucius schüttelte entgeistert den Kopf. „Was meinst du mit ‚ausgenommen'? Und ‚drangsaliert'? Der Optio treibt sie nur an."

„Der Optio treibt sie an", wiederholte Mallius und zeigte immer noch das überlegene Lächeln. „Kontrollierst du ihn denn? Oder Celsonius? Oder deinen Schreiber?"

„Kontrollieren?" Lucius war wie vor den Kopf geschlagen. Hatten nicht alle großen Befehlshaber ihre Männer angespornt, indem sie gezeigt hatten, dass sie ihnen vertrauten?

„Ja. Wenn du ihnen einen Befehl erteilst, überwachst du dann auch, ob der Befehl richtig ausgeführt wird?"

„Nein. Natürlich nicht. Ich kann doch meinen Stellvertreter nicht überwachen. Außerdem sind es altgediente Soldaten. Die werden doch wissen, was richtig ist."

Der Signifer schnaubte. „Du bist ein Idiot. Wenn du einen Befehl gibst, musst du aufpassen, dass er so ausgeführt wird, wie du es willst. Sonst könnte jeder Schafskopf eine Armee führen." Das Lächeln war verschwunden. „Ist dir außerdem nicht aufgefallen, dass der Tesserarius, und nur er, dir jeden Morgen Soldaten zur Bestrafung wegen Wachvergehen meldet? Bist du einmal nachts aufgestanden, um zu überprüfen, was er treibt? Nein." Der Signifer hatte sich in Rage geredet, sprach aber immer noch mit gedämpfter Stimme. „Du lässt deinen Offizieren in allen Dingen freie Hand. Und deswegen hassen dich die Leute. Egal, wie viel Diensterfahrung wir haben, du bist verantwortlich für uns alle. Gute Nacht." Er trank den Becher leer und stand auf, um seine Wache wieder aufzunehmen.

Lucius starrte ihm nach. Hatte Mallius recht? Hatte er sich zu sehr auf seine *principales* und *immunes* verlassen? Aber dafür waren sie doch da, oder etwa nicht?

„Minerva, erleuchte mich!", flehte er und stand auf. Der Signifer hatte heute die erste Wache. Danach folgten der Tesserarius mit der zweiten und der Optio mit der dritten. Er warf einen Blick auf die Wasseruhr, die mitten auf dem Forum stand.

„Ungefähr die Hälfte der ersten Wache ist herum", sagte er halblaut zu sich selbst. „Also habe ich noch Zeit, bis Celsonius seine Wache antritt."

Er schickte Ajax schlafen, zog sich in sein Zelt zurück, legte sich auf sein Lager, löschte das Licht und wartete.

Die zweite Stunde der zweiten Wache war vorüber, als er das Zelt verließ. Er grüßte die Wache auf dem Forum und fragte nach Celsonius. Die Wache zeigte wortlos zum Nordwall.

Lucius ging in diese Richtung durchs Lager. Als er sich dem Ende der Zeltreihen näherte, sah er zwei Wachen an der Nordwestecke des Lagers. Sie standen mit dem Rücken zueinander und starrten schweigend in die Dunkelheit. Lucius blieb im Schatten eines Zeltes stehen und sah sich um. Der Tesserarius war nicht zu sehen. Sollte er warten, bis er vorbeikam? Eine der Wachen reckte sich, drehte sich zu ihrem Kameraden um und brummte ihm etwas zu. Dieser antwortete, dann hoben beide ihre Schilde auf und wollten ihre Runde wieder aufnehmen, als sie plötzlich angerufen wurden: „WACHE!"

Die beiden Männer schraken zusammen und fuhren herum. Zwei Gestalten traten auf sie zu. Lucius hörte jetzt die Stimme des Tesserarius: „Wache zu haben bedeutet nicht, dass man herumsteht und ein gemütliches Schwätzchen halten kann. Ihr habt eure Runden zu drehen und das Gelände außerhalb zu beobachten!"

Eine der Wachen protestierte, Lucius erkannte Promptus an der Stimme: „Wir haben uns nicht unterhalten und die ganze Zeit den Bereich außerhalb des Lagers beobachtet."

Celsonius trat ganz nahe an Promptus heran. „Nennst du mich etwa ein Lügner, du Sohn einer Hündin?"

Der zog es vor zu schweigen.

„Wie sind eure Namen?"

„Gaius Julius Tertinius, drittes Contubernium!", beeilte sich der andere Legionär ängstlich zu melden. Tertinius war einer der neuen Rekruten, erinnerte sich Lucius.

„Gnaeus Promptus!" Promptus' Stimme klang ausdruckslos.

„Natürlich drittes Contubernium. Glaubst du, ich bin als Wachhabender zu dumm, um zu wissen, welche Einheit heute Wache hat?", blaffte Celsonius den jungen Legionär an. „Ist bei den beiden was zu holen?", fragte der Tesserarius seine Begleiter.

„Oh, ja!", lachte dieser. „Das dritte Contubernium ist heute zum ersten Mal in unserer Wache."

Lucius schloss vor Scham die Augen, als er die Stimme hörte. Dies war Pullio, sein Schreiber. Mallius hatte recht gehabt: Er war blind und taub gewesen. Er hatte sich nie etwas dabei gedacht, dass der Tesserarius und der Schreiber so vertraut miteinander taten.

„Umso besser. Mach es ihnen klar."

Pullio wandte sich an die beiden Wachen. „Hört zu, ihr mutterloser Abschaum! Entweder ihr macht hier euer Zeichen und erklärt euch damit einverstanden, dass ihr uns am nächsten Zahltag eine Kleinigkeit von eurem Sold abgebt, dann werden wir großmütig über euer Wachvergehen hinwegsehen. Oder aber ihr werdet morgen früh gemeldet und bestraft."

Lucius hatte genug gehört. Bei Jupiter, war er einfältig gewesen! Celsionus war Wachoffizier und Pullio hatte Einblick in die Wachlisten. Pullio war als *immunis* von den Routinediensten befreit, aber er bezog den gleichen Sold wie ein Legionär, den er auf Kosten der Männer aufbesserte. Die Rekruten waren zu unerfahren, um aufzubegehren, und die wenigen Legionäre mit mehr Erfahrung, wie Promptus, hielten die Klappe. An wen sollten sie sich auch wenden? Etwa an ihn? Lucius Marcellus, den Centurio, der offensichtlich mit Taub- und Blindheit geschlagen war? Lucius geißelte sich mit Selbstvorwürfen und musste sich zähneknirschend eingestehen, dass er tatsächlich nichts getan hatte, um das Vertrauen der Männer zu verdienen.

Der Tesserarius hörte ihn näher kommen und fuhr herum. „Wer da?"

Lucius antwortete nicht und da er keinen Helm trug, war er im Dunkeln nicht so leicht zu erkennen. Celsionus stieß Pullio an. Dieser ließ die Wachstafel sinken, die er den Wachen hingehalten hatte, und ging auf Lucius zu.

„Verschwinde auf deinen Posten! Sonst werde ich dir Beine machen! Du ... AHHHRG!"

Mit einem Schmerzensschrei brach er zusammen, denn Lucius hatte ihm die Vitis mit voller Wucht auf die Schulter geschlagen. Es kümmerte ihn nicht, ob Pullio schwer verletzt wurde, denn er war außer sich vor Scham und Wut. Als der Schreiber vor Schmerzen gekrümmt am Boden lag, zog Lucius ihm noch einen Schlag über den Rücken. Celsionus sprang herbei und packte Lucius am rechten Arm. „Was erlaubst du dir ..." , fing er an, aber Lucius stieß ihm die Faust so heftig ins Gesicht, dass er zu Boden ging.

„WACHE!", donnerte Lucius in die Dunkelheit.

Im Lager wurde es auf einmal lebendig, da die Schmerzensschreie und Lucius' lauter Ruf die Männer alarmiert hatten. Schon sah er zwischen den Zelten die Männer der übrigen Wache herbeistürmen. Sie trugen Fackeln und verliehen der Szene so einen geradezu gespenstischen Charakter. Ein vor Schmerzen stöhnender Pullio lag am Boden. Der Tesserarius rappelte sich mit blutender Lippe auf. Zwischen den beiden stand Lucius, vor Wut bebend, dahinter Promptus und Tertinius mit ausdruckslosen Gesichtern. Lucius wies mit der Vitis auf die beiden Übeltäter.

„Diese beiden Männer stehen unter Arrest. Sie werden gefesselt und kommen mit Wache in das Zelt des Tesserarius. Über ihre Strafe entscheide ich morgen."

Lucius wandte sich zum Gehen. Celsonius stieß einen Schrei aus und packte ihn von hinten an die Schulter, um ihn herumzureißen. „Einsperren und fesseln? Was glaubst du Grünschnabel eigentlich, wer du bist?"

Lucius wirbelte herum, packte den Arm des anderen und schleuderte ihn über die Hüfte in den Schlamm. Ehe er sich besinnen konnte, packte Lucius seinen Kopf und drückte ihm das Gesicht in den Schlamm. Celsonius zappelte und versuchte sich loszureißen, aber Lucius hielt ihn fest.

„Ich weiß, wer ich bin. Aber offenbar hast du es vergessen. ICH BIN DEIN CENTURIO!", brüllte Lucius. Und dann, mit leiser, schneidender Stimme: „Wage es nie wieder, mich anzufassen oder meine Befehle in Frage zu stellen." Er riss Celsonius hoch und stieß ihn zur Wache hinüber. „Nehmt ihn mit!"

Lucius stapfte in Richtung Forum davon. Er kam an Drusillus vorbei, der missbilligend den Kopf schüttelte. „Tolle Leistung. Ein Centurio und ein *principalis* wälzen sich vor den Legionären im Schlamm wie Schweine. Ein feiner Centurio bist ...!"

„Halt den Mund!", zischte ihn Lucius an. „Und übernimm den Rest seiner Wache!"

„Was!?", fuhr der Optio auf. „Ich denke gar nicht daran! Ich habe danach noch drei Stunden Wache."

„Das ist keine Bitte, Principalis. Das ist ein Befehl!", donnerte Lucius ihn an. Er ließ ihn stehen und ging zu seinem Zelt. Ajax war durch den Lärm wach geworden und reichte ihm einen Becher Wein.

„Danke", brummte Lucius und trank. Er wartete, bis es im Lager wieder still geworden war und er den Optio bei der Standarte stehen sah. Danach erst kehrte er in sein Zelt zurück und legte sich schlafen.

Noch vor dem Wecken war Lucius wieder wach. Er sprang auf, zog die rote Tunica über, nahm seine Vitis und marschierte zum Zelt des Tesserarius.

„Holt ihn raus und wartet dann dort drüben!", sagte er zu den Wachen. „Und nehmt den da auch mit", fügte er auf den Schreiber deutend hinzu. Nachdem die Wachen mit dem Schreiber das Zelt verlassen hatten, machte sich Lucius daran, das Zelt zu durchsuchen.

„Das ist mein Privateigentum“, tönte die sich überschlagende Stimme des Tesserarius von draußen.

Lucius schenkte ihm keine Beachtung. Er brauchte nicht lange zu suchen, bis er einen ganzen Haufen Wachstafeln fand. Er sah sie flüchtig durch. Es waren alles Schuldverschreibungen von Männern der Centurie. Er verließ das Zelt, um die Tafeln lesen zu können.

„Du bist verdammt gierig. Wolltest du die Männer noch vor Basilia komplett ausgenommen haben?“, fragte er und überflog die Aufstellung der Geldbeträge.

„Es ist allgemein übliche Praxis, dass Soldaten sich freikaufen“, entgegnete der andere.

„Ja. Von lästigen Diensten.“ Lucius drehte sich um. „Wache!“ Die Wache kam auf sie zu.

„Bindet die beiden los! Dann könnt ihr abtreten. Ich verkünde ihre Strafe beim Appell.“

Er wandte sich wieder an Celsionus. „Aber Soldaten zu erpressen mit erfundenen Vergehen, oder ihnen zu erlauben, sich von Strafen freizukaufen, ist nicht üblich in der Legion.“

„Was weißt du schon vom wirklichen Leben in der Legion?“, antwortete der Tesserarius verächtlich, stand auf und rieb sich die Handgelenke. „Hast wahrscheinlich Bücher darüber gelesen, mit Veteranen gesprochen, Erzählungen deines Vaters gelauscht, oh ja, wir wissen alle, wer dein Vater ist, und deswegen glaubst du, ein Soldat zu sein, oder?“

Lucius fühlte einen Stich. Bis vor ein paar Monaten hatte er tatsächlich so gedacht. Um seine Betroffenheit zu überspielen, stopfte er die Schuldverschreibungen in einen Sack.

„Vielleicht hast du recht, vielleicht auch nicht. Auf jeden Fall bin ich jetzt dein vorgesetzter Offizier.“ Lucius hielt inne, als der andere durch den Mundwinkel ausspuckte, um seinen Hohn zu zeigen. „Ob es dir passt oder nicht. Du hast dich der *disciplina* verpflichtet, aber als du gesehen hast, dass du einen unerfahrenen grünen Jungen als Vorgesetzten bekommst, hast du gedacht, du kannst dich bereichern wie ein Politiker auf dem Forum. Du bist nicht nur gierig, sondern auch erbärmlich. Du hast die Phalerae der Tapferkeit nicht verdient!“ Lucius schnaubte verächtlich, drehte sich um und ging.

„Der Inhalt des Sackes gehört mir. Du bestiehlst mich!“, schrie Celsonius ihm nach.

„Verklag mich doch“, konterte Lucius ruhig.

Noch vor dem Morgenappell meldete sich Lucius bei Scapula, der ihn verschlafen anblickte. Er schien von dem Spektakel in der Nacht nichts mitbekommen zu haben und war ganz entgeistert, dass Lucius nun plötzlich einen vorgezogenen Ruhetag vorschlug.

„Kommt gar nicht in Frage!“, ereiferte der Tribun sich, mit einem Schlag hellwach. „Wir schleichen sowieso schon wie die Schnecken, und dann noch eine außerplanmäßige Pause?“

Lucius setzte ihm auseinander, dass nach dem vorgezogenen Ruhetag mit einer Steigerung der Marschleistung zu rechnen sei. Er erklärte ihm, dass eine bessere Verteilung der Lasten und eine Überprüfung der Ausrüstung nötig seien, da es sich bei den meisten Legionären um Rekruten handele, die an ihrem ersten Feldzug teilnähmen. Hier sei der Grund für die schlechte Marschleistung zu suchen. Im Leben nicht würde Lucius dem Tribun eingestehen, dass die Schuld darin zu suchen war, dass Lucius seine *principales* und *immunes* nicht im Griff gehabt hatte. Scapula brummte schließlich widerwillig: „Wenn du meinst!“, und nachdem Lucius die Frage „Brauchst du mich?“, verneint hatte, ließ sich der Tribun wieder auf sein Lager sinken.

Beim Morgenappell ordnete Lucius den Ruhetag offiziell an. Der Tag sollte vor allem genutzt werden, um Waffen und Ausrüstung zu reinigen und in Ordnung zu bringen. Er wies den Waffenmeister an, den Leuten bei der Instandsetzung von schadhaften Waffen zu helfen. Dann verkündete er die Strafen für den Tesserarius und den Schreiber. Ersterer würde für fünf Tage jede zweite Wache Bereitschaft haben, der andere verlor seine Stellung als *immunis* und musste wieder Routinedienst tun. Lucius beauftragte Mallius, ihm einen neuen Schreiber zu suchen. Da es heute nicht regnete, wies er die *principales* an, im Lager mehrere große Feuer entzünden zu lassen, um den Legionären die Möglichkeit zu geben, ihre nasse Kleidung zu trocknen. Zuletzt hob er den Sack mit den Schuldverschreibungen hoch.

„Ab jetzt werden in dieser Centurie Männer, die sich eines Vergehens schuldig gemacht haben, bestraft. Hier kauft sich niemand von seiner Schuld frei wie ein Publicanus."

Damit warf er den Sack unter dem Beifall der Männer ins Feuer, der hasserfüllte Blick des Tesserarius war ihm gleichgültig. Langsam gewöhne ich mich daran, so angesehen zu werden, dachte er bei sich. Ich müsste mich wahrscheinlich fragen, was ich falsch gemacht habe, wenn ich plötzlich zustimmende Blicke von den anderen Centurionen bekommen würde.

Die Einheit trat weg. Lucius ging zu seinem Zelt. Ajax hielt schon einen Weinbecher parat und Lucius musste grinsen. „Ajax, willst du mich zum Trinker machen?"

„Nein, Herr. Aber du hast bestimmt einen anstrengenden Tag vor dir."

„Das ist wahr, aber ich brauche einen klaren Kopf. Besorg lieber einige Kleinigkeiten zum Essen, die ich kalt und im Gehen zu mir nehmen kann!"

Lucius musste schmunzeln, als er dem kleinen, mageren Kerl nachschaute, wie er eifrig davoneilte, um seine Wünsche zu erfüllen. Ajax machte sich gut und erledigte seine Aufgaben als Mulio und Bediensteter mit großer Sorgfalt. Manchmal war Lucius froh, dass der Junge bei ihm war und ihm mit seinen treuen Diensten ein wenig Gesellschaft leistete, die ihm ansonsten in seiner Position als „Möchtegern-Centurio" - denn als solchen sahen ihn die anderen offenbar, egal, was er tat - verwehrt blieb.

Er überquerte das Forum des Lagers. Maximus, der Waffenmeister, saß vor seinem Zelt und unterhielt sich müßig mit Drusillus. Lucius ging zum Zelt des Sanitäters und besprach sich kurz mit ihm. Dann drehte er eine Runde durch das Lager und inspizierte die Ausrüstung seiner Centurie. Mit jeder Inspektion eines Contuberniums wurde ihm das tatsächliche Ausmaß seiner Nachlässigkeit und seines Versagens stärker bewusst. Gegen Mittag kehrte er, wütend über sich selbst und über die schlampige Arbeit seiner Untergebenen, wieder zum Forum zurück.

„Ajax!", brüllte er so laut, dass die Legionäre herübersahen. „Wo steckst du?"

Ajax stürzte mit schreckgeweiteten Augen herbei. „Herr?"

„Bring Essen, aber schnell! Sonst setzt es was!"

Ajax rannte ins Zelt und kam mit Brot, Käse und etwas Fleisch zurück. Während Lucius aß, sah er sich auf dem Forum um. Der Optio übernahm gerade die Wache, er überflog die Tafel mit der Parole, die abgelöste Wache grüßte die Standarte und rückte ab. Lucius drückte Ajax das Essen wieder in die Hand und griff nach seinem Rebstock. „Halt fest!"

Er ging zu Drusillus hinüber. „Sitzt der den ganzen Vormittag hier herum?", fragte er und deutete auf den Waffenmeister, der immer noch auf seinem Klappstuhl saß und mittlerweile an einem Holzstück herumschnitzte.

„Ich bin zwar nicht dein Nomenklator, aber ich glaube schon", war die Antwort.

Lucius ließ ihn stehen und ging auf den Waffenmeister zu, der gleichmütig aufsah und weiterschnitzte.

„Hast du eine Aufgabe für mich, Centurio?", fragte er gelangweilt, als Lucius vor ihm stand.

Den drohenden Blick, der auf ihm ruhte, sah er nicht, oder er war ihm gleichgültig. Lucius hob den Fuß und trat damit dem Waffenmeister gegen die Schulter, so dass er rückwärts vom Stuhl stürzte.

Der stieß einen Schreckensruf aus und wollte aufspringen, aber Lucius setzte ihm die Vitis an die Kehle. „Hab ich dir nicht befohlen, bei der Instandsetzung der Waffen zu helfen?"

„Ja, Centurio. Was meinst du, warum ich hier sitze und warte? Bisher hat sich noch keiner bei mir gemeldet!"

Lucius hieb ihm links und rechts auf die Oberarme und trat dann einen Schritt zurück. „Steh auf, du faules Schwein! Beweg deinen Arsch durchs Lager und frag nach, wo du helfen kannst!"

Der Waffenmeister sprang wutentbrannt auf. Für einen Moment sah es so aus, als ob er sich auf Lucius stürzen wollte.

„Mach, dass du wegkommst!", sagte Lucius drohend. „Oder du bist schneller wieder Miles, als du ‚Imperium Romanum' sagen kannst."

Der Waffenmeister zog es vor, sich wortlos auf den Weg zu machen, nicht ohne Lucius wütende Blicke zuzuwerfen.

Lucius wandte sich dem Optio zu, der die Szene beobachtet hatte.

„Folge mir zu meinem Zelt!", forderte er ihn auf. Lucius stürmte voran. Ajax stand noch unter dem Vordach, das Essen in der Hand, und sah ihm angsterfüllt entgegen. Lucius riss ihm das Essen aus der Hand. „Hau ab und mach dich irgendwo nützlich!", fuhr er ihn an.

Er warf die Vitis auf den Tisch und fing an, im Stehen zu essen. Drusillus war ihm langsam gefolgt.

„Was ist? Willst du mich auch treten und schlagen?", fragte er mit hochgezogenen Augenbrauen und hob unmerklich den kleinen Finger seiner rechten Hand. Sieh her, der hier nimmt es mit dir auf! Lucius tat so, als hätte er die unverschämte Geste nicht gesehen, und begann, auf und ab zu gehen.

„Ich habe mir bei einer Reihe von Soldaten die Ausrüstung angesehen. Statt eiserner Rationen für drei Tage haben viele nur Rationen für zwei, einige haben sogar nur Rationen für einen Tag, und die Feldflaschen sind fast leer."

Sein Gegenüber machte eine wegwerfende Handbewegung. „Das machen Legionäre immer, um nicht so viel Gewicht schleppen zu müssen."

Lucius ging auf und ab. „Mag sein. Da wir es aber wissen, könnten wir es kontrollieren und verhindern. Außerdem fehlen weitere wichtige Ausrüstungsgegenstände: Schanzzeug und Mühlen. Dazu noch Fett, um die wunden Füße einzureiben. Wenn ich die Stichproben hochrechne, fehlt nach nur sechzehn Tagen einer von zehn Ausrüstungsgegenständen. Wenn das so weitergeht, kommen wir als eine halbverhungerte, schlecht ausgerüstete und fußkranke Einheit an."

Der andere zuckte mit den Schultern. „Es sind halt dumme Rekruten. Da kannst du nichts anderes erwarten. Außerdem", fügte er hinterhältig lächelnd hinzu, „lieferst du eine solche Einheit ab, nicht wir."

Lucius blieb stehen und drehte sich zu ihm um. „Damit wären wir beim Thema. Ich werde diese Rekruten ans Ziel bringen, so gut ich es vermag. Mit oder ohne deine Hilfe. Ich habe mit dem Sanitäter gesprochen und mir die Leute angesehen. Einige hast du so misshandelt, dass sie nicht mehr gehen können. Du hast den Tesserarius gewähren lassen, obwohl du über seine Schweinereien Bescheid wusstest, und dem Waffenmeister hast du seine Herumlungerei durchgehen lassen."

Der Optio blies die Wangen auf. „Das sind deine Aufgaben, nicht meine. Du hast das Kommando. Wenn du dem nicht gewachsen bist, gib es ab! Du willst führen? Wie viele Feinde hast du getötet? In wie vielen Schlachten gekämpft? Erwirb dir erst einmal Ruhm und Erfahrung, bevor du Männern befehlen willst!“

Lucius lachte höhnisch. „Männern? Du benimmst dich wie ein Kind, dem man sein Spielzeug gestohlen hat.“ Er trat dicht an den anderen heran und starrte ihm in die Augen. „Du hoffst, dass ich scheitere, weil du selbst das Kommando willst. Du verweigerst mir deine Unterstützung, die du als mein Stellvertreter geben müsstest, weil du mich für zu jung und unerfahren hältst. Vielleicht hast du ja recht. Wahrscheinlich werde ich in Turicum meines Kommandos enthoben und darf Straßen bauen oder Sümpfe trockenlegen. Dann kann ich aber sagen, ich habe mein Bestes gegeben. Und du? Du kannst sagen, ich habe mit Absicht versagt.“

Das letzte Wort knallte wie ein Peitschenhieb durch die Luft. Drusillus wollte aufbegehren. Aber Lucius fuhr unbeirrt fort: „Du glaubst doch nicht etwa, dass du *ordinis* bleibst. Du wirst mit Sicherheit neben mir arbeiten, denn man wird sagen: Dass der grüne Junge gescheitert ist, war zu erwarten, aber sein Stellvertreter war nicht in der Lage, die Katastrophe zu verhindern, so einen können wir als Centurio nicht brauchen.“ Lucius machte eine Pause. „Damit haben sie recht. Wir Centurionen versuchen unser Möglichstes, um die uns anvertrauten Männer heil und sicher durch die Feldzüge zu bekommen. Nur Politikern, die Offizier spielen und nach Macht und Beförderung streben, ist das Leben und die Gesundheit ihrer Männer egal. Sie versuchen über die Leichen ihrer Soldaten ihre Ziele zu erreichen. Geh wieder auf deinen Posten, Politiker!“

Das letzte Wort sprach er mit aller Verachtung aus, der er fähig war, und spuckte aus. „Weggetreten!“

Als die Centurie am nächsten Morgen aufbrach, hatte sich die Stimmung gebessert. Die Bestrafung des Tesserarius und des Schreibers und das Verbrennen der Schuldscheine hatten wesentlich dazu beigetragen. Auch der Ruhetag hatte allen gutgetan. Das trockene Wetter hob zusätzlich die Stimmung der Männer. Schneller, als Lucius gedacht hatte, brachten sie die Wagen auf die andere Seite des Flusses und legten noch ein gutes Stück Wegs zurück.

„*Mars invictus*, unbesiegter Mars, ich werde dir eine kleine Taube opfern, wenn es sich nicht nur um eine vorübergehende Erscheinung handelt, sondern wenn die Leistung der Männer so bleibt!", schwor Lucius im Stillen.

Es sah so aus, als würde eine Taube für Lucius' Versprechen ihr Leben lassen müssen, denn obwohl das Gelände unverändert schwierig blieb, es mehrere Flüsse zu durchqueren galt und das Wetter wieder schlechter wurde, hatte sich die Marschleistung deutlich gesteigert. Bei dem Tempo hoffte Lucius, Vindonissa in zwei oder drei Tagen zu erreichen. Er schlief kaum noch eine Nacht durch, sondern kontrollierte mehrmals pro Nacht nicht nur die Wachen, sondern auch die Wachhabenden.

Mal offen, mal heimlich, aber ihm fiel nichts auf, auch Wachvergehen wurden keine mehr gemeldet. Alles in allem hätte er zufrieden sein können, aber sein Versagen den Männern gegenüber lastete schwer auf seiner Seele.

Der Weg erreichte das Ufer der Arura und zwei Tage lang marschierten sie den Fluss entlang. Am Mittag des zweiten Tages konnten sie ein Legionslager erkennen und daneben noch ein zweites, kleineres Kastell. Mallius erklärte Lucius, dass es sich dabei um das Magazin handelte.

Der Optio, der am Tor des Magazins Dienst tat, sah ihnen gelangweilt entgegen. Warum sollte ihn auch die Ankunft eines erwarteten, überfälligen Versorgungstrupps in Aufregung versetzen? Scapula hielt sein Pferd neben ihm an und begann mit langen, weitschweifigen Erklärungen, die den Optio offensichtlich nicht interessierten. Erst als sein Blick auf Lucius fiel, zuckte er plötzlich zusammen und stand gerade.

Aha, dachte Lucius amüsiert, jetzt denkt er gerade: Bei Plutos Arsch, dieser Kerl da trägt alle Insignien eines Centurios, die Vitis und den Helm mit dem quergestellten Helmbusch, aber er ist doch noch nicht mal zwanzig Jahre alt. Ob sich da jemand einen Scherz mit mir erlaubt?

Der Optio musterte jetzt verwirrt die Wachstafel, die ihm Scapula gereicht hatte.

„Optio, ich versichere dir, dass wir kein trojanisches Pferd sind. Du darfst uns ruhig passieren lassen."

Die Worte des Tribuns rissen den Optio aus seinen Gedanken. „Natürlich. Tribun ...", er warf einen Blick auf den Befehl, bevor er ihn zurückgab, „... Scapula. Bring die Wagen zum Forum und übergib sie dort dem Präfekten!“

Das große Zweilegionenlager war fast leer und wirkte beinahe unheimlich. Nur wenige Legionäre, Lucius schätzte maximal zwei Kohorten, waren anwesend.

Sie meldeten sich beim Lagerkommandanten, einem jungen Tribun mit harten Gesichtszügen und roten Haaren.

„Feuerhaar, was machst du denn hier?“, begrüßte ihn Scapula leutselig.

Der so Angesprochene grinste schief und antwortete mit leicht wehleidiger Stimme: „Unserem großmächtigen Feldherrn hat es in seinem weisen Ratschluss gefallen, mich zum Lagerkommandanten zu ernennen, während er abwesend ist!“

„Jupiter Stator, stehe uns bei!“, flehte Scapula mit gespieltem Entsetzen zum Himmel. „Lucius Domitius Ahenobarbus ist für unser Lager und unsere Vorräte verantwortlich, der Feldzug ist so gut wie gescheitert!“

„Vorsichtig mit solchen Aussagen!“, drohte Ahenobarbus mit dem Finger. „Du bist nur ein Ostorii, ich bin ein Domitii, meine Vorfahren haben Gallia Cisalpina erobert und die Allobroger unterworfen. Wir waren schon Konsuln, als deine Familie noch Schweine gehütet hat, also keine allzu große Vertraulichkeit!“

Jetzt guckte Scapula ein wenig beleidigt. „Ich geh in meine Unterkunft!“, bemerkte er kurz angebunden und verschwand.

Ahenobarbus wandte sich Lucius und seiner Centurie zu. „Centurio Marcellus?“, begann er fragend und musterte ihn ein wenig ungläubig. Lucius nickte zustimmend und der Tribun fuhr fort: „Nun, ich habe schon gehört, dass du unsere Kuriosität bist! Wie dem auch sei, deine Einheit ist spät dran. Wie kommt das?“

Lucius sah ihn ein wenig erstaunt an. War das nicht eine Frage, die er eigentlich Scapula hätte stellen müssen? Ahenobarbus musste wegen seines verdutzten Gesichtes lächeln. „Centurio, ich kenne Quintus Ostorius besser als du und weiß, dass er auf dem Weg zur Latrine mindestens in einem Bordell und zwei Tavernen einkehren würde. Ich bezweifle nur stark, dass ihr an vielen Tavernen oder Lupanaren vorbeigekommen seid."

Lucius begann umständlich von dem schlechten Wetter und dem langsamen Marschtempo der Ochsengespanne zu erzählen, als Ahenobarbus die Hand hob und Lucius mitten im Satz unterbrach: „Lass erst einmal deine Leute wegtreten!"

Lucius drehte sich um und gab seinen Männern den Befehl wegzutreten. Mallius marschierte zum Fahnenheiligtum und stellte die Standarte ab. Als die Männer abgerückt waren, wandte sich der Tribun erneut an Lucius: „Jetzt unter uns: Nicht alle Tribune sind Deppen, also hör auf, mir so einen Blödsinn zu erzählen! Die anderen Abteilungen waren fünf oder sechs Tage schneller als ihr. Mir ist das egal, ich bin nicht dein Vorgesetzter, aber wenn du den Quatsch den *primi ordines* auftischst, grillen sie dich auf kleiner Flamme! Vale!" Damit ließ er Lucius stehen.

Dieser sah ihm nach und versuchte einen klaren Gedanken zu fassen, aber der einzige, zugegebenermaßen nicht besonders kluge, Gedanke, der ihm kam, war: „Kein Wunder, dass sie ihn Feuerhaar nennen!" Die roten Haare des Tribuns schimmerten im Sonnenlicht, als er zwischen den Zelten verschwand.

Einige Tage später konnte Lucius vom Wall aus beobachten, wie eine lange Schlange Legionäre auftauchte und sich einem Lindwurm gleich auf das Lager zu bewegte. Es war faszinierend zu beobachten, wie sich einzelne Einheiten von dem Lindwurm abspalteten und durch die verschiedenen Tore ins Lager marschierten und weiter zu ihren Plätzen zogen, wo sie ihre Maultiere abluden und ihre Zelte aufbauten. Stunde um Stunde strömten die Legionäre der Augusta und der Gallica in das Lager und der Lärmpegel stieg in gleichem Maße an.

Lucius erfuhr zufällig, dass der Legat der Augusta, Publius Quintilicius Varus, offenbar gar nicht glücklich über die Rolle war, die Scapula während des Transportes gespielt hatte. Exoratus, Lucius' neuer Schreiber, ein Legionär des zweiten Contuberniums, hatte es ihm beiläufig erzählt. Centurionen und Legionäre hatten ihre eigenen Seilschaften in der Legion, über die sie Neuigkeiten erfuhren. Lucius wurde schmerzlich bewusst, dass er über keinerlei Verbindungen verfügte und deshalb in der Regel von den inoffiziellen Nachrichten abgeschnitten war.

Dass das Gerücht über Scapula stimmte, zeigte sich, als einige Tage darauf beide Legionen nach Basilia aufbrachen. Drei Kohorten der Augusta blieben unter dem Kommando eines unglücklichen Scapula zurück.

WINTERLAGER

BASILIA

Basilia war ein keltisches Oppidum, das es zu einigem Wohlstand gebracht hatte, da es verkehrsgünstig am Rhenus lag und sich hier die Straßen von Geneva und Lugdunum kreuzten. Deshalb sollten hier, diese Nachricht hatte sich in Windeseile in der Legion verbreitet, die Augusta und die Gallica überwintern. Die Legionen sollten sich an das Klima gewöhnen, so hieß es.

Die Hilfstruppen würden sich auf die Legionen aufteilen, die Reiterverbände ein Stück weiter westlich überwintern, da es dort gutes Weideland gab.

Nachdem Tiberius die Gallica nach Basilia geführt hatte, übergab er den Befehl an seinen Stellvertreter, den senatorischen Tribun Gaius Asinius Gallus, und reiste nach Lugdunum zurück, um bei seiner schwangeren Frau zu sein.

Trotz der fortgeschrittenen Jahreszeit zogen die Männer über den Rhenus in die Wälder des Abnoba, fällten Bäume und verschifften sie über den Fluss. Auch die 8. Kohorte war zum Holzschlagen eingeteilt worden und Lucius ging seiner Centurie mit gutem Beispiel voran. Als die Baumstämme auf die Prahme verladen wurden, stand er wie seine Männer bis zu den Hüften im kalten Wasser des Rhenus und half beim Beladen.

„Hast du keine Angst, Centurio, dass dein Ding durch das kalte Wasser so einläuft, dass du es nicht mehr gebrauchen kannst?", rief ihm Ripanus zu.

„Der ist so groß, dass es ihm nichts ausmacht, wenn er ein paar Fingerbreit einläuft!", entgegnete Lucius schlagfertig unter dem Gelächter der Männer. Drusillus sah vom Ufer aus mit verkniffener Miene zu.

Im Lager wurden dann die Stämme zu Brettern verarbeitet und damit Hütten errichtet. Die Hütten waren nicht einmal mannshoch und erinnerten Lucius eher an einen Hühnerstall als an eine menschliche Behausung. Die Ritzen dieser „Hühnerställe" wurden mit Moos und Erde verstopft, der Boden mit Stroh ausgelegt und die Türen und

Fenster mit Ledervorhängen verhängt. So waren die Männer darin vor Eis, Schnee und kalten Winden geschützt.

Nachdem die Winterquartiere der Augusta fertiggestellt waren, übergab Varus das Kommando über die Legion an seinen senatorischen Tribun Publius Sulpicius Quirinius und reiste nach Lugdunum ab.

„Centurio Marcellus", begann Canidius in seiner schleppenden Sprechweise. „Wir sind hier in Basilia im Winterquartier, was aber nicht heißt, dass wir uns auf die faule Haut legen!"

Er machte eine Pause und Lucius stand ratlos vor ihm. Wohin mochte diese merkwürdige Einleitung führen?

Canidius begann vor ihm auf und ab zu gehen. „Du sprichst keltische Dialekte?", fragte er nach, und als Lucius bejahte, fuhr er fort: „Da bist du der einzige Centurio in der Augusta!" Sein Tonfall und seine Stimme ließen keinen Zweifel daran, dass es sich für einen echten Centurio nicht wirklich geziemte, andere Sprachen als die römische zu sprechen. „Wir haben einige *foederati*, die in Kohorten zusammengefasst und von römischen Offizieren befehligt werden sollen. Diese müssen ausgebildet werden, und da werden deine Sprachkenntnisse von Nutzen sein!"

„Ich soll sie ausbilden?", fragte Lucius erstaunt und freudig überrascht.

„DU?", fragte Canidius gedehnt und brach dann in schallendes Gelächter aus. „DUU?"

Das geschäftige Treiben um sie herum kam für einen Moment zum Erliegen, als die Legionäre der ersten Centurie neugierig aufblickten und versuchten, den Grund für die Heiterkeit herauszufinden. Sie konnten nichts entdecken und nach einigen Herzschlägen setzte die Betriebsamkeit wieder ein. Canidius wischte sich die Tränen aus den Augen. „Du hast komödiantisches Talent! Es ist doch schön zu wissen, dass du, wenn es mit der militärischen Karriere nicht klappt, deinen Lebensunterhalt als Komödiant verdienen kannst!" Und nach einer Pause fügte er boshaft hinzu: „Nein, mein junger Freund, Titus Valens wird die Ausbildung leiten, und du wirst ihn unterstützen!"

Valens hatte mit wenig Begeisterung aufgenommen, dass er ausgerechnet Lucius zur Seite gestellt bekommen hatte.

„Wir werden Unterstützung von Schmieden und Schreinern brauchen!“, erklärte er Lucius. „Wir nehmen dafür Männer aus deiner Einheit. Während deiner Abwesenheit werden dein Optio und dein Signifer deine Centurie leiten. Wenn es Probleme gibt, können sie sich an Hilarius wenden. Du solltest als zweiten Mann Celsonius, deinen Tesserarius, mitnehmen!“

Lucius kam es merkwürdig vor, dass Titus Valens den Namen des Tesserarius kannte, aber nicht den des Optio oder des Signifers. Vielleicht ein alter Kamerad?

Lucius und drei seiner Contubernia begleiteten Titus Valens zum Lager der Allobroger.

Es war deutlich kleiner als ein Legionslager, höchstens ein halbes Stadium breit und etwa hundert Doppelschritte lang. Außerdem wirkte es gegenüber einem Legionslager schlampig und unaufgeräumt. Valens verzog angewidert das Gesicht, als sie durch das Lager gingen. Seine Augen musterten scharf die Umgebung und er schien nur darauf zu lauern, etwas zu entdecken, das nicht in Ordnung war. Auf dem Forum wurden sie von den Häuptlingen erwartet. Lucius musterte die vier Gestalten. Sie alle waren relativ groß und hatten helles Haar und helle Augen. Sie trugen Hosen, ein für Römer ungewohnter Anblick, und eine Art Tunica. Überrascht bemerkte Lucius, dass sie alle sehr jung waren. Der Jüngste war vielleicht Ende zwanzig und der Älteste gerade mal Anfang dreißig.

Lucius sollte sich insbesondere um die Hundertschaft des Häuptlings Ambiorix kümmern. Ambiorix schien direkt einer Dichtung Homers zu entstammen. So hatte man sich Achill vorzustellen: groß und kräftig, jederzeit bereit, zu feiern, zu scherzen oder zu töten. Die langen Haare, die bei einem Römer irritierend gewesen wären, passten perfekt zu seinem Erscheinungsbild. Nur der Schnurrbart beeinträchtigte das Bild eines Achill ein wenig.

Valens erklärte den Häuptlingen mit wenigen Worten, was sie erwartete. Sie und ihre Männer waren in römische Dienste getreten. Diese Verpflichtung galt fünfundzwanzig Jahre lang.

Danach würden sie Geld und Land bekommen und das römische

Bürgerrecht, welches sie an ihre Kinder weitergeben würden. Sie würden sich der römischen Disziplin unterwerfen. Sie würden nach römischem Vorbild ausgebildet und ihre Einheiten nach römischem Vorbild gegliedert werden. Auf dem kommenden Feldzug würden sie unter dem Kommando eines Präfekten stehen, der aber noch nicht eingetroffen war. Jetzt im Winter würden sie von ihm, Titus Valens, *primi ordinis* der XIX Augusta, trainiert werden.

„Centurio Marcellus wird mir dabei zur Hand gehen!", ergänzte Valens und machte dabei eine Handbewegung in Lucius' Richtung. „Als Erstes müssen wir euer Lager in Ordnung bringen. Daher haben wir einige Legionäre mitgebracht, die handwerklich besonders begabt sind! Wir beginnen mit einem Rundgang durch das Lager!"

Während des Rundgangs blieb er immer wieder stehen, um sich Kleinigkeiten anzusehen: bei den Hütten, bei den Wällen, am Zaun, an den Kochstellen, ja, sogar an der Latrine. Ab und zu ließ er ein Schnauben hören, wenn er eine Unregelmäßigkeit entdeckt hatte. Jedes Mal, wenn er stehen blieb und entrüstet schnaubte, tauschten die Häuptlinge belustigte Blicke aus.

Lucius bemühte sich, ebenfalls Unregelmäßigkeiten zu entdecken, konnte aber kaum welche sehen. Nun gut, das Lager machte nicht so einen gepflegten Eindruck wie das Hauptlager, und die Haltung der Kelten war etwas lax, aber Hilfstruppen waren eben keine Legionäre und Lucius wusste nicht, wo Valens das Problem sah. Vielleicht lag es einfach daran, dass Valens wie alle Römer Vorurteile gegen Barbaren hatte und deshalb besonders erpicht darauf war, Verfehlungen zu entdecken.

Lucius musterte die Krieger sorgfältig. Die meisten waren junge Männer, die nicht viel älter als er selbst sein konnten. Ihre Kleidung und Bewaffnung waren typisch für Kelten. Lucius dachte bei sich, dass man sich kaum einen größeren Gegensatz als zwischen den groß gewachsenen, hellhaarigen, bunt gekleideten Kelten und den kleineren, dunkelhaarigen und einfarbig gekleideten Römern vorstellen konnte.

Valens beendete schließlich den Rundgang und versammelte die Häuptlinge wieder um sich.

Er musterte sie mit stechendem Blick und polterte dann los: „Dieses Lager ist der reinste Schweinekoben! Es wird sofort gründlich sauber gemacht! Die Pferche der Tiere werden ausgemistet! Die Latrinen werden vergrößert und die Abflussgräben gesäubert, sonst versinken wir hier in unserer eigenen Scheiße!"

Die Häuptlinge blickten missmutig drein, aber Valens war noch nicht fertig: „Außerdem gefällt mir die Befestigung des Lagers nicht. Die Gräben werden vertieft und es werden noch mehr Palisaden eingerammt! Zusätzlich wird ein zweiter Graben rund um das Lager gezogen!"

Jetzt sahen die Häuptlinge nicht mehr missmutig, sondern ablehnend aus. Lucius schüttelte innerlich den Kopf. Wozu ein zweiter Graben? Es drohte keine Gefahr. Das war doch eine reine Arbeitsbeschaffungsmaßnahme. Valens stieß die Häuptlinge mit solchen Anordnungen nur vor den Kopf.

Der *primi ordinis* war aber immer noch nicht fertig: „Und zuletzt werden die Hütten überholt, einige sind so löchrig wie ein Käse. Da pfeift der Wind durch und die Männer werden im Winter an Lungenentzündung sterben. Also los! Teilt Arbeitskommandos ein und legt los! In drei Tagen will ich das Lager sauber und die Hütten dicht haben. Morgen werden der neue Graben und der Wall fertig und die Palisaden verstärkt sein!" Jetzt wandte er sich an Lucius: „Jedem Arbeitskommando werden Legionäre zugeteilt, die ihnen zur Hand gehen werden! - FANGT AN!"

Die letzten Worte brüllte Valens den Häuptlingen entgegen, da diese noch keine Anstalten machten, sich zu rühren. Widerwillig machten sie sich auf den Weg, um Arbeitskommandos einzuteilen.

Lucius wurde plötzlich bewusst, dass ihn der Centurio anstarrte.

„Centurio Marcellus", begann Valens, „wenn ich es noch einmal erlebe, dass du meine Anweisungen offen missbilligst, kannst du etwas erleben!"

Er sprach leise, aber eindringlich. Lucius fuhr schuldbewusst zusammen. Sah man ihm seine Gedanken so deutlich an?

„Glaube mir, deine Schwertkünste oder deine Boxausbildung nützen dir gar nichts mehr, wenn du dich meinen Befehlen entgegenstellst. Hast du mich verstanden?"

Der Umstand, dass er seine Stimme nicht erhob, verlieh seinen Worten mehr Nachdruck als jedes Gebrüll. Lucius lief es kalt den Rücken herunter. Er schluckte und beeilte sich zuzustimmen: „Natürlich,

Centurio Valens. Es würde mir nie in den Sinn kommen, deine Anweisungen anzuzweifeln."

Valens nickte. „Gut. Wirklich gut. Ich freue mich, dass wir uns verstehen. Und damit du das nicht vergisst, wirst du das Arbeitskommando leiten, das die Abflussgräben säubert und die Latrinen verbessert. Und du wirst natürlich dabei helfen. Ein guter Kommandant befiehlt nichts, was er nicht selber tun würde. Nicht wahr, Marcellus? Das hast du doch bestimmt irgendwo gelesen?"

Valens brach in leises Gelächter aus, drehte sich um und ging weg. Lucius fühlte, wie er rot wurde und Wut in ihm aufstieg. Wut auf diesen Bastard Valens, der es immer wieder schaffte, ihn zu demütigen.

Die Arbeitskommandos machten sich ans Werk. Zuerst wurden ein zweiter Graben und ein zweiter Wall um das Lager gezogen. Dann wurde der eigentliche Lagerwall verstärkt. Als man damit fertig war, wurden die Hütten ausgebessert, das Lager gesäubert und die Latrinen vergrößert. Als nach drei Tagen ununterbrochener Arbeit alles fertig war, ließ Valens die Häuptlinge zusammenkommen.

Er habe etwas Wichtiges vergessen. Eine unverzeihliche Nachlässigkeit. Das Lager habe gar keine Türme. Die Tore müssten unverzüglich durch einen Turm gesichert werden.

Am nächsten Tag mussten die Männer also erneut losziehen, um Holz zu schlagen. Es wurde bearbeitet, und zwei Tage später war jedes Tor mit einem Turm gesichert. Valens freute sich, dass das alles so schnell gegangen war. Da man ja noch Zeit habe, bevor er mit der Ausbildung beginne, könne man doch an jedem Tor noch einen zweiten Turm errichten.

Die Häuptlinge schäumten vor Wut und die Männer fluchten. Auch Lucius war erbost, und es gelang ihm nur schwer, es sich nicht anmerken zu lassen. Das war reine Schikane. Wozu sollte ein Winterlager weitab vom Feind so gesichert werden?

Diesmal brauchten die Männer drei Tage, um die Türme zu errichten. Ihr Einsatz hatte um einiges nachgelassen. Alle waren fassungslos, als Valens ihnen mitteilte, dass außerdem noch an jeder Lagerecke ein Turm errichtet werden sollte. Diese vier Türme sollten idealerweise bis zum übernächsten Tag stehen. Je eher, desto besser, da es nur noch drei Tage bis zum Beginn der Übungsmärsche waren. Die Zeit zwischen Fertigstellung und Marschbeginn war frei; je schneller die Männer die Türme errichteten, desto mehr Freizeit für sie.

In den Augen der Männer war Feindseligkeit zu lesen. Dennoch schufteten sie unermüdlich, um so schnell wie möglich fertig zu werden. Tatsächlich schafften sie es dieses Mal in eineinhalb Tagen.

Doch das war erst der Anfang. Wenn Lucius gehofft hatte, jetzt Zeit zu finden, um endlich in der *Aeneis* zu lesen, wurde er eines Besseren belehrt.

Ohne Pause wurden die Kelten gedrillt. Sie mussten lernen, auf Hornsignale zu reagieren, Reihen aufzulösen und wieder zu schließen, in geschlossener Formation vorzurücken und sich wieder zurückzuziehen. Es ging weniger darum, sie in römischer Kriegführung auszubilden, als darum, ihre guten Kampfeigenschaften mit der römischen Kampfweise und vor allem der römischen Disziplin zu verbinden.

Lucius pendelte den ganzen Winter zwischen dem Legionslager und dem Lager der Auxilia hin und her, da er zwischendurch auch noch bei seiner Centurie nach dem Rechten sehen musste. Drusillus und Mallius versicherten ihm, dass sie ohne ihn bestens zurechtkämen und alles prima laufe. Lucius entging die Doppelbedeutung dieser Aussage nicht. Ich bin früher wieder da, als euch lieb ist, dachte er bei sich. Und dann mache ich euch Feuer unterm Arsch!

Celsonius war keine große Hilfe, er tat nicht mehr als nötig, auch musste jeder Befehl präzise formuliert werden, wenn Lucius sicher sein wollte, dass er ihn richtig ausführen würde. Der Tesserarius benahm sich, als hätte er seinen Dienst in der Legion erst am Vortag angetreten.

Die Hilfstruppen, die Auxilia, die aus den Bewohnern der Provinzen zusammengesetzt wurden, ergänzten die schwere römische Infanterie durch Einheiten von Bogenschützen, durch Kavallerie, Plänkler und leichte Infanterie. Nur bei Bedarf wurden sie angemietet oder dienstverpflichtet. Reiter aus Hispanien oder Gallien, Bogenschützen aus Kreta oder Syrien, Schleuderer von den Balearen oder, wie im Falle der Verstärkung für die Augusta und Gallica, Kelten aus den Bergen. Die Hilfstruppen behielten ihre Kampfweise im Großen und Ganzen bei, aber gerade Völker wie die Kelten aus Hispania oder Gallien mussten lernen, ihr Temperament zu zügeln. Ein römischer Feldherr konnte es sich nicht leisten, dass ein zum Flankenschutz eingeteilter Kavallerieverband seine eigentliche Aufgabe vergaß, weil seine Reiter ihre Leidenschaften nicht unter Kontrolle hatten.

Lucius hatte von der Kampfweise der Gallier gelesen, in diesem Winter lernte er die Kampfweise der Kelten aus nächster Nähe kennen. Die Legionäre trugen das Scutum, den großen Legionärsschild, der an einem Handgriff getragen wurde. Die Kelten trugen kleinere Schilde, bei denen der Arm durch eine Schlaufe geführt wurde. Dadurch konnten sie fünf bis sechs Wurfspeere in der Schildhand tragen. Im Falle eines Kampfes würden die Kelten die feindliche Schlachtreihe mit Speeren überschütten und so versuchen, die Angreifer zu verunsichern und zu übereilten Handlungen zu verleiten. Außerdem gehörte es zu ihren Aufgabe, in unwegsamem Gelände voranzugehen und feindliche Stellungen auszukundschaften oder Hinterhalte aufzuspüren.

Valens behandelt Lucius den Winter über herablassend und ließ ihn die ganze Arroganz eines langgedienten Centurios spüren. Lucius versuchte, das Beste aus der Situation zu machen.

Es war ausgerechnet Valens, der, wenn auch unfreiwillig, dafür sorgte, dass Lucius zumindest mit den keltischen Kriegern und Häuptlingen keine Schwierigkeiten hatte.

„Nachtmarsch? Morgen?“, fragte Ambiorix erschrocken. Wenn Lucius ihn nicht seit dem ersten Tag als ausgeglichenen und mutigen Menschen kennengelernt hätte, hätte er die Reaktion des Häuptlings für Angst gehalten. „Das geht nicht!“ Ambiorix schüttelte energisch den Kopf. Die anderen Häuptlinge waren genauso erschrocken. Die Krieger, die ein wenig Latein konnten, zischten und wichen zurück. Es begann ein ängstliches Gemurmel und eine Unruhe unter ihnen, die sich rasch ausbreitete. Zeichen gegen den bösen Blick und zum Vertreiben von Geistern wurden gemacht, Beschwörungen gesprochen. Aus dem Gemurmel hörte Lucius immer wieder ein Wort heraus: Samhain. Er erinnerte sich; seine Mutter hatte ihm davon erzählt. Morgen war die Nacht vor Samhain und die Kelten glaubten, dass in dieser Nacht die Toten umgingen und die Grenze zwischen dieser und der Anderswelt durchlässig war. Wer in der Nacht vor Samhain draußen war, dem konnte es passieren, dass er in die Anderswelt geriet.

Valens war bereits vor Entrüstung rot angelaufen, weil die Kelten es offen wagten, seine Befehle in Frage zu stellen. Er öffnete den Mund, um die Männer anzuschreien und den Befehl zu wiederholen. Das konnte in einer Katastrophe enden. Lucius trat schnell zu ihm und fasste ihn am Arm. „Verschieb den Nachtmarsch um eine Nacht, ich erkläre es dir später!", raunte er dem Centurio zu. Dieser schloss den Mund wieder und ein giftiger Blick traf Lucius. Aber was immer Valens war, er war kein Idiot. Ihm waren die Angst und die Unruhe der Kelten nicht entgangen, und so riss er sich von Lucius los und trat auf die Häuptlinge zu.

„Es ist unüblich, Befehle zu diskutieren oder anzuzweifeln. Da ihr jedoch neu in römischen Diensten seid, will ich es euch durchgehen lassen. Macht aber euren Männern klar, dass dies eine Ausnahme ist und sie allen Befehlen sofort folgen müssen. Wir verschieben den Marsch um einen Tag."

Die Häuptlinge nickten den Centurionen dankbar zu. Die Erleichterung der Männer war unübersehbar. Valens entließ die Kelten mit einer herrischen Handbewegung. Als sie außer Hörweite waren, drehte er sich zu Lucius und fragte knapp und mit von Zorn belegter Stimme: „Nun?"

Lucius erklärte ihm kurz, welche Bedeutung das bevorstehende Fest für die Kelten hatte.

Valens' Gesicht entspannte sich, obwohl er „Abergläubischer Unsinn!" knurrte. Er sparte sich sogar die bissige Bemerkung, mit der er normalerweise jede von Lucius' Handlungen bedachte.

Lucius wusste, dass Valens Verständnis für den Brauch der Kelten hatte. Die Römer waren ebenfalls sehr abergläubisch und besonders die Legionäre achteten stark auf Vorzeichen. Ein schlechtes Omen, ein negatives religiöses Vorzeichen konnte eine disziplinierte Legion in einen Haufen ängstlicher Weiber verwandeln.

Eine Legion ist ein Dorf, sagte ein altes Sprichwort, und Neuigkeiten verbreiteten sich in Windeseile. In einer Kohorte ging es noch schneller. Am nächsten Morgen wusste jeder keltische Krieger von dem bevorstehenden Nachtmarsch, von seiner Verschiebung und dass der junge Centurio sich dafür eingesetzt hatte. Die Männer, die Lucius bisher gleichgültig betrachtet hatten, brachten ihm nun Respekt entgegen.

Waren sie zu Anfang über Lucius' geringe Kenntnisse ihrer Sprache überrascht gewesen und hatten sich heimlich lustig gemacht, nutzten sie nun die Gelegenheit, sich mit dem Römer in ihrer Muttersprache zu unterhalten. Da nicht alle Krieger Latein konnten, war Valens in vielen Situationen auf einen Dolmetscher angewiesen. Lucius hingegen unterhielt sich mit den Häuptlingen auf Latein, um dann mit den einfachen Kriegern in ihrem Dialekt zu sprechen.

Besonders mit Ambiorix verband Lucius bald fast so etwas wie eine Freundschaft. Ambiorix versprühte ständig gute Laune und wirkte immer ausgeglichen. Selbst nach den anstrengendsten Ausbildungseinheiten hatte er für die Männer seiner Einheit Scherzworte übrig, um sie bei Laune zu halten. Lucius gegenüber zeigte er sich spöttisch respektvoll - oder respektvoll spöttisch? Er schien die Tatsache, dass er unter einem Frischling in den Kampf zog, mit Humor zu nehmen und erkannte Lucius' Autorität an. Er befolgte alle seine Befehle und Anweisungen ohne Murren und ohne Seitenblicke, wie Lucius sie von Drusillus, Mallius und all den anderen gewohnt war. Und doch war sich Ambiorix der Ironie der Situation - hier der erfahrene Krieger, dort der unerfahrene Anführer - bewusst, und so ließ er Lucius auf eine freundschaftliche Art und Weise stets spüren, dass er über mehr Erfahrung verfügte. Lucius ertrug das seinerseits mit Humor, denn er mochte Ambiorix und war froh über dessen Fähigkeit, die Krieger der Kohorte bei all den Strapazen und Quälereien, die ihnen von den Römern auferlegt wurden, immer wieder zu motivieren.

Lucius wurde ins Legionslager zurückgerufen. Quirinius und Gallus hatten Kohorten ausgelost, die gegeneinander in einem Wettkampf antreten sollten. Diese Wettkämpfe dienten als verschärfte Übungseinheiten, die als praktischen Nebeneffekt noch einen großen Unterhaltungswert für die Legionäre mitbrachten. Je drei Centurien aus den 8. Kohorte n der Augusta und der Gallica sollten nun in den Disziplinen Schanzen, Waffentraining und Marschieren vor beiden Legionen ihr Können beweisen. Die Kohorte, die zwei Wettkämpfe gewann, war Sieger. Sie erhielt ein

Fass Wein und bescherte ihrer Legion Ruhm und Ehre. Der Verlierer bekam Strafdienste aufgebrummt.

Zwei Wettkämpfe dieser Art hatten bereits stattgefunden. Die 3. Kohorte hatte für die Gallica und die 6. Kohorte für die Augusta den Sieg davongetragen. Der dritte Wettkampf wurde daher von beiden Legionen mit Spannung erwartet.

Die Primipili bedachten ihre Centurionen mit einem Blick, der ganz eindeutig besagte: „Wehe, ihr macht unserem Adler Schande und verliert!"

Hundert Centurionen standen auf dem Forum versammelt und warteten auf die Auslosung, die entscheiden würde, welche Centurie in welcher Disziplin antreten würde.

Der Aquilifer der Gallica griff in einen Krug und zog eine Nummer hervor. Er zeigte das Täfelchen mit der II in die Runde, die zweiten Centurien der Triarier würden demnach schanzen. Als Nächstes griff der Aquilifer der Augusta in den Krug und zog ein Täfelchen heraus. Es zeigte die IV. Die zweiten Centurien der Princeps würden also im Waffendrill gegeneinander antreten. Lucius bekam einen trockenen Hals. Er befürchtete das Schlimmste. Der Aquilifer müsste jetzt eine VI aus dem Krug ziehen. Als er die Tafel hochhielt, stöhnten die Centurionen der Augusta laut auf.

Lucius musste die Tafel gar nicht sehen, um zu wissen, welche Zahl dieses entsetzte Aufstöhnen hervorgerufen hatte - und die Blicke, die sich ihm zuwandten, bestätigten das. Seine Centurie würde marschieren.

Er rannte wie von Furien gehetzt durch die Unterkünfte seiner Männer und ließ sich die Winterkleidung zeigen. Hatten alle die *tibialia*, die Gamaschen, bereit? Wie sah es mit den dicken Wolltunicen aus und mit Talg für die Füße? Lucius beschwor seine Männer, ihr Bestes zu geben. Mallius bekam die Anordnung, sich um die Waffen kümmern, Drusillus war für den Wasservorrat zuständig, und Celsonius hatte Befehl, nach den Maultieren zu sehen. Mit gelangweilter Miene und sichtlichem Desinteresse ging der Tesserarius zu den Pferchen.

„Was verspricht er sich von so einem Verhalten?" Lucius sah Celsonius nach. „Wenn er sich so offensichtlich gegen seinen Centurio stellt, kann er doch auch keine Karriere machen!"

„Es sei denn, jemand, der wichtiger ist als ein kleiner Hastatencenturio, steht hinter ihm!"

Lucius zuckte erschrocken zusammen. Er hatte gar nicht daran gedacht, dass Mallius noch da war.

„Und steht einer hinter ihm?"

„Keine Ahnung!" Mallius zuckte mit den Achseln. „Aber aus irgendeinem Grund macht er sich sehr viel Hoffnung, dieses oder nächstes Jahr Optio zu werden, obwohl er noch gar nicht an der Reihe ist!"

Mallius ging los, um seine Aufgabe zu erledigen. Lucius sah ihm nachdenklich hinterher und stöhnte auf, als er Valens in der Lagergasse auftauchen sah. Hätte er nicht bei den Allobrogern bleiben können? Er würde bestimmt nichts Aufmunterndes beizutragen haben. Und richtig, Valens verkündete, dass die zweite Triariercenturie der Augusta den ersten Durchgang im Schanzen gewonnen hätte und jetzt jeden Moment der zweite Wettkampf beginnen würde.

„Täusche dich nicht, Centurio Lucius! Selbst wenn die Augusta den zweiten Wettkampf tatsächlich gewinnen sollte und sogar du es nicht mehr versauen kannst: Wage es nicht, uns beim dritten Wettkampf Schande zu machen! Wenn doch, wird das, was du bisher erlebt hast, nichts sein im Vergleich zu dem, was dann folgen wird! Du wirst dir wünschen, nie geboren worden zu sein."

Dieser Mistkerl verstand es wahrlich, seine Untergebenen zu Höchstleistungen anzuspornen, dachte Lucius voller Wut.

Valens stapfte durch die Lagergasse und sah sich noch einmal um, bevor er auf die Via Praetoria abbog und in Richtung Forum verschwand. Lucius folgte ihm nur einen Augenblick später, da er wissen wollte, wie viel Zeit ihm noch bis zum Marsch blieb. Wie vom Donner gerührt blieb er stehen, als er Valens bei den Maultierpferchen stehen sah, wo er sich mit Celsonius unterhielt. Die beiden lachten, dann klopfte Valens dem Tesserarius freundschaftlich auf die Schulter und entfernte sich. Nun wusste Lucius also, wer hinter Celsonius stand.

Der Wettbewerb im Waffendrill hatte bereits begonnen. Die Contubernia mussten im Speerwerfen gegeneinander antreten. An zehn Holzpfählen war je ein Scutum befestigt worden. Jedes Contubernium schleuderte seine Pila auf das ihm zugewiesene Scutum. Wer die meisten

Treffer hatte, gewann. Ein Treffer zählte jedoch nur dann, wenn das Pilum im Schild stecken blieb.

Jeder Treffer wurde von den Legionären der betreffenden Legion begeistert gefeiert. Soweit Lucius das beurteilen konnte, schlugen sich beide Centurien hervorragend und lagen in etwa gleichauf. Vor dem letzten Durchgang zählten die Primipili noch einmal die Treffer. Als verkündet wurde, dass die Gallica mit fünf Treffern führte, brachen die Legionäre der Gallica in Jubelrufe aus, die von denen der Augusta mit Schmähungen beantwortet wurden.

Lucius spürte Nervosität in sich aufsteigen. Das sah nicht gut aus. Es blieben nur noch zwanzig Würfe und eine Führung von fünf Treffern war beachtlich. Lucius glaubte nicht so recht daran, dass die Männer der Augusta es noch schaffen würden. Ebenso wenig wie Vitellius, der *Pilus prior*, und Hilarius, der *Hastatus prior*, die plötzlich vor ihm standen und ihn wütend anfunkelten, als ob es seine Schuld wäre, dass sie den zweiten Wettkampf verlieren würden.

„Lass deine Männer auf dem Forum antreten - und wehe, du kommst als Zweiter an!“, lautete die unmissverständliche Aufforderung an ihn.

Er warf einen Blick auf das Podium, wo Gallus gerade verkündete, dass die Gallica den zweiten Durchgang gewonnen hatte, wie es zu erwarten gewesen war. Ohne auf den Jubel hinter sich zu achten, eilte Lucius zu seiner Centurie und seufzte erleichtert, als er sie marschbereit vorfand. Sie marschierten zum Forum und stellten sich neben der zweiten Hastatencenturie der Gallica auf.

Plötzlich stand der Tribun Ahenobarbus vor ihm: „Na, Centurio, bereit, den Sieg für die Augusta einzufahren?“

Lucius nickte, und als er sah, dass Canidius und Valens in Hörweite waren, antwortete er mit lauter Stimme: „Bei so viel Herzlichkeit und Vertrauen, wie mir die Kameraden entgegenbringen, kann ich ja schließlich nur gewinnen!“

Quirinius und Gallus standen vor dem Fahnenheiligtum und erklärten die Wettkampfbedingungen. „Es ist ganz einfach“, begann Quirinius. „Die Centurie der Augusta marschiert aus der Porta Principalis Sinistra und die der Gallica aus der Porta Principalis Dextra. Ihr umrundet zweimal das Lager außerhalb der aufgestellten Speere und die Centurie, die als erste ihr Signum wieder hier auf dem Prätorium abgestellt hat und angetreten ist, hat gewonnen. Wenn sich die beiden Centurien draußen begegnen, muss die Centurie ausweichen, die auf der falschen Torseite ist. Für die Augusta ist die Sinistra die richtige Seite, für die Gallica die Dextra. Cornicen!"

Der Cornicen blies das Angriffssignal und Lucius erteilte den Befehl: *„Pergite!"*

Die Centurie schwenkte sofort auf die Via Principalis und marschierte auf das Tor zu. Laute Anfeuerungsrufe der Legionäre begleiteten sie auf dem Weg. So musste sich ein Gladiator oder ein Wagenlenker fühlen, dachte Lucius bei sich.

Sie verließen das Lager und sahen den Rhenus vor sich. Das andere Ufer war auf Grund des trüben Wetters nicht zu sehen, aber Zeit, die Aussicht zu genießen, war sowieso keine. Sie bogen rechts ab und eilten auf die erste Markierung zu. Drusillus schloss zu Lucius auf: „Centurio, die andere Centurie ist im Eilschritt losmarschiert, die hängen uns jetzt schon ab. Wir müssen schneller gehen!"

Lucius schüttelte energisch den Kopf, er hatte oft genug Wettläufe in der Palaestra bestritten: „Nein, wenn wir zu schnell loslegen, haben wir hinten heraus nichts mehr zuzusetzen! Kehre nach hinten zurück und achte auf ein gleichmäßiges Tempo und darauf, dass keiner zurückbleibt!"

Drusillus fügte sich murrend. Sie bogen um die erste Ecke und steuerten auf die Porta Praetoria zu. Die andere Centurie hatte schon einen kleinen Vorsprung und war auf Höhe des Tores. Vom Lagerwall kamen laute Anfeuerungs- und Jubelrufe, Verwünschungen und Beschwörungen. Lucius warf einen Blick zum Wall und sah die Legionäre dicht an dicht stehen. Er konnte sie nicht voneinander unterscheiden, aber er stellte sich vor, wie Vitellius, Valens und Canidius mit rotem Gesicht umherrannten und vor Wut brüllten. Vielleicht wäre ein höheres Tempo doch besser? Lucius zweifelte nur kurz. Als die andere Centurie an ihnen vorbeizog und sie mit Hohngelächter bedachte, widerstand er der Versuchung, Laufschritt zu befehlen. Stattdessen stapften seine Männer weiter gleichmäßig durch den Schnee und Lucius ging die Reihen entlang, um sie zu loben und anzufeuern. Er hatte viel gelernt von Ambiorix.

„Denkt daran, die Spartaner fragen nicht, wie viele, sie fragen nur, wo!“, rief er, und die Männer antworteten mit Gelächter.

„Scheiß auf die Griechen!“, rief Promptus zurück. „Hast du keinen römischen Spruch, Centurio?“ „Natürlich“, antwortete Lucius. „Besiegt werden wir siegen!“

Mit Jubel und Beifall antworteten seine Männer auf das Plautus-Zitat und bogen um die nächste Lagerecke. Sie marschierten auf der Westseite des Lagers entlang auf Basilia zu und bogen dann wieder zum Fluss ab. Auf der Decumanaseite begegneten sie erneut der Centurie der Gallica. Wieder brandete deren Hohngelächter auf, aber diesmal schon deutlich matter. Lucius sah ihre angestrengten Gesichter und bemerkte eine ganze Reihe unter ihnen, die schwer atmeten. Ihr Keuchen war noch eine ganze Weile zu hören.

„Centurio!“, sagte einer der Männer beunruhigt. „Die haben bald die erste Runde absolviert und wir gerade mal eine halbe!“

„Na und? Dafür fallen sie gleich tot um, wie der Grieche nach dem Marathon!“, entgegnete Lucius. „Aber ihr habt recht, es wird Zeit für einen kleinen Dauerlauf, oder?“

Die Männer brüllten begeistert Zustimmung.

„NA DANN!“, donnerte Lucius. „CURSIM! Im Laufschritt!“

Die Centurie erhöhte das Tempo, was mit Jubelgeschrei vom Lagerwall quittiert wurde. Sie bogen erneut um die Lagerecke und stürmten auf die Via Principalis zu. So beendeten sie die erste Runde. Weiter ging es, auf das andere Ende des Lagers zu, und Lucius erwartete die Centurie der Gallica, aber sie war noch nicht zu sehen.

„Sie haben an Boden verloren!“, brüllte er und sie bogen auf die Seite der Porta Praetoria ab. Jetzt konnten sie die andere Centurie sehen, sie marschierte im normalen Gleichschritt auf die Via Praetoria zu. Sie hatten also einiges von ihrem ursprünglichen Vorsprung eingebüßt.

Lucius wartete, bis sie nur noch zehn Doppelschritte entfernt waren, und brüllte dann: „Zum Angriff!“

„AUGUSTA!“, brüllten die Legionäre und rannten die wenigen Schritte auf ihre Kameraden zu, die erschrocken zusammenfuhren und die Männer der Augusta entgeistert anstarrten. Um sie nicht zu sehr zu erschöpfen, befahl Lucius wieder Gleichschritt und seine Männer marschierten in normalem Tempo weiter.

„Das hat ihnen eine Scheißangst eingejagt!", bemerkte einer der Legionäre zufrieden, und seine Nebenleute stimmten begeistert zu. Ein letztes Mal bogen sie zur Dextraseite des Lagers ab. Jetzt, da der Schnee festgetreten war, war das Marschieren beinahe ein Kinderspiel. Sie erreichten die Decumanaseite. Vom Gegner war nichts zu sehen.

„Wir gewinnen, Männer! Durchhalten!", ermahnte Lucius. Verbissen stapften seine Männer weiter. „Augusta, Augusta, Augusta!", riefen die Legionäre auf dem Lagerwall. Als sie die Porta Decumana erreichten, bog die Centurie der Gallica um die Ecke.

„Wir gewinnen!", jubelte Lucius innerlich und sah in Gedanken schon die betretenen Gesichter der *primi ordinis* vor sich. Da ertönte ein Schmerzensschrei und die Kolonne geriet ins Stocken. Lucius rannte die Reihen entlang und sah einen Mann auf dem Boden liegen, um den sich andere kümmerten. Der Mann hielt sich einen Fuß und krümmte sich offensichtlich vor Schmerzen. Es war Celsonius. Natürlich, fluchte Lucius innerlich, meine Nemesis. Die Centurie der Gallica witterte Morgenluft und verfiel in Laufschritt, als sie die Augusta halten sah. Vom Lagerwall schallten Entsetzens- und Jubelrufe herüber.

„Bin umgeknickt, kann nicht auftreten!", ächzte der Tesserarius. Lucius tastete grob den Knöchel ab. Auch Drusillus kniete sich neben ihnen hin, um sich die Verletzung anzusehen. Nach einer schnellen Untersuchung standen sie auf und Lucius sah die Gallica mit Hohngeschrei vorbeistürmen. Noch konnten sie gewinnen, ihm musste nur schnell etwas einfallen.

„Lass ihn hier liegen, Centurio!", sagte Drusillus entnervt.

Natürlich war das die einfachste Lösung, aber irgendetwas in ihm sagte, dass es nicht die richtige war. „Nein!", sagte er entschieden und schüttelte zur Unterstützung den Kopf. „Niemand wird zurückgelassen!"

„Zurückgelassen?" Drusillus' Stimme überschlug sich beinahe hysterisch. „Es sind nur ein paar Schritte zum Lager! Er ist nicht in Gefahr und ...!" Seine Stimme wurde zum Flüstern. „Der Knöchel ist nicht mal dick, nicht gebrochen, gar nichts! Wenn du mich fragst, er ist gekauft!"

Lucius beachtete ihn nicht weiter, ihm war selbst schon aufgefallen, dass der Knöchel nicht geschwollen war, und er hatte vermutet, dass

Celsonius ihnen etwas vorspielte. Sie mussten ihn tragen und würden verlieren, da die Träger nicht laufen konnten ohne auszurutschen.

RUTSCHEN, das war die Lösung!

„Drusillus, los, an die Spitze und Marsch, zunächst normaler Gleichschritt! LOS!", befahl Lucius hektisch und spähte zu den Gegnern. Sie waren wieder in den Gleichschritt zurückgefallen und erreichten gerade die Lagerecke. Nur ein kleiner Vorsprung, das musste zu schaffen sein. „Promptus!", brüllte er. „Dein Contubernium zu mir, schnell!"

Die acht Männer rannten auf ihn zu, während sich die Centurie wieder in Marsch setzte.

„Los, vier Mann nehmen alle Waffen, schnell, bis auf ein Scutum und ab, hinter den anderen her!" Vier Männer beluden sich mit den zusätzlichen Pila und Schilden und stapften, so gut es ging, hinter der Kolonne her.

„Los, ihr vier nehmt eure Schwerter ab, knotet die Riemen aneinander und befestigt sie am Schildgriff!"

Im Handumdrehen wurde so der Schild in einen Zugschlitten verwandelt, der verdutzte Celsonius oben draufgesetzt und von den vier Männern mit dem selbstgebauten Geschirr gezogen. Der Schild schlitterte vorwärts und Lucius lief mit den vier zusätzlichen Schwertern nebenher. Er warf einen Blick über die Schulter und sah den letzten Mann der Gallica um die Ecke verschwinden. Aber auch seine Centurie hatte die letzte Lagerecke erreicht.

„AUGUSTA, AUGUSTA, AUGUSTA!", brüllten die Legionäre begeistert vom Lager her.

Sie bogen um die Lagerecke. Celsonius klammerte sich mühsam an den hin- und herschlenkernden Schild und versuchte krampfhaft, nicht heruntergeschleudert zu werden. Seine Position sah alles andere als bequem aus.

Sie holten auf und sahen, dass die Männer, die mit den zusätzlichen Pila beladen waren, zurückfielen. Sie warteten auf sie und lösten sie ab. Mit unvermindertem Tempo ging es weiter. Jetzt schlossen sie zur Centurie auf, worauf die hinteren Legionäre einen Ruf ausstießen, der nach vorn durchgegeben wurde. Was gerufen wurde, konnte Lucius nicht verstehen, aber er konnte es sich denken, als die Centurie in den

Laufschritt fiel. Sie erreichten die Via Principalis und liefen auf das Lager zu. Lucius hatte zu Drusillus an der Spitze aufgeschlossen.

„ZUM ANGRIFF!“, brüllte Lucius wieder, und mit dem Schlachtruf „AUGUSTUS!“ stürmten die Männer durch das Tor und rannten auf das Forum zu.

Durch das andere Tor kamen die Männer der Gallica herein. Das Geschrei um sie herum wurde ohrenbetäubend. Sie erreichten das Forum und kamen stolpernd und schlitternd zum Stehen. Mallius stoppte abrupt und ging dann ruhig und würdevoll auf den Stellplatz der Standarte zu. Lucius sah den anderen Signifer ebenfalls das Forum erreichen und wollte am liebsten „Lauf, Mallius, lauf!“ brüllen, aber er wusste, nichts würde einen Signifer dazu bringen, die heilige Handlung, das ihm anvertraute Signum im Heiligtum der Legion aufzustellen, in Hast und Eile durchzuführen. Der andere Signifer ging genauso angemessenen Schrittes auf die Standarte zu, während um sie herum die Männer ungeduldig schrien und jubelten.

Lucius fiel plötzlich siedendheiß ein, dass er noch immer die Schwerter seiner Legionäre trug. „*Vernite!* Antreten!“, befahl er und warf den Legionären ihre Schwerter zu.

Mallius kehrte so zügig er vermochte auf seinen Platz zurück und Lucius baute sich keuchend vor Quirinius und Gallus auf.

„Die zweite Centurie der Hastaten der 8. Kohorte vollzählig vom Übungsmarsch zurück. Ein Verletzter!“

Gallus sah ihn säuerlich an und warf einen Blick zu seinem Primipilus, der mit Canidius zusammen die beiden Centurien beobachtete hatte. Ein widerwilliger Ausdruck breitete sich auf dessen Gesicht aus, aber schließlich zuckte er resigniert mit den Schultern.

Quirinius grinste breit und sagte: „Du schuldest mir einen Denar, Gaius!“

Gallus warf ihm einen Denar zu und wandte sich wütend ab. Quirinius fing ihn lässig auf und sagte zu Lucius: „Gut gemacht, Centurio!“, und klopfte ihm auf die Schulter.

Die Legionäre der Augusta brachen in Jubelrufe aus. In den Tumult hinein fragte Canidius Lucius: „Wie bist du auf die Idee mit dem Krankentransport gekommen?“

„Ich hatte mal gelesen, dass die Kimbern auf ihren Schilden verschneite Abhänge heruntergefahren sind!", sagte Lucius mit breitem Grinsen. „Das ist mir wieder eingefallen!"

Canidius lachte schallend und klopfte Lucius anerkennend auf die Schulter: „Das beweist, dass man aus Büchern doch etwas lernen kann!"

Mit Beifall und viel weiterem Schulterklopfen wurde die Centurie zu ihren Zelten eskortiert. Lucius hatte das Gefühl, einen großen Schritt nach vorn gemacht zu haben. Dies musste doch jetzt der Durchbruch gewesen sein. Wenn ihm der Primipilus in aller Öffentlichkeit auf die Schulter geklopft hatte, mussten doch auch die anderen seine Leistung anerkennen!

Übermütig drehte er sich zu seinen Männern um, zeigte auf den am Boden sitzenden Celsonius und rief: „Vergesst nicht Männer, so eine Verletzung muss man kühlen! Her mit dem Schnee!"

Die Männer johlten und überschütteten den Tesserarius mit Schnee. Celsonius versuchte zu protestieren, doch der Schnee geriet ihm in den Mund. Er hustete und prustete unter dem Beifall der lachenden Männer. Strafe muss sein, dachte Lucius lächelnd.

Am Abend wurde gefeiert und Lucius wanderte von Contubernium zu Contubernium, beglückwünschte alle zu ihrer Leistung und trank ihnen zu. Die Männer empfingen ihn begeistert und tranken auf sein Wohl.

Schließlich setzte Lucius sich glücklich und zufrieden vor sein Quartier und beobachtete seine Leute. Die Kälte machte ihm nichts aus, da sich der heutige Erfolg wie ein wohliger Schleier auf ihn gelegt hatte. Vielleicht war es auch ein bisschen viel Wein gewesen, dachte er, und winkte Drusillus und Mallius herbei. Er beglückwünschte die beiden zu dem Sieg und gemeinsam tranken sie auf den Erfolg.

Als sie sich verabschiedeten, zeigte Drusillus einen Gesichtsausdruck, den Lucius nicht zu deuten wusste. War es Erheiterung, Spott? Auch Mallius blieb noch einen Moment stehen und sah ausnahmsweise einmal zufrieden aus. „Wir haben der Standarte Ehre gemacht und die Jungs haben diesen kleinen Sieg und die Feier verdient! Sie haben sich gut geschlagen!" Nach einer Pause fügte er jedoch schulterzuckend hinzu: „Es war natürlich keine besondere Leistung! Als wir damals mit Caesar durch die verschneite Cevenna gezogen sind, das war etwas ganz anderes!"

Er lächelte sein überlegenes Altväter-Lächeln. Dann ging er, um seine Unterkunft aufzusuchen.

Lucius sah ihm leicht verdrossen nach. Trotz allem klangen da immer noch diese Vorbehalte und Empfindlichkeiten durch. Und die würden die Centurionen wohl doch nicht ablegen.

Anfangs hatten sie ihn wegen allem abgelehnt: keine Erfahrung, mangelnde Ausdauer, kein Stehvermögen, keine Kampferfahrung, nicht zäh genug und was sie ihm sonst noch unterstellten. Das vergangene Jahr hatte ihnen gezeigt, dass er es zumindest an Zähigkeit und Ausdauer mit jedem aufnehmen konnte. Dem zollten sie Respekt. Aber trotzdem hielten sie ihn für zu jung. Kampferfahrung hatte er immer noch keine. Für sie war es nach wie vor widernatürlich, einen so jungen Centurio zu sehen; einen Legaten, Tribun oder General in dem Alter konnten sie ertragen, das waren sie gewohnt, aber ein Centurio musste alt und knorrig sein wie ein Olivenbaum. In dem bevorstehenden Feldzug würde er zwar seine erste Kampferfahrung sammeln, wahrscheinlich seinen ersten Feind töten, aber selbst das würde ihm voraussichtlich nicht den Respekt seiner Kollegen einbringen. Für einen Centurio waren Tapferkeit und Unerschrockenheit selbstverständlich.

Er dachte an all die Erzählungen, die er früher so gern gehört hatte, wie die von den zwei Centurionen, die sich allein in den Kampf gegen die Gallier gestürzt und vorher ihre Einheiten zum Schiedsrichter bestimmt hatten. Diese sollten entscheiden, wer von ihnen der Tapferere sei. Sie retten sich gegenseitig das Leben und kehrten unbesiegt ins Lager zurück. Die Legionäre stimmten für unentschieden.

Oder die vom Centurio Petronius, der bei Gergovia den Rückzug seiner Männer mit den Worten deckte: „Mein Blut und meine Kräfte rinnen davon. Seht zu, dass ihr wegkommt!"

Angesichts solcher Taten würde es schwer werden, in einem Feldzug Vorurteile abzubauen. Andererseits würde ein Tod wie der von Petronius mit Sicherheit alle Zweifel beseitigen. Aber Lucius hatte eigentlich nicht vor, zu sterben. Außerdem würde wohl selbst das Valens oder Vitellius nicht zufriedenstellen. Sie würden sicherlich behaupten, dass ein echter Centurio mindestens doppelt so viele Feinde getötet und doppelt so lange ausgehalten hätte.

„Wer hat gesagt, das Leben sei einfach? Die Parzen kennen mein

Schicksal nicht, sie würfeln es wahrscheinlich gerade aus", seufzte Lucius und sah zum grauen Himmel auf.

Einen solchen Winter hatte Lucius noch nicht erlebt. Im Süden der Gallia Narbonennsis war der Winter angenehmer als hier am Rhenus. Tagelang herrschte dichtes Schneetreiben und jeden Morgen mussten die Lagergassen mühsam geräumt und der Schnee von den Hüttendächern entfernt werden. Der Schnee durfte nicht einfach in den Wallgraben gekippt werden. „Das fehlte noch, dass wir unseren eigenen Graben zuschütten!", polterte Vitellius, als er die ersten Legionäre dabei erwischte, wie sie den Schnee einfach über die Palisade warfen.

Nein, der Schnee musste einige Doppelschritte vom Lager wegtransportiert werden und wurde dort zu einem weiteren Wall aufgeschichtet. Anfangs hatten noch kohortenweise Übungsmärsche stattgefunden, aber bald brachte das Wetter auch diese zum Erliegen. Die einzige Aktivität außer dem Wachdienst war der Waffendrill, der alle zehn Tage auf dem Forum stattfand. Jeder Kohorte stand ein Tag für das Waffentraining zur Verfügung, und so rückten sie centurienweise aus, um Schwert- und Wurfübungen zu machen. Lucius nutzte die Trainingszeit, um mit den Legionären das Bilden einer *testudo*, einer Schildkröte, zu üben.

Ansonsten beschäftigten sie sich mit Würfeln oder mit *par-impar*. Quirinius hatte das *micare digitis*, das Fingerschnellen, verboten.

„Die Legionäre sollen nicht aus Langeweile ihren ganzen Sold verspielen!", sagte er und Lucius musste einige Strafen verhängen, als er seine Legionäre dabei erwischte. Als ob sie ihren Sold beim Würfeln oder *par-impar* nicht auch verspielen konnten. Um das zu verhindern und um die Legionäre davon abzuhalten, aus Langeweile und Frust Streit zu beginnen, setzte Lucius jeden Tag zwei Stunden Schreib- und Rechenunterricht für sie an.

Er hatte beobachtet, wie ein Legionär immer wieder versuchte zu erraten, ob sein Gegenüber Ripanus nun eine gerade oder ungerade Anzahl Bohnen in der Hand hielt. Er lag so oft daneben, dass nicht nur Lucius der Verdacht beschlich, dass Ripanus falsch spielte. Der junge Legionär wurde immer gereizter und sprach dem Wein immer mehr zu, so dass Lucius schließlich eingriff und das Spiel beendete, bevor Schlimmeres passieren konnte.

Selbst Orca, das beliebte Kinderspiel, wurde wieder gespielt, und hier erwiesen sich die jüngeren Legionäre gegenüber den Veteranen im Vorteil. Einmal wurde Lucius von einem jungen Legionär herausgefordert. Ammaeus hatte gerade beim Orca mehrere Asse von seinen Kameraden gewonnen und merkte, wie Lucius ihn beobachtete.

„Los, Centurio!", rief Ammaeus herausfordernd. „Mach ein Spiel gegen mich!"

Lucius schüttelte verneinend den Kopf, was mit lautem Protestgeschrei beantwortet wurde. Schließlich erklärte er sich bereit und nahm sich fünf Haselnüsse.

„Was ist der Einsatz?", fragte er.

„Zwei Asse!", schlug Ammaeus vor.

„Gaius!", rief Ripanus dazwischen. „Der Centurio muss dir eine bessere Quote bieten! Fünf zu eins mindestens!"

Lucius drehte sich um und sah Ripanus breit lächeln.

„Nun, Centurio, Mut?", fragte er.

„Oder zehn zu eins? Der Rangunterschied zwischen einem Centurio und einem Legionär!", warf Flosculus, ebenfalls ein Veteran, ein.

„Zehn zu eins!" Lucius nickte. „Aber nur", fuhr er fort, „wenn jeder von euch ein Doppelas auf Ammaeus setzt!"

Flosculus und Ripanus warfen sich unsichere Blicke zu, dann nickten sie entschlossen. „Gut, einverstanden!"

„Na dann!" Lucius drehte sich zur Amphore um: „Ich fange an?" Und als niemand widersprach, stellte er sich auf: „Wisst ihr, Orca spielt man nicht nur mit dem Auge", er warf eine Nuss in die Amphore, „sondern auch mit dem Geist!" Er warf die nächste Nuss in die Amphore. „Den Gegner auszurechnen ..." , wieder ein Treffer, „... seine Stärken und Schwächen zu kennen ...", Treffer, „... ist der halbe Sieg!" Er drehte sich zu Ammaeus um: „Willst du erst noch werfen oder sofort zahlen?"

Ammaeus war bleich wie der Schnee geworden und nahm Aufstellung, aber der Schock über Lucius' ausgezeichnete Wurfkünste hatte seinen Blick getrübt. Schon der erste Wurf war zu kurz und Lucius nahm lächelnd seinen Gewinn in Empfang.

„Die Hälfte geht in die Beerdingungskasse!", sagte er und reichte die Geldstücke an Mallius weiter, der ebenfalls zugesehen hatte. Die Legionäre klatschten Beifall, doch durch diesen Beifall hörte Lucius eine

Stimme hämisch sagen: „Der Wettkampf war ungerecht, schließlich hat Marcellus erst vor einigen Monaten die Nüsse hinter sich gelassen!"

Lucius drehte sich langsam zu dem Sprecher um. Es war Hilarius, der von seiner Centurie herübergekommen war, um zuzusehen. Lucius reckte sich, streckte langsam die rechte Hand zur Faust geballt vor, lächelte Hilarius freundlich an und spreizte den Mittelfinger ab.

Eine Überraschung war die Rückkehr von Tiberius ins Winterlager. Für die Legionäre war es eine positive Überraschung, denn er brachte die Post für die beiden Legionen mit. Für Lucius waren Briefe von seinen Brüdern Gaius und Marcus dabei.

Gaius berichtete, dass in Arausio alles zum Besten stand. Er führte nun seinen eigenen Haushalt und hatte sich in das Bankgeschäft weiter eingearbeitet. *„Ich hätte nicht gedacht, dass diese Arbeit mich so zufriedenstellen könnte. Aber Männer bei ihren Unternehmungen zu unterstützen und ihre Geschäftsideen zu finanzieren, zu sehen, wie diese Pläne Erfolg haben, ist eine schöne Sache."*

Marcus' Brief war ausführlicher. Er hatte neben den üblichen Familien- und Klatschgeschichten auch noch andere Neuigkeiten: *„Ich kann dir außerdem berichten, dass ein Feldzug gegen die Germanen immer wahrscheinlicher wird. Erinnerst du dich noch an die Affäre mit der I Augusta in Hispanien? Sie verlor doch in Folge dieser Angelegenheit ihren Namen. Kurz darauf wurde sie nach Gallien verlegt. Wie ich erfahren habe, erhält sie einen neuen Namen: Er lautet Germanica. Was sagst du nun?*

Außerdem berichtete mir dieselbe Quelle, dass die XIV Gemina, du weißt, die, die außerdem noch Martria Victrix genannt wird, im Laufe dieses Jahres von Illyrien nach Gallien verlegt wird, dafür soll die IX Hispanische nach dem Feldzug nach Illyrien gehen. Findest du nicht auch, dass diese Truppenverschiebungen sehr interessant sind?

In den drei Gallien stehen bereits sechs Legionen. Eine weitere wird in Kürze dazustoßen. Drei stehen in Gallia Cisalpina, von wo aus sie über die Alpen ziehen werden.

So viele waren seit dem göttlichen Julius nicht mehr an unserer Nordgrenze. Warum sollten sie dort zusammengezogen werden, wenn nicht zur Eroberung Germaniens? Es sind immerhin mehr als ein Drittel aller Legionen. Lucius Tarius Rufus hat die Sarmaten geschlagen, die über den Danuvius gekommen sind, und sie haben sich über den Fluss zurückgezogen. Gegen sie kann diese Truppenkonzentration also nicht gerichtet sein. Es gibt Gerüchte, die besagen, es gehe um die Eroberung Britanniens, aber da Agrippa wieder in den Osten abreisen wird, ist dies wohl nur dummes Geschwätz. Ein maritimes Unternehmen ohne den Sieger von Naucholos und Actium? Undenkbar! Denk an meine Worte, demnächst wirst du wohl durch die Wälder Germaniens ziehen!"

Lucius schluckte einmal schwer. Er las sich die Passage ein zweites Mal durch und musste seinem Bruder beipflichten. Eine solche Konzentration der Legionen konnte nur auf einen weiteren Feldzug hindeuten und in diesem Teil des Imperiums gab es nur zwei Ziele: Britannien und Germanien.

Tiberius überflog im Gehen den Brief von Piso. Dieser hielt sich zurzeit in Mediolanum auf. Er hatte Rom sofort nach der Einführungszeremonie zum Konsul verlassen und war nach Gallia Cisalpina gereist. Er schrieb über letzte Details der Vorbereitungen für den Feldzug. Piso hatte keine großen Neuigkeiten zu berichten, doch Tiberius hatte auch keine erwartet. Schließlich hatten sie den ganzen Winter über Briefkontakt gehalten.

Tiberius hatte sich entschieden, den Winter bei den Legionen in Basilia zu verbringen, weil es ihm vor den langen Winterabenden in Lugdunum graute. Augustus war nicht nach Rom zurückgekehrt, und so war eine Reihe hochgestellter Persönlichkeiten ebenfalls nach Lugdunum gekommen, um dort zu überwintern. Auch Julia, die Tochter des Princeps, weilte mit ihren beiden Söhnen Gaius und Lucius dort. Diese waren, obwohl Agrippas Kinder, im vergangenen Jahr von Augustus adoptiert worden und waren damit zugleich seine Söhne und seine Enkel.

Als sie noch Agrippas Söhne waren, hatten zahlreiche Senatoren sie öffentlich als echte Römer gelobt, um sie hinter vorgehaltener Hand als die „Brut eines Bauern" zu bezeichnen. Jetzt, da sie die Söhne des Princeps waren, der wiederum ein Adoptivsohn eines Juliers war, überschlugen sich die Senatoren förmlich. Dem kleinen Gaius, gerade mal vier Jahre alt, wurden nur die besten Eigenschaften nachgesagt, und selbst an dem noch nicht einmal zweijährigen Lucius konnte man schon außergewöhnliche Fähigkeiten entdecken.

Augustus war ganz vernarrt in seine Enkel und freute sich über die kleinen Streiche, die Gaius seiner Umgebung spielte. Tiberius hielt Gaius für einen verzogenen Bengel, dem eine Tracht Prügel guttun würde. Als „der verzogene Bengel" einige Wachstafeln über eine Kerze gehalten und so Material- und Anforderungslisten vernichtet hatte, setzte Tiberius diesen Gedanken in die Tat um und versetzte Gaius eine Ohrfeige. Der kleine Diktator, wie ihn Tiberius im Stillen auch nannte, setzte sich auf den Hosenboden und brüllte das ganze Haus zusammen. Seine Mutter Julia tröstete ihn und machte ihm gleichzeitig energisch klar, dass das Büro von Onkel Tiberius kein Spielplatz war und dass er in Zukunft in diesem Raum nichts zu suchen hätte. Augustus hingegen war außer sich über diese Brutalität gegenüber seinem armen Enkel und machte Tiberius eine fürchterliche Szene.

Das Geschrei der beiden so unterschiedlichen Männer war im ganzen Haus zu hören, und dieser Streit war der Tropfen, der bei dem Claudier das Fass zum Überlaufen gebracht hatte. Tiberius packte seine Sachen zusammen und reiste ins Winterlager ab.

Dass Vipsania darauf bestanden hatte mitzukommen, machte Tiberius glücklich. Mochten die anderen doch um den Princeps herumscharwenzeln - er würde mit seiner geliebten Frau im Winterlager sein und von allen Schleimern verschont bleiben.

Es war März und der Winter neigte sich dem Ende zu. Der Schnee begann bereits zu schmelzen und das Treibeis auf dem Rhenus war verschwunden. Tiberius betrat das große Arbeitszimmer. Dort warteten schon die höchsten Offiziere der Legion. Varus, der Legat der Augusta, und die Lagerpräfekten saßen am Tisch. Die Primipili hatten an der Seite Aufstellung genommen und standen dort wie Denkmäler. Mit Ausnahme der beiden senatorischen Tribune Quirinius und Gallus hielten sich die anderen Tribune im Hintergrund. Sie würden sich nur zu Wort melden, wenn ihnen besondere Aufgaben übertragen werden würden.

Es gab nur wenige Punkte auf Tiberius' Liste, die besprochen werden sollten, aber die waren wichtig.

Zuerst berichteten die Primipili über den Ausbildungsstand in beiden Legionen und in den Hilfstruppen. Nach ihrer Aussage war dieser zufriedenstellend, beide Legionen waren einsatzbereit. Tiberius fragte sich im Stillen, ob ein Centurio einen Ausbildungsstand jemals besser als zufriedenstellend nennen würde. Würde er den Tag erleben, an dem ein Centurio die Leistung eines Legionärs als „gut" oder gar „sehr gut" bezeichnete?

Danach erstatteten die Präfekten Bericht. Die Abgelegenheit Basilias machte die Beschaffung von Vorräten nicht leicht. Getreide, Speck, Dörrfleisch, Gemüse und Wein waren in ausreichender Menge vorhanden, aber man hätte sich noch eine größere Reserve gewünscht. Mitte April erwartete man noch Lieferungen aus den Depots von Lugdunum. Insgesamt war die Versorgungslage der Legion ebenfalls zufriedenstellend. An dieser Stelle hielt Galarius in seinem Vortrag erstaunt inne und betrachtete seinen Feldherrn, der aus einem unerfindlichen Grund plötzlich einen Heiterkeitsausbruch hatte. Auch die anderen sahen Tiberius erstaunt an, dieser gab aber keine Erklärung, sondern winkte Galarius nur zu, mit seinem Bericht fortzufahren. Katapulte und Ballisten waren, zerlegt und transportfertig, in größerer Stückzahl parat.

Schließlich ging es noch um die Verteilung der Hilfstruppen. Ein letztes Mal wurden die Aufstellungen durchgesehen, das Für und Wider abgewogen. Am Ende beschloss man aber, die bereits im vergangenen Herbst getroffene Entscheidung beizubehalten.

Bis auf die Ala Atectorgian und die Ala Gallorum würden alle vier anderen Reiterverbände mit der Gallica ziehen. Dafür würden der Augusta die *cohortes allobroges* und *helvetes* zugeteilt werden. Da sie tiefer in die Berge eindringen sollten, würden sie diese Kohorten notwendiger brauchen als die Gallica. Um die beiden Centurien syrischer Bogenschützen entspannte sich eine hitzige Debatte. Schließlich wurde jeder Legion eine Centurie zugeteilt.

„Wie sieht es mit den Vorbereitungen für die *equirria*, die Wagenrennen, aus?", fragte Tiberius am Ende der Besprechung.

Varus zeigte auf einen der Tribune: „Quintus Poppaeus hat sich für die Augusta um alles gekümmert!"

Tiberius nickte ihm zu. „Also, berichte!"

Quintus Poppaeus Sabinus trat vor und befeuchtete sich mit der

Zunge die Lippen. „Ich habe mit Sextus Picensus den Platz für das Wagenrennen ausgemessen und vorbereitet. Die Fahrer für die Streitwagen sind aus Massilia eingetroffen. Sie sind zwar erfahrene Rennfahrer, doch trainieren konnten sie bisher kaum! Aber ..."

Er machte eine Pause und Tiberius runzelte die Stirn. Jupiter Optimus, musste der Tropf so herumstammeln, konnte er nicht einfach sagen, was er wollte? „Aber?“, hakte er ungeduldig nach.

Sabinus riss sich zusammen und fuhr fort: „Momentan ist der Boden noch gefroren, aber wenn es taut, wird er sich in Morast verwandeln. Es kommt einem Würfelspiel gleich, auf so einem Boden ein Rennen zu veranstalten.“

„Solange nicht alle Schiffbruch erleiden!“, warf Quirinius trocken ein. „Das fehlt uns noch, dass die Fahrer stürzen und die Legionen darin ein böses Vorzeichen sehen.“

Tiberius’ Gesicht hatte sich bei dieser Meldung verdüstert. Er hasste es, wenn nicht alles so lief, wie es sollte. Warum mussten die Dinge immer so kompliziert sein? „Und das Opfer?“, fragte er knapp. Der Tribun der Gallica, Sextus Picenus, antwortete: „Der Altar für die Opfer ist vorbereitet und die Priester haben alles Notwendige für die Waffenweihe vorbereitet.“

„Also müssen wir das Rennen unter Risiko stattfinden lassen oder es absagen“, fasste Varus pragmatisch den Stand zusammen. „Beides kann als schlechtes Omen gesehen werden!“

„Kein Rennen ist nicht so schlimm wie ein Rennen, das als böses Omen gilt!“

Tiberius hatte sich jedoch bereits zu einer Entscheidung durchgerungen: „Dann müssen die Eingeweide der Opfertiere eben besonders gut sein!“ Alle lachten, und Tiberius fuhr an Varus gewandt fort: „Ein paar Tage nach den Equirria soll die Augusta nach Vindonissa aufbrechen!“

„Vor oder nach dem Quinquatrusfest? Die Legionäre würden nur ungern die Gladiatorenkämpfe verpassen“, wandte Varus ein.

Tiberius schüttelte den Kopf. „Nach dem Quinquatrus, denn selbstverständlich sollen die Handwerker gebührend geehrt werden. Aber Gladiatorenkämpfe wird es dieses Jahr nicht geben, schließlich sind wir nicht in Lugdunum.“

Er sah die langen Gesichter, besonders bei den Tribunen. Junge Schnösel, dachte er verächtlich. Zur Zeit der Republik wären eure Familien weder bedeutend noch reich genug gewesen, um eine *munera* zu veranstalten.

Tiberius winkte Canidius heran und bedeutete den anderen, einige Schritte zurückzutreten.

„Wie macht sich unser Sorgenkind?", fragte er Candidus.

„Gut!", erwiderte der zögernd, als müsste er erst überlegen, ob er die Wahrheit sagen sollte. „Überraschend gut! Die Nachschubfrage hat er ganz brauchbar gelöst. Es gab einige Scherereien, aber er hat seine Autorität durchgesetzt. Und bei der Ausbildung der Allobroger und hier im Winterlager hat er sich gut geschlagen!"

Tiberius sah nachdenklich aus. „Habt ein Auge auf ihn, ihr wisst, ein Feldzug ist eine gute Gelegenheit für einen Unfall!"

„Solange ich Primipilus bin, wird es keinen Unfall geben!", erklärte Canidius gewichtig.

Lucius freute sich auf die Feierlichkeiten, da es eine Waffenweihe in Arausio wegen der fehlenden Garnison nicht gab. Als dann die Zeremonie begann, machte sich bei ihm Ernüchterung breit. Die Waffenweihe war sehr feierlich und äußerst langatmig. Lucius verstand von dem Singsang der Priester kein Wort, da das Latein so uralt war, dass er sich fragte, ob die Priester die Beschwörungsformeln überhaupt selbst verstanden. Es würde ihn nicht wundern, wenn nicht, da sich wahrscheinlich der Wortlaut seit Romulus nicht mehr geändert hatte. Das kurz darauf folgende Quinquatrusfest hatte er natürlich schon viele Male gefeiert. Ein Fest zu Ehren der Handwerker und Lehrer. Nur schade, dass die Gladiatorenkämpfe ausfielen!

Die Schneeschmelze und das Tauwetter hatten das Gelände außerhalb des Lagers in einen Morast verwandelt. Die Stimmung in beiden Legionen war nach den Feierlichkeiten ausgezeichnet und alle erwarteten begierig den Beginn des Feldzuges gegen die Raeter und Vindelicer. Die Legionäre versprachen sich davon Ruhm und Reichtum, wenn auch nicht unbedingt in dieser Reihenfolge.

Einen Monat nach dem Quinquatrusfest erhielt die Augusta ihren

Marschbefehl. Innerhalb von zwei Tagen machte sie sich marschbereit. Die Kohorten bekamen Rationen für eine Woche zugeteilt, die sie auf ihren Maultieren transportieren sollten. Jedes Contubernium hatte ein Maultier für das schwere Gepäck, das Zelt, Schanzwerkzeug, die Mühle, die *pila muralia* und die Zusatzverpflegung. Der Hauptanteil der Vorräte wurde auf Wagen transportiert. Die Geschütze, die Ballisten und Katapulte wurden gleichfalls auf Wagen verladen.

Lucius fühlte sich in diesen zwei Tagen wie im Traum. Er überwachte die Vorbereitungen seiner Einheit, aber alles kam ihm unwirklich vor. Er hatte mit dem Waffenmeister gesprochen, der sicherheitshalber die Kettenhemden der Legionäre kontrollieren und, wo es nötig war, den Männern bei der Ausbesserung zur Hand gehen sollte. Er selbst sah die Proviantlisten durch, konnte sich aber nicht darauf konzentrieren. Am liebsten wäre er in seinem Quartier auf- und abgelaufen, aber dafür war es zu klein. Jetzt wurde es also ernst. Er dachte an die bevorstehenden Aufgaben, die Verantwortung für das Leben seiner Männer, die Kämpfe, die Möglichkeit, Ruhm und Ehre zu erringen oder zu sterben. Er bekam plötzlich einen trockenen Mund und seine Hände waren schweißnass. Seine Gedanken wurden abrupt unterbrochen, als plötzlich der Vorhang zurückgeworfen wurde und Valens erschien. Lucius seufzte innerlich. Der schon wieder! So oft, wie Valens sich bei der 8. Kohorte herumtrieb, musste seine eigene Centurie eigentlich total vernachlässigt sein. Oder auch nicht! Wahrscheinlich wagten die Legionäre in Valens' Abwesenheit noch nicht einmal, auf die Latrine zu gehen oder einen Furz zu lassen.

Valens war grußlos in die Hütte gepoltert, stand jetzt da und schüttelte sich aus. Die Wassertropfen spritzten nur so durchs Zimmer und es zischte vernehmlich, als sie das Kohlenbecken trafen. Valens zog den Mantel aus und warf ihn achtlos auf den Tisch. Dann ließ er sich auf den Stuhl fallen und griff nach einem Trinkbecher.

„Hast du Wein da, Marcellus?", waren die ersten Worte, die er sprach. Lucius nickte und holte den Weinschlauch herbei.

„Was kann ich für dich tun?", fragte Lucius.

„Nichts, nichts!", brummte Valens. „Ist nur so. Du hast dich ganz manierlich angestellt bei der Ausbildung, ganz manierlich. Nur der Sinn einiger Befehle scheint dir nicht ganz klar zu sein." Lucius füllte zwei Becher. „Sinn einer Ausbildung ist nicht nur, dass die Legionäre ihr Handwerk beherrschen, sondern auch, dass sie blind ihren Befehlen gehorchen. Deswegen ist die *disciplina* so wichtig."

Lucius nickte zustimmend. „Aber zwischen Ausbilden und Schikane ist doch ein Unterschied, oder?"

Valens sah ihn verständnislos an: „Was soll das sein, Schikane?"

„Wenn du Befehle gibst, die nicht sein müssen. Wenn du einen Rekruten immer wieder die gleiche Sache tun lässt, obwohl er sie schon beim ersten Mal richtig gemacht hat."

Der *primi ordinis* schüttelte über so viel Unverständnis den Kopf. Plötzlich brüllte er Lucius an: „RUNTER AUF DEN BODEN! SOFORT!"

Lucius sah ihn erstaunt an und blieb auf seinem Stuhl sitzen. „Warum?"

„Siehst du, das ist Sinn und Zweck der *disciplina*. Wenn ich auf dem Schlachtfeld befehle ‚Runter!' und du fragst ‚Warum?', bist du wahrscheinlich am Ende der Frage tot."

„Wir sind aber nicht auf dem Schlachtfeld!", wagte Lucius einen Einwand. „Dort hätte ich dem Befehl sofort Folge geleistet."

„Aha, und in welchen Situationen entscheidest du, ob du fragst oder ausführst?", wollte der Ältere wissen. „Hier fragst du, auf dem Schlachtfeld führst du aus. Was machst du im Lager, auf dem Wall oder auf dem Marsch? Wirfst du eine Münze?"

Lucius merkte, wie er rot wurde. Valens hatte nicht unrecht.

„Frage nie, führe den Befehl immer aus, egal, wie unsinnig er zu sein scheint. Wenn ich einen Rekruten eine völlig unsinnige Tätigkeit so oft tun lasse, bis er sie im Schlaf beherrscht, wird er auch in Krisensituationen meinem Befehl blind gehorchen. Wenn ich sage: ‚Bau Türme!', baut er Türme, wenn ich sage: ‚Schanze!', schanzt er, wenn ich sage: ‚Komm!', dann kommt er und wenn ich sage: ‚Geh!', dann geht er." Valens machte eine Pause, dann bellte er: „RUNTER AUF DEN BODEN! SOFORT!"

Lucius warf sich auf den Boden. Valens grinste hämisch und sagte, bevor er den Raum verließ: „Du musst noch viel lernen!"

Gedemütigt sah Lucius ihm nach, erst, als der Vorhang sich hinter Valens geschlossen hatte, stand er langsam auf.

Am Abend vor dem Aufbruch rief der Legat alle Centurionen zu einer Besprechung zusammen. Die sechzig Centurionen der Augusta sowie ihre Kameraden von den Auxiliarkohorten und Reiteralen versammelten sich auf dem Forum des Legionslagers. Dort war auf einer großen Zeltplane eine Karte aufgezeichnet. Lucius erkannte den Lacus Venetus und das Gebiet der vielen Seen. Nach einer kurzen Begrüßung kam Varus sofort zur Sache.

„Der Feldzug gegen die Raeter und Vindelicer beginnt. Ich habe euch zusammengerufen, um mit euch die Einzelheiten unseres Vormarsches zu besprechen. Nur wenn jeder den Gesamtplan kennt, weiß er, wie er reagieren muss, um den Erfolg sicherzustellen. Der Sieg liebt die Sorgfalt!“ Er zeigte mit einem Speerschaft auf das Gebiet südlich des Lacus Venetus. „Hier leben die Briganten!“ Der Stock wanderte über die Karte nach Osten. „Die Caluconen haben den Rhenus überschritten und siedeln bis in das Gebiet der vielen Seen. Da auch Helveter dort leben, ist Vorsicht geboten, damit es nicht zu Kampfhandlungen gegen unsere Verbündeten kommt.“ Der Stock wanderte nach Osten. „Hier im Osten leben ausschließlich Caluconen und im Süden die Suaneten. Beide Stämme sind Feinde Roms, treibt sie über den Rhenus und den Rhodanus zurück und der IX Hispania entgegen!“ Sein Stock berührte eine Stelle auf der Karte, die jenseits des Rhenus lag. „Hier liegt ein Oppidum mit dem Namen Curia. Hier werden die Kelten ihr Heer versammeln, um ihren Hauptort zu schützen. Vorher wird uns kein großes Heer von Kelten gegenüberstehen, aber wir müssen jederzeit mit Überfällen aus dem Hinterhalt rechnen. Bereitet eure Männer entsprechend vor! Mars wird uns den Sieg schenken!“

Varus beendete seine Ansprache und die Centurionen stießen Rufe der Zustimmung aus. Erregtes Stimmengewirr erfüllte das Forum und die Männer kehrten zu ihren Einheiten zurück.

Als am nächsten Morgen die Trompeter zum Wecken bliesen, lag Lucius schon eine ganze Weile wach. Er war viel zu aufgeregt, um schlafen zu können. Bevor noch der letzte Trompetenstoß verklungen war, war er bereits aufgesprungen und hatte seine Tunica gegürtet. Er brachte kaum einen Bissen von den Resten des Brotes und des Moretums herunter. Er warf das angebissene Stück Brot auf den Teller zurück und begann seine Waffen anzulegen. Dabei hatte er das Gefühl, diese Handgriffe zum ersten Mal bewusst zu tun. Die dicke, rote Wolltunica überziehen, die ein wenig kratzig war, die *caligae*, die genagelten Sandalen des Legionärs, besonders sorgfältig schnüren. Er erinnerte sich an das erste Mal, als er dieses Soldatenschuhwerk getragen hatte. Damals hatte er sie zu locker geschnürt und dauernd Steine unter dem Fuß gehabt. Ajax, der mittlerweile eingetroffen war, half ihm beim Anlegen des Kettenhemdes. Er schnallte seinen mit Nieten besetzten Gürtel um und befestigte links den Dolch. Dann hängte er sich sein Schwert um, so dass es rechts an der Hüfte hing. Die Beinschienen ließ er weg. Sie waren mehr ein Zeichen seines Ranges als ein Schutz und beim Marsch im Gelände oder beim Klettern im Gebirge äußerst hinderlich und unbequem. Ajax reichte ihm seinen Helm und seinen Mantel. Den Helm stellte er zunächst auf den Tisch und warf sich den Mantel über, den er mit einer Spange befestigte.

Das Scutum, der große Legionärsschild, blieb eingepackt, da bis Vindonissa und Turicum nicht mit Kampfhandlungen zu rechnen war und der Schild in seiner Lederhülle vor Feuchtigkeit geschützt war. Er überlegte, ob er etwas vergessen hatte. Schließlich befahl er Ajax, den Rest seiner Ausrüstung einzupacken und auf sein Maultier zu verladen. Er klemmte sich den Helm unter den Arm und verließ sein Zimmer, um sich bei Hilarius zu melden. Überall im Lager rumorte es. Legionäre räumten ihre Unterkünfte und verluden ihre Habseligkeiten auf die Maultiere.

VAE • VICTIS!

Eine Auxiliareinheit marschierte in lockerer Formation zur Aufklärung voraus. Dahinter folgte eine Legionskohorte als Vorhut. An der Spitze der Kolonne marschierten die Legionäre mit den Werkzeugen zum Lagerbau und die Pioniere, damit sie schnell bei notwendigen Arbeiten zur Hand waren. In der Mitte des Zuges ritt der Legat mit seiner Prätorianerwache, den hundertzwanzig Legionsreitern und der 1. Kohorte mit dem Geschützpark. Hinter den Wagen mit den Geschützen folgten die restlichen Kohorten mit den Versorgungswagen. Flankiert wurden sie von weiteren Auxiliareinheiten. Die restlichen Auxiliareinheiten bildeten den Abschluss der Kolonne. Ihnen folgte eine Legionskohorte als Nachhut. Eine fünf Meilen lange Kolonne wand sich so die Straße von Basilia nach Vindonissa entlang. Hinter Vindonissa teilte sich die Legion auf, so wie Varus es angekündigt hatte.

„*Pergite!* Vorwärts, Marsch!" wurde in den nächsten Tagen der meistgehörte und manchmal auch meistgehasste Befehl. Stur und stumpf marschierte die Legion los. Die Männer in den Kolonnen atmeten den aufgewirbelten Staub ein und mussten aufpassen, nicht in die Ausscheidungen der Maultiere zu treten. Ab und zu stockte die Kolonne und kam zum Stehen. Dann standen die Männer geduldig in der Sonne und warteten, bis es weiterging. Sie tauschten Mutmaßungen aus, wer oder was für die Unterbrechung verantwortlich sein könnte, und warfen einander Scherzworte zu. Alle schienen gelassen zu sein, nur Lucius horchte und lauerte auf das Signal: „*Ad arma!* Zu den Waffen!" Aber nach einer Weile folgte nur wieder der Ruf: „*Pergite!*", und die Männer setzten sich erneut in Bewegung. Sie pfiffen und sangen Lieder. Doch als sie den ersten Wald durchquerten, wurden sie merklich still.

Der Staub ließ nach, aber dafür schienen die Bäume bedrohlich und einengend. Die Legionäre warfen besorgte Blicke über die Schulter auf den dunklen, schweigenden Wald. Wenn es im Unterholz raschelte oder ein Ast knarrte, zuckten nicht nur die jungen Rekruten zusammen.

Auch Lucius' Nerven waren zum Zerreißen gespannt. Um sich zu beruhigen, nutzte er die Möglichkeit eines Centurios, neben der

Kolonne auf und ab zu gehen, wodurch er einen besseren Überblick hatte als seine Männer. Nicht, dass es etwas zu sehen gab. Der Wald war außerhalb des Weges scheinbar undurchdringlich.

Alle atmeten erleichtert auf, als sie ihn hinter sich hatten und auf freiem Feld ihr Lager aufschlagen konnten.

„Hast du gehört, Marcellus?“, fragte Drusillus an diesem Abend. „Einer unserer Kundschafter ist heute fast von Varus’ prätorianischer Wache erschlagen worden. Der Trottel brach neben dem Legaten plötzlich aus dem Unterholz, um Meldung zu machen. Die Pferde scheuten, die Männer gerieten in Panik und Varus bekam fast einen Herzschlag!“ Er machte eine Pause und fuhr dann fort: „Wenigstens weiß der Legat jetzt, wie es den einfachen Milites hier in diesem Wald ergeht!“

„Ja, ja.“ Lucius versuchte sich an ein Zitat von Plautus zu erinnern. Er hatte es immer schon einmal unbedingt anbringen wollen.

„Ach ja! Die Infanterie, arme Schlucker!“, deklamierte er stolz.

Drusillus sah ihn verständnislos an und ging dann kopfschüttelnd weiter.

„Wenigstens bin ich nicht der Einzige, dem dieser Wald Angst macht!“ Lucius sah seinem Stellvertreter nachdenklich hinterher.

„*Pergite!*“ Am nächsten Morgen setzte sich die Legion wieder in Bewegung und der Weg führte sie bald in den nächsten Wald hinein. Obwohl der Primipilus versichert hatte, dass die Umgebung ausgekundschaftet würde und die Hilfstruppen die Flanke sicherten, befiel die Männer erneut Beklemmung. Sie stammten aus Norditalien und Südgallien, wo die Landschaften offen und die Wälder licht- und sonnendurchflutet waren. Diese finsteren und dunklen Wälder machten ihnen Angst, selbst denen, die schon seit Jahren mit den Adlern in Gallien standen. Canidius befahl den Legionären kurzerhand, zu singen.

„Dann kam der Tag, da kehrte ich zurück zu ihr,
sie trug für mich die Schleife und ich wusste, ich bleib’ hier.
Und als dann die Legionen weiterzogen,
als sie weiterzogen, da war das nicht mit mir.
NICHT MIT MIR, als die Legionen weiterzogen
da war das nicht mit mir.“

„Wir müssen etwas gegen die Angst der Männer vor dem Wald unternehmen!", entschied Varus bei der Abendbesprechung. „Hier ist weit und breit mit keinem Feind zu rechnen, aber die Männer werden immer verzagter!"

„Wenn sie einen Feind vor sich sähen und ihn bekämpfen könnten, würden sie anders reagieren!", stimmte Canidius dem Legaten mit angestrengter Stimme zu.

„Geht es dir nicht gut, Primipilus?", fragte Varus, dem das Aussehen seines obersten Centurios überhaupt nicht gefiel. Bleich, mit einem Stich Grün im Gesicht stand er an den Tisch geklammert.

„Hab' was Schlechtes gegessen!", nuschelte der Centurio undeutlich.

„Mein Arzt soll dir ein Abführmittel geben!", wies Varus an und wandte sich dann wieder seinen anderen Offizieren zu.

„Wir sollten einzelne Centurien mit den Auxilia losschicken, einfach, damit die Männer sich an das Gelände gewöhnen können."

„Du willst die Legion zersplittern?", fragte Quirinius entsetzt. „Legionäre werden immer nur im geschlossenen Verband eingesetzt!"

Varus winkte ab: „Es ist mit keiner richtigen Schlacht zu rechnen, nur mit kleinen Scharmützeln, wenn überhaupt, und die Männer brauchen Kampferfahrung, sowohl im Verband als auch in diesem Gelände. Die bekommen sie nicht, wenn sie den ganzen Tag nur in der Gegend herumstiefeln!"

Bis jetzt unterschied sich der Krieg in keinster Weise von den Übungsmärschen, die Lucius während seiner Ausbildung absolviert hatte. Marschieren, Lagerbau, marschieren, Lagerbau. Nur dass die Kampfbereitschaft diesmal keine reine Übung war und die Allobroger sie begleiteten.

Lucius hatte sich gefreut, Ambiorix wiederzusehen. Die langen Märsche boten immer wieder Gelegenheit zu Gesprächen, bei denen der junge Centurio und der allobrogische Häuptling sich austauschen konnten. Ambiorix war nur zehn Jahre älter als Lucius, aber ein erfahrener Kämpfer, der bereits die Feldzüge gegen die Kantabrer und die Salasser mitgemacht hatte. Während Agrippas zweiter Statthalterschaft in Gallien hatte er außerdem an einigen kleinen Feldzügen, die mehr Machtdemonstrationen als schwere Gefechte waren, teilgenommen.

Er war mit dem Leben eines Kriegers vertraut, seit er in jugendlichem Alter Waffenträger seines Bruders gewesen war. Ambiorix hatte Lucius die Handhabung der keltischen Speere erläutert: Die Kelten benutzten keine schweren Wurfspeere oder Lanzen, sondern leichte Speere zum Werfen und kurze zum Stoßen. Seiner Meinung nach waren diese besser geeignet als die römischen Pila. Sie würden durch Wälder ziehen oder im Gebirge umherklettern. Wozu bräuchten sie da Speere, mit denen man fünfzig Doppelschritte weit werfen konnte? Sie seien nur eine unnötige Belastung und viel zu sperrig.

Lucius erzählte Ambiorix von seinen Ausbildungsmärschen. Wie oft hatten die Rekruten heimlich das Marschgepäck erleichtert! Sie hatten den Sand, der das Gewicht des Getreides ersetzte, weggeschüttet, sogar die Trinkflaschen geleert und alle Möglichkeiten genutzt, um ein bisschen Erleichterung und Gewichtsreduzierung zu bekommen. Dies musste während des Feldzuges unter allen Umständen vermieden werden, versuchte er Ambiorix einzuschärfen. Der ließ die Ausführungen stoisch über sich ergehen. Dann und wann zuckte es in seinem Gesicht, als ob er ein Lachen unterdrücken würde. Lucius blickte in die grauen Augen des Kelten und sah dessen Belustigung. Er musste sich selbst ein Lächeln verkneifen: „Ich weiß, ich rede wie ein ängstliches Weib und versuche einen erfahrenen Veteranen vieler Feldzüge zu belehren, aber es ist mein erstes Kommando und daher meine Aufgabe, mich um so etwas zu kümmern!"

Ambiorix lachte und schüttelte den Kopf. „Ah, Centurio Marcellus!" Lucius genoss die förmliche Anrede. „In der Tat, du versuchst einem alten Krieger sein Handwerk zu erklären. Aber das macht nichts. Vorsicht ist der bessere Teil der Tapferkeit, wie mein Vater immer zu sagen pflegte."

Lucius nickte zustimmend: „Bei uns sagt man: ‚Der Sieg liebt die Sorgfalt!'"

Ambiorix grinste Lucius an: „Nur dass wir Kelten nicht vorsichtig sind und ihr Römer sehr sorgfältig seid!"

„Deswegen sind wir die Herren der Welt und nicht ihr!", platzte Lucius heraus.

„*Civis Romanus sum!*", sagte Ambiorix und zitierte damit die Formel, die jeden Römer schützte. „Ich bin ein Bürger Roms! So haben die Götter die Welt gemacht! Gaius Julius Ambiorix steht dir zu Diensten!“

Lucius war Ambiorix für seine Ruhe und Gelassenheit dankbar. Er würde ihm eine wertvolle Hilfe sein. Doch auch die Unerschütterlichkeit des Häuptlings konnte seine eigene Nervosität nicht lindern.

In loser Formation durchstreiften die Allobroger vor ihnen die Wälder und Gehölze längs des Vormarschweges. Lucius stand unter höchster Spannung. Er hatte noch die Worte des Legaten im Ohr, dass hier kaum mit Feinden zu rechnen war, und er wusste, dass links und rechts von ihm Verbündete waren, aber dies beruhigte seine Nerven keineswegs. Hatten nicht die großen Geschichtsschreiber mehr als einmal über die verheerenden Folgen schlechter Aufklärung berichtet?

Er lag fast jede Nacht wach, weil die Anspannung ihn nicht schlafen ließ. Am nächsten Morgen fühlte er sich wie gerädert, aber auch in der darauffolgenden Nacht inspizierte er wiederholt die Wachen und zog sich nur kurz zurück, um zu schlafen, was ihm nicht besonders gut gelang.

Mit flauem Gefühl im Magen führte er am nächsten Morgen wieder seine Centurie an. Er beobachtete mit Argusaugen die Umgebung. Als sie einen Wald durchkämmten, zuckte er beim kleinsten Geräusch zusammen und griff mehr als einmal nach seinem Schwert. Diese Nervosität übertrug sich nach und nach auf seine Männer, denen die Anspannung ihres Centurios selbstverständlich nicht entging.

Mittags rasteten sie kurz. Lucius kontrollierte die Wachposten und kehrte dann zu den Männern zurück. Er beachtete die Mahlzeit nicht, die Ajax für ihn bereitgestellt hatte, sondern trank nur einen Schluck aus seiner Feldflasche. Dabei kratzte er sich an seinem langsam wachsenden Bart. Drusillus trat zu Lucius, der angespannt die Gegend beobachtete.

„Centurio. Ich weiß, dass dies dein erster Feldzug ist. Ich beobachte schon seit Tagen deine Anspannung! Das führt zu nichts. Entspann dich!“

„Du hast gut reden.“ Er zeigte auf die umliegenden Wälder und Höhen. „Überall hier können unsichtbare Feinde lauern. Das zehrt an den Nerven. Wir könnten jederzeit angegriffen werden.“

Drusillus lächelte. „Ich als erfahrener Soldat kann dir versichern, dass die meiste Zeit im Krieg nichts passiert. Es wird viel geredet und gewartet. Es gibt vielleicht mal einen kleinen Überfall, aber große Schlachten sind die Ausnahme. Und hier überfallen werden? Wenn du alleine unterwegs wärst oder mit einem Händlerzug, könnte dir das passieren. Aber um eine Hundertschaft zu überfallen, musst du selbst eine Hundertschaft haben. Was meinst du, was es für ein Getöse gibt, wenn hundert Mann versuchen, durch den Wald zu schleichen? Und selbst wenn sie sich lautlos bewegen könnten, fallen sie auf - und ich meine nicht nur unseren Spähern, sondern auch den Tieren. Schau dir den Himmel über einem Wald an! Wenn du Vögel entdeckst, hat etwas sie aufgeschreckt. Also, wenn der Feind nicht direkt vom Himmel fällt, kann er uns nicht überraschen! Deine Nervosität gibt den Männern ein schlechtes Beispiel. Legionäre ziehen ihre Kraft aus der Stärke ihrer Anführer, und du bist offensichtlich nervös und angespannt."

Wahrscheinlich hatte Drusillus recht. Er musste den Männern ein gutes Beispiel geben. Dies war leichter gesagt als getan. Wie spielte man den ruhigen, gelassenen Anführer, wenn einem Furcht und böse Vorahnungen den Magen zuschnürten? Lucius setzte sich ins Gras und nahm den Helm ab. Er versuchte, sich zu entspannen. Dies gelang ihm aber nur äußerlich. Er zeigte den Männern ein Lächeln und wechselte einige Scherzworte mit ihnen. Dann trank er einen Becher unverdünnten Wein, um seine Nerven zu beruhigen. Diesem einen Becher folgte noch ein weiterer und er spürte, wie ihn eine angenehme Wärme durchflutete und sich ein leichter Schleier über seine Sinne legte.

Dies half ihm am Nachmittag, seinen Aufgaben gelassener nachzugehen, da er seine Umwelt ein wenig entrückt wahrnahm. In der Nacht konnte er das erste Mal durchschlafen. Am nächsten Morgen trank er zum Frühstück wieder zwei Becher Wein, um seiner Nervosität Herr zu werden. Er nahm sich fest vor, dies nicht zur Gewohnheit werden zu lassen, da er bei Feindberührung schließlich einen klaren Kopf brauchen würde. Aber für ein paar Tage nur konnte es ja nicht schaden. Bis jetzt war seine Einheit noch auf keinen Feind gestoßen, ja, sie hatten überhaupt noch keine Menschenseele getroffen. Die helvetische Einöde machte ihrem Namen alle Ehre. Nur ab und zu sahen sie Rauchwolken aufsteigen, vielleicht von niedergebrannten Höfen oder Scheunen.

Die XVI Legion Gallica brach einige Tage nach der Augusta von Basilia auf. Sie zog den Rhenus entlang und erreichte nach fünf Tagen den Lacus Venetus. Hier begannen die Legionäre mit dem Bau von Schiffen. Sie verwendeten dabei das Holz und die Bretter, die sie selbst im Vorjahr vorbereitet hatten. Die Offiziere der Gallica hatten sich verwundert über diese ihrer Meinung nach unnütze Tätigkeit geäußert, aber Tiberius hatte ihnen nur mitgeteilt, dass ein Legionär alles können musste - und das zu jeder Zeit.

Während der Bauzeit machte Tiberius mit drei Kohorten und drei Alen einen Streifzug zu den Quellen des Danuvius und organisierte den Nachschub bei den Latrobigen. Innerhalb von sechzehn Tagen bauten die restlichen Legionäre eine Flotte von *naves actuariae* für den Truppentransport. Diese Moneren waren groß genug, eine Centurie zu befördern, und mit ihrem flachen Kiel bestens geeignet, Truppen in flachem Wasser anzulanden. Einen Tag später schon wurden die Legionäre eingeschifft und verließen den kleinen Seitenarm des Lacus Venetus, der als Hafen gedient hatte. Ein Teil der Schiffe steuerte das Südufer des Sees an, die restlichen ruderten zum Nordufer. Auf dem Landweg wurden sie von Reitertrupps begleitet.

Die Strategie war einfach: Die Alen schreckten die am See lebenden Briganten auf, die sich vor ihnen zurückzogen. Dann landete eine Gruppe Legionäre in ihrem Rücken und griff sie an.

Rings um den See gerieten die Briganten in Aufregung. Viele flohen zum östlichen Ufer, wo Brigantium, ihre größte Siedlung, schwer zugänglich inmitten einer ausgedehnten Sumpflandschaft lag. Hier verschanzten sich die Kelten und hofften darauf, dass die Römer weiterzogen. Eine Ansammlung von Fischerbooten, mit Kriegern bemannt, sicherte Brigantium von der Seeseite her. Die Legionäre begannen Lager rund um das Feuchtgebiet anzulegen, um die Briganten vom Hinterland abzuschneiden. Die römischen Späher kundschafteten gangbare Wege aus, die durch Knüppeldämme gesichert und dann durch Wälle versperrt wurden. Nach drei Tagen emsiger Arbeit, unterbrochen nur durch gelegentliche Spähtrupps, waren die Lager und die wichtigsten Befestigungsanlagen fertiggestellt. Am Morgen des vierten Tages steuerte, durch Rauchzeichen verständigt, die römische Flottille direkt das Oppidum Brigantium an.

Die Katapulte und Ballisten waren an Bord der Schiffe aufgestellt und nahmen jetzt von der Seeseite her die Fischerboote und das Ufer unter Beschuss. Die Vindelicer sahen erstaunt zu, wie zehn Schiffe Kurs auf die Fischerboote nahmen, die den Nordteil des Ufers sicherten. Die Moneren rammten die Fischerboote, die viel zu schwach gebaut waren, um einer solchen Attacke zu widerstehen. Die Briganten stürzten ins Wasser und versuchten sich schwimmend ans Ufer zu retten. So erreichten die Moneren schnell das Ufer und eine Kohorte Legionäre, unterstützt von helvetischen Hilfstruppen, watete an Land. Während die Helveter das Ufer sicherten, begannen die Legionäre unverzüglich damit, ein Lager zu errichten. Die Briganten versuchten, sie vom Ufer zu vertreiben, aber jetzt setzte sich die restliche römische Flotte wieder in Bewegung und griff die übrigen brigantischen Boote an. Die Luft war erfüllt vom Krachen der Schiffsrümpfe, vom Bersten und Zersplittern des Holzes, von den Schreien der Männer und dem Geklirr der Waffen. Römische Posaunen trompeteten ihre Befehle heraus, die keltischen Luren spornten die Krieger an.

Zwei weitere Kohorten der Legionäre wateten an Land. Sie drängten die Briganten nach kurzem, heftigem Kampf vom Ufer zurück. Diese flohen ins Oppidum.

Nach kurzer Beratschlagung entschieden die Häuptlinge, aus der Stadt zu fliehen. Ein Stoßtrupp sollte einen Scheinangriff nach Süden unternehmen, während zwei weitere versuchen sollten, nach Osten durchzubrechen. Dann sollten die Frauen und Kinder mit den restlichen Kriegern folgen.

Der brigantische Vorstoß nach Süden wurde ein Misserfolg, da das sumpfige Gelände ihre Bewegungen behinderte und die zwei römischen Kohorten, die den Südrand sicherten, sich in aller Ruhe zum Empfang bereitstellen konnten. Die gallischen Auxilia überschütteten die Angreifer mit Wurfspeeren und Pfeilen und trieben sie wieder in den Sumpf zurück.

Auch den anderen beiden Stoßtrupps war nicht mehr Glück beschieden. Ruhig wie bei einem Manöver dirigierte Tiberius die Kohorten und schlug die Briganten überall zurück.

Als sie am Abend ins Oppidum zurückkehrten, mussten die Briganten feststellen, dass die am Ufer gelandeten Legionäre den Tag genutzt hatten, um die Moneren am Ufer fest zu vertäuen und durch Wall und Graben zu sichern. Flankiert wurde das Ganze im Süden durch ein weiteres befestigtes Lager, so dass jetzt drei Kohorten Legionäre mit ihren Hilfstruppen bereit waren, am nächsten Tag den Ort zu stürmen. Die Geschütze an Bord der Schiffe würden diesen Angriff unterstützen.

Dergestalt eingeschlossen, entschieden sich die Briganten, einen Unterhändler zu Tiberius zu schicken, um seine Bedingungen zu erfahren. Tiberius forderte sie auf, ihre Waffen abzugeben, und erlaubte dann den Männern, mit ihren Familien nach Hause zu gehen. Die Häuptlinge und ihre Söhne blieben zunächst als Gäste bei den Römern, bis am Ende des Sommers ein endgültiger Vertrag zwischen dem Imperium und ihrem Volk geschlossen würde.

Tiberius gönnte den Männern einen Tag Pause. Als er zwei Tage später aufbrach, ließ er eine Legionskohorte und zwei Kohorten der Hilfstruppen zurück, die sich unverzüglich daran machten, die Wege durch das sumpfige Gelände zu befestigen und Vorratsspeicher anzulegen. Die Versorgung der beiden Legionen, so hatte Tiberius angeordnet, sollte jetzt auf dem Wasserweg über den Lacus Venetus und den Rhenus erfolgen.

Späher hatten feindliche Krieger ausgemacht, die sich in den Wäldern versteckt hielten. Lucius war immer noch angespannt, aber diesmal berechtigterweise, so sagte er sich.

Tribun Sabinus kommandierte die 8. Kohorte mit den allobrogischen Hilfstruppen und befahl der zweiten Centurie der Hastaten, die Vorhut der Allobroger zu verstärken. Nun durchstreiften achtzig Legionäre und fünfzig Kelten ein Waldstück, in dem sich Feinde versteckt halten sollten. Hilarius hatte Lucius vor dem Aufbruch eingeschärft aufzupassen, dass der Jagdtrieb nicht mit den Kelten durchging. Sie gehörten einer Kriegerkultur an, in der es als feige galt, einem Kampf auszuweichen. Dadurch waren sie leicht zu unüberlegten Handlungen zu provozieren.

Tatsächlich gab es an diesem Tag den ersten Kampf für seine Männer, als sie eine Gruppe Kelten aufstöberten, die im Unterholz versteckt lagerte. Seine helvetischen Späher identifizierten sie auf Grund der Stammeszeichnungen und von Farbe und Muster ihrer Mäntel als Caluconen. Es gab nur ein kurzes Scharmützel, dann zogen es die Gallier vor, im Wald zu verschwinden. Lucius dachte an Hilarius' Warnung und ließ die Signalhörner blasen, um die Männer zurückzurufen, als sie sich anschickten, die Verfolgung aufzunehmen.

Sein Mund war ganz ausgetrocknet. Seine Einheit hatte zum ersten Mal gekämpft. Der Feldzug war Ernst, keine Übung. Es ging um Leben und Tod.

Im Laufe der nächsten Tage stöberten seine Männer immer wieder Gruppen caluconischer Krieger auf. Diese Gruppen waren nie größer als drei oder vier Contubernia, also keine ernst zu nehmende Gefahr für die Centurie und erst recht keine für die Kohorte. Es gab einige kleinere Scharmützel, bei denen es auf beiden Seiten aber nur wenige Tote und Verletzte gab. Die Barbaren zogen es vor, sich nicht auf lange Kampfhandlungen einzulassen. Wenn sie aufgestöbert wurden, gab es ein paar Pfeilwechsel und Speerwürfe, meistens zur Deckung des Rückzugs, und schon waren die Kelten wieder im Unterholz verschwunden. Die Männer waren durch diese kleinen, gefahrlosen Siege in bester Stimmung. Das Einzige, was Sabinus ärgerte, war, dass die Wälder ihren Vormarsch immer wieder verzögerten: Sie mussten jedes Gehölz erst einmal durchsuchen, bevor die Kohorten es passieren konnten. Keine Kriegertruppe, egal, wie klein sie war, durfte in ihrem Rücken zurückbleiben. Die Nachschubwege mussten offen gehalten werden.

Lucius spürte seinen deutlichen Widerwillen gegen den Wald immer stärker, da die Bäume, das Gestrüpp und das dichte Unterholz eine unbestimmte Angst in ihm schürten. Nicht sehen zu können, was vor oder neben einem geschah, war beängstigend. Diese Wälder waren der perfekte Platz für einen Hinterhalt, da konnte Drusillus sagen, was er wollte.

Lucius schauderte es allein bei dem Gedanken, dass die germanischen Wälder noch viel schlimmer sein sollten.

Er beobachtete, wie die Allobroger langsam im Wald vorrückten. Seine Legionäre bildeten die zweite Linie und deckten sie. Wenn er die Männer sah, die unter seinem Kommando standen, die jeden seiner Befehle befolgten, fühlte er Stolz. Er war Teil der mächtigsten Armee und des mächtigsten Imperiums der Welt, ein kleiner Teil nur, aber ein wichtiger. Dieser Stolz überlagerte die Unsicherheit, die er in seinem Inneren spürte - die Unsicherheit, ob er in einer Krisensituation die richtige Entscheidung treffen würde, und die Unsicherheit, ob er in einer echten Kampfsituation bestehen könnte. Er dachte an den allerersten Alarmruf „Wir werden angegriffen!“, als er für mehrere Augenblicke wie gelähmt dagestanden hatte - ihm selbst schienen es Stunden zu sein -, bis er reagieren und seine Befehle geben konnte. Das Herz schlug ihm bis zum Halse und seine Stimme klang ihm selbst unnatürlich, aber seine Männer reagierten unverzüglich und formierten sich zum Gegenangriff. Lucius lächelte in sich hinein, als er daran dachte. Niemand hatte seine Paralyse bemerkt, niemand ihn in Frage gestellt. Nur Drusillus hatte ihn mit gerunzelter Stirn angesehen.

Ein Warnruf brachte ihn in die Realität zurück. Albanus, einer der Legionäre, hatte ihn ausgestoßen. Lucius fuhr erschrocken zusammen und sah verständnislos zu Albanus, der auf ihn zustürmte und jetzt auch noch sein Pilum warf. War der übergeschnappt? Warf mit seinem Pilum nach seinem Centurio? Ein Geräusch schräg hinter ihm ließ Lucius herumfahren. Zwei caluconische Krieger hatten sich auf einem Baum versteckt und waren gerade im Begriff, ihn von hinten anzugreifen. Lucius starrte die beiden nur erschrocken an und machte keine Anstalten, sich zu verteidigen. Albanus' Pilum hatte keinen von beiden getroffen. Einer der Barbaren hob seinen Speer zum Stoß. Lucius versuchte nervös und mit hektischen Bewegungen sein Schwert zu ziehen, aber seine schweißnasse Hand bekam den Griff nicht zu packen und rutschte ab. Er machte eine lahme Bewegung mit dem Scutum, um den Speerstoß abzublocken, als plötzlich etwas an ihm vorbeisauste und den ersten Caluconen in die Seite traf. Dieser sah verständnislos auf das Pilum, das ihn getroffen hatte, und sackte dann zusammen. Der zweite stieß einen Wutschrei aus und griff mit seinem Speer an. Lucius gelang es noch immer nicht, seinen Gladius zu ziehen, er konnte aber den Speerstoß abblocken.

Ich könnte sterben, dachte er erstaunt. Das ist kein Trainingskampf mehr, der Barbar könnte mich töten!

Entsetzen stieg in ihm auf. Es ging um Leben und Tod. Um sein Leben, seinen Tod. Alle Kämpfe gegen Pertinax und alle Übungen in der Legion hatten ihn auf diesen Moment nicht vorbereiten können. Die Angst stieg in ihm auf und würgte ihn.

Da war Albanus neben ihm und schlug mit seinem Schwert nach dem Angreifer. Der Barbar wich dem Hieb aus und ließ seinen Speer wirbeln. Das stumpfe Ende traf Lucius in die Rippen und ließ ihn zur Seite taumeln. Albanus versuchte, der Speerspitze auszuweichen, blieb dabei aber an einer Wurzel hängen und stürzte rücklings zu Boden. Sein Gegner fletschte die Zähne zu einem höhnischen Grinsen und stieß mit dem Speer zu. Jetzt endlich brachte Lucius sein Schwert aus der Scheide und schlug mit einem lauten Schrei nach dem Angreifer. Es war ein so erbärmlicher Schlag, dass Pertinax sich für ihn geschämt hätte. Der Hieb traf den Speerschaft und die Klinge rutschte daran entlang. Immerhin ritzte sie dem Angreifer die Hand auf. Der Barbar zuckte zurück und verfehlte Albanus. Stattdessen rammte er den Speer neben dem Legionär in den Waldboden. Lucius schwang sein Schwert auf das Gesicht des Angreifers zu und zwang diesen dadurch, den Speer loszulassen und auszuweichen. Der Schlag ging jedoch fehl und sein Schwung brachte Lucius zum Straucheln. Der Kelte lachte wieder höhnisch, rief etwas und rannte dann davon. Er kam nicht weit, da mittlerweile von allen Seiten Legionäre herbeieilten. Ein Speerwurf machte seiner Flucht ein Ende.

Albanus rappelte sich auf und bedankte sich überschwänglich bei Lucius. Dieser nahm den Dank nur am Rande wahr, während er noch mit seiner Panik kämpfte. Er sah Drusillus kommen und dachte: Bloß der nicht! Keine Gespräche oder Diskussionen jetzt über Erfahrung und Eignung!

Er drehte sich um und ging auf die vordere Reihe der Krieger zu. Er machte seinem Herzen Luft und spürte, wie sich die Anspannung löste, als er sie wegen ihrer schlampigen Aufklärung zusammenstauchte.

Es dämmerte bereits und das Lager war aufgeschlagen. Lucius lauschte den Geräuschen des Lagerlebens um ihn herum und dachte über die Ereignisse des Tages nach. Als die Barbaren ihn angriffen, war er so von Angst erfüllt und so kurz davor gewesen, die Nerven zu verlieren, dass er am liebsten weggerannt wäre. Er starrte auf den Boden. Das konnte doch nicht sein. Hatten die anderen etwa doch recht gehabt? Taugte er nicht zum Centurio? Er spürte ein Verlangen, sich zu betrinken und alles zu vergessen, dem er jedoch widerstand. Seit Beginn des Feldzuges trank er Wein, um seine angespannten Nerven zu beruhigen, wenn er jetzt noch

Wein brauchte, um seiner Furcht Herr zu werden, dann würde er bald zum heillosen Trinker absinken und das wäre das Ende seiner Laufbahn. Andererseits: Noch so ein erbärmlicher Kampf wie heute, und die wäre sowieso zu Ende. Albanus hatte sich überschwänglich bei ihm bedankt und einer der Männer sprach sogar von der Krone für die Rettung eines römischen Bürgers, aber Lucius ekelte es bei diesem Gedanken vor sich selbst. Er galt als ausgezeichneter Schwertkämpfer, aber sein Angriff gegen den Barbaren war dilettantisch gewesen. Jeder Rekrut hätte es besser gemacht. Schon zuvor hatte er bemerkt, dass er bei Alarmrufen und in Kampfsituationen langsam reagierte. Angst, Unsicherheit und Panik waren normal für einen Legionär auf seinem ersten Feldzug, aber unentschuldbar bei einem Centurio. Und jetzt feierten ihn die Männer, als ob er ein Held sei. Held, Schwertkämpfer - pah! Stümper, so hätte ihn Pertinax genannt. „Wenn du deine ersten Kämpfe hast, erinnere dich an das Gelernte und beschränke dich nur auf die Techniken, die du gut beherrschst“, kamen ihm die Worte seines Trainers in den Sinn. „Das wird dir Sicherheit und Selbstvertrauen geben. Du hast zahllose Schlag- und Stoßvarianten trainiert, ebenso wie verschiedene Verteidigungstechniken, aber bei deinem ersten Kampf auf Leben und Tod wirst du vor Aufregung alles vergessen haben.“ Wie wahr, dachte Lucius. „Deshalb beschränke dich auf die einfachsten Dinge. Bei den folgenden Kämpfen wird dir ein bisschen mehr in Erinnerung bleiben, und dann noch mehr, und dann noch mehr. Jeder hat bei einem Kampf Angst. Wer das Gegenteil behauptet, ist ein Lügner. Aber das Vertrauen in die eigenen Fähigkeiten und die Erfahrung, schon Kämpfe überlebt zu haben, helfen erfahrenen Kämpfern, ihre Angst zu beherrschen. Du bist kein erfahrener Kämpfer, aber du hast gute Fähigkeiten. Nutze sie! Stell dir einen Feind als Trainingspartner vor, und alles läuft wie von selbst.“

Das Gelände stieg an und die Berge wurden höher, je weiter sie nach Süden kamen. Das Gebirge machte das Vorwärtskommen noch schwieriger, weil sie jetzt nicht nur das Gelände neben dem Vormarschweg, sondern auch oberhalb des Vormarschweges erkunden mussten. Das verlangsamte ihr Marschtempo, ohne dass es aber zu weiteren Scharmützeln kam. Die Kundschafter berichteten, dass sich die Caluconen nach Norden abgesetzt hatten. Varus befahl einen Gewaltmarsch, um die Flüchtlinge einzuholen.

Das Oppidum lag ruhig und friedlich in der Sonne. Nichts rührte sich. Ein schönes Bild, dachte Lucius. Als ob man auf einer Reise abends seinen Zielort erreicht hätte und sich auf das Nachtmahl freuen würde. Nur, dass es hier keinen freundlichen Gastgeber geben würde.

Aus keiner der Hütten stieg Rauch auf und auch sonst deutete nichts darauf hin, dass noch ein Kelte in dem Dorf war. Sie waren vor den heranrückenden Kohorten in die Wälder geflohen.

Aber Sabinus ging auf Nummer sicher. Ein Manipel rückte direkt zum Dorf vor, während die Allobroger die Umgebung absuchten. Der Zaun, der das Dorf umgab, sah solide, aber nicht besonders wehrhaft aus, er war bestenfalls dazu geeignet, Viehdiebe fernzuhalten. Sie drangen in das Dorf ein. Hilarius' Centurie sicherte das Tor und Lucius' Männer begannen die Häuser zu durchsuchen. Sie verteilten sich auf der Hauptstraße und spähten in die Häuser und Höfe. Nirgends ein Lebenszeichen oder eine Spur von einem Hinterhalt. Die Straße führte auf einen großen Hof zu und schwenkte dann rechts vorbei. Vorsichtig näherten sie sich dem Tor. Nichts zu sehen. Völliges Schweigen lag über dem Hof. Die Stalltüren standen weit offen. Kein Vieh. Die Bewohner des Oppidums hatten nichts zurückgelassen.

Vorsichtig betraten sie den Hof. Vor einem großen Stall blieb Lucius stehen und winkte Ripanus heran. „Durchsuche mit deinem Contubernium den Stall!", raunte er ihm zu und ging auf die Halle des Häuptlings zu. „Exoratus, du und deine Männer zur Rückseite, Promptus durch die Tür!"

Die Männer drangen in das Gebäude ein. Sie warteten schweigend. Lucius hatte die vage Vorahnung von einer drohenden Gefahr und seine Nerven waren zum Zerreißen gespannt. RUMMS. Ein Geräusch ließ sie alle auffahren, Lucius' Gladius zischte aus der Scheide. Die Allobroger neben ihm wirbelten ebenfalls herum und hoben die Speere zum Wurf. Ein Huhn gackerte aufgeregt und flatterte davon. Lucius stieß einen Seufzer der Erleichterung aus und steckte das Schwert wieder zurück. Er trat in die Haupthalle. Dort sah alles nach einem hastigen Aufbruch aus. Stühle waren umgeworfen worden und direkt neben der Tür lag eine Halskette. Lucius bückte sich und hob sie auf. Es war eine einfache Halskette, möglicherweise von einer Dienerin. Er warf sie wieder zu Boden und schaute noch einmal prüfend durch den großen Raum. Hier war niemand.

Sie erreichten das andere Ende des Oppidums, ohne auf ein Lebenszeichen zu stoßen. Lucius befahl dem Cornicen, zum Sammeln zu blasen, und sie warteten, bis Hilarius' Centurie zu ihnen gestoßen war. Dann verließen sie das Dorf und erstatteten Sabinus Bericht. Der Tribun erlaubte den Allobrogern, den Ort zu plündern, und ließ dann die Häuser anzünden.

Wie unsinnig, dachte Lucius, als sie weiterzogen. Warum haben wir den Ort denn dann nicht gleich niedergebrannt, sondern erst mühsam durchsucht.

Aber Sabinus ging es um die Beute für die Allobroger, eine kleine Belohnung, um die Hilfstruppen bei Laune zu halten, das wusste Lucius.

Die dunkle Rauchwolke, die zum Himmel aufstieg, zeigte den geflohenen Barbaren an, dass sie nun kein Heim mehr hatten.

Am Anfang war der Wald noch offen gewesen, so dass man sich gut zwischen den Bäumen bewegen konnte. Dann aber fiel der Boden ab und gab den Blick frei auf dichtes Unterholz und Buschwerk. Von seiner erhöhten Position aus beobachtete Lucius, wie seine Männer ausschwärmten und das vor ihm liegende Waldstück durchstöberten. Sein Blick schweifte nach rechts, wo irgendwo die Einheit unter Ambiorix steckte. Etwas surrte an seinem Ohr vorbei und er hob mechanisch die Hand, um das vermeintliche Insekt zu verscheuchen. Gleich darauf hörte er neben sich ein dumpfes „Tock". Lucius brauchte einen Moment, um das Geräusch einzuordnen. Das war kein Insekt, sondern ein Pfeil! Er riss seinen Schild hoch und wirbelte herum. Gerade noch rechtzeitig, wie zwei kurze, harte Schläge gegen den Schild bewiesen. Die bekannte Panik stieg in ihm auf, als er die beiden Pfeile stecken sah. Nicht dieses Mal, schwor er sich, nicht dieses Mal, und mit einer enormen Willenskraft unterdrückte er die lähmende Angst.

„Stellt euch auf und schützt euch!", rief er seinen Männern zu. Seine Stimme klang ruhig, wenn auch ein wenig zittrig.

Die Männer links und rechts von ihm nahmen Aufstellung und versuchten, eine Schildmauer zu bilden. Ein Aufschrei zeigte ihm, dass ein Pfeil getroffen hatte. Ein Legionär wand sich schreiend am Boden. Ein Pfeil steckte in seiner Schulter. Ein Kamerad versuchte ihn mit seinem Schild vor weiteren Pfeilen zu schützen. Jemand schrie etwas und zeigte auf das Buschwerk vor ihnen. Sofort stürmten ein paar Allobroger los. Mehrere caluconische Bogenschützen flohen aus dem Gebüsch und die Allobroger setzten ihnen nach.

„Vorsicht! Halt!“, brüllte Lucius ihnen hinterher.

Von seiner erhöhten Position aus sah er noch mehr Gestalten im Unterholz auftauchen. Die Allobroger kamen schlitternd zum Stehen, aber schon brach eine Horde bemalter und tätowierter Krieger aus dem Unterholz hervor und stürzte sich mit lautem Geschrei auf sie. Sie waren im Nu umringt. Lucius gab dem Cornicen den Befehl, zum Angriff zu blasen, und die Legionäre stürmten vor, um ihren Kameraden beizustehen.

Lucius umklammerte den Griff seines Gladius, als er auf das Getümmel vor ihm zulief. Auf dem Schild oder unter dem Schild, dachte er grimmig und zog das Schwert. Einer der Feinde stürmte direkt auf ihn zu. Der Barbar hob seinen Speer zum Stoß gegen ihn.

Die Welt um Lucius herum zog sich zusammen. Nun existierte nur noch der Mann vor ihm. Die hundertfach mit Pertinax und seinen anderen Ausbildern trainierten Bewegungen liefen automatisch ab. Lucius hatte das Gefühl, neben sich zu stehen und jemand anderem beim Kämpfen zuzusehen. Dieser andere wich dem Speerstoß aus und rammte dem Kelten den Gladius an seinem Schild vorbei in den Leib. Dieser andere sah nicht einmal hin, als der Kelte tödlich getroffen zu Boden taumelte, sondern wandte sich direkt dem nächsten Feind zu. Dieser andere machte sich auch keine Gedanken darüber, dass er gerade zum ersten Mal einen Menschen getötet hatte. Dieser andere funktionierte plötzlich, als gäbe es keine Angst.

Sein zweiter Gegner hatte nur einen Speer, mit dem er aber gut umzugehen wusste. Als Lucius seinen Speerstoß abblockte und seinerseits zum Angriff überging, ließ er den Speer herumwirbeln und schlug Lucius' Schwert beiseite. Dann täuschte er einen erneuten Angriff vor und schlug mit dem Speerende zu. Der Schlag traf Lucius in die Rippen.

Der Barbar grinste breit, als er sah, wie Lucius schmerzvoll das Gesicht verzog. Dann machte er eine Handbewegung, als wollte er sagen: Komm doch, wenn du dich traust! Lucius spürte Wut in sich aufsteigen, aber zugleich hörte er Pertinax' Stimme in seinem Ohr: „Nie wütend werden, ein wütender Gladiator ist bald ein toter Gladiator." Er atmete tief durch. Er täuschte eine Attacke mit dem Schwert vor und sprang dann seinen Gegner direkt an. Dieser wurde von dem ungestümen Angriff überrascht, sein Speer wurde vom gegnerischen Schild blockiert und er geriet ins Straucheln. Ehe sich der Barbar fangen konnte, stieß Lucius ihn mit dem Schild ganz um. Der fallende Körper wurde von seinem Schwert durchbohrt.

Lucius konnte sich aber nicht überzeugen, ob er den anderen tödlich getroffen hatte, denn aus seinem Augenwinkel sah er einen riesigen Schatten herannahen. Instinktiv riss er den Schild herum und sprang zur Seite. Eine Streitaxt hackte in den Waldboden, wo Lucius noch einen Augenblick zuvor gestanden hatte. Ein riesiger Kelte, der ihn um Haupteslänge überragte, riss seine Axt hoch und führte einen weiteren Hieb nach ihm. Lucius warf sich zur Seite und wieder ging der Schlag fehl, aber mit wilder Kampfeswut schwang der Riese seine Axt sofort aufs Neue. Lucius fing den Hieb mit dem Schild auf. Er spürte den Aufprall schmerzhaft durch seinen ganzen Arm hindurchziehen. Trotzdem stieß er mit dem Gladius nach dem Angreifer, der elegant auswich.

Für seine Größe bewegte der Barbar sich erstaunlich geschmeidig. Lucius spürte, wie die Angst erneut in ihm aufstieg. „Weiche zurück!", flüsterte eine innere Stimme. „Denk an dein Training!", antwortete eine andere. „Gib ihnen nicht die Genugtuung, dass du versagst - oder willst du auf dem Hof landen, Centurio?", übertönte eine dritte Stimme die beiden anderen.

Noch immer standen sie sich reglos gegenüber: der Calucone mit erhobener Axt, Lucius mit zum Stoß bereitem Gladius. Lucius hatte das Gefühl, dass die Zeit stehen geblieben war.

„Denk an das, was du gelernt hast. Verwende es gut." Diesmal hörte er Pertinax' Stimme in seinem Ohr und plötzlich wusste er, dass es an der Zeit war, die Initiative zu ergreifen.

Er sprang unvermittelt vor und stieß mit seinem Gladius zu. Der Barbar versuchte den Stoß mit dem Schild abzublocken und ließ gleichzeitig die Axt niedersausen. Lucius riss seinen Schild hoch und änderte die Stoßrichtung seines Schwertes. Er fing den Schlag mit dem Schild ab und sein Schwert durchbohrte das Handgelenk des anderen. In weitem Bogen schoss das Blut aus der durchtrennten Schlagader. Der Krieger stand wie versteinert da und starrte fassungslos auf das spritzende Blut. Lucius rammte ihm den Gladius in die Brust.

Nur kurz aufatmend, blickte er umher. Überall wogten die Einzelgefechte.

Lucius blickte noch einmal auf die toten Kelten zu seinen Füßen. Er hatte seine ersten Feinde getötet. Ein neues, unbekanntes Gefühl durchströmte ihn. Es war eine Mischung aus Stolz, Macht, Ekstase und auch ... Ekel? Er sah auf den Gladius, der mit Blut verschmiert war. Wieder hallten die Stimmen seiner Ausbilder in seinem Kopf nach: „Blut kann eine Klinge genauso zum Verrosten bringen wie Wasser."

Er bückte sich zu dem toten Caluconen und wischte seinen Gladius mit dessen Mantel sauber. „Pflege deine Ausrüstung gut! Es ist das, was im Kampf zwischen dir und einem Barbaren zwischen Leben und Tod unterscheidet. Der Sieg liebt die Sorgfalt!"

Mit dieser Ermahnung von Vulso im Ohr richtete er sich wieder auf.

Homer hin oder her, römische Legionäre waren nicht dafür da, wie Gladiatoren zu kämpfen.

Er befahl dem Cornicen hinter sich, zum Sammeln zu blasen, und brüllte über den Lärm hinweg: „*Corpora permite!* Reihen schließen!" Der Befehl wurde weitergegeben.

Die Centurie konnte sich ungestört formieren, da sich die Barbaren bereits zurückzogen, nachdem ihr Versuch, die Römer in die Falle zu locken, vereitelt worden war.

Lucius fragte Ambiorix und Drusillus, ob sie die Anzahl der Feinde hatten schätzen können. Ambiorix schätzte die Zahl der Angreifer auf siebzig. Drusillus hatte von seiner Position hinter der Schlachtreihe nichts sehen können. Mit äußerster Vorsicht durchkämmten sie den Rest des Waldes, aber es schien, als hätten sich die Caluconen in Luft aufgelöst.

Ambiorix schärfte seinen Männern nochmals ein, keine weiteren Verfolgungsjagden zu unternehmen.

Drusillus bemerkte gegenüber Lucius nur süffisant: „Normalerweise ist die Reihenfolge der Kommandos ‚Reihen schließen!' und dann ‚Angriff!'. Erst anzugreifen und dann die Reihen zu schließen ist sehr ungewöhnlich! Damit wirst du bestimmt die Kriegführung verändern, Centurio!" „Du meinst, ich werde als neuer Scipio Africanus oder Gaius Marius in die Geschichte eingehen?", fragte Lucius mit gespielter Begeisterung.

„Mit Sicherheit!", entgegnete der Optio todernst, und dann brachen sie in Gelächter aus.

Ambiorix sah die beiden verwirrt und kopfschüttelnd an. „Römer!"

Varus schickte den Häduer Atectorix aus, um die Caluconen zu verfolgen. Seine Reiter holten bald die erste Gruppe von Flüchtlingen ein. Sie töteten ein paar Halbwüchsige, die den Zug als Wachen begleiteten, trieben die Frauen und Kinder als Sklaven weg und verbrannten die Wagen, auf denen das Hab und Gut der Barbaren geladen war.

Nach diesem Gemetzel hatten die Caluconen genug. Von den verlustreichen Scharmützeln geschwächt und von zwei Legionen in die Zange genommen, beschlossen sie, ihren Kriegerstolz zu vergessen und ihr nacktes Überleben zu sichern. Sie erinnerten sich an das Schicksal der Salasser. Diese hatten Murena erbitterten Widerstand geleistet und waren fast vollständig vernichtet worden.

Der Rat der Caluconen beschloss, Boten zu Varus zu schicken, die ihre Unterwerfung anboten. Varus schickte die Gesandten weiter zum Konsul. Lucius Calpurnius Piso nahm die Unterwerfung der Caluconen großmütig an und verlangte Geiseln als Sicherheit. Dann setzte er seinen Marsch in das Gebiet der Suaneten fort

Lucius rechnete im Kopf mehrmals nach. Es erschien ihm unglaublich, dass seit Beginn des Feldzuges noch nicht einmal drei Wochen vergangen waren, aber es stimmte: Der Feldzug dauerte gerade einmal zwanzig Tage. Ihm schien es, als ob ein Jahr vergangen sei.

Die Augusta hatte den Rhenus überschritten und marschierte, nachdem die 1. und die 2. Kohorte wieder zu ihr gestoßen waren, in zwei Kolonnen nach Nordosten.

Späher berichteten, dass zahlreiche Krieger und Flüchtlinge der Vennoneten und Briganten nach Süden unterwegs waren, und rasch verbreitete sich im Lager, dass Varus den Flüchtlingen den Weg abschneiden wollte. Dies steigerte die Erwartung der Männer. Flüchtlinge abzufangen versprach Beute und Sklaven und damit Prämien für die Legionäre.

Die Augusta sollte die Kelten einkreisen und möglichst ohne Verluste zur Aufgabe zwingen.

„Mach den Graben hier ruhig etwas tiefer, Exoratus!", wies Lucius den Stubenältesten des zweiten Contuberniums an.

Der perfekte Platz für einen Hinterhalt, dachte er, während er das Tal überblickte. Die rechte Seite war unzugänglich und unpassierbar, aber der Hügel auf der linken Seite stieg sanft an. Direkt oberhalb des Lagers war ein kleines Gehölz, am Ende des Tals war der Hügel komplett bewaldet. Zur Hügelkuppe hin ragte ein steiles Kliff auf.

Wer auch immer hier mit Gepäck durch wollte, musste durch die Talsohle, hatte Sabinus erklärt.

Deshalb ließ er den Talausgang mit Graben und Wall sichern. Die 8. Kohorte hatte die Aufgabe, einen schmalen Weg, der zwischen den zwei Hügeln hindurchführte, zu sperren, damit die Barbaren der Umklammerung nicht entkommen konnten.

„Was machen die Pfähle?", fragte Lucius Drusillus, der an seiner Seite stand.

„Werden bald fertig sein! Wir bekommen Besuch."

Drusillus deutete mit dem Daumen über die Schulter. Sabinus und Vitellius kamen auf sie zu.

„Das Lager wird den Talausgang sperren, aber die linke Talseite macht mir Sorgen!", begann Sabinus ohne Umschweife und zeigte auf die Hänge der linken Seite. „Hier könnten uns die Barbaren in der Dunkelheit entwischen!" Er machte eine Pause und wartete, bis Lucius das Gelände in Augenschein genommen hatte. „Du wirst mit deinen Männern dort Position beziehen und die linke Flanke sichern! Eine Abteilung Allobroger wird dich begleiten", befahl Sabinus.

Lucius musterte noch einmal den bezeichneten Hang. „Soll ich eine bestimmte Position sichern oder einfach nur oberhalb des Hauptlagers mein Lager aufschlagen?"

„Schlag dein Lager vor dem kleinen Gehölz dort auf, da hast du mehrere Doppelschritte freies Feld vor dir!“, erläuterte ihm Vitellius. „Der Boden ist nicht sehr felsig, so dass du einen Graben und einen Wall errichten kannst.“

Lucius nickte verstehend. „Soll ich sofort aufbrechen oder erst den Graben hier fertigstellen?“

„Du brichst morgen direkt nach dem Wecken auf!“, ordnete Sabinus an. „Unsere Späher berichten, dass noch keine Flüchtlinge in der Nähe sind!“

Als Erstes wurden die Maultiere abgeladen und zum Kohortenlager zurückgeschickt. Dann schritten Lucius, Drusillus, Mallius und Ambiorix das Gelände ab, planten den Lageraufbau und markierten relevante Punkte mit Speeren.

„Das Lager muss mehr eine Festung als ein gesicherter Schlafplatz sein“, erklärte Mallius.

Lucius fügte zustimmend hinzu: „Und wir brauchen ausreichend Platz zum Kämpfen. Vitellius hat gesagt, wir müssen mit Nachtangriffen rechnen, also müssen wir schlechte Sichtverhältnisse während eines möglichen Kampfes einplanen!“

Sie kehrten zum Mittelpunkt des Lagers zurück, wo die Legionäre mittlerweile die Zelte aufgebaut hatten. Lucius befahl dem Cornicen, zum Sammeln zu blasen.

„Das erste und zweite Contubernium wird in den Wald gehen und Holz schlagen. Wir brauchen Palisadenpfähle und Fußangeln. Der Waffenmeister wird ein Feuer entfachen, um die Pfähle zu härten. Das dritte und vierte Contubernium wird die beiden äußeren Gräben und Wälle ausheben, das fünfte und sechste den Lagerwall. Das siebte Contubernium wird einen Wall um die Zelte errichten, das achte schiebt Wache. Die Allobroger werden sich um die Aufklärung kümmern“, verkündete Lucius die Einteilung. „Die Kettenhemden werden nicht abgelegt und die Waffen liegen griffbereit!“, fügte er noch hinzu, was ein Aufstöhnen bei den Männern hervorrief. Schanzen im Kettenhemd, das war die Höchststrafe!

„Angeblich sind keine Feinde in der Nähe, aber der Aussage will ich mein Leben nicht anvertrauen. Ihr etwa?“

Die Männer verneinten.

„Gut, dann macht euch an die Arbeit, ich möchte so schnell wie möglich ein gesichertes Lager haben. Zeigt den Barbaren, wozu römische Legionäre fähig sind!"

Die Männer antworteten mit zustimmendem Gebrüll und machten sich dann an die Arbeit.

Lucius hatte nun zum ersten Mal ein unabhängiges Kommando und war allein für den Lagerbau verantwortlich. Diese Verantwortung verursachte ein mulmiges Gefühl in seiner Magengrube. Er war froh, dass ihm kaum Zeit blieb, weiter darüber nachzudenken. Das Ausheben der Gräben entpuppte sich als hartes Stück Arbeit, da der Boden entgegen Sabinus' Behauptung mit Felsen durchsetzt war. Gegen Mittag begannen Ripanus' Männer die ersten Pfähle im Feuer zu härten.

„Wie sieht es aus, Männer?", fragte Lucius, als er während eines Kontrollganges bei ihnen vorbeikam.

„Wird schon!", entgegnete Ripanus und spitzte seelenruhig seinen Pfahl an. „Die Barbaren können ruhig kommen!", sagte er und präsentierte den Pfahl.

Das Lager war für die Zahl der Männer riesig angelegt, dreißig mal dreißig Doppelschritte. Es lag talabwärts nach Osten, damit der Feind bei einem Sturm auf das Tor bergauf angreifen musste. An der Süd- und Westseite, den Seiten, an denen der Feind am ehesten erwartet wurde, hatten sie einen zweiten Graben ausgehoben, der zehn Doppelschritte vom Lager entfernt war. Die Zelte waren durch einen inneren Wall zusätzlich geschützt.

Nach der Fertigstellung dieser kleinen Festung teilte Lucius die Männer ein. Bei einem Angriff würde er mit Mallius und den ersten drei Contubernia die Südseite verteidigen, Celsonius mit zwei Contubernia die Westseite und Drusillus mit zwei Contubernia das Tor. Ein Contubernium blieb in Reserve. Ambiorix würde mit seinen Allobrogern die Rückseite sichern und die Reserve befehligen.

Noch einmal schärfte Lucius seinen Männern ein, wachsam zu sein.

Sabinus kam vor Sonnenuntergang vorbei, um das befestigte Lager zu besichtigen. Er war mit den Vorbereitungen zufrieden und berichtete, dass flüchtige Barbaren gesichtet worden waren, die sich ihrer Stellung näherten.

„Wenn überhaupt, werden sie im Tal angreifen, um ihr Hab und Gut und ihre Frauen und Kinder zu schützen. Die Krieger werden zu stolz sein, um ohne diese zu fliehen!“, verkündete er.

Lucius bezweifelte dies: „Die Mandubiner haben ihre Frauen und Kinder ausgesetzt und dem Hungertod preisgegeben, als sie von Caesar belagert wurden! Und wenn nur die Krieger durchbrechen wollen, wird es ein harter Kampf!“

„Mumpitz!“, entgegnete Sabinus. „Wenn sie die Stellung sehen, werden die Barbaren gar nicht angreifen, sondern direkt fliehen - und das ist dann eine Sache für die Reiter!“

„Centurio!“

Lucius fuhr aus dem Schlaf hoch, eine dunkle Gestalt kniete vor ihm und rüttelte an seinem Arm. „Da draußen bewegt sich was, wir bekommen Besuch!“

Lucius erkannte Celsonius an der Stimme.

„Ist gut, lass die Männer Aufstellung nehmen!“

Er tastete nach seinem Schwert und Helm und verließ das Zelt. „Mann, bin ich steif!“, grummelte er vor sich hin. „Das Schlafen im Kettenhemd ist trotz Stroh und Blättern verdammt hart!“

Lucius’ Befehl, dass niemand die Kettenhemden ausziehen durfte, zahlte sich jedoch nun aus. Um ihn herum krabbelten die Männer aus den Zelten und machten sich kampfbereit. Die ganze Einheit war in wenigen Augenblicken gefechtsklar und nahm die befohlene Aufstellung. Lucius band den Helm fest und eilte zum Südwall.

„Centurio, ein Becher Posca?“, fragte ihn ein Legionär und hielt ihm einen dampfenden Becher hin. „Danke!“

Er griff sich den Becher und nippte im Weitergehen daran. Das Essigwasser war schon kalt nicht jedermanns Geschmack, aber heiß? Andererseits wärmte es ihn auf und sorgte für einen klaren Kopf. Er warf einen Blick nach Osten, wo es sich langsam aufhellte. Bis zur Morgendämmerung konnte es nicht mehr lange dauern.

Am Südwall hockten die Männer zusammengekauert hinter dem Wall und lauschten in die Dunkelheit. Da und dort schepperte es, wo die Legionäre Aufstellung nahmen. Lucius stellte seinen Schild ab und lugte durch die Palisaden. Nichts zu sehen, nur kurz war ein undefinierbares Geräusch zu hören, ein Geraschel oder Getrappel. Und wieder Stille.

Mallius näherte sich leise: „Und?"

Lucius schüttelte den Kopf: „Nichts zu hören oder zu sehen! Aber bei dem Lärm, den wir machen, kein Wunder. Die Barbaren sind gewarnt!"

Er trank einen weiteren Schluck Posca und bot dem anderen etwas an. Mallius lehnte dankend ab. Lucius trank einen letzten Schluck, schüttete den Rest aus und richtete sich auf.

„Nun, auf geht's!", sagte er und ergriff seinen Schild. „Nimm acht Mann und bilde die zweite Reihe! Achte auf deine rechte Seite!"

„Du auch!", antwortete Mallius und verschwand in der Dunkelheit.

Lucius ging die Reihe entlang und kontrollierte, ob die Männer ausreichend geschützt waren.

„Da!", flüsterte der junge Tertinius aufgeregt und machte Anstalten, sich aufzurichten.

„Ruhig Blut!", mahnte ihn Lucius und drückte ihn sanft wieder herunter. Er hatte die Schatten da draußen ebenfalls bemerkt, die ein Rascheln und Trappeln begleitete.

„Schilde hoch! Weitersagen!", befahl er leise und die Legionäre stemmten die Schilde schräg gegen den Wall. Keinen Augenblick zu früh, denn das Getrappel wurde lauter und plötzlich war die Luft erfüllt von einem Sausen und Pfeifen. Rings um sie herum prasselten Speere nieder. Schreckens- und Schmerzensschreie erschollen im römischen Lager, die mit lautem Kriegsgeschrei von draußen beantwortet wurden. Jetzt waren die Schatten, die auf das Lager zustürmten, deutlich zu erkennen. Lucius stieß den Cornicen an, der neben ihm stand. Sein dunkles Hornsignal durchschnitt die Nacht. Es musste im ganzen Tal zu hören sein. Noch ehe das Echo verklungen war, sprangen seine Männer auf und brüllten ihren Schlachtruf „TIBERIUS!", ehe sie ihre Pila auf die Angreifer schleuderten. Auf die kurze Entfernung war das Treffen keine Schwierigkeit, wie die Schmerzens- und Todesschreie auf der anderen Seite bewiesen. Die Gallier antworteten mit einem weiteren Speerhagel und warfen sich unter lautem Gebrüll auf das Lager.

Lucius gefror das Blut in den Adern. Er hätte nie gedacht, dass

Menschen zu einem solchen Geschrei fähig wären. Die Legionäre waren jedoch durch Wall und Schilde besser geschützt als ihre Angreifer und erlitten keine Verluste. Sie beantworteten die wilden Schreie der Barbaren ihrerseits mit Hohngeschrei. Ambiorix' Allobroger waren ausgeschwärmt und schleuderten brennende Fackeln unter die Angreifer. So waren diese deutlich zu sehen. Die Ersten versuchten bereits den Lagergraben zu überwinden, indem sie ihn übersprangen und auf dem Wall Halt suchten. Bei dem Versuch, sich am Wall festzukrallen, wurden sie von Lucius' Männern niedergestochen oder mit dem Schild hinabgestoßen. Die Gallier rutschten in den Graben hinunter, wo sie die eigenen Leute behinderten oder von den Nachrückenden niedergetreten wurden. Es herrschte ein schier unübersichtliches Getümmel. Alles schrie, tobte und brüllte durcheinander.

Lucius ließ jetzt die Allobroger der Reserve hinter den Legionären in Stellung gehen. Die Legionäre hielten mit ihren großen Schilden die erste Welle der Angreifer im und am Graben fest. Unterdessen schleuderten die Allobroger ihre leichten Wurfspeere auf die nachdrängenden Gallier. Ihr Angriff brach zusammen und sie flohen in die Dunkelheit des Waldes.

Lucius spuckte erleichtert aus. In dem Chaos waren seine Befehle und Anfeuerungen untergegangen. Er konnte aber zufrieden sein. An keiner Stelle war der Wall ernsthaft in Gefahr gewesen. Es gab keinen einzigen Toten und nur ein paar Verletzte. Mars sei Dank! Das Ganze war so schnell passiert, dass alle mechanisch ihr Ausbildungsprogramm abgespult hatten. Lucius selbst war nicht in der Lage gewesen, einen klaren strategischen Gedanken zu fassen. Was aber wäre gewesen, wenn die Barbaren ins Lager eingebrochen wären? Lucius schauderte bei dem Gedanken. Er hätte nicht gewusst, was er hätte tun müssen. Er schüttelte den Kopf, um die Vorstellung loszuwerden, und ermahnte seine Männer, weiter wachsam zu sein.

„Mallius, pass auf! Ich mache einen Rundgang durchs Lager. Lass vor allem die Reservepila holen!"

Bei Drusillus waren ein paar Feinde aufgetaucht, die man mit Speerwürfen sofort wieder vertrieben hatte. Celsonius hatte keinen Feind gesehen. Ambiorix war auf der Nordseite ebenfalls nicht angegriffen worden. Die Barbaren hatten wohl gehofft, das Lager in einem einzigen

Ansturm zu überrennen, und dabei die Wirkung von Gräben und Wall unterschätzt, mutmaßte Lucius. Das macht eben den Unterschied zwischen Barbaren und einer zivilisierten Armee aus, dachte er stolz.

Plötzlich gellte ein Hornsignal von der Westseite des Lagers.

Ambiorix sah Lucius grinsend an: „Auf geht's zur zweiten Runde des Tanzes!"

Lucius zeigte den erhobenen Daumen und eilte, einen Anflug von Nervosität verspürend, zur Westseite. Wieder waren schemenhafte Gestalten aufgetaucht. So schnell, wie sie vorrückten, mussten sie den ersten Graben bereits eingeebnet haben. Schon schleuderten sie ihre Speere. Die Legionäre hielten ihre Schilde hoch, um sie abzuwehren. Lucius zuckte erschrocken zusammen, als neben ihm ein Speer in den Boden fuhr. Gleichzeitig spürte er einen Schlag gegen seinen Schild. „Scheiße!", fluchte er, als er merkte, wie der Schild nach vorn gezogen wurde. Er sah den Wurfspeer darin stecken und fingerte daran herum, um ihn herauszuziehen. Als das nicht funktionierte, hackte er mit seinem Schwert auf den Speerschaft ein. Ein Warnruf ließ ihn nach vorn blicken und er sah, dass die Angreifer den Graben erreicht hatten.

„Mittite!" Celsonius gab den Befehl zum Feuern und ein Speerhagel ging auf die Angreifer nieder, die unbeirrt vordrangen.

Lucius stieß einen Fluch aus, weil der Speer in seinem Schild nicht abbrechen wollte und die Handhabung des Schildes behinderte. Ein Blick nach draußen; die Gallier waren nur noch wenige Schritte entfernt. Schnell stellte er den Schild auf den Boden.

„Tritt drauf!", befahl er einem der Männer. Der sah ihn verständnislos an.

„Los, mach schon!", brüllte er und stemmte sich gegen den Schild.

Der Mann trat auf den Speerschaft, der mit einem lauten Krachen in der Mitte durchbrach. Direkt hinter der Spitze wäre ihm lieber gewesen, aber dies war besser als nichts.

Er sprang auf, und zwar keinen Augenblick zu früh: Mit lautem Geschrei warfen sich die Barbaren auf den Wall und versuchten erneut, ins Lager einzudringen. Die Verteidiger stachen und hieben auf das Knäuel der Angreifer ein, während diese versuchten, die Palisade einzureißen. Aus der Dunkelheit ging ein ununterbrochener Pfeilhagel auf das Lager nieder. Die Allobroger der Reserve wurden davon in Mitleidenschaft gezogen und hatten zahlreiche Ausfälle zu beklagen.

Obwohl es ihm widerstrebte, dem Kampf den Rücken zuzukehren, musste Lucius schleunigst nach seinen Männern sehen, schließlich war das hier Celsonius' Posten. Er zog sich langsam zurück und eilte wieder zur Südseite. Dort meldete ihm auch Mallius, dass ein neuer Angriff bevorstand, die feindlichen Bewegungen hatten zugenommen.

In der Tat brandete unter lautem Geschrei kurze Zeit später auch hier eine Angriffswelle der Gallier gegen den Wall. Wieder versuchten die Angreifer, den Zaun einzureißen. Erneut hieben und stachen die Verteidiger verbissen in das Knäuel der Angreifer.

Lucius kämpfte Seite an Seite mit seinen Männern. Er hatte jedes Zeitgefühl verloren. Es kam ihm vor, als ob das Gefecht schon Stunden dauerte. Er bemerkte bei sich erste Anzeichen der Erschöpfung. Er war unablässig den Wall entlanggerannt, hatte die Männer ermahnt und angefeuert und beim Kampf ausgeholfen.

Er überließ seine Stellung einem anderen. Er musste sich im Lager umsehen, um einen Überblick über die Kampfsituation zu bekommen. Er übertrug dem Signifer wieder das Kommando für die Südseite. Der Blick zum Himmel zeigte, dass der Sonnenaufgang bevorstand. Sobald es hell war, konnten die Kohorten Verstärkung schicken, so lange mussten sie durchhalten. Er durchquerte das Lager. Von der Reserve war nichts mehr zu sehen, sie war bereits im Einsatz.

Celsonius schien dennoch nicht den Mut zu verlieren. „Oh, sie sind hartnäckig und vor allem die Bogenschützen setzen uns zu, aber sie haben sich zurückgezogen und lauern jetzt im Dunkeln auf eine Chance." Sein Gesicht war mit Dreck und Blut bespritzt, aber er lächelte zuversichtlich. „Diese Chance geben wir ihnen nicht!"

An der Nordseite war alles ruhig. Trotzdem ermahnte Lucius Ambiorix und seine Männer zur Wachsamkeit. Sie wussten nach wie vor nicht, wie stark der Feind war.

Lucius näherte sich der Torseite, als er vor sich den Alarmruf hörte und gleich darauf erneut die Hölle losbrach. Die Barbaren hatten mit dem Angriff von Westen und Süden für Ablenkung gesorgt und griffen jetzt die Ostseite an.

Lucius nahm von Ambiorix ein Contubernium Allobroger mit. Die

Reserven waren aufgebraucht und Drusillus würde vielleicht Verstärkung brauchen. Auf der anderen Talseite sah man an den Bergspitzen, dass der Morgen nahte. Dort wurde es bereits hell, aber am Tor herrschte noch Dunkelheit.

Lucius hörte Drusillus' Stimme durch das Getöse und sah das Kampfgetümmel am Tor. Hier konnte es dem Feind am ehesten gelingen, durchzubrechen. Lucius und die acht Allobroger stürmten auf die Stelle zu. Auf sein Kommando schleuderten sie die Speere über die Köpfe ihrer Kameraden auf die Angreifer und warfen sich in den Kampf.

Lucius versuchte, einen Überblick über die Lage zu gewinnen. Überall standen die Männer in harte Abwehrkämpfe verwickelt, aber nirgends war der Wall durchbrochen. Zu seiner Verwunderung gab es an dieser Seite keinen Pfeilbeschuss. Offensichtlich waren alle Bogenschützen des Feindes auf der Westseite, um dort möglichst viel Schaden anzurichten und alle Reserven nach dort zu ziehen.

Drusillus kam auf ihn zu: „Es geht hart auf hart, Marcellus. Haben wir noch Reserven? Jetzt wäre ein guter Zeitpunkt, sie einzusetzen!"

Lucius schüttelte den Kopf. „Die West- und Südseite wurden auch angegriffen. An der Nordseite stehen nur noch sechzehn Mann, da können wir keinen Mann mehr abziehen."

Lucius ging hinter den Kämpfenden entlang. Die Gallier hatten einen Schildwall gebildet und rückten auf das Tor zu, eine zweite Formation näherte sich dem Graben. In ihrem Schutz wurden die Verteidiger unter Beschuss genommen. Lucius sah einige Gestalten zum Graben laufen, sie kamen paarweise und trugen Schilde zwischen sich. Als sie die Schilde am Graben umkippten, wusste er, was sie machten.

„Aufpassen!", rief er den Männern zu. „Sie füllen den Graben auf!"

Er sah sich um. Drusillus war am Tor im Einsatz. Es stand niemand mehr bereit, um für einen getöteten oder verletzten Kameraden einzuspringen. Von den anderen Seiten konnte er niemanden mehr abziehen, da er nicht wusste, wie viele Feinde noch in der Dunkelheit lauerten. Wenn sie aber einfach hier standen und auf den nächsten Angriff warteten, waren sie früher oder später verloren. Es war ein Spiel auf Zeit, denn bald würden die übrigen Kohorten zur Verstärkung eintreffen. Wann wurde es endlich hell?

Sie mussten die Initiative ergreifen. Lucius eilte zu den Zelten und befahl den Verletzten, die noch stehen konnten, mitzukommen. Sie sammelten die Wurfspeere der Angreifer auf und hielten sich hinter dem Tor bereit.

„Wir machen einen Ausfall!", sagte er zu Drusillus.

„Bist du irre?", fragte ihn der Optio entsetzt.

„Nein! Ich war nie klarer!" Er wies auf die Angreifer. „Hier halten sie uns am Tor fest und da füllen sie den Graben auf. Wer sonst noch in der Dämmerung lauert, wissen wir nicht! Wir können nicht auf sie warten, sondern müssen sie überraschen!"

Drusillus sah Lucius eine Weile an und nickte dann widerwillig. Lucius zog seinen Gladius und winkte den Verletzten. „Los!"

Sie rannten, hinkten und humpelten heran und schleuderten ihre Wurfspeere auf die Angreifer, die am Tor kämpften. Der plötzliche Speerhagel brachte den Angriff der Gallier ins Stocken.

„Angriff!", brüllte Lucius und der Cornicen blies zur Attacke.

„TIBERIUS!", brüllten die Legionäre.

Sie drängten aus dem Tor und hieben auf die Feinde ein. Die Gallier wichen überrascht zurück und ihre Formation löste sich auf. Lucius spürte, wie sie schneller und schneller vorwärtskamen. Vorsicht, schoss es ihm durch den Kopf. Ein Blick über die Schulter zeigte ihm, dass sie sich fast schon zu weit vorgewagt hatten.

„Halt!", brüllte er so laut er konnte.

Sofort stoppten die Legionäre. Lucius warf einen Blick nach links, wo eine zweite Horde Barbaren Anstalten machte, ihnen in die Flanke zu fallen.

„Links schwenkt! Reihen schließen!", brüllte er.

Die Legionäre schwenkten auf den neuen Feind zu, der jetzt auch vom Lager aus mit Steinwürfen bedacht wurde. Drusillus hatte in Ermangelung von Wurfspeeren seine Legionäre angewiesen, Steine und Felsen aufzuheben und damit zu werfen. Der Angriff der Barbaren geriet ins Stocken, noch ehe er richtig begonnen hatte. Lucius hörte von der Talseite ein römisches Horn.

„Zurück ins Lager! Zurück!"

Langsam und vorsichtig zogen sich die Legionäre ins Lager zurück.

Doch die Gallier rückten nicht nach, sondern verschwanden in der Dämmerung.

Lucius war erschöpft, aber stolz. Seine Männer hatten die Stellung behauptet und an keiner Stelle war es den Angreifern gelungen, ins Lager einzudringen. Allerdings gab es zahlreiche Tote und Verwundete. Als die Sonne aufgegangen war, beaufsichtigten Ambiorix und Celsonius die Bergung der Verwundeten, unterdessen ließ Drusillus eine kleine Einheit der Legionäre ausschwärmen. Sie sammelten die Waffen ein und töteten alle zurückgebliebenen feindlichen Verwundeten. Nach ihrer Rückkehr berichteten sie, dass sie hundertzweiundsiebzig Tote und einundneunzig zurückgelassene Verwundete gezählt hatten.

„Unsere Verluste?“, fragte Lucius Celsonius und Ambiorix.

Selbst Letzterer schien erschöpft zu sein, ein Zustand, den Lucius von dem Kelten nicht kannte.

„Acht tote Legionäre und vierzehn tote Allobroger. Fünf werden noch folgen. Neun Legionäre und dreizehn Allobroger sind schwer verwundet. Wer von diesen überlebt, wird möglicherweise für immer ein Krüppel sein. Elf und siebzehn sind so schwer verwundet, dass sie vorübergehend keinen Dienst tun können.“

„Da bleibt nicht einmal eine halbe Centurie übrig?“, fragte Lucius erschrocken.

Drusillus nickte: „Für die nächste Zeit ist diese Einheit nicht einsatzfähig!“

Drusillus’ Blick war finster. Sie waren erst am Beginn des Feldzuges, und schon fiel ihre Einheit aus.

„Ich gehe und melde es Sabinus!“, verkündete Lucius. „Drusillus und Ambiorix, ihr bereitet alles für die Bestattungsrituale vor!“

Der Tribun Quintus Poppaeus Sabinus war siebenundzwanzig Jahre alt. Sein Vater hatte ihm geraten, einige Jahre bei der Legion zu verbringen, da das seiner weiteren Karriere nur nützlich sein konnte. Er diente jetzt seit drei Jahren bei der XIX Augusta, war aber noch nicht in viele Kämpfe verwickelt gewesen. Trotzdem fühlte er sich schon erfahren. Erfahren genug, um wegen des sonderbaren Gebarens eines Centurios, der hektisch den Berg hinunterlief, nicht in Unruhe zu geraten. Bei jedem anderen Centurio hätte er sich Gedanken gemacht, weil er gewusst hätte, dass die Aufregung berechtigt sein musste. Aber von Vitellius, seinem ersten Speercenturio, wusste er, dass Centurio Marcellus sich die Stellung als Centurio nicht verdient, sondern durch seine Beziehungen bekommen hatte. Nun waren Beziehungen an sich eine gute Sache, aber Marcellus' Vater war ein gewöhnlicher Mann aus der dritten oder vierten Klasse, durch Kriegsbeute und Geldgeschenke zum Ritter aufgestiegen. Nur deshalb durfte sein Sohn jetzt Centurio spielen. Sabinus war sich daher sicher, dass hinter der ganzen Aufregung nichts Weltbewegendes steckte. Wahrscheinlich hatte Marcellus durch das kleine Scharmützel mit den Barbaren heute Nacht die Fassung verloren. Sabinus stellte sich in die klassische Pose, einen Fuß auf einen Stein gestellt, die Arme auf dem Rücken, und wartete stoisch.

Dann kam der Centurio ins Lager gepoltert. Er blutete aus einem Kratzer am Arm, seine Augen waren geschwollen und sein Gesicht war mit einer dicken Dreckschicht bedeckt. Seine ganze Erscheinung war so ramponiert, als wäre Hannibal mit seinen Elefanten über ihn hinweggetrampelt.

Er hätte sich wenigstens waschen können, dachte Sabinus abschätzig.

Der Centurio grüßte und sprudelte seine Meldung hervor.

Aha, dachte Sabinus, wie ich es mir gedacht hatte, ein Angriff der Barbaren, und schon hat er die Fassung verloren.

Er hörte kaum richtig hin, drei bis vier Manipel stark und zwei Angriffe, das bekam er noch mit, während er wartete, dass dieses Gestammel endlich ein Ende nahm.

Keine Spur von Haltung und *dignitas*, dachte er bei sich. Ein Mann von Adel wäre nie so aufgeregt herumgehüpft und hätte nicht so hastig und wirr gesprochen. Seine Erziehung und die richtige Abstammung hätten dafür gesorgt, dass er würdevoll und angemessen geredet und gehandelt hätte.

„Centurio!" Ruhig, laut und bestimmt, wie seine Rhetoriklehrer es ihm beigebracht hatten, ergriff Sabinus das Wort. „Centurio, du gibst den Männern ein schlechtes Beispiel. Wegen ein paar Barbaren verbreitest du Hektik und Unruhe unter den Legionären. Sie sind wohl kaum eine Gefahr, da sie sich bereits wieder zurückziehen. Also sei beim nächsten Mal besonnener und ruhiger. Jetzt gehe wieder auf deinen Posten zurück und halte die Stellung!“

Er sah nach Zustimmung heischend Vitellius an, der neben ihn getreten war. Der schaute äußerst erstaunt zurück. Sabinus’ Gelassenheit geriet ein wenig ins Wanken. Was glotzte Vitellius so blöd? Er blickte zu Marcellus, der fassungslos und erschrocken wirkte.

„Tribun?“, fragte er ihn entgeistert. „Meine Centurie hat die Hälfte ihrer Männer verloren, und damit soll ich die Stellung halten? Dann kann ich ja gleich dem Feind eine Einladung schicken!“

Jetzt war Sabinus vollkommen verwirrt. Die Hälfte der Männer verloren? Wovon sprach er da?

Lucius, dem die hochmütige Miene des Tribuns zuvor natürlich nicht entgangen war, begriff. Anscheinend hatte Sabinus es gar nicht erst für nötig gehalten, ihm zuzuhören. Also wiederholte er langsam und geduldig seine Meldung und sah mit einer gewissen Genugtuung, wie Sabinus’ Hochmut bröckelte und endlich ernster Besorgnis wich.

Lucius lag in seinem Zelt und lauschte den Nachtgeräuschen. Am Anfang waren sie ihm alle fremd gewesen, die Geräusche der Natur, der Tiere, aber jetzt waren sie ihm vertraut. Er drehte sich auf die andere Seite, um endlich einzuschlafen, aber sein Kopf war so voll mit Gedanken, dass es ihm nicht gelingen wollte. Plötzlich brach ein fürchterliches Getöse los. Er griff nach seinem Schwert und wollte aus dem Zelt. Verdammt, warum konnte er das Schwert und den Schild nicht festhalten? Immer wieder rutschen sie ihm aus den Händen. Draußen im Lager waren Kampf- und Schmerzensschreie zu hören, Waffen klirrten und Befehle wurden gebrüllt, und er war im Zelt und bekam seine Waffen nicht gepackt. Schließlich ließ er den Schild liegen und krabbelte unbewaffnet aus dem Zelt. Vor dem Zelt standen Drusillus, Mallius, Celsonius und viele andere und warteten auf ihn. Ihre Gesichter waren voller Panik und sie redeten wirr durcheinander. Kaum hatten sie ihn gesehen, stürzten sie auf ihn los. „Wir wurden überfallen, die Barbaren sind im Lager. Deine Befehle, Marcellus, was sollen wir tun? Deine Befehle, was hast du für Befehle?“, schrien sie durcheinander. „Gib uns Befehle! TU DOCH WAS!“ Dabei packten sie ihn an Armen und Schultern und zerrten ihn hin und her. Lucius konnte keinen klaren Gedanken fassen. Befehle, sagte er sich, du musst Befehle erteilen! Sei ruhig, gerate nicht in Panik! Die Angst der anderen steigerte sich zur Raserei und sie zerrten so stark an ihm, dass er zu Boden fiel.

„Du wolltest vor Ende der letzten Wache geweckt werden!“, brummte Drusillus und ließ seinen Arm los.

Publius Quintilicius Varus folgte mit wachsendem Unmut dem Bericht des Tribuns. Sabinus berichtete von dem nächtlichen Angriff der Barbaren. Ein Teil der Angreifer war aufgerieben worden, der Rest hatte sich ergeben. Hohe Verluste hatten die Einheit geschwächt.

Varus hatte der Flucht der Barbaren einen Riegel vorschieben wollen, was ihm auch gelungen war. Aber dieser Tropf von einem Tribun hatte seine Einheit so zersplittert, dass eine Centurie fast vollständig ausgefallen war. Die Centurie unter dem jungen Centurio hatte sich gut gehalten, aber fast die Hälfte seiner Männer war nun kampfunfähig oder tot. Bei einem Kontingent der Hilfstruppen hatte es ebenfalls große Verluste gegeben. Dies alles hatten sie der tollen Strategie des Tribuns zu verdanken. Und diese war tatsächlich noch vom *Pilus prior* unterstützt worden. Diese verdammten Berufssoldaten mit ihrem überheblichen Stolz!

Varus sah sich den Tribun an. Dieser stand in tadelloser Haltung vor ihm, wie es von einem Römer aus adeligem Hause nicht anders zu erwarten war. Nur seine Hakennase zuckte unablässig. Fast wie bei einem Kaninchen. Nur, welches Kaninchen hatte einen solchen Zinken?

Varus seufzte: „Nun, Tribun. Wie stellst du dir das weitere Vorgehen deiner Einheit vor? Durch den Ausfall der Allobroger hat deine Einheit ihre Aufklärungseinheiten und ihren Flankenschutz verloren.“

Sabinus ergriff beflissen das Wort: „Du könntest mir einige Kontingente der Belgen zuteilen. Sie sind nur angeworbene Verbündete, verstehen aber ihr Handwerk!“

„Du vergisst, dass sie bisher immer im geschlossenen Verband eingesetzt wurden. Sie sind nicht in Centurien und Manipel eingeteilt. Römische Centurionen haben sie auch nicht. Sie unterstehen dem Befehl eines Tribuns. Das macht ihren Einsatz in kleinen Verbänden ein wenig schwierig!“

Varus machte eine Pause und wandte sich an Valens: „Versuche, aus den übrig gebliebenen Allobrogern einsatzfähige Einheiten zu bilden, und finde für die zweite Centurie erst einmal eine Aufgabe, bei der kein Kampfeinsatz zu erwarten ist!"

Valens nickte, grüßte und ging. Bevor er jedoch das Zelt verließ, drehte er sich noch einmal zu Varus um und sagte: „Ich war heute Morgen bei Canidius. Keine Besserung. Der Arzt sagt, er muss etwas Falsches gegessen oder getrunken haben. Kein Grund zur Sorge."

Nachdem sich auch Sabinus verabschiedet hatte, setzte sich Varus in seinem Stuhl zurecht. Der Arzt war an diesem Morgen schon bei ihm gewesen und hatte ihm gemeldet, dass der Zustand des Primipilus alles andere als zufriedenstellend war. Wahrscheinlich, so der Arzt, habe er schlechtes Wasser getrunken und deswegen Koliken bekommen, aber auch Gift sei nicht auszuschließen.

„Woran denkst du, Publius Quintilicius?", fragte Quirinius.

„An den Besuch des Arztes und sein Gerede von einer Vergiftung", antwortete Varus.

„Du glaubst doch diesen Unsinn nicht?"

Varus rollte die Augen. „Natürlich nicht! Du weißt doch, wann immer ein Arzt nicht weiterweiß, faselt er von Gift, um seine Ignoranz zu verbergen!"

„Das Gefasel soll er aber vor den Männern für sich behalten. Schlimm genug, wenn der Primipilus im Laufe eines Feldzuges krank wird oder gar stirbt, aber wenn man noch von Gift redet dabei ...!" Er sprach den Satz nicht zu Ende.

„Ich weiß, ich weiß! Jetzt entschuldige, ich habe zu tun!"

Heute hatte die Legion Ruhetag, aber dies galt nicht für den Legaten und seinen Stab. Er würde sich den ganzen Tag mit Verwaltungsaufgaben herumschlagen müssen und mit so arroganten Narren wie diesem Sabinus. Bei diesem Feldzug ging es in erster Linie darum, Erfahrungen zu sammeln. Sowohl die Legionäre und Tribune als auch die Centurionen und Legaten sollten auf die Probe gestellt werden, da dieser Feldzug nur ein Aufgalopp, sozusagen ein Aufwärmen der Muskeln war. Nur Tiberius, Drusus, Piso und er wussten: Der große Krieg gegen einen viel härteren Gegner stand bevor. Für den Krieg gegen die Germanen und Pannonier mussten die Truppen in bestem Zustand sein. Für die erfolgreichen Feldherren und Legaten standen danach alle Türen offen.

Varus hatte einen Badetag angeordnet, um die Stimmung in der Legion ein wenig zu heben. Lucius konnte daher diesen Ruhetag endlich für ein dringendes Bedürfnis nutzen: Er wollte in dem kleinen See nahe dem Lager baden, auch wenn das Wasser bestimmt eiskalt war. Aber nach Wochen im Dreck, meist im eigenen, war es ein Traum, endlich einmal mehr als nur eine Katzenwäsche zu machen.

Er zog sich nackt aus und ließ nur die Sandalen an. Wer wusste schon, was für Viecher in dem See lebten oder was für spitze Steine am Ufer lagen! Vorsichtig kletterte er die Böschung hinunter und stieg in das kalte Wasser. Brrr, wie im Frigidarium, stellte er fest, als er seinen rechten Fuß eintauchte. Dann holte er einmal tief Luft und ließ sich komplett ins Wasser sinken. Ah, kalt, als ob tausend kleine Nadeln ihn stachen! Er tauchte einmal komplett unter und stieß mit einem lauten Schrei wieder an die Oberfläche.

Lucius war nicht allein, während er sich dieses besondere Vergnügen gönnte. Seine Schreie, halb Entzücken, halb Entsetzen, waren am ganzen Seeufer zu hören. Um ein geordnetes Baden zu ermöglichen, hatte Varus richtige Baderegeln erlassen. Er wollte Chaos und Unfälle vermeiden. Vergnügt wusch sich Lucius den Dreck der letzten Wochen herunter und tapste vorsichtig wieder aus dem Wasser. Dort hob er ein Tuch auf und trocknete sich flüchtig ab, bevor er sich wieder seine Tunica überzog. Was hätte er für eine frische, saubere oder gar neue Tunica gegeben!

Er suchte den Legionsbarbier auf, um sich mal wieder richtig rasieren zu lassen. Endlich nicht mehr das Jucken und Kratzen am Kinn durch einen Bart, der am Abend genau anzeigte, was er tagsüber gegessen hatte. An den letzten Ruhetagen hatte Lucius mit Schere und Messer den Bart immer wieder notdürftig gestutzt, aber sich endlich wieder vernünftig rasieren zu lassen war ein herrliches Gefühl.

„So, jetzt bist du wieder schön!“, flötete der Barbier ironisch. „Schade, dass wir keine Mädchen im Lager haben, die würden sich sofort in dich verlieben.“

Als die Legion sich nach dem Ruhetag zum Aufbruch vorbereitete, erschien plötzlich Hilarius bei der zweiten Hastatencenturie.

„Marcellus!“, rief er in seinem gewohnt ungeduldigen Ton. Bei Hilarius hörte sich alles an wie ein Vorwurf, so als wollte er sagen: Warum ist dies oder das noch nicht erledigt? Selbst dann, wenn das Gegenüber seine Aufgabe noch gar nicht kannte.

„Centurio Marcellus!“ Wie immer betonte er besonders das Wort „Centurio“ - und wie immer erinnerte Lucius Hilarius’ Dialekt an die römischen Tagelöhner im Hafen von Massilia.

„Ich habe einen besonderen Auftrag für dich. Geh zum Lager der helvetischen Hilfstruppen! Dort haben sie eine Aufgabe, die für einen tatkräftigen jungen Mann wie dich genau richtig ist!“

Damit ließ Hilarius ihn stehen. Ein bisschen ausführlicher wäre nett gewesen, dachte Lucius. Eine Aufgabe für einen tatkräftigen jungen Mann. Wenn Hilarius das so betonte, verhieß das nichts Gutes.

Er durchquerte das Legionslager, wo allgemeine Aufbruchstimmung herrschte. Im Lager der helvetischen Hilfstruppen waren mehrere Pferche errichtet worden. Dort wurde das erbeutete Vieh gehalten und die Gefangenen bewacht. Der Anblick der Gefangenen stimmte Lucius fröhlich. Gefangene bedeuteten Sklaven und Sklaven bedeuteten Geld. Caesar hatte die Erlöse aus den Sklavenverkäufen an seine Männer verteilt und Lucius hoffte, dass Tiberius dies auch tun würde.

Bei den meisten Gefangenen handelte sich um junge Menschen. Einige Kinder weinten und wurden von ihren Müttern oder Geschwistern getröstet. In einiger Entfernung vom Lager sah Lucius zahlreiche Gestalten auf dem Boden liegen. Raben hatten sich dort versammelt, vom Geruch des Todes angelockt. Dies waren die Alten, Kranken und Schwachen. Sie waren zusammengetrieben und getötet worden, da sie als Sklaven nicht in Frage kamen. *Vae victis!*, dachte Lucius, und vertrieb das Gefühl von Mitleid mit den Gefangenen, das in ihm aufstieg.

Ein Centurio kam auf ihn zu. Lucius erkannte ihn. Es war Valens, der, solange Canidius krank war, die Legion als erster Speer führte. Er musterte Lucius und zog eine Augenbraue hoch: „Oh, wir werden von dem berühmten *Centurio* Marcellus beehrt.“

Lucius ignorierte den Sarkasmus und grüßte Valens.

„Nun, da hat man uns ja genau den richtigen Mann geschickt.“ Valens zeigte auf die Gefangenen und auf das Vieh. „Hier siehst du deine neue Aufgabe. Du bist ab jetzt für die Bewachung der Gefangenen und des Viehs zuständig.“

Lucius dachte zuerst, er hätte sich verhört. Dann wurde ihm klar, warum Hilarius sich gefreut hatte, ihm diese unliebsame Aufgabe zu übertragen. Ein tatkräftiger junger Mann. Nun gut, es gab Schlimmeres, als jetzt Viehhirte und Sklaventreiber zu werden.

Lucius teilte seine Männer ein. Er hatte keinerlei Erfahrung als Viehtreiber. Er wusste nur, dass man nie hinter einem Viehtrieb herlaufen sollte, wenn man nicht jede Menge Staub schlucken wollte.

Er wies diese Aufgabe kurzerhand Drusillus zu. Er sollte mit einem Contubernium das Vieh hinter ihnen hertreiben. Drusillus verzog angewidert das Gesicht. Viehtrieb war auch nicht seine Lieblingsbeschäftigung.

Celsonius würde sich um den Verwundetentransport kümmern, und er, Lucius, würde die Bewachung der Gefangenen übernehmen.

Schon nach wenigen Meilen bedauerte Lucius, dass er nicht den Viehtrieb angeführt hatte. Das Ächzen, Stöhnen und Weinen der Gefangenen ging ihm durch Mark und Bein. Er hatte sie der Reihe nach gemustert. Er sah die Gleichgültigkeit, den Trotz, die Verzweiflung und den Hass in ihren Augen. Es war schwer zu ertragen. Hin und wieder sah er verstohlen zu ihnen hinüber. Das blonde Mädchen, das in einen alten Umhang gehüllt war, erinnerte ihn an Flora aus Arausio. Sie musste im gleichen Alter sein. Plötzlich sah sie ihn an, vielleicht hatte sie seinen Blick gespürt, und Wut verzerrte ihr Gesicht. Sie schrie etwas, das er nicht verstand, und spuckte aus. Als er wieder hinsah, bemerkte er zu seiner Überraschung, dass sie auf ihn zukam und vor ihm stehen blieb. Sie hob die Arme und warf den Umhang auf den Boden. Ihre Tunica war zerrissen und hing in Fetzen an ihr herunter. Arme und Beine waren mit Prellungen und Abschürfungen übersät, ihre Beine mit Blut verschmiert. Wieder schrie sie ihm etwas zu, herausfordernd, wütend.

Ihm wurde bewusst, dass er das halbnackte Mädchen schon eine Weile mit offenem Mund anstarrte. Er spürte, wie er errötete, drehte sich hastig um und ging weiter. Das Mädchen lachte hinter ihm her. Es war ein freudloses Lachen. Ripanus trat auf sie zu, hob die Decke auf, hängte ihr sie um und wies sie an, weiterzugehen.

Lucius stapfte, den Blick stur nach vorn gerichtet, weiter. Plötzlich merkte er, wie jemand neben ihm ging. Es war Ripanus.

„Das ist das Schicksal der Frauen!“, sagte er in seinem picentischen Dialekt. „Die Männer werden im Kampf getötet, ihre Frauen gehören dem Sieger, und die Besiegten werden versklavt. So haben die Götter die Welt gemacht, das ist ihr Lauf."

„*Vae Victis!*", erwiderte Lucius. „Wehe den Besiegten!"

Ripanus schien diesen Ausspruch nicht zu kennen.

„Livius!", fügte Lucius hinzu. „Dieser Satz stammt von einem Gallier. Als die Gallier unter Brennus Rom belagerten, war die Stadt bereit, sich freizukaufen. Brennus benutzte aber falsche Gewichte. Als sich die römischen Abgesandten beschwerten, warf er mit den Worten *Vae Victis!* sein Schwert auf die Waage." Lucius machte eine Pause. „Dies war uns auf jeden Fall eine Lehre."

Ripanus verzog das Gesicht zu einer Grimasse: „Dass uns ausgerechnet ein Gallier diese Weisheit beibringen musste. Wie dumm von ihm!" Sie lachten gequält.

Auch der sonst so harte Ripanus scheint sich nicht von dem Mitgefühl für die Gefangenen freimachen zu können, dachte Lucius. Auch dies ist der Krieg.

Am späten Nachmittag näherten sie sich dem Lagerplatz. Die Legionäre hatten bereits damit begonnen, das Lager zu errichten.

„Vorsichtig, Achtung!", schrie plötzlich jemand hinter Lucius. Er fuhr herum und sah drei Gefangene weglaufen. Sie hatten die Unaufmerksamkeit der Wachen so kurz vor dem Ziel genutzt und waren losgelaufen. Sofort setzten einige Legionäre ihnen nach. Trotz ihrer schweren Waffen holten sie die an Händen und Füßen gefesselten Ausreißer mühelos ein.

Die drei Jünglinge, keiner älter als vierzehn, wehrten sich heftig mit bloßen Händen. Sie traten und schlugen um sich. Auch als sie niedergerungen waren, gaben sie keine Ruhe. Sie schrien, schnappten mit den Zähnen nach den Händen ihrer Häscher. Lucius kam hinzu und sah, dass die drei nur mühsam von den Männern gebändigt werden konnten.

„Bringt sie zur Räson!", befahl er so barsch, wie es ihm möglich war, um seine Aufregung zu verbergen.

Die Legionäre hatten damit alle Hände voll zu tun. Lucius wurde sich bewusst, dass der Gefangenenzug angehalten hatte und alle die Szene beobachteten. Wenn die Gefangenen den Eindruck bekamen, dass sie mit drei Jünglingen nicht fertig wurden, würden sich die Schwierigkeiten häufen. Wut über diese drei dreckigen Barbaren überkam ihn. Erst plünderten sie jahrelang römisches Gebiet und jetzt, da sie die Quittung dafür bekamen, machten sie ihm auch noch Schwierigkeiten und gefährdeten seine Aufgabe!

Grob rissen die Legionäre einen der drei auf die Beine und schlugen zweimal gegen seinen Kopf. Der Barbar, nicht älter als dreizehn Jahre, trat wild um sich und schrie irgendetwas in seinem Kauderwelsch. Lucius verstand genug von dem Dialekt, um Flüche und Beschimpfungen zu erkennen. Er hatte genug von dem Geschrei und Gebrüll. Er holte mit seiner Vitis aus und hieb damit links und rechts auf die Schulter des Barbaren.

„Halt's Maul und benimm dich, du Idiot!“, schrie er ihn im helvetischen Dialekt an, gleichgültig, ob ihn der andere verstand oder nicht.

Der Junge zeigte sich unbeeindruckt, rief den Fluch der Götter auf die Römer herab und bedachte sie weiter mit unflätigen Beschimpfungen. Als er Lucius zu allem Überfluss auch noch anspuckte, riss diesem der Geduldsfaden.

„Na warte!“, knurrte er und schlug dem Gefangenen den Stock quer über das Gesicht. Der Junge stieß einen schrillen Schrei aus, sein Kopf flog hintenüber und es knackte laut, als seine Nase brach. Die Legionäre ließen ihn los und er fiel blutüberströmt ins Gras.

Mit drohend erhobenem Stock wandte Lucius sich den beiden anderen zu. Sie gaben ihren Widerstand auf und ließen sich zurück zum Zug führen.

„Centurio!“, brüllte Albanus.

Der niedergeschlagene Junge war wieder aufgesprungen und stürzte sich mit einem Kriegsschrei auf Lucius. Der wirbelte herum und versuchte die Hände abzuwehren, die nach seinem Hals griffen. Albanus stieß den Jungen in die Seite, der strauchelte und wieder zu Boden fiel. Dabei griff er nach Lucius' Schwertgurt und hielt sich daran fest. Lucius verlor das Gleichgewicht und fiel auf den Barbaren, der sich an ihm festklammerte. Ein Schlag traf ihn in seine Weichteile. Lucius zuckte vor Schmerz zusammen und glaubte für einen Moment, wieder in jener Gasse in Massilia zu sein. Höhnisches Gelächter ertönte aus dem Gefangenenzug. Aber schon waren die Legionäre da, rissen den Jungen weg und zerrten Lucius in die Höhe, der vor Wut schäumte.

„Du Bastard, du dreckiger, kleiner Barbar! Das wirst du büßen. Ich werde ein Exempel statuieren!", knirschte er mit zusammengebissenen Zähnen.

Er zwang sich zur Ruhe, als er seinen Gladius zog und auf den Jungen zutrat, der von zwei Legionären festgehalten wurde.

„Es muss jedem Gefangenen klar sein, was ihm blüht, wenn er sich Rom widersetzt!", verkündete Lucius laut.

Ihre Blicke begegneten sich, kurz bevor Lucius ihm den Gladius in die Brust rammte. Ein Ächzen entfuhr dem sterbenden Jungen und ein Blutschwall drang aus der Wunde. Lucius zog das Schwert wieder heraus. Der Junge fiel aufs Gesicht, als die Legionäre ihn losließen.

„Los, zurück zu den anderen!", herrschte Lucius die Männer an.

Er wischte den Gladius an der Hose des Toten ab, bevor er das Schwert wieder einsteckte.

Als er das Lager betrat, nahm Lucius nichts von seiner Umgebung wahr. Er hatte den entsetzten Gesichtsausdruck des Jungen vor Augen, als ihn sein Schwert getroffen hatte.

„*Vae Victis*", murmelte er vor sich hin. „Wehe den Besiegten."

DIE · UNTERWERFUNG · · DER · VINDELICER

Tiberius war nach der Unterwerfung der Briganten von Westen her in das Gebiet der Estionen vorgestoßen. Die Estionen hatten keinen Widerstand geleistet, sondern sich zu ihrem Hauptort Cambodunum zurückgezogen und sich dort verschanzt. Sie hatten die Befestigungen verstärkt und alle Vorräte, die sie bekommen konnten, in den Ort geschafft. Von allen Seiten waren die Krieger zusammengeströmt, so dass jetzt siebentausend Kämpfer versammelt waren. Alles, was Speer und Schild tragen konnte, vom Jüngling bis zum Greis, stand unter Waffen.

Tiberius hatte keine Eile an den Tag gelegt, das Oppidum zu erobern oder die Sammlung des Heeres zu verhindern. Beim Sieg über die Briganten hatte die Legion ihr militärisches Können, gepaart mit ihrer Fähigkeiten für Erdarbeiten, bereits unter Beweis gestellt. Nun sollten auch die Estionen diese Vielseitigkeit zu spüren bekommen.

Die Gallica schloss das Oppidum von Norden und Westen ein und begann, Lager zu errichten. Als sie fertig waren, wurden Unterhändler zu den Estionen geschickt, um ihre Unterwerfung zu verlangen. Nachdem die Unterhändler abgewiesen worden waren, begannen die Legionäre, die Lager mit Gräben und Wällen zu verbinden. Unterdessen wurden die Katapulte und Ballisten zusammengebaut und in Position gebracht. Die Römer bauten die Geschütze demonstrativ vor dem Wall auf, damit die Estionen sie gut sehen konnten. Nach fünf Tagen angestrengter Tätigkeit tauchten im Süden die ersten Einheiten der Augusta auf.

Varus hatte die Streifzüge in den Bergen beendet und war flussabwärts nach Norden marschiert. Jetzt vollendete die Augusta die Einschließung des Oppidums durch Lager und Wälle im Süden und Osten von Cambodunum.

Fast zehntausend Soldaten hielten nun die Stadt umzingelt. Es war Anfang Juni und die größte Sommerhitze stand erst bevor. Die Legionäre der Augusta hatten ihre Schanzarbeiten noch nicht abgeschlossen, als die Estionen bereits kampflos aufgaben.

Cambodunum wurde besetzt, die Häuptlinge mussten die Vorräte übergeben und Geiseln stellen. Danach brachen die zwei Legionen auf. Das nächste Ziel war die Unterwerfung der Licaten, noch bevor die Vereinigung mit den Legionen des Drusus bevorstand. Nero Claudius Drusus und seine Legionen hatten in der Zwischenzeit die Alpen überquert und standen im Gebiet der Focunaten.

Ruhetag. Wieso eigentlich „Ruhetag"? Wer hatte die Idee gehabt, den Tag, an dem nicht marschiert wurde, „Ruhetag" zu nennen? Lucius hatte sich von seinem Feldbett hochgequält. Wie an jedem anderen Tag wurde beim ersten Tageslicht zum Wecken geblasen. Wann hatte er das letzte Mal ausgeschlafen? Das musste doch schon eine Ewigkeit her sein! Während er hastig sein Frühstück herunterschlang, ging er seinen Tagesplan durch. Die Vorräte und die Ausrüstung mussten überprüft werden, ebenso die Kranken- und Verletztenliste.

Vor Cambodunum hatte seine Centurie ein neues Contubernium zugeteilt bekommen. Die acht neuen Legionäre waren keine Rekruten, sondern altgediente Veteranen, die alle einige Jahre älter waren als Lucius. Sie wirkten nicht begeistert, dem „Möchtegern-Centurio" zugeteilt worden zu sein. Valens hatte sie ihm grinsend überstellt und süffisant bemerkt, ein bisschen mehr Erfahrung in seiner Einheit könne nicht schaden. Es hatte nicht lange gedauert, da fand Lucius heraus, wie die Neuen ausgewählt worden waren. Er war sich sicher, dass man die größten Drückeberger und Störenfriede der Legion zu ihm abkommandiert hatte. Aber immerhin hatte er mit ihnen wieder fünfundsechzig einsatzfähige Legionäre. Mallius hatte vorgeschlagen, die acht auf die anderen Contubernia zu verteilen, aber Lucius hatte abgelehnt. Warum, wusste er nicht, aber sein Bauch sagte ihm, das wäre falsch gewesen, zumindest zu diesem Zeitpunkt.

„So haben wir sie im Blick! Verteilen wir sie über die ganze Centurie, vergiften sie uns die ganze Einheit!"

Zu seiner Überraschung hatte ihm Drusillus beigepflichtet: „Ein fauler Apfel verdirbt das ganze Fass! Die meisten unserer Legionäre sind junge Burschen und anfällig für dummes Geschwätz!"

Lucius dachte daran, wie die Neuen seine Geduld immer wieder auf die Probe gestellt hatten. Sie hatten ihre Arbeiten und Dienste nur mit erkennbar größtem Widerwillen ausgeführt und sich gedrückt, wo es nur ging. Auch vor Cambodunum hatten sie ihre Arbeit langsam und schlampig erledigt.

Lucius stellte zuerst Voluminius zur Rede, der äußerst gelangweilt zuhörte und danach keinen Deut schneller arbeitete. Drusillus schlug einige Male mit dem Stock auf die Neuen ein, aber das schien sie nicht zu beeindrucken.

„Los, ihr faules Pack!", brüllte er und versetzte ihm einen weiteren Schlag mit der Vitis.

„Optio!", rief Lucius scharf. „Lass das! Hör auf, die Männer zu misshandeln!"

Drusillus wirbelte herum und starrte Lucius fassungslos an. Sein Gesicht war aber nichts im Vergleich zu dem Gesicht, das Petilius machte. Er hörte mit der Imitation des Grabens auf, die er gerade aufführte, und starrte mit blödem Ausdruck zu Lucius herauf. Drusillus lief dunkelrot an und Lucius befürchtete, dass ihn gleich der Schlag treffen würde.

„Das ist der falsche Weg!"

„Ach, je!", flüsterte Voluminius laut. „Jetzt führen sie hier guter Centurio, böser Optio auf! Für wie dumm halten die uns eigentlich?"

„Für sehr dumm", versetzte Lucius, „wenn du schon fragst!", und fuhr dann an Drusillus gewandt fort: „Optio! Man hat uns diese acht Männer geschickt, damit sie hier bei uns ihren letzten Feldzug abdienen und noch einmal ein bisschen Beute ergattern können. Du weißt, es sind alte, verbrauchte Soldaten, die nicht mehr für richtige Kämpfe taugen."

Es war still geworden und Drusillus' Gesicht hatte wieder eine normale Farbe angenommen, ja, es zeigte sogar den Anflug eines Lächelns.

„Centurio", erwiderte er trotzdem grimmig, das Spiel mitspielend, „sie geben den jungen Legionären ein schlechtes Beispiel!"

„Sie zu schlagen wäre ein noch schlechteres Beispiel!", entgegnete Lucius bestimmt. „Du würdest auch nicht auf ein altes Pferd einprügeln, um ein junges zu beeindrucken!"

Er schüttelte energisch den Kopf und fuhr mit sanftmütiger Stimme fort: „Nein, unsere Aufgabe ist es, Geduld und Einsicht mit ihnen zu haben und sie durch ihren letzten Feldzug zu geleiten!"

Jetzt hatten alle Legionäre um sie herum mit dem Graben aufgehört und starrten ihn erstaunt an. Geduld und Einsicht war die letzte Eigenschaft, die man von einem Centurio erwartete.

Voluminius ließ sich nicht so leicht irritieren. Er spuckte verächtlich aus und hackte weiter gelangweilt mit seiner Dolabra auf dem Boden herum.

Lucius spürte, wie er beobachtet wurde, und als er verstohlen die Umgebung musterte, zuckte er innerlich zusammen. Hinter ihnen standen der Legat und sein Stab und verfolgten das Gespräch mit großer Aufmerksamkeit. Da war Valens wohl auch nicht weit, und richtig: „Centurio!", donnerte plötzlich die bekannte, verhasste Stimme.

Nein, nicht jetzt, ihr Götter, habt ein Einsehen, flehte Lucius stumm, da er zu wissen glaubte, was nun kommen würde. Valens würde ihn - mal wieder - vor allen Männern zur Rede stellen.

„Warum wird hier nicht gearbeitet?", brüllte Valens laut und sofort setzte hektische Betriebsamkeit ein.

Jetzt näherten sich auch Varus und sein Stellvertreter Quirinius. Lucius erinnerte sich kurz daran, wie sehr er Varus bei seiner ersten Begegnung mit ihm unterschätzt hatte. Varus war auf diesem Feldzug bislang von einer nie zu bremsenden Energie gewesen. Mal zu Pferd, mal zu Fuß hatte er seine Truppen begleitet. Er war bei den Hilfstruppen aufgetaucht, um nach dem Rechten zu sehen, oder ein Stück des Weges mit den Legionären marschiert. Rot im Gesicht, außer Atem, aber verbissen und hartnäckig, hatte er den Legionären Respekt abgenötigt.

Musste er aber ausgerechnet jetzt auftauchen und dann auch noch zusammen mit Valens, den die Erde verschlingen sollte? Die acht Neuen schauten amüsiert nach oben, auch sie erwarteten ein unterhaltsames Schauspiel.

„Sind das die acht?", fragte Valens barsch. Lucius war so verdattert über die Frage, dass er nicht antwortete.

„Ja ‚Centurio!", antwortete an seiner Stelle Drusillus.

„Äh, ja!", stammelte auch Lucius.

Valens ging jetzt zu Varus und erklärte ihm etwas, wobei er auf Lucius zeigte. Varus' Gesicht zeigte zunächst Verwirrung, die aber bald einem schelmischen Lächeln wich. „Gut, gut!"

Varus trat näher und setzte dabei eine Miene auf, wie man sie von einem gütigen Großvater erwarten durfte.

„Ja, meine Lieben, ich habe gehört, dass ihr zu keinem harten Dienst mehr fähig seid, weil ihr euch für das Imperium aufgeopfert habt. Aber Rom ist gütig und es freut euch bestimmt zu hören, dass Augustus für euch sorgen wird!"

Die acht starrten verblüfft zu Varus hinauf. Der Legat sprach direkt zu ihnen, das war ihnen noch nie widerfahren, und dann auch noch in einer Art und Weise, als ob sie noch mit den Nüssen spielten. Der Arbeitseifer rund um sie herum erlahmte wieder. Selbst Hilarius und Vitellius vergaßen, ihre Männer anzutreiben, die betont nicht zuhörten, aber trotzdem versuchten, alle Geräusche zu vermeiden, die das Gespräch hätten übertönen können.

Dies war aber gar nicht nötig, denn Varus fuhr mit lauter Stimme fort: „Nach diesem Feldzug werdet ihr zur III Augusta versetzt, wo ihr dann die restlichen zehn oder fünfzehn Jahre eurer Dienstzeit sicher und ruhig ableisten könnt!"

Das blanke Entsetzen erschien auf den Gesichtern der acht angesprochenen Legionäre. Sie sollten nach Africa geschickt werden? Sie sollten dahin, wo die Garamanten lebten? Und das noch die nächsten zehn Jahre? Den Rest ihrer Dienstzeit in Africa nur noch Kamele bewachen und Schakale vertreiben? Ausgerechnet jetzt, da jeder Legionär davon sprach, dass es in den nächsten Jahren große Kriege an Rhenus und Danuvius geben würde? Hier würde es Ruhm und Beute geben, in Africa nur den Hitzschlag!

Petilius beendete das entsetzte Schweigen: „Bei Mars Stator, aber ... aber ... Legat ...!" Es klang beinahe flehend.

„Du brauchst mir nicht zu danken!", säuselte Varus und winkte huldvoll. „Das ist doch selbstverständlich!"

Er stolzierte mit Valens und Quirinius im Schlepptau davon. Valens zeigte seine bekannte unergründliche Miene, Quirinius zwinkerte Lucius im Vorbeigehen zu und sah dann wieder teilnahmslos an ihm vorbei.

Lucius fühlt sich wie ein Riese. „So!", sagte er gedehnt und hätte am liebsten laut gelacht. „Jetzt lass die Männer in Ruhe weiterarbeiten, Optio, und sei nicht mehr so hart zu ihnen!"

Er ging weiter entlang der Reihen arbeitender Männer und auch

Drusillus nahm seinen Kontrollgang wieder auf. Die acht starrten fassungslos hinter ihnen her. Dann hackten sie wie die Berserker auf den Boden ein, als wäre dieser ein Ungeheuer, das es zu erschlagen gelte.

Lucius lächelte, als er an diese Begebenheit dachte, und beugte sich wieder über seinen Tagesplan. Er musste kontrollieren, ob die durch die Ausfälle bedingten Änderungen in der Wacheinteilung vorgenommen worden waren. Dann gab es noch einige Schreibarbeiten zu erledigen. Die Verlustliste, die Verpflegungsanforderungen und ... Ach, bei Plutos Arsch! RUHETAG, wenn er diesen Ausdruck schon hörte, bekam er Mordgedanken.

Plötzlich erschien vor seinem inneren Auge der junge Brigant, den er getötet hatte. War es ein Fehler gewesen, diesen Jungen zu töten? Er hätte ihn vermutlich niemals so nahe an sich heranlassen dürfen, dass er ihn anfassen konnte. Aber er war doch nur ein Kind gewesen. Allerdings ein Kind, das durch sein Gebaren die Sicherheit der ganzen Unternehmung gefährdet hatte. Und doch ...

„Unsinn!", fauchte Lucius so laut, dass Ajax erschrocken zusammenfuhr. Verstimmt knallte Lucius das Geschirr auf den Tisch. Wie ein altes Weib oder ein Philosoph benahm er sich. Jammerte wegen zu viel Arbeit und grämte sich um einen toten Feind. Der war schließlich selbst schuld. Wer seinen Wächter angriff, musste mit dem Tod rechnen. Er schüttelte energisch das Bild des sterbenden Jungen ab, das sich derart in seine Erinnerung eingebrannt hatte, erhob sich steifbeinig, nickte Ajax kurz zu und bedeutete ihm, dass er abräumen konnte.

Beim Jupiter, wie er mal wieder stank! Als ob er sich im Schweinekoben gewälzt hätte. Seine Tunica starrte vor Dreck und seinen Mantel konnte man in die Ecke stellen, wo er von selbst stehen würde. Und hinten juckte und brannte es. Nach Tagen ohne die Reinigung mit dem Afterschwamm, anstatt dessen nur Blätter zur Verfügung standen, war auch dort eine gründliche Waschung nötig.

„Bereite Wasser zum Waschen und Rasieren vor! Es wird Zeit, dass ich mich wieder in einen zivilisierten Menschen verwandle. Und wirf diese Tunica weg, am besten verbrenne sie!"

Dann nahm er seinen Stock auf und machte sich auf, um Drusillus zu treffen und mit ihm die Arbeit für den „Ruhetag" zu besprechen.

Die ganze Legion war zur Inspektion angetreten. Lucius schritt die Reihe seiner Centurie ab und musterte Schild, Kettenhemd und Ausrüstung sorgfältig. Hin und wieder hörte man das unverkennbare Geräusch einer Vitis, die auf den Körper eines Legionärs traf. Ein Zeichen, dass ein anderer Centurio einen Missetäter erwischt und eine Schlamperei bestraft hatte. Lucius nutzte seine Vitis in der Regel nur als Zeigestock und tippte auf die entdeckten Unregelmäßigkeiten; Schilde und Schwerter, die nicht richtig gesäubert waren, ein schadhaftes Kettenhemd oder *caligae*, in denen Nägel fehlten. Drusillus, der ihn mit einer Schreibtafel begleitete, notierte die Namen der Missetäter und die von Lucius verhängten Strafen.

„Einen neuen!", hörte man Centurio Fastidius brüllen. Lucius warf einen Blick zur 10. Kohorte hinüber und sah, wie Fastidius seine Einheit inspizierte. Wie immer folgte ihm sein Optio mit einem Bündel Ruten unter dem Arm. Fastidius hatte ein jähzorniges Temperament, und so ging schon mal die eine oder andere Vitis auf dem Rücken eines Legionärs zu Bruch. Sein Optio hatte sich angewöhnt, ihm einen Vorrat an Stöcken hinterherzutragen und ihm auf den Ruf „Einen neuen!" einen weiteren zu reichen.

Nach den Waffen überprüften sie Zelt und Ausrüstung und die eisernen Rationen.

„Wieso ist euer Getreidevorrat so gering?", fuhr Lucius ein Contubernium an.

„Wir sind halt starke Esser, Centurio!", sagte einer der Männer entschuldigend.

„Red keinen Quatsch!", blaffte Lucius. „Wenn ihr mich auf den Arm nehmen wollt, müsst ihr früher aufstehen." Er machte eine Pause. „Ihr habt es heimlich weggeschüttet, um euer Gepäck zu erleichtern!", sagte er ihnen auf den Kopf zu und sah sich bestätigt, als sie verlegen seinem Blick auswichen. „Wenn beim nächsten Mal wieder so viel fehlt, werdet ihr auf Gerste gesetzt!", sagte er bestimmt und Drusillus machte sich eine Notiz.

Lucius' Laune besserte sich deutlich, als vor dem Lichterlöschen Voluminius bei ihm vorstellig wurde und inständig bat, von der geplanten Versetzung zur III Augusta abzusehen und ihnen auf dem Feldzug noch eine Chance zu geben. Lucius versprach ihm widerwillig, eine Eingabe beim Legaten zu machen. Er überlegte, wie er das wohl anstellen sollte, brauchte sich aber gar keine weiteren Gedanken zu machen, denn einige Tage, nachdem Cambodunum kapituliert hatte und als sie gerade dabei waren, die Ballisten und Katapulte aufzustellen, erschien auf einmal der Tribun Quirinius bei ihnen. Er sah einen Augenblick den Arbeiten zu, dann trat er zu Lucius und nickte in Richtung Voluminius: „Und?"

Lucius berichtete von dem Gesuch und Quirinius ging mit einem breiten Lächeln weiter.

Das war aber nicht die letzte Überraschung, die Lucius an diesem Tag erwartete. Als er abends sein Zelt betrat, deutete Ajax stumm auf einen Weinschlauch, der auf dem Tisch lag.

„Vom Legaten selbst!", sagte er beinahe ehrfürchtig und hielt ihm einen Brief hin.

Lucius zog die Schriftrolle auseinander. Der Inhalt war kurz: *„Vom Legaten Publius Quintilicius Varus an Centurio Marcellus, damit sein Gaumen sich erfreue. Falls deine Geschmacksnerven durch Posca total verdorben sind und du es nicht schmecken solltest: Es ist Falerner. Gruß, Varus"*

Er starrte den Schlauch ungläubig an, dann öffnete er den Verschluss und schenkte sich einen kleinen Schluck ein. Vorsichtig nippte er an dem Becher und - beim Bacchus! - was für ein Geschmack! Er seufzte genussvoll. Dieser Wein war ein Geschenk der Götter an die Menschen. Er schüttete einen Schluck vor dem Lararium auf den Boden. Danach verschloss er den Schlauch sorgfältig und vertraute ihn wieder Ajax an.

„Den gibt es nur zu besonderen Gelegenheiten!", entschied er und warf einen Blick zum Himmel. „Hm, noch mindestens eine Stunde Tageslicht," schätzte er. „Da habe ich noch Zeit, einige Briefe zu schreiben. Quintus und Appius denken sicher schon, ich sei in den Wäldern verloren gegangen."

Er suchte sich ein Blatt Pergament heraus und setzte sich vor dem Zelt an den Tisch.

Lieber Quintus, ich schreibe dir vor Cambodunum aus dem Lande der Vindelicer.

Gesatorix war stolz auf die Anzahl der Krieger, die ihm folgten, auf seine Herden und auf seinen Barden, der seine Taten besang. Sein Urgroßvater war noch ein einfacher Krieger gewesen, aber er, Gesatorix, war ein Häuptling der Licatier. Er hatte seinen Reichtum in den Kämpfen gegen die Estionen im Westen und gegen die Cattenaten im Osten vergrößert. Nicht zu vergessen die Überfälle auf die Händlerzüge, die von den römischen Siedlungen in Gallien nach Noricum zogen, um die begehrten norischen Waffen zu holen. Dadurch war er zu einem guten Schwert und zu einem erstklassigen Kettenhemd gekommen. Seht mich jetzt an, dachte er. Hier stehe ich und soll vor diesen Römern kuschen. Vor diesen raubgierigen Wölfen aus dem Süden, die ihren Hals nicht voll kriegen können? Niemals!

Cingetorix war ebenfalls ein Häuptling der Licatier. Seine Stimme hatte neben der des Gesatorix das meiste Gewicht bei Beratungen. Auch sein Urgroßvater war ein einfacher Krieger gewesen. Im Gegensatz zu Gesatorix war Cingetorix aber herumgekommen und bereits in Lugdunum, Narbo und Massilia gewesen. Diese Besuche hatten ihm alle Illusionen genommen. Seitdem wusste er, dass jetzt, da die römischen Bürgerkriege zu Ende waren, die Frage nicht mehr war, ob die vindelicischen Stämme von den Römern unterworfen wurden, sondern nur noch, wann. Augustus herrschte allein, der Handel nahm sprunghaft zu und zahllose Siedler strömten in das Land zwischen dem Lacus Lemanus und dem Meer. Die meisten dieser Siedler waren ehemalige Legionäre oder Proletarier aus Rom, die in den drei Gallien angesiedelt wurden. Cingetorix hatte heimlich den gallischen Landtag besucht, den Augustus letztes Jahr abgehalten hatte, und dabei die Legionen gesehen, die in und um Lugdunum zusammengezogen worden waren.

Cingetorix wusste: Das Ende seiner Welt, wie er sie kannte, stand bevor. Es blieb nur offen, ob sie als Untertanen der römischen Wölfin überleben oder kämpfend untergehen würden. Cingetorix hatte entschieden, dass die Frauen und Kinder ein Recht hatten, zu leben. Deswegen war er in der Versammlung für die Unterwerfung eingetreten. Gesatorix war es jedoch gelungen, die Mehrheit der Krieger auf seine Seite zu bringen, und so hatten die Licatier sich vorbereitet, nach Westen zu ziehen, um den Einfall der Römer zu stoppen.

Gesatorix und Cingetorix bekamen den gemeinsamen Oberbefehl

über das Heer übertragen und schickten Kundschafter aus. Die Römer waren mit einer Legion irgendwo im Südwesten bei den Caluconen unterwegs und mit einer anderen am Lacus Venetus, berichteten diese.

Die Häuptlinge schickten außerdem Gesandte zu den Nachbarstämmen. Die Estionen waren zu einem Bündnis bereit gewesen und hatten angekündigt, alle wehrfähigen Männer bei Cambodunum zusammenzuziehen, auch die anderen vindelicischen Stämme, die Cattenaten, Cosuaneten und Rucinaten versprachen, ein Aufgebot zu senden.

Gesatorix und Cingetorix brachen mit viertausend Kriegern nach Westen auf, um sich mit den Estionen zu vereinen. Zwei Tagesmärsche vor Cambodunum erfuhren die Licaten von ihren Kundschaftern die niederschmetternden Neuigkeiten: Die Römer hatten die Caluconen besiegt und die Briganten unterworfen. Brigantium war besetzt und auf unfassbare Weise, Cingetorix und Gesatorix konnten es nicht glauben, lagen beide Legionen bereits vor Cambodunum und belagerten den Ort. Das Heer der Licaten hielt an und es kam zu hitzigen Diskussionen. Noch ehe das weitere Vorgehen beschlossen werden konnte, kam die Nachricht von der Kapitulation der Estionen. Von allen Seiten eingeschlossen, hatten sie den Mut verloren und sich ergeben.

Gesatorix schrie und tobte und forderte, sofort weiterzumarschieren und die Römer anzugreifen, aber diesmal folgte die Versammlung ihm nicht. Stattdessen beschloss der Rat, dass sich das Heer zunächst in Richtung Damasia zurückziehen sollte. Cingetorix schickte Boten zu den anderen Stämmen und forderte sie auf, ebenfalls nach Damasia zu kommen und dort die Römer zu erwarten.

Die Licaten waren noch damit beschäftigt, Damasia zu befestigen, als die römischen Unterhändler unter der Führung des Tribuns Gallus vorsprachen und ihre Unterwerfung verlangten.

Erneut gab es heftige Debatten. Gesatorix verwies auf die Unterstützung durch die Cattenaten, Cosuaneten und Rucinaten und konnte damit die Versammlung auf seine Seite bringen. Der Tribun wurde aus dem Lager gejagt und ihm wurde eine deutliche Botschaft an Tiberius mitgegeben: Die Likatier fürchteten sich nur davor, dass ihnen der Himmel auf den Kopf fallen könnte, aber nicht vor römischen Legionen. Lik, die Muttergöttin, würde sie beschützen.

Nachdem die Römer verschwunden waren, versammelten sich die

Häuptlinge und die Krieger erneut, um den Schlachtplan zu besprechen. Die Versammlung lief nicht so, wie Gesatorix es gehofft hatte. Er wollte mit dem Heer den Römern entgegenziehen und sie in einer offenen Feldschlacht bekämpfen. Wie nicht anders zu erwarten gewesen war, sprach Cingetorix, dieser Feigling, dagegen. Am liebsten hätte Gesatorix ihn vor aller Augen zum Kampf herausgefordert, aber ein Druide überwachte die Verhandlung als Garant für einen friedlichen Verlauf.

„Uns stehen zwei Legionen gegenüber, das sind mindestens achttausend Mann, dazu kommen noch die Kontingente der Hilfstruppen und Reiter. Die Römer sind uns zahlenmäßig überlegen!"

„Na und? Ein Licate nimmt es mindestens mit zwei Römern auf!", brüllte ein anderer Häuptling dazwischen.

„Und dann?", fragte Cingetorix herausfordernd. „Wir haben, wenn wir alle waffenfähigen Männer aufbieten, fünftausend Krieger! Wir schlagen also die zwei Legionen zurück. In Gallien stehen andere bereit, die spätestens im nächsten Jahr nachrücken werden. Unsere Toten aber werden tot bleiben!"

„Wenn wir die Römer geschlagen haben, werden sich die anderen vindelicischen Stämme uns anschließen und wir werden nach Lugdunum marschieren und die Stadt niederbrennen!"

Die Männer kannten die Gegebenheiten in den römischen Landen nicht und ihnen gefiel, was sie da hörten. Jubel brach in der Halle aus.

Ihre Gier und ihre Engstirnigkeit würde sie in den Abgrund führen! Cingetorix ärgerte sich nicht zum ersten Mal über das geringe Wissen seines Volkes über die Welt da draußen. So erklärte er der Versammlung, dass es außer den zwei Legionen im Anmarsch noch vier weitere in Gallia Comata gab. Lautes Geschrei erhob sich. Die Männer brüllten erhitzt, dass sie auch mit sechs Legionen fertig würden.

Cingetorix hob die Arme: „Und wenn die anderen Stämme sich uns nicht anschließen? Was dann? Dann stehen wir alleine gegen die Legionen, und nach den zwei kommen noch zwei und dann vielleicht drei!" Er machte eine Pause und sah, dass seine Worte Wirkung zeigten. „Nein, wenn wir kämpfen wollen, müssen wir den Ort bestimmen und es muss ein Ort sein, wo wenige Krieger viele aufhalten können und der einer Belagerung standhält, in der die Römer Meister sind!"

„Was schlägst du vor?“, fragte der Druide ruhig.

„Wir verschanzen uns hier in Damasia. Der Ort liegt auf einem Berg. Wir sind durch den Fluss in Richtung Mittag und im Rücken geschützt. Wenn wir einen Graben und einen Wall vom See zur Stadt ziehen, können wir im Norden ein Lager aufschlagen und dort die meisten Krieger unterbringen. Wir können nur aus Richtung Sonnenuntergang angegriffen werden. Unsere Flanken sind durch den See und durch Damasia geschützt. Über den Fluss können wir Verstärkung und Nachschub holen. Über den See und durch die Berge können wir Krieger ausschicken, die die Proviantzüge der Römer überfallen.“

Die anderen murmelten Zustimmung.

„Wir sollten so viel Getreide wie möglich einbringen und hier lagern.“ Er wandte sich an die Abgesandten der anderen Stämme. „Ihr könnt uns unterstützen. Die Cattenaten können mit ihren Kriegern hierherkommen und uns verstärken. Die Cosuaneten und Rucinaten sollen um den See herum ziehen und die Römer von hinten angreifen. Vernichtet ihren Nachschub, schneidet sie von ihrer Basis am Rhenus ab, und sie müssen sich zurückziehen.“

Die Abgesandten der Rucinaten wiegten bedenklich ihre Häupter. „Und was, wenn die Römer Damasia nicht belagern, sondern weiterziehen? Dann greifen sie erst unsere Krieger an und dann unser Land!“

Cingetorix versuchte, ihn zu beschwichtigen: „Wenn die Römer sich nach Mitternacht wenden, zieht ihr euch zurück und wir greifen ihre Nachschubwege an!“ Er hob beide Hände. „Unsere beiden Heere werden wie zwei Hände sein, die gegen einen einarmigen Krieger kämpfen. Egal, gegen welche Hand er sich wehrt, die andere wird ihn ohrfeigen!“

Die Männer brachen in Jubel aus und der Plan wurde angenommen.

Die Licaten hatten zunächst die Befestigungen von Damasia instand gesetzt und begannen nun, die Umgebung des Oppidums zu befestigen. Sie hoben einen Graben aus und schichteten einen Wall auf. Einen römischen Centurio hätte er nicht zufriedengestellt, ein Legionär hätte gelächelt. Für die Kelten aber war es eine außergewöhnliche Maßnahme. Sie waren stolz auf ihre Leistung.

Die Frauen, Kinder und Alten wurden aus dem Ort gebracht und über den Fluss gesetzt. Die Mauer wurde ausgebessert und erhöht. Merkwürdigerweise ließen die Römer sie gewähren. Schnell wie der Wind waren sie über die Briganten und Estionen hergefallen, und jetzt trödelten sie in Cambodunum herum. Als endlich dreitausend Cattenaten eintrafen und noch weitere Vorräte mitbrachten, wuchs die Zuversicht der Licaten. Sie waren bereit. Die Römer konnten kommen.

„Warum lässt du dir so viel Zeit, Tiberius?“, fragte Varus. „Wir trödeln jetzt schon eine Woche länger in Cambodunum herum als nötig. Mittlerweile sitzt das Heer der Licaten gut gesichert in Damasia, und wir müssen sie da mühsam herausholen.“

„Warum so kleingläubig, Publius Quinctilius?“, fragte Tiberius gelassen. „Dieses kleine Nest und diese mickrigen Befestigungen werden uns nicht lange aufhalten. Ich lasse mir Zeit, weil ich ein Exempel statuieren will. Die Stämme sollen sehen, dass sie keine Möglichkeit haben, zu gewinnen. Selbst wenn sie Zeit und Ort des Kampfes bestimmen können und so viel Zeit haben, wie sie wollen, sich auf den Kampf vorzubereiten! Du wirst sehen, es wird wie ein Manöver ablaufen. Wir werden ein paar Verluste haben, aber dafür wird es keine Aufstände mehr in unserem Rücken geben! Wir legen also hier in Ruhe ein Lager für die Kohorte an, die unseren Nachschubweg nach Brigantium sichert.“

„Eile mit Weile, würde Augustus jetzt sagen!“, bemerkte Varus lächelnd. „Sind die Männer nicht prächtig? Die Auslese des römischen Volkes!“ Die letzten Worte sagte er mit ironischem Unterton und Seitenblick auf einige Tribune, die auf dem Forum herumlungerten und Wein tranken.

„Zum Kriege zusammengekehrt, das Gerümpel des Landes!“, entgegnete Tiberius, der dem Blick gefolgt war, und fügte, als er Varus’ fragenden Blick sah, noch hinzu: „Homer!“ Er hielt dem Legaten eine Schriftrolle hin. „Übrigens sind mein Bruder und seine zwei Legionen nicht weit!“

Nach dem Abstecher zu den Norikern hatte Drusus seine beiden Legionen wieder vereinigt und marschierte nun nach Westen. Er hatte Tiberius einen Boten geschickt und erfahren, dass dieser die Estionen unterworfen hatte und sich anschickte, gegen die Licaten vorzurücken.

Drusus' Kundschafter hatten schon gemeldet, dass sich auch die übrigen vindelicischen Stämme sammelten.

Doch den Rucinaten und Cosuaneten blieb das plötzliche Auftauchen einer weiteren römischen Streitmacht in ihrem Rücken nicht verborgen und das Heer, das bereits am See der Licaten angekommen war, machte kehrt und marschierte eiligst nach Osten.

Die Augusta marschierte in Schlachtordnung auf, flankiert von den Helvetern und den Belgen. Mit lautem Geschrei strömten die Licaten aus Damasia heraus und stellten sich hinter dem Wall in Schlachtordnung auf. Sie bemerkten nicht, dass die Gallica hinter der Augusta ein Legionslager errichtete und dann nach Norden zog. Einige Meilen westlich vom See der Licaten lag ein weiterer kleiner See. Die Gallica marschierte direkt in die Enge zwischen den beiden Seen und errichtete dort ihr Lager. Dann wurden Gräben ausgehoben und der Durchgang nach Norden und Süden gesichert.

Als die Dämmerung hereinbrach, zog sich die Augusta geordnet ins Lager zurück. Die Licatier verbuchten dies als ersten kleinen Erfolg. Am nächsten Tag setzten die Römer ihre Bautätigkeit fort. Sabinus übernahm das Kommando über die Helveter und die Reiter. Sie schlossen die Lücke zwischen den beiden Legionslagern. Ahenobarbus zog mit dem Aufgebot der Belgen nach Süden und baute deren Lager südlich von Damasia auf, direkt am Ufer der Lica. Damit war der Ort von Westen und Norden her komplett abgeriegelt. Als Ausweg blieben nur noch die Wege nach Osten und über den See.

Am Abend zogen sich die Römer wieder geordnet in ihre Lager zurück, ohne auch nur einen Angriffsversuch gestartet zu haben.

Auch die Kelten zogen sich nach Damasia zurück. Der Ort war für so viele Krieger viel zu klein und die meisten verbrachten eine ungemütliche Nacht. Das provisorische Lager am Fluss stank schon bald bestialisch, da die Kelten keine Latrinen ausgehoben hatten.

Drei Tage lang marschierten die Kelten jeden Morgen in Schlachtordnung auf, drei Tage lang verweigerte Tiberius ihnen den Kampf. Stattdessen stellte sich jeweils eine Legion auf, um die andere bei weiteren Bautätigkeiten zu schützen. Die Legionäre legten im Norden noch ein weiteres Legionslager und ein kleineres Lager für die Hilfstruppen an, um auch die Straße zu blockieren.

Im Rat der Häuptlinge wurde derweil erbittert gestritten. Cingetorix befürwortete es, einen Teil der Krieger auf die andere Seite der Licca zu bringen und so den Ort zu entlasten, aber die meisten Häuptlinge wollten von einer solchen „Flucht" nichts wissen. Einen Angriff auf die Befestigung der Römer wollten sie aber auch nicht wagen.

Also entschied der Rat, die Römer weiter zur Schlacht herauszufordern und die Entscheidung zu suchen. Sie hatten alle genug von dem überfüllten Ort, den verdreckten Straßen und den vielen eingepferchten Menschen. Deswegen würden sie erneut vor dem Wall aufmarschieren, und wenn die Römer nicht genug Mut hatten, sie hinter ihrem Wall anzugreifen, würden sie eben selbst zum Angriff übergehen. Cingetorix versuchte, sie davon abzubringen, aber er wurde überstimmt. Gesatorix setzte sich durch. Es würde zur offenen Schlacht kommen.

Am nächsten Morgen stellten sich die Licaten wieder auf. Als die Römer wieder keine Anstalten machten, den Kampf zu beginnen, rückten sie vor. Die dreitausend Cattenaten blieben zurück und sicherten den Ort.

Kaum, dass die Kelten über den Wall hinaus vorgerückt waren, stellten sich die Römer zur Schlachtordnung auf. Die Licaten brüllten vor Begeisterung. Endlich kam es zum lang ersehnten Kampf! Der Weg nach Süden war noch frei und bot so Gelegenheit, im Wald einen Hinterhalt zu legen. Ein Kontingent von tausendzweihundert Cattenaten verließ daher den Ort durch das südliche Tor, um von dort einen Bogen durch den Wald zu schlagen und so die Römer zu umgehen.

Aber am Waldrand lauerte bereits Ahenobarbus mit den Kontingenten der Belgen. Sie warfen sich unter lautem Geschrei auf die Cattenaten, die so überrascht waren, dass sie beinahe kampflos zurückwichen und nach Damasia zurückflohen.

Unterdessen hatten sich die beiden Heere formiert: die Kelten in einer ungeordneten Schlachtreihe, die Legionen im Schachbrettmuster. Dann bliesen auf beiden Seiten die Hörner, Trompeten und Luren. Die Echos wurden von den Bergen zurückgeworfen. Die Kohorten in der zweiten Reihe rückten vor und schlossen die Lücken. Die römische Schlachtreihe stand nun geschlossen da. Sechs Kohorten in der ersten

Reihe und zwei als Reserve dahinter. Die Centurien der Manipel standen hintereinander, zehn Reihen breit, sechs Reihen tief. Die Optiones und Tesserarii gingen hinter den Centurien, um sie anzutreiben. Da die Soldaten sich in der Regel nach rechts zu ihrer ungeschützten Seite hin orientierten, um hinter dem Schild ihres Nachbarn Deckung zu suchen, gingen die Centurionen rechts neben ihnen, um diesen natürlichen Rechtszug der Einheiten zu verhindern. Dies war auch Lucius' Position.

Die Licaten stürmten mit lautem Geschrei vorwärts, um die Römer in einem wilden Ansturm zu überrennen. Lucius erinnerte sich, gelesen zu haben, dass die Kelten oftmals alle Energie in den ersten Ansturm legten. Wenn dieser scheiterte, brach nicht selten die Moral und damit auch die Schlagkraft ihres Heeres zusammen.

Seine Nerven waren gespannt, seine Hand umklammerte den Griff des Schwertes. Der erste Speerhagel ging auf die Römer nieder. Die Kelten hatten ihre leichten Wurfspeere geschleudert. Wie alle Legionäre riss auch Lucius seinen großen Schild hoch. Dumpf schlug es dagegen. Hinter ihm gab es einige Rufe der Überraschung und auch den einen oder anderen Schmerzensschrei. Er warf einen Blick auf die Centurie und stellte zufrieden fest, dass die Reihen nicht in Unordnung geraten war.

„So!", dachte Lucius mit grimmiger Zufriedenheit. „Jetzt sind wir dran!"

Laut rief er: „Achtung!", und die erste Reihe trat einen Schritt vor, um Platz für den Wurf zu haben. Jetzt waren die Licaten nur noch eine halbe Speerwurfweite entfernt.

„LOS! *Mittite!*", brüllte Lucius.

Die Legionäre begannen, ihre Pila zu werfen. In der vordersten Reihe standen die jüngsten und kräftigsten Legionäre. Sie schleuderten die Pila in schneller Abfolge, wobei sie von den drei Reihen hinter ihnen mit Nachschub versorgt wurden. Die Speere wurden unermüdlich von hinten nach vorn durchgereicht und trafen ihr Ziel zuverlässig. Die meisten Licaten kämpften mit nacktem Oberkörper oder hatten nur ein Hemd übergeworfen, denn Kettenhemden konnten sich nur die Häuptlinge leisten. Als Schutz hatten sie also ausschließlich ihren Schild. Dies war zu wenig. Die schweren Wurfspeere der Römer brachten Tod und

Verderben in die anstürmenden Licaten. Viele wurden verwundet oder getötet, andere verloren durch den Beschuss ihren Schild und damit ihren einzigen Schutz.

Lucius sah mit Genugtuung, wie die Reihen der heranstürmenden Barbaren durcheinandergerieten, und wartete ungeduldig auf das Kommando „Vorrücken!" Da ertönte schon das Signal und er zog sein Schwert: „VORWÄRTS! Die nächsten drei Reihen vorrücken!"

Die drei Reihen rückten an der ersten Reihe vorbei vor, deren Männer sich erschöpft zurückzogen.

„Zieht Schwert!"

Das laute, schleifende Geräusch von Hunderten von Schwertern, die gezogen wurden, hallte über die Ebene.

„Zum Vorrücken blasen!"

Der Cornicen blies das Signal. Die Legionäre setzten sich in Bewegung, erst langsam, dann immer schneller. Dann schallte das nächste Hornsignal herüber.

„Angriff!", brüllte Lucius.

Die Legionäre stürmten nun den taumelnden Kelten entgegen.

„AUGUSTA!" Unter lautem Gebrüll rammten sie die Feinde mit ihren Schilden und stachen mit den Schwertern auf sie ein. Besser ausgerüstet und geschützt, war es ein Leichtes für die angreifenden Römer, die bereits schwer angeschlagenen Licaten im Nahkampf zu überrennen. Lucius stemmte sich mit aller Kraft gegen seinen Schild. Er spürte, wie die Reihen links und rechts von ihm geschlossen wurden. Direkt vor sich sah er das wutverzerrte Gesicht eines Kelten, der mit seinem Speer einen Stoß anzubringen versuchte. Lucius stieß mit dem Gladius nach ihm und traf seinen Hals. Der Licate versuchte verzweifelt, den Stoß mit dem Speer abzufangen, aber eingekeilt in die Masse seiner Kameraden, hatte er kaum genug Bewegungsfreiheit.

Die Legionäre stachen mit ihren Schwertern auf die kompakte Masse der Feinde vor ihnen ein. Von hinten rückten die nächsten Reihen nach und lösten die Kämpfer in der ersten Reihe ab. Die Kelten wurden mehr und mehr zurückgedrängt. Doch der Vormarsch geriet plötzlich ins Stocken, als die Kelten ihre eigene Reserve heranführten und die Römer erneut mit einem Speerhagel attackierten.

Die Krieger in der ersten Reihe fassten neuen Mut und warfen sich mit verzweifelter Wut auf die Römer. An mehreren Stellen konnten sie die Schlachtreihe aufbrechen.

Lucius stand jetzt schwer atmend zwischen den Reihen der Kämpfenden und den letzten vier Reihen der Centurie, die noch nicht in die Kämpfe eingegriffen hatten. Er rief ihnen seine Befehle zu.

Die nächsten Legionäre rückten vor. Sie waren mit dem Pilum bewaffnet und drängten nun durch die Gassen in der Schlachtreihe nach vorne, um die Schwertkämpfer abzulösen. Lucius erkannte Ripanus, der mit stoischer Miene näher kam und dann sein Pilum fällte.

Die Kelten sahen sich plötzlich einem Wald von Speeren gegenüber. Die Krieger in den ersten Reihen mussten zurückweichen, um nicht aufgespießt zu werden. Dabei wurden sie von den Männern der hinteren Reihen behindert, die weiter nach vorn drängten. Es war ein unbeschreibliches, dichtes Durcheinander, das Scheppern der Waffen, Hornsignale, das Röhren der Luren, Schmerzens- und Todesschreie.

Mit schweren Verlusten schafften es die Licaten noch einmal, eine Linie zu bilden, nachdem sich die Männer der hinteren Reihen nach vorn gedrängt hatten und nun die Pilumstöße mit ihren Schilden abwehren konnten. Der römische Vorstoß erlahmte.

Dann ertönte das Kommando: „Das Ganze Halt!"

Wie von Geisterhand kam die Schlachtreihe der Römer zum Stehen und erlaubte so den Kelten, sich ein Stück zurückzuziehen.

Gesatorix schäumte vor Wut. Seine Unterstützung hatte den Zusammenbruch der keltischen Schlachtreihe verhindert, aber sie waren weit zurückgedrängt worden, ängstlich und erschöpft.

Er sah die Römer mit ihrem Häuptling an der Spitze näher kommen, der gut an seinem quergestellten Helmbusch zu erkennen war. Gesatorix feuerte seine Männer an, trat vor die Reihen, pries seine Ahnen, prahlte mit seinem Mut und forderte den Römer zum Zweikampf heraus. Dieser rief etwas und zeigte mit dem Schwert auf ihn – und im selben Moment schleuderten die Römer ihre Speere. Die Licaten rissen die Schilde hoch. Ein Brausen erfüllte die Luft, dann schlugen die Speere ein. Die meisten Krieger blieben unverletzt, aber viele büßten ihre Schilde ein. Endlich ließ der Hagel nach. Gesatorix hatte sich niedergeduckt. Er sprang wieder auf und forderte seine Männer brüllend zum Angriff auf. Sie antworteten mit Kriegsgebrüll. Die Schreie wurden lauter und lauter, und schließlich stürmten die Krieger los. Gesatorix lief vorneweg auf den römischen Häuptling zu. Dieser erwartete ihn ruhig, gedeckt durch den riesigen Schild und bewaffnet mit seinem winzigen Schwert. Gesatorix blockte den Schwertstoß des Römers ab und rammte ihn. Beide Männer gingen zu Boden. Gesatorix rollte ab und sprang leichtfüßig auf. Er schwang sein Schwert nach dem Römer, der sich gerade erst halb erhoben hatte. Das Schwert glitt von der Schildkante ab und verfehlte den Arm. Der Römer stieß zu. Gesatorix nutzte den Schwung seines Schlages und drehte sich zur Seite, um dem Stoß zu entgehen. Er drehte sich weiter um die eigene Achse, wechselte das Schwert in die linke Hand und schlug erneut zu. Er traf den Römer im Nacken, oder besser: an seinem Nackenschutz. Der Römer fiel vornüber aufs Gesicht und Gesatorix rammte ihm das Schwert in den Rücken. Dann riss er es wieder heraus, reckte es nach oben und stieß einen Siegesschrei aus. Dieser Zweikampf würde ihm viel Ehre einbringen und einen Skalp, um den ihn alle beneiden würden.

Doch der Kampf gegen die Römer war noch nicht beendet. Die Licaten wüteten wie Berserker und die Reihen der Römer gerieten in Unordnung. Sie wichen zurück und Gesatorix fühlte, dass der Sieg nahe war. Ein zweiter Häuptling der Römer galoppierte auf seinem Pferd herbei und schrie Befehle. Gesatorix hob einen Speer auf und schleuderte ihn auf den Häuptling. Er traf ihn an der Schulter, und wie ein Sack fiel der Feind vom Pferd. Sofort bildeten einige römische Krieger einen Schildwall um ihn. Egal, seine Trophäe würde er sich später holen. Immer weiter drängten sich die Licaten in die römischen Reihen. Das würde der Sieg sein. Gesatorix frohlockte. Wie bei Gergovia würden sie die Römer besiegen und zum Rückzug zwingen.

„Legat!", rief Quirinius und zeigte auf den rechten Flügel. „Die 3. Kohorte ist in Bedrängnis. Ich glaube, Tribun Valerius ist gefallen!"

Varus wendete sein Pferd. In der Tat, die 3. Kohorte war in Bedrängnis geraten und verließ ihre Position. Schon wandten sich einige Männer in den hinteren Reihen zur Flucht. Varus gab dem Trompeter seine Anweisungen. Die 7. Kohorte, die bisher in Reserve geblieben war, rückte vor. Ein zweites Trompetensignal, und die hart bedrängte Kohorte zog sich durch die Lücken in der Aufstellung zurück und machte Platz für die Reserve. Die 7. Kohorte war frisch und ausgeruht und deckte die Licaten sofort mit ihren Pila ein. Deren Vorstoß erlahmte und kam vollends zum Stocken, als die Legionäre ihre Schwerter zogen und vorrückten.

Gesatorix sank tödlich getroffen unter dem Schwerthieb eines Legionärs aus Oberitalien zusammen. Der Legionär dachte dabei nicht an Ruhm und Ehre und in diesem Moment nicht einmal an die Beute. Er befolgte nur seine Befehle und erledigte seine Aufgabe, für die er 225 Denare im Jahr bekam. Und er war wild entschlossen, diese Schlacht unversehrt zu überleben.

Die Vindelicer zogen sich hinter ihren Wall zurück. Die Legionäre setzten nach, doch als sie in die Reichweite der Bogenschützen gerieten, befahl Tiberius, zum Rückzug zu blasen. Es gab für ihn keinen Grund, seinen Legionären aus der Schlacht heraus den Sturm auf die Stadt oder den Wall zu befehlen. Für ihn bestand gar kein Zweifel, dass sie die Stadt jederzeit stürmen konnten. Er sah nicht ein, warum er dafür mehr Legionäre opfern sollte als unbedingt nötig. Daher beschloss er, es wieder bei der Demonstration militärischer Macht zu belassen.

Die Legionäre schritten das Schlachtfeld ab und bargen die Toten und Verwundeten. Lucius stand neben Voluminius und versorgte eine Verwundung an dessen Arm.

„Nicht schlecht gekämpft für einen alten ausgebrannten Mann!“, bemerkte Voluminius herausfordernd.

Lucius nickte: „Ja, nicht übel!“ Er wickelte ein Stück Stoff um die Wunde und zog es straff, um die Blutung zu stoppen. „Das muss aber so bald wie möglich von einem Arzt behandelt werden!“, sagte er entschieden zu Voluminius.

„Pah, ist doch nur ein Kratzer!“, maulte der.

„Egal! Auch ein Kratzer kann sich entzünden, und ehe du deinen Arm verlierst ...!“

Celsonius stand plötzlich vor ihm und zeigte auf eine Stelle, wo mehrere Römer und Kelten im Tode vereint aufeinander lagen.

„Pullio hat es erwischt und Tertinius ebenfalls! Probus ist auch tot, und Exoratus hat eine tiefe Wunde an der Seite!“, zählte er auf. „Einen Überblick über die leicht Verletzten habe ich noch nicht!“

Lucius schluckte. „Gut, verschaff dir einen Überblick und sorge dafür, dass alle ihre Wunden behandeln lassen!“ Er wandte seinen Blick von den Toten ab und half Voluminius auf die Beine. Dabei versuchte er, nicht an den jungen Tertinius auf seinem ersten Feldzug zu denken.

Tiberius ließ Damasia jetzt vollständig durch Lager und Gräben einschließen. Die Belgen wurden im Süden eingesetzt, um die Wege und Pfade in die Berge zu sperren.

Um auch die Wege nach Osten über den Fluss und den See zu blockieren, bauten die Legionäre am Seeufer die Geschütze auf und nahmen tagsüber die Boote unter Beschuss, die Nachschub und Verstärkung brachten. Die Licaten wagten jetzt nur noch nachts, Verwundete aus dem Ort und Verstärkung und Verpflegung hinein zu bringen.

Der Mut der Belagerten begann zu sinken, doch da traf die Hauptstreitmacht der Cattenaten ein, und der Kampfgeist wurde neu entfacht. Wenn jetzt noch die anderen Stämme anrückten, würde man die Römer in die Zange nehmen und zerschmettern.

Da jedoch erreichte die Versammlung der Krieger die Nachricht, dass ein zweites römisches Heer wie vom Himmel gefallen aufgetaucht war und sich von Sonnenaufgang her näherte. Und noch schlimmer: Die anderen Stämme waren umgekehrt und würden nicht zur Hilfe kommen. Damit waren sie auf sich allein gestellt.

Die Licaten und Cattenaten stellten sich zur Entscheidungsschlacht.

Zusammen konnten sie zehntausend Krieger stellen. Mehr Krieger hatten die Römer auch nicht zur Verfügung. Nach der Erfahrung der ersten offenen Schlacht beschlossen die Stämme nun, in Damasia und hinter dem Wall zu bleiben.

Tiberius ließ die Katapulte und Ballisten in Stellung bringen und den Wall planmäßig beschießen.

Schon nach kurzem Beschuss wagte keiner der Licaten mehr, aufrecht zu stehen. Alle hockten zusammengekauert hinter dem Wall, da die römischen Katapultschützen zielsicher eine Wache nach der anderen abschossen. Dann wurden die Ballisten gegen das Oppidum gerichtet. Die Steine rissen Lücken in die Palisaden und das brennende Pech setzte die Häuser in Brand. Die Vindelicer versuchten, das Feuer einzudämmen und die Lücken wieder zu schließen. Dabei mussten sie weitere Verluste durch die Katapultgeschütze hinnehmen. Den ganzen Tag ging der Beschuss unverändert weiter. Am Nachmittag setzten sich die nach Manipel gestaffelten Kohorten der Römer in Bewegung. Sie schützten einige kleine Kontingente an Hilfstruppen, die unmittelbar hinter ihnen folgten.

Lucius wischte seine Hand an einem Grasbüschel trocken, bevor er mit seinen Männern vorrückte. Hinter ihnen kamen die Hilfstruppen, die Säcke und Reisigbündel schleppten. Jeden Moment mussten sie einen Pfeil- oder Speerhagel erwarten. Er hörte aus der Ferne das Hornsignal, das von seinem Cornicen erwidert wurde.

„*Testudo* bilden!", rief er, und die Legionäre hoben die Schilde hoch oder hielten sie zur Seite, um so ein schützendes Dach über einer Gruppe der Hilfstruppen, die Säcke und Reisigbündel trug, zu bilden. Lucius spürte ein mulmiges Gefühl, als sich das Schilddach über ihm schloss. So blind vorzurücken behagte ihm nicht. Das Gefühl verstärkte sich noch, als der Pfeilbeschuss einsetzte. Er hörte, wie die Pfeile dumpf in die Schilde schlugen, und jedes Mal, wenn es über ihm einschlug, zuckte er unwillkürlich zusammen. Ripanus, der seine Reaktion bemerkte, sagte lakonisch: „Man muss sich an die *testudo* erst gewöhnen, Centurio, aber nach dem zehnten Mal isses halb so wild!"

Lucius versuchte, durch einen der Spalten etwas zu erkennen, und sah, dass die Licaten die Stellungen am ersten Graben besetzt hatten. Sie schleuderten Speere und Steine auf die *testudo*. Ein Stein traf direkt über ihm auf das Schilddach. Albanus, dessen Schild getroffen worden war, stieß einen Fluch aus.

„Verletzt?", fragte Lucius besorgt.

„So'n Quatsch, Centurio!", blaffte Albanus. „Von so 'nem kleinen Steinchen doch nich'. Da müssen die Scheißer schon mit Ballisten auf uns schießen. Nee, nee, aber der Stein hat bestimmt 'ne Beule verursacht und mein Centurio wird wieder rumkrakeelen von wegen Sorgfalt mit dem Material oder so!"

Die Legionäre um sie herum lachten, was unter dem Schilddach hohl klang. Jetzt hörten sie von hinten das Sausen von Speeren, dann über sich, und schon waren von vorn Schmerzensschreie zu hören. Die hinter der *testudo* postierten Legionäre hatten ihre Pila geschleudert.

„Achtung, wir sind gleich da. Bereithalten, um *testudo* aufzulösen!"

Lucius hörte ein dumpfes Hornsignal. „*Testudo* auflösen und Pila fertig!", befahl er.

Die Schilde wurden gesenkt und die Legionäre, die gerade noch eng zusammengerückt waren, nahmen die normalen Abstände zum Nebenmann ein.

„Pila bereit!", rief Lucius. „LOS! *Mittite!* Feuert!"

Jetzt schleuderten seine Männer ihre Pila. Die Wirkung bekam Lucius nicht mit, da er auf die Hilfstruppen achten musste. Diese rannten zum Graben und warfen die Säcke und die Reisigbündel hinein.

Von der Mauer des Oppdiums aus versuchten nun die Bogenschützen, die Hilfstruppen unter Beschuss zu nehmen, aber die römischen Katapultschützen und die syrischen Bogenschützen fügten den keltischen Verteidigern große Verluste zu. Die Hilfstruppen begannen nun, Erde in den Graben zu schaufeln. Lucius ließ den Cornicen ein Signal geben, woraufhin eine zweite Einheit der Hilfstruppen mit langen Planken herbeieilte, die sie über den Graben auf den Wall warfen. Über die so entstandenen Stege gelangten die Legionäre auf den Wall. Es kam zu heftigen Handgemengen. An einigen Stellen war der Graben von den Hilfstruppen bereits eingeebnet worden. Auch hier wurde nun verbissen gekämpft. Es wurde schnell deutlich, dass die leicht bewaffneten Licaten gegen die schwer gepanzerten Legionäre keine Chance hatten. Sie wurden niedergehauen und aus ihren Stellungen vertrieben. Die Verteidiger begannen zum Oppidum zu fliehen und die Legionäre formierten sich und rückten nach.

Die Hilfstruppen rissen nun die Palisade auf dem Wall ein und füllten den Graben mit der Erde des Walls komplett auf. Außerdem sammelten sie die herumliegenden Pila ein, damit die Schmieden sie wieder einsatzfähig machen konnten.

Als das Rückzugssignal ertönte, waren sie zum großen Teil fertig damit. Überall zogen sich die römischen Einheiten nun zurück, nachdem sie ihre Aufgabe, die erste Stellung des Feindes dem Erdboden gleichzumachen, erfüllt hatten.

Lucius sah Varus durch die zurückweichenden Kohorten reiten. Er lobte die Männer für ihre Disziplin und ihren Kampfesmut: „Ihr kämpft so gut wie die Legionäre des Scipio Africanus oder des Gaius Marius. Ich glaube nicht, dass Caesars berühmte X Legion es heute hätte besser machen können!"

Am nächsten Morgen marschierten die Legionen wieder in Schlachtordnung auf. Die Cattenaten setzten schnell über den Fluss, vereinigten sich mit den Licaten, und das Heer der Kelten stellte sich in Schlachtordnung vor dem Oppidum auf.

Zuerst beschossen die römischen Legionen die Vindelicer mit Pfeilen, Kugeln und Steinen. Da das Heer der Kelten keine Deckung mehr hatte, forderte bereits dieser Beschuss reichlich Opfer.

Die Vindelicer versuchten der Bedrängnis durch einen Angriff zu entkommen: Sie stürmten vor.

Dunkel dröhnten die römischen Hörner und Trompeten, als sich die Legionäre in Bewegung setzten, um dem Aufprall zu begegnen. Die Schlacht vollzog sich wie am Tag zuvor, die Pilumsalven forderten ihre Opfer und dann stürmten die Legionäre mit blankem Schwert vor und drängten die Kelten zurück. Wieder fehlte den Verteidigern des Oppidums der Platz, ihre langen Schwerter zu schwingen, und so gerieten ihre Reihen erneut in Unordnung.

Die 8. Kohorte stand als Reserve in der zweiten Reihe und wartete ab. Lucius sah den Kämpfen zu und bemerkte, wie die Legionäre überall planmäßig vorrückten.

Da ertönte das Signal: „Halt!", gefolgt von: „Rückzug!"

Sofort hielten die Legionäre an und zogen sich ordnungsgemäß zurück.

„Fertig machen!", rief Lucius. „Wir sind dran!"

Er nahm seinen Schild auf und reihte sich bei seinen Männern ein. Ein weiteres Signal ertönte und die Kohorten der ersten Reihe zogen sich noch weiter zurück, um den Kohorten der zweiten Reihe Raum zu geben. Die Kelten bemerkten die Rückzugsbewegung und stürmten mit lautem Geschrei vor.

„Achtung!", brüllte Lucius und die Legionäre richteten ihre Pila nach vorn und warteten auf den Aufprall. Zuerst ging ein Hagel Wurfspeere nieder, dann warfen sich die Kelten auf die Römer. Sie versuchten die Speere beiseite zu schlagen und die Legionäre direkt anzugreifen. Aber gegen den dichten Wald aus Pilumspitzen war auch dieses Mal nur schwer anzukommen.

Tiberius erteilte den Hilfstruppen den Befehl zum Vorrücken. Kleine Kontingente der Belgen hatten auf der linken Seite die Flanke der Legionen geschützt. Der Rest hatte hinter den Legionen in Bereitschaft gestanden. Als sich die Legionen nach dem ersten Anprall zurückgezogen hatten, hatten die Belgen ihre Positionen gehalten und die Reserve war nachgerückt. Dadurch umschlossen sie das Heer der Vindelicer mehr und mehr. Als nun Tiberius das Signal gab, rückte der Rest der Belgen auch noch vor, umging den eigenen Flügel und stand dann tief in der Flanke der Cattenaten. Ein Signal ertönte und die Belgen griffen an, unterstützt von den häduischen Reitern, die plötzlich aus dem Lager der Gallica ausrückten.

Die Cattenaten wurden von dem Angriff überrascht und ihr rechter Flügel wurde völlig überrannt. Sie wichen zunächst langsam zurück, aber je weiter die Belgen vorrückten, desto schneller wurde ihr Rückzug. Nun griff der rechte römische Flügel an und die Helveter und Allobroger drangen am Fuße des Steilhanges, auf dem Damasia lag, vor. Die überraschten Licaten wichen auch dort zurück. Sofort rückten zwei Legionskohorten nach und schnitten das Heer vom Oppidum ab.

Im Heer der Kelten herrschte unglaubliche Verwirrung. Als sich jetzt die Legionen wieder zum Angriff formierten und vorrückten, brach ihr Widerstand zusammen - in wilder Flucht flohen die Vindelicer zur Licca und versuchten, ans gegenüberliegende Ufer zu entkommen. Nur wenige Einheiten sicherten den Rückzug. Sie wurden schnell isoliert, umzingelt und niedergemacht. Die Fliehenden versuchten, in Booten zu entkommen, andere warfen einfach ihre Waffen weg und sprangen in den Fluss, um ans andere Ufer zu schwimmen. Die Geschütze der Römer beschossen die Boote und das Ufer unerbittlich, so dass nur einem kleinen Teil des vindelicischen Heeres schließlich die Flucht gelang.

Am Morgen nach dem Sieg marschierte das Heer gegen Damasia auf und brachte die Katapulte und die Onager in Stellung. Es wurde jedoch kein Stein mehr geschleudert, da Damasia die Tore öffnete und sich ergab. Tiberius verzichtete auf die Plünderung des Ortes und trieb stattdessen die Legionäre an, so schnell wie möglich über den Fluss zu setzen. Zwei Kohorten der Augusta blieben in Damasia als Besatzung zurück. Der Rest folgte dem geschlagenen Heer der Vindelicer nach Norden.

Die Kolonne war zum Stillstand gekommen. Lucius sah auf seine Männer.

Sie hatten das Scutum abgestellt und warteten, auf ihre Pila gestützt, geduldig auf neue Befehle. Lucius spähte nach vorne, um etwas erkennen zu können, aber da war nichts zu sehen, selbst wenn er sich einige Schritte von der Kolonne entfernte.

Da wurde ein neues Signal geblasen: „Marsch!"

Gehorsam setzten sich die Legionäre wieder in Bewegung, aber eine Speerwurfweite entfernt stand der Tribun Scapula und brüllte: „In Schlachtordnung aufmarschieren!"

Die Kohorten vor ihnen waren nach links und rechts ausgeschert. So entwickelte sich wieder das Schachbrettmuster, in dem eine Legion optimal manövrieren konnte.

Mitten in diesem Manöver tauchte einer der Legionsreiter auf. Er führte ein reiterloses Pferd am Zügel und schien jemanden zu suchen.

„Centurio Marcellus!", rief er, als er die 8. Kohorte erreichte.

„Hier!", brüllte Lucius zurück.

Der Melder ritt auf ihn zu. „Centurio Marcellus! Du sollst sofort zum Feldherrn kommen!"

Lucius starrte ihn verdutzt an: „Zu Tiberius?"

„Haben wir einen anderen?", entgegnete der Melder genervt. „Tiberius ist es nicht gewohnt, zu warten. Es wäre daher klug, jetzt aufzusteigen und loszureiten!"

Lucius rief nach Drusillus und reichte ihm sein Scutum, das auf dem Pferd nur hinderlich war, und erklärte ihm kurz, was los war. Dann schwang er sich aufs Pferd und folgt dem Melder.

Bei den Adlern musste man mit allem rechnen, dachte Lucius, als sie nach Osten durch die Kohorten ritten, die sich zur Schlachtreihe formierten. Dann galoppierten sie auf die zweite Kolonne zu, die parallel zur Augusta vorrückte. Auch die Gallica marschierte zur Schlachtformation auf. An der Spitze erkannte Lucius die Prätorianerwache. Dort musste folglich auch Tiberius sein und richtig, der Melder hielt auf sie zu.

Als sie näher kamen, konnte Lucius erkennen, dass sich eine ganze Gruppe um den Feldherrn versammelt hatte. Varus, Quirinius und Canidius waren von der Augusta herübergekommen. Außerdem waren ein weiterer Centurio, der Primipilus der Gallica, und Gallus, der senatorische Tribun der Gallica, anwesend.

Tiberius sah sie kommen und winkte ungeduldig.

„Centurio!", begann Tiberius, kaum, dass Lucius sein Pferd gezügelt hatte. „Dein Primipilus berichtete mir, dass du gallische Dialekte beherrschst!"

Für den Moment war Lucius sich nicht sicher, ob er überhaupt Latein konnte, da ihm keine Erwiderung einfiel, und so nickte er nur heftig mit dem Kopf. Von allen Gründen, zum Feldherrn gerufen zu werden, waren seine Sprachkenntnisse der am wenigsten erwartete.

„Sprichst du auch die Dialekte der Vindelicer?"

„Ich hatte bis zu diesem Sommer noch mit keinem Vindelicer zu tun!", erklärte Lucius mit Unbehagen und sah, wie sich Tiberius' Gesicht verdüsterte. „Aber die Gesprächsfetzen, die ich von Gefangenen mitbekommen habe, sind dem helvetischen Dialekt sehr ähnlich, und den spreche ich; meine Kinderfrau war Helvetierin!"

Tiberius' Gesicht hellte sich wieder auf. „Sehr gut!" Er machte eine Pause und sah zu Varus hinüber. Einen Augenblick lang herrschte Schweigen, so dass man das Dröhnen der marschierenden Kohorten gut hören konnte.

Varus hob ergeben die Arme und sagte lakonisch: „Was soll's, irgendwann muss man ja sterben!"

Tiberius nickte und wandte sich wieder Lucius zu: „Du wirst deinen Legaten begleiten. Er wird dir unterwegs deine Aufgabe erläutern!"

Varus wendete sein Pferd und ritt nach Norden von den Legionen weg. Lucius trieb sein Pferd an und folgte ihm. Zwei Turmae der Legionsreiter schlossen sich ihnen an.

„Eine halbe Wegstunde entfernt lagern die Licaten. Sie sind so demoralisiert, dass sie noch nicht einmal Kundschafter ausgeschickt haben", begann Varus, die Lage zu erläutern. „Sie wissen also nicht, dass sich die Legionen nähern. Die Legionen werden uns, sobald sie sich vollständig in Schlachtformation begeben haben, folgen."

„Was ist unsere Aufgabe, Herr?", fragte Lucius verwirrt.

„Wir reiten zu den Licaten und fordern sie auf, sich zu ergeben!"

Lucius schluckte. „Wir nähern uns mit sechzig Reitern einem feindlichen Heer, wir haben ihre Krieger getötet, ihren Hauptort erobert und ihre Dörfer geplündert - und fordern sie auf, sich zu ergeben?", fragte er entgeistert.

„Eine treffende Zusammenfassung!", lobte Varus und lächelte Lucius wohlwollend an.

Lucius wusste nicht, was es da zu lächeln gab. „Du weißt aber schon, dass die Kelten Köpfe und Skalpe sammeln?", fragte er vorsichtig nach.

Varus lachte auf. „Ja, ich habe davon gehört! Und wenn die Götter es so wollen, wird ein Barbarenhäuptling meinen Kopf als Trophäe bekommen!"

„Wenn die Götter es so wollen!", echote Lucius abwesend. „Und was ist meine Aufgabe?"

Er stellte die Frage automatisch, obwohl er die Antwort wusste.

„Du hast dich natürlich freiwillig als Dolmetscher gemeldet!", entgegnete Varus vergnügt.

„Oh! Freiwillig?", hauchte Lucius verblüfft. „Das muss ich irgendwie nicht mitbekommen haben!"

Jetzt lachte Varus laut auf. „Ja, auf so einem Feldzug geht einem so manches im Kopf herum! Da kann man schon mal das eine oder andere vergessen!"

„Ich scheine in der Tat ein wenig zerstreut zu sein!", witzelte Lucius weiter und versuchte damit das bohrende Angstgefühl, das in ihm aufstieg, zu überspielen.

Er zügelte abrupt sein Pferd, als er in der Ferne eine Gruppe Menschen ausmachte. Das waren mit Sicherheit Krieger der Licaten. Auch Varus hatte sie gesehen und sein Pferd angehalten. Hinter ihnen verstummte das Hufgetrappel der Legionsreiter. Varus' Gesicht war auf einmal ernst und angespannt.

Er drehte sich zu Lucius um: „Wenn du gleich mit ihnen sprichst, denke an zwei Dinge: Erstens, Tiberius möchte weiteren Tod und noch mehr Zerstörung vermeiden. Deshalb sind wir hier, um die Barbaren zum Aufgeben zu bringen. Zweitens verkörperst du die *auctoritas* und die *dignitas* Roms, also verhalte dich entsprechend! Wir werden vor den Barbaren nicht kuschen. Wenn es sein muss, holen wir uns ihre Unterwerfung auch auf anderem Wege."

Er rief den Reitern einen Befehl zu. Sie trieben ihre Pferde wieder an und schwenkten auf die Gruppe zu. Als sie näher kamen, sahen sie, dass es in der Tat Krieger waren. Auch die Barbaren hatten sie erkannt, denn mit lautem Geschrei schwärmten sie aus, um sich zum Kampf zu stellen. Die Römer hielten wieder an und Varus sah Lucius aufmunternd an. „Du bist dran, Centurio!"

Lucius schickte ein Gebet zu Jupiter und ritt langsam weiter. Als die Licaten beinahe auf Wurfweite der Speere herangekommen waren, rammte Lucius seinen Speer in den Boden und ritt mit erhobenem rechten Arm weiter. Die Licaten zügelten ihre Pferde und berieten sich aufgeregt. Entweder sie überlegen, wen sie als Unterhändler schicken sollten, oder sie streiten darüber, wer meinen Kopf bekommt, dachte Lucius nervös und ritt langsam weiter. Endlich legte einer der Krieger seine Waffen ins Gras und kam ihm ebenfalls mit erhobenem rechten Arm entgegen. Lucius hielt sein Pferd an und stieg ab. Der Licate war nun auf Rufweite herangekommen, er bellte eine Frage und Lucius brauchte einen Augenblick, bis er den Sinn verstand.

„Feldherr Tiberius Claudius Nero schickt uns, um mit eurem Häuptling zu sprechen!"

Der Kelte winkte ihm, zu folgen, aber Lucius blieb stehen: „Moment, ich bin nur der Dolmetscher. Legat Varus wird mit deinem Häuptling reden!"

Der Kelte sah nervös von Lucius zu den anderen Römern hinüber und wieder zurück. Er leckte sich die Lippen und winkte dann hektisch: „Dann hol diesen Legaten!"

Lucius schwang sich auf sein Pferd und ritt zurück. Die Kelten bedeuteten ihnen, zu folgen.

Die Legionsreiter blieben vor dem Lager der Barbaren zurück. Lucius klopfte das Herz bis zum Halse, als er hinter Varus in das Lager ritt. Feindliche und hasserfüllte Blicke waren auf sie gerichtet und einige Barbaren hielten ihre Waffen so fest, dass die Fingerknöchel weiß hervortraten. Varus schien dies nicht zu bemerken. Er ritt so sorglos durch die Reihen der Licaten, als würden sie aus den Albaner Bergen zurückkehren und sich ihren Weg durch die Reisenden auf der Via Appia bahnen. Lucius dagegen starrte stur geradeaus, als könnte sein Blick die Barbaren provozieren.

In der Mitte des Lagers stiegen sie ab und wurden von ihrem Führer in den Kreis der Häuptlinge geführt. Diese machten einen abgekämpften, müden Eindruck, wirkten ungepflegt und verdreckt. Ihre Mienen zeigten eine finstere Entschlossenheit. Kein einziger freundlicher Blick war zu sehen, aus allen Augen sprachen Hass und Ablehnung.

Schließlich ergriff einer der Häuptlinge das Wort. Er hatte nur noch ein Auge, die Wunde an der Stelle, wo das andere gewesen war, sah frisch aus. Sein rechter Arm war verletzt, eine üble Blessur, rot und geschwollen. Würde sie nicht bald vernünftig behandelt werden, würde dieser Häuptling seinen Arm verlieren. Der Häuptling wiederholte seine Frage und Lucius zuckte zusammen, als Varus ihm einen Rippenstoß versetzte.

„Er fragt nach unserem Begehr!“, übersetzte Lucius hastig.

„Dann los, Marcellus!“, entgegnete Varus. „Dann sag mal deinen Spruch auf!“

„Tiberius Claudius Nero, *Legatus Agusti pro praetore* und *consulares*, Stiefsohn des Imperator Caesar Augustus, des Sohnes des Divis Julius und Princeps des Imperium Romanum und Publius Quintilicius Varus, Senator von Rom, Legat des Tiberius Claudius Nero, grüßen euch!“

Der Häuptling hatte aufmerksam zugehört. „Senator? Dieser Mann ist ein Senator?“, fragte er, auf Varus deutend, und als Lucius zustimmend nickte, fuhr der Häuptling plötzlich auf Griechisch fort: „Ich bin Cingetorix, Häuptling der Licatier und Anführer dieses Heeres!“

Wenn Varus überrascht war, dass der Häuptling ihn auf Griechisch anredete, ließ er es sich nicht anmerken. „Ich grüße dich, Cingetorix!“, erwiderte er. „Wenn du Griechisch sprechen kannst, wird das unsere Gespräche vereinfachen!“

Cingetorix schüttelte den Kopf und zeigte auf die anderen Männer. „Sie sind alle freie Männer und haben das Recht, bei den Angelegenheiten des Stammes zuzuhören, betrachte es daher nicht als unhöflich, wenn wir trotzdem in unserer Sprache verhandeln!“

Varus' Gesicht hatte sich verdüstert. „Es ist mir egal, wie eure Sitten und Gebräuche sind!", sagte er wütend. Cingetorix' Miene versteinerte sich bei diesen Worten. „Aber vielleicht ist es in diesem Fall besser so! Centurio, erläutere ihnen die Lage!"

Lucius und zeigte nach Süden und sagte: „Von dort marschiert das römische Heer mit zwei Legionen auf euch zu! Von Osten nähern sich unsere belgischen Verbündeten mit 1.200 Reitern. Im Westen ist der Fluss!"

Ein erregtes Stimmengewirr setzte unter den Kriegern ein, die aufgebracht durcheinander redeten. Cingetorix war erbleicht. „Was verlangt ihr?", fragte er mit bebender Stimme.

„Dieses unnötige Blutvergießen muss ein Ende haben! Unterwerft euch und unterschreibt einen Vertrag!", dolmetschte Lucius Varus' Worte.

Wütendes Murren erhob sich und Lucius sah sich besorgt um.

„Du willst, dass wir eure Sklaven werden?", brüllte einer der anderen Häuptlinge. „Niemals, lieber sterbe ich!"

Lucius dolmetschte für Varus, der den Häuptling ruhig ansah und dann über Lucius antwortete: „Das kannst du haben, wenn du unbedingt willst, und deine ganze Sippe dazu!"

Der Häuptling griff nach seinem Schwert und bleckte die Zähne: „Vorher hole ich mir aber noch eure beiden Köpfe!"

„Sehr mutig!", spottete Varus. „Das wird eine Heldentat sein, die noch in Generationen besungen wird. Zweitausend Likatier töten zwei Römer, bevor sie selbst niedergemetzelt werden!"

Nachdem Lucius zu Ende übersetzt hatte, lachte der Häuptling höhnisch auf: „Ich brauche keine Hilfe, um euch beide zu töten. Mit euch nehme ich es alleine auf!"

„Das glaube ich kaum!", entgegnete Lucius ruhig. Diesen Prahlhans würde ich im Schwertkampf jederzeit erledigen, dachte er bei sich.

„Mit dir Kind wäre ich mit drei Schlägen fertig!", höhnte der Kelte.

„Wenn du meinst!", versetzte Lucius kühl und legte die Hand an den Schwertgriff.

„Verzeih die Störung, Centurio!", warf Varus sarkastisch ein. „Darf ich vielleicht erfahren, was es da so Wichtiges zu bereden gibt?"

Lucius schluckte errötend und erläuterte ihm dann den Wortwechsel.

„Gut!", sagte Varus zufrieden. „Wenn du aber anfängst, Provinzen zu verschenken, informiere mich vorher!"

„Was ist, kleiner Junge, hast du Mut, zu kämpfen?", höhnte der Häuptling wieder.

„Ein anderes Mal vielleicht!", entgegnete Varus, nachdem Lucius gedolmetscht hatte.

Darauf drehte sich der Häuptling zu den Kriegern um und rief: „Seht ihr, die Römer haben keine Ehre. Erst fordert mich dieser Krieger zum Kampf heraus, und jetzt versteckt er sich hinter seinem Häuptling und drückt sich!"

Lucius und Varus schwiegen dazu, auch niemand sonst sagte etwas, bis Cingetorix das Schweigen brach: „Das muss in der Versammlung der Krieger besprochen werden! Gebt uns Beratungszeit!"

„Zwei Stunden!", willigte Varus ein, und sie gingen zu ihren Pferden zurück, um das Lager zu verlassen.

Während die römischen Gesandten aufbrachen, trafen die ausgesandten keltischen Kundschafter im Lager ein und berichteten, dass das römische Heer in der Tat nahe war. Großes Geschrei folgte auf diese Worte. Krieger und Häuptlinge sprachen gleichermaßen aufgeregt durcheinander und versuchten sich gegenseitig zu übertönen. Cingetorix war müde und erschöpft. Wenn Teutates es bestimmt hatte, dass sie untergehen sollten, war ihm das egal. Aber was war mit Frauen und Kindern? Es gab immer noch Stimmen, die für den Krieg sprachen, so wie Lugurix. Er stand da und forderte die Krieger hitzig auf, weiterzukämpfen.

„Habt ihr diesen Kindersoldaten gesehen?", rief er. „Das ist das, was die Römer gegen uns zu Felde führen! Jeder unserer Jungmänner hätte ihn besiegt!"

„Lugurix", warf einer der Krieger zaghaft ein, „hast du die Form des Helmbusches gesehen? Dieser junge Römer ist ein Häuptling!"

„Das beweist, wie schwach sie sind! Sie müssen schon Kinder zu Häuptlingen ernennen!", tönte Lugurix weiter.

„Quatsch!", rief einer der Krieger dazwischen. „Die beiden Römer sind furchtlos in unsere Mitte gekommen!"

Lugurix wollte aber nichts dergleichen hören, er steigerte sich in einen Wutanfall hinein und schimpfte weiter, prahlte damit, dass er jederzeit die Römer besiegen könne, und schalt alle Männer, die sich ergeben wollten, Feiglinge.

Cingetorix hörte eine Weile zu, dann hob er seinen Speer mit dem linken Arm und schleuderte ihn. Schlagartig wurde es still. Lugurix, der gerade eben noch laut für den Kampf gesprochen hatte, lag von dem Speer durchbohrt tot auf der Erde. Blut quoll aus seiner Brustwunde und bildete um ihn herum rasch eine Lache. Die Krieger schauten entsetzt von Lugurix zu Cingetorix, als erwarteten sie, dass diesen sogleich ein Blitz niederstrecken würde. Er hatte mit dieser Tat einen Frevel gegen die Götter begangen und musste dafür bestraft werden.

Aber Cingetorix stellte sich breitbeinig vor sie: „Ich bin bereit, die Strafe von Lik auf mich zu nehmen, wenn die Göttin meint, dass diese Tat bestraft werden muss!" Sein Auge musterte die anderen Häuptlinge und die Krieger. „Ich bin aber nicht mehr bereit, diesen Wahnsinn weitergehen zu lassen!" Er erhob seine Stimme, zornig und streng: „Dort hinten lagert ein römisches Heer! Dieses Heer hat in diesem Sommer gegen die helvetischen Stämme gekämpft. Es hat die Caluconen vernichtet und die Briganten und Estionen unterworfen. Wir haben selbst zwei schwere Niederlagen erlitten. In einem Sommer!" Die letzten Worte brüllte er hinaus.

„Dieses Heer", er zeigte nach Süden, „hat jetzt mehrere Monate lang ununterbrochen gekämpft und ist ununterbrochen marschiert, und doch ist es immer noch achttausend Mann stark." Er zeigte auf die Krieger. „Und was haben wir? Dreitausend Kämpfer, wenn es hochkommt! Der Rest geflohen, gefangen oder tot! Was wird aus unseren Familien, wenn wir jetzt auch sterben? Dann ist niemand mehr da, der sie beschützen kann. Wohin sollen sie gehen? Bleiben sie hier, werden die Römer sie schänden und versklaven. Fliehen sie nach Norden, werden die Germanen sie schänden und versklaven."

„Aber, wenn wir uns unterwerfen, werden wir versklavt!", protestierte einer der Häuptlinge. „Lieber tot als Sklave!"

Die Männer stimmten zu.

„Gut, einverstanden. Dann geh hin und töte als Erster deine Familie!", sagte Cingetorix entschieden. „Jeder, der kämpfen will, soll zuerst seine Familie töten, damit sie den Römern nicht in die Hände fällt." Er zeigte auf den Häuptling: „Fang du an, Boiorix. Deine Mutter und deine Frau zuerst. Dann deinen ältesten Sohn und am Ende deine zweijährige Tochter!"

Boiorix war aschfahl geworden: „Du bist wahnsinnig. Lik hat deinen Verstand vernebelt!"

„Nein, euren!" Cingetorix war diese Großsprecherei satt. Er durfte jetzt nicht nachgeben. „Was wird passieren, wenn wir im Kampf gefallen sind? Dann werden die Römer kommen. Sie werden die Alten töten, denn die sind nutzlos. Die Frauen und Mädchen werden vergewaltigt, und die Kinder werden versklavt! Aber das kümmert euch nicht mehr, ihr seid ja dann tot und aller Sorgen ledig!"

„Was sollen wir denn tun?", flüsterte Boiorix.

„Wenn wir uns jetzt unterwerfen, werden wir am Leben bleiben. Unsere jungen Männer werden für die Römer kämpfen müssen, wir werden Tribute an die Römer zahlen, aber unsere Jungen und Mädchen werden zu Männern und Frauen heranwachsen können. Wir werden unsere Felder bestellen können."

„Und werden von einem römischen Statthalter regiert!", ergänzte Boiorix bissig.

„Oder von einem germanischen König oder von einem Sklavenaufseher oder gar nicht mehr", versetzte Cingetorix. „He, du!" Er winkte einen der jüngeren Krieger heran. „Komm mal her!" Der Junge war höchstens vierzehn Jahre alt. Er stand unsicher auf und kam näher. „Hast du schon mal vom Stamm der Salasser gehört?" Der Junge schüttelte den Kopf. „Die Salasser lebten in den Alpen. Man musste gegen Mittag reisen, um sie zu treffen. Es war der größte Stamm der Alpen! Hast du schon mal einen Salasser getroffen?" Der Junge schüttelte wieder den Kopf. „Das wirst du auch nicht mehr! Die Salasser haben jahrelang die Römer überfallen. Vor zehn Jahren sind die Römer mit einem großen Heer in die Alpen gezogen und haben die Salasser vernichtet. Wer von ihnen danach noch lebte, wurde in die Sklaverei verkauft. Jetzt gibt es ihn nicht mehr, den Stamm der Salasser, und niemand ist da, um ihre Taten zu besingen und an ihre Ahnen zu erinnern!"

Cingetorix und Boiorix traten vor Tiberius hin und legten ihm ihre

Waffen zu Füßen. Sie schworen den dreifachen Eid, dass sie den Frieden halten und den Gesetzen der Römer folgen würden. Tiberius sah auf die beiden Häuptlinge und rief dann laut einen Namen: „Eonus!“

Ein dicklicher Mann aus seinem Stab kam angelaufen. Tiberius wandte sich auf Griechisch an Cingetorix: „Das ist mein Arzt. Wenn du möchtest, wird er sich deinen Arm ansehen!"

Cingetorix starrte Boiorix an, der ins Leere blickte, dann sah er zum Himmel und hielt dem Arzt seinen Arm hin.

Das Heer der Licaten löste sich auf und die Frauen und Kinder durften nach Hause zurückkehren. Die Häuptlinge blieben bei Tiberius und zogen mit dem römischen Heer weiter nach Norden. Nach einigen Tagesmärschen erreichten sie den Ort, wo sich die Licca mit der Vinda vereinigte.

Tiberius und Varus befanden, dass dieser Platz ausgezeichnet für ein dauerhaftes Lager geeignet war. Sofort begannen die Ingenieure, den Platz zu vermessen, und die Legionäre errichteten ein Lager, das groß genug für zwei Legionen war. Dann schickte Tiberius Boten zu seinem Bruder Drusus, der zwei Tagesmärsche entfernt bei den Trümmern des Ortes, der einmal Bratanium gewesen war, lagerte. Nachdem Drusus Bratanium geplündert und das Gebiet der Rucinaten und Cosuaneten verwüstet hatte, zog auch er zur Licca und schloss sich der Legion seines Bruders an.

„Nun, wie sehen die Zahlen aus?“, fragte Tiberius die beiden Primipili.

„Nachdem wir vier Kohorten zurückgelassen haben, hat die Gallica immer noch zweitausend kampffähige Legionäre!“, entgegnete deren Primipilus.

Canidius, der immer noch krank aussah, sah auf seine Schreibtafel und erklärte: „Die Augusta hat noch 2.600 kampffähige Legionäre hier und 1.200 in Damasia!“

Tiberius hatte seine Hände hinter dem Rücken verschränkt und starrte in die Ferne.

„Verpflegung?“, fragte er knapp.

„Da wir den Licatiern ihr Getreide gelassen haben, wird bei uns die Verpflegung langsam knapp. Zwei, höchstens drei Wochen, dann müssen wir anfangen zu rationieren!"

Die beiden Lagerpräfekten tauschten einen kurzen Blick: „In Cambodunum müsste aber mittlerweile genug liegen! Die Quästoren in Basilia und Vindonissa waren angehalten, regelmäßig Nachschub über den Lacus Venetus nach Brigantium zu schicken. Wenn Tribun Lamia seiner Aufgabe gewachsen ist, wird er es nach Cambodunum gebracht haben, wo es auf uns wartet!" „Wenn wir Schiffe hätten, könnten wir den Nachschub von Damasia über die Licca hierher bringen lassen", sagte Quirinius bedauernd. „Aber so ..."

Tiberius nickte zustimmend und wandte sich an seinen Stellvertreter: „Tribun Gallus. Du wirst mit der 1. und 3. Kohorte und den Belgen nach Cambodunum ziehen und unseren Nachschub holen!", befahl er. „Die 3. Kohorte bleibt dann mit der 6. Kohorte dort, die 8. Kohorte geht nach Brigantium und löst dort die 7. Kohorte ab. Diese soll den nächsten Transport hierher bringen! Du hast nur zwei Wochen Zeit, beeile dich also!" Gallus salutierte und verließ das Zelt. „Publius Quintilicius schickt einen Spähtrupp zum Danuvius", fuhr Tiberius zu Varus gewandt fort. „Er soll das Gebiet die Licca entlang und dann weiter nach Osten aufklären. Dort oben liegt eine alte Keltenstadt, die angeblich verlassen ist!"

„Wenn sie verlassen ist, was soll er dann aufklären?", fragte Varus.

„Er soll nach Spuren von Germanen suchen!", sagte Tiberius mit Nachdruck.

Ein Schaudern ging durch seinen Stab und die Tribune sahen sich bedeutungsvoll an. Sie näherten sich dem Gebiet der Germanen!

Zwei Legionslager und mehrere Lager der Hilfstruppen waren errichtet worden. Tiberius nannte das Lager zwischen Vinda und Licca das Castra Vindelicorum. Einzelne Abteilungen der Hilfstruppen durchstreiften noch das Land auf der Suche nach flüchtenden Kriegergruppen, aber das Gros des römischen Heeres hatte sich hier versammelt. Es galt jetzt, das Ende des Feldzuges mit der offiziellen Unterwerfung aller Stämme zu besiegeln.

Die Häuptlinge der Briganten, der Estionen, der Licaten und Cattenaten waren von Tiberius hergebracht worden, die überlebenden Häuptlinge der Cosuaneten und Rucinaten begleiteten Drusus.

Zwischen den Lagern war ein großes Podium errichtet worden, auf dem zwei curulische Stühle für Tiberius und Drusus aufgestellt worden waren. Daneben standen die einfachen Stühle für die Legaten und die Tribune. Vor dem Podium standen die Primipili und die Aquilifer der vier Legionen sowie ein Feldzeichenträger, der das Imago des Augustus trug, damit dieser symbolisch an der Handlung teilnehmen konnte. Auch die Häuptlinge warteten vor dem Podium. Gesäumt wurde der Platz von den Centurionen der vier Legionen sowie einer Abordnung der Kohorten.

Vielleicht hatte der eine oder andere Häuptling gedacht, er könnte bessere Vertragsbedingungen für seinen Stamm herausschlagen. Die Häuptlinge waren Herrscher ihres Stammes und damit Drusus und Tiberius mehr als ebenbürtig. Diese waren schließlich nur Heerführer unter ihrem Herrscher.

Um jedoch jeden Gedanken an Widerstand von vorneherein im Keim zu ersticken, war die Prozession der Häuptlinge zuvor durch die Reihen der Legionen geführt worden. Angesichts der zehntausend Legionäre und Hilfstruppen war der Gedanke an Widerstand so schnell geschmolzen wie Schnee in der Sonne.

Jedem Stamm wurde ein eigener Vertrag vorgelegt, der in Griechisch und Latein verfasst war. Da die Häuptlinge nicht lesen konnten, las man ihnen die Vereinbarungen vor. Darin wurden die Grenzen der Civitas der Stämme festgelegt sowie ihre Rechten und Pflichten und die Tribute, die sie zu zahlen hatten. Die Häuptlinge nahmen alles ruhig hin.

Nur bei einem Punkt flammte noch einmal Widerstand auf: Jeder Stamm musste Kontingente von jungen Männern an Rom übergeben, die in den Hilfstruppen dienen sollten. Die Kelten fanden es erniedrigend, dass ihre jungen Männer für fremde Herrscher kämpfen sollten. Außerdem brauchten sie diese, um das Land vor den Germanen zu schützen. Letzteren Einwand wies Drusus allerdings mit dem Hinweis auf die Anwesenheit Roms zurück: Solange ihr Land zum römischen Reich gehörte und von römischen Legionen geschützt werde, bräuchten sie sich um die Germanen keine Sorgen mehr zu machen. Roms Geduld mit den Germanen sei ohnehin am Ende. Rom werde eine Reihe von Lagern errichten, um die Germanen im Zaum zu halten.

Nachdem unter den Jubelrufen der Legionäre auch der letzte Häuptling sein Zeichen unter den Vertrag gesetzt hatte, riefen die Trompeten zum Antreten. Es dauerte einige Zeit, bis der Befehl ausgeführt war, dann kam das Kommando: „Ruhe!“

Sofort verstummte das Gerede und eine erwartungsvolle Stille senkte sich über den Platz. Ein Fetialpriester trat vor und hielt die Zeremonie ab. Dabei sprach er Beschwörungen in uraltem Latein und reckte schließlich einen Speer mit beiden Händen zum Himmel.

Drusus stand auf und trat an den Rand des Podiums: „Milites. Dieser Speer wurde vor einigen Wochen in Rom von den Fetialpriestern zuerst geweiht und dann in einer uralten, heiligen Zeremonie im Tempel der Bellona auf Feindesland geschleudert. Der Speer hat den Weg von Rom bis hierher gemacht, und der Krieg wurde zu einem ruhmreichen Ende gebracht.“

Die Legionäre jubelten.

Drusus wartete, bis sich der Lärm gelegt hatte. „Milites. Ihr habt einen Feldzug mit großer Tapferkeit und Ausdauer geführt. Die Feinde Roms, die seit Jahren unsere Nordprovinz bedroht haben, habt ihr bezwungen und tributpflichtig gemacht. Und ...“ Er machte eine bedeutsame Pause. „Voller Stolz und Freude erzähle ich euch, dass das Geschlecht der Claudier wächst und gedeiht. Mein Bruder Tiberius ist stolzer Vater eines Sohnes geworden, und meine Frau hat unseren ersten Sohn zur Welt gebracht.“ Die Soldaten jubelten ihren Feldherren zu. „Zu Ehren dieses besonderen Ereignisses werden heute die Legionen einige Fässer Wein von uns bekommen!“ Der Jubel wurde noch lauter. „Auf euch warten jetzt neue Aufgaben, aber bevor wir auseinandergehen, sollen die Tapferen unter euch geehrt werden.“

Er wandte sich um und winkte den Primipili zu. Der Primipilus der Gallica trat vor und begann eine Liste mit Namen aufzurufen, zuerst gewöhnliche Soldaten, dann die *principales* und zuletzt die Centurionen, die mit dem Armreif für Tapferkeit ausgezeichnet wurden. Die Aufgerufenen versammelten sich auf dem Forum und erhielten von ihrem jeweiligen Legaten die Auszeichnungen.

Danach trat Marcus Canidius vor und die gleiche Zeremonie begann von Neuem. Bei jedem Namen stießen die Legionäre laute Beifallsrufe aus.

Lucius glaubte sich verhört zu haben, als sein Name fiel. Er brauchte einen Augenblick, um zu verstehen, dass auch er unter den geehrten Soldaten war.

„Lucius Justinius Marcellus, zweite Centurie der Hastaten in der 8. Kohorte."

Er ging wie ein Schlafwandler nach vorn und es war wie ein Traum, als man ihm den Armreif überreichte. Einen silbernen Armreif, verliehen für Tapferkeit. Er wandelte auf seinen Platz zurück, immer noch mit dem Gefühl, gleich mit einem lauten Knall wach zu werden.

Es folgte die Ehrung der Rapax und der Gemina. Lucius war benommen. Sein erster Feldzug, seine erste Auszeichnung. Er hatte es allen gezeigt. In dem ganzen Theater der altgedienten Centurionen um Erfahrung und Tapferkeit steckte doch ein großer Teil Heuchelei. Dieser Feldzug war erfolgreich verlaufen, aber er stand nicht für die Tapferkeit und den Mut seiner Teilnehmer. Er war vielmehr hauptsächlich durch Marschieren und die Einhaltung eines Zeitplanes gewonnen worden. Entscheidend für diesen Feldzug waren der hohe Ausbildungsstand der Soldaten, die Organisation der Legion und die exakte Planung.

Dies waren Dinge, für die man keine zwanzig Jahre Diensterfahrung brauchte. Wenn er sich anstrengte und weiterhin sein Bestes gab, käme er auch vorwärts. Er hatte in diesem Jahr bewiesen, dass er den Aufgaben eines Centurios gewachsen war.

Als sich jedoch abends die anderen Centurionen trafen, um den Abschluss des Feldzuges zu feiern, erging an Lucius keine Einladung. Sie begegneten ihm zwar nicht mehr mit offener Feindseligkeit, aber doch mit betonter Gleichgültigkeit. Ein Feldzug und eine Tapferkeitsauszeichnung, was war das schon? Da hatte er eben Glück gehabt.

Auch im Feldherrenzelt wurde gefeiert und die Tribune erzählten sich gegenseitig von ihren Abenteuern und Gefechten. Drusus horchte auf, als Tiberius von seinem Besuch bei den Latobrigen, die auf den Höhen des Abnoba lebten, berichtete.

„Wir haben leider nicht so viel Getreide bekommen, wie wir gehofft hatten, da sie sehr unter den Überfällen der Germanen leiden!"

Drusus' Augen leuchteten auf. „Das wäre doch ein guter Abschluss eines erfolgreichen Jahres: ein Sieg über die Germanen!"

„Ruhig Blut, Bruder!“, sagte Tiberius beschwichtigend. „Gegen die Germanen ziehen wir noch früh genug!“

„Ja, aber im Norden. Nein, jetzt ist eine gute Gelegenheit, ihnen auf die Finger zu klopfen. Wir haben vier Legionen hier und noch mindestens sechs Wochen, pah, acht Wochen, die wir für den Feldzug nutzen können!“

„Da ist etwas Wahres dran, Tiberius!“, warf Varus ein. „Ein kleiner Vergeltungszug kann nicht schaden!“

Seit der Niederlage bei Noreia war es ein unverrückbarer Eckpfeiler römischer Außenpolitik geworden, unter keinen Umständen Germanen in römischem Einflussgebiet zu dulden. Der letzte Versuch germanischer Stämme, in römischem Gebiet Fuß zu fassen, lag vierzig Jahre zurück und war von Gaius Julius Caesar zurückgeschlagen worden.

„Es müssen auch nicht alle vier Legionen sein!“, fügte Drusus hinzu und schenkte allen sein strahlendes Lächeln. „Ich nehme die Rapax und die Augusta, das sind die stärksten Kontingente, dazu noch die Reiter und die Belgen. Die Gemina bleibt mit meinen Hilfstruppen hier, sie geht im Frühjahr über die Alpen zurück. Du marschierst mit der Gallica und den restlichen Hilfstruppen nach Basilia, wo ich dann zu dir stoße.“

Tiberius sah nicht besonders glücklich aus, aber er wusste, wenn sein Bruder sich einmal etwas in den Kopf gesetzt hatte, war er nicht mehr davon abzubringen.

„Einverstanden!“, war daher alles, was er dazu sagte.

„Fein!“, rief Drusus und rieb sich unternehmungslustig die Hände. „Dann breche ich übermorgen auf!“

Ich werde mir den Beinamen Germanicus erwerben, dachte er bei sich, und ihn an meinen Sohn vererben.

TOD · DEN · TEUTONEN

Lucius befahl dem Cornicen, zum Wecken zu blasen. Während die Hornsignale durch das Lager hallten, rannte er zwischen den Zelten auf und ab.

„Aufstehen, los, raus aus den Zelten, ihr seid immer noch bei der Legion! Antreten! Los, alle raus! Antreten!"

Die Männer krochen aus ihren Zelten. Sie sahen alle übernächtigt und verkatert aus. Mühsam und widerwillig traten sie an.

„Wir haben neue Befehle und marschieren heute noch ab!"

Ein drohendes Murren breitete sich unter den Männern aus, und nicht nur in ihrer Centurie, sondern auch von den Nachbarcenturien hörte man ein Summen wie von wütenden Bienen.

Lucius neigte den Kopf zu Mallius, der mit seiner Standarte neben ihm stand, und fragte: „Willst du einen Sesterz setzen?"

Da das Gesicht des Signifer durch seinen Maskenhelm verdeckt war, konnte er seine Miene nicht sehen, als Mallius den Kopf schüttelte, aber Lucius hätte schwören können, dass er grinste.

In dem Moment scholl das von ihm erwartete „Einen neuen!" von der 10. Kohorte herüber. „Schade!", seufzte Lucius. „Ich hätte gewonnen!"

Dann sah er wieder zu seinen Männern und in ihre wütenden, aufsässigen Gesichter.

„Glaubt ihr, ihr seid ab heute im Urlaub? Wenn ihr nicht marschiert, werdet ihr Straßen bauen oder Lager errichten, Felder roden, Kanäle ziehen, oder Waffenübungen abhalten. In einem Punkt könnt ihr sicher sein: In der römischen Legion gibt es für jeden genug zu tun, und wenn ihr für die Legionäre da drüben Latrinen aushebt. Und jetzt macht euch marschbereit! In einer Stunde seid ihr fertig!", brüllte er sie an. „Das Contubernium, das als letztes fertig ist, gräbt eine Woche lang die Latrinen!"

Die Männer eilten zu ihren Zelten und begannen zu packen. Die Maultiertreiber führten die Mulis herbei und die Contubernia begannen, die Tiere mit Zelten, Schanzwerkzeugen, der Mühle und den *pila muralia* zu beladen. Nach genau einer Stunde stand die ganze Legion abmarschbereit.

In Eilmärschen ging es die Licca entlang nach Norden. Nach zwei Tagen erreichten sie den Danuvius. Sie folgten dem Fluss in mehreren Tagesmärschen nach Westen, bis sie eine günstige Stelle zum Überqueren fanden. Es dauerte einen Tag, bis sich beide Legionen endlich wieder am anderen Ufer gesammelt hatten. Nun befanden sie sich im Waldgebirge des Abnoba.

Lucius war der Gedanke, in dieses Gebiet zu marschieren, nicht geheuer. Hier hatten längere Zeit die Kimbern und Teutonen gelebt. Auch Ariovist und seine Sueben waren von hier nach Gallien einmarschiert.

Die Legionäre wussten nicht, dass Drusus darauf hoffte, auf die Germanen zu treffen. Sie konnten nur Mutmaßungen darüber anstellen, welches Ziel ihr Feldherr mit diesem neuerlichen Feldzug verfolgte. Doch die Angst der Legionäre vor den Germanen saß tief, und so wagte keiner darüber nachzudenken, dass diese das Ziel ihres Marsches sein könnten.

Sie trafen auf ein Oppidum der Latobrigen und mehrere junge Männer erklärten sich bereit, ihnen als Führer zu dienen.

Drusus hatte eine Gruppe Legionäre unter dem Befehl des Tribuns Ahenobarbus ausgeschickt, die Gegend zu erkunden. Das Hastatenmanipel der 8. Kohorte und ein Manipel Allobroger, begleitet von drei Turmae Reiter, näherten sich einer offensichtlich verlassenen Siedlung.

Die Reiter umkreisten diese während Lucius und seine Männer in die Ruinenlandschaft eindrangen. Vorsichtig und kampfbereit, obwohl kaum mit einem Hinterhalt zu rechnen war.

Diese Siedlung war nicht nur verlassen, sondern auch geplündert worden. Überall zeigten sich Brandspuren und Zeichen mutwilliger Zerstörung. Verlassen war die Siedlung allerdings offenbar schon länger, da sich niemand die Mühe gemacht hatte, die älteren Schäden zu reparieren. Trotzdem war erkennbar, dass hier noch vor kurzer Zeit Menschen gelagert hatten. Es sah so aus, als ob diese Siedlung so etwas wie ein Ausgangs- und Sammelpunkt für die einfallenden Germanen war. Lucius fand diesen Gedanken nicht sehr ermutigend.

Nachdem die Durchsuchung des Ortes und der Umgebung abgeschlossen war und die Kundschafter keine frischen Spuren der Germanen gefunden hatten, ließ Ahenobarbus die Wachen einziehen und befahl den Abmarsch. Er wollte so schnell wie möglich zur Legion zurück.

Lautes Geschrei zu seiner Rechten schreckte Lucius plötzlich auf. Mehrere Gruppen der voranreitenden gallischen Reiter kamen zurück über die Hügelkuppe geritten und galoppierten auf sie zu. Lucius fand, dass sie in ihren bunten Gewändern einen prächtigen Anblick boten, und sah versonnen von Gruppe zu Gruppe. Ihre bunten Umhänge bilden einen schönen Kontrast zu den grauen Regenwolken, dachte er. Doch ihm stockte der Atem, als er erkannte, dass ihnen weitere Gruppen von Reitern folgten, deren Kleidung keineswegs bunt war. Dies waren keine Gallier, dies waren Germanen.

„Blas Alarm!“, brüllte Lucius dem neben ihm gehenden Cornicen zu. Der sah ihn verständnislos an. „Los, blas Alarm!“

Laut rufend rannte Lucius durch die Reihen seiner Männer. Diese starrten zuerst entgeistert, reagierten dann aber schnell. Unterdessen donnerte der Alarmruf aus dem Horn über das Lager. Die Lage war ernst. Eine Turma Gallier befand sich in wilder Flucht. Sie drohten von einem drei- bis viermal so starken Gegner eingekreist zu werden.

„Rechts schwenkt!“, brüllte Lucius und seine Centurie schwenkte dem Feind entgegen.

Auch Hilarius hatte sein Centurie schwenken lassen und war bereit, sich den Germanen zu stellen. Ahenobarbus zügelte sein Pferd neben den Centurionen und erteilte eilig seine Befehle:

„Centurio Marcellus, rücke mit deinen Männern vor und halte diese Reiter auf! Centurio Hilarius, deine Männer bilden die Reserve! Die Allobroger ziehen sich auf den Kamm zurück und sichern den Rückzug!“

Es blieb keine Zeit zu fragen, ob es klug war, die Einheit zu trennen.

Lucius grüßte und wollte loslaufen, als Hilarius ihn an der Schulter festhielt.

„Bekämpfe die Panik! Geschrei tut niemanden weh!“

Lucius nickte. Hilarius hielt ihn immer noch fest: „Marcellus, achte auf deine rechte Seite!“

Damit ließ er ihn los und ging weg.

Lucius war so überrascht, den traditionellen Gruß von Hilarius zu hören, dass er vergaß, ihm zu antworten. Er eilte zu seinen Männern. Hastig gab er seine Anweisungen, und seine Centurie rückte vor. Als die Germanen sahen, dass sich die Legionäre in ihre Richtung bewegten, schwenkten sie herum und galoppierten direkt auf sie zu. Sie teilten sich in zwei Gruppen und griffen unter lautem Geschrei von zwei Seiten an. Lucius gingen diese Schreie durch Mark und Bein. Auch seine Männer blickten den Germanen ängstlich entgegen.

Lucius musste seine Einheit irgendwie zusammenhalten, sonst würden sie schwere Verluste hinnehmen müssen.

„*Testudo* bilden, los, *testudo* bilden!", befahl er.

Das Hornsignal erklang und Lucius' Männer rissen ihre Schilde über den Kopf. Keinen Augenblick zu früh, schon ritten die Germanen links und rechts an der Centurie vorbei und deckten sie mit einem Speerhagel ein. Allerdings vergeblich, denn die *testudo* bildete einen sicheren Schutz für die Legionäre.

Lucius hörte das Prasseln auf dem Schilddach. Die Germanen ritten hinter ihnen entlang und ließen wieder einen Speerhagel niedergehen. Erneut gab es keine Verluste.

Dafür gerieten nun die Germanen unter Beschuss. Hilarius hatte seine Centurie vorrücken lassen und bedrängte die germanischen Reiter. Die Lage veränderte sich mit einem Male: Auch die gallischen Reiter hatten ihre Richtung geändert und bedrohten die Germanen in ihrer Flanke. Dadurch drohten diese eingekreist zu werden. Sie reagierten sofort und wendeten ihre kleinen, struppigen Pferde. Nach einem letzten Speerhagel auf Lucius' Männer jagten sie den Hang wieder hinauf. Oben vereinigten sie sich mit den restlichen Germanenkriegern, die von der Verfolgung der gallischen Reiter zurückkehrten. Wieder stießen sie ihr lautes und wildes Kriegsgeschrei aus, dazu schwenkten sie ihre Speere und trommelten damit auf ihre Schilde.

Das alles wirkte so unwirklich und bedrohlich, dass Lucius froh war, Hilarius' Männer wieder an seiner Seite zu haben. Ahenobarbus erwartete sie mit den Allobrogern auf dem Hügelkamm.

„Gut gemacht, Centurio Marcellus. Du hast schnell und mutig reagiert. Wir sollten uns aber schleunigst zur Legion zurückziehen. Ich habe nicht die Absicht, in der Dunkelheit ohne Lager hier draußen zu übernachten. Marcellus, du übernimmst mit deinen Männern die Nachhut! Ambiorix und drei Contubernia der Allobroger und Flaccus mit zwei Turmae Reiter unterstützen ihn! Die restlichen Allobroger bilden die Spitze! Die anderen Reiter erkunden die Umgebung! Hilarius, du übernimmst die Mitte! Und jetzt los!"

Lucius sah zum gegenüberliegenden Hügel und musste feststellen, dass die Germanen sich nicht zurückgezogen hatten, sondern immer noch in ihrer Position ausharrten. Ja, ihre Anzahl hatte sich sogar noch vergrößert: Lucius schätzte, dass sich mittlerweile etwa zwei Centurienstärken der germanischen Krieger auf dem Hügel befanden, vielleicht auch zweieinhalb, das war durch den Nieselregen schwer abzuschätzen.

Ambiorix kam auf Lucius zu. „Centurio, sie machen sich zu einem neuen Angriff bereit!"

Lucius starrte zu dem Hügel, bis ihm die Augen tränten, aber er konnte nichts erkennen, was auf einen Angriff hindeutete.

„Bist du sicher?", fragte er unruhig.

„Natürlich!", sagte Ambiorix erstaunt. „Sie warten ab, bis wir im Marsch sind!"

„Wie reagieren wir darauf?", fragte Lucius unsicher und gab sich selbst die Antwort: „Mit einem Viereck!" Lucius war stolz auf seinen Geistesblitz. „Lass die Männer antreten!"

Die Männer folgten unverzüglich den Hornsignalen und stellten sich auf. Unterdessen setzten sich die Germanen aufreizend langsam in Bewegung.

Lucius informierte hastig seine Männer: „Die Germanen werden uns angreifen, wenn wir auf dem Marsch sind. Ihr müsst prompt und schnell auf alle Kommandos reagieren! Fürchtet euch nicht vor ihrem Geschrei! Wenn sie uns angreifen, bilden wir ein Viereck, damit wir uns nach allen Seiten verteidigen können!"

Flaccus kam auf ihn zu. „Welche Befehle hast du für mich?", fragte er ironisch.

Lucius stutzte. Er wusste gar nicht, wer von ihnen der Ranghöhere war. Der Centurio einer Legionscenturie stand über dem einer Hilfstruppe, aber Flaccus war Präfekt und nicht Decurio, damit war er eigentlich ranghöher.

„Ich habe nicht vor, dir Befehle zu erteilen, aber ich muss trotzdem meine Männer vorbereiten!" Flaccus hob beschwichtigend die Hand: „Sollte ein Scherz sein! Aber trotzdem, meine drei Schwadronen können die Germanen nicht aufhalten, sie können euch nur etwas Zeit für die Aufstellung verschaffen. Aber was dann?"

„Wir werden ein Viereck bilden!", erklärte Lucius. „Am besten nehmen wir die Pferde in die Mitte!"

Flaccus schüttelte den Kopf. „Keine gute Idee. Bei einem großen Viereck wäre es sinnvoll, aber bei so einem kleinen? Jeder Speer, der deine Männer verfehlt, trifft unsere Pferde. Das wird sie in Panik und Raserei versetzen! Ich glaube nicht, dass ihr das in eurem Rücken gebrauchen könnt!" Das hatte Lucius nicht bedacht. Aber Flaccus fuhr bereits fort: „Wir werden zunächst zwischen euch und den Germanen bleiben. Wenn ihr euch aufgestellt habt, ziehen wir uns zurück und bilden die Rückseite des Vierecks."

Sie brachen auf. Die Germanen begleiteten sie eine Weile. Plötzlich schwenkten sie ein und ritten direkt auf die Legionäre zu. Hastig erteilte Lucius seine Befehle und seine Männer stellten sich auf. Die Germanen überschütteten sie mit Hohngeschrei, blieben aber außer Reichweite.

„Die ersten vier Reihen fertig machen, die letzten vier kehrt Marsch! Ausrichtung nach hinten!"

Die Germanen hatten plötzlich ihre Pferde angetrieben. Ein unruhiges Gemurmel ertönte unter den Legionären. Wer drehte einem angreifenden Feind schon gern den Rücken zu?

Hastig erteilte Lucius seine Befehle. „Los, Beeilung, zwanzig Schritte vor und neue Stellung einnehmen! ACHTUNG! Speere bereit! *Mittite!*", brüllte er den Männern zu.

Ein Speerhagel schlug den Germanen entgegen. Diese teilten sich und ritten links und rechts um die Stellung herum. An den Flügeln entstand Unruhe. Die Rückwärtsbewegungen waren noch in vollem Gange und der Angriff vollzog sich schneller als erwartet. Die Germanen drohten, sie zu umfassen und ihnen in den Rücken zu fallen.

Lucius schrie die Befehle heraus. Die Männer rissen ihre Schilde hoch, um den Speerhagel abzufangen. Schmerzens- und Schreckensschreie ertönten unter dem ohrenbetäubenden Geschrei der Germanen. Und zum ersten Mal hörte Lucius die schrecklichen Todesschreie der Pferde, die sich in das furchtbare Getöse mischten.

Lucius' Stimme überschlug sich, als er versuchte, sich über den beinahe unerträglichen Lärm hinweg bemerkbar zu machen. Die Schreie der Germanen brachten ihn an den Rand der Panik. Er wollte nur noch, dass es aufhörte, dass sie das Gebrüll endlich einstellten.

Und dann war es plötzlich vorbei. Die Germanen hatten einmal die Stellung umritten, ihre Speere geworfen und sich dann wieder zurückgezogen. Lucius sah sich aufatmend um. Er erwartete, überall Tote und Verwundete zu sehen, aber überraschenderweise gab es kaum nennenswerte Verluste.

Ambiorix klärte ihn auf: „Die sind nicht so verrückt, Fußsoldaten frontal anzugreifen. Deshalb haben sie versucht, in unseren Rücken zu kommen, was ihnen nicht gelang. Unsere Flügel sind zwar in Unordnung geraten, aber sie haben es nicht gewagt, eine massive Reiterattacke auszuführen."

Lucius sah sich die Stellung seiner Leute an. Na ja, ein Quadrat sah anders aus. Es war eher eine Ellipse, aber es hatte seinen Zweck erfüllt.

Jetzt rückte Hilarius' Centurie wieder näher und die Germanen zogen sich noch weiter zurück. Ahenobarbus wurde ungeduldig. „Wir können nicht jedes Mal kehrtmachen. So können die Germanen uns bis in die Dämmerung aufhalten und uns dann im Dunkeln überfallen! Marcellus, du musst alleine mit ihnen fertig werden! Decke unseren Rückzug und warne uns, wenn sie attackieren! Falls sie die Spitze angreifen, rückst du vor, aber Hilarius, du hältst nur an und marschierst nicht zurück, wenn sie Marcellus attackieren! Das übernehmen die Allobroger!" Ahenobarbus' Stimme überschlug sich fast. Hilarius und Lucius wechselten besorgte Blicke.

Sie brachen auf, nachdem sie ihre Pila wieder eingesammelt hatten. Lucius' Männer begannen zu stöhnen. Nicht nur der Kampf mit den Germanen und der Gewaltmarsch setzte ihnen zu, sondern auch der andauernde Nieselregen. Die Schilde sogen sich voll Wasser und wurden immer schwerer.

Noch drei Mal ritten die Germanen im Laufe des Nachmittags zur Attacke, noch drei Mal formierte sich die Nachhut zum Viereck, jedes Mal schneller und sicherer.

Aber etwas anderes machte Lucius Sorge: Den Allobrogern gingen nach und nach die brauchbaren Wurfspeere aus. Sie hatten ihre Speere nicht jedes Mal wieder aufsammeln können und Lucius hatte den Legionären das Werfen der Pila untersagt, da sie diese brauchten, um die Reiter auf Distanz zu halten. Die Centurie marschierte immer weiter, doch die Germanen konnten nach jeder Attacke absitzen und seelenruhig ihre Speere wieder einsammeln, bevor sie erneut angriffen. Dadurch waren sie, je länger der Marsch dauerte, umso mehr im Vorteil. Die Verluste waren bis jetzt gering, sechs Tote: ein Legionär, drei Allobroger und zwei Reiter. Aber das würde sich ändern, sobald es den Germanen gelang, die Formation aufzubrechen.

Die Lage wurde immer ernster. Der Sonnenuntergang stand kurz bevor und Lucius hatte im Augenblick keine Ahnung, wo genau die Legionen standen. Im Dunkeln umherzuirren und mit den Germanen im Nacken das Lager zu suchen, das war alles andere als verlockend.

Da erschallten plötzlich römische Trompetensignale in ihrem Rücken. Es wurde zur Kavallerie-Attacke geblasen. Lucius fuhr herum. Eine halbe Ala Reiter brauste mit lautem Geschrei auf sie zu. Lucius starrte sie an wie eine Erscheinung. Er sah sie vorüberziehen wie eine Schattenarmee aus dem Orcus. Es waren aber keineswegs Schatten.

Dies sahen auch die Germanen. Sie rissen ihre zotteligen Gäule herum und flohen. Die Reitertruppe jagte sie Richtung Sonnenuntergang.

Ein einzelner Reiter hielt auf sie zu. Er grüßte Ahenobarbus.

„Unsere Kundschafter haben Spuren der Germanen gesehen. Tribun Quirinius hat den Rest der Ala ausgeschickt, um euch zu suchen und zu unterstützen. Das Lager liegt in dieser Richtung. Folgt mir, ich soll euch führen!“, erklärte er.

Sie folgten ihm, froh, dass sie bald im Lager sein würden. Die Reiter hatten die Verfolgung der Germanen inzwischen abgebrochen und kehrten zu ihnen zurück.

Drusus geriet ganz außer sich, als er von dem Scharmützel hörte. Er ließ am nächsten Tag sofort das Lager abbrechen und folgte den Spuren der fliehenden Germanen im Eilmarsch.

Lucius ging beschwingt an der Spitze seiner Männer. Das Scharmützel mit den Germanen war gut ausgegangen. Er selbst hatte kühlen Kopf bewahrt und ohne zu zögern die richtigen Befehle gegeben. Ahenobarbus hatte ihn gegenüber Varus lobend erwähnt.

Noch vor zwei Monaten hatte er bereits beim Gedanken an einen Feind schweißnasse Hände bekommen - und jetzt war er ruhig wie ein Veteran gewesen.

Drusus stand auf dem Podium und hielt eine Ansprache an die versammelten Legionäre.

„Milites. Wer von euch hat nicht schon von den Niederlagen bei Noreia und Arausio gehört? Wer von euch hat noch nicht von dem Schrecken des *furor teutonicus* gehört? Viele Jahre lang sind die Teutonen in das Imperium eingefallen oder haben unsere Freunde und Verbündeten angegriffen. Angst und Schrecken haben sie verbreitet. Sie haben geraubt, geplündert und vergewaltigt. Erst ein großer Römer, Gaius Marius, der Onkel des göttlichen Julius, konnte ihrem Schreckensregiment ein Ende setzen. Wer von uns hat in der Schule nicht von den glänzenden Siegen bei Aquae Sextiae und Vercellae gehört? Das habt ihr doch, oder?"

Lauter Jubel erscholl. Die Männer trommelten mit ihren Pila gegen die Schilde. Nur langsam kehrte wieder Ruhe ein, so dass Drusus fortfahren konnte:

„Ihr werdet euch jetzt fragen, warum ich euch das erzähle. Die Teutonen wurden vor unserer Zeit vernichtet. In der Zeit unserer Großväter und Urgroßväter. Das ist lange her. Nicht wahr?"

Er machte eine Pause und ließ seinen Blick über die Versammlung schweifen. Dann rief er aus:

„Nein! Es gibt sie immer noch, die Teutonen. Hier in den Wäldern des Abnoba siedeln sie. Sie warten darauf, wieder groß und stark zu werden, um erneut in das Imperium einzufallen und Rom zu vernichten. Sie haben bereits die Sueben aufgehetzt, in Gallien einzufallen, wo sie vom großen Caesar zurückgeschlagen wurden. Und erst vor wenigen Tagen haben sie die Nachhut der Augusta überfallen. Aber ihre Zeit ist um, jetzt kommt die Rache Roms über sie!"

Ein Beifallssturm brandete auf.

„Drusus! Drusus! Drusus!" Immer wieder skandierten die Legionäre den Namen ihres Feldherrn. Dieser nahm den Jubel mit erhobenen Armen entgegen. Dann donnerte er plötzlich los:

„Rottet sie aus! Vernichtet ihren Samen und Spross! Tötet und versklavt sie, auf dass nie wieder ein Teutone es wage, einen Römer auch nur schief anzusehen!“

Ein waldreiches Gebiet erwartete sie und damit stiegen wieder die Anforderungen an die Hilfstruppen. Diesmal wurden die Belgen besonders für Vorhut und Flankenschutz eingesetzt, da ihnen diese Art von Wäldern aus ihrer Heimat vertraut war.

Die Germanen lebten nicht in Städten, wie es die Kelten taten, sondern verstreut auf Höfen oder in kleinen Siedlungen. Es gab also nicht die Möglichkeit, sie durch gezielte Angriffe auf feste Orte zum Kampf zu zwingen. Das machte das Vorgehen gegen sie schwierig, da die römische Legion so nicht ihre besonderen Stärken ausspielen konnte.

Die Legionäre konnten nur das dünnbesiedelte Gebiet durchstreifen, die Höfe, die sie fanden, niederbrennen und darauf warten, dass sich die Germanen zum Kampf stellten.

Dann war es so weit. Durch das Lager liefen die wildesten Gerüchte. Eine Schlacht mit den Germanen stand unmittelbar bevor. Man hatte einem Stamm auf dem Rückzug den Weg versperrt und die Germanen konnten der Schlacht nicht länger ausweichen.

Die Römer bauten ihr Lager auf, in dem sie vor der Schlacht übernachten würden und in das sie sich notfalls zurückziehen konnten. Die Germanen errichteten aus Karren und Wagen eine Barrikade als letzte Verteidigungsstellung, an der sie die Frauen und Kinder zurückließen.

Die Hilfstruppen, vor allem die Belgen, wurden als Unterstützung der Reiterei eingesetzt, denn die Alen der Reiter setzten sich fast nur aus Galliern zusammen, die schon oft gegen die Germanen den Kürzeren gezogen hatten. Die Allobroger und Helveter standen bereit, um bei einem Rückzug der Germanen schnell die Verfolgung aufnehmen zu können.

Am Morgen marschierten auf beiden Seiten die Armeen auf. Voller Staunen sahen die Römer zu, wie sich die Teutonen zu acht Kolonnen formierten, von denen jede etwa doppelte Kohortenstärke hatte.

Auch für Lucius, der bisher nur die Reihenformation der Legion kannte, war dies ein ungewohnter Anblick. Die 8. Kohorte der Augusta stand als Reserve in der zweiten Reihe, nachdem die Römer Aufstellung genommen und alle Lücken geschlossen hatten.

In Lucius' Ohren dröhnten das Geschrei und Gebrüll der Germanen und das wilde Trommeln ihrer Speere, die auf die Schilde schlugen. Er versuchte seine Hände an der Tunica zu trocknen und trank rasch einen Schluck Wasser, um seine Kehle zu befeuchten.

Der Himmel war bewölkt und trübe, die Luft war kalt. Lucius hatte einiges über die Germanen gelesen. Von den Geschichtsschreibern wusste er, dass sie nicht gern bei warmem Wetter kämpften. Dieses trübe Wetter war optimal für sie. Wenigstens regnete es zur Abwechslung mal nicht.

Das Geschrei der Germanen schwoll an, und dann stürzten sie sich trotz ihrer zahlenmäßigen Unterlegenheit auf die römischen Linien. Unruhiges Gemurmel erhob sich in Lucius' Centurie, als die Legionäre sahen, mit welcher Geschwindigkeit sich die Germanen näherten.

„Ruhe!", bellte Lucius und die Männer verstummten.

Die ersten Pila wurden geschleudert, aber die Germanen waren so schnell, dass für eine vollständige Pilumsalve keine Zeit blieb. Lucius hörte die anderen Centurionen Befehle schreien.

Die Centurien schlossen ihre Reihen und zogen die Schwerter. Jetzt fegten die Germanen mit dumpfem Gebrüll heran und warfen sich auf die Römer. Lucius konnte erkennen, wie die erste Reihe der 3. Kohorte überrannt wurde, und für einen Moment erstarrte er vor Schreck.

Ein Rempler brachte ihn wieder in die Wirklichkeit zurück. „Marcellus!", zischte ihm Mallius ins Ohr.

Lucius registrierte die Hornsignale. Die 4. Kohorte vor ihm hatte sich in Marsch gesetzt und drängte sich zwischen zwei Rotten der Germanen. Die 8. Kohorte rückte nach und verstärkte die erste Schlachtreihe. Lucius warf schnell einen Blick zur Seite und sah, dass sich auch die 9. Kohorte in Marsch gesetzt hatte.

Jetzt begannen die Legionen vorzurücken und die Teutonen zurückzudrängen. Das germanische Schlachtgeschrei hallte über das Feld. Die Legionäre antworteten ihrerseits mit lautem Gebrüll.

Die Reiter versuchten die Angriffskeile der Germanen zu umfassen, aber die Germanen wichen zurück. Die Reiter setzten nur vorsichtig nach. Der Respekt der Gallier vor den Germanen war zu groß, die Angst zu tief verwurzelt. Die Barbaren konnten sich unbehelligt in ihre Ausgangsstellung zurückziehen.

Nun befahl Drusus allen Einheiten, vorzurücken und die Teutonen anzugreifen. Kaum hatten sich die Legionen und Hilfstruppen in Marsch gesetzt, brachen die Gegner den Kampf ab und flohen zur Barrikade. Die römischen Alen setzten nach, doch die germanischen Reiter traten ihnen entgegen und schlugen die Gallier zurück.

Drusus ordnete die Reihen neu und ließ zu der Barrikade aus Karren und Wagen vorrücken. Er war fest entschlossen, diese zu stürmen und die Teutonen hier an dieser Stelle, an diesem Tag bis auf den letzten Mann niederzumachen. Zuerst würden die Legionäre den Widerstand der Barbaren brechen, dann sollten die Hilfstruppen die Barrikade stürmen und die Reiter die Überlebenden jagen.

Die 8. Kohorte löste jetzt die 4. Kohorte ab, die bereits schwere Verluste erlitten hatte.

Die sechs Centurien waren manipelweise in Schlachtordnung vor der Barrikade aufmarschiert. Die erste Centurie jeweils vorn, die zweite in Reserve dahinter. In der dritten Reihe standen die Hilfstruppen bereit.

Die Stellung der Germanen war zwei Stadien entfernt. Das Gelände stieg zur Barrikade leicht an, so dass man nicht sehen konnte, was dahinter lag. Drusus hatte erwogen, die Reiter auszuschicken, um die Barrikade zu umgehen und die Germanen im Rücken zu fassen, aber die Nähe des Waldes und die Angst vor einem Hinterhalt ließen ihn diesen Plan verwerfen.

Sie waren dem Feind jetzt so nah, dass Lucius die Schreie der Frauen und das Weinen ihrer Kinder hinter der Befestigung hören konnte. Die Krieger der Teutonen hatten sich vor der Barrikade aufgestellt: große und verwegene Gestalten, einige nur mit Hose und Umhang bekleidet. Manche von ihnen waren tatsächlich ausschließlich mit einem Umhang bekleidet.

Lucius wurde gerade von Vitellius in seine Aufgabe eingewiesen, als sie plötzlich lautes Geschrei und Gekreisch auf Seiten der Germanen hörten. Die Frauen standen auf der Barrikade und schrien ihren Männern etwas zu. Dabei zerrissen sie ihr Kleider und entblößten ihre Brüste.

Die Römer glotzten erstaunt.

„Was soll das denn?“, fragte Vitellius.

„Dann haben unsere Jungs gleich nicht so viel auszuziehen, wenn sie ihren Spaß haben wollen", sagte Hilarius feixend.

„Sie feuern ihre Männer an und fordern sie auf, sie nicht der Schimpf und Schande der Gefangenschaft preiszugeben", sagte Lucius, während er das Schauspiel musterte.

Die feindlichen Krieger antworteten ihren Frauen mit dumpfem Geschrei, ein Dröhnen, das immer mehr anschwoll.

„Woher willst DU denn das wissen?", höhnte Vitellius.

„Gelesen!", antwortete Lucius kurz angebunden. Er hatte noch mehr über die Niederlage der Kimber und Teutonen gelesen, konnte sich jedoch nicht mehr recht daran erinnern.

„Gelesen?", fragte Vitellius ungläubig. „Kleiner, Krieg liest man nicht, Krieg führt man."

Für eine Antwort blieb keine Zeit, denn schon wurde zum Angriff geblasen. Die Kampfpause hatte eine Stunde gedauert, eine Stunde, in der die Legionen sich neu formiert hatten.

Eine Stunde, in der Drusus unruhig auf- und abgeritten war, weil ihm alles viel zu lange dauerte. Was, wenn die Germanen ihm entkamen, was, wenn er unverrichteter Dinge wieder abziehen musste und nichts außer ein paar zerstörter Gehöfte vorweisen konnte?

Auf ein Trompetensignal hin liefen die Hilfstruppen aus den Gassen zwischen den Centurien heraus und deckten die Germanen mit einem Speerhagel ein. Diese schrien wütend auf und machten ihrerseits einen plötzlichen Vorstoß. Sofort zogen sich die Hilfstruppen in die Lücke zwischen den Centurien zurück. Die Germanen stoppten aber nicht ab, sondern bildeten wieder eine keilförmige Formation und stürmten mit lautem Geschrei auf die Römer zu.

Lucius hörte überraschte Rufe aus den Reihen der Männer. Aber die Optiones mahnten sofort zur Ruhe. Die folgenden Bewegungen liefen so ab, wie Lucius sie vom Exerzierplatz her kannte. Auf ein Hornsignal hin begannen die Legionäre zu laufen.

Sie stürmten dem Feind entgegen.

Ein weiteres Hornsignal, die Römer stoppten ab.

Hilarius stand ruhig da und gab seine Befehle: „*Tollite pila!* Fertig machen zum Werfen! *Mittite!*"

Der Feuerbefehl kam, als die Germanen nur noch fünfzehn Doppelschritte entfernt waren. Die zehn Legionäre der ersten Reihe nahmen Anlauf und schleuderten ihre Pila, sprangen sofort zurück und bekamen die nächsten gereicht, die sie ebenfalls schleuderten.

Der größte Teil der Würfe ging ins Leere, da die Germanen nach den ersten vier Salven überstürzt kehrtmachten und die Anhöhe wieder hinaufliefen.

„*In aciem venite, in duos ordines!* In Linie angetreten, in zwei Gliedern!“, befahl Lucius, worauf die Linien sich noch enger schlossen.

„*Gladius stringite!* Zieht blank!“

„*Cursim!* Im Laufschritt!“

Als sie nun die Anhöhe hinaufstürmten, setzte von oben ein Speer- und Steinhagel ein. Einige Legionäre wurden vom wuchtigen Aufschlag eines Felsbrockens auf ihrem Schild umgerissen. Es gab auch schwerere Verluste. Hilarius wurde von einem Stein am Helm getroffen und bewusstlos von seinen Männern aus der Kampflinie gezerrt. Sein Optio eilte nach vorn, um das Kommando zu übernehmen.

Lucius sah die Frauen der Gegner auf den Barrikaden stehen und ihre kleinen Kinder in die Höhe halten, um so die Männer zu beschwören, erneut anzugreifen. Daraufhin stürmten die Germanen wieder die Anhöhe hinab. Sie warfen sich auf die Legionäre und versuchten sie zurückzudrängen. Diese hielten jedoch ihre Stellung. Den durch Kettenhemden und mannshohe Schilde geschützten Legionäre hatten die mit bloßer Brust kämpfenden Barbaren nur ihre Tapferkeit und ihre Wildheit entgegenzusetzen.

Die erste Centurie wankte und Lucius wusste, dass es an der Zeit war einzugreifen. Er schluckte schwer.

„Vorrücken!“, befahl er.

Sie rückten bis auf Pilumweite vor und schleuderten ihre Pila über die Reihen ihrer Kameraden. Der Widerstand der Germanen brach zusammen, sie wichen zurück. Die Anfeuerungsschreie der Frauen wurden zu lautem Wehklagen.

Nicht überall kamen die Legionäre gleichermaßen gut voran. Eine Reiterattacke hatte den rechten Flügel in Unordnung gebracht und den Vormarsch gestoppt, da Drusus kein Risiko eingehen wollte. In der Mitte wogte der Kampf unentschieden hin und her, nur der linke Flügel stand unmittelbar vor dem Sturm auf die Barrikade.

Lucius' Centurie verstärkte nun die Reihen der ersten Centurie. Die Männer stachen auf die Germanen ein und drängten sie zur Barrikade zurück. Lucius nahm die wilden Gesichter, das Geschrei, die Toten wie durch einen Nebel wahr. Er schrie mechanisch seine Befehle hinaus, wie man es ihm eingebläut hatte. Genauso mechanisch führten seine Legionäre die Befehle aus. Lucius hatte damals in Massilia ein mechanisches Schöpfwerk gesehen. Durch Windkraft angetrieben, hatte es unermüdlich Eimer um Eimer in die Höhe befördert. Als er jetzt die Legionäre kämpfen sah, wurde er daran erinnert. Mit tödlicher Präzision wurden die Germanen zurückgedrängt und niedergestochen. Jeden Moment würden ihre Reihen aufreißen und das große Schlachten würde beginnen. Die meisten Toten gab es nicht im Kampf, sondern danach. In dem Moment, wenn die Schlachtreihe eines Heers sich auflöste, begann das Gemetzel unter den Fliehenden.

Da, jetzt war es so weit! Die Germanen konnten dem Druck der Legionäre nicht mehr standhalten, die Reihen brachen auf und die Feinde flohen. Ein Teil floh zurück zur Barrikade, die anderen versuchten, von der Anhöhe herunter zu flüchten. Die Legionäre stürmten vorwärts auf die Barrikade zu, über die sich ein Teil der Männer gerettet hatte.

Die Frauen schleuderten den Römern nun von der Barrikade herab Felsbrocken entgegen.

Der Optio der ersten Centurie stürmte an der Spitze seiner Männer vorwärts, als er getroffen wurde. Er hatte seinen Schild gerade noch hochgerissen, aber die Wucht des Aufpralls schleuderte ihn nach hinten. Wie Hilarius blieb auch er besinnungslos liegen. Die Männer hielten entsetzt inne. Sie starrten voller Grauen auf ihren gefallenen Anführer und auf das, was ihn getroffen hatte.

Drusus war nervös. Unablässig öffnete und schloss er seine Hand. Dies war der Höhepunkt des Feldzuges. Alle Kämpfe in den Bergen und auch die Schlacht am Fuße der Alpen waren wie eine große Übung gewesen. Eine Übung mit scharfen Waffen, aber nichts weiter als eine Übung. Die Raeter und Vindelicer hatten keine Chance gehabt gegen die entfesselte römische Kriegsmaschine. Ein Kampf gegen die Germanen war etwas völlig anderes. Die Schlacht stand nicht gut. Am Vormittag hatten sie die Germanen zurückgeschlagen, einigen Einheiten war es sogar gelungen, die Germanen zu umgehen und ihnen den Rückweg abzuschneiden, aber jetzt war der römische Angriff festgefahren. Das Zentrum kam nicht voran, der rechte Flügel hatte sich zurückziehen müssen, und nun schienen auch auf dem linken Flügel die Legionäre zurückzuweichen. Er musste etwas unternehmen.

„Prätorianer, mir nach!“, rief Drusus und führte seine Wache auf den rechten Flügel.

Lucius erwartete, dass der Signifer, der nun der Ranghöchste in der ersten Centurie war, das Kommando übernehmen würde, aber auch der stand wie versteinert da und starrte auf seinen Optio, der am Boden lag. Es sah aus, als wäre der Signifer vor Angst wie gelähmt. Welch eine absurde Idee! Zum Signifer wurden nur die Tapfersten der Tapferen ernannt.

Lucius sah sich um, auch der Vorstoß des zweiten Manipels war ins Stocken geraten. Die Germanen fassten Mut und begannen die Römer erneut mit Steinen und Speeren zu bewerfen.

Die Männer wichen zurück. Wenn jetzt nichts geschah, würden sie die Flucht ergreifen. Lucius schrie die Männer seines Manipels an.

„Vorwärts, Hastaten!“, brüllte er und lief nach vorn. Hier riss er einen Legionär mit, dort schlug er einen anderen mit der Breitseite seines Schwertes in den Rücken, um ihn anzutreiben. Er riss Ripanus, der dem Feind bereits den Rücken zugekehrt hatte, herum und schrie ihn an: „Du trägst die *torquis* der Tapferkeit, also vorwärts!“

Langsam lösten sich die Männer aus ihrer Erstarrung und rückten wieder vor, aber allen war ein namenloses Entsetzen ins Gesicht geschrieben. Lucius drängte sich näher an den Signifer heran.

„Vorwärts, da ist der Feind! Drauf!“, rief er und winkte den hinter ihm stehenden Männern zu, ihm zu folgen.

Plötzlich hörte er einen klagenden Laut, der aus der Luft über ihm zu kommen schien. Er sah nach oben. Etwas flog auf ihn zu. Blitzschnell warf er sich zu Seite und rief dem hinter ihm stehenden Legionär eine Warnung zu. Aber der reagierte nicht, sondern starrte mit Bestürzung im Gesicht dem Geschoss entgegen. Er wurde am Kopf getroffen und fiel zu Boden. Lucius richtete sich wieder auf, um nach ihm zu sehen. Sein Blick wanderte von dem Legionär, dessen unnatürlich verdrehter

Kopf auf einen gebrochenen Hals hinwies, zu dem Wurfgeschoss. Da lag mit zerschmettertem Kopf ein wenige Monate alter Säugling. Grauen packte Lucius. Er riss den Blick von dem toten Säugling los und sah voller Abscheu zur Barrikade hinauf: Die Frauen standen hoch oben und hielten ihre Kinder und Säuglinge erhoben. Hass stieg in Lucius auf, Hass und Wut. Er schrie auf, brüllte die Legionäre an, die immer noch vor Angst gelähmt schienen. Er rannte zu Mallius, der wie erstarrt voller Entsetzen auf die toten Säuglinge vor seinen Füßen blickte.

Lucius warf seinen Schild weg und entriss dem Signifer die Standarte.

„Springt, Kameraden, wenn ihr das Signum nicht diesen kinderfressenden Barbaren ausliefern wollt!", brüllte er und rannte mit der Standarte in der Linken und dem Schwert in der Rechten den Hang hinauf. Zwei Mal noch wich er den grauenhaften Wurfgeschossen der Germanen aus. Er verschloss seine Ohren vor dem Jammern der Kinder, dem Kreischen der Frauen und dem Schreien der Männer. Etwas Scharfes traf ihn an der Schulter, aber er spürte nichts. Seine maßlose Wut trieb ihn vorwärts. Sein Blick war auf eine rothaarige Frau gerichtet, die auf der Barrikade stand, ihr Kind an den Beinen gepackt hatte und ihn so erwartete. Ihr Mund schrie etwas, aber er sah nur ihre flackernden Augen, in denen der Wahnsinn loderte.

Als er die Barrikade erreichte, hob sie das Kind hoch. Blitzschnell stieß er ihr die Standarte ins Gesicht. Sie fiel rücklings vom Karren. Plötzlich kehrte seine Wahrnehmung zurück. Das Getöse und Geschrei um ihn herum hatte nicht nachgelassen. Er sprang auf den Karren und von dort in das Lager der Teutonen. Sofort sah er sich von mehreren Männern angegriffen. Einen Stoß mit dem Speer blockte er mit der Standarte ab. Ein Angreifer schlug mit der Axt nach ihm, er wich aus und stieß ihn mit dem Schwert nieder, als er einen heftigen Schlag in die Seite bekam, der ihn fast umwarf. Er ließ die Standarte herumwirbeln und streckte so einen Angreifer nieder. Etwas schrammte seinen Arm und er ließ mit einem Schmerzensschrei sein Schwert fallen. Er fasste die Standarte mit beiden Händen und sah zwei Germanen mit stoßbereitem Speer näher kommen. Der eine riss den Mund auf, als wollte er schreien, aber es kam nur Blut, der Kopf des anderen flog plötzlich von einem

Schwerthieb abgeschlagen durch die Luft. Eine Welle von Legionären stürmte über die Barrikade ins Lager.

Lucius stützte sich auf die Standarte, ihm war auf einmal schwindelig. Sein Arm, seine Schulter, sein Rücken und seine Seite, alles schmerzte. Plötzlich stand Mallius neben ihm, reichte ihm seinen Schild und riss die Standarte wieder an sich. Er warf ihm noch einen bewundernden Blick zu, ehe er den Männern folgte. Lucius sah den Männern nach, dann drehte er sich um und erbrach sich. Danach verlor er das Bewusstsein.

Der Arzt, der ihn versorgte, wollte etwas sagen, aber seine Worte waren unter Lucius' finsterem Gesichtsausdruck zu einem unverständlichen Murmeln geworden. Lucius' Blick wanderte über das Lager oder vielmehr über das, was davon noch übrig war. Nachdem die Römer wieder Herr über das grauenvolle Entsetzen geworden waren, das sie gelähmt hatte, hatten sich die Legionäre voller Hass und Zorn in einen Blutrausch gesteigert und die wenigen Teutonen, die noch lebten, brutal niedergemetzelt. Viele waren bereits tot gewesen. Die teutonischen Frauen hatten zuvor nicht nur ihre Kinder getötet, sondern auch die fliehenden Männer erschlagen, bevor sie sich selbst umbrachten, um den Römern nicht in die Hände zu fallen.

Vitellius blieb stehen und sah auf Lucius herunter.

„Schwere Verletzungen?"

Der Arzt schüttelte den Kopf: „Ein Pfeil hat die Schulter getroffen, das ist die schwerste Wunde. Eine tiefe Schnittwunde am Arm, tut weh, ist aber kein Problem; eine Quetschung an der Seite, wo ihn ein Schwert getroffen hat. Es hat das Kettenhemd nicht durchschlagen, ist nicht schlimm, aber auch schmerzhaft."

„Gut! Sieh zu, dass du ihn auf die Beine bringst!"

Vitellius ging zu seinen Männern hinüber. Lucius nahm seine Umgebung wie aus weiter Ferne wahr. Er erinnerte sich nun wieder daran: Er hatte gelesen, dass die Frauen der Teutonen ihre Kinder und Säuglinge bei Aquae Sextiae als Wurfgeschosse benutzt oder sie getötet hatten, damit sie nicht den Römern in die Hände fielen. Er hatte es damals nicht geglaubt. Natürlich waren auch den Römern Hingabe und Opferbereitschaft bekannt. In der römischen Geschichte gab es genug

Beispiele für Männer und Frauen, die ihre Gesundheit und ihr Leben für Rom eingesetzt hatten.

Horatius, der mit zwei Getreuen die Brücke gegen das etruskische Heer gehalten hatte; Mucius Scaevola, der seine Hand verbrannt hatte, um zu beweisen, dass er die Folter nicht fürchtete; Cloelia, die mit ihren Freundinnen aus etruskischer Geiselhaft geflohen war. Und nicht zu vergessen Regulus, der Konsul, den die Punier mit Friedensangeboten nach Rom geschickt hatten. Dort hatte er zur Fortführung des Krieges geraten und war seinem Wort getreu zurück in die punische Gefangenschaft gegangen und dort ermordet worden.

Aber niemals wäre jemand auf die Idee gekommen, unschuldige Kinder als Waffen zu gebrauchen! Sich selbst zu opfern, ja, aber doch keine Kinder! Welch ein Wahnsinn war für solche Taten nötig! Das war so hassenswert wie die Punier, die ihre Kinder dem Baal geopfert hatten. Und genützt hatte es auch nichts, da Jupiter sich am Ende doch als stärker erwiesen hatte.

Die Legionäre sammelten die Waffen ein, versorgten ihre Verwundeten und töteten die verwundeten Feinde.

Plötzlich unterbrachen sie ihre Tätigkeit und sahen zu ihrem Feldherrn, der mit seinem Stab über das Schlachtfeld ritt. Lucius hörte, wie das Rufen begann, konnte es aber zunächst nicht verstehen. Es wurde lauter und lauter. Rhythmisch riefen die Männer immer wieder und wieder.

Jetzt verstand es auch Lucius: „Imperator, Imperator!"

Drusus durfte also bei seiner Rückkehr nach Rom einen Triumph feiern, die höchste Ehrung für einen Feldherrn, die Ausrufung zum Imperator. Varus ritt auf ihn zu und beglückwünschte ihn zu dem Sieg.

„Es war ein schwerer Kampf, aber dein Erscheinen auf dem rechten Flügel hat die Männer ermutigt, wieder vorzurücken!"

Drusus sah erschöpft aus, sein übermütiges Lächeln war verschwunden. „Härter als ich gedacht hatte! Leider ist es uns nur gelungen, diese eine Abteilung der Barbaren zu vernichten. Andere sind in die Wälder entkommen! Morgen werden wir anfangen sie aufzuspüren!"

Varus sah ihn entsetzt an: „Drusus, bist du von Sinnen? Du kannst den Germanen nicht weiter in die Wälder folgen!"

Auf Drusus' Gesicht erschien ein verstockter Ausdruck. „Warum nicht? Wir müssen die einmal begonnene Arbeit beenden!" Drusus wendete sein Pferd und ritt fort.

Beim Abendessen wurde er von den Tribunen beglückwünscht.

„Glückwunsch, Nero Claudius Drusus. Du wirst den ersten Triumph seit Marcus Agrippa feiern. Wie lange ist das her? Zehn Jahre, fünfzehn Jahre?", sagte Scapula.

Drusus schüttelte den Kopf. „Es wird keinen Triumph geben. Wir leben leider nicht mehr wie in den glorreichen Zeiten der Republik, wo Feldherren von ihren Soldaten zum Imperator ausgerufen wurden. Dieser Feldzug findet unter den Zeichen und Auspizien meines Stiefvaters statt. Also kann nur er triumphieren."

Die anderen sahen ihn entsetzt an. „Was sagst du da? Aber alle Feldzüge gegen die Cantabrer, die Raeter oder jetzt gegen die Germanen finden unter diesen Bedingungen statt. Heißt das, es wird kein Feldherr mehr einen Triumph feiern können?"

Drusus schüttelte bedauernd den Kopf. „Ja, so ist es. Alle Legionen haben ihren Eid auf meinen Vater abgelegt, und so führen die Feldherren die Feldzüge als seine Legaten, und Legaten haben noch niemals einen Triumph bekommen." Die anderen sahen enttäuscht aus. „Kopf hoch! Eine Ovation wird aber für euch noch drin sein."

Das entlockte allen nur ein müdes Lächeln. Eine Ovation, ein kleiner Triumph, das war nicht dasselbe.

„Außerdem hat dieser Sieg nicht die Bedingungen für einen Triumph erfüllt!", fuhr Drusus fort. „Der Feind war uns nicht überlegen und wir haben ihn keinesfalls vernichtend geschlagen, sondern nur eine Gruppe der Teutonen vernichtet! Aber wir werden die anderen finden und sie zerschmettern."

Entsetztes Schweigen folgte diesen Worten. Die Tribune sahen einander verständnislos an.

„In die Wälder? Zu dieser Jahreszeit?", fragte Quirinius entgeistert.

Drusus lief rot an. „Ja, in die Wälder und ja, zu dieser Jahreszeit. Was wir angefangen haben, bringen wir auch zu Ende! Morgen marschieren wir!"

Varus hatte bereits seit dem Nachmittag Gelegenheit gehabt, sich auf diesen Moment vorzubereiten. „Drusus, nimm Vernunft an! Uns fehlt die Verpflegung für einen längeren Marsch, wir haben zu wenige Hilfstruppen, die in den Wäldern kämpfen können, die Reitereinheiten sind erschöpft und die Legionen dezimiert. Meine Augusta hat vielleicht noch zweitausend Legionäre, die kämpfen können. Was machst du mit den Verwundeten? Du kannst doch keinen ganzen Tross Verwundeter durch die Wälder mitschleppen. Das ist Wahnsinn!"

Die anderen nickten zustimmend. Drusus blickte von einem zu anderen und sah überall die gleiche Ablehnung. Er sprang auf: „Ich will es aber so, also muss es gehen!", brüllte er und schleuderte seinen Becher auf den Boden.

Es ging nicht. Als Drusus am nächsten Morgen die erschöpften Legionäre sah, die Verwundeten und Toten, rannte er wütend in sein Zelt zurück, trat seinem Sklaven in den Hintern und jagte ihn aus dem Zelt, dann warf er sich wutentbrannt auf sein Feldbett.

Und ich bekomme den Beinamen Germanicus doch, schwor er sich.

Abends betrank sich Lucius, um die Schreckensbilder des Tages zu vergessen. Er saß vor seinem Zelt und schüttete den Wein in sich hinein. Irgendwann bemerkte er, dass Hilarius und Mallius vor ihm standen. Hilarius war zwei Stunden lang bewusstlos gewesen, hatte sich aber dann recht schnell erholt. Nur wenn er den Kopf drehte, hatte er noch Schmerzen. Lucius forderte die beiden mit einer Handbewegung auf, sich zu setzen. Er schenkte Wein ein und Hilarius kostete kurz.

„Bei Bacchus, was ist das für ein Gesöff, Marcellus! Kannst du dir keinen anständigen Wein leisten?"

„Nein!", knurrte Lucius. „Du vergisst, dass ich ein Grünschnabel und auf meinem ersten Feldzug bin. Ich habe noch keine Beute vorzuweisen, von der ich mir besseren Wein leisten könnte!"

Keiner erwiderte etwas auf diesen streitlustigen Ausbruch.

„Außerdem sorgt er ebenso für Vergessen wie ein teurer."

„Na dann, Prost!", sagte Hilarius und trank noch einen Schluck. Er verzog das Gesicht, bevor er fortfuhr. „Denk aber daran, dass du bei den Adlern auf alles gefasst sein musst! Eine vermeintliche Degradierung oder ungerechtfertigte Versetzung kann sich morgen als Glücksfall erweisen. Eine unerwartete Beförderung kann die Abkommandierung auf einen langweiligen Außenposten bedeuten."

Mallius nippte am Wein. „Das, was du heute Nachmittag gemacht hast, die Standarte zu ergreifen und einfach vorwärtszustürmen, das war mutig. Aber ich habe mich gefragt, wo ein Grünschnabel auf seinem ersten Feldzug eine solche Idee hernimmt. Schließlich, na ja, nimm es mir nicht übel, ähh ..."

Lucius war es nicht wirklich gewohnt von Mallius, dass er bei einer seiner Belehrungen und Bemerkungen über ihn ins Stocken geriet. „Schließlich verfüge ich über keinerlei Erfahrung in solchen Situationen. Das wolltest du doch sagen, oder?", ergänzte er hilfsbereit. „Sag es ruhig, ich habe es schon oft gehört."

„Nun, ja. Genau das meine ich."

„Ich habe es gelesen!", sagte Lucius. „So, wie ich das mit den Barbarenweibern auch gelesen habe." „Gelesen?" Hilarius spuckte das Wort aus, als wäre es eine Krankheit.

„Du meinst, dass sie sich entblößen?", fragte Mallius.

„Das, und dass sie ihre Kinder töten, wenn sie keinen Ausweg mehr sehen. Nur ist mir Letzteres leider erst wieder eingefallen, nachdem sie es getan hatten. Sonst hätte ich die Männer warnen und darauf vorbereiten können."

„Ja, das wäre hilfreich gewesen", bemerkte Hilarius trocken. „Und wo liest man solche Sachen?"

„Oh, in den Berichten der Geschichtsschreiber, Polybios oder Herodot zum Beispiel, oder auch in den Sagen. Da werfen Feldherren schon mal Feldzeichen unter die Feinde, um die Truppen zum Vormarsch zu animieren."

„Das sind aber nur Sagen, Marcellus!", kam der Einwand. „Es ist mehr als waghalsig, eine Sage einfach nachzuspielen. Würdest du dir etwa auch wie Scaevola die Hand verbrennen?"

Lucius lächelte schief. „Nein, das wohl nicht. Aber nicht nur in den Sagen wird davon erzählt. Auch Caesar beschreibt bei der Schilderung seiner Landung in Britannien, wie die Legionäre angesichts der Feinde auf den Schiffen blieben und sich nicht an Land trauten. Daraufhin sprang einer der Adlerträger auf und schrie: ‚Springt, Kameraden, wenn ihr den Adler nicht dem Feind ausliefern wollt!' Alle folgten ihm."

„Springt, Kameraden!“, wiederholte Mallius und stutzte. „Du hast das Gleiche gerufen!“

„Natürlich!“ Lucius grinste jetzt. „Was Caesar geholfen hat, kann uns doch auch helfen, oder?“

„Was für Zeiten!“, knurrte Hilarius und hielt ihm den leeren Becher hin. „Und was für ein scheußliches Gesöff! Du hast doch mal eine Amphore Falerner vom Legaten geschenkt bekommen?“

Die Legion ist ein Dorf, dachte Lucius, aber woher, beim Bacchus, wusste Hilarius das?

„Einen Schlauch, und der ist bereits leer!“, log Lucius, ohne mit der Wimper zu zucken. Um sich hier die Erinnerung wegzutrinken, würde er nicht den guten Wein verschwenden.

Die Legionen marschierten zuerst nach Westen, wandten sich dann nach Süden und überquerten den Danuvius. Es war nun Ende August und die Sonne brannte heiß vom Himmel. Jetzt waren die Wälder eigentlich willkommene Schattenspender, doch die Römer fühlten sich in ihnen nach wie vor unwohl. Es gab hier zahlreiche Insekten, einige Legionäre hatten schon mit Zeckenbissen zu kämpfen gehabt. Offenbar konnte der Biss dieser kleinen Biester sogar tödlich sein. Lucius hatte es bei einem der Männer aus dem Tross gesehen: Das Insekt hatte sich in seinem Nacken festgebissen und seine Kameraden hatten es entfernt. Zuerst hatte der Biss noch ein wenig geblutet und war ein bisschen entzündet gewesen. Dann war die Entzündung abgeklungen und alles schien überstanden. Aber plötzlich hatte der Mann Fieber bekommen, war ins Delirium gefallen und schließlich gestorben. Seitdem waren die Wälder den Römern noch verhasster als sonst.

Sie erreichten Basilia, wo mittlerweile auch die Gallica und die Hispania eingetroffen waren.

In den vergangenen fünf Monaten hatten sie die Raeter und Vindelicer unterworfen und eine Schlacht gegen die Germanen gewonnen. Jetzt würden sie vor dem Winter noch eine Reihe Verwaltungsaufgaben durchführen, und in der Provinz musste ein wenig aufgeräumt werden. Es gab immer noch einige Widerstandsnester in den Bergen.

Doch zunächst wurde noch einmal gefeiert, eine Belohnung für die

Leistung der Legionäre und ein guter Anlass, dem Wein kräftig zuzusprechen. Zu Ehren des Augustus fand an den Kalenden des September ein großes Fest statt.

Am Morgen danach erwachten die Legionen mit einem kollektiven Kater. Nur die nötigsten Wachen, die Strafdienst hatten, versahen ihren Dienst. Die anderen waren bis zum Mittag vom Dienst befreit. Für den Nachmittag wurde dann Zeugdienst angesetzt und die Soldaten brachten ihre Ausrüstung in Ordnung.

Lucius nahm sich die Post vor, die in Basilia gelagert worden war. Als er mit Mallius zusammen die Empfänger sortierte, hatte er plötzlich einen Kloß im Hals.

„Der hier ist für Tertinius!“, sagte er mit belegter Stimme. Das Bild des jungen Legionärs stand ihm deutlich vor Augen.

Mallius nickte nur und zeigte auf einen Stapel Briefe, die er bereits aussortiert hatte. Für ihn war das Aussortieren der Briefe eines Toten bereits nur noch Routine.

Auch für Lucius waren Briefe dabei. Er überflog die Absender: ein Brief von seinem Vater, einer von Gaius, einer von Marcus. Von seinen Freunden waren ebenfalls Briefe gekommen. Da gab es einiges zu lesen.

Er öffnete den von seinem Vater zuerst. Gnaeus Marcellus hatte nur wenige Zeilen geschrieben. Er hoffte, dass Lucius bei guter Gesundheit sei und die Strapazen seines ersten Feldzuges gut überstanden habe. *„Ich habe schon gehört, dass du die Ausbildung gemeistert hast und ich habe sogar das eine oder andere von deinen Erlebnissen gehört.“* Du alter Schweinhund! Lucius wusste nicht, ob er belustigt oder verärgert sein sollte. Da hatte der Vater doch bestimmt einen seiner alten Kameraden auf ihn angesetzt! *„Von dir selbst ist ja kein Lebenszeichen gekommen!“* Lucius zuckte schuldbewusst zusammen, er war so beschäftigt gewesen und so in seine eigenen Probleme vertieft, dass er an eine Nachricht an seine Familie nicht gedacht hatte. Er las weiter: *„Was ich über dein Verhalten und deine Leistungen während des Feldzuges gehört habe, lässt darauf schließen, dass du unserer Familie keine Schande gemacht hast! Ich wünsche dir auch weiterhin Glück, Erfolg und Gesundheit. Vergiss nicht, die Götter zu ehren. Vale, Gnaeus Justinius Marcellus“*.

Lucius brauchte einen Moment, um das Gelesene zu verarbeiten. *„Was ich gehört habe."* Diese Wendung benutzt Vater gleich mehrmals, dachte Lucius, und überflog noch einmal das Schreiben. Es war zwecklos, darüber zu sinnieren, wer es sein könnte. Jeder Veteran konnte seinen Vater kennen. Er las den Schluss noch einmal. Sollte das etwa ein Lob sein? War sein Vater etwa stolz auf ihn? Lucius reckte sich ein wenig und legte den Brief auf den Tisch.

Als Nächstes öffnete er Gaius' Brief. Auch dieser war nur kurz. Seiner Familie ging es gut, der kleine Gnaeus war wohlauf. Denn während sich Lucius in der Weltgeschichte herumtrieb, hatte der kleine Gnaeus das Licht der Welt erblickt. Der große Gnaeus war mächtig stolz auf seinen ersten Enkel, auch wenn er das nicht zugab. Das Haus in Arausio sei angenehm ruhig, seit Lucius nicht mehr das Mobiliar zertrümmere. Aber er sei natürlich jederzeit willkommen. Glück, Gesundheit, reiche Beute und immer einen Schild zwischen sich und den Barbaren wünschte sein Bruder ihm. Sextus lasse schön grüßen.

Marcus begrüßte ihn ebenfalls freudig als Onkel. Er weilte mit seiner Frau noch immer in Lugdunum, da ihr die Reise zurück nach Rom zurzeit noch nicht zuzumuten war. Jetzt waren sie stolze Eltern einer kleinen Cornelia. Sie hatte als Säugling schon einen stolzen Gesichtsausdruck. Sie sei eine kleine Fürstin, eine Prinzessin. Wenn er es einrichten könne, solle er sie in Lugdunum besuchen, vielleicht zu den Saturnalien.

Was in einem Jahr doch alles passieren konnte! Seine beiden Brüder waren Väter geworden und er hatte nicht einmal gewusst, dass ihre Frauen schwanger gewesen waren. Oder Moment! Anfang des Jahres vor dem Abmarsch hatte ihn ein Brief von Gaius erreicht, der so etwas erwähnt hatte. Bis zu den Saturnalien dauerte es zwar noch eine Weile, aber das wäre in der Tat eine gute Gelegenheit, seine Familie zu besuchen. Er hatte sich über Urlaub noch gar keine Gedanken gemacht.

Seine Freunde versorgten ihn mit Stadtklatsch. Die Thermen seien komplett fertiggestellt. Thermen, dachte Lucius bei sich, seit über einem Jahr hatte er keine mehr aufgesucht. Die Stadt wuchs weiter. Furius, der alte Weinpanscher, war endlich verurteilt und weggejagt worden. Das Theater war aufgebaut worden und Titus war in Lugdunum gewesen und hatte Gladiatorenkämpfe besucht, die Augustus zu Ehren seines Vaters, des göttlichen Julius, gegeben hatte.

Lucius kramte einige Papyrosrollen aus seiner Truhe, suchte sein Schreibset und begann, die Briefe zu beantworten. Die Einzelheiten des Feldzuges erwähnte er nur kurz. Den Dreck, die Schmerzen und die Angst konnte man nicht schildern. Und wie sollte er jemandem, der bequem im Atrium in Arausio bei einem Becher Wein den Brief las, das Entsetzen erklären, das ihn befallen hatte angesichts der toten Säuglinge? Und sich dann als Held darstellen? Folgt eurer Ehre, Kameraden? Nein, das sollten lieber andere erzählen. Seinem Vater brauchte er keine Einzelheiten zu schreiben, der kannte das alles aus eigener Erfahrung. Und die anderen würden es ohnehin nicht verstehen.

Nachdem er die ersten Briefe beendet hatte, legte er die Feder beiseite.

Es wurde Zeit für eine Ablenkung und ein bisschen Spaß. Er griff nach seinem Mantel und verließ die Baracke. Er ging mit einem kurzen Gruß an die Wachen durch das Lagertor hinaus. Im Westen war der Himmel von der untergehenden Sonne glutrot erleuchtet. Er schlenderte durch die belebten Straßen der Stadt und erreichte das gesuchte Haus. Auf sein Klopfen wurde geöffnet und er betrat den Raum. Es war ein einfacher, schlecht möblierter Raum. Die Frau sah ihn wortlos an. Er legte drei Asse auf den Tisch und sah sie fragend an. Sie nickte, strich das Geld ein. Er folgte ihr in den Nebenraum.

AUGUSTA · RAURICA

Der Konsul Lucius Calpurnius Piso sah zu Tiberius und Drusus hinüber. Letzterer versuchte soeben, ein Gähnen zu unterdrücken.

„Wir haben noch einen Punkt zu besprechen, bevor wir uns dem Abendessen widmen können."

Er machte eine Pause, während Drusus sich bemühte, einen klaren Kopf zu bekommen.

„Wir sollen eine *colonia* anlegen. Welcher Ort eignet sich am besten zur Ansiedlung von Veteranen und als Zentrum der römischen Kultur?"

Drusus' Antwort war durch ein erneutes Gähnen nur schwer zu verstehen.

„Bratanium liegt zu weit im Osten, Brigantium liegt verkehrstechnisch günstig!"

Tiberius setzte die Aufzählung fort: „Das Lager der Gemina, das Castra Vindelicum, ist eigentlich gut geeignet. Aber obwohl es eine verkehrsgünstige Lage an zwei Flüssen hat, ist es zu abgelegen. Es gibt dort keine weitere Keltensiedlung, und bis aus dem Lager ein Zentrum römischer Kultur werden könnte, würden noch einige Jahre vergehen. Castra Raurica ist zu klein."

Piso nickte zustimmend: „Ich habe mir so etwas gedacht. Wir brauchen aber mehr Stützpunkte und Zentren der römischen Kultur im Norden. Dies ist der Wunsch von Augustus. Wir werden entlang des Rhenus weitere Legionen stationieren und wo es geht, *coloniae* anlegen. Wir werden die erste *colonia* hier in der Nähe gründen. Sie wird Augusta Raurica heißen. Diese Gegend hier ist sehr gut geeignet. So sichern wir zunächst das Gebiet entlang des Rhenus."

Drusus sah erstaunt auf: „Hier in Basilia?"

Piso verneinte: „Ein Stück weiter südlich. Dort hatte Lucius Munatius Plancus im Jahr von Caesars Tod bereits eine *colonia* gegründet. Sie ist aber nie besiedelt worden, das werden wir jetzt nachholen."

„Und wer soll dort angesiedelt werden?", hakte Drusus nach.

„Derzeit stehen vier Legionen in Gallien. Und vier hier südlich des Danuvius. In den nächsten Jahren wird es eine Reihe von Veteranenentlassungen geben. Die Entlassenen werden wir hier und bei den

Treverern ansiedeln. Castra Treverorum ist nun schon einige Jahre ein Legionsstützpunkt und soll ebenfalls zur *colonia* erklärt werden", führte Piso aus.

„Ich werde so bald wie möglich einen Trupp losschicken. Sie sollen den *locus gromae* festlegen und die Via Principalis und die Via Praetoria abstecken", sagte Tiberius.

Piso nickte zustimmend. „Wir werden die Gründung der *colonia* feierlich begehen und das Armilustrium, die Reinigung der Waffen, dort abhalten. Die eigentlichen Bauarbeiten beginnen dann im Frühjahr."

Drusus erhob sich. „So soll es geschehen."

Lucius stand breitbeinig da und hielt die Vitis hinter dem Rücken, während er die Arbeiten beaufsichtigte. Obwohl er nur mit einer Tunica bekleidet war, spürte er, wie ihm der Schweiß den Rücken herunterlief. Seine Centurie ging den Ingenieuren und Feldmessern zur Hand, die die neue *colonia* abstecken und ihren Bau vorbereiten sollten. Die Männer arbeiteten verbissen und vermieden seinen finsteren Blick.

Der hellte sich jedoch auf, als er Ambiorix mit seinem federnden Gang näher kommen sah.

Dieser hob lässig die rechte Hand zum Gruß. „Ich habe schon gehört, dass die Legion in ihrer Weisheit dir eine verantwortungsvolle Aufgabe zugewiesen hat!"

Er ließ den Blick über Schaufeln und Körbe wandern. Lucius verzog das Gesicht, als ob er Essig getrunken hätte. Ambiorix hob die linke Hand, in der er einen *torquis*, einen Halsring, hielt.

„Ich habe ein Abschiedsgeschenk für dich!"

Lucius nahm das Geschenk erstaunt und gerührt entgegen. Der Ring lag schwer und kühl in seiner Hand. Es waren einige kunstvolle Muster eingraviert und in der Sonne glänzte er.

„Dies ist nur ein kupfernes Erinnerungsstück und kein reiches Geschenk. Schließlich bin ich kein Häuptling oder gar König, sondern nur ein Centurio", rief Ambiorix lachend. „Er soll dich an unseren gemeinsamen Feldzug erinnern!"

„Warum Abschied?", fragte Lucius erstaunt.

„Unsere Einheit kehrt mit der Gemina über die Alpen zurück, um die letzten Widerstandsnester der Raeter auszuheben!"

Lucius packte den Kelten an den Schultern und suchte nach Worten des Dankes. Ambiorix wies die Dankesbezeugungen mit einem Kopfschütteln zurück, sah Lucius noch einmal freundlich mit seinen grauen Augen an, wandte sich um und ging.

Lucius' Männer hatten verstohlen zugehört und begannen nun hektisch weiterzugraben.

Zwei neue Contubernia waren der Centurie zugeteilt worden. Wie immer hatten die Männer zunächst gedacht, dass sie mit dem jungen Möchtegern-Centurio leichtes Spiel haben würden, aber recht schnell wurden die ersten von ihnen auf Gerste gesetzt und ihre Weinrationen gestrichen. Wenn sie gedacht hatten, bei den anderen Contubernia Unterstützung zu finden, mussten sie zu ihrem Erstaunen feststellen, dass sie auf sich allein gestellt waren. Zu allem Überfluss wurden sie auch noch als erste Contubernia zu den Grabungsarbeiten eingeteilt.

Lucius war von seiner neuen Aufgabe beim Aufbau der *colonia* wenig angetan und dementsprechend schlecht war seine Laune. Ambiorix' plötzlicher Abschied tat ein Übriges, um seine Stimmung auf den Tiefpunkt zu bringen.

Die neuen Legionäre waren daher auf der Hut, denn eines wussten sie: Egal, ob junger oder alter Centurio, ein schlecht gelaunter Centurio bedeutete in der Regel Prügel, so sicher wie auf den Sommer der Winter folgen würde. Und da keiner der Erste sein wollte, der Prügel bezog, schuftete jeder, so schnell er konnte. Nach Beendigung der Grabungsarbeiten mussten die Maulesel mit Pionierwerkzeugen beladen werden, da noch zahlreiche weitere Arbeiten in und um Basilia erledigt werden sollten. Die Septembersonne brannte heiß und unerbittlich. Alle ächzten vor Durst und benötigten dringend eine Pause, aber niemand wagte den Centurio darauf hinzuweisen.

Lucius drehte sich zu den Männern um und sah, wie sie ihn verstohlen beobachteten. Er sah ihre durchgeschwitzten Tunicen und ihre unsicheren Bewegungen.

„Pause!", rief er zu ihnen hinüber.

Sie seufzten erleichtert auf und sahen zu, dass sie in den Schatten kamen. Dort kauerten sie sich nieder und tranken gierig. Lucius stand abseits und beobachtete sie. Sie flüsterten miteinander, und dann kam einer von ihnen auf ihn zu. Es war ein schmaler Mann mittleren Alters, der Duilius hieß. „Centurio", begann er, „wir wollten dich fragen, ob du wegen der Hitze die Pause um eine Stunde verlängern könntest? Wir würden dann heute Abend ein wenig länger arbeiten."

Kommt überhaupt nicht in Frage, wollte Lucius ihn anfahren, aber der andere ergriff schon wieder das Wort.

„Wir wissen, dass diese Bitte für dich eine Zumutung ist!"

Wohl wahr, dachte Lucius.

„Und würden dich daher für deine Mühen auch entschädigen!" Er hielt ihm einen Beutel hin.

Hm, eine Bestechung. Warum eigentlich nicht? Das gehörte immerhin zu den angenehmen Seiten des Daseins als Centurio, an denen er bisher kaum hatte partizipieren können.

Er unterdrückte ein Lächeln und starrte in das unrasierte Gesicht des Legionärs, der auf Grund der langen Stille unsicher wurde. Gerade, als den Arm wieder sinken lassen wollte, nahm Lucius ihm den Beutel ab. Er warf einen gespielt gleichgültigen Blick hinein und brummte: „Na schön!" Dann ließ er den Beutel in seiner Tunica verschwinden. Die Sesterzen konnte er gut gebrauchen. Bis zur nächsten Soldzahlung waren es noch ein paar Wochen, aber er musste seine neuen Tunicen bezahlen. Während des Feldzuges hatten einige seiner Kleider Schaden genommen und waren nun nicht mehr zu gebrauchen. Ende des Jahres würde neue Kleidung an die Legionäre ausgegeben werden, aber er wollte nicht auf so ein billiges Teil für 16 Sesterzen warten, sondern eine bessere Qualität haben. Er hatte in Basilia bereits mehrere Tunicen bestellt, doch allein die Anwesenheit der Armee hatte den Preis auf elf Denare für eine gute Tunica hochschnellen lassen.

Der September blieb heiß, und den ganzen Tag in der Sonne zu stehen war eine Strapaze. Lucius sah den Ingenieuren zu, die quälend langsam arbeiteten. Ihre Gehilfen rannten mit Stangen scheinbar ziellos einige Schritte nach links, dann wieder nach rechts. Jetzt hielt einer von ihnen seine Stange hoch und brüllte etwas. Der Mann an der Groma sah über den Balken und brüllte zurück. Endlich steckte der Gehilfe den Stab in den Boden. Er versuchte es zumindest, jedoch ohne Erfolg. Er winkte Lucius zu. Dieser stieß einen seiner Männer an, der sofort losrannte, an der bezeichneten Stelle den Boden aufhackte und ein wenig Wasser darauf schüttete. Dann erst konnte die Stange gesetzt werden. Danach ging das Theater für die nächste Himmelsrichtung von vorne los.

Jupiter, für eine Himmelsrichtung hatten sie eine halbe Stunde gebraucht, und es gab vier!

Bis sie fertig waren, würden alle in ihrem eigenen Schweiß ertrunken sein! Lucius seufzte.

Ein Wagen, der sich der Baustelle näherte, lenkte seine Aufmerksamkeit ab. Eine seltsame Prozession begleitete ihn. An seiner rechten Seite erkannte Lucius den Haruspex, den Eingeweideschauer. Dahinter liefen ein Fetialpriester und zwei Auguren. Sie alle waren gut an ihrer Kleidung zu erkennen. Überrascht bemerkte Lucius hinter dem Wagen auch die Priester der Staatsgottheiten Jupiter, Mars, Quirinius und des Divis Julius. Die Anwesenheit eines solchen Aufgebots heiliger Männer bedeutete, dass eine wichtige Zeremonie bevorstehen musste. Doch niemand hatte Lucius darüber informiert.

Er ging der Prozession entgegen. Die Priester erwiderten seinen Gruß unwillig - offensichtlich gefiel es ihnen auch nicht, bei dieser Hitze hier zu sein.

„Kann ich euch behilflich sein?“, fragte er.

Einer der Auguren nickte ungeduldig und wies ihn an: „Lass deine Männer unsere Zelte aufbauen! Heute Nacht werden die Omen für die Zukunft der *colonia* gedeutet!“

Lucius winkte eilig seine Legionäre herbei, damit sie den Priestern die Zelte aufbauten.

Die Ingenieure waren derweil mit ihrer Arbeit fortgefahren. Der Architekt, der die Arbeiten leitete, trat zu den Priestern und neigte zur Begrüßung sein Haupt.

„Dort drüben ist der *locus gromae*. Ihr könnt sofort damit beginnen, euren Altar zu errichten.“

Die Priester nickten und holten aus dem Wagen allerlei Gerätschaften hervor. Ihre Gehilfen begannen, in unmittelbarer Nähe des *locus gromae* Steine aufzuschichten.

Bis zur Dämmerung hatten die Ingenieure die beiden Hauptstraßen und das Forum endlich abgesteckt. Als es dunkelte, packten sie ihre Messinstrumente ein und machten sich auf den Rückweg, ohne sich von den Priestern zu verabschieden. Diese waren bereits in ihre Zeremonie vertieft. Der Jupiterpriester sagte gerade seine Gebete auf und die Arbeiter und Legionäre schlichen vorsichtig von ihm weg, um ihn nicht zu stören. Ein Fehler, eine Unterbrechung, und die ganze Zeremonie musste von vorne beginnen.

Die offizielle Weihezeremonie fand am nächsten Morgen statt. Die Legionen in Basilia traten an und marschierten zu der neu zu gründenden Stadt. Sie standen um den Platz herum, der später das Forum sein würde.

Die Feldherren Piso, Tiberius und Drusus standen bei den Priestern.

Die Auguren verkündeten ihnen, dass die Zeichen in der Nacht günstig gewesen waren.

Dann wurden auf dem Altar ein Hase und ein Fasan ausgenommen. Der Haruspex sah sich die Lebern der Tiere gründlich an. Er drehte, wendete und befühlte sie sorgfältig. Endlich nickte er dem Jupiterpriester zu.

Dieser trat vor und sprach: „Höre, Janus, höre, Jupiter, höret, Mars und Quirinius!

Vernimm mich, oh Donnerer, der du die Dächer der weiten Stadt vom Tarpeafelsen überblickst! Vernehmet mich, oh troische Hausgötter des Juliergeschlechts! Vernimm mich, geheimnisvoller, entrückter Quirinus, fortgetragen zum Himmel! Gott Jupiter, auf der Thronkuppe von Alba! Herdfeuer der Vesta! Vernimm mich, Roma, als die höchste Gottheit! Seid unserem Beginnen gnädig! Ihr habt unser Opfer angenommen, ihr habt uns günstige Zeichen geschickt. So wird der Imperator Caesar Augustus, Sohn des vergöttlichten Julius, hier nun eine *colonia* errichten, einen Ableger der ewigen und heiligen Stadt Rom. Lasst euren Segen über diese Stadt und ihre Einwohner kommen! Diese *colonia* soll künftig unter dem Namen Augusta Raurica bekannt werden!“

Die Legionäre brachen in Jubel und Hochrufe aus. Die Priester führten eine weiße Kuh und einen Stier herbei, die vor einen Pflug gespannt waren. Damit zogen sie die Grenze um die Stadt, wie es einst Romulus getan hatte. Dort, wo die Tore stehen sollten, wurde der Pflug angehoben.

Nach dieser zeremoniellen Weihe der Stadt, die nun offiziell Augusta Raurica genannt wurde, kehrten die Legionen nach Basilia zurück.

Für die Ingenieure begann jetzt die Hauptarbeit: Straßen und Häuser mussten geplant werden. Lucius fand diese Arbeit noch langweiliger als die Vermessungen, die zuvor stattgefunden hatten. Immer wieder wurden imaginäre Punkte anvisiert, Linien auf Pergamente gezeichnet und aufgeregt über die Planungen debattiert. Es ging nur langsam voran. Quälend langsam.

Lucius gähnte herzhaft und zuckte erschrocken zusammen, als der Chefarchitekt ihn entrüstet anfuhr: „Eine Stadt zu planen und zu bauen ist viel besser, als zehn zu zerstören. Zerstören kann jeder, aber aufbauen ist eine Kunst! Doch das werdet ihr Soldaten nie verstehen. Ihr zerstört lieber!“ Der Architekt machte eine Pause und fuhr dann fort: „Als Alexander der Große Indien erreichte, weinte er, weil es nichts mehr zu erobern gab. Augustus fand diese Einstellung töricht und fragte, warum Alexander die Kunst des Eroberns über die, das Eroberte zu regieren, stellte!“

Das war mal eine ganz neue Geschichte, dachte Lucius entnervt. Wie alt war ich, als ich die das erste Mal gehört habe? Aber um den Architekten zu besänftigen, fragte er ihn nach dem künftigen Aussehen der Stadt.

Der Architekt entrollte einen Plan. „Hier am Rand des Abhangs wird die Curia sein“, erklärte er Lucius. „Hier wird das Forum liegen und gegenüber der Curia wird der Jupitertempel stehen. Dort hinten auf dem Hügel ein weiterer Tempel und gegenüber ein Theater.“

Die Augen des Architekten leuchteten vor Begeisterung. Für ihn hatten die Linien auf dem Pergament reale Bedeutung. Von seinem Plan aus erwuchs eine blühende Stadt in seiner Vorstellung. Er hielt Lucius die Skizze unter die Nase, der zunächst nur zusammenhanglose Linien erkennen konnte. Aber nach und nach erkannte auch Lucius ein System und bekam eine Ahnung davon, wie die Stadt aussehen würde.

Den ganzen September und Oktober über war Lucius den Architekten und Ingenieuren zugeteilt. Das Wetter wurde schlechter und merklich kühler. Bald schon mussten auch die Vorbereitungen für den Winter getroffen werden. Es wurden Reparaturen an den Baracken durchgeführt und letzte Vorräte angelegt.

Noch einmal marschierten die Legionen aus Basilia zu der neuen *colonia*, als man zum Armilustrium die Waffen der Legionäre, die durch das Blut der Feinde verunreinigt worden waren, rituell reinigte. Alle waren in Hochstimmung. Sie hatten einen Feldzug abgeschlossen, vor kurzem war Zahltag gewesen und die Saturnalien standen bevor; der Drill würde im Winter eingeschränkt werden und sie würden endlich Urlaub bekommen. Herz, was willst du mehr!

Lucius aber stand der nächste Ärger ins Haus. Er musste sich mit einem neuen Optio auseinandersetzen, denn Drusillus war zum Centurio befördert worden. Leider hatte Lucius bei der Auswahl des neuen Optio kein Mitspracherecht gehabt, denn sonst hätte Celsonius diesen Posten nicht bekommen. Da hatte Valens seine Hand im Spiel, dessen war Lucius sicher. Wann würde dieser Bastard endlich aufhören, Lucius Steine in den Weg zu legen und ihn zu triezen?

Wenigstens durfte er die nächste Personalentscheidung treffen. Aus den Reihen seiner Legionäre sollte ein neuer Tesserarius ernannt werden. Celsonius und Mallius hatten ihm schon Voluminius als ihren Kandidaten genannt. Lucius war sich sicher, dass die beiden von diesem ein paar Sesterzen versprochen bekommen hatten, dafür, dass sie sich für ihn verwandten.

Lucius hatte aber schon längst seinen eigenen Kandidaten im Kopf. Ripanus war freudig überrascht, als er von seiner Ernennung erfuhr. Er hatte nicht gewagt, auf eine Beförderung zu hoffen. Als er zum ersten Mal die Parole ausgab, sah Lucius in gehobener Stimmung zu. Das Gefühl, einem der Seinigen die verdiente Beförderung ausgesprochen zu haben, war einmalig. Ja, es war ein geradezu berauschendes Machtgefühl.

„Wenn man unter dem Adler dient, muss man mit allem rechnen, Ripanus," hatte Lucius ihm schmunzelnd gesagt, als er Ripanus die Beförderung angetragen hatte. Das hatte er ja selbst dieses Jahr zur Genüge erfahren.

Lucius fand die Aussichten auf einen langen, kalten und einsamen Winter trübe, aber es gab einen kleinen Hoffnungsschimmer für ihn. Bei einem Händler hatte er einen glücklichen Fund gemacht.

Dabei hatte er zuerst die Waren nur gleichgültig gemustert. Dann war sein Blick auf einige Rollen gefallen. Bücher! Seit fast zwei Jahren hatte er kein Buch mehr gelesen. Seine Hand schoss vor und ergriff eine der Rollen. Er zog sie auseinander und warf einen Blick auf die Überschrift. *Ab urbe condita liber XXI.* Das 21. Buch der römischen Geschichte von Livius, stellte er begeistert fest. Er begann mühsam die ersten Zeilen zu entziffern.

„Einem Teil meines Werkes darf ich vorausschicken, was sehr viele Historiographen sonst am Beginn ihrer gesamten Abhandlung angekündigt haben: Ich werde über den denkwürdigsten aller Kriege, die jemals geführt wurden, schreiben."

Das klang doch schon vielversprechend.

„Über den Krieg nämlich, den die Karthager unter ihrem Feldherrn Hannibal gegen das römische Volk geführt haben."

HANNIBAL! Lucius hätte beinahe vor Entzücken aufgeschrien. Ausgerechnet die Bücher über den zweiten punischen Krieg waren ihm in die Hände gefallen. Schnell griff er nach den anderen Rollen. Liebesgedichte! Weg damit! Von der Bedeutung des Ackerbaus für den Senator, von Cato dem Zensor. Er stöhnte innerlich auf. Da! *Ab urbe conidate liber XXIII!* Schnell griff er zu.

Er las die erste Zeile. *„Als Hannibal nach der Schlacht von Cannae das Lager eingenommen hatte ..."* Nach der Schlacht von Cannae? Er musste unbedingt Buch 22 finden. Leider suchte er vergeblich. Leicht enttäuscht wandte er sich an den Händler, um die beiden Bücher zu bezahlen. Der hatte natürlich das große Interesse seines Kunden bemerkt. Schnell verdoppelte er insgeheim den Preis, den er ursprünglich hatte fordern wollen. Dann besah er sich seinen Kunden näher. Jung und literaturinteressiert, also musste er ein Tribun sein. Rasch verdoppelte er den Preis noch einmal.

Lucius blieb vor Überraschung der Mund offen stehen. „WIE viel", fragte er verblüfft, „sollen die beiden Bücher kosten? Für den Preis kann ich ja eins der sybillischen Bücher kaufen!"

Der Händler tat empört. „Livius ist doch nicht irgendein Schriftsteller!"

Lucius war sich sicher, dass der Händler in Wirklichkeit keine Ahnung hatte, wer Livius war. Und er hatte mit Sicherheit nicht damit gerechnet, diese Schriftenrollen ausgerechnet in einem Legionslager verkaufen zu können. Lucius kämpfte mit sich. Was der Händler forderte, war eine Unverschämtheit. Andererseits musste Lucius diese Bücher unbedingt haben. Sie würden ihn über den Winter retten. Hielt der alte Wucherer ihn am Ende für einen Tribun und ging davon aus, dass er sowieso zu viel Geld hatte?

Demonstrativ hob Lucius seine Vitis empor und klopfte damit auf die Handfläche der linken Hand. „Es tut mir leid!", sagte er mit deutlichem Bedauern in der Stimme. „Aber so ergiebig war der Feldzug nicht, dass ich mir eine solch horrende Ausgabe leisten kann!"

Die Vitis eines Centurios in der Hand eines so jungen Mannes? Offensichtlich versuchte der Händler, diese beiden widersprüchlichen Fakten miteinander zu vereinbaren. Endlich rang er sich zu einem Entschluss durch. „Na gut!", sagte er widerwillig. „Ich wäre bereit, eine kleine Summe nachzulassen. Sozusagen als Entgegenkommen für unsere tapferen Legionäre!"

Er nannte die Summe, die er nachlassen wollte, und Lucius überschlug schnell im Kopf, ob er sich den Betrag leisten konnte. Ihm war plötzlich eingefallen, dass er ja auch noch Kerzen brauchte, sonst würde aus dem Lesen nichts werden. Öl- oder Talglampen waren dafür ungeeignet, weil sie nicht hell genug waren.

Na gut, dachte er, lass uns feilschen. Er nannte nun seinerseits eine Summe und forderte noch eine Anzahl Kerzen als Dreingabe. Der Händler rang seine Hände und beschwor Lucius, ihn nicht in den Ruin zu treiben. Aber jeder Händler stand am Rande eines Nervenzusammenbruchs, wenn man von ihm einen Preisnachlass forderte. Das gehörte zum Spiel, das hatte Gaius Lucius schon früh gelehrt. Schließlich einigte man sich, Lucius in der Gewissheit, immer noch zu viel bezahlt, aber den Winter gerettet zu haben.

So ausgestattet, hielt sich Lucius den Winter über die meiste Zeit in seiner Unterkunft auf und las Livius' Aufzeichnungen zur römischen Geschichte. Nur an den Saturnalien mischte er sich unter die Kameraden. Danach kehrte er gleich wieder zu Livius und dem Gefecht am Ticinius zurück. Lucius verschlang die Berichte geradezu. Als das Jahr begann, hatte Hannibal gerade die Schlacht an der Trebia gewonnen und Flaminius war Konsul geworden.

Briefe von seinen Brüdern und von Gaius Syros trafen ein und erinnerten Lucius daran, dass er ein äußerst säumiger Briefschreiber war.

Wie hatte er sich über seinen Vater geärgert, als dieser nicht geschrieben hatte - und jetzt fiel es ihm selbst schwer, zu Pergament und Feder zu greifen. Dabei mangelte es ihm nicht an Zeit. Es gab kaum Exerzierübungen und keinen Drill. Jupiter sei Dank, denn der Winter hier am Rhenus war lang, kalt und hart. Nur das allmorgendliche Schneeräumen bedeutete Arbeit für die Legionäre.

Marcus berichtete Klatschgeschichten aus Rom, über die er, obwohl er noch immer in Lugdunum weilte, gut Bescheid wusste:

Grüße an Lucius Justinius Marcellus, der als Centurio durch die Gegend stiefelt, von seinem Bruder Marcus Cornelius Plautus, der es sich in Lugdunum gut gehen lässt!

Ich schreibe dir diesen Brief, damit du, wenn du dir abends deine geschundenen Füße einreibst, weißt, was im Leben so passiert. du bist ja am Rhenus so fern von der Zivilisation, dass du auch gleich bei den Garmaranten leben könntest.

Also, was kann ich dir berichten, womit kann ich dir den Mund wässrig machen? Nun, fangen wir doch hiermit an:

Unter den Sklaven in Rom herrscht große Freude, denn Publius Vedius Pollio ist tot. Dieser Pollio war der Ritter, der Sklaven, die einen Fehler begangen hatten, an die Muränen verfüttern ließ!

Lucius schauderte es. Davon hatte er schon gehört.

Manchmal tat er dies nur, um die anderen abzuschrecken. Dabei war es ihm egal, ob er Gäste hatte oder nicht. Einmal wollte er einen Sklaven, der einen Kristallbecher zerbrach, in Anwesenheit hochrangiger Gäste, einschließlich Augustus, an die Tiere verfüttern. Der Junge warf sich Augustus zu Füßen und flehte um Gnade, aber Pollio ließ sich selbst von Augustus nicht beirren. Daraufhin wies Augustus die übrigen anwesenden Gäste an, alle Gläser, Teller und was es sonst noch an Geschirr gab, auf dem Boden zu zerschmettern. Mein Adoptivvater war auch dabei und erzählte, dass sich die Gäste mit Begeisterung daran machten, alles kurz und klein zu schlagen, da ohnehin niemand Pollio ausstehen konnte. So lange, bis Pollio schließlich zusagte, den Sklaven zu verschonen.

Na ja, auf jeden Fall ist er jetzt gestorben und hat Augustus einen Großteil seines Besitzes vermacht. Dafür soll eines seiner Häuser abgerissen und an der Stelle eine Basilika errichtet werden, die seinen Namen tragen wird. Ein Fischteich wäre da doch viel passender gewesen!

Lucius musste lachen und las auch die restlichen Klatschgeschichten mit Vergnügen. Danach wandte er sich wieder Livius und dem zweiten punischen Krieg zu. Als der Schnee zu schmelzen begann, schlossen Hannibal und Philipp V von Macedonien gerade ihr Bündnis.

Mit dem Tauwetter kam wieder Leben in die Legion. Anfang April brach die Augusta schließlich auf. Sie überquerte den Rhenus und folgte dem Fluss nach Osten. An einer günstigen Stelle errichteten die Legionäre ein Lager, das groß genug für eine halbe Legion war, und bauten Anlegestellen und Schuppen für die Schiffe. Nach ein paar Wochen reger Bautätigkeit ging es weiter zum Lacus Venetus. Dort lagen noch die Moneren, die im Vorjahr gegen die Briganten eingesetzt worden waren. Ein Teil sollte auf dem See stationiert bleiben, aber die restlichen wurden auf den Rhenus verlegt. Dies war eine mühsame Plackerei, da die Schiffe wegen der Stromschnellen ein Stück über Land transportiert werden mussten. Mit Seilwinden und Flaschenzügen wurden die Moneren an Land geschafft und dann einige Meilen mit Rollen über Land gezogen, um dann wieder zu Wasser gelassen zu werden. Starker Wind und Regen machten die Arbeit zu einer Qual und ein Großteil der Legion litt bald unter Schnupfen und Erkältungen. Alle, auch der Legat und sein Stab, waren deshalb heilfroh, als Ende Mai endlich das letzte Schiff zum Rhenus transportiert worden war. Als ob die Götter sie ärgern wollten, kam jetzt die Sonne heraus. Es scheint ein ungeschriebenes Gesetz zu sein, dass Jupiter bei allen größeren Unternehmungen und Arbeiten der Legion für eine Schlechtwetterfront sorgt und sich das schöne Wetter für die ruhigen Tage vorbehält, dachte Lucius bei sich.

Eine Kohorte der Augusta blieb im Castra Rhenus und eine im Castra Venetus zurück. Die restlichen marschierten bei strahlendem Sonnenschein weiter den See entlang bis nach Brigantium, wo die 7. Kohorte der Gallica überwintert hatte. Auch die Legionäre der Gallica waren seit der Eroberung des Ortes nicht untätig gewesen und hatten die Befestigungen rundherum niedergerissen, viele der Häuser repariert und eine Anlegestelle für Boote gebaut.

Die Flüchtlinge waren zurückgekehrt, und so herrschte wieder Leben in dem Ort. Lucius fiel es schwer zu glauben, dass an dieser Stelle noch vor einem Jahr eine wilde Schlacht getobt hatte. Nur die Rußflecken an den Häusern und einige Ruinen erinnerten noch daran.

Varus legte die genauen Grenzen der Civitas der Brigantier fest. Er erklärte offiziell, dass in ihrem Gebiet kein Land für Rom beschlagnahmt würde, aber dass Rom sich das Recht vorbehalte, Straßen zu bauen und Militärposten anzulegen. Ansonsten durften die Brigantier das Land fortan wieder nach eigenem Gutdünken nutzen.

Die Legion zog weiter nach Cambodunum zu den Estionen. Auch hier kamen die Häuptlinge zusammen, um von Varus die Grenzen ihrer Civitas zu erfahren. Auch hier wurde kein Land zum *ager publicus* ernannt.

Die Licaten hatten nicht so viel Glück. Das Gebiet im Zusammenfluss von Licca und Vinda wurde für Rom beschlagnahmt. Hier ließ Varus weitere Kohorten zurück und zog mit den restlichen Einheiten nach Bratanium weiter. Für die Grenzen der vindelicischen Civitas gab es strenge Auflagen. Innerhalb dieser festgelegten Territorien konnten die vindelicischen Stämme ihre Angelegenheiten selbst regeln, außerhalb dieser Grenzen hatten sie von jetzt an nichts mehr zu suchen. Bei allen Stämmen sorgte die Höhe der Abgaben und die Ankündigung, zukünftig die jungen Männer zur Legion einzuziehen, für heftige Proteste. Alle Krieger im Alter von achtzehn bis fünfundzwanzig Jahren waren verpflichtet, den Dienst für das Imperium zu leisten. Die Krieger und Häuptlinge in den Versammlungen schrien, schimpften und protestierten, aber auch hier galt der Grundsatz: *Roma locuta, causa finita*. Rom hat gesprochen, der Fall ist entschieden.

Auf dem Marsch durch das Land der Vindelicer ließ Varus die Landschaft immer wieder vermessen und den Boden untersuchen, um die Planung und den künftigen Bau von Straßen zu erleichtern.

Als sich der Sommer dem Ende zuneigte, kehrte Varus mit der Legion zum Castra Rhenus zurück.

Nur wenige Tage später ging eine Nachricht durch das Lager, die die Legionäre aufhorchen ließ.

Die Gefangenen des letzten Jahres waren verkauft worden. Das Geld aus dem Sklavenverkauf stand natürlich dem Feldherrn zu, aber es war üblich, die Legaten, Tribune und Legionäre mit einem Geldgeschenk zu beteiligen. Die Legionäre diskutierten lebhaft, was sie über ihren Feldherrn und ihren Legaten wussten. Tiberius, da waren sich alle sicher, würde ein großzügiges Donativ an seine Soldaten ausgeben. Er war schließlich ein Claudier, und dieses Geschlecht war eng mit dem Aufstieg Roms zum Imperium verbunden. Das verpflichtete ihn. Varus war ein unbeschriebenes Blatt in diesen Dingen. Auf dem Feldzug hatten sie ihn als fähigen Kommandeur kennengelernt, aber wie war das beim Teilen der Beute? Die Legion summte vor Neugier, als der Legat sie antreten ließ. Lucius war wie alle anderen gespannt, die Aussicht auf sein erstes Donativ versetzte ihn in Hochstimmung.

Varus schwang sich gut gelaunt auf die Rednertribüne und begann seine Ansprache. Er lobte die Leistungen der Legion im Feldzug gegen die Vindelicer und im Kampf gegen die Germanen. Sie hätten ihren Standarten Ehre gemacht. Tiberius, ihr Feldherr, würde großzügig auf seinen Anteil an der Beute verzichten.

An dieser Stelle wurde Varus von einem Jubelsturm unterbrochen. Auch Lucius brüllte begeistert mit und stimmte in den Ruf „Tiberius! Tiberius!“ ein.

Varus hob beide Arme und langsam kehrte wieder Ruhe ein.

„Tiberius und ich wurden zu Konsuln des nächsten Jahres ernannt!“, fuhr Varus fort und ein Raunen ging durch die Menge. „Diese Ehre für mich ist gleichzeitig eine Ehre für euch. Ohne eure Tapferkeit wäre mir diese Ehre nicht zuteilgeworden.“

Wieder jubelten die Legionäre, wenn auch, wie Lucius fand, nicht so laut wie beim ersten Mal. „Und daher habe ich beschlossen“, versuchte sich Varus Gehör zu verschaffen, „und daher habe ich beschlossen, auch auf meinen Anteil zu verzichten und alles den tapferen Legionären der Augusta zu überlassen!“

Nun gab es kein Halten mehr. Ein Jubelsturm brandete durch das Lager.

„Varus! Varus! Varus!“, skandierten die Legionäre. Varus lächelte huldvoll und zog sich dann mit seinen Offizieren zurück.

Vergnügt kehrten alle zu ihren Tätigkeiten zurück. Es war ein kurzer

Feldzug mit reicher Beute gewesen, und in diesem wie im nächsten Jahr versprach das hier ein ruhiger Posten zu werden. Die Legionäre fanden, auch ohne die Auguren zu Rate ziehen zu müssen, dass die Zeichen gut standen.

Ende September erreichte Lucius mit der Post eine Überraschung. Marcus hatte geschrieben und teilte ihm mit, dass er mit seiner Familie noch immer in Lugdunum sei. Sie würden noch bis zum nächsten Jahr bleiben und hoffen, ihn bald dort begrüßen zu dürfen. Lucius entwarf schnell ein Antwortschreiben und setzte ein Urlaubsgesuch auf. Während er schrieb, fiel ein Schatten auf den Tisch und als er aufsah, stand Quirinius vor ihm.

Lucius lächelte. „Wenn das nicht Zauberei ist." Er winkte mit dem Urlaubsgesuch. „Ich setze gerade ein Gesuch für ein paar Tage Urlaub im kommenden Winter auf!"

„Abgelehnt!", sagte Quirinius sofort und ohne mit der Wimper zu zucken.

Lucius war so verblüfft, dass er nicht wusste, was er sagen sollte. „Äh, was?", war alles, was er herausbrachte.

Quirinius zog eine Schriftrolle hervor und las: „*Von Tiberius Claudius Nero, Legat von Imperator Caesar Augustus, an Lucius Justinius Marcellus, zweiter Centurio der Hastaten in der 8. Kohorte in der XIX Legion Augusta! Und so weiter und so weiter!*" Seine Augen huschten über die Zeilen und suchten eine bestimmte Stelle. „*... wird hiermit sofort zur Ala Pomponia, die im Augenblick in der Provinz Belgica stationiert ist, versetzt. Er hat sich mit dem nächsten Transport sofort zur Civitas der Ubier zu begeben, wo die Ala Pomponia ihr Winterquartier aufschlagen wird.*"

Lucius starrte den Tribun an. Eine Versetzung? Zu den Hilfstruppen? Zu den Reitern? Er konnte keinen klaren Gedanken fassen. Was hatte das zu bedeuten?

Quirinius musterte ihn und rollte das Pergament zusammen. „Du scheinst Fortunas Günstling zu sein, Marcellus!", sagte er und hielt ihm die Schriftrolle hin.

Lucius griff automatisch zu. „Fortunas Günstling?", stieß er hervor. „Eine Versetzung zu den Hilfstruppen ist kaum ein Beweis für Fortunas Gunst!"

„Nein, aber eine Versetzung nach Belgica!“, konterte der Tribun sofort. „Zumindest für Männer, die Karriere machen wollen! Hier südlich des Danuvius wird es in den nächsten Jahren ruhig zugehen. Die nächsten Feldzüge werden am Rhenus gegen die Germanen ausgefochten werden und die Reiter werden eine wichtige Rolle spielen! Weitere Feldzüge, weitere Beute für dich!“

Lucius starrte den Tribun noch immer an, nicht sicher, ob er dem zustimmen konnte.

„Pack sofort deine Sachen zusammen! Ein *primi ordinis* wird deine Einheit inspizieren, bevor sie von deinem Optio übernommen wird.“

Damit ließ er ihn stehen. Lucius sah ihm hinterher und dachte über das Gesagte nach.

Vielleicht hatte Quirinius recht; alles sah nach Kämpfen am Rhenus aus und er würde daran teilnehmen. Die langweiligen Vermessungsarbeiten beim Aufbau der neuen römischen Siedlungen würden ihm erspart bleiben.

Er winkte Ajax herbei. „Pack meine Sachen ein, auch meine Waffen, mit Ausnahme des Gladius und des Pugio!“, wies er ihn an, während er das Urlaubsgesuch zerriss.

Dann schrieb er schnell den Brief an Marcus zu Ende:

„Ich wurde gerade überraschend an die germanische Grenze versetzt und muss bald aufbrechen. Ich kann nicht nach Lugdunum kommen, grüße alle von mir, ich melde mich bald. Vale, Lucius“

Er versiegelte den Brief und überlegte, was noch zu tun war, bevor er aufbrach. Er musste Mallius und Celsonius informieren und mit ihnen die Übergabe der Centurie besprechen. Er ging in sein Zelt und zog die kleine Truhe heraus, in der er seine Unterlagen aufbewahrte, und sah sie durch. „Centurio Marcellus!“, ertönte da die wohlbekannte, verhasste Stimme von Titus Valens hinter ihm. Lucius schloss die Augen. Ihr Götter, konntet ihr mir dieses Gesicht nicht einmal ersparen? Er richtete sich auf.

„Ja?“, fragte er herausfordernd.

Valens musterte ihn. „Ich soll mich überzeugen, dass deine Einheit und deine Unterlagen in Ordnung sind, bevor du uns verlässt! Du wirst ja schließlich zu den Hilfstruppen gehen!“, sagte er mit der Betonung auf „Hilfs-“.

„Na und?", erwiderte Lucius angriffslustig. „Ich werde am Rhenus gegen die Germanen kämpfen, während ihr euch hier die Ärsche platt sitzt!"

Valens' Mund verzog sich überraschend zu einem Lächeln

Lucius war irritiert. „Können wir?", fragte er, um Zeit zu gewinnen, und deutete auf die Truhe. Lucius schleppte die Truhe zu Mallius, der die Soldlisten der Centurie bereithielt. Wenn es eines Beweises bedurfte, dass die Legion ein Dorf war, dann war es die Tatsache, dass Mallius und Celsonius schon über Lucius' Versetzung Bescheid wussten und ihn erwartet hatten.

Gemeinsam sahen sie die Unterlagen durch, verglichen die Sold- mit den Proviantlisten, sahen sich die Krankenunterlagen an und überprüften die Wacheinteilung. Dann quittierten alle vier die ordnungsgemäße Übergabe. Valens ließ die Centurie antreten, um die Ausrüstung zu überprüfen. Die Legionäre der anderen Centurien hatten offensichtlich bemerkt, dass etwas Ungewöhnliches vor sich ging. Für ein geschäftiges Legionslager gab es plötzlich viel zu viele Männer, die Freizeit hatten und zusahen.

Valens nahm sich so ausgiebig Zeit, alles zu untersuchen, dass Lucius schon befürchtete, an diesem Tag nicht mehr aufbrechen zu können. Such du nur, du verdammter Bastard, dachte er bei sich. Du wirst nichts finden.

Schließlich gab Valens mit einem kurzen Nicken sein Einverständnis. Celsonius ließ die Centurie Lucius zum Abschied noch einmal grüßen und dann wegtreten. Die Männer legten ihre Waffen weg und kamen dann zu Lucius' Zelt, um ihm beim Packen und Verladen der Sachen auf ein Maultier zuzusehen. Lucius hatte einen Kloß im Hals, als er fertig war und sich zu den Männern umdrehte. Zu SEINEN Männern! Dies war sein erstes Kommando, seine erste Centurie gewesen, und er würde sie bestimmt nie wieder sehen. Er musterte die Gesichter der Männer und sah zu seiner Überraschung echtes Bedauern in den meisten von ihnen.

„Jungs, ihr seid eine großartige Centurie. Die beste!", rief er unter dem Jubel der Männer. „Macht mir keine Schande!"

Er nahm das Maultier am Zügel und unter den Segenswünschen der Männer führte er es zur Via Praetoria. Hilarius und Vitellius beobachteten ihn und - Lucius konnte es kaum glauben - hoben die Hand zum Gruß. Lucius grüßte überrascht zurück.

Valens begleitete ihn schweigend bis zum Forum. Dort musste Lucius einen Moment warten, während Valens in die Baracke des Präfekten eilte, um eine Schriftrolle und eine Wachstafel zu holen.

„Dies ist ein Schreiben für deinen neuen Kommandeur!", sagte er und reichte ihm die Wachstafel. „Und dies deine offizielle Entlassung aus der Augusta!"

Lucius verstaute die beiden Schriftstücke in seinem Gepäck. Dann sah er noch einmal zum Heiligtum hinüber und grüßte den Adler, bevor er sein Maultier auf die Via Principalis führte, um zur Porta Principalis Dextra zu gelangen. Er würde sich einem Proviantzug nach Vesontio anschließen und von dort aus nach Reisemöglichkeiten gen Norden suchen müssen. In das Gebiet der Ubier. Auch die Sugambrer streiften irgendwo nahe dieser Gegend umher. Die Clades Lolliana musste sich dort ereignet haben. Wieder einmal hatte sich der schon so oft gehörte Spruch bewahrheitet: Wenn man unter dem Adler dient, muss man mit allem rechnen.

Ihm fiel plötzlich auf, dass er den Brief an Marcus noch immer in der Hand hielt. Es würde eben noch etwas dauern, bis er seine Familie wiedersah und zum ersten Mal seine Nichte, die kleine Fürstin. Was aber sollte er jetzt mit dem Brief machen? Er blieb stehen, zog ihn aus seiner Tunica und sah ihn ratlos an. Valens, der ihn schweigend begleitet hatte, streckte wortlos die Hand aus, und nach kurzem Zögern reichte ihm Lucius den Brief.

Dem *primi ordinis* war das Zögern nicht entgangen. „Keine Sorge, ich klaue kleinen Jungs nicht ihre Briefe!"

Lucius nickte und setzte sich in Bewegung. Nach einigen Schritten bemerkte er, dass Valens ihn immer noch begleitete.

„Du willst wohl ganz sicher sein, dass ich das Lager auch verlasse!", schnaubte er.

„Und den Wachen sagen, dass sie dich eher töten als wieder ins Lager lassen sollen!", bemerkte Valens leichthin.

Lucius warf ihm einen verstohlenen Blick zu. Das wäre dir wirklich zuzutrauen, du Scheißkerl und Leuteschinder.

„Du hast doch viel gelesen, Marcellus!", stellte Valens plötzlich fest.

Lucius, über diese Eröffnung überrascht, nickte schweigend.

„Was hast du über den Krieg gegen die Cantabrer und Asturer gelesen?“, hakte Valens nach.

„Nicht viel!“, sagte Lucius und sah zu den Werkstätten hinüber.

„Da gibt es auch nichts Rühmenswertes zu schreiben!“, bemerkte Valens bissig. „Es war ein schmutziger Kleinkrieg. Bei jeder Patrouille, bei jedem Versorgungszug, bei jedem Fouragieren mussten wir mit einem Überfall rechnen.“ Lucius hörte gebannt zu, während sie sich dem Tor näherten. „Die Soldaten und Offiziere waren schlecht ausgebildet und machten viele Fehler. Es wurde erst besser, als Agrippa das Kommando übernahmen.“ Valens’ Tonfall wurde heftiger. „Wenn du siehst, wie deine Freunde und Kameraden um dich herum sterben, weil die Anführer Fehler machen, möchtest du die Welt verfluchen und diese Dilettanten eigenhändig einen Kopf kürzer machen. Denn die Fehler, die bei jenem Feldzug gemacht wurden, waren Anfängerfehler!“

Müde fuhr er fort:„Aber diese Anfänger haben das Kommando, weil ihr Vater reich ist und jemanden kennt, der jemanden kennt, und weil ihre Vorfahren bedeutend waren und weil sie sich bei den richtigen Leuten eingeschleimt haben!“ Sie waren am Tor stehen geblieben. „Sie hören auf nichts und niemanden, sondern gehen davon aus, dass sie jede Menge von Kriegführung verstehen. Weil sie viel darüber gelesen haben. Außerdem glauben sie, weil einer ihrer erlauchten Ahnen irgendwann mal irgendwo gegen irgendwen ein Scharmützel gewonnen hat, werden sie in kritischen Situationen von Mars persönlich Beistand erhalten!“

„Und deswegen hast du gedacht, den unerfahrenen Möchtegern-Centurio, der sich sein Amt nur erschlichen hat, vergraulen wir, indem wir ihn in den Tartarus versetzen!“, sagte Lucius herausfordernd. „Warum hast du mich nicht gleich totgeschlagen? Oder totschlagen lassen, ein *primi ordinis* macht sich sicher nicht selbst die Hände schmutzig.“

„Nein, dafür habe ich meine Leute!“, bestätigte Valens trocken. „Celsonius hätte dich liebend gerne abgestochen, dem solltest du nicht im Dunkeln begegnen!“ Valens grinste. „Ich habe ihm aber gesagt, wenn er wirklich Optio werden will, darfst du keinen tödlichen Unfall haben!“

Lucius starrte ihn mit offenem Mund an: „Moment! Verstehe ich das richtig? Celsonius wollte mich töten, und du hast es verhindert?“ Lucius konnte nicht glauben, was er da gehört hatte.

„Ja, fast!“, bestätigte der *primi ordinis*. „Ich habe ihn beauftragt, dir das Leben schwer zu machen!“ - „Und dafür hast du ihm versprochen, dass er Optio wird. Vorausgesetzt, ich habe keinen tödlichen Unfall!“, fasste Lucius zusammen. „Und Vulso und Antinius? Hast du die auch gegen mich aufgehetzt?“ Er erinnerte sich an die Schikanen und den nächtlichen Überfall.

„Die brauchte ich nicht aufzuhetzen. Die waren rasend vor Wut, ich musste ihre Wut nur in die richtigen Bahnen lenken!“

„Und dass du Carvus’ und Mellonius’ Zukunft zerstört hast und sie in ihrer Familie möglicherweise in Ungnade gefallen sind, ist dir egal?“, fragte Lucius hitzig.

„Scheißegal!“, sagte Valens eiskalt. „Wenn ich die Wahl zwischen dem Leben von zwanzig guten Männern und der Ehre eines reichen Pinkels habe, fällt mir die Wahl leicht. Dir etwa nicht?“

Stille. Lucius verstand. „Doch, mir auch“, sagte er tonlos.

Zum ersten Mal konnte Lucius Valens ohne Abscheu und Angst begegnen. Und irgendwie begann er zu verstehen, was diesen Mann zu dem gemacht hatte, der er war.

Es gab nichts weiter zu sagen. Lucius grüßte und wollte sich wieder in Bewegung setzen.

„Du hast der Augusta Ehre gemacht. Mögen dich die Götter beschützen! Achte auf deine rechte Seite, CENTURIO Marcellus!“, rief ihm Valens nach.

Lucius war froh, dass er Valens schnell den Rücken zukehren konnte, damit dieser nicht sein fassungsloses Gesicht sehen konnte.

„Du auch!“, rief er, ohne zurückzusehen, und hob den linken Arm zum Gruß. Dann ging er durch das Tor.

Valens sah ihm noch eine Weile nach. Als er bemerkte, dass der Wachposten ihn neugierig anstarrte, drehte er sich zu ihm um und sah ihn finster an. Der Legionär zuckte erschrocken zusammen und beeilte sich, aus dem Blickfeld des Centurios zu verschwinden. Valens lächelte und ging ins Lager zurück.

ENDE

GLOSSAR

Inhalt:

1. Datierungen, Kalender und Daten
2. Geld
3. Hierarchien im Imperium
4. Hierarchien in der Legion
5. Längenmaße
6. Zahlen
7. Fachbegriffe von A - Z

1. Datierungen:

Der römische Monat hatte nur drei Fixtage. Die Kalenden bezeichneten den ersten Tag eines Monats, die Nonen den fünften oder sechsten Tag, und die Iden den vierzehnten oder fünfzehnten Tag. Ob die Nonen und Iden auf den einen oder anderen Tag fielen, hing von der jeweiligen Monatslänge ab. Alle anderen Tage richteten sich nach diesen drei Fixpunkten aus. Bei Zeitangaben wurde immer rückwärts gerechnet, zum Beispiel „am Tag vor den Nonen, vier Tage vor den Kalenden".
Der römische Jahresbeginn war ursprünglich der erste März, daher auch die Bezeichnung von September bis Dezember als siebter bis zehnter Monat. 153 v. Chr. wurde der Jahresbeginn auf den ersten Januar verlegt. Die Monate Quintilis und Sextilis wurden später zu Ehren Caesars und Augustus' in Juli und August umbenannt. Obwohl die Umbenennung des sechsten Monats in August erst 8 v. Chr. erfolgte, wird in diesem Buch der Lesbarkeit wegen und zum besseren Verständnis von August gesprochen.

2. Geld

As (Bronze)	4 Asse	1 Sesterz
Sesterz (Messing)	4 Sesterzen	1 Denar
Denar (Silber)	25 Denare	1 Aureus
Aureus (Gold)		

3. Hierarchie im Imperium

Imperator (Kaiser)
Konsul

1. Rom
   - Prätor Urbanus
   - Duovir der *colonia*
2. Provinz
   - *Legatus Augusti pro praetore*: Beauftragter des Kaisers, der ihm direkt unterstellte Provinzen verwaltet. Dies sind (bis auf Africa) alle Provinzen, in denen Legionen stehen.
   - Prokonsul: vom Senat bestellter Statthalter der übrigen Provinzen

4. Hierarchie in einer Legion:

Legat
senatorischer Tribun (ritterliche Tribune)
Lagerpräfekt
Primipilus
Centurionen der 1. Kohorte: *Primi ordines*
Centurionen der 2. – 10. Kohorte: *Optio ad spem,* Signifer, Optio
Miles gregarius (einfacher Legionssoldat, Legionär in der heutigen Bezeichnung)

5. Hierarchie in einer Kohorte

In einer Kohorte gibt es sechs Centurien. Die Manipel, eine alte taktische Formation, wurden durch die Kohorte als taktische Einheit abgelöst. In den Rangstufen der Centurionen haben sich die Manipel-Bezeichnungen erhalten. In der Rangfolge der Manipel waren in ihrer Wichtigkeit die Pili (Triarier) vor den Principes und diese wiederum vor den Hastaten. Der erste Centurio (*prior*) eines Manipels stand über dem zweiten Centurio (*posterior*) des Manipels. Daraus ergibt sich folgende Rangordnung:

Pilus prior Triariermanipel
Pilus posterior

Principes prior	Principesmanipel
Principes posterior	
Hastatus prior	Hastatenmanipel
Hastatus posterior	

Da die Kohorte eine rein taktische Formation ist und keine administrative, hat sie keinen eigenen Kommandeur. Sie wird vom *Pilus prior* oder auch einem der Tribune kommandiert.

6. Längenmaße

Fuß		0,3 m
Doppelschritt	5 Fuß	1,50 m
Stadium	125 Doppelschritte	185 m
Meile	1.000 Doppelschritte	1,5 km

7. Zahlen

Es ist unzweifelhaft, dass Legionäre kleine Zahleneinheiten kannten. Dies war nötig, um Sold und Ausgaben nachzurechnen.

Inwieweit römische Legionäre große Zahlen wie etwa für Truppenstärken anwenden oder gar Rechenoperationen durchführen konnten, ist nicht überliefert. Auch früher wurden mit Sicherheit die Finger als Hilfsmittel beim Zählen benutzt, doch werden sich die Legionäre beim Zählen größerer Mengen an den ihnen bekannten Zahlengrößen orientiert haben.

Die hier in der Geschichte vorkommenden Zählhilfen orientieren sich an den Mannschaftsstärken römischer Einheiten:

Contubernium	(Zeltgemeinschaft)	8
Turma	(Reiterschwadron)	24
Centurie	(Kleinste Kampfeinheit)	80
Kohorte	(Größere Kampfeinheit)	500-600
Legion	(Selbstständiger Armeekörper)	5.000- 6.000

8. Fachbegriffe A bis Z

Ala (lat. für „Flügel“) ursprünglich der aus den Truppen der Bundesgenossen gebildete Flügel des römischen Heeres; seit Cäsar nur noch Reitertruppen (Alen); in der Kaiserzeit aus fünfhundert oder tausend Reitern der Hilfstruppen bestehende Einheit

Aquila Adler, siehe Feldzeichen

Aquilifer Adlerträger der Legion

Auxilia aus Nicht-Römern gebildete Kohorten oder Hilfstruppen, die von römischen Offizieren befehligt wurden, siehe auch *foederati*

Auxiliarkohorte Hilfstruppen wurden ausschließlich in Kohorten eingesetzt, sie wurden von einem Präfekten kommandiert

Balliste siehe Geschütze

Benificiarier Straßenpolizei, Unteroffiziere, die für Sicherheit auf den Straßen sorgen sollten

Bulla Amulett, das von Kindern getragen wurde, um sie zu schützen; wurde mit dem Anlegen der Toga der Männer abgelegt

Centurie kleinste Einheit der römischen Legion, achtzig Soldaten, geführt von einem Centurio; eine Legion hat sechzig Centurien

Centurio Berufsoffizier, hat sich traditionell aus dem Mannschaftsrang hochgedient. Seit Augustus können Eques sofort als Centurio beginnen. Befehlshaber einer Centurie, eines Manipels oder einer Kohorte. Eine Legion hat sechzig Centurionen. Ein Centurio wird nach heutigen Begriffen mal mit einem Hauptmann, mal mit einem Feldwebel gleichgesetzt. Das liegt daran, dass die Aufgaben eines Centurios denen eines Unteroffiziers entsprachen, er aber auf der anderen Seite eine Centurie oder Kompanie führte und daher als Offizier zu sehen ist. Allerdings greift die Bezeichnung „Hauptmann“ ebenfalls zu kurz, da der Primipilus von seiner Stellung als Höchster der Legion oder des Regiments die Stellung eines Oberst, Oberstleutnants oder Majors hat.

Colonia Kolonie, Militärsiedlung der Römer mit römischem Bürgerrecht, in republikanischen Zeit zuerst außerhalb Latiums, später außerhalb Italiens angelegt, diente der militärischen Sicherung des Landes und der Romanisierung seiner Bevölkerung. Meistens wurden Bauern, besitzlose Bürger und Veteranen angesiedelt. Die C. war rechtlich selbstständig, d. h. für sie galten die gleichen Gesetze wie für die Stadt Rom und sie besaß ähnliche administrative Einrichtungen wie die Stadt Rom, da sie als deren Ableger galt. Seit Cäsar und in der Kaiserzeit wurden zahlreiche C. in den Provinzen angelegt, wo der politisch-kulturelle und wirtschaftliche Einfluss der Römer nachhaltige Spuren hinterließ (z. B. Köln).

Contubernium Zeltgemeinschaft, acht Legionäre teilen sich ein Zelt

Decemviri Gremium aus zehn für eine bestimmte Aufgabe gewählten und mit Sondervollmachten ausgestatteten Beamten; unter Augustus Vorsitzende in den Gerichtsausschüssen

Decurio Befehlshaber einer Turma

Duoviri oberster Beamter in städtischen Gemeinden; römischer Bürger mit einjähriger Amtsdauer, zuständig für Verwaltung, niedere Gerichtsbarkeit

Eques Ritter, zweiter Stand nach den Senatoren; Söhne von Senatoren gehörten dem Ritterstand an. Für den Ritterstand war ein Vermögen von mindestens 400.000 Sesterzen vorgeschrieben. Eine Aufnahme in den Senat war nicht immer möglich oder erwünscht, da Senatoren keine Geschäfte betreiben durften. Daher kamen die reichen Geschäftsleute aus dem Ritterstand. In der Kaiserzeit wurden wichtige Vertrauensstellungen mit Rittern besetzt (Statthalter von Ägypten, Prätorianerpräfekt).

Feldzeichen (lat. Signum) Den Römern waren die F. heilig, ihr Verlust galt als Schande. In der Frühzeit des römischen Heeres wurden einfache, auf Lanzen aufgesteckte Heubüschel und metallene Zeichen benutzt, später dienten Tierbilder, wie Wolf, Minotaurus, Pferd, Eber und Adler, als F. Marius führte den Adler (aquila; Adlerträger = Aquilifer) als alleiniges F. der Legion ein. Dieser bestand in der Zeit der Republik aus Silber, in der Kaiserzeit aus Gold.
Daneben gab es als F. der Reitertruppen und der kleineren Einheiten des Fußvolkes (der Manipel) das Vexillum, eine Feldstandarte, vom Ve-

xillarius oder Signifer getragen. Es bestand aus einem viereckigen Stück Tuch und war am Querholz einer Stange befestigt. Die aus purpurrotem Tuch hergestellte Kommandostandarte des Feldherrn wurde vor dem Abmarsch aus dem Lager auf dem Prätorium gehisst, im Seekrieg auf dem Mast des Admiralsschiffes.

Foederati aus angeworbenen Verbündeten bestehende Einheiten, die von eigenen Befehlshabern kommandiert und nicht nach römischem Vorbild organisiert wurden

Garum eine Würzsauce

Geschütze Katapulte (Torrisionsgeschütze) und Ballisten (Onager) waren die von den Römern benutzten Geschütze. Das Katapult war wie eine riesige Armbrust für das Abschießen von Kugeln und Pfeilen gedacht. Die Ballisten hatten eine Wurfschlinge und schleuderten Steine, Kugeln oder Krüge (mit brennbaren Inhalt) bis zu 300 m weit.

Iden Monatsmitte

Immunis Soldat für Sonderaufgaben, vom Routinedienst befreit

Kalenden Monatsanfang

Katapult Torrisionsgeschütz, siehe Geschütz

Kohorte Legionskohorte, vierhundert bis fünfhundert Legionäre, in sechs Centurien eingeteilt. Die K. hat keinen eigenen Kommandeur, sondern der Centurio der ersten Centurie ist im Einsatz für die ganze Kohorte verantwortlich, es sei denn, ein Tribun übernimmt das Kommando

Konsul höchster Magistrat der römischen Republik, das Jahr wurde nach dem jeweiligen K. benannt. In der Kaiserzeit bald nur noch Ehrenamt

Konsular ehemaliger Konsul

Lagerpräfekt (*Praefectus castrorum*) ehemaliger Primipilus, dritthöchster Offizier der Legion, für alle Versorgungsaufgaben der Legion zuständig

Legat 1. Befehlshaber einer Legion (*Legatus legionis*), aus dem Senatorenstand; 2. Statthalter einer kaiserlichen Provinz (*Legatus Augusti pro paetore*), aus dem Ritter- oder Senatorenstand

Legion größter römischer Kampfverband, schwere Infanterie, bestehend aus römischen Bürgern, unterteilt in zehn Kohorten, viertausend bis fünftausend Mann stark

Nonen fünfter oder sechster Tag des Monats

Manipel alte, republikanische taktische Bezeichnung, ein Manipel besteht aus zwei Centurien

Miles gemeiner Soldat der römischen Legion (Legionär ist eine moderne Bezeichnung)

Optio Stellvertreter des Centurio, wird heute häufig dem Rang des Leutnants gleichgesetzt; vom Aufgabengebiet entsprechend ein Unteroffizier

Paenula Kapuzenmantel, wegen bequemer Trageweise beliebteres Obergewand als die Toga

Präfekt Titel hoher ritterlicher und senatorischer Offiziere und Verwaltungsbeamter in der römischen Kaiserzeit
1. Befehlshaber militärischer Einheiten: *Praefectus castrorum* (Kommandant eines Legionslagers), *Praefectus classis* (Flottenkommandeur), *Praefectus alae* bzw. *cohortis* (Befehlshaber einer Ala bzw. Kohorte)
2. ritterliche Verwaltungsbeamte: *Praefectus Aegypti* (Statthalter Ägyptens), *Praefectus praetoria* (Prätorianerpräfekt), *Praefectus vigilum* (Feuerwehrkommandant von Rom), *Praefectus annonae* (Leiter der Getreideverwaltung)
3. senatorische Verwaltungsbeamte: *Praefectus aerarii saturni* bzw. *militaris* (hoher Finanzbeamter), *Praefectus urbi* (Stadtpräfekt, Inhaber der Polizeigewalt und Vertreter der Gerichtsbarkeit in Rom)

Prätor für die Gerichtsbarkeit zuständiger Verwaltungsbeamter, *Praetor urbanus* (Stadtpräfekt von Rom), veröffentlicht jährlich die Rechtsgrundsätze

Primipilus erster Speer, der ranghöchste Centurio einer Legion

Primi Ordines die Centurionen der 1. Kohorte und damit die ranghöchsten der Legion; sie überragten die anderen Centurionen an *dignitas* und *auctoritas* und bekamen einen höheren Sold.

Principalis Unteroffizier, dazu gehören der Optio, der Signifer und der Tesserarius

Puls Getreidebrei, eines der Hauptnahrungsmittel der Römer

Quatroviri vier Beamte, die für eine bestimmte Aufgabe gewählt wurden, z. B. Aufsicht über die Straßen

Sagum Soldatenmantel

Signifer Feldzeichenträger

Signum siehe Feldzeichen

Terra Sigillata das Meissner Porzellan der Antike, hochwertiges, rot gefärbtes Geschirr; der Name „Terra Sigillata" stammt aus dem 18. Jahrhundert und ist nicht römischen Ursprungs

Triumviri drei Beamte, die für eine bestimmte Aufgabe gewählt wurden, z. B. die *Triumviri capitales* oder *monetales,* die für die niedere Jurisdiktion in Rom zuständig bzw. Münzmeister waren. Bekannt wurden das erste Triumvirat (Caesar, Pompeius und Crassus) und das zweite Triumvirat (Octavian, Antonius und Lepidus). Das erste entstand aus einer rein informellen Absprache zwischen den Triumviri und war ohne rechtliche Grundlage, dem zweiten Triumvirat lag ein Gesetz zu Grunde, wonach die drei Männer beauftragt waren, die Ordnung wiederherzustellen. Sie errichteten eine Terrorherrschaft und liquidierten ihre Feinde, zu denen auch Cicero zählte.

Toga mantelähnliches Obergewand aus Wolle, das nur von männlichen Römern getragen werden durfte. Seit der frühen Kaiserzeit wurde die T. mehr und mehr zum Amts-, Fest- und Hofkleid und im Alltag durch das bequemere Pallium ersetzt. Daher erließ Augustus Gesetze, in denen das Tragen der T. zu bestimmten Anlässen vorgeschrieben war.
T. pura [»rein«, ohne Purpurstreifen]: die Bekleidung der Nichtbeamten und Jugendlichen
T. virilis: die einfarbige, vom 16. Lebensjahr an getragene T. der Männer

T. praetexta: die mit einem Purpursaum besetzte T. der Beamten, Priester und frei geborenen Kinder
T. pulla: die dunkle T. der Trauernden.
T. picta: die purpurne, mit goldenen Palmen bestickte T. der Triumphatoren, später der Kaiser
T. candida: die leuchtend weiße T. der Bewerber um ein Staatsamt; von daher abgeleitet Kandidat

Tribun, Militärtribun *(hier: Tribunus militaris)* eine Legion hatte sechs Tribune, d. h. adlige Offiziere zur besonderen Verwendung:
Tribunus laticlavius (Tribun mit breitem Purpursaum), ranghöchster Tribun, Stellvertreter des Legaten, aus dem Senatorenstand, Dienstzeit drei Jahre, danach zivile Karriere (*cursus honorum*)
Tribunus angusticlavius (Tribun mit schmalen Purpursaum), Tribun aus dem Ritterstand, jede Legion hatte fünf *T. angusticlavius*, Dienstzeit drei Jahre

Tunica römisches Unterkleid, das dem griechischen Chiton vergleichbar von Männern und Frauen getragen wurde. Im Haus wurde die Tunica knielang getragen, außerhalb wurde sie gerafft und mit einem Gürtel befestigt. Die Tunica des Eques hatte einen violetten, die Tunica des Senators einen roten Streifen als Standeszeichen.
Bei den Soldaten wurde unterschieden zwischen einer weißen Tunica (einfacher Soldat) und einer roten (Centurio und höhere Offiziere) sowie einer hellblauen (Marinesoldat) und einer dunkelblauen (Marineoffizier).

Turma Untereinheit der Ala, Schwadron, 32 Mann

Vexillum Standarte, siehe Feldzeichen

Vigintiviri *collegium* von einfachen Richtern und Beamten, die mit Verwaltungsaufgaben betraut waren, bestehend aus den *Triumviri capitales*, den *Triumviri monetales*, den *Decemviri litibus iudicandis* (Richter), *Quatroviri Viarum* (Straßenaufsicht)

Zensus (lat. für „Schätzung") Der Zensus ist eine Volkszählung als Grundlage für die Besteuerung und der militärischen Aushebung. Da in republikanischer Zeit jeder Bürger seine Waffen selbst bezahlen musste, gab der Zensus Auskunft über die Anzahl der wehrfähigen Männer. Anlässlich eines Zensus mussten Senatoren und Ritter ihr diesem Stand entsprechendes Vermögen nachweisen. Auch über die Aufnahme in eine andere Vermögensklasse wurde anlässlich des Zensus entschieden.

Eine reichsweite Volkszählung fand nie statt. Die in der Weihnachtsgeschichte erwähnte Schätzung war ein Provinzzensus in Judäa.